母恩似海

MU
EN
SI
HAI

◎张忠健 主编

敦煌文艺出版社

图书在版编目（CIP）数据

母恩似海 / 张忠健主编. -- 兰州 : 敦煌文艺出版社, 2023.6

ISBN 978-7-5468-2369-0

Ⅰ. ①母… Ⅱ. ①张… Ⅲ. ①散文集-中国-当代② 诗词-作品集-中国-当代Ⅳ. ①I267①I227

中国国家版本馆CIP数据核字（2023）第103999号

母恩似海

张忠健　主编

封面题字：张改琴

责任编辑：尚再宗

封面设计：任启江　赵永亮

敦煌文艺出版社出版、发行

本社地址：(730030)兰州市城关区曹家巷1号

本社邮箱：dunhuangwenyi1958@126.com

0931-2131536（编辑部）　0931-8773112　0931-2131387（发行部）

甘肃日报报业集团有限责任公司印务分公司印刷

开本　710毫米×1020毫米　1/16　印张 30.5　插页 2　字数 550千

2023年10月第1版　2023年10月第1次印刷

印数　1~5000册

ISBN 978-7-5468-2369-0

定　　价：38.00元

《母恩似海》编辑委员会

序

朱志良

　　今年春季，有爱心人士向我建议在三八妇女节、清明节、母亲节，利用慈善社交平台开展歌颂母亲征文活动，以此弘扬中华民族传统美德，在全社会传播孝亲敬老正能量。对于这一倡议，我当即表示赞同和支持，并安排发出倡议，得到了社会各界的积极响应，先后有近150人投稿，连续三个多月在多个媒体平台推送发布，受到一致好评，要求正式结集出版的呼声很高。这次征文既有歌颂祖国母亲的拳拳之心，也有赞美天下母亲的赤子之情，还有讲述亲生母亲的感人故事，具有鲜明的时代性，广泛的影响力，感人至深，有的文章百读不厌。

　　母亲孕育生命，哺育儿女。我们歌颂伟大的祖国母亲，就是要激发全社会的爱国主义热情。祖国是中华儿女的共同家园，也是中华文明生生不息、中华民族共同繁荣的大家庭。在祖国母亲的辛勤抚育下，中华儿女形成了勤劳勇敢、吃苦耐劳、见义勇为、不怕牺牲的民族精神，在中国共产党的团结带领下，创造了经济快速发展、社会长期稳定和消除绝对贫困等一系列彪炳史册的人间奇迹。中华民族迎来了从站起来、富起来到强起来的伟大飞跃，实现中华民族的伟大复兴进入了不可逆转的历史进程。书中歌颂祖国母亲的绚丽篇章，展现了新时代陇原儿女加快富民兴陇、实现民族伟大复兴的生动实践，表达了作为一名中华儿女的拳拳爱国之心！

　　母亲是儿女的第一任老师，关系家教家风的养成，关乎家庭和睦、社会和谐。我们歌颂天下母亲，就是要引导社会重视家庭教育，自觉践行社会主义核心价值观。本书收录的文章，展现了天下母亲顾全大局、忍辱负重、和睦家庭、和顺邻里的精神风貌，讲述了传承孟母三迁、岳母刺字的优秀品格。特别是新中国成立后，母亲哺育子女的生动故事，为我们树立了新时代家庭教育的典范,让和谐成为社会主义核心价值观的底色。

母爱博大无私,母恩情深似海。我们歌颂生我养我的母亲,就是要弘扬感恩孝亲的传统美德,孝敬父母、尊重师长。以"敬亲者不敢慢于人,爱亲者不敢恶与人"的古训,指导约束自己的言行,做一个道德高尚、孝亲敬老、担当有为的时代新人。从本书中收录的诗文中可以看到,个人成长、子女养育、家庭幸福,无不倾注着母亲无微不至的关怀和潜移默化的影响,无不饱含着儿女对母亲、对家庭和社会的感恩之心,从而让百善孝为先的传统美德根植于心,让尊老敬老爱老蔚然成风。

在《母恩如海》付梓出版之际,感谢各位投稿人和社会爱心人士对慈善事业的关注支持,真心希望这本书的出版发行,为弘扬中华民族优秀文化,践行社会主义核心价值观,树立良好社会风尚发挥积极作用。

2023年重阳节

(朱志良,甘肃省人大常委会原副主任,甘肃省慈善总会会长)

目 录

注:目录以作者姓名笔画数排序

母亲的饭

人　邻

满天下吃过许多饭菜，但真正怀念的还是贫穷时候母亲给我们吃的几样饭。就是那只平凡的手在没油没盐的日子里做出的饭，滋养着我们兄弟，让我们都长得结结实实，高高大大。

炒茄子：六七十年代，那时候每人每月只有半斤油，我们全家五口人一个月只有两斤半，每天只有八钱油。八钱油现在连一个菜都没法炒，真不知那个时候是怎么炒的。茄子吃油，倒在锅里的那一点，贪婪的茄子下锅后立即就不见了。小铁铲子在锅里翻几下就赶紧加水，要不然就煳了。盖上锅盖，闷一会，翻几下，再加水闷一会就好了。调料是盐和花椒，偶尔会有点味精。就着稀饭、馒头，或少见的米饭，那滋味好到叫人干什么都有劲。

麻酱面：芝麻酱很少，偶尔才有人不知从哪里弄来一瓶。挖几勺子，凉开水打匀，另捣了蒜。面条快煮好时，随锅再煮上切好的白菜。笊篱捞出来，浇上打好的芝麻酱、蒜、醋，拌着吃。这样的饭最多可以吃到三碗。

煮干：那时玉米面要占到七八成，没白面，母亲挖空心思把玉米面烫了，拍成饼，切成小条，叫作煮干。放到锅里差不多快煮熟了，稀稀勾上一点玉米面。母亲怕我们吃不饱，总是盛上半碗煮干，再添上点玉米面糊糊。我们不爱吃，吃上几块煮干，赶紧把糊糊喝完，装着去厨房添糊糊，偷偷把煮干倒回锅里。有多少煮干，母亲自然是知道的，一家人把饭吃完了，锅里还有那么多煮干。母亲不吭声，她心里是难过的。我们玩饿了，还得回来吃。

饼：也是玉米面饼，不过外面包了薄薄一层白面。热热地烙出来，看起来真像是白面饼子，张嘴一咬不一样了。母亲做这样的饼子，心里该有这样的幻想吧，她是给她的孩子们做了白面的饼子。不同的是另一次，以为是包了

人邻，本名张世杰，祖籍河南洛阳老城。出版诗歌、散文、艺术评传十余种，诗歌、散文收入多种选本。获《星星》诗刊年度诗人奖、江苏紫金雨花文学奖等奖项。现居兰州。

玉米面在里面的,可张口咬开,里面竟然真的全是白面!

红烧肉:一年半载才能吃上一次红烧肉。肉还在锅里炖着,我们就等不及了,在锅边转,不肯走开,生怕走开的那一刻肉忽然熟了。肉勉强煮到半熟,我们就说,肉熟了,肉熟了。我还能想象那个画面,三个孩子,四肢都瘦小,只有脑袋和嘴巴奇大,嘴朝锅里煮着的肉噘着,眼睛却看着母亲。母亲知道肉没烂,但还是每人捞一块,说,尝尝,看熟了没有。我们才塞到嘴里,还没嚼,就说,熟了,真的熟了。简直是太香了!

有时候做红烧肉,母亲会有意做几个窝窝头,窝窝捏得大一些,我们将窝窝头倒过来,把红烧肉放在那个窝窝里,举着,满院子转着吃。

蒸窝头:窝头先要烫面,说是烫了的面甜。烧滚了水,倒在放好了玉米面的大盆里,用擀杖和,水太烫,手下不去。和到差不多,才能下手。老太太们的手皮厚,从面盆边上一点一点扒拉着和,差不多匀了,放下,等着捏了上笼。

蒸笼冒大气了。不知道为什么说是冒大气了,但觉得这个词好,希望。女人们端一盆凉水在案上,手蘸了水,嘴里"咝咝"地吹着,烫啊!一边赶忙捏窝头。才用滚水烫了的面,热都捂在里面,一翻开,烫得人只能"咝咝"的。团一个,上笼一个;团一个,上笼一个;一大笼的金黄。

半个时辰后,好了,一揭笼,满屋子玉米面的甜。女人们手快,一个一个飞快地摞在很大的案板上。真是烫呀!稍稍晾晾,人拿起来看,一个一个的手指印,老太太的,年轻女人的,都在上面。

母亲不会做鞋

小 米

在乡下，做鞋是一个女人的基本功之一，与之配套的，是做针线。缝缝补补的活儿，在那时候的农村，常见，常有，必不可少。女人的另一个基本功是擀面，与之配套的是做各式各样的粗茶淡饭，这都是一日三餐少不了的。

不会做针线的姑娘，饭做得也不怎么好的姑娘，无论长相多好，也不管你农活有多能干，照样有嫁不出去的可能。会这些，精于此道，是女方的优点、长处，值得炫耀；不会或不精，就是缺点，女孩子就会有低人一等的感觉。

擀黄豆面，母亲能够将面擀得跟牛皮纸一样薄，却仍不至于破裂。讲究的，就是这个薄；擀白面，她也能擀得格外柔韧、劲道，下在锅里煮不糊，吃在嘴里，口感仍然劲道；擀杂面（玉米面、黄豆面、荞面、豌豆面、白面、洋芋面等多种面粉或其中几种面粉的混合体），母亲也能擀得又薄又劲道。擀面或做饭，难不倒母亲，她的手艺有口皆碑。缝缝补补的事儿，母亲也能做，做得虽不怎么好，却也能应付过去。

母亲从来不做鞋，她不会。

母亲不会做鞋，与她的成长经历有关。在母亲的青少年时期，别的女孩子学习手工时，母亲却要为生计忙碌，外婆顾不上教，她也没有时间做，到了她可以做这些的时候，她已成了待嫁的大姑娘，因做惯了体力活，对做鞋这样的麻烦事儿，彻底失去了兴趣。

在家乡，青年男女婚事初步定下来的一个极具象征意味的步骤就是，女方要赠送一双她亲手做的布鞋给男方。别的女孩子，媒人还不曾提过亲，一双这样的鞋，却已做出来很久了。她甚至会常常抽空，从箱底拿出来，独自欣赏欣赏，出一会儿神，又庄重地，将鞋锁于箱底，然后暗暗期待着穿鞋的人出

小米，男，原名刘长江，1968年生，中国作协会员，写诗歌、散文、小说，偶尔写评论。甘肃省陇南市文联副主席、作协主席，文县文联主席。出版诗集《小米诗选》《十年诗选》。

我的母亲

现得越早越好。

父亲娶不上媳妇，母亲难以出嫁，也不能出嫁，外婆身边只有她一个女儿了，她要为外婆养老送终。在乡下，超龄而赤贫的父亲，已不具备挑三拣四的资格，也丧失了挑剔母亲"不会做鞋"这一缺点的权利。他向媒人承诺，他可以入赘。既然要招上门女婿，母亲就不能提太高的要求，还得具备足够的资本。他们只能各自退一步，解决各自的难题，成就了这段婚姻。

在我的印象中，父亲从来不曾穿过母亲做给他的布鞋。我不知道母亲有没有做过这么一双鞋，我也不知道父亲有没有穿过母亲做给他的鞋。我没有问过，我估计没有。父亲当然穿过布鞋，父亲穿的布鞋，都是母亲巴结大姨，求他给父亲做的。

这是无奈之举，是母亲没有办法的办法。

常常，母亲在大姨的安排和监督下，铰好了鞋样，或求大姨给她铰好鞋样，到了阴雨天，不能出工做农活，母亲百无聊赖，就把她的针线篮子拿出来，坐在屋檐下，抓一把白面，熬一碗"面然子（糨糊）"，再用碎旧布料，粘布鞋的千层底。从鞋样大小来判断，这鞋底，她是做给父亲的。说是千层底，其实并没有那么多，二三十层是有的。鞋底中间用的旧布片、碎布片，外层包裹的，却是崭新的白布。一个阴雨天，母亲能够做三四双鞋底。鞋底做好了，就压在手磨的磨盘下。过一段时间，鞋底阴干了，就可以纳鞋底了。

纳鞋底，用的是很细的麻绳。纳鞋底，母亲只能抽空做。一般，吃完晚饭，洗漱完毕，一家人坐在火塘边，油灯下，别人无所事事，母亲却在飞针走线。还未纳好的鞋底，太厚了，足有两厘米厚，每一针，都得先用锥子在鞋底上钻一个穿透的孔眼，再让针和绳子穿过，否则，手指和顶针无论怎么用力，也难以穿透结实而坚硬的鞋底。一不小心，锥子或针，还会扎了手。纳好一双鞋底,最少也得十来天。

母亲做的,是没什么技术含量的鞋底。鞋帮母亲不会铰,也粘不好,她得请大姨替她做。鞋帮做好了,还得请大姨把鞋底与鞋帮缝成一个整体,鞋才算完工。

大姨抽空替母亲做了的这些,不是无偿的,都是有酬劳的。母亲给大姨的酬劳是,要么帮大姨干一天农活,要么给大姨想要或需要的什么东西。不是大姨贪婪,大姨也有一大家人,她要上工挣工分,只能抽空为孩子们缝缝补补,也无空闲时间。大姨肯出面指点母亲,替母亲做,已经尽了姐妹情谊。人在穷困的时候,无论怎样的亲情,都显得不那么亲了,这是正常现象,不值得大惊小怪。任何人都要先考虑自己的生存,然后才会替别人着想。人只有在自己富余的时候,才会顾及亲情、友情,才具备行善的条件。这不是自私,能做到这样,已经挺不错了。

大姨从小就过继给了别人,她的手艺不是从外婆那儿学来的,大姨从小就跟母亲不是一家人,更不曾在同一个家庭里生活过,她没有教母亲做和替母亲做的义务。

做一双鞋,母亲付出的精力比亲自做鞋多很多,但她情愿这样,也不肯下功夫钻研做鞋的技艺。母亲是一个简单的人,她认为做鞋太复杂了、太难了,她学不会。

母亲每年都这么求大姨,要大姨帮她给父亲做一双布鞋。

母亲从未独自完成做鞋的全过程,她不是不做鞋,她只是不会罢了。

我没有穿过母亲做出来的鞋,母亲给我买鞋穿。

母亲给我买的,是胶鞋或"松紧鞋"——鞋面开口处缝着松紧带的鞋子。胶鞋我爱穿,轻巧,合脚,柔韧性也好,穿在脚上,比布鞋舒服。胶鞋耐穿,一双胶鞋,我可以穿半年,鞋穿得再也不能将它捆绑在脚上了,才会扔掉,再换一双新的。"松紧鞋"是布鞋的一种,不过,它不是手工缝制的,好像是机器做出来的,鞋底也是塑料制作出来的。"松紧鞋"供销社的商店里有卖的,比胶鞋便宜,但不如胶鞋舒服、耐穿,穿的时候,却比胶鞋方便,它没有鞋带。村里跟我年龄差不多的孩子,几乎没有穿过胶鞋和"松紧鞋",买不起。

我穿的,一直是这两种鞋,母亲很少求大姨给我做布鞋。

说心里话,我在小伙伴面前,一直以来,在穿鞋这方面是有自豪感的,这是因为,我穿的鞋,比他们的高级。

年龄大一些了，到了青春叛逆期了，我突然就有了极其严重的"布鞋情结"。看见别的孩子都穿妈妈做的布鞋，我非常羡慕。我也知道这些孩子，包括他们的父母，从不掩饰对我的鞋子的羡慕，但没法子，我就是想穿一双布鞋，特别想。在内心深处，我渴望过一过穿布鞋的瘾。这样的想法，我从未对母亲讲过，她当然不知道。这种渴望在心里埋藏得久了，我就觉得，我都长这么大了，却连一双母亲做的布鞋都不曾穿过，仿佛母亲不爱她的子女，更不爱我。

当然，后来，我释然了。

我只穿过一双布鞋，也是母亲求大姨做的。刚穿布鞋的那一刻，我的内心盈满了喜悦与幸福，仿佛心脏里盛满了水，稍不留神就会溢出来。

穿新布鞋的滋味，并不如我想象中的那么好。

新鞋不跟脚，还夹脚，鞋底硬得像一块木板，每走一步，脚都有要从鞋里拔出来的感觉，让我很不习惯，鞋帮和鞋底，也似乎太紧。穿上了梦寐以求的布鞋，我却完全丧失了穿胶鞋的那种健步如飞的愉悦感。母亲用不太恰当的比喻开导我说："鞋与脚，就跟新婚夫妻是一样的，一开始会很不习惯，疙疙瘩瘩的，穿一段时间，磨合磨合，就适应了。"我只好继续穿。勉强穿了几天，脚上有好几处让鞋磨红了，有一处，还磨出了亮晶晶的水泡。我终于忍不住了，不想让鞋与脚继续磨合，就脱下新布鞋，搁置起来，又将一双破烂得不堪入目的胶鞋穿在脚上。

不久，父亲的鞋弄脏了，暂时没鞋穿了，看见我没有穿新鞋，就跟我借鞋。那时候，谁都没有多余的鞋穿。我大度地说："给你吧，我不穿了。"十来岁的我，脚比父亲的还大。父亲穿了我的布鞋，说："舒服得很嘛。"父亲后来要把新布鞋还给我，我却说什么也不想要它了。那一双布鞋，就这么给了父亲。母亲无奈，只好连续挖了三天柴胡根，用卖柴胡根的钱，给我又买了一双胶鞋。

我终于明白，母亲给父亲做布鞋穿，不是因为偏袒父亲，恰恰因为偏袒我们几个孩子。母亲要给孩子们买鞋穿，就没有那么多钱给父亲也买胶鞋了，父亲只能跟母亲一起，默默地享受着布鞋的折磨。

母爱是最易感知的，不是用会不会做鞋来衡量的。

2012年8月4日

清明时的回忆

王 莹

又是一年清明时。几天来,天气很是阴沉,似有似无的雨滴总是淅淅沥沥地下个不停。"清明时节雨纷纷,路上行人欲断魂。"逝去多年的双亲重又浮现在我的眼前。道不尽的往事,是我永远的温暖记忆。

我的母亲王继华1924年11月26日出生,祖籍天津。她出身于一个中产阶级家庭,家境殷实,生活无忧。听说姥爷当年是位京剧爱好者,在当地还小有名气。我见过姥爷留传下来的剧照。照片中的姥爷身穿戏服,摆出架势,真的很神气。姥姥给我的印象最为深刻,她走起路来摇摇摆摆的,一双小脚是标准的三寸金莲。我小时候在姥姥家住过很长一段时间,亲身体验到祖辈的家风。姥姥生育了七个儿女,五男二女,我母亲排行最小。

姥姥虽说是不识几个字,但在生活中精明强干,持家有道。后来姥爷过世了,家中失去了顶梁柱和经济来源,家道开始衰败,日子越来越艰辛了。但姥姥还是尽量安排孩子们去读书。我大舅靠着勤工俭学挣得学费才完成学业,并以优异的成绩考取了南开大学,毕业后留在南开大学任教。他英俊潇洒,学者风度十足,小时候见过他,印象很深。二舅考取了西南交通大学,这在当时也算是老王家的风光之事。

旧时的老家庭中遗留下来的规矩和礼仪很多。大人们经常教育孩子说,吃饭时要等大人动筷子了你才能吃知道吗?还有吃饭时不能吧唧嘴,对人要有礼貌,小孩子要坐有坐相,站有站相,等等。尤其是对女孩子,那管教更是严苛,从小就要学习如何做家务,不能抛头露面。母亲就是在这样的家庭中长大的。耳濡目染,潜移默化,家风在母亲的心灵中扎了根,滋养出一种安静平和的淑雅之气。

王莹,1961年出生,1984年毕业于天津美术学院绘画系,高级美术教师,长期从事绘画艺术创作并有作品刊登在国家级刊物上,2021年退休。

我的母亲王继华

母亲自幼乖巧纯厚，不善言说，但很爱学习。受哥哥们的影响，学习非常努力，成绩也很优异。母亲毕业于一所女子中学。据我的二姨妈讲，母亲不太擅长家务，像女人们常常喜欢的缝纫呀绣花呀，做各式各样的菜品呀，等等，是她的弱项。她年轻的时候正赶上解放初期，国家百废待兴，各个行业蓬勃兴起，银行正在招录从业人员，母亲勇敢地跨出家门，参加了考试和培训，最终如愿以偿被录用了，成为一名银行职员。后来她所在的单位更名为"中国人民银行天津市分行营业部"。

母亲对待工作的态度是认真的。她几乎年年都被评为先进，受到表彰，到现在家里还保存着她遗留下来的奖状呢。记得我们小的时候，母亲因为要工作，把我们分别寄养在几个亲戚家，大哥在湖南湘潭的姑姑家，小哥在姥姥家，只有我跟随着母亲，大部分时间还是由姐姐来看护我。我七八岁的时候，母亲因为要去五七干校下放劳动，就把我也送到姥姥家。

在姥姥家生活的几年间，我学会了很多东西。小小的年纪学着大人的样子，开始做一些简单的家务，扫地洗碗，和哥哥一起去胡同里担水。

二姨妈教我学绣花，一朵小红花绣得有模有样的。姥姥和二姨妈一起操持着生活，日子过得很是节俭，记得床上的单子是补丁摞补丁。姥姥八十几岁的年纪了，还坐在床头上补袜子。这种节俭之风也传给了母亲。母亲常说，一件衣服，新三年旧三年，缝缝补补又三年，最后当抹布。

母亲的毛笔字写得很漂亮，

母亲的奖状

端庄大气。记得"文革"时期,街上铺天盖地到处都是大字报,她单位上的许多大字报都是请母亲来抄写的。母亲这一手漂亮的字体,在当时的女同胞当中可谓是凤毛麟角。她年老的时候有时还写写字。

母亲乐于助人。记得我小的时候,邻居胡阿姨家由于家庭人口众多,经济负担很重,每到月末生活费就会陷入窘境,无奈,她就向母亲借钱。母亲二话不说欣然同意。其实,当年经济困难时期,每个家庭的经济状况都好不到哪里去。母亲这样做,只能是自己勉强度日罢了。

母亲的人缘很好。她为人和善,不论家里、外边,从不和人发生争吵,和邻居们的关系都处得很好。还经常为邻居们做一些力所能及的小事情,像为邻居们送个信和报纸啦,谁家做饭临时没有酱油和醋啦,立刻送过去,邻居们都亲切地称她是热心的王婶。

家庭生活中,母亲不善言说,更不会讲什么大道理,她只知道埋头干活。小时候母亲留给我的印象就是辛勤地操劳着所有的家事,照料着儿女,操心着父亲的生活。父亲是从来都不干家务的。他大部分时间就是喝茶看报,有时间侍弄一些花花草草的。但父亲很重视对子女的教育。有时我们姐妹兄弟几个人聚在一起闲聊天,父亲就会眯着眼睛笑呵呵地凑过来听,参加我们的讨论,讲一些见闻,一些人生的大道理。他尤其注重培养我们的一技之长。在父亲的鼓励和培养教育下,我们还都算是学有所长。大哥从小喜爱绘画,二哥学习音乐和书法,我在大哥的启蒙下钻研学习绘画艺术。

在我们姐妹兄弟四人中,母亲给予我的疼爱最多。小时候被她抱着、疼爱着的一幕幕,时常浮现在我的眼前。每想起母亲的音容笑貌和那慈爱的样子,我就会心酸欲泪。母亲年老后身体不太好,患有多种慢性病。生活和病痛的折磨慢慢地耗尽了她所有的精力,最终于1997年永远地离开了我们。

回忆往昔,我深深地感到,父母给予子女的恩德比天高比海深,而子女回馈给父母亲的又有多少呢?想来很是惭愧。在此真心奉劝所有做儿女的,父母在世多尽孝,切勿留下终身的遗憾。

临江仙·回乡探母

王 澜

年惑家门得喜，
养儿方悟羔行。
追怀家境语难倾。
蔽身褴褛褂，
果腹冷残羹。

五月欣逢佳节，
祈求慈母康宁。
窥亲柴瘦泪盈盈。
驱车回故里，
侍药报余情。

注：羔行，指羔羊跪乳之恩。

王澜，男，藏族，文县第三中学教师，偶作文章以寄情。

一个平凡人的心路

——怀念我的母亲

王力群

　　母亲是吉林省伊通人,她的母系是满族。外祖父王逸闲在张学良任队长时的东北军教导队中当过教官和军医,是东北军的老人。后来,他在与日本人作战时负伤,离开了部队。或许是对女儿有特殊的期许,他给母亲取了个很励志的男孩名字,叫克勉。

　　谷雨是母亲出生的节气,谷雨也是母亲的乳名。母亲像谷雨一样美丽。她睿智、坚强,从不向命运低头。无论对工作还是对家庭,她都有见识,有责任,有担当,是个有魅力、有尊严的人。母亲永远衣着整洁,仪容端庄,一幅精明强干的样子。她兴趣广泛,有生活品位,爱好文学和戏剧,能背诵多部国学经典。从明清小说、元人杂剧到唐人小说,她都如数家珍。她的篮球和乒乓球都有较高的水平。

　　母亲的一生是坎坷的。她经历了新旧两个社会,亲历了两场战争和三次大的迁徙,受尽颠沛流离之苦和难以想象的磨难,也为新中国的建设竭尽所能地贡献了自己的大半生。

　　母亲在中学毕业后,有过一段不长的职业生涯,先后在电话局当过接线生,在医院当过助产士。母亲和父亲是在抗战后期结的婚。父亲早年在著名民族资本家刘梦斗的益发合公司工作,从学徒干到副经理。

　　1931年,九一八事变,东北地区落入日寇魔掌之中。日本侵略者在东北实行残酷的殖民统治,疯狂掠夺东北的资源,对东北人民实施奴化、"日本化"改造。侵略者为了将粮食运往前线,在东北实行严格的粮食配给制度,规定东北居民分为三类:对日本居民供应大米、白面;对朝鲜人供应部分细粮;中国人只能吃高粱米、橡子面。中国人违反规定就算经济犯,要受到严厉的处罚。

王力群,祖籍河北乐亭(今属唐山),1947年9月生于吉林长春。毕业于兰州大学历史系,史学硕士,曾任甘肃省人大常委会研究室副主任,《人大研究》杂志主编。

那段时间,祸不单行,先是日本商人搞不正当竞争,诬陷益发合公司仿制日本的协和呢,向当局提出诬告。作为中方当事人的父亲被当局扣住,不能回家。一天,日本人突然闯入家中搜查,搜出十几斤大米,便凶神恶煞般追问来路。无论他们怎样咆哮,母亲面无表情,一句话也不说。最后,日本人把住在家里的伯父当作经济犯抓去,又是灌辣椒水,又是压杠子,折腾得死去活来。

万幸的是,日本终于战败投降了,重见天日之时,母亲和所有同胞一样欢欣鼓舞,她对回到家中的父亲和伯父兴奋地说:"当亡国奴的日子总算熬出头了。"

母亲高兴得太早了,磨难还远未结束,不久,国民党发动内战,人民又饱受战乱之苦。1948年,我出生还不到一年,就赶上长春围城战,城中的国民党军队完全靠空投接济,老百姓则全部断粮,难民纷纷外逃。父亲背着两岁多的姐姐,妈妈抱着饿得奄奄一息的我,排在等待过封锁线的难民队伍里,天下着雨,只有在战斗间隙才能放一部分人出去。路边饿殍遍地,挤散的人呼儿唤女,弃婴和坐以待毙的老人随处可见。我这时拉肚子已经虚脱,头都抬不起来,周围的人都说,这孩子不行啦,扔下吧,大人能不能活着出去还不知道呢!母亲沉默地面对好心人的劝说,用仅有的一条毛毯换了两片消炎片。就这样,挨了三天,总算出了城。

走在泥泞的路上,母亲的鞋坏了,用一根布条绑在脚上。一家人忍饥挨饿,抱着我艰难前行。我不知道他们是怎样风餐露宿地走过这千里长途的,也不知道他们都经历了哪些艰险,我只知道我活下来就是个奇迹。如果不是母亲的爱,不是母亲决不放弃的坚持,就没有今天的我。每当想到这些,我就为做过的那些惹母亲生气和不高兴的事感到难过。我亏欠母亲的太多,母亲的恩情是我永远无法报答的。

我的家乡河北乐亭县是李大钊的故乡,父母对共产党早有了解,他们在路上听说,中共新创建的华北大学在正定县招生,决定前去投考。到正定后,母亲顺利通过了考试,父亲因年龄过限未能录取,被介绍到革命大学。当时,全国解放在即,各方面急需干部,华北大学抽调大批师生参加南下工作团随大军南下。母亲陷入两难之中,面临新中国的诞生,她迫切希望投入新的工作,但是,面对两个不到三岁的孩子,她最终未能随军南下,这成了她终生的遗憾。

1952年,我们举家迁到哈尔滨,父亲参加了"一五"重点工程哈尔滨量具刃具厂的建设,母亲则开始了教师生涯。那时,新中国刚刚建立,百废待兴,人民当家做主,建设新国家的热情是今天的人们无法想象的,父母都全身心地投入工作,家中几乎见不到他们的身影。

1955年,国家号召东北老工业基地支援大西北,父母听说要在兰州建设新的工业城市,便踊跃报名。伯父和一些亲友纷纷劝阻,说多年离乱,好不容易安定下来,西北条件艰苦,拉家带口,诸多不便,但父母义无反顾,大有舍我其谁的驾势。不知是当时的人都有这种家国情怀,还是纯粹出于奉献精神,成千上万的人对此面对重重困难,举家西迁,不是亲历其境的人对此难以想象。今天兰州发生了翻天覆地的变化,从结果看,50年代的大迁徙真是一场壮举,研究经济发展史和社会史的人们真应该向这些前辈建设者们致敬。

到了兰州,一切建设从零开始,城里没有水厂,多数地方也没有电,吃的是黄河水,点的是煤油灯,住的是干打垒的土坯房。马路晴天是扬灰路,雨天是"水泥"路,学校里砖头支块木板当桌凳,我们这些孩子都很不习惯,但父母好像没看到这一切,整天忙于工作。作为省建人,他们几乎走遍了全省各地,先后参加过兰化、兰炼、兰石、五〇四、四〇四和大三线的很多项目建设,虽然他们只起了一颗螺丝钉的作用,但那种忘我的奉献精神,我们是能感受到的。

为响应国家扫除文盲的号召,帮助工人学习文化知识和科学技术,母亲和父亲主动办起了工人夜校,他们自任教师,每天下班匆匆搞点饭吃就去上课,有时太忙,顾不上吃饭,只能下课后很晚才回家做饭。那时,这样的加班工作是没有报酬的,甚至也没有人想过报酬,人们想的只是多作贡献,为国家建设添砖加瓦。母亲的课深受工人们的欢迎,父母也因此受到大家的尊重,并和很多工人保持了多年的友谊。

作为一个曾在多所中小学任教的教师,母亲无疑是称职的,她在教学上永远一丝不苟,是多年的优秀教师。她备课的教案,批改的作业经常被教育局拿去展览,她的课堂上经常有各校的教师来观摩,她对每一个学生的作业都要写出评语,指出优缺点和应注意的事项,为此她常常工作到深夜。我知道按她的水平和能力,她完全用不着这样辛苦,就能做一个好老师,但是,她绝不敷衍,总是追求完美。她像关心自己的子女一样关心她的每一个学生,经常利用休息时间给学生补课。对接受能力强的学生,她还给他们讲一些使用工具书的方法,推荐阅读书目,解答他们的各种问题。她做这一切完全出于教师的责任和义务,绝不要任何报酬,和时下的一些教师相比,不可同日而语,因此,她的学生们对她的尊敬和钦佩是发自内心的。若干年后,她的一些学生也当了老师,他们都说,王老师是我们终生的榜样,王老师做的事,我们永远也做不到。

在那"左倾"思潮泛滥、政治运动不断的年代,母亲深感压抑,但她绝不见风使舵。1957年"反右运动"中,一些同志受到错误批判,母亲公开为一些人辩护,因同情右派受到批判,回家后,她静坐了一夜,谁也不知她在想什么。后来,还是因为她是多年的先进和良好的群众关系,终于勉强过关,不然,以她的不识时务,恐怕在劫难逃。在这一点上,我的愚直大概也是从母亲那儿继承来的。

60年代初,国家遇到严重困难,各单位都精简下放人员,父母虽不在精简之列,但父亲在生活和工作的双重压力下,想辞职回乡务农,他多次和母亲商量,母亲坚决不同意,她认为回乡,孩子们就会辍学,眼前有再大的困难都必须坚持。在我初中毕业时,赶上地质队招工,我认为既可减轻家庭负担,又可早点就业,便和母亲商量,母亲断然说,家里的困难是我们的事,不用你考虑,你现在的任务就是完成学业。无论有多少困难,在母亲的坚持下,我们八个子女都接受了高等教育。在家里的大事上,母亲是真正的主心骨,这就是她对整个家庭的责任和担当。

"文革"后,母亲从张掖干校回到兰州,在参加兰州钢厂建设后,开始了她的退休生活,这是她一生中最安定的一段时光。退休后的二十年,她身体依然康健,精神也放松了许多,每天读书、养花、种菜,也很希望有人陪她出去旅游,但她又常说,你们的工作重要,不能耽误。

她78岁那年,外祖父从呼和浩特来看她,她要带老人出去旅游,以尽最后的孝道,这着实吓我们一跳,大家连忙劝阻。

时间过得飞快,母亲逐渐老去。我深感自责,我们陪伴母亲的时间实在太少了,想着退休后一定要好好陪伴在她身边,以弥补我们对她的亏欠。我许诺的陪伴和回报却迟迟没有到来。在最后的岁月里,母亲最怕的是给人添麻烦,哪怕是自己的子女,这是她坚守了一辈子的处事原则。

在弥留之际,母亲面对生死的态度是达观的,她拒绝一切徒劳无功的救治,在十一年前的寒露之夜,坦然地走完了自己八十四年的人生路。母亲是有责任、有担当、有尊严的人,她留给我们受用不尽的精神财富。

母亲是平凡的,一生没有轰轰烈烈的事业,也没有传奇的经历,平平淡淡,属于典型的芸芸众生。

我的母亲王克勉

　　现在,经济发展,社会进步了,每当回忆起母亲,我总感觉和父辈们相比,我们好像失去了什么,是那种默默无闻的奉献精神,还是普通人的家国担当? 失去了这些,就失去了灵魂。冥冥中,仿佛天籁,魂兮归来。我们讲不忘初心,当然也不能忘记前人的付出和贡献。今天,这些早已退休的前辈的待遇,与后来者相比相差甚远。我们是否应该感念这些伟大的前辈呢?

　　再次回忆母亲,用什么语言都难以表达,我只是临笔涕零,不知所云。

母亲散记

王长庚

　　听母亲的好友张姨姨讲："你妈从小就有福,卢爷(我的外祖父)是名老中医,不缺吃、不缺穿,我们都很羡慕……"我们小的时候,心目中的母亲就像作家冰心一样,是一位知识文化女性。母亲把家中杂事打理得井井有条,还抽时间博览群书,写得一手好字。平时说话会不经意间引用一些名人名言。记得有一次,我让母亲帮忙做一件小事情,她跟我说:"列夫·托尔斯泰说过,能自己做到的事情就不要麻烦别人。"这句话我记忆犹新。

　　母亲生于1933年,经历了历次运动。那个年代的父母,与现在的独生子女父母很不一样,所谓照顾孩子,就是想办法让孩子们吃饱穿暖,学习之类的基本不管。孩子们一起玩耍,自娱自乐,学好学不好都看自己,感到很宽松。母亲除了上班,回家后还要给全家人做饭。那时候粮油实行凭购粮证按月供应,成年人每人每月四两清油、二十八斤面粉,副食品和棉布、棉花都要凭票证购买。每天早上我们去上学,要吃的饼子馒头咸菜,中午放学回家要吃的菜和汤,晚上放学回来要吃的一锅子香头面,都要母亲操心来做。到现在一直还记得母亲做得最好吃的饭,就是臊子面、酸辣肚丝汤……可想而知,当时母亲养育我们长大,日常是多么繁忙和劳累。

　　记得小时候感觉最幸福的,就是母亲常常给我们掏耳朵、剪指甲,过年穿新衣服、放炮仗。水无声,浸润万物,母爱像水一样从不张扬却无微不至,无比宽容。回顾我们的一生,我们三个兄妹做事认真,谨小慎微的习惯和母亲的遗传及言传身教有关。

　　我刚上到小学三年级,"文化大革命"就开始了。父亲是地下党员,1949

王长庚,生于1958年7月,甘肃渭源人,中共党员,高级经济师。1978年考取山西财经学院会计系,先后在省人保公司、平安保险公司担任区域稽核总、总公司稽核部副总、分公司副总,兼任党委副书记、工会主席等职。

年前单线联系的上级,在北京无线电X厂被批斗了,父亲也被作为走资派和假党员受到了批斗,好些年在"五七干校"劳动。爷爷也被集中到单位限制了自由,相当于关了"牛棚"。母亲精神受到的打击无以言表,家里三个孩子的生活全靠她一人承担。我们最害怕的是母亲晚上去开会。那时候的晚上很

我们一家人(后排左一为我的母亲)

安静,母亲一走,家里就只有我们三个孩子,常常觉得不是门响,就是窗户在响,让人心惊。

"文革"时期的母亲很坚强,还有几分幽默。母亲给父亲回信时,不写父亲的名字,而写"老黑"。因父亲被批斗,大街上贴的标语就是"打倒黑ⅩⅩ!",父亲的名字上被打上叉叉。"文革"年代母亲还带我们逃过难,先后到渭源莲峰、陇西文峰。有一次从兰州市广武门姑姑家出来,到七里河吴家园工人医院(现在叫兰州市第一人民医院)看望住院的爷爷,母亲背着妹妹、带着我们兄弟俩,一直从广武门步行到吴家园,一路上给我们讲故事、讲趣闻,大家都忘记了劳累。母亲的这种坚强幽默的性格,无形地影响着我们兄妹三人。

母亲一生有个执着的观念,就是不愿去麻烦别人,也不大希望别人来麻烦自己,这一点与父亲"我为人人,人人为我"的性格恰恰相反。父亲的热心使我们在困难时感受到温暖,而母亲的傲骨使我们在逆境中焕发出力量。

母亲一生经历了两次大病。第一次,母亲还在武都地区商业处工作,那是20世纪70年代中期,母亲被医生诊断为乙型脑膜炎,住了院。病情非常严重,母亲已处于昏迷,医院都下了病危通知。全家人都很着急,父亲求大夫帮助,大夫说需要特效药,地区医院又没有,父亲立刻找朋友帮忙,在省城买到了母亲急需的药。谢天谢地,母亲终于得救了。母亲第二次生病住院,刚开始是发烧,以为是重感冒,一直输液治疗。长时间不见好转,最着急的是我们的哥哥,他一面请专家会诊,一面自己在网上查找病例,分析病因。母亲的病最后确诊了,属于十分罕见的金葡菌感染,是省人民医院患此病的第二例患者。大夫对症治疗,终于把一直昏迷的母亲从死神那里抢救了过来。母亲第二次大难不死,完全是得益于当医生的大儿子。兄弟姐妹中有当大

晚年的母亲

夫的真好，当大夫的哥哥功不可没。

在我们小时候的记忆中，母亲对爷爷特别孝顺。给爷爷洗脚、剪指甲，照顾爷爷的日常生活起居。父亲因患淋巴癌医治无效，病逝得早，离休才刚刚三年。母亲晚年，子女们孝顺，亲朋好友关心。哥哥、嫂子带母亲去了长江三峡，妹妹、妹夫带母亲去了云南，我和夫人带母亲去了北京、深圳、厦门。

母亲晚年不幸得了阿尔茨海默病，多亏妹妹、妹夫一直照顾。母亲今年已经89岁了，除了有些事记不清楚，身体还算健康，这也要感谢妹妹多年的费心照顾。

母亲对孩子的管教虽然很宽松，但她的言传身教，实际上对我们影响很大，让我们子女终身受益，甚至影响到孙辈。母亲常给我们讲，世上有因果，努力付出就有回报。妹妹的孩子，婚姻幸福，学业有成，博士明年毕业。我们兄弟俩的孩子，分别也是博士和硕士。母亲的三个孙子，曾分别到意大利、美国和英国留学。在孙子、孙女的心目中，他们的奶奶，是同学们的奶奶中最有文化的奶奶。

电视剧《人世间》中有一句非常经典的台词："都当爸了，还有爸揍你，那不就是幸福嘛。"令我感触良多。我们这一代人都当爷爷、奶奶了，想自己的母亲了，还可以去探望，跟老人家说说心里话，可不就是一种幸福嘛。

2022年5月3日

母亲留给我一颗良善的种子

王文汉

老来多梦，混沌不清。唯有梦见母亲，细节很清晰，我仿佛又回到了孩提时节。

儿时的会宁县城更像是一个镇子。王家台子（红军会师期间四方面军指挥部所在地）与邢家台子相毗邻，对面就是焦家坑，内有一古洞，很隐蔽，安全可靠。1936年10月，一、二、四方面军在会宁会师期间，朱德总司令的临时指挥部就设在这里。

我家就住在王家台子。在我的记忆中，一到晚上，炊烟四起，母亲的声音便响彻耳际。正在古洞里玩耍的我们，不愿放下欢快的游戏，但架不住母亲的连连呼喊，还有母亲做的那馋人口水的白面馍馍和馨香四溢的浆水疙瘩，只好各回各家。

我们家兄弟姐妹众多，在那个清贫的年代，白面馍馍是稀罕物，母亲是舍不得吃的。她把馍馍分给我们吃，有时把杂粮馍馍和着白面馍馍施舍给讨饭的人。小时候我甚至怀疑，母亲恐怕是不喜欢吃白面馍馍吧？要不，给路人给点杂粮馍馍不就行了吗？

母亲略懂中医针灸。那时缺医少药，她的"医术"可谓远近闻名。大到接生、治疗头疼脑热，小到针灸，方圆十里都能看到母亲忙碌而又急迫的身影，而母亲只是乐善好施，从不收取任何酬金。

红军会师期间，母亲的"医术"还真派上了用场。据说她的"土方"特灵，花椒水和着煮沸冷却的童子尿，为红军伤员清洗伤口，效果很不错。在一次敌机轰炸中，一名小红军因保护小孩而光荣牺牲，好多红军在此次敌袭中受伤。母亲开设的磨坊及卖馍卖饭的铺面，成了红军伤员的临时医治点。她顾

王文汉，1952年2月生，甘肃会宁人，大学学历。会宁县政协原副主席，现为会宁县慈善会常务副会长。2020年9月被中华慈善总会授予全国基层慈善优秀工作者称号。

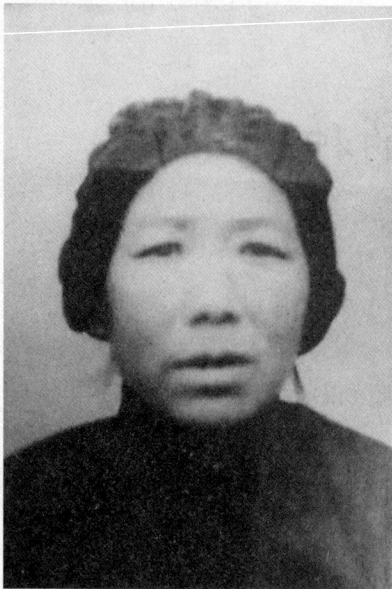

我的母亲

不得反动派秋后算账的危险,跑到县城南关的药铺"义盛合",赊来"红玉膏",为红军伤员贴敷止痛。

红军在会宁的22个日子里,部队大多住在居民院落里。适逢秋雨连绵,母亲便把家里仅有的一片旧席送给红军遮风挡雨,红军再三感激致谢。十月的秋风已变凛冽,凉入肌骨,母亲看到部分红军仍然打着赤脚,她怕他们冻伤,便四处奔走求告,借了东家借西家,把借来的各种破旧鞋子重新修缝一过,分送给红军战士。鞋子有成双配对的,也有不一样的两只拼凑的,但在当时可是弥足珍贵的啊!

母亲的质朴、忠厚、善良打动了红军,被认为是红军可依靠的群众,于是母亲经营的饭和馍便被定为红军总部和直属机关的早晚餐。期间,母亲还为朱德总司令端过水送过饭,母亲生前每谈及此事,都能看到她眼眶中打转的泪花,她常以这件事为荣。

会宁的干旱是有名的。老百姓们几乎家家都有水窖,把雨水积存起来饮用,珍贵无比。红军官兵们从不用群众的窖水,都是到很远的地方下河挑水吃(河水是浑浊的,苦的),连朱德总司令、徐向前总指挥也亲自下河挑水。这支官兵平等、秋毫无犯的队伍深深震撼着母亲的心灵,她和父亲便鼓励三叔加入红军队伍。后来,三叔在沂蒙山抗战中光荣捐躯,三叔的光辉事迹成了母亲教育子女的家庭教本,使我们从小便怀有为公奉献的情怀。

红军走后,在会宁留下了一些珍贵的长征遗物。我家值得一提的,第一件是朱总司令用过的瓷茶壶(已被中央军事博物馆收藏),第二件是两枚川陕省苏维埃造的"赤化全川 1934"红铜币。两枚红铜币被母亲细心地珍藏了下来,直到母亲去世前,才郑重地托付我。我保藏至2007年,才捐赠给了县上的红军会宁会师纪念馆。

正如红军对母亲的评价一样,母亲是一位穷人,也是一位好人,更是一位共产党红军可以依靠的人。她对我们儿孙后代的教育非常直白:"多向共产党红军学习,穷要清清白白,富要干干净净。"

母亲伴我快乐成长的日子是出奇的短促。1966年2月,母亲积劳成疾,染病亡故,匆匆走完了短暂而又辛酸的五十八个春秋,那年我才14岁。那时的我,整个身心除了悲痛,似乎只剩下了忧伤和无助。母亲生前乐善好施,扶危济困,广结善缘,去世后前来吊唁的亲朋邻里联袂成荫,偌大一个王家台子都有点装不下了。越是人多,我心越是死寂,想到从此不再有母亲的絮叨,幼小的心灵无力承负,常常会从噩梦中哭醒。而昔日母亲的温热床枕已变空凉,时空一下子凝滞……

母亲虽已远去,但她的品行如乳汁滋润我成长,让我的精神世界不再空虚寂寥,慢慢地,我变得自信而又坚强,十多年来投身慈善事业,矢志不渝。如今想来,这或许是母亲为我留下的一颗良善种子,在我心里发芽、抽叶、生长……

母亲，快乐地劳动到老（组诗）

王有明

我的妈妈

天麻麻亮，早早起来收拾妥当
拿着一根锨把大小的木棒
当拐棍，打露水
去平垭给纹党参除草，施肥，扶正苗

是我上大学放暑假后返家的傍晚时分
爸爸要去接，我执意要去
天快黑了，隐约看见一捆柴草在行走
仿佛是那捆柴草背着轻飘飘的妈妈
走在一高一低的山路上。我匆匆上前
妈妈的双脚泥泞，步履沉重
摔过的痕迹坚强又隐忍

我替妈妈背上那捆柴草
泪水止不住流下来
还好，夜色替我掩盖了
我背了一会儿，柴草越来越重
妈妈却一辈子这样走过

王有明，陇南市文县人，在《中国作家》《延河》《陇南文艺》等报刊发表文学作品，获陇南市文化广电和旅游局、陇南市教育局、陇南市文联举办的"百年追梦·美丽陇南"庆祝中国共产党成立100周年文学作品征集活动优秀奖和陇南市诗歌学会年度评论奖。

母亲(前左)和一家人

母亲,白水溪

白水溪恬静,清冽
亘古如斯,像一条缎带
系在村庄的腰间,又如
一片星河,挂在
我内心的天幕上

小时候,常跟随妈妈
去阴山里,妈妈劳作,我放牛
涉过溪水的时候,五头牛总用
溪水解渴,此时,妈妈和我
也掬着溪水解渴。放下负重
瞬间,天地轻悠

宁静安详的白水溪,如今
还映现着,妈妈温暖慈祥的面容

劳动到老

几乎每天都早早出工，太阳都回家了
她还不回家——
她知道，厚重的土地深处
有养人的五谷

多干一会儿，再多干一会儿
坚持着
把劳累、汗水甚至饥渴
都一一种进泥土里
难怪同村的大婶儿都夸耀
她的庄稼长得最好

她知道，哪座山上种纹党品质高
哪座山湾栽大黄，收成好
哪座山里打柴，还能给孩子们
摘到山葡萄、八月瓜、鬼指头、五味子……

就这样，带着挤进骨缝里的
疼痛和劳累，母亲
活到老，快乐地劳动到老

春天里的母亲

岁月一年一年地催老着母亲
儿女一回一回地呼唤着母亲
母亲坐在春天的桃花里
苍老了岁月印记
桃树抛尽了秋叶片片
好似母亲散尽了箱底的钱

嶙峋的母亲
安睡在春光里

桃树与母亲相仿
桃树开花结果
母亲生儿育女
自然的呼唤

儿女们也到守望的年纪
憧憬在桃花依然盛开的春天里
细忆着母亲脸上的皱纹
朝思暮想的脸庞，依然清晰

雨中行

昨夜，清风下山
扫除庭院
今晨，小雨铺路
满山娇翠
一个人走在路上
只听见匆匆的脚步声
这时，如果母亲唤一声
儿啊——
也许就天高云淡
但只听到儿叫了一声
妈妈呀——
一阵更大的雨幕漫过原野
那是妈妈想儿的泪水

秋的节日

重阳节又一次来到了

带着秋天丰收的果实
庄稼田畔的汗水
诉说着劳动的踏实、欢乐

然而,母亲的星辰向我指示的方向
是交织在许多哀愁中的形象
我想唱出秋天的丰收
可母亲的日子却融入不变的时空里

记忆的痛苦在秋风中零落
无情的欢乐流淌在怀念的节日里
在路上,抛去离愁
在心上,留下哀愁

回故乡

在那青翠山涧,溪水源头
悠悠青山
有母亲的田园
草屋、桑麻和李桃
母亲的庄稼长势喜人
丛丛簇簇
飘泊的时日久了
怕荒草丛生
相见只有杂言
我要回去
借云朵的翅膀
与飞鸟为伴
回故乡
种田,除草,收庄稼
止语,归自然
万物和谐,阳光一朵一朵

忆母亲

王仲保

> 儿行千里母担忧,
> 见面病消喜泪流。
> 宵衣旰食一生苦,
> 任劳任怨半是愁。
> 仁爱贤德服内外,
> 温良俭让度均周。
> 床前梳头留慈颜,
> 精神风范思不休。

这首纪念母亲的诗作于2012年12月8日。

全家福

王仲保,1946年1月生。兰州大学中文系毕业。曾任中共定西地委组织部部长、副书记,定西市区人大工委主任,甘肃省人民政府文史研究馆党组书记、馆长。2006年退休。

本人(左二)向省老子学会赠送书作

我母亲叫唐永芳,1911年2月出生于四川省巴中市恩阳区柳林镇钟家坝村4社(原12村4社),于农历一九八九年四月去世,享年79岁。这首诗既概括回忆母亲的一生风范精神,也回忆了一些生活细节。我出生后的几十年中,与父母聚少离多。小学五年级开始,先后在离家十里的花丛区上棋盘小学,在离家二十里的花丛中心完小、花丛中学读书,上高中到离家五十里的恩阳中学,上大学就出川到了大西北的兰州大学。

大学毕业就在甘肃参加工作,但每年春节都要回家看望父母。1989年春节,我和妻子带领两个儿女回家看望母亲。那时母亲重病在床,看到我们全家都回到她身边了,高兴地从床上下来,笑着把我们从头到脚看了又看,我妻子便把给老人家买的涤卡大衣给她穿上,她便走到门前宽宽的台阶上,当着大家捋了又捋,眼眶里噙着泪水,笑眯眯地说,你们给我买这么漂亮的大衣,你们都舍不得穿哟!又说,你们坐车累了,我给你们做饭去。我大嫂看到这里笑着说,妈哎!看见幺儿子一家回来,病都好了,还要做饭去。实际她确实病得很重,多日都不能下床了,见了我们十分高兴,就来了精神啊。

春节后大约是农历三月,大哥给我打电话,说妈病又重了,想我回去看她。尽管工作很忙(那时我任定西地委组织部长),我还是请假看她去了,给她做饭、喂药,坐在床前给她梳头、聊天,她笑得那么慈祥开心……和她相处一周后,得返回工作岗位了,便和哥嫂们商量照料、医护之事,留了些治疗费用,含泪告别了母亲。之后不久,母亲便永别我们,走了。

令人特别遗憾的是,虽然慈母音容笑貌和精神风范长留心中,但是却没有留下她自己的,以及与我们在一起的一张照片。原因很简单,那时川北山区十分贫穷,公社所在地没有照相馆,只有简陋的聚散集市,我们自己工资低,也买不起照相机,因而没能留下慈母的一张照片。现在说起来,年轻人都不相信,会笑话我的。

光阴如梭,转眼三十多年过去了。家乡发生了翻天覆地的变化,乡变成了镇,通了高速公路,二三层小洋楼的新农村一片连一片,乡村硬化道路通到了我家门口。镇上不仅有了照相馆(还是我的一个侄儿开的),还有一定规模的超市、农贸市场,天然气、自来水等都通到了每个农户。2022年6月24日,我家乡柳林镇被命名为四川省首批"省级百强中心镇"。当时我想,母亲在天之灵若是听到这个消息,肯定也会含笑九泉的。

长嫂如母

王宏亮

　　我1952年出生于陕西关中的一户农家，上有两个哥哥、三个姐姐，下有两个弟弟。听人说，我出生时母亲缺少奶水，主要靠开水泡馍喂我充饥。后来在青海工作的大姐夫托人捎回一些炼乳和奶粉给我补充营养。

　　20世纪50年代末至60年代初，农村缺粮严重。那时候搞人民公社、吃大食堂，农民家中存放的粮食统统收归集体，社员每天从大食堂领回的饭食是按人定量的，只能充饥，难以饱腹。那时我才八九岁，还有两个弟弟，都是长身体的时候，常常哭喊肚子饿。我的母亲为了养活几个孩子，每顿只喝稀粥，把自己那份馍或发糕存在竹篮里挂起来，待几个孩子喊饿时拿出来分吃。她自己去地里挖些野菜回来煮着吃。野菜只有纤维没有蛋白质。母亲因长时间煮吃野菜，得了浮肿病，面黄肌瘦，肚子鼓胀，于1960年秋季不幸身亡，年仅50岁。

　　我的爷爷30岁时在走亲戚的途中遭到土匪抢劫致死。我的父亲9岁时就边读私塾，边下地干农活，得上了筋骨疼的毛病，身体一直不好，干不了重活。1960年，能干的母亲突然去世，丢下3岁、6岁、9岁的几个小儿子，家里的天像要塌下来了。所幸我的奶奶张氏虽然年岁已大，但头脑清晰、意志坚强。我们的长嫂杨凤莲心地善良、吃苦耐劳。在她们俩的撑持下，家中日子虽然艰难，但还能运转。

　　大嫂杨凤莲是凤翔县小沙凹村一个大户人家之女，1951年嫁与我的长兄王培玉。我母亲去世后，父亲精神受挫，身心憔悴。家中老的老，小的小。25岁的大嫂忍痛负重，一边侍奉祖母，一边照顾几个年幼的小叔子。3岁的小弟在她的炕上睡到6岁多，她像慈母般悉心照顾。1967年，父亲又因病去世，家中真的是天塌地陷了。长兄在山区教学，常年在外。我二哥宏彬正服兵役。16

王宏亮，1952年1月出生于陕西省凤翔县萧史宫村。1986年9月赴云南老山前线参战，荣立三等功并被原兰州军区政治部表彰为先进机关干部。历任原兰州军区后勤部军事医学研究所政治处主任、政治委员。甘肃省民政厅双拥办专职副主任、优抚安置局局长等。

我的大嫂杨凤莲

岁的我只好停学回乡务农。大嫂拖着病弱的身躯，既要抚养自己的子女，又要照顾两个小弟上学，操心一家人吃饭，非常辛苦，很少回娘家去。我记得有一次，调皮的四弟在西院玩耍，手腕被农具夹伤，疼得直哭。大嫂含泪为他包扎，温言安慰。我参加生产队劳动，饭量较大，大嫂日日操心按时做饭。大嫂把丈夫的弟弟们当做亲弟弟一样细致关照，一点一滴，小弟们终生难忘！

"文革"期间，政治运动如火如荼。大嫂生怕头脑懵懂的我和四弟惹事吃亏，经常规劝告诫，若遇晚上迟迟不见回家，便到处寻找，免得小弟们惹下祸端。1969年底，我的二哥宏彬退伍后准备完婚，没准备好当时乡间必备的箱柜。大嫂怕二弟婚姻有变，将自己陪嫁的箱柜抬给二哥，如期举办了婚礼。1971年底，生产队群众推举我担任副队长，我怕影响参军，没答应。大嫂劝我说："你的心情我知道。你连续三年验上兵，都因为咱家缺少劳动力没走成。但是生产队没有个好队长也不行，群众推荐你是对你的信任。你看，几个老年人低三下四跑了几趟了，你难道不怕折寿吗？当兵的事到明年底再努力，快快答应了去。"大嫂对我们有恩，她说的也有道理，我便答应只当一年副队长。这一年，生产队分工让我主抓副业，我也未负众望，除安排购置了两辆马车外出运货挣钱、种卖蔬菜外，还带领队里年轻人外出搞副业，农忙时又帮山庄(生产队在山区有地)附近土地多、劳力少的村子干农活，以换得在人家靠近我们山庄旁边的一片土地上种收一茬小麦。这一年年底决算，全队人均分得口粮620斤，一个工值0.96元，这在当时算是相当不错的工值。全队社员一下子翻了身，大家十分高兴。我家首次不缺口粮，并在队里余款280元，由多年的欠款户变成了余款户。

1972年底，我如愿参了军。到县里报到那天，全队社员自发地去送我。我到部队后，大嫂认为家中首次余款是我辛勤劳作的结果，让大哥写信告知，并提出将余款寄给我。我接信后高兴不已，未答应寄钱，但此举令我感动落泪。我挂念大嫂的身体和家中的生活，不时写信问候，大嫂也常让长兄回信，鼓励我安心服役，干好工作，不要操心家里。在大嫂和家人的鼓励下，我从一个士兵一步一步干到正团职，从戈壁沙漠选调到大军区机关。

大嫂凤莲出身于大户人家，自小生活富裕。嫁到生活拮据的王门之后备受困难，没有怨言，始终吃苦耐劳，勤俭持家。我记得，祖母在世时精打细算，度日仔细。有一次，大嫂不小心砸掉两个碗，祖母不悦，她悔恨得哭了一天。那时候家中人口多，吃粮缺，几个小弟饥饿难耐。大嫂将大哥买回的细面和上麸皮与野菜，捏成团子蒸熟，供全家充饥。家中缺少劳力，分得的粮食不够吃，大嫂总是粗细搭配、粮菜搭配，想方设法让我们吃饱，有时还将粗面馍存起来等我们劳动、上学回来充饥，而她自己却吃稀的。

老人们相继去世后，大哥工资低，家境仍然艰难。大嫂抚养子女，照顾小弟，与我们一起吃粗咽菜，穿旧衣，共渡难关。小弟们长大成人后，知恩图报，不时来看望她，送些钱和食物。她总是不舍得自己享用，给这个分一点，给那个留一些。1975年6月我在部队提干后，给她购买了上等毛皮和刚兴起的涤卡布料，第一次探亲时双手送与大嫂。她只把布料缝成衣服穿在身上，而对皮毛不舍得用，常常拿出来摸着、笑着。我操心其身体，每年给些补贴，她也舍不得花销。

大兄去世后，大嫂身体欠佳，行动艰难，幸有侄女引萍、侄子文利、侄媳军芳悉心照顾，倒也使我放心。尤其是侄女引萍，将大嫂接到咸阳照顾达7年，直到大嫂病危弥留时才送回老家。

大嫂于农历二〇一八年二月三十日安然去世，享年82岁。

大嫂对小弟们恩重如山，一桩桩、一件件，令几个小弟终生铭记！为了追忆她勤劳善良的一生，感念她对几个夫弟的关爱之恩，我代表二兄宏彬、大弟宏伟、小弟宏业为大嫂撰写了悼词：

恩嫂凤莲，您贤惠、善良、勤劳、豁达，在王家顾全大局，敬老佑弟，疼爱子女，操心受累，实乃劳苦功高！你富有佛心，为抚养几个小弟长大成人操碎了心，没让几个小弟浪迹社会、迷失方向，善举世人可鉴！你的善良永驻人心！你的功德永垂不朽！你的品德永远激励我们走端行正！

正当几个小弟事业有成、儿女家境好转，本该安享晚年的时候，你却撒手人寰离我们而去。我们悲痛万分！

可敬可爱的恩嫂，您虽为嫂子，实如慈母。小弟们永远不会忘记你的恩德。您一路走好，安息天堂！

怀念我的母亲

王明寿

　　今天是母亲节。在没有母亲的母亲节,我心里像缺了一块。很久很久了,总想给母亲说点什么,我把这写出来,尽管不及一二,但在我心底是很神圣的。

　　我的母亲是农历二〇〇二年九月二十七日在民勤老家病逝的,享年64岁。随着时间的推移,我越来越内疚,因为欠母亲太多太多了。我想起自己上学校时母亲出门张望的神情,想起儿女们回家时母亲满脸的幸福表情,想起她与疾病苦苦搏斗时的模样,想起她鼓励我们自立自强的说话神情……不禁潸然泪下。我的父亲1941年甘肃省立师范学校毕业后,先后在民勤红柳岗、红沙梁、中渠等地教书为业。在我姐姐、大哥出生以后几年,父亲又到内蒙古阿右旗雅布赖盐场工作。1958年因民勤县阻止人才外流,他回家时被安排到民勤马连泉化工厂从事管理员工作。父亲的工作每变动一次,我们家就得搬一次。母亲拖儿带女的艰辛我们是无法想象的。后来民勤县兴修红崖山水库,全县劳动力大集结,父亲弃工从农,上水库劳动。

　　母亲艰难地操持着一大家人的吃喝拉撒和农事家务,打柴、割草、磨面、喂牛羊……至今回忆,小时候我们身穿老粗布的温暖,穿纳底鞋的舒坦,如今这些都只能在梦里存在。母亲晚年无论坐卧,全身疼痛,是我最揪心的事。当时认为世上无救母药,如今明白了,母亲手痛得没地方放,那是风湿性关节炎,母亲痔疮反复发作,那是劳累过度,透支太多。人的病不在病本身,而在病因,只是这些道理懂得太晚,以至于子欲孝而亲不待。

　　母亲娘家在民勤县大滩乡北新沟村的潘家,是当地的大户。母亲亲兄弟姐妹十个,她在姐妹中排行老九,还有五个同父异母的姐姐。小时候我们家

王明寿,1964年3月生,甘肃民勤人,研究员,正高级工程师。历任县委副书记、县长、区委书记、副市长。中国书法家协会会员,甘肃省作家协会会员。主要著作有《群众观的知与行》《工业化的道与路》《西部产业结构调整中劳务经济与区域发展模式研究》等。

是比较穷的，几间茅草屋里没有像样的陈设。父母亲给我讲，我出生以后全家生活开始好转了，三天喝喜汤，吃上了拉条子面。我们那时候吃饭很少有什么下饭菜，也很少能把白面馍馍吃饱，但是母亲总是换着花样把饭做得可口些，把馍馍蒸出些花样。为了让我们填饱肚子，饭做好总是一家老少先端碗，母亲清了清吃，稠了稠吃。家里有时候做点好吃的，她一定要送给街坊邻里的老人吃。母亲一生先人后己，"凡事先替别人想"，让人，宽容，不争，

我的母亲

不怒，有委屈藏心里，有痛苦自己受，有困难自己扛，吃苦在先。

盼儿出息是母亲终生的夙愿。我考出好成绩、得三好学生奖，是母亲最高兴的事。母亲的奖励是用铁勺子摊一个鸡蛋给我吃。说实话，鸡蛋是我母亲最大的私有财产了。我读高中二年级时经常头疼耳鸣，那段时间母亲天天煮鸡蛋给我带上吃，还要喝补脑汁，现在想来，那是很奢侈的关爱了。

"穷了穷过，富了富过；稠了稠吃，清了清吃。"这是父母常挂在嘴边的话，也成了日后我们顺其自然、随遇而安的人生哲学。母亲常讲的一句话就是，你干啥要瞭后路呢，要看远一些，不做让人后悔的事，不做惹麻烦的事，不落骂名。让别人指脊梁骨是很丢人的事情，不能给后人留下抬不起头的名声，这也成了我们做事情的一个基本出发点。

母亲的最后一段日子，我想多陪陪她，陪母亲走完这最后一程，但没有帮母亲做点有用的事。母亲咳嗽不停，我只是眼看着瞎着急，没有能让母亲喝一口爽口的沙棘汁、服一剂止咳的糖浆水。母亲像没事儿的一样，劝我回单位，"不用管我，好好工作去"，一句再朴实不过的话，道出了母亲对儿子最大最真切的愿望。每当想到这些，儿总是以泪洗面。我对不起我的母亲，没有条件时没有侍奉母亲，有条件了不懂孝敬母亲，条件好了却照顾不到母亲。没有尽到孝心，是儿子今生永远的愧疚与伤痛……

献给母亲的诗

王晓平

和张庆中老同学

遥问天堂里，晨安我母亲。
朝朝无苦累，夜夜不吟呻。
星宇慈恩永，人间佳节新。
女儿花献至，霜鬓泪沾巾。

清明忆母

十八教书赴远乡，
平生初次别亲娘。
不知陋室风头冷，
只觉干粮臊子香。
牵手学童攀黑岭，
寄思流水到王庄。
回家总是匆匆步，
翘首依门伴夕阳。

次韵张庆中同学《母亲节随记》

音容常过脑，追悔抱深恩。
慈爱林千里，酬偿草一根。
多劳偏少福，养子又看孙。
未达七旬老，公平何处存？

王晓平，男，1957年6月生，中共党员，甘肃省委党校研究生学历。工作四十多年，从陇南市人大常委会副主任岗位退休。自小酷爱诗歌特别是古典诗词，部分作品散见于省内外报刊。

家有"超人"妈妈

王梓榆

我家有一位"超人"——我的妈妈。她可以由一个人变成三个人,一是生活"超人",二是时间"超人",三是"百科达人"。

先说妈妈为什么是生活"超人"吧。她会做饭,称她为"最美厨娘"一点儿也不过分,凉拌、炒菜、煮肉、烧烤……样样都会,给我们准备的饭菜营养美味。爸时不时夸我妈妈做的饭菜就是好吃,把我和妹妹养得白白胖胖、结结实实。

妈妈特别爱清扫房间。周末早晨,她就叫醒全家,开始大扫除。爸爸负责擦家具拖地,妈妈负责摆置清理绿植。我呢,领上了用洗衣机洗全家衣服的轻差。快五岁的小妹妹则负责家中书籍的摆放与玩具的清理。一家人忙开了,妈妈随时关注每个人手上的动作,给爸爸递上合适的清洁用品,给我嘱咐浅色、深色衣服要分开洗,告诉妹妹怎么用刷子刷洗玩具。在妈妈的指挥下,屋子焕然一新,干净整洁,一家人其乐融融。

妈妈闲暇时会打乒乓球、羽毛球、排球等。她不光自己锻炼,还把我和妹妹也带上一起运动,把我快五岁的小妹妹都教会打乒乓球了。她还会做手工,给我做牛头面具,给妹妹做花朵、小船等等。总之,在我眼里,妈妈什么都会,我心中的"超人"就是这个模样。

妈妈还是个时间"超人"。她是高中教师,工作繁忙,无论做什么事情,她都把时间安排得很紧凑,比如我的六一舞蹈排练在七点开始,六点四十分左右,我就开始催促妈妈,妈妈说六点五十分走起合适。我到了排练场地,时间刚刚好。平时,妈妈在前一天晚上就在笔记本上作好第二天的日程安排,下一天做什么事儿就心中有数。我现在的良好习惯就是从妈妈那儿学来的,它让我的生活学习变得有条不紊。学习之余,我还有富余时间来发展自己的

王梓榆,女,9岁,甘肃省陇南市文县城关镇第二小学四年级(2)班学生。

兴趣爱好。

我的妈妈还是个"百科达人"。她上知天文,下知地理,我问什么,她都能对答如流。周末,她会带我们去户外亲近大自然,看到一些小虫子,妈妈好像就是《昆虫记》的作者法布尔附身,开始了她的现场讲解,引得周围的孩子们也来围观、倾听。那一刻的我,心里好自豪,我的妈妈真棒!回到家中,妈妈会给我和妹妹看中小学安全教育平台里的学习视频和资料,教会我们如何保障自己的安全。妹妹在幼儿园还获得了安全知识小达人的奖状。

妈妈还爱看书籍与电影,爱与朋友们聊天,尤其爱她的家和两个宝贝女儿。妈妈可以由一个人变成多个人,随时切换角色,游刃有余。爸爸说,妈妈就是新时代的妈妈,而我说,妈妈就是我们的"超人"妈妈。

我有个"超人"妈妈,真的好幸福!

我的母亲

王锡明

时光飞逝，岁月无情。转眼母亲离开我们都快五年了，直到现在我还没有完全从失去母亲的痛苦中走出来，仿佛母亲仍活在我身边，一直不敢提笔写点悼念母亲的文字，直到一个老哥的相约，才鼓劲动起笔来。

母亲一辈子很普通，浮现在我脑海的大多是些平凡、琐碎的事情。

坚强的母亲

母亲1937年冬天出生于皋兰县石洞乡中堡村一个农民家庭。在她不到15岁的时候，外祖父突然因病早逝了，当时外祖母也有病，这使家里一下子感到天塌了下来。母亲是子女中的老大，下面还有一个弟弟、两个妹妹。为了撑起这个破碎的家，她辍学回家，跟外祖母一起挑起养家的重担，帮助她母亲干农活，做家务。不到18岁就嫁到了离家十里远的同乡窦家庄村。那年，我爷爷奶奶给母亲家送来了十斗麦子，没有让她的娘家断了口粮。母亲嫁到窦家庄后，除了男人干的庄稼活外，一大家人的做饭洗浆都是她干，邻里说王家娶了一个好媳妇。

两年后，母亲随在西北师范大学后勤科工作的父亲来到兰州。我们姊妹四个相继出生。父亲的工资难以维持生活，母亲在我们都很小的时候就外出打工。出身农村的她很能吃苦。她先后在师大洗衣班洗过衣服，替人照料过孩子，在食堂打过各种零工。母亲外出打工一下子减轻了家里的负担。

母亲一生从未进过学堂，凭着解放后上了几天夜校，她硬是扫了盲，能看书看报，让我们很佩服。

王锡明，1962年3月出生，兰州市皋兰县石洞乡人，中共党员，大学本科学历。2000年转业到甘肃省人大常委会办公厅，历任处长、副主任等职务。2022年6月退休。

母亲自尊、自强，一辈子没有求过人。她常说"自己能办的事，尽量不求人。"20世纪60年代末国家备战疏散人口时，母亲领着我们四个孩子回到农村，一个人克服各种困难，辛勤拉扯四个孩子。我们四个子女因缺碘不同程度地长了"大脖子"，她很难过，带着我们求医问药，度过了困难期。回兰州后，为了生计，母亲到安宁区十里店街道建筑工程队当了一名普工。普工

我的母亲杨庆兰

俗称小工，一般干的是搅拌灰料、搬运砖石等重体力活。工程队又是流动干活，一没宿舍，二没食堂，工地就在露天，夏热无荫凉，冬天风似刀，路近走路去，路远挤公交车。母亲身高不到一米六，在旧社会她曾缠脚伤过脚趾，她跟这群男人们一样干活，从来没有叫过痛、喊过累、服过输。每天傍晚，当我看到她拖着疲惫的身体下班回家，就想工程队的工作太累了，母亲肯定坚持不了多久，可是，我们的母亲却硬是挺了下来，一干就是二十年。

退休后，母亲依然没有闲着。四个孙子出生后，她一一帮忙照料。父亲患病期间，母亲既要照顾父亲，还要照顾我九十多岁的奶奶。一次，在父亲住院期间，母亲累倒了。她嘴唇青紫，大口喘气，十分痛苦。通过医院心脏彩超检查，发现她心脏二尖瓣膜关闭不全，属于先天性心脏病。我们做儿女的才得知母亲早就有病，但为了家人和孩子们，她从来没有重视过自己身体的不适，拖着病体在建筑队辛苦劳作，照顾孙子，伺候有病的父亲和年老的奶奶……我们感到非常难过和震惊。

奶奶和父亲去世后，我们几个儿女多次请母亲到家里居住。母亲不去，她坚持要自己生活，不给子女增加负担和不便。

仁厚的母亲

因为从小生活在农村，又是家中老大的缘故，母亲懂事早，很顾家。她不仅把自己的家照顾好，还老顾着她的三亲六眷和邻里乡亲。爷爷奶奶在世

时,她经常送吃送穿问寒问暖,没有让老人受罪。我的舅舅和三爹在兰州上学时经常来我家,每次来时,她都尽量做好吃的给他们,临走时还给他们拿些路费和买书的钱。母亲嫁给父亲时,父亲的三弟和五弟也就十岁左右,对母亲而言,两个小叔子就跟她的孩子一样。她资助他们上学,帮助他们成家。老家和城里的娘娘姨姨,不管远近,只要她们有困难,母亲从不推辞,总是尽力帮助。在商品极度匮乏的年代,亲戚们来到家里,她总是把家里最好的东西拿给大家吃,临走还要带上一些。至今表妹表弟和亲戚们都常常谈起当年在我家吃饭的情景,说,那个年代他们吃到的最好吃的东西是大娘做给他们的……

20世纪六七十年代,老家连年干旱,没有收成,乡亲们生活很困难,有的甚至来兰州讨饭。不管是远亲还是过去的近邻,只要来我家的,母亲总是想办法多少给他们给些粮食或穿的。有时遇到青黄不接的季节,母亲省吃俭用,东挪西借,给老家亲戚们解决应急的口粮,帮助亲人们渡过难关。记得有一次,我乡下的姨爷来我家,家里口粮不多,母亲还是想办法让老人吃饱,自己却饿了一天。我小时候不懂事,因家里来的乡亲们多,吃了还要拿,心里很不情愿,埋怨母亲说:"我们都吃不饱,为什么还给他们?"母亲说:"谁都有个困难的时候,都是乡亲,我们能帮就帮一点。"

可能是吃了没有文化的苦头,或生活在大学校园里的缘故,母亲一生崇尚文化。她常说,"没有文化就是睁眼的瞎子"。她要让娃们多念书、有文化。在她的影响下,我们家族出了好多大学生、研究生和博士生。

老年的母亲依旧没有改变她"爱人"的习惯。前些年,老家农民进城卖瓜果、办事的,她常常让我和弟弟及孙子们给他们送水送饭,让他们到家里休息。乡亲们谁家有个啥事,她总是乐于帮助。2018年正月,她以八十岁高龄去世,皋兰老家的乡亲们闻讯后连夜赶来,帮助我们料理后事,为她送行。大家都说她是一位明白事理的好母亲、好奶奶、好大姐。

唠叨的母亲

从小到大,母亲看我们几个娃们有不顺眼的地方就对我们唠叨,见到或听到外面的好事或坏事也唠叨。没有多少文化的母亲很聪慧,说话的时候总有一些奇妙的俗语蹦出。针对生活中的一些现象,用她不知从哪里记下来的谚语和歇后语在我们耳边唠叨。我上小学时,常因没有按时完成作业而受到

父母与家人

老师罚站。母亲知道后说，"养儿不读书，不如养头猪"，"人不学不灵，钟不打不鸣""孕时不学，大了后悔"。看我平时不认真学、考试前临阵磨刀的慌忙劲，母亲说，"闲了不烧香，忙了爬到供桌上"。看到我们姊妹几个写字浮皮潦草，她说，"没学会走路，就学飞""人怕笑，字怕吊"，让人听得头脑发胀。1979年冬天我当兵临走时，母亲对我唠叨，"秀才当兵，能文能武"，"千忙万忙，安全不忘"。我当了干部和转业到地方工作后，满以为自己已长大成人，母亲不会再唠叨了吧，但她还动不动对我唠叨，"多学他人长，少说他人短""拿人手短，吃人嘴软"，"吃亏是福，便宜是害"。我们姊妹四个成家后，年迈的母亲仍不忘告诫子女们，"人睦千秋福，家和万事兴"，"夫妻不和家必败"。她对孙子们百般呵护、疼爱，但也时常告诫我们"严是爱、松是害，不管不问是祸害"，"养好了是孝子，养坏了是豹子"。

以前不谙世事，厌烦母亲的唠叨。现在回想起来，觉得她说的每一句谚语都富有人生经验和哲理。

回忆我的母亲

尤玉祥

　　母亲离开我们整整三年了。三年来,全家人时时都想着她,常常梦见她。

　　母亲的一生很平凡。生儿育女、相夫教子就是她生活的全部。母亲有六个儿女,四女两男,大都出生在20世纪50年代和60年代初。50年代初期,家中陡生变故,大伯父、二伯父相继离世,他们的儿女无以为生,先后被我父母收养,祖父也和我们一起生活。那时家里唯一收入来源就是父亲教书的薪水,开始是每月两三斗小米,到后来是月薪四五十元,直到80年代的每月七十多元。靠父亲的这点薪水要养活八九口人,生活的艰难可想而知。那时,父亲在边远的乡镇学校教书,才二十多岁的母亲就成了家中的主心骨,一家人的生活全靠母亲一人撑持。

　　我的母亲出生在县城一户大户人家,良好的家庭教育和外祖父外祖母持家理财的影响,使我的母亲养成了承受重负、吃苦耐劳的美德和善于筹划、勤俭持家的才干。为了让家人吃饱肚子,母亲多方筹谋,想尽了办法,做醪糟、炸麻花,走村串户换粮食,贴补家用。为了尽可能地少花钱多买一点粮,母亲常常不顾自己有孕的身子,翻山越岭,到很远的地方赶集籴粮。几十年来,母亲每年都要喂猪,甚至一年喂两三头猪,这不仅解决了全年的吃油问题,而且逢年过节全家总能有肉吃。在中国人民难熬的三年大饥荒时期,为了养活自己众多的儿女,母亲背着自己缝制的衣服鞋子,跋山涉水到白马峪、八字河山村换粮。当时,全家人被下放县城生产队,靠从公社食堂打来的可照见人影的谷糠稀汤度日。母亲总能想方设法在家中偷偷生火给孩子们做点干的吃。母亲靠她的能干和辛劳使自己的儿女熬过了大饥荒,养育我们长大成人。

尤玉祥,生于1949年10月,甘肃省文县城关人。1983年甘肃教育学院中文系毕业后在文县一中担任教师、校长,2010年元月退休。著有散文集《艰难的日子》《犁沟依稀》等和史论文集《中国名帝选讲》《中国名帝选讲续集》。

家人穿的衣服,大都是母亲缝制的。1958年,母亲用积攒下来的钱买了一台缝纫机,无师自通地学会了用机器缝制衣服。凭着母亲的巧手,衣服破了改成小的,棉袄旧了又翻成新的。全家大小身上总是穿得干干净净,整整齐齐。秋末冬初是家中缝制鞋子的时节,家中人口多,单鞋、棉鞋一次就做几十双。母亲给每个孩子都分了工,妹妹们有的背鞋壳子,有的剪鞋样,有的缝鞋帮,有的纳鞋底。我是男孩子,手笨,只能用浆糊布头垫鞋底。母亲

母亲年轻的时候

总是做最后一道工序——绱鞋,绱好鞋,喷上水,打好楦头,几十双黑条绒鞋整整齐齐摆在台阶上晒干成型。

逢年过节是母亲最忙碌的时候,特别是过大年,要给全家人都赶制一套新衣服,有时到大年三十还要熬更守夜赶制出来,第二天一早,母亲叫醒孩子们早早起床,大家洗脸洗头,换上新衣服。母亲还要一个一个地给妹妹们梳好头。她从收藏的陪嫁的粉红色绸被面上剪下一绺绺的绸缎带,扎在自己每个女儿的头上,然后给每个孩子发一把花生、水果糖,大家蹦蹦跳跳地走在节日的大街上,剥着花生,吃着水果糖,引来别的孩子们羡慕的目光。

母亲非常疼爱自己的儿女,但要求却很严格。她教育孩子们要学会忍让,学会与人相处。自己的孩子与别人发生纠纷,总是责备我们。每个孩子都有固定的事做。我是家中老大,八九岁开始就和大妹妹从河里抬水。稍大一些,担水劈柴就成了我的固定职责。弟妹们有的洗碗,有的扫地,有的洗衣。星期天和假期,小一些的弟妹不是掐猪草,就是拾煤渣。我和大一些的妹妹不是上山打柴,就是找零工挣钱。母亲使我们从小就养成了爱劳动、会干活的习惯,为将来的自立打下了好的基础。

20世纪五六十年代是我们国家的困难时期,当时许多同我家一样很难达到温饱的家庭中的孩子都从小辍学,谋求生路。但我母亲就是再苦再累,也要千方百计地供孩子上学读书。我们六个孩子,到了读书年龄都被父母送去

晚年的母亲

学校读书。被父母收养的堂哥也一直被供到师范毕业，参加工作。1969年初，我高中刚刚毕业就随家下放到河口生产队劳动。当时的大学都是收推荐的工农兵学员，我家成分是地主，当然无缘被推荐，这成了我母亲的一块心病。1973年，国家试行考试招收大学生。当时母亲正陪重病的父亲在外地治病，得知这个消息即刻赶回家中，让我报名应试。由于成绩突出，我的名字出现在城里大学招生榜上。母亲高兴极了，给我缝好了到省城上学的新被褥，赶制了新衣服，脸上露出了难得的笑容。谁知这时候出现张铁生"反潮流"事件，大学考试招生的政策被叫停，我这个"可以教育好的子女"上大学的希望也破灭了。在全家心灰意冷的时候，母亲作出了一个大胆的举动，她连夜搭乘一辆运木材的货车赶到县城找领导。在县上主管招生的领导家里，母亲流着眼泪一遍遍地诉说自己儿子的优秀，她的哀求终于打动了领导，同意推荐我上师范学校读书。80年代初，国家已恢复了高考制度，当时我的女儿才出生几个月，母亲又鼓励我参加高考，由自己承担养育孙女的责任。我终于实现了上大学的梦想。在我上师范读书时，弟妹们大一些的就成了家中的主要劳力，但母亲宁愿自己一个人留在生产队劳动，也想方设法让他们到城里中学读书，恢复高考后又鼓励他们考上了师范、卫校和大学。由于母亲非一般人的执着，我们六个儿女个个都学有所成，参加了工作。

母亲的身体原本是硬朗的。记得我五六岁时，提着一个小筐跟着母亲到河边洗衣服。两大筐衣服担在母亲的肩头，咯吱咯吱的，两条粗大乌黑的辫子在她的腰际晃来荡去，我紧跑着还是跟不上。几十年过去了，母亲强健的身影一直印在我的心头。

过多的生育，无休止的劳作，离乡背井下放农村，不断袭来的社会风雨，使母亲的身体受到了严重摧残。60年代初，母亲得了重病，鼻血止不住，流了近一个月。奄奄一息的母亲躺在炕上，妹妹们围在旁边哭泣。母亲睁开眼缓缓地说："娃们不要哭，我死不了，我死了谁养活你们呢？"正是儿女们需要她养育的愿望支撑着母亲，慢慢地，她终于缓了过来。80年代初，长年的劳累使母亲又患上了严重的腰肌劳损和颈椎病，但坚强的母亲硬是挺着，和父亲一起开始了他们人生最大的创业：拆掉祖传的旧房盖新房。她知道，儿女们已经长大成人，需要给他们垒窝成家了。整整一年，母亲忍着病痛的折磨，内外操劳，每天天不亮起床，为干活的工匠们生火做饭。1983年底，前后两个院落共十一间的青堂大瓦房终于建成。

2001年下半年，劳苦了一生的母亲患上了不治之症。近一年的时间，母亲忍受着病痛和治疗的折磨。延缓到第二年的八月下旬，终于支撑不住，一天内多次出现昏迷。儿女们轮流守护着，想尽力挽救母亲。8月26日晚上，母亲又一次出现昏迷，经抢救苏醒后，她慢慢转过头来，轻轻地却又清晰地看着我说："解放，明天要开学，你去睡觉，不要陪我。"回到我的房间刚几分钟，就听到弟妹们大声哭喊，我急忙赶到母亲身边，母亲已经没有了呼吸，一颗大大的泪珠停留在她的眼角。儿女们大声哭喊着自己的母亲，但再也不能把她唤醒了。

以前，常常按组织要求填写各种表格，在填写母亲"职业"一栏时，总是不经意地写上"家庭妇女"这几个字，没有多想过这个词有什么其他意义，但是，母亲留给我的最后一句话却使我对像我母亲一样成千上万的中国"家庭妇女"的生命意义有了思考：她们含辛茹苦养育儿女，竭尽全力供养儿女读书求学，教育他们做人；在丈夫儿女为国效力之时，她们又不遗余力支持着他们的事业。母亲深知"开学"对担任着几千人的学校校长的儿子意味着的工作职责，她不让我熬夜守护她，希望不影响儿子休息和明天的工作。

母亲的一生是平凡的，但她和她同时代的千千万万个中国"家庭妇女"的这种精神却是伟大的。正是这种精神支撑着我们多灾多难的国家和民族生生不息，走向繁荣。

母亲最后的嘱托是希望我尽好自己的职责，做好自己的工作。我只有用尽职尽责、努力工作来慰藉我母亲的在天之灵！

安息吧，我辛劳一生的母亲！

怀念母亲

石新贵

岁月如梭，	时光似箭，	慈母仙逝，	转瞬一年。
孝男孝女，	齐跪坟前，	斟酒叩头，	敬香焚钱。
祭拜母亲，	悲痛难言。	追忆往事，	历历浮现，
音容笑貌，	犹在眼前。	吾母引考，	米寿而眠，
于归石府，	桃李华年。	先后生育，	三女四男。
父主外务，	母为内贤。	记得少时，	家境贫寒，
含辛茹苦，	度日维艰。	夙兴夜寐，	终日不闲。
自吾上学，	母益爱怜。	一日三餐，	精心打点。
想方设法，	精调汤饭。	虽是糠菜，	入口香甜。
自食粗粮，	贻儿细餐，	每念及此，	热泪涟涟。
举家生计，	幸赖母贤，	克勤克俭，	虽贫犹安。
天有不测，	大祸突降，	吾父病故，	如折栋梁。
中年丧夫，	寸断肝肠。	下有幼子，	上有高堂，
何以为计？	心绪迷茫。	危难时节，	母志如钢，
九口之家，	一力担当。	慈母持家，	百计千方，
精打细算，	措置有章。	侍奉公婆，	养育儿郎，
一家老小，	重归安详。	及吾从戎，	远离故乡，
念母劳苦，	牵肚挂肠。	幸有二弟，	相助萱堂，
家中诸事，	料理周详。	吾辈姊妹，	茁壮成长，
成家立业，	福乐安康。	吾母毕生，	仁慈善良，

石新贵，1947年4月出生，甘谷县人。1965年7月入伍，曾任原兰州军区司令部直工部干事、副处长、处长、副部长、政委，第一技术侦查局政委，甘肃省军区政治部主任等职，少将军衔，中国书协会员。

母亲（左三）和家人

秉性忠厚，　胸怀宽广，　　广结善缘，　誉满梓桑。
追忆慈母，　情深意长，　　恩重如山，　终生难忘。
自母仙去，　朝思暮想，　　撰此拙文，　聊表衷肠。
慈母懿德，　山高水长，　　钝拙之笔，　难尽其详。
愿母安息，　仙福永享，　　同此泣拜，　伏惟尚飨！

农历二〇一五年八月二十五日撰于兰州

永远的怀念

邓东林

　　我的母亲史秀贤，农历一九三五年一月五日出生于甘肃省天水市武山县史家庄。姥爷去世得早。姥姥史宋氏生有一子二女，我母亲居中，有一哥一妹。舅舅史寄元曾是兰州地下党，解放后任甘肃省煤炭局的领导。姨姨史玉凤有文化，曾任兰州阿干煤矿团委书记，年轻时也十分能干，出嫁后因多次流产保胎就把工作辞了，随夫离开兰州，远赴山丹地质队。"文革"后期姨父英年早逝，晚年姨姨的大儿子又突遇车祸离世，自己又多病，生活日渐拮据，晚年境况令人唏嘘。母亲对妹妹自然尽力帮助、扶助，每次有顺车，总是包包蛋蛋带许多东西。

　　姥姥临终前的两三个月，因住在煤炭局大院楼房，不方便治病，母亲就把姥姥接到我家平房小院子，精心伺候，没让老人受一点委屈。丧事配合舅舅办得很隆重大气。舅舅当年也夸我母亲是他的一个好帮手。

　　母亲没上过学，虽没文化，但悟性高，人缘好，个性坚强，用一句俗话讲，"宁要挣死牛，不让翻了车"。母亲年轻时也是个漂亮人，两次婚姻。我三岁时生父离世，六七岁时她带我改嫁，重组的家庭共有七个子女，二男五女。

　　我是1954年出生的，对于1960年的全国大饥荒，我稍有记忆，但印象不深。记得我母亲常说，那时我吃她的二十几斤口粮定量，她吃我十斤左右的定量。

　　母亲和继父是同一个食品厂的工人。在20世纪60年代，一个月的工资就三四十元，二个人七八十元。家里的日子过得十分紧巴。1966年"文革"开始，我休学在家。白天父母上班，我带着三个弟妹，要喂养家里的二三头大肥猪。家里每月给我一两元奖励。但到了月底，我就拿出来买油盐酱醋，周转着用。

　　家中那时想买个自行车什么的，全靠卖掉养的猪，一般是吃一头卖一头。好在食品厂的豆粉下脚料是猪的好饲料，我们那时每周要走四五公里，

邓东林，男，生于1954年5月6日，电大汉语言专业，甘肃省慈善总会理事，大慈教育基金副秘书长，甘肃省老年基金会监事长，兰州策划学会法人代表。喜爱书法及社会公益活动。

用架子车拉满满一汽油桶猪饲料。母亲下班时进院子,隔十几米远猪都能听见她的脚步声,高兴得嗷嗷直叫。

母亲年轻时学过裁缝,手很巧。我们小时候的单衣、棉衣都是她亲手做。母亲在经过"下放"后又在食品厂工作,工作上兢兢业业,技术上很娴熟,多次得过先进,和厂里领导、同事关系处得不错。家里盖房子,翻建几次,里外三遍泥,都是厂里徒弟、同事们利用休息天来帮忙"会战"。每次都是老母亲做一手好香的臊子面、烫面饼、烩菜,把帮忙的工友们吃得舒舒服服,喝得高高兴兴而归。

在对待子女的问题上,母亲也是挺有原则的,关心但不溺爱。我是长子,她对我多少有点偏爱。直到我结婚后,她还抢着缝洗衣服。我母亲怀大妹妹三个月时,晚上上夜班去上厕所受了点惊吓,生下大妹妹后,发现她有先天性心脏病(室间隔缺损),容易感冒,经常流鼻血,七八岁时瘦得皮包骨头。医生曾断言,活不过十八岁。但母亲从不放弃,精心守护,多方治疗。记得有一次在服装厂门市店里,大妹走失了,门市部全部人员找了四五个小时。母亲大声呼唤大妹乳名的声音回荡在漆黑的夜空中,直到晚上十点才找到。

为了大妹,母亲提前退休。那时对残疾多病者有个政策,可以顶替父母招工。大妹成了食品厂的正式职工,享受医保,第二年就在陆军总院做了心脏修补手术。大夫说以后能结婚,但不能生养孩子,怕心脏受不了。为此,在大妹出嫁以后,母亲给大妹抱养了一个刚满月的女儿,一直自己精心喂养,直到长大结婚。现在看来,这步路走对了,大妹晚年有了依靠。大妹40多岁时又生了一场大病,高烧引起脑部水肿,在重症监控室睡了几天。大家准备好了老衣,也有了放弃治疗的意见,但老母亲一直都坚持不放弃,全力抢救,后来多亏五妹的羚羊角粉,总院贾主任精心调度指挥、专家现场指导,硬是在区上小医院把大妹抢救过来。至今想起来,母亲蹒跚送饭的身影,历历在目。

二妹的丈夫死得早。他们有一个男孩,孩子五六岁时,二妹妹也去世了。老母亲伤心之余,担起孩子的抚养责任。曾有个广东的朋友,家境不错,无子,想领养一个。人家来了,母亲硬是舍不得。这个孩子从上小学到去外地上中专、当兵、入党、安置工作、结婚,母亲都费尽了心血。

母亲不到五十岁就退下来,一直干些小买卖、餐饮,直到快七十多,还在东部市场内经营一个小饭馆。一个月退休工资2000多,临终时手里只有6千多元存款。她手里的钱,儿女们孝敬的钱,都成了家庭"小水库",谁困难接济

我的母亲

谁。我的五个妹妹出嫁,母亲一分彩礼不要,尽家里财力,随行嫁妆。两个儿子的结婚都操办得大大气气,红红火火。

母亲在84岁时查出胆管癌,疼得不得了,连吗啡都用上了。后来在省中医院请专家紧急做了手术,手术很成功。术后我接到家中疗养。碰到便秘,就用3根棉签蘸水往外掏,有时来不及戴手套,黑药丸似的硬粪便就直接滚在手中。妹妹们见状,恶心得吃不下饭。有道是"谁言寸草心,报得三春晖"。我常想,老人拉我们长大,每个孩子起码要挖三年尿,我们才伺候老人几个月,心里也就释然了。

预后只有三个月。母亲很坚强,病中坚持自己去卫生间。三个月中,直到最后一个星期,才不能下地去卫生间。我们几个子女,昼夜守护在身边,给老人擦洗、翻身、喂水,没让老人受委屈。

2018年3月14日下午7时30分,老人病逝于兰州,享年84岁。

人生一世,草木一秋。2019年3月14日是母亲去世一周年的祭日。每当静下来,想起老人在点点滴滴的小事中体现出的内涵及高风亮节,我就常常泪水不禁。令人欣慰的是,母亲在世的时候,一有机会,我们就带上老娘出去旅游。去了青海的塔尔寺、酒泉卫星基地、敦煌的莫高窟、张掖的卧佛、甘南草原、天水、北京八达岭故宫、上海外滩、杭州灵隐寺、慈溪的蒋介石家乡、海南。甚至在老人那次手术后,我和两个妹妹推着轮椅,带老人参团去台湾海陆空玩了十几天。

虽说生老病死是人生自然规律,但父母在,我们尚有来处,有家的温暖。所以尽孝要趁早,过后来不及,空留遗憾。

清明时节忆外婆

龙青山

细雨淅沥,淡雾弥漫,油菜花黄,浅绿入眼。又是一年清明节,淡淡忧伤难释然。几十年过去了,看见灶膛里的柴火,看见黑夜里的灯光,我总会想起外婆的那双慈善而温情的大眼,想起她头上的白发和她的三寸金莲,想起她从凌晨忙到深夜的身影。

外婆姓杨,是康县太石河口坝杨家的女儿。外婆年轻时是个美女,也是一位很有家教很能干的女人。

外婆喜欢干净整洁,屋里简单的家具明光锃亮,家里黄土地面不见尘物。天麻麻亮时,外婆就起床了,扫地,擦桌子,把灶膛灰里埋的火种掏出来,用麦草引燃,给外爷生火煮茶。外爷到地里干农活去了,她抽空去野外给猪寻草,回来喂猪,做饭,做家务。晚饭后,外婆开始纺线,直至深夜。她的一天总是忙忙紧紧的。

外婆的土布长衫总是那么干净,就是肘子部位和肩上的补巴也纤尘不染。外婆的指甲总是修剪得光平圆滑,不像许多农妇指甲缝里永远是黑黑的泥垢。外婆的头发总是用树上的皂角洗得干净飘逸,香气袅袅,发髻整齐。从未见她头发油污蓬乱过。

我的出生地是康县豆坝。6岁那年,在康县豆坝任公社书记的父亲要到张掖去参加社会主义教育活动,时间为一年,我们就回到了平洛老家。有时,母亲会带我们去外婆家。外婆家离我们家很近,站在团庄东城墙上,能看见外婆家的房和炊烟,走路也就十分钟的时间,因此我们常去外婆家吃饭和玩,有时一住就是几星期。

20世纪60年代,虽说不会吃不上饭,但生活还是很艰难的。煤油、食盐、火

龙青山,中国作家协会会员,甘肃省作家协会理事。出版中、长篇小说各一部,散文集和剧作集各一部,曾任陇南市文化局副局长。

全家福

柴、布等凭票供应。每家一月一斤煤油，一斤盐，一包火柴。粮食、食用油都是自己解决。我们家人口虽多，但无人能参加生产队的劳动，生活十分拮据，大多数时间靠苞谷面过日子。因此，我们常常找理由去外婆家改善生活。

外婆对于我们的到来非常开心，大眼睛里洋溢着热情和祥和。她先用土布帕子给我们洗脸，然后从案板下面拿出一个小铁勺，放上油，给我炒一个鸡蛋，那香味至今难忘。在外婆家，吃上几顿粗粮饭，外婆就会用白面调点盐水，做成猪棒骨模样的面食，在刚做过饭的热火灰里烧熟给我吃。那种叫馉饨的面棒内酥外脆，有薄荷的香味、花椒的麻味和盐的咸味，至今难忘。隔三岔五，饭做好了，外婆都会用筷子在猪肉臊子缸里剜一筷子带油的肉臊子加在我碗里，用慈善的眼睛看着我说，娃正长哩，吃点偏食，吃吧。

其实，外婆家也不富裕，全凭外婆的精打细算、勤快节俭才不至于吃不饱穿不暖。春天到了，外婆在场院的垂柳上采摘下嫩柳叶，用盐和花椒水泡泡，浇点油，有点苦涩却嫩鲜麻咸的味道，已然是不错的下饭菜。槐花含苞待放时，外婆会用夹竿摘一些，和苞谷面拌在一起，蒸成糗糗让我们吃，让粗粮变成了佳肴。外婆每天外出寻猪草，总要寻点野韭菜、野小蒜、野香椿、野马齿苋、灰菜、苜蓿菜、荠荠菜，为我们改善伙食。韭菜包韭饼，荠荠菜包饺子，其他野菜或凉拌，或清炒，或做成菜丸子，或烧成酸辣汤，我们吃得津津有味。酸菜面也好，臊子面也好，甚至苞谷面节节和糁面饭，外婆都要想法弄几个菜碟，看着丰盛，吃着可口。外婆是从不在饭桌上吃饭的，她不是吃剩饭，就是等一家人吃完了才吃饭。剩余的饭多了，她就多吃一点，饭被家人吃完了，她就喝点汤,或是用面汤泡点馍馍。有时,我们争着和她吃剩饭,外婆会笑着说,我牙不好,胃也不好,剩饭软和,吃了舒服些。

外婆很会持家。为解决吃油吃肉问题,她每年至少喂一头猪。有时,生产队摊派一头给国家交任务的猪,她就喂两头猪。每年腊月杀猪,外婆家的猪总是全村最大最肥的。猪杀了后,按平洛河民俗到外婆家尝肉的乡亲们总是说,外婆家的猪肉好吃。猪杀了,外婆留下四条猪腿和一个猪头,给我家送两条猪腿,另外两条猪腿和猪头留下过年,招待客人,其余的肉全部做成臊子和猪板油腌在大缸里,作为来年的肉食。那是物资匮乏的年代,吃供应粮的城镇居民一个月还能给供应一斤猪肉,农村人是见不上肉的,更别想吃肉了。村里的老牛老马死了,全村人一拥而上,剥皮割肉,连夜煮了,饱餐几顿,过年似的兴奋。

除了喂猪,外婆还养蚕。农历四月八一过,天气渐暖,外婆开始育蚕。蚕茧壳里钻出蚕蛾,蚕蛾在簸箕里产卵。几天后,蚕卵长成了小蚕,密密麻麻地在蠕动。我的任务是采桑叶。公路边有许多木桶粗的桑树,我采摘桑叶喂小蚕。蚕儿越长越大,由一个簸箕发展到几个晒粮食的大席。蚕儿吃桑叶的声音很响很亮。刚盖在蚕儿身上的绿油油的桑叶,一会儿就只剩下叶柄和叶筋。外婆等蚕儿结了蚕茧,纺成丝,变卖成钱,就是一年的零用钱。而蚕蛹,外婆用油炸了,外脆内酥,作为对我的奖励。

外婆每天最后一件事就是纺线。天黑以后,她点上清油灯,用自家种的棉花搓的棉花捻子纺线。多少回,我一觉醒来,看见外婆还在纺线。嗡嗡的纺线声,外婆的白发和映在墙上的身影,至今在我的脑海里挥之不去。外婆每天晚上要纺完三十根捻子。七八月,她把纺的线又织成布,浆洗了,给我们做成单衫和棉袄。我的白土布单衫和染成青黑色的土布棉袄都是外婆用心血做成的。剩余的布她就卖了,变成钱,补贴家用。

农闲时,外婆做饭烧蒿柴,时间会长一些,能弥补硬柴不多的困难,同时也把烂草杂物处理了。忙时外婆才用马桑柴、黑石榴梢子等硬柴做饭。每次饭熟了,她都会把通红的柴火燥子用水浇灭,攒在一个背篓里,冬天作为给我们上学取暖的燃料。冬季很冷,学校当时也不生火,学生的耳朵、手和脚都冻肿了。学生一人提一个破瓷碗做的火笼子,碗边拴上铁丝,碗里放点灰,上面放上燃料取暖。干部子弟用的是木炭,家境好点的是火燥子,家境差的是柴疙瘩。冬季的清晨,天黑乎乎的,冷风直往领口、袖口里灌,外婆从炕眼里掏出头天晚上就埋在炕洞里的柴疙瘩,把火燥子捂在上面,等我们上学时,就会提着暖暖的火笼子上路了。漆黑的路上,远远看见一点一点的亮光,那都是上学的学生。有的学生边走边舞小火笼,小小的火笼子就变成了黑暗中的光环。

外婆不识字,却很有修养。她说话声音不大,却有条理,她说早上起来要先洗脸。男子汉吃饭狼吞虎咽,女子娃吃饭细嚼慢咽。吃饭不能说话,不能在盘子里搅翻,不能吧唧出声。给客人夹菜,先给上席的尊者夹。敬菜不能超越桌子的半径。女人不能上桌子吃饭。长辈说话,晚辈不能插言。见了长辈要问好让路。见了落难之人,要有同情之心。做人不能媚上欺下,惧强欺弱。再破的衣服也要洗干净,再破的家也要拾掇整齐。

外婆的教育后代观念是一个完整的体系,从衣食住行、做人交际到家国情怀。记得有一个夜晚,月亮分外的圆,从窗户里透进来的月光如水银般漫在外婆的土炕上。外婆对我说,我们杨家从洛峪搬到大桥,又从大桥搬到杨家山,搬到山下河口坝也只是几十年。她说,祖上是杨家的王爷,在四川守葭萌(当时以为是家门或是贾门等),兵败了,贬为布衣,罚守铁笼关,再也没有翻过身。我还看见过她家有一个精致的马脖套铃。脖套是皮子的,上面挂有十六个铜铃,铜铃上有龙的纹饰。1980年,外婆因“文革”中遭受毒打落下残疾,一直没有痊愈,不幸去世。我在她的小木匣子里看见过一本只有火柴盒大小的书,上面有杨腾、杨驹、杨广香和仇池国等字样,我当时不知道陇南的历史,更不知道什么仇池国,随便看了看就又放在木匣子里了。不知道这个匣子和匣子里的那本袖珍书还在不在,但有一点可以肯定,外婆的祖先一定和仇池杨家有关系。

一个秋风怒号的晚上,外婆听到有人在房背后哭啼,她披衣出去一看,麦草垛子边蜷缩着一对乞讨的母女,又饿又冷,年幼的孩子偎在母亲怀里,嗓子都哭哑了。外婆把她们叫到屋里,让她们吃饱了,睡在热炕上,那情景至今难忘。

临终前,外婆坚持自己把头发洗干净,把手指甲修剪好,换上干净的衣服,笑着说,现在可以去见你外爷了。

四十多年过去了,外婆的音容经常在我眼前出现,外婆的言行也一直在影响我的作为。

诗词三首

田雨燕

五律　重阳送母亲回乡

碧水还萦梦，紫花明眼眸。
重阳归故里，旧屋实芳洲。
母女互牵挂，县城似远游。
车程三十里，耿耿苦相留。

点绛唇　母亲节感怀

雨打窗棂，曾经点点声声诉。教儿学步，成长相陪路。
感慨几多，唯愿光阴驻。留童趣，鲜花芳吐，朵朵香迟暮。

七律　中秋陪母亲广元求医

有雨有风催堕泪，无茶无酒过中秋。
诗情一点消磨尽，愁绪满怀争肯休。
欲学彩衣千日愿，难消白发寸心忧。
盼晴不为赏圆月，远道求医赴利州。

田雨燕，女，甘肃文县人，就职文县中医院。爱自然之美，喜诗词之韵。

永记慈母三春晖

田新明

女本柔弱，为母则刚。说起母亲，每个人心中都会有无数的话语要诉说。我的母亲离世已经二十五载，她和大多数的中国农村妇女一样，历经磨难，把毕生的精力都奉献给了自己的家庭。想到少年时期与母亲一起度过的那些细碎美好的时光，思母之情愈发浓烈。

我的母亲文欧英，出生于1941年6月，从小因生活所迫随舅舅移居到陕西省永寿县底角沟公社的深山之中。大山中的空气比较潮湿，每逢秋冬时节便愈发阴冷，长久生活在大山之中，导致母亲患有风湿性关节炎。

父亲年轻时便发奋读书，考上了大学，但因家庭成分问题无法上大学，只能回到农村当民办教师，靠微薄的薪水养活着一大家子人。母亲嫁过来时家里一无所有，连最基本的容身之处都是借生产队的窑洞。夏日天气暖和还好些，冬日刺骨的寒风透过窗户吹到阴冷的窑洞里，一家人只能蜷缩在一起抱团取暖。

那时候父亲教书，母亲在生产队劳动。妇女劳动一天只能挣八分工。辛苦劳作一年，到年底分粮的时候都不够全家人的口粮。母亲把细粮和好吃的让给我和弟弟妹妹，自己用粗粮和野菜充饥。

生活所迫，母亲自己摸索学会了裁缝技术。她的手非常巧，用手工能做出样式好看且合身的各种服饰，深受乡亲们的喜爱，都爱找她做衣服。

母亲曾说，拥有一台缝纫机是她们那个年代最幸福的事。1972年，家里凑钱买了一台缝纫机，这台缝纫机大大减轻了母亲手工劳作的辛苦。对这台缝纫机，母亲珍爱有加，空闲时总是用干枯瘦削的手不停地抚摸着机器上的每个部位，将平时舍不得用的机油拿出来细心擦拭各个零部件。我们兄弟姊妹也对这

田新明，生于1963年3月，陕西省长武县人，民革党员。现任民革甘肃省第十三届常委、省直属一支部副主委，兰州市第十七届人大代表，兰州市城关区第十届政协常委，兰州市公安局城关分局特约监督员。

台缝纫机格外爱护。记得1976年唐山大地震时，我们村里震感非常强烈，大人小孩都在奔走呼号，母亲劝我们赶快走，什么都不要了，但执拗的我带着年幼的弟弟妹妹抬着缝纫机，冒着瓢泼大雨，走在泥泞不堪的土路上。不管走到哪里，这都是我们家唯一的财产，是母亲的念想、生活的希望。

那个年代，大部分人都喜欢买布料来做衣服。母亲白天在生产队劳动，晚上就在煤油灯下为乡亲们做衣服。我经常在半夜醒来时还能看到母亲那清瘦的身躯在缝纫机上忙碌着。天阴下雨时，母亲忍受着关节疼痛，从不休息。到了约定的日子，人家来取衣服，一件衣服只收一毛钱。尽管报酬微薄，母亲仍然乐此不疲。她说做人要讲信用，到时拿不出衣服害人家白跑一趟就不好了。

在我的印象里，母亲的缝纫机经年累月就没停下过，尤其是年关，乡邻们都能拿着新衣服满意而归。即使活儿很多，母亲也不忘给我们四个孩子每人做一套新衣服。大年初一早上，母亲轻声唤醒我们，拿出崭新的衣服让我们穿上。看着新衣服很合身，母亲比自己穿上还开心，疲倦的脸上也露出了慈祥的笑容。

我记得那时母亲的针线箩筐里，有许多大大小小的针和各种五颜六色的线、布头，还有一枚顶针。针尖穿过布料拉不动时，戴着顶针轻轻一顶就过去了，不伤手，不费力。我们穿的鞋子破了洞，露出脚丫子时，母亲就翻找出破旧衣裳，剪上一块块小布片，用糨糊将一块块小布片贴在门板上，铺上一层布，涂抹一层浆糊，把小布块粘贴在一起包在大布片里，然后搬到太阳下晒成大块的布箔，再将布箔剪成一只只鞋底样，叠在一块，用她自己捻的棉纱线一针一针地缝成一个整体。这些活儿，母亲多半都是在夜晚干。我们都睡了一觉，醒来时还看见母亲的身影折射在墙壁上。母亲一只手紧捏着鞋底，另一只手有节奏地将棉纱线往外拉，"沙沙"响的扯线声音，仿佛是摇篮曲，一家人六七双鞋，要做多少个夜晚啊！

母亲虽然没什么文化，却很注重人的品性。她常说："一个人活着要有好的德行，要多做好事，多做善事，千万不能做缺德的事。"她从小就教育我们要堂堂正正地做人，在学业上丝毫不能松懈。孩子不论年龄大小，有错必惩，绝不偏袒。前段时间我与弟弟聚在一起回忆母亲时，他说："我小时候非常淘气，犯错后母亲经常打我，但每次过去后她会抱着我，问疼不疼，一边揉着挨打的部位一边说，打在儿身上，疼在妈心里，打你是为了让你长记性，知道什么事该做，什么事不该做。"

70年代末80年代初，为改变家里的生活条件，我独自骑自行车到甘肃省庆阳市各县和宁夏的固原市及陕西省的榆林市等地的百货公司门口、各集市卖母

我的母亲

亲做的衣服。那时候的交通不像现在这样便利，道路也不似现在这样平坦。西北地区风沙大，骑着咯吱作响的自行车碾开被一层层黄土覆盖的路，到目的地时，嘴里身上全是黄土。母亲更是不分昼夜地趴在缝纫机上加工衣服，有时吃饭都在缝纫机上，困了就趴在缝纫机上小憩一阵。冬天手脚冻得不行，母亲就把缝纫机搬到炕上继续加工衣服。

为了这个家，母亲不曾有一句抱怨。积年累月的辛勤劳作，加上母亲患有风湿性关节炎，身体每况愈下。虽然家里的经济条件一天比一天好了，但母亲身体却越来越差。看着母亲被病魔折磨，我这个做儿子的又怎能心安，准备过年后无论如何都要腾出时间为母亲做全面检查、治疗。

谁料1997年的春节，竟是我与母亲相聚的最后一个春节。正月初四的清晨，我心中产生了难以愈合的一块疮疤，母亲在没有任何征兆的情况下突发心梗，离我们而去，享年仅56岁。全家人悲痛万分，放声大哭。

母亲离我们而去了，蹒跚的步履渐行渐远。恍惚中，我仿佛看到她还在不断地回望，那是对儿女无法割舍和牵挂。母亲为了家吃尽了苦头，现在生活好了，却没享福就早早地走了。我因没有及早带母亲治病而感到深深的内疚和自责，这是我终生的遗憾！只可惜，人生没有如果，母亲离开了这个世界，让一切都已经成为无法改变的事实。

故乡，那是生我养我的地方，也是母亲的安息之地。想起孩提时的老屋，母亲坐在缝纫机旁被煤油灯照亮的身影，已是遥不可及，不禁令人潸然泪下！

由于母亲多年的勤跟紧管和严格教育，逐渐培养了我感恩社会、敬畏工作、吃苦耐劳的品质。母亲常常教育我，吃亏是福，吃苦是福，不要总看眼前，要看长远。寒来暑往，春华秋实。一年又一年，我在自己平凡的岗位上一次又一次地成长，一次又一次地经受磨砺，从来没有一句怨言。这与母亲的教育和良好的家风是分不开的。

有一个好母亲，是人生的幸运。

我的母亲

史建钢

　　说起母亲，想到的就是家。我父亲弟兄三人，父亲行三，按照传统习惯，奶奶和我们一起生活。父母生下我们兄弟姐妹四人，我虽然有姐姐，但我是长孙子，所以奶奶也最疼我。其实，奶奶对我是宠爱孙子的亲，而我对母亲是天性的亲。但是由于大男子主义的一种面子，我很少给母亲说这些。

　　我的父亲严谨少言，我们兄弟姐妹都怕他。爸爸忙工作，也很少关心我们。每当吃饭时，奶奶、爸爸、妈妈坐在桌上一起吃饭，我们四个孩子依墙四个小凳子排列而坐，吃饭的时候一言不发，吃饭后各自做自己的事。

　　我的母亲名叫白俊清。她为操持这个家，吃了太多的苦。那时候爸爸一个月的工资就四十多元，养活我们一家七口人。不要说我们兄弟姐妹四个的学杂费，就连吃饱饭都比较吃紧。当时爸爸在太原工作，常年不在家，农忙时才回来帮助妈妈做点地里的活。奶奶年龄大了，下不了地。我们兄弟姐妹年龄小又上学，地里的活儿就全部压在母亲一人身上。早年在生产队挣工分，女劳力只能挣到男劳力一半的工分。工分少，分得的粮食就少，家里常常不够吃。母亲对我奶奶特别孝顺，有好吃的自己不舍得吃，要给奶奶和孩子们吃。

　　后来包产到户后，母亲就更加辛苦了。除了种庄稼以外，为了调剂生活，她还种一些西瓜、苹果之类的经济作物。种西瓜的时候，母亲白天栽秧，晚上还得拖着疲惫的身体去浇水。西瓜熟了，母亲看着我们吃西瓜，心里比谁都高兴，西瓜的甜掩盖了种瓜的苦……

　　到了炎热的夏天，她就骑上自行车到冰糕厂批发上冰糕，一个村一个村地去卖。每到下午三四点，我们就特别希望母亲回来，因为有剩下卖不掉的

史建钢，主任医师，甘肃省名中医。先后编辑出版四本专著，发表专业论文三十多篇。对脑病以"本虚标实"立论，获得四项国家发明专利，获得多项奖励与荣誉表彰。

冰糕给我们吃。有一天,母亲回来得早一些,看上去脸红红的,疲乏无力,原来妈妈是中暑了。奶奶让母亲去找大夫看一下,母亲舍不得花钱,喝了点水就睡着了,我们高高兴兴吃着冰糕,却不知道妈妈的痛苦。

什么时候逢集,母亲就去赶集,买回来一些生瓜子、生花生,我们帮母亲把生瓜子、生花生用大铁锅炒熟。母亲带上炒熟的瓜子、花生和爸爸从太原批发回来的物品,到集市上去卖,换一点零用钱。到了冬天,农闲了,母亲就让爸爸从太原工厂带回了一些帆布,母亲把帆布加工成手套,再交给爸爸带回厂里,挣点小钱添补家用。

我们每年过年穿的新衣服、新鞋,都是母亲做的。由于母亲做的衣服样式好看,邻居们也请母亲帮忙做。

为了抚养我们兄弟姐妹四个,母亲做过许多事,吃过许多苦。家搬到太原后,她去太原火车站卖过灌肠。灌肠是山西的一种小吃,是用荞麦面和成糊状,再放在碗或碟中上锅蒸,蒸熟后切成细条,凉拌着吃,或者配豆芽炒着吃。我记得那时候母亲早晨四五点就起床和面、蒸灌肠,到中午匆匆忙忙吃点饭,就带着火灶、灌肠和一些辅料去火车站广场出摊儿了。一直要等到晚上没有火车进出才收摊儿,回到家已经是深夜两三点了。夏天烈日烤着,冬天寒风吹着,每天只能休息两三个小时。常年的辛苦劳作,母亲累出了高血压、心脏病,每天要吃大把的药。双膝关节也患上了滑膜炎,走路或上下楼梯就疼得无法忍受。吃苦受累,几十年过去了,她能把一个个酷暑和寒冬坚持下来,不知道付出了怎样的艰辛……

母亲用自己的辛苦为我们换来了幸福的生活,也给我们留下了许多美好的记忆。比如过年的时候,母亲给我们做的蛋卷儿、饺子、油炸糕、羊汤面;端午节做的粽子、黄米凉糕;中秋节做的月饼,等等。在我心里,母亲做的这些美食,是任何人都无法超越的。

我们兄弟姐妹四人,不同程度地遗传了父母的优点。姐姐有母亲的善良和父亲的严谨。弟弟有反叛的个性,至今屡屡犯错。妹妹多了一些父亲的冷静稳重。我传承了母亲的善良,也遗传了父亲的严谨,有时候却性情激烈,矛盾而极端。

我记得惹母亲伤过一次心。为了一件事情,我给母亲发了脾气。母亲坐到一边伤心地哭起来。我意识到了自己的错,马上给母亲道歉,安慰母亲。从那以后,我再也没有惹母亲不高兴过。

母亲从她的几个兄弟身上深刻感知到了没有文化知识的苦。我的三舅因为没有文化，也就没有能力，至今没有成家立业，孤身一人过着贫困的生活。大舅和二舅对子女的教育不重视，孩子中没有一个上过中学。我的这几个表兄妹一辈子吃了没有上学的亏，对下一代的教育就格外重视。他们几家有四个孩子都上了大学。我的四舅因为早年外出当兵见过世面，知道教育的重要性，所以他的四个孩子有三个上了大学，其中一个孩子还上了研究生。

我的母亲

母亲从这些事情中看到了学习文化对人一生的重要性。我们读书的时候家里条件困难。她说，日子再苦，也不能叫我们辍学。我们兄弟姐妹都没有辜负母亲的期望，母亲晚年以我们四个孩子为荣。我后来成了一名医生，更是母亲的骄傲。平时母亲有个头疼脑热，都是我给她治疗。别人通过母亲找我看病，我给开药或针灸，总是立竿见影，效果明显，母亲心里特别高兴。我被评选为"甘肃省名中医"、"金城名中医"，当选为甘肃省中医药师承教育工作指导老师后，政府给发了相应的津贴。我把钱交给母亲，母亲为我的成长而高兴，但对于这些钱，母亲却说，你作为医生治病救人、教学生，要始终以病人为重，不要把钱看得太重，能给病人帮助时，尽量给他们帮助！这也是我一直勤于临床研究治疗，尽我所能为患者解除病痛、做慈善救助的原因。

母爱似海

白静洁

在这世上,妈妈对孩子的爱是舍身的,是无微不至的,无怨无悔的,值得我们用一生去回报。

母爱是什么?是我们小时候给我们喂奶、喂饭,教我们学走路,对我们精心抚养;是在我们上学的时候,将学习用品一件件装进书包,按时接送我们上学;是每当我们出门时,嘴里一遍遍的叮嘱和背包里装满的衣物、零食;是当我们做出成绩时,好像自己得了奖一样,比任何人都高兴。

每个母亲都是子女的第一任老师。有什么样的母亲,就有什么样的子女。子女是在父母的言传身教中走向社会的。

爱是一个家庭的血液。唯有真爱,才能营造出一个和谐、温馨、幸福的家庭,我的父母都是单亲家庭。姥爷去世得早,姥姥一个人把子女带大。妈妈在家排行老五,不到20岁就出嫁了。爸爸11岁时,爷爷就去世了,姑姑嫁人后,家中只有奶奶和爸爸一起生活。奶奶是有规矩的婆婆,妈妈嫁过来后,与奶奶一起种庄稼,务劳果树、菜园子。父母家在辽宁大连的一个小山村。冬天特别冷,奶奶不让把炕烧得太热,爸爸挣的钱会全部交给奶奶。母亲生了我之后,也不像现在的产妇一样坐月子,吃有营养的月子饭,还得干喂鸡、喂猪、捡草之类的农活。尽管如此,妈妈还是百依百顺,有好吃的先给奶奶和爸爸吃,再给我们孩子吃,最后妈妈吃。

我们姐弟七人都是在新社会出生的。我是1951年10月生人。1958年成立人民公社,我和奶奶把家里一头牛牵到队里,等队里分地。那时吃食堂的,妈妈总是把饭打回来,端到奶奶眼前;给奶奶洗衣服,铺被窝,烧炕等,照顾得无微不至。1960年是灾荒年,家里只有很少的粮食,先给奶奶留着。我们拿1

白静洁,女,满族,中共党员。1951年10月生,辽宁大连人,酒钢房地产公司经营科退休职工。嘉峪关市美术家协会会员,女子书画家协会会员,嘉峪关市摄影协会老年分会会员。

我的父亲、母亲及女儿

斤苞米换6斤红薯,这样粮食可以多吃些日子。

我是家中的老大。妈妈总是告诉我,你是家中的老大,要照顾好你的奶奶和弟弟妹妹。我20岁离家到甘肃。那时候家中有10口人,生活比较贫困。我参加工作后每月30多元的工资就开始寄回家中,一直到2018年母亲去世后。

当我谈婚论嫁时,爸爸妈妈告诉我,成家后,有事要与丈夫商量,要孝敬公婆,做贤妻良母。要是想孝敬娘家,就得先征求丈夫同意后再给我们,我们才能收下,否则,一概不收。再穷也不能让你们发生矛盾。我们成家后,把此作为家规,公婆的大事小事都由我来负责,我们家的事都由丈夫来管。丈夫给我娘家寄500元钱,我就让邮300元。丈夫说给公婆300元,我给了500元。我们结婚成家近50年,从未因家务事红过脸。

我们有一双儿女、两个家孙、一个外孙女和一个外孙,外孙女21岁了,上大四,小孙子五岁半,上幼儿园大班,家孙外孙同样对待。

我的父亲于2014年4月去世,享年84岁。母亲于2018年2月去世,享年85岁。他二老去世时,我没能守在眼前。因我离家千里之外,买车票困难,又有自己的家庭与工作,爸爸妈妈去世时都没能见他们最后一面。这是我终生的遗憾。

清明祭母

冯呼和

时光如水，清明又至。母亲离开我近五年了。此刻我的思绪又飞回到四年前的清明节。记忆中的清明节从未有像那年的天气，从温暖如夏，到风沙遮日，再到雨雪纷飞；也从未有一个节令，冷暖交替，阴晴相伴，让人体味生死相隔，人生百味。从那年起，清明节成了我心头不忍触碰的日子，总会勾起我对母亲深深的思念与追忆，心底生出无尽的怅然和感叹。

一

以往清明节早晨，我接到的第一个电话准是母亲打来的："儿子，今天是你的生日，别忘了吃长寿面。"母亲离世后，这一天，祝福的电话再也没有了。亲朋好友也迟迟没有对我说出"生日快乐"的祝语，他们在刻意回避这样一个特殊的节日，以免触碰我滴血的心。

以往的清明节，我也去祭奠逝去的先人，可从未像现在这样内心充满深深的哀思。与母亲阴阳相隔近五年了，可心中思念的线却永远与母亲相连。即便我知道生离死别、人事代谢是自然法则，谁也无法改变。清明祭祖彰显的是对生命的敬重和对亲缘的传承，可再多的祭品、再隆重的礼仪，也不如在父母生前多陪伴他们一天。让我悔恨至今的是，母亲在世时，总觉得来日方长，总以工作忙等为借口浪费了回去多陪伴母亲的机会。

清明节与我有不解之缘。58年前的清明，我不知母亲经历了怎样的痛苦才生下了我。只听母亲说过，月子里她拖着几近瘫痪的身子喂我吃奶、换尿布。此后的岁月里，母亲含辛茹苦，历经磨难，把我们兄妹四人拉扯大。我目睹了母亲日渐弯曲的腰背，岁月的艰辛在母亲脸上刻下深深的印记。

冯呼和，1985 年 7 月内蒙古大学历史系毕业，2009 年受中组部选派赴新加坡南洋理工大学学习，获 MRA 公共管理硕士学位。现任内蒙古河套学院党委书记、教授。

记得母亲对我说过，我出生后，父亲对她说："儿子生在清明，就叫清明吧。"母亲不同意。还是一个蒙古族老乡说："就叫呼和吧。"就这样，我这个汉族孩子有了一个蒙古语名字。我后来才知道，"呼和"的汉语意思是"青色"。

"清明"一词源于介子推临终留下的"割肉奉君尽丹心，但愿主公常清明"的忠言。那么，"清明"究竟为何意？"清"者，清洁、清廉、清净之意；"明"者，明事、明理、明法之意。清心做人，明白做人，乃清明应有之意。

母亲没有文化，不识字，但却是个明理之人。她常教育我们要做"清净"之人，要有爱心善念，待人以诚，清白

我的母亲

做人，干净做事。我工作之后，母亲对我说得最多的就是："妈不求你做多大的官，只求你好好做人做事，别让人戳妈的脊梁骨。"她常说："举头三尺有神明，决不能做昧良心的事，决不拿不义之财。"母亲病重住院，弟弟单位的领导来看望，表示了一点儿心意。母亲坚决让弟弟退回去。母亲过世后，我们按照她的遗愿，丧事一切从简。现在回想，父母最终为我取名"青"，寄托着他们对我"清心明理"的愿望。

清明那天，中午时分，我独自去祭祀母亲，为母亲献上一束菊花："妈，儿子看您来了。您在天之灵会看到，儿子没有辜负您的教诲。人生岂能尽如意，但求无愧我初心。清心明理，笃志力行，就是对您最好的纪念和告慰。"祭奠完毕，原本阴冷的天空忽然飘起了雪花。在漫天飞舞的雪花里，我仿佛看见了母亲灿烂的笑脸……

二

母亲去世后，父亲在诗稿中写道："几经磨难心犹笃，屡经灾荒胆未寒。求生汗沁磨坊路，蒙难身栖戈壁滩。"这是对母亲生活经历的真实写照。

1960年前后，全国性的大饥饿在农村尤为严重。家在农村的母亲承担着

一个八口之家的全部家务，除了洗衣、做饭、照料病人之外，每天晚上还要抱棍推磨，将红薯秸秆、玉米芯，包括能吃的树皮树叶等代食品加工成粉，以做充饥之用。常常一推就是大半夜，汗水湿透了衣背。这样的日子过了很长时间。

1963年春，父亲把母亲从原籍接到他工作的内蒙古额济纳旗。随后几年，我和两个妹妹相继出生，给这个家庭带来了新的欢乐。然而好景不长，"文革"开始后不久，父亲蒙冤，被关进牛棚。母亲受到牵连，遣送到饲料基地干苦力，长达一年多时间。她住的是曾吊死过人的土坯房，房子门窗破烂。母亲用烂毡旧被堵门挡窗，以避风沙。冬天为了减轻难以忍受的严寒，母亲把土锅灶当炉子使用，入夜锅里添水，锅下加火，用以取暖。冻醒了，接着加火再烧，挨到天明。随着父亲1972年初被平反，全家重新步入了正常的生活。每当谈起"文革"的冤情时，母亲总是说："有人命也丢了。咱们一个平头百姓吃点苦算什么。"母亲的这些话语，给了父亲多大的安慰啊！

三

改革开放以后，我们有了一个幸福的家。由于父母的培养教育，我们兄妹四人都走上了一条正确的人生之路。作为长子的我，大学毕业后主动要求到内蒙古边疆工作锻炼，得到母亲的大力支持，她要求我全心全意为边疆少数民族群众服务。后来根据党的政策，参加一推双考，被选调任内蒙古自治区民政厅副厅长职务。

母亲时常教导我，要牢记三句话："一是堂堂正正做人；二是老老实实办事；三是勤勤恳恳工作，决不能走邪路。"至今，母亲的教诲言犹在耳。我出任内蒙古河套学院党委书记时，母亲已经去世了。我想告慰母亲的是，您的儿子没忘记您的教诲，如何做一个踏实肯干、廉洁奉公的人。我的大妹妹冯秀梅通过自己的努力也考上了会计师职称。回想当年，她为减轻家庭经济负担而欲辍学时，是母亲支持父亲把电视机卖掉，以供给女儿上学。这件事让儿女永远感动。小妹妹也由于工作出色，已由基层旗县调阿盟社科院，担任领导工作。

爸爸反复告诫我们说：咱们这个家的功勋章里，有你母亲的一多半。母亲，我们都会铭记您为这个家庭做出的贡献。愿您在天国里一切安好！

母亲的心地

成克禄

我伫立在母亲的遗像前，凝视着她那和蔼可亲的笑容，往事像放电影一样一幕幕从脑海中闪过……

母亲40岁那年，我离开她去了遥远的西南边防部队。清楚地记得，临行时我拉着母亲长满老茧的双手，泪流满面，依依不舍。那时正值"文革"动乱年代，日子过得很紧巴。我身后一个弟弟两个妹妹年岁还小，父亲身体又不好。我知道，十八九岁的我该替父母承担一些责任。我的远行意味着母亲要承担这一切。而母亲对我说："年轻人出去闯荡闯荡有好处。再说没有国家的安宁，哪有家庭的幸福。出去了别恋家，好好工作。相信国家，日子会好起来的。"

28年后我解甲还乡，母亲已是68岁的老人。28年里，父亲辞世，我和弟弟妹妹，包括我走时还没出生的妹妹，都已成家立业。母亲身边围着孙男孙女，额头上的皱纹都仿佛在微笑。

28年的岁月，我从青年到了中年，母亲到了古稀之年。看她那两鬓白发和额头的层层皱纹，猜得出她老人家吃了多少苦头。她从不提这段艰辛，也不摆拉扯我们的功劳。母亲心如镜子，明亮可鉴。

母亲和许许多多庄稼人一样，质朴敦厚，勤劳慈爱。母亲自从成家后，把心交给了这个家庭。几十年如一日，她忍受着婆婆的歧视，丈夫的打骂，叔婶的另眼相看，起早贪黑，默默为家付出。刚解放那阵子，父亲年轻气盛，治家心切。他把市场上不值钱的病牲口廉价买回家，让母亲喂养。母亲不分白天黑夜，一锅一锅熬中药，一灌角一灌角喂进牲口的嘴里，一镰一镰把青草割回家拌上麸皮按时按点添到糟里，还要按时按点饮水遛牲口。牲口一天天地

成克禄，农历一九四九年十二月二日出生，甘肃永登县人。1968年应征入伍，上校军衔。散文集《岁月留印》即将出版。

母亲和我

肥了，被父亲高价卖出去，获利不少，母亲却一天天地瘦了，瘦得连喂我的乳汁都没有了，饿得我哇哇啼哭。母亲只好从炕洞里挖出烧熟了的洋芋，捏成糊糊，一点一点儿喂我。此事被叔婶知道后，向父亲告状，说母亲偷吃。父亲不问青红皂白，对母亲一顿狠打。为了我，母亲只能忍气吞声，将眼泪咽进肚里，从不顶撞父亲。6年过去了，到了1956年进社时，我家已牛羊满圈，还置了一套车马和一座水磨。

我的母亲名叫张玉兰，出身贫寒，从未受过任何正规教育，可穷人家自有穷人家的家风。我记得，姥爷、姥姥为人特别厚道、诚实，带出的孩子个个忠诚老实，与人为善。母亲改嫁到我们家时，前母留下一个三岁的女儿，由母亲抚养成人，上学出嫁。在姐姐出嫁之前，我压根儿就不知道我和姐姐是一父两母。母亲从不给我提及这事儿。她待姐姐如亲生骨肉。那时候是20世纪60年代困难时期。母亲给姐姐穿的是新衣服，给我和妹妹、弟弟穿的是补了又补的旧衣服。姐姐上学拿的是白面馒头，我们是谷面窝窝头。一次，姐姐拿着母亲给的白面馒头上学去了，我就哭着跟母亲闹，也要吃白面馒头。母亲抚摸着我的头，劝我说姐姐胃不好，吃了窝窝头胃里会发酸的。你还小，吃窝窝头会长身子的，长大了白面馒头有你吃的。听母亲这么一说，我也就不闹了。母亲和前夫有个男孩，他十多岁以后，一年半载来我们家看看母亲。这个不常来的哥哥到了我们家，碰上啥吃啥，母亲从来没有给他另外做一顿好饭吃。拿母亲的话说，不是不给做，而是难哪。待我们长大了，才理解了母亲的苦衷——有婆婆妯娌们时由不得自己，待分家后又遇上困难时期，想做也没有。按母亲的说法，对你们，我咋说咋打咋对待都没说的，可对姐姐稍有不周，别人会说闲话的，甚至会扣上后妈不好的帽子。你姥爷那时对我们可严格了，教我们干什么事都要与人为善，严于律己。我对你们要求严些，将来会有出息。现在看来，母亲的确为我们做出了榜样，我们兄弟姐妹都已年过半百，甚至到了古稀之年，个个相敬如宾。

张玉兰老人和家人

母亲一生都相信吃亏是福、见利是祸。她做事大度，从不占针头线脑的便宜，也不计较尺长寸短。我和堂哥是同年出生，他比我大半岁。我们年幼时，奶奶出门总带着我们俩。按理说我小点，应该背着我，拉着堂哥，可奶奶不这样，她总是身背堂哥手拉我。这事左邻右舍的说法可多了。每有人说起，母亲总是说，多走走有好处，长得快呀，对奶奶没有丝毫怨言。20世纪60年代，父亲与生产队会计有过节。会计在父亲那儿占不了便宜，把气全撒到了母亲身上。每次派工派活，总让母亲干重活苦活脏活。对此母亲心知肚明，却从不计较，并且对所干的活路特别认真负责，让他挑不出半点不是来。记得有一段时间母亲身上怀着二妹妹，按理说，女劳力在怀孕期间不能派重活路，可会计硬让母亲跟着年轻人一起干重活。对此好多人都看不惯，想找会计评个理。母亲对他们说："不用了，不吃饭会饿死人，干活能累死人吗？"母亲一生不知道吃了多少亏，从没听她抱怨过谁。

母亲性格开朗率直，为人极为热心，有话直言，从不拐弯抹角。与左邻右舍和村上的人从不拉是非吵吵闹闹，而是有求必应，友善相处。对待任何事情都出于公心，公家的东西一个子儿都不沾，别人的东西捡到了还挨家挨户上门去让人家认领。邻里平时借个生产工具，红白事情需要个锅碗瓢盆家什的，二话不说，拿去用就是了。东西若是丢了，损坏了，人家要赔，她是坚决不要的。记得我回家时带回来一些虫草、贝母、麝香、红花等贵重药材，母亲舍不得用，都陆陆续续送给了那些急需的邻里乡亲。母亲的热心还表现在对公共事业的有心，过去生产队现在村社开什么会、学习她都能积极参加。特别是改革开放土地承包后，社里公益事业需要人，她不顾年迈，还是积极参加。

　　母亲一生饱受委屈坎坷，但不论是遇到逆境还是顺境，她总有一颗平常心。自从进了成家门，她遇到了好多人为的难心事，打骂、训斥、不给好脸是常事，受到了不应该有的打击。说重点，没有人拿她当人看，说轻点，也是没有人把她当作一家人对待。她曾经想到过出家、轻生……但她还是忍辱负重，苦而不惧，咬着牙走过来了。她活了八十八载，拉大了儿女拉孙子，博得了我们后辈子孙甚至乡邻们的衷心爱戴。

　　母亲已经远去。此时此刻，我真正体会到了：孝子床前一碗水，胜过坟前万堆灰。门口有车不算富，家里有娘才算富。万爱千恩都在唱，有谁知道父母苦。作赋为颂：

　　母爱伟大，世人皆敬。母亲光荣，万古长青。十月怀胎，万般艰辛。分娩之时，生死由命。数载哺乳，犹食母身。襁褓幼儿，十指连心。暑时摇扇，寒时暖身。母子相依，天地难分。衣食住行，母挂心中。上学就读，晚接晨送。成长之路，慈母指引。儿出远门，母在扯心。日间劳作，种田耕耘。夜间挑灯，引线穿针。缝补浆洗，从不言辛。勤俭持家，劳心费神。呕心沥血，望子成龙。女大当嫁，儿大成婚。时光飞逝，颜老心红。老骥伏枥，斗志不松。为儿扶女，掏肺尽心。家孙外孙，同样爱疼。慈母在世，有家为荣。富福未享，别离亲人，驾鹤仙逝，举家悲恸。四海同泣，天地泪盈。留下儿孙，鹤唳哭声。儿女喊天，老天不应。子孙叫地，大地不灵。天崩地裂，痛断肝心。嚎妈哭娘，泪珠泉涌。高堂米岁，寿高品正。慈母已去，风范长存。任重道远，痛定思痛。娘去难回，永留音容。牢记娘恩，乐善人生。秉承母愿，姊妹连心。各有其家，互相帮衬。为家为国，品行独尊。不辱母嘱，砥砺前行。

母亲的热炕头

吕敏讷

好久好久没有陪母亲一起睡热炕了。

每次回家,和母亲说着话一起做饭,吃完饭,便要匆忙回城。母亲就送我们出大门,手扶着院边的老槐树,站在风中,一直目送我们走出老远,才转身弓着背走进烟火缭绕的院子。

每次回家,小儿子把幼儿园学到的歌舞在院子里全部卖弄一遍,欢笑就挤满了爸妈的皱纹。每次领着孩子把那个宁静的院落翻腾热闹,又把热闹全部带走。

走后,妈妈的院子愈加寂静。

妈妈说,你们不来,家是冷清的,你们来过,家就越发冷清了。

每次回家,拉着小儿子的手,房前屋后四处转转,把我儿时的回忆一一捡起,说给儿子听。给他指着我小时候坐过的那架小板凳,它如今又老又丑,孤单地躺在角落里,没人坐了。拴过秋千的桃树和桑葚树,也已经老了。那时,桑树会长出紫黑的桑葚,甜得厉害。风一吹,甜果从树上掉下来,打在头上,落在草丛,捡起来,它还带着露水,一粒粒吃下,舌头会变黑,但是整个春天都会是甜甜的。桃子是红心的,下过雨的早上,成熟的桃子落满一地,露出红红的果肉,空气也是甜的呢。

儿子就睁大眼睛问:"那我在哪里嘛,怎么不给我吃一点?"

我说:"那时候没有你,妈妈和你一样是个小娃娃呢!"

"那时候我俩一样大吗,那我到哪里去了嘛?"他就忽然大哭起来,要桃子吃!

吕敏讷,中国作家协会会员,中国自然资源作协签约作家,鲁迅文学院自然资源系统作家研修班学员。散文作品见于《时代文学》《散文百家》《朔方》《延河》《散文选刊》《石油文学》等。获徐霞客诗歌散文奖。著有散文集《倾斜的瓦屋》《试灯与踏雪》。

老院子里的老房子，像老去的父母，日渐消瘦变矮，容颜沧桑，弯腰驼背，缩在村庄的角落，不愿叫人看到。新院子里的新房子，像新出落的一代孩子，富态，有新意，装扮着村庄。

如果是春天，看到院子边上湿土层里冒出一堆堆嫩芽儿，我就惊喜地喊："妈，今年种的都是啥花？"妈妈在里屋应道："都是你婆活着的时候种过的花籽，十样锦、串子莲、大梨花、指甲花……走的时候给你挖一些！"

秋天，枯叶落满了屋后的石板小路，湿漉漉的，风一吹，落叶到处乱窜。小儿子刚刚学会走路，他看到地上的叶子，两只脚蜷缩在我怀里，不敢落到地上，吓得直叫："怪兽，怪兽！"

我呢，就忽然想起小时候放学回来，拿一块干馍馍，吹着冰凉的风，和母亲一起上山，在长满荆棘的林子里扫树叶，一背篼一背篼背回家，晒干，严严实实码放在草棚里。冰天雪地的冬天，指着它把炕烧热呢。

一个又一个寒冬终究是熬过去了。

如今，又一个冬天来了，周末，难得的晴天。温热的阳光把天空洗干净了。

在暖和如春的窗前，突然很累很茫然。突然地，就特别想回家，见到冷风里的妈妈。

快到家了，小儿子在院子外的一截陡坡路上，挣脱我的手，一边跑，一边大喊："奶奶，我来了……"我穿过篱笆进了院子见到了妈妈，说："妈，我和娃今天不走，住一晚。"

母亲就很惊喜的样子。

傍晚，我说，我睡床，有电热毯，我习惯了。

母亲执意要我睡热炕，说，好不容易住一晚，你也享受享受我的热炕！

母亲睡在右侧，手心里握着小家伙的右手，我睡在左侧，手心里握着小家伙的左手。儿子躺在我和母亲中间，我的目光越过儿子粉嫩的圆脸，看到母亲的眼睛布满血丝，皮肤暗红，满是风的痕迹。

母亲给小外孙指着小花枕，笑着说，你妈妈小时候就用这个。儿子就大笑，说，不会吧，妈妈也有小时候啊？两只小脚像鼓槌一样乱踢乱踏。

小花枕面是用三角形的小布头手工拼接缝制的，五颜六色的，那些小布头是五婶给的。那时五婶有个姑姑在城里当裁缝，五婶就有很多小布头送给母亲。这些布头大一点的用来做鞋面，小一点的用来缝补衣服，再小的就剪成三角形拼接成枕头面，或者被褥面，又好看又结实。小花枕存放了30年了。它陪伴着我,小学,初中,县城读高中。上大学时我把它带到学生公寓我的上铺,毕业后随我到乡下学校的教师宿舍。那个小花枕被洗了无数次,那些母亲用手工拼接起来的彩色三角形,不会褪色。第一次得到小花枕时的欣喜,至今记忆犹新。

母亲一直念五婶的好。我们兄妹四个,五婶给了不少做鞋用的布头。

小儿子瞪着眼睛听着故事,渐渐安静了,一会儿,均匀的呼吸声透过鼻翼,把安静的夜色变清晰了,他进入了梦乡。

就着夜色,我和母亲继续说着话。

母亲7岁时成了没娘的孩子。已经长成大姑娘了,还没有鞋穿,光脚走路。雪上加霜的一件事发生在那一年的除夕,二舅燃放爆竹时不小心炸坏了一只手,血流过多,昏迷不醒。母亲是O型血,为二舅输了400毫升的血,保住了他的生命,可是母亲因此身体变得很虚弱,得了哮喘,留下了一生的病根。那一年,母亲15岁。

两年后,母亲出嫁了。外祖父到礼县盐官买回简单的嫁妆——四套衣服的布料。母亲穿着大嫂的夹袄,二嫂的套裤,再套上那件红外衣,被一匹马驮走。这就算是嫁了。五天后,大舅来看母亲,吃完饭,大舅要走了,避开家人对母亲说,你大嫂的夹袄,你二嫂的套裤——他偷偷提示母亲,要把借穿的衣服拿回去。不料奶奶听见了,问道:"什么大嫂的夹袄,二嫂的套裤,这娃娃穿的衣服是借来的?"

17岁的大姑娘刚到一个新家,等待她的就是窘境。

17岁的母亲根本无法预料,此后作为母亲,缝缝补补的几十年所隐藏的艰难困苦。

祖父和父亲都在外地工作,家里就只剩小脚的奶奶和母亲相依为命。奶奶在家里照看哥哥,母亲背着我到生产队挣工分。白天下地干活,晚上在公社的打麦场上打麦,或者剥玉米,掐辫子,回家时鸡都打鸣了。母亲说,我乖乖地趴在她背上,不哭也不闹。只是回到家,没有烧炕的柴草,炕是冰凉的。一个个冰凉的夜,母亲把我抱在怀里焐热,第二天还得下地干活挣工分。

那时外祖父给生产队喂马。后半夜,他悄悄钻进马圈里,偷着背一大背篼马粪,走上近十里的路,把马粪倒在母亲的大门外,再趁着夜色回去,回去还假装在睡觉。外祖父送来的马粪,母亲藏起来,晚上偷偷烧炕用。外祖父冒着各种风险偷偷送了几年的马粪,让我们兄妹几个在烧热的土炕上存活并慢慢长大。

有一次，母亲在泉边洗衣淘菜，在泉边玩耍的妹妹不小心掉进泉水里，冰凉的泉水浸透了妹妹。母亲吓傻了，从水里捞出妹妹，哭着抱回家，把炕烧得暖烘烘，再把妹妹放到炕上暖出一身汗，妹妹这才没有什么大碍。只是，从此母亲总是自责，总觉得对女儿多了一份亏欠。

不常回家，电话线像生命线。一曲"雪绒花"的手机铃声每每响起，我的心会突然紧缩。一个个坏念头在脑中闪过，微颤的手指滑过接听键。母亲早在电话那头嘀咕，说她喂的鸡突然有三只死掉了，隔壁大叔家添了个胖小子，河对面的半亩玉米长高了，父亲的胃病又犯了，刚挖来的野菜又肥又嫩，要从班车上捎来给我……每次仔细辨别母亲说话的语调，没有什么异常，我才慢慢长舒一口气，任由她柴米油盐，家长里短，我一边忙手头的工作，一边听母亲絮叨。又一次"雪绒花"过后，母亲欣喜地说："你三婶要嫁女儿啦，今天请我帮她纳鞋呢。那龙凤的被面一根一百多块，真好看。当时给你缝的被面四十块都是最好的啦。"在村里，母亲是公认的"有福之人"，生了两双儿女，都是拿工资的。村里婚嫁之事，都请母亲去缝嫁妆，陪新娘。

犹记得十几年前，同样的月亮罩着这个村子，我化上了新娘妆，乌黑的长发盘起来，鲜花插满了头，花香和香粉味，飘满我的小木屋。在满屋子嫁妆中，在屋角最不起眼的地方，我意外地发现了一个包袱，包裹着二十双千层底鞋——母亲为女儿亲手做布鞋当嫁妆，是村子里的传统。此前我曾拒绝母亲纳布鞋，母亲当时轻描淡写地说："要不要是你的事，做不做是我的事。"后来发现，她经常在夜里就着灯光做针线活，眼睛不如从前，穿针引线需要人帮忙。她说晚上心静，做的活好。二十双手工缝制的鞋子，一个个针脚匀称整齐地排列。鞋里还有手工刺绣的鞋垫，绣着凤凰、鸳鸯、牡丹、梅花、百年好合、喜字等。每只鞋子里还躺着一张一毛的崭新纸币，用红丝线两两相牵的布鞋，连纽扣也无一遗漏地钉好了，整齐地码放在我面前。那一刻，我泪眼蒙眬，莹莹泪光中我似乎看见母亲正皱着双眉，弓着背，面对灯光，大大的影子投在墙上，一只手在空中上下晃动，手中的针还时不时在两鬓新添的银丝里划几下。滴水成冰的冬天，母亲的哮喘常常发作，每次咳嗽脸涨得通红，她用手抚一抚胸部，皲裂的手张着血色小口子，手上戴着一只明晃晃的顶针。那一晚，母亲还在为最后完成的作品钉上一个纽扣，打上一个结，然后一一清点，抚摸，再将这自认为无足轻重的陪嫁放在最不起眼的角落，完成了她最重的一桩心事。在纷乱的人群中,母亲挤进屋子,仔细端详着化过妆的我,然后一言不发地出去了。临行前,我走出人群簇拥的小屋,只听得一个沙哑的声音唤我的小名。我知道是母亲,她在痛苦的时候嗓子就哑了。我抬头和母亲的目光相撞,她双眼红肿,急急地擦去眼角的泪滴,并努力地扯着嘶哑的嗓子说:"泓儿,去了要乖乖的……"那一刻,我的心,碎了。

多年来,我都舍不得也不忍心穿母亲做的鞋。在那个红红的皮箱里,我一直完好无损地安放着母亲的心血和思念。搬进新居,在卧室干燥透气的一角,我专门找一个位置,将那只箱子安放。隔一段时间,我打开箱子,打量每一只鞋子的针脚和纹路,犹如研究母亲额头的皱纹和手指粗糙的裂痕。多少年过去了,鞋子一如当初保持着鲜亮的色泽和俊俏的形状。

嫁妆要穿一辈子。母亲的千层底,它能陪伴我,一辈子。

冰天雪地的冬天,农闲了,母亲却总是闲不下来。她把炕烧热,打好浆糊,再把破布一层层粘起来,打褙子。打好的褙子压在热炕上,烘干,继续做鞋垫和手工布底鞋。接近年关,母亲就做好了供全家人穿的十几双布底鞋。

地上的叶子落了一回又一回,地里的庄稼收了一季又一季,母亲额头的皱纹添了一道又一道,母亲的千层底缉了一层又一层。

说到衣服,母亲就开始责怪我,说,那么好的衣服,还很新呢就不穿了。说那时候衣服上打满了补丁,我穿过了你哥哥穿,你穿过了妹妹再穿,实在没法穿了,就拆下布料做鞋子。记得母亲有一件藏蓝色条绒的上衣,一直不舍得穿,哥哥考上初中,上学就一直穿着这件衣服。

父亲从靖远托人捎来的布料,是给母亲做衣服穿的,母亲总也舍不得穿,拿出来在油灯下摸了又摸,然后再锁在奶奶的柜子里,直到奶奶去世十年后,那几截布料还在柜子里存放着。

母亲说,如今,谁还去穿它呢?

说这些话的时候,母亲开始哽咽,低低的啜泣越过儿子的圆脸,重重地,刺向我的心。我没有出声,一串眼泪滑落,滴在枕边。

我打岔说,妈,你捏捏宝宝的手,是不是跟我小时候一样胖?

母亲说,你小时候又乖又听话,手就像个小馒头,一个人安安静静蹲在树下的草丛里玩,村里走路的人都喜欢摸你的小手,心疼你。

母亲得意地说,你小的时候可真是讨人喜欢,让人心疼。这一次母亲又开心地笑了,眼角分明还挂着一滴眼泪。

夜深了。母亲说，睡吧，天都快亮了。

十五的月光透过窗户照进来了，铺洒在母亲的热炕上。

月亮照见了母亲的白发，在月色里愈加斑白；照见了儿子的圆脸，在月色里愈加粉嫩。

母亲睡意蒙眬里说着话，我假装睡着了，不吭声，她唤着我的小名：泓儿，泓儿。见我没有反应，就自言自语，我的娃睡着了。

再过两分钟，母亲轻微的鼾声在另一侧均匀地响起。很累很踏实的呼吸分布在月色里。

我侧过脸，让眼里的那些晶亮的液体，落在枕上的一片月里。面朝窗户，浴着洁白的月光，感受母亲和儿子安稳的呼吸，没有了一丝睡意。我披紧被窝，腾空内心，安然地享受一坨热炕。此时，不受冻，感觉到世上的幸福就着今夜的月光裹在我身上，被幸福包裹的我不舍得入眠，思维越发清晰了。

月亮安静地看着我的脸。我的眼睛穿过月色，见到了年轻时候的母亲。她的背上，搭着两条黝黑的长辫子，皮肤白皙，面泛光华，走在田间地头的阳光里，侍弄着她的庄稼，坐在屋前的槐树下，给缝缝补补的日子绣满一束束花。

多希望这一切都不是梦境！

再次睁开眼睛时，太阳照进来了，早晨的阳光，将一层温暖敷在我身上的被子上。看看身旁，儿子还在酣睡，母亲的被子已经叠放整齐。厨房里叮叮咚咚，烟火的味道和诱人的香气从母亲的厨房溜出来，窜进我的鼻子。我闻着母亲的味道，幸福得成了小孩子，那一刻，我祈祷时光凝滞，世事不要变迁，我要陪我的母亲在热炕头。

忽然记起，上次和母亲一起睡热炕，就着月色说话，并失眠，是一年前的事了。

如今，母亲又老了一岁。

回忆我的母亲

朱云生

我母亲叫赵郁梅,1922年生,兰州人,2001年去世,享年80岁。

母亲已离开我们多年,但现在回忆起来,旧时情景犹如昨天的事情,一幕幕地呈现在我们眼前。

母亲小时候生长在一个普通家庭。据说外祖父是一个有文化的生意人,住在一个小院里,过着城市里最普通的生活。外祖父母只生养了母亲一个女儿。独生女小时候长得秀气,聪明,勤快,做饭、做针线却都能拿得出手,备受父母疼爱。

母亲17岁时经人介绍嫁给了父亲。父亲当时是一名书画家,名朱一鹤,字剑云。祖父是一名私塾先生。父亲20世纪30年代曾与书法大家于右任先生有过交往。于右任给父亲写过一副对联,上联:倚榻闻香床前坐。下联:披书对月古人来。上款题"一鹤先生正",落款:于右任。20世纪60年代,书法家黎泉(赵正)曾以父亲的名字写过一副对联,上联是:天外朱霞瞻气象,下联是:云中弍鹤见精神。父亲在新旧社会以书画为生,曾在甘肃省秦腔剧团画过布景,搞过舞台设计。50年代为兰州五泉山的园林建设画过壁画,在公安局的宣传橱窗里画过漫画,是一名较有名气的书画家。我和大弟在父亲的耳濡目染下,也继承了父亲的衣钵,都成为书画爱好者。

母亲跟父亲成家后,生育了我们五个子女。我有一个姐,一个哥,两个弟弟。现在父母都去世了,而我们五个子女都健在,身体都没大毛病,基本健康。这些都得益于父母的基因,也与母亲精心地喂养及耐心地照料分不开。母亲虽然是一位家庭妇女,但在漫长的岁月里把我们五个姐弟拉扯大,培养成人,很不容易。子女对母恩永远是亏欠的。

朱云生,1948年生于兰州市,毕业于中国书画函授大学,中共党员,政工师。被评为甘肃省书法家协会优秀志愿者。现为中国书画研究院理事、甘肃省书法家协会会员。

我的母亲

解放后，母亲为了生活，很早就参加了工作。每天早出晚归，含辛茹苦地培育我们。我们姐弟几个都很体谅母亲的辛苦，上学都很用功，很刻苦，几个都曾当过班长、大队长、三好学生、红色少年等。为了给母亲减轻负担，减轻生活压力，大的给小的开家长会，从来不为学习请家长。

记得上小学时，母亲工作忙，中午不回来，我们几个早就学会了做饭。学校离家近，第三节课一下就跑到家里先把炉子捅开，第四节课放学后赶紧回家做馓饭、炝酸汤，就点咸菜开饭，从不耽误学习。上中学也一样，为了节省时间，翻城墙上兰州一中，好好学习为母亲分忧。

我们小时候，母亲非常辛苦，工作回来还要为我们缝补衣服。衣服是大的穿完了小的穿，过年还要锥鞋纳帮，为穿上一双新鞋，熬灯费油连夜操劳。

记得有一次，我上树不小心被蝎子蜇了，手和小臂顿时肿胀起来，母亲发现后，立刻用红毛线拧成绳，将上臂绑扎紧，赶快送到医院，打了败毒针剂，捡回了一条命。

还有一次，小弟为做饭端锅，不慎将一锅开水倒在身上，身上被烫成大泡。把母亲吓坏了，送到医院只能抹些烫伤药膏，回到家里，母亲用鸡蛋清每天抹擦，用针挑破水泡，并消毒清洗。经过母亲精细耐心地照看护理，弟弟终于痊愈。

母亲是一个心肠慈善的人，她对待外人、邻居也一样。家里子女多，本来就不富余，但只要门外来一个要饭的，母亲多少要给上一口吃的或几毛钱。家里来客人和邻居，只要饭做熟了，母亲都会留客人在家吃饭，做好的臊子面一大锅，或是夏天的凉面，只要开饭都能吃上。大家都夸赞老妈做的饭香好吃，常有熟人邻居来家里喝茶、喧话、吃饭。

母亲从小就教育我们与人为善，要孝敬父母，要尊重他人，要勤劳勤奋，还经常给我们讲《二十四孝》的故事，把儒家语录说给我们听，像"己所不欲，勿施于人"、"身教重于言教"、"勤能补拙"、"信誉是立身之本"、"善有善报，恶有恶报"等等。我们几个都从母亲的行为规范中汲取营养。在生活困难的五六十年代，我们养成了爱学习、爱劳动的好习惯，在学习上没叫母亲操过心，从来没有因学习不好或调皮不听话，让学校老师请过家长。还能帮助母亲分担些家务，如挑水、拾马粪、捡煤球、买粮、买菜，还学会了做饭、洗衣服。为了给母亲减轻生活压力，我们长大后工作了，每次发工资，先给母亲寄来钱，不管十块八块，体现的是一份孝心。

光阴荏苒，人生短暂，母亲辛辛苦苦把我们五个姐弟拉大成家了，她也年老生病了。我们还没有来得及孝敬，她就离开我们了！你再后悔，再惋惜，都迟了！这就是人生中的遗憾，永远难以弥补的遗憾！

母亲的丧事办得很隆重。子女多，来送葬的人也很多，最重要的是母亲生前人缘好，左邻右舍、亲戚朋友们都来追悼，红红火火地送走了母亲。

每年清明节，上坟祭奠母亲的在天之灵，我们姐弟五人从不缺席。10周年、20周年大祭时，子子孙孙都去，场面更隆重。

由于母亲的恩养，父亲的教诲，我们姐弟五人都健康成长，五个家庭子孙满堂，生活幸福。如今我们五个都已退休，过着无忧无虑的生活。大姐朱少梅已80岁，身体健康，从企业退休，曾经是一名会计，年轻时当过省博物馆的讲解员，工作突出，成绩优秀。大哥朱剑生77岁，从省卫生厅退休，干后勤工作三十年如一日，勤勤恳恳，任劳任怨，受到厅里好评。本人朱云生74岁，退休前曾任企业的办公室主任，政工师。大弟朱力生71岁，退休前是工商局联运司的司机，自学成才，成为一名书画家，曾在全国得过书画大奖。小弟朱骥生68岁，退休前干保安工作多年，因工作成绩突出，曾受过兰州市公安系统的表彰，并获得荣誉证书。

母亲养育了我们姐弟五人，都在不同的岗位上勤奋工作了一辈子，没有辜负父母的期望，为后代子孙们做出了榜样。

我们姐弟五个的后面又生长起来十个子孙。孙子辈里有的是公务员，有的是大学教授，有的是电台播音员。

诗词五首

朱晓华

望月怀远

又到中秋夜,亲人团聚时。
月圆知节令,啖饼惹乡思。
切切春晖满,殷殷寸草滋。
凭窗怀远客,何日是归期?

2019年回乡祭祖

青石墓茔久未临,双双下跪拜亲人。
盘呈糕点杯斟酒,叩叫慈严热泪淋。
痛别十年天隔路,情牵一世念恩深。
焚香化纸传儿语,梦里容颜记到今。

2021年回乡祭祖

亲栽柏树绿成荫,陪护双亲替我勤。
瑟瑟秋风吹烛纸,凄凄感慨出心神。
春晖寸草何求报,茹苦含辛为子孙。
世上情缘有多少,当知母爱最纯真。

喝火令·回乡探亲

数载情依旧,年关又返还。万山难阻母心牵,贤侣孝心同尽,羹药捧床

朱晓华,女,1944年生,文县人。退休教师,中华诗词学会会员,甘肃诗词学会会员。《陇风》诗词原副主编。著有《丹河流韵》《丹河流韵续集》两册诗词集。

我的母亲（前左）、父亲

前。年老行难便，时迁恙又添，儿行千里盼团圆。几度风霜，几度越关山，几度世尘催老，已改旧时颜。

临江仙·清明遥祭

细雨丝丝芳草绿，东君频送温馨。路边红杏满枝荣，严冬声已远，淑气透清明。

我祭祖先人接踵，虔诚跪拜先灵。隔天诉说祝安平。黄花呈敬意，人间有真情。

慎终追远, 慈善的母亲

朱熙南

人类自古就有一个神圣的称呼: "母亲。"是母亲养育了我们, 滋养了我们的品德, 每当我回忆起我的学医之路, 就会情不自禁地想到母亲。

我的母亲王玉敏生于 1911 年 11 月 1 日, 皋兰县县长串村人, 14 岁即皈依佛门。我的父亲朱孝福生于农历一九〇七年正月十八日。1929 年春季, 18 岁的母亲与善良厚道的父亲在兰州市皋兰县盐场堡前街 15 号结婚。父亲时任盐场堡大队的大队委员。两人在亲友们的帮助与祝福中举行了婚礼。母亲对家庭倾注了全部的心血。她勤劳俭朴, 善于持家, 在困难的年代应对各种生活挑战, 还总是帮助他人, 同时精心教育儿女。

母亲共养育我们姊妹四人。在她的教育下, 四个孩子皆有所成。大女儿朱玉兰是从小抱养来的, 但母亲却一直像亲生儿女一样精心培养。她曾为兰州墨水厂的主要负责人, 由于工作能力突出, 经常获得先进职工奖励, 被评为劳动模范。1943 年春, 父母有了大儿子朱有仁。他后来曾任甘南州夏河县工商银行行长, 多次荣获先进个人、"优秀共产党员"称号。在他带领下, 单位成为夏河县先进集体及全县业务冠军。1951 年, 二女儿朱秀兰出生了。她学习成绩优秀, 性情醇厚, 是班上的班长, 深得老师厚爱。1953 年夏天, 二儿子我(俗名"佛僧")出生了。四个孩子给父母带来了不小的生活压力。母亲含辛茹苦, 精心培养几个孩子。记得我 3 岁时, 一不小心将手碰上了炉火, 造成左手小臂很大一块烧焦。处理伤口后, 母亲将我紧紧抱在怀里, 就连睡觉都不肯放手。

母亲一生坚持孝道, 孝敬公婆与父母, 给我留下极深的印象, 深受教诲。我也从小就养成孝敬父母的观念, 并一生坚持。

朱熙南, 江苏南京人, 1953 年 8 月出生, 农工党员, 大专学历。1991 年工作期间参加"西北五省区青工技术大比武", 荣获亚军; 2009 年 6 月参加"全国中医外治大比武", 荣获冠军; 荣获"全国中医外治先进工作者"。

"父母是孩子的一面镜子，孩子是父母的影子"。父母亲潜移默化的影响，儿女们才能个个争气，人人成才。

我6岁时，母亲因为生活困难，日夜操劳，致使身体瘦弱，生病后又未得到良好的治疗，病情逐渐严重，屡治无效，最终于1959年去世。那真是令人心酸的年月。因为母亲去世得早，居然没有留下一帧照片。虽然年幼，记忆中母亲的往事不多，但母亲给我留下的印象却一直非常清晰。我曾无数次梦见母亲：中等个，穿青灰色衣裤，肤色很美，经常洋溢着迷人的笑脸，慈眉善目。姑姑与表姐皆言，我说的对极了，母亲就是这个样子。看来是母子情深，心心相印啊。

现在想来，正是由于母亲患病不治的沉痛经历，促使我少年时期就有了学习中医的志向。父亲得知我学医的志向后说："佛僧，你如果立志学习医道，必须要刻苦耐劳，下足功夫，为社会做点实事。"

我进入兰州日用化工厂工作后，由于踏实肯干，不久担任了一分厂煮皂车间的主要负责人，每年都是先进生产者。业余时间，遵照父亲教导，潜心医道，刻苦学习中医，努力掌握中医药的精髓，决心将这个伟大与光荣的事业传承下去。我曾精读易经，研习儒释道文化、哲学、自然科学、人体生命科学，也拜访了十数位高僧大德，虔诚进修，绝交际，戒烟酒，废寐忘食钻研中医。世称"西北针王"的恩师郑魁山说："医生就是要一切为了病人。认症靠细致，诊断准。治疗靠方穴熟，手法精。病症无穷，方穴众多，基本功扎实，定能得到极好的疗效。"

我14岁发奋学习医道，每天休息两三个小时，历经五十多年，才终于有了这个修为。几十年以来，助人无数，挽救数百人宝贵的生命，这是我最引以为豪的。母亲知道，亦当泉下喜悦。

我能够有今天的一点成就，跟父母的教育和我们的良好家风密不可分。是父母亲的恩德造就了朱熙南的成长之路，我当终生感恩铭记。

"陌生"的母亲

任启江

　　我已届不惑之年了,对年过古稀的母亲,我从未好好梳理与她的情感,认为母亲的付出是自然的。直到现在坐到电脑前,敲出"母亲"这两个字,我才发现自己对母亲既熟悉,又陌生。我感到了一种悲哀,悲哀自己对母亲的冷漠,一时有些无地自容。这种情绪如同春天的藤蔓迅速爬向矮墙,让我感觉到无法平静。

　　母亲不识字,小时候,我曾好奇地想知道不识字的母亲是如何与我那当了几十年校长教中学数学的父亲交流的? 不识字的母亲,有着朴素的思维,用纯朴的认知去理解生活。这种纯朴,大抵是做好自己,有能力的话帮助别人一下。这种简单的处事逻辑,直到今天仍留在我心里。

　　我的母亲从来没有睡过懒觉,有干不完的活,从来都是热心帮助别人……母亲说父亲有份工资,她没有,她自己也要挣一份收入,这样才能让家里经济宽松些。母亲除了种好多地,每年还要养几头猪。父亲总是对我们说,我们对他好不好无所谓,但不能对母亲不好。我年长些后终于明白了,我的母亲就是用她朴素的处事逻辑和父亲交流的。母亲的生活逻辑,大抵相当于佛法的小乘思想。母亲是不知道佛法的,但她的价值观,就是利他。母亲就是用最简单的思想去理解生活,用最有效的行动付诸生活。

　　母亲总是有很多担心。她担心的事情,在我们看来有些多余,但母亲却异常看重。儿时,母亲总是担心我下河去游泳。在我的记忆里,每到夏天,母亲总是盯着我,但凡谁告诉她我下河去游泳了,她就会急匆匆地找我,直到确定我在她视线范围,没有去河里扑腾。母亲看到过几个小孩溺水死了,就认为到河里游泳是危险的。

任启江,甘肃文化创意产业协会常务理事、甘肃文化产业协会常务理事、甘肃省慈善总会理事、兰州策划学会副会长。

因为父亲工作的原因，家里总是客人不断。母亲总是怕饭菜不合客人胃口，担心客人吃不好。实际上，母亲做得一手好饭菜，有什么好吃的东西都舍得拿出来招待客人。客人赞叹母亲的手艺时，母亲总说担心慢待了客人，没有觉得自己的手艺真的好。

母亲还担心别人嚼舌根。她老是告诫儿女，不要在背后说别人的闲话。母亲偶尔也会提起谁的不好，但都是有理有据的。母亲的这些朴素的处世逻辑，与中国

我的母亲

人的传统文化相暗合。母亲虽然没有读过书，不懂得书里的大道理，也不知道什么是传统文化，但她的这种"道理"，何尝不是一个普通人在传统文化的熏陶中不自觉养成的优良品质？她重视的生活道理是：从本心出发，设身处地为别人着想。

仔细梳理起来，母亲还有很多让我感觉"陌生"的地方。幼年，儿女们向父母索取，母亲尽己所能全力付出，这似乎在母子双方看来都是理所当然的，就像懵懂的狗仔找寻奶源一样，是本能和天性。我们总是用熟悉的视觉看待自己的母亲，而很少从一个独立的人的角度打量她，很少关注她内心的幸与不幸。说是熟悉，其实我们并不了解她作为一个女人的生命内涵。

我的母亲:苦多乐少忙一生

刘 敏

5月9日是一个刻骨铭心的日子,这一天是我母亲的忌日。八年前,也就是2014年5月9日(农历四月十一日),母亲走完了她艰辛而不平凡的一生,永远地离开了她难以割舍的儿孙至亲,离开了她耗尽平生心血经营的家。

母亲名叫马素贞,生于农历一九二五年五月初七。她5岁时,正在上学的我姥爷被抓了学兵,死于非命。她随姥姥改嫁进入安定县城,在继父家,她受到继父家人的排斥和欺凌。仅过了两年,继父暴病身亡。姥姥经受不住第二次丧夫的沉重打击,不久便含恨离世。姥姥去世后,母亲因无人关照,经常吃喝住行无着落,时不时流落街头。后来,我二姥爷将无依无靠的母亲领到农村老家,抚养长大成人。

她19岁时,按农村习俗,与正在上学读书的父亲成婚,开始了新的生活,先后生下了我和弟弟二人。可谁也没有料到,好景不长,我三岁时,父亲在学校参加长跑运动会,因疲劳过度吐血,三个月后不治身亡!

当时弟弟还不到1岁,母亲也仅仅24岁。孤儿寡母,无依无靠,穷困潦倒。族人劝她乘着年轻赶紧改嫁,母亲怎么能够忍心抛下一对嗷嗷待哺的

母亲马素贞

刘敏,1946年出生于定西市,大学本科,中共党员,二级研究员,享受国务院特殊津贴专家。曾任甘肃省社会科学院副院长、党委委员。曾兼任西北师大社会学硕士生导师,兰州大学、西北民族大学、兰州理工大学、甘肃政法大学和兰州城市学院兼职教授。

我们一家人

孩子自谋生路？她铁了心，誓言绝不离开我们家，一定要把我们兄弟二人拉扯长大，培养成人。

自父亲去世，家中爷爷奶奶年事已高，母亲咬牙撑起了这个家庭。她既当媳又当儿，既当母又当父，既主内又主外，将育子、奉老和持家集于一身。农家的种、锄、收、打等庄稼活儿一人担当，碾麦推磨、拾柴锄草、烧炕喂猪、针线茶饭一人包揽。寒来暑往，风霜雨雪，从无停歇。母亲的坚韧顽强，实属常人难及。她孝老抚幼、勤俭持家之懿行，名传四乡。

不仅如此。20世纪50年代，刚刚从悲痛中走出来的她，响应政府号召，积极参加文化扫盲教育，拿到了小学同等教育证书，并被推选为村第一届农会委员，又接受当地政府的正规培训，成为1949年后村里最早的接生员，政府专门为她配备了听诊器、油布和雨伞。她还受祖母传授，学得小儿针灸医术。我至今还记得，经常有人在半夜抱着小孩敲门，或者叫人用毛驴接她去治病。母亲怜人疾苦，急人所急，从不迁延推脱，不分时节、不论远近、不辞辛苦，竭尽全力救人危难，为乡亲服务。她的善行美德，获得了乡亲们的交口称赞。

就这样，她把自己家庭的不幸和情感上的伤痛，转化为自助和助人的行动，从中享受生活的苦与乐。

母亲年近花甲之时，遇上了改革开放，家庭联产承包责任制的推行，很快使全家从缺衣少食的绝对贫困中摆脱了出来。我于70年代初从大学毕业，参加了工作，接着成家立业，生有一女。弟弟一直守在母亲身边，在农村成家后生有一男二女。我们都长大成人了，都有了正当的职业和收入，竭尽全力回报母亲的养育之恩。母亲当年的志向和誓言，终于实现了，她心里，应该是很满足的。

1979年,母亲满怀喜悦迎来了她的第一个孙子。从此时开始,她逐渐离开了农活,把全部心思和主要精力放在了养育孙子和家务上。在养育四个孙子的过程中,她既付出了劳苦和心血,也从中享受到了天伦之乐。

从她60岁开始,我们每年都给母亲筹办寿辰,一直到她去世。每年的五月初七她的生日这天,从一大早到黄昏,族人亲朋、乡邻好友应约而至,络绎不绝。这一天,是母亲最忙碌的一天,也是她最快乐的一天。她从儿孙家人的跪拜中,从亲朋客人的祝福中,感受到了满足,领悟了人世间生死轮回的喜悦。

母亲一生,早年迭遭不幸,年纪轻轻就守寡。她以裹着小脚的柔弱之躯,撑起了一个风雨飘摇的家。为了将我们兄弟二人拉扯长大,她牺牲自己的青春和幸福,尽心操劳,奉献毕生。举凡人世间的艰辛困苦,非常人所能忍受者,她皆饱受尽尝,而从无怨悔。对我们子女来说,她真是功劳盖世。

母亲生前广受赞誉,其中我很认同她80寿辰时舅舅家送来的寿幛贺词:"贞品持冰操,画荻育栋梁,令德齐孟母,介寿晋霞觞。"当年还有一位副省长,在母亲生前多次给以赞扬和鼓励,她去世后送了花圈,表示悼念和慰问。这可以说是对母亲一生最高的奖赏和肯定,也使我们后辈深感欣慰。

我的小脚母亲

刘启舒

母亲,河南省扶沟县田庙村人,出身农民家庭,不识字,一双小脚,高高的个头。这便是母亲。

三寸金莲,常用来形容妇女的小脚。母亲的小脚,凭目测虽大于三寸,但不超过五寸。母亲洗脚时,我目睹过她的一双小脚,一双畸形丑陋的脚:脚背高耸,像个小山包似的;五个脚趾,除大脚趾外,其余四个脚趾均被踩在脚掌下,大脚趾便成了"一枝独秀"。母亲的一双小脚,看上去像一个丑陋不堪的粽子。

母亲高高的个头,配上一双小脚,显得头重脚轻,走起路来颤颤巍巍,仿佛一股风就能吹倒。然而,母亲却似一棵大树,狂风撼不倒,雷电轰不倒,艰难困苦难不倒。母亲凭着一双小脚,一步一个脚印,坚实地走在坎坎坷坷的大地上,走在风风雨雨的人生路上。母亲虽离世三十多个春秋了,但她的小脚形象,她在人生路上走过的"万水千山",随着岁月的流逝反倒在我脑海里越来越清晰。

20世纪40年代,日寇侵略,黄水泛滥。时年,母亲在河南老家耕耘农田,侍奉年过六旬的奶奶。房倒了,地毁了,老家实在待不下去了,离开黄泛区成了唯一的生路。

"娘,咱逃荒要饭,到西安去找鸿滨。"母亲说的鸿滨,是父亲的小名,当年在西安谋生。昏暗的油灯下,母亲一次次和忧心忡忡的奶奶商量,说出心中的大胆想法。

"扶沟到西安,几千里地,咋去?"奶奶皱着眉头,不无忧虑地问。

"娘,俺用小车,推着你去!"母亲说的小车,便是影视中当年老百姓支前运送公粮的那种"咯吱咯吱"的小车。

"又不是一两里地,千顷百里,能中?"奶奶满脸愁云。

"娘,咋不中? 中!"母亲的回答掷地有声。

刘启舒,当过知青、营业员、山乡教师、记者。著有《梦萦藏乡》等文集31部。

母亲说，她用小车把奶奶从老家推到数千里外的西安古城，并非信口开河。她既然这样说，是有底气的。母亲从小下地劳动，缝补浆洗，纺线织布，下厨做饭，样样得心应手。姥爷家是个大家庭，农忙时母亲一人做十几个人的饭……母亲的能干，赢得了村里人的一致赞誉，姥爷听说，母亲要用小车推着奶奶去西安寻夫，哪会放心，硬要同行。就这样，一双小脚的母亲，用小车推着年迈的奶奶，踏上了前往数千里外的西安寻夫的漫漫程路。那年月兵荒马乱，哀鸿遍野，沿途均有如狼似虎的日本鬼子盘查。母亲和奶奶、姥爷，衣衫褴褛，脸抹锅墨，装扮成难民的模样，混在逃难的人群中，一路逃荒要饭，餐风宿雨，向着遥不可及的西安艰难地行进。母亲凭着一双小脚，凭着小车不倒只管推的毅力，硬是完成了"三千里路云和月"的壮举。

母亲小脚的形象，走在人生路上的情景，一幕幕，浮现在我脑海中。

我的家，像一艘漂泊的船儿，20世纪50年代初，停泊在白龙江畔洒满川江号子的港湾——碧口古镇。那个年代，小镇居民常参加义务劳动，阳春三月，街道居委会号召居民上山栽树。居委会主任特意来我家，关切地对母亲说："刘嫂，你一双小脚，爬不上山，明天上山栽树，你就不要去了。"母亲却拒绝了居委会主任的好意，操着浓重的乡音说："不碍啥事，俺能去！"

第二天一早，要强的母亲扛着锄头，踮着一双小脚，颤颤巍巍地走出家门，去山上栽树。我无法想象，从小在平原大坝长大的母亲，从未爬过山，哪怕是一座比丘陵还要低矮的小土包也没有爬过。她踮着三寸金莲，是怎样上山又下山，艰难的程度可想而知。果然，倔强的母亲，终究还是"败"在了一双小脚上：脚掌磨出了血泡……

第二天，上山栽树的居民行列里，虽没有了母亲的身影，母亲却没有闲下来。她起了个大早，蒸了一笼白面馍，装在竹篮里，踮着一双小脚，去离小镇两三里远的修筑甘川公路的工地，慰问筑路民工。母亲还拿起铁锨铲土修路，对素不相识的民工说："上山栽树去不了，修路也一样。这活，俺能干！"以后的日子，母亲天天如此……

母亲小脚的形象，一步一个脚印，走在风雨人生路上的情景，成了我记忆屏幕上永远的"亮点"，历久弥新。

在那个特殊的饥饿年代里，我们四兄弟正是长身体的时候，母亲总是想尽办法，填充我们兄弟的饥肠。

时年，我家早已从小镇迁居县城。母亲挎上竹篮，拿着一根顶端带铁钩的

全家福（1976年1月31日春节文县合影）

竹竿，踮着一双小脚，去县城旁的白水江畔采柳芽。她在一棵棵老态龙钟的柳树上爬上爬下，采回满满一篮柳叶，经过煮、漂，除去苦涩，放上醋盐，便成了可口的"凉菜"。

县城江南岸有许多柿树，风儿一吹，那些尚未成熟、如核桃大小的柿子便掉落在地。每天天不亮，母亲提上竹篮，踮着一双小脚，去江南岸捡落在地上的柿子。不仅母亲捡，也有旁人捡，谁要是稍晚一步，就捡不到了，于是，母亲一天比一天起得早。她把捡回来的柿子，或晾在窗台上，或放在纸盒里，发现那几个变软能吃了，就分给我们几兄弟，自己一个也舍不得吃。

夏天，麦子熟了，母亲提上篮子，踮着一双小脚，到离城三四千米外的西元村捡麦穗，晚上把捡回来的麦穗揉搓成麦粒。望着半脸盆金灿灿的麦粒，母亲掩饰不住脸上的喜悦，喜不自禁地说："看看，有四五斤，可比在家歇着强，明天还去捡。"

母亲在县城附近的村子里捡麦穗，觉得不过瘾，放暑假了，母亲让我们几弟兄第自己做饭，她却踮着一双小脚，沿着崎岖的山路步行，到三十多千米外的铁楼藏族乡去捡麦穗，一去一个来月。快开学了，母亲踮着一双小脚，从乡下背着一背篼麦子回来了，足足有二三十千克。那一刻，我怔住了，我实在无法想象，母亲一双三寸金莲，是怎样往返数十千米，上山下河去捡麦穗的？那样的艰辛劳累，远远超过了一个年近半百妇女的极限。

我的小脚母亲啊，在风雨岁月里，为了我们几兄弟的温饱，为了我们的健康成长，付出了很多很多，付出了一个母亲应该付出的一切。

母亲姓万，不识字，小时候甚至连名字都没有。后来登记选名，没有名字咋行？父亲才为母亲取了一个名字——万青。再后来，母亲参加扫盲运动，每天踮着一双小脚去识字班，可她的收效甚微，微小到几乎可以忽略不计，她除了认识自己的名字外，便是"中国人民银行"六个字，这也许是因为父亲是银行职工的缘故。

我的小脚母亲，终究没有学会认字，她却把我们几兄弟学习文化知识看得比天还大。那一年，父亲携全家回河南老家探亲，借公款一千元左右，这在当时简直就是一个天文数字。

父亲犯愁了！万般无奈下，父亲和母亲商量，打算让我们几弟兄休学打小工，还公款。母亲平时对父亲百依百顺，唯独这次与父亲唱了对台戏。母亲阴沉着脸，对父亲说了一句硬邦邦的话："亏你说得出口！"

第二天，副食厂里多了一位打小工的小脚妇女，那便是我的母亲。

母亲靠打小工挣钱，一分一分地还公款，辅佐父亲供养我们四兄弟上学，一直到哥哥考上大学，我们三兄弟相继中学毕业。我们几兄弟能在书山中不断攀登，每一个阶梯，都有我的小脚母亲洒下的辛勤汗水。

我的小脚母亲，最大的特点便是勤劳、善良、节俭，富有爱心，一辈子都闲不住。这些特点，贯穿于她人生的始终。

那年，我作为知青，到全县最边远偏僻的藏乡插队。母亲无时无刻不惦念着远方的儿郎，在油灯下为我做鞋缝袜。不仅如此，母亲还守更熬夜，有时彻夜不眠，一针针一线线，为我在藏乡插队的藏族伙伴做鞋垫，还特意收拾了一些旧衣服，让我送给藏乡的小伙子。

春节回家探亲，母亲不止一次地嚷嚷，非要去我插队的藏乡看看。我阻止母亲说："藏乡不通公路，要走七八十里的羊肠小道，你一双小脚，咋去？"

母亲却倔强地说："小脚咋哪？俺从河南千顷百里走到西安，咋说还去不了你插队劳动的地方？我去了给村里人缝缝补补，还中。地里的农活，俺也能干，在老家啥农活没干过？我去看看藏乡人长啥样，看看地里庄稼长啥样，帮着锄锄草，施施肥……"

我明白母亲的心意，她要把她的一片博大爱心，洒向遥远藏乡那片响彻"呀啦索"的黄土地。望着母亲的一双小脚，饱经风霜的脸庞，白发，这一切告诉我，眼下的母亲已年近花甲，再也不是当年"千里寻夫"的母亲。无论母亲怎样恳求，我始终没有答应母亲去藏乡看看。那一刻，我分明看到了母亲眼眶里闪动着泪花。

我怔怔地猜想：母亲眼含泪花的沮丧神情，是对我执意拒绝她去藏乡看看的不满，还是对我的离去依依不舍呢？

只有天知、地知、母亲知……

母亲的四角号码字典

刘吾魁

　　每到母亲节,思念和乡愁像那淡淡的云烟,越来越浓密……

　　好朋友陆树铭演唱的那首《一壶老酒》,每听一次,总叫人心情久久不能平静……

　　母亲是我心中温暖的高山,是我感情归宿的大海。每年清明时节,我的心都不由自主地飞到张掖,走到我魂牵梦绕的那块圣地……原来我在甘肃省委工作,从兰州上坟要方便一些,后来到北京了,我也总是把手头的事处理了,几经辗转,赶在清明节前去给父母上坟。这在我已经成为习惯。我想只要我还跑得动,我就要一趟趟地给父母上坟。等到我跑不动了,我想我儿子他会去的!今年清明却没有去,是因为去年就约好了的,去韶山和板仓,于是我把给父母上坟的时间挪到了七月十五日。

　　父母在时,思念是一张小小的邮票,或者是一张小小的车票;父母走了,思念是一份沉沉的默祈,或者说是一份茫茫的圣墟……

　　在我书柜的重要位置,放着一本红皮的《四角号码字典》,和一枚有机玻璃内镶花的名章。名章是爸爸当年送的,那本字典是妈妈给人当保姆时主人送给她的,妈妈拿回来送给了我。爸爸虽然是小领导干部,但每月的工资收入很难维持一家四个孩子六口人的生计,所以母亲总要帮别人干点零活补贴家里。那本《四角号码字典》原本是精装的,但几十年下来已是破旧,那查字的口诀我也早已忘记,基本上没什么用处,但我总把它带在身边,闲了就翻一翻。其实我什么也没看进去,就是一遍遍地翻翻而已。母亲不识字,交给我字典时说一定要好好学!

刘吾魁,文化学者、书画家、诗人。中国书法家协会会员、中国海峡两岸文化艺术产业联合会副主席、中国文化产业促进会副秘书长、国务院原扶贫办扶贫开发协会研究室主任、世界教科文卫组织专家组成员、新加坡新神州艺术院院士、香港科学院艺术院荣誉博士。

其实,我在学习上很不用功,从小就喜欢画画,常常被老师请家长。有一次老师又家访,老师走后,母亲把我画的鲁迅像从墙上扯了下来,撕了个粉碎。那天晚上我跑出家,住到学校同学宿舍,没有回去。第二天爸爸从学校把我找了回来,路上给我说,画画不能耽误学习,以后学习上要下功夫。回到家,妈妈给我端上一碗热腾腾的面,我的眼泪下来了……妈妈什么也没说。

我小时候身体不好,还得过一次胸膜炎,休了一年学。妈妈总是把好吃的留给我,偷偷地给我多吃点白面馒头。爸爸妈妈还从外地给我买来鱼肝油,每次吃东西总盯着让我吃进

我的母亲唐玉莲

去。有一次我又发烧,母亲陪着天天往医院跑,多少天下来,母亲瘦了,我却一点治疗效果都没有。爸爸经常出差,我说不去医院了,妈妈趴在我的床边,抓着我的手,哭着哄我。我也哭了,起来随妈妈又去了医院……

我从小就喜欢画画。我画了一张远在他乡的姥姥的像,挂在墙上,过了一段时间,妈妈让我取下来,说她看见就心里难过……

后来我工作了,走的那天,妈妈借了朋友的一点钱给我带上。几个同学来送我,我背着行李出了院门,本想妈妈会送我到汽车站,没想到妈妈连巷道胡同都没送。刚出了院门,妈妈什么也没给我说,一转头就回去了……到了火车站,爸爸在站外等我,只说让我注意身体,经常写信来,也没送我进站就匆匆走了……眼泪在我眼眶里再也止不住了……

我离开家时只十七八岁,转眼我儿子都三十出头了。父母没享上我一天的福,年纪大了,才知道"子欲孝而亲不待"的意思。只有那本红皮的《四角号码字典》和那枚内镶花的塑料名章,寄托着父母永远的嘱托,默默地守在我的身边……

致母亲

刘金权

很庆幸,在退休后的今天,我还有老母亲陪伴。

母亲是一个小脚女人,已92岁,现在身体有些微胖,她走过了近一个世纪的人生历程。旧时代赋予她的那双小脚撑起胖胖的身体,就显得有些头重脚轻,像一个可爱的不倒翁,我们不敢让母亲轻易走动,怕她摔跤。但老母亲给我们创造了奇迹,九十多岁的她,身体居然比我们儿女还要健壮。她耳聪目明,肠胃和牙齿都好,饮食习惯比我们还好,肤色红润,思维敏捷,她真是我们这个祥和大家庭的老宝贝、老寿星。

母亲生活在艰难的年代,养育了五男二女七兄妹。我有一个哥、一个姐、三个弟弟、一个妹妹,我在兄妹中排行老三。现在我们七兄妹的九个孩子都有了自己理想的工作和幸福的小家庭。母亲目前有孙子、孙女十九人,孙辈还给老母增添了七个可爱的小重孙,四世同堂的三十四人超级大家庭,在老母亲的陪护下,真是幸福满满。

父母亲是20世纪30年代出生的人。他们都不识字,但勤劳善良。父亲是裁缝出身,在五六十年代生活极为困难的时期,父亲全凭一双巧手和坚韧的毅力,一针一线为人们做衣服,靠辛苦钱来养家糊口。母亲作为帮手,长年做着针线活儿。记忆中,父亲为了拉扯我们七兄妹,起早贪黑,不分昼夜,为了多缝几件衣服,每天站在做衣服的案板边,一站就是一整天,有时都顾不上吃饭。父亲的双踝因长时间站立,患上了双腿浮肿的职业病,走路一拉一撇,疼痛难忍,还要带病每天出力挣钱来养活我们。真是想象不出,仅靠手工裁缝,在那个困难时期,他们是怎样把我们七兄妹拉扯成人的。说到这里,泪水模糊了我的双眼……

刘金权,1960年9月生于岷县,岷县政协原副主席。曾在县委组织部、乡镇、县粮食局、县民政局工作,做了大量的扶困、慈善、救济工作。

2022年腊八节母亲九十大寿,儿孙们在为她做寿

那时候兄妹们大多年龄还小,还要上学,基本上帮不上父母的忙。父亲在1993年83岁时不幸去世。让我一生最痛心、最遗憾的是,没能在父亲有生之年略事孝敬。我中学毕业后,直接去农村当了两年知识青年,后又应征入伍当兵四年,1982年退伍回家。参加工作时间不久,因工资收入少,刚成家并生了女儿,住在几间下雨就漏水的土棚房中。为解决住房问题东拉西凑,没有能力挤出钱来为父母买更多好吃的,或带他们到外地去游玩。记着在我远去陕西当兵时,父母亲在大哥和小妹的陪护下不远千里来部队看望我,给了我安心服役的信心。当时我暗下决心,为了报答父母亲的养育之恩,不管是在部队还是回到家乡,都要干在人前,混出个模样,为父母亲争光,挣到钱一定带二老外出见见世面,游玩享受。但遗憾的是,还没等到我创造好的条件孝敬父母,父亲就离开了我们。父亲一生胆小,行事谨慎,吃的苦最多,但享的福却最少。"文革"中以莫须有的罪名,也让他这么一个不识字的下苦汉遭受了很多凌辱。好不容易熬到苦尽甘来,他没有来得及享受到七个儿女的福报,就早早地离开了我们,成为我最愧疚的事。没能实现对父亲的承诺,是不孝儿子一生自责的憾事……

母亲拉扯我们这么多的子女更不容易。她不但要帮父亲做针线活儿,还要持家,为一家老小做饭,料理这个负担超重的大家庭。记得我家老上房土坑边的木门框上,有一道因常年摩擦而凹进去的明亮光滑的痕迹。这是老母亲长年坐靠在那里,一动不动地帮助父亲一针一线缝衣锁扣留下的痕迹。长

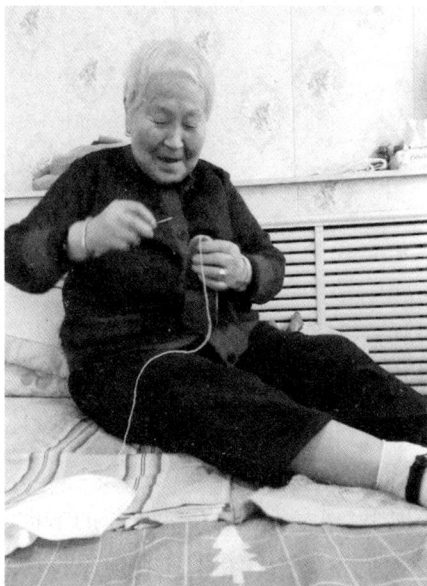

90岁的母亲还在为儿孙纳鞋底

期的久坐不动,给母亲留下了腰痛、腿脚浮肿的职业病,至今小腿还在浮肿。九十高龄的老人,腿脚确实很不灵便了,心脏、胆囊等一些老年病也时有发作。这是她为拉扯我们而留下的病根……

父母的爱像雨露阳光,滋润着、温暖着儿女一天天长大,却给自己留下了苍老的面容,多病的身躯。但年老的母亲心里似乎还是没有自己的位置,她时刻牵挂着的,仍然是业已长大成人的子女和孙辈们。

父母亲虽然不识字,但纯朴善良,乐于助人。在生活困难时期,他们自己省吃俭用,忍受了多少委屈,不光护佑着我们,还拉扯了好多亲朋好友和自己的徒弟。为他们解决生活中的燃眉之急,为徒弟娶亲出力出钱。由于父母亲的言传身教,子女们都很优秀,在各行各业都干得很出色,孙子辈们更是上进,有在省城、上海工作的,还有一个孙女正在深圳大学读研。孙辈们更注重自身的德行修养,四个取得了研究生的学历。

在母亲还能行走的前几年,儿女们带着母亲上北京、下四川、去银川,到佛教圣地为子女祈祷美好生活。天上飞机、海上轮船、地上火车、自驾车,将父亲未能享受到的,尽全力孝敬在老母亲身上。老母亲就是子女们生活拼搏的精神支柱。

我为生活在这样幸福的大家庭而自豪,为父母亲在我们这个特殊的大家庭的忍辱负重、含辛茹苦、不计回报的养育之恩,发自内心地道一声感谢!为至今还不离不弃陪伴、庇佑我们、关心呵护我们的老母亲而自豪。母亲为众多儿女、孙辈们撑起了一片蓝天。当年父母就像莲叶,孩子们就像稚嫩的七朵莲花,是父母为我们遮风挡雨。如今母亲老了,您的子孙后代将为您遮风挡雨。祝老母亲幸福安康,健康长寿。在这道一声:妈妈,我爱您!

母亲的黑丝帕

刘国贤

　　母亲头上总扎着一条黑丝帕,她说是生我的那年月子里造的病,每逢天气变化的时候,头痛病就犯得厉害,自那以后,头上的黑丝帕就成了母亲身体的一部分。

　　记得我10岁那年夏天,暴雨三天两头地下,河水涨满。上游人家的木板、柴薪、果树被暴雨冲走,冲进河里,下游的人们备好捞杆和网兜在河岸打捞。乘家里大人不在,放学后小五子领着我们四个小伙伴,偷偷来到照壁潭下捞苹果。照碧潭是白水江上的一个大旋涡,水很深,上游飘来的东西大多都要在这儿打旋,在水窝中旋转很长时间。不一会儿工夫,就有两个红苹果旋了进来。我毫不犹豫地跃入潭中,朝那鲜红的苹果游过去。才几下"狗抛式",我就已经把握不住身体了,任由洪流裹挟摆布,心慌得厉害。我拼命挣扎,试图漂向岸边,但终因人小体弱,被洪流冲进了旋涡。岸上的小伙伴们早吓得惊慌失措,哭喊起来。江水不停地从我口里往进灌,耳边只是轰隆隆的水声,我已经处于半昏迷的状态了。凭着生存的本能,我极力想抓住点什么救命的东西,在这千钧一发之时,我隐约听见一个熟悉的声音在喊:"抓!抓!抓住……"我的一只手死死地拽住了一样东西,再也没有松开。

　　三天后,我才清醒过来。母亲守候在我身边,已三天三夜没有合眼了。我终于醒了,消除了全家的紧张。母亲激动地把我揽在怀里,眼睛里涌动着泪花,口里喃喃地念着:"幺娃醒了,我的幺娃好了……"

　　后来母亲告诉我,是她情急之中用头上的黑丝帕将我从洪水中拽了出来,把我背回了家。

　　母亲请阴阳先生算了卦,要为我办三样事情方可逢凶化吉:祭水神、送鬼、叫魂。母亲等我的身体恢复得好些,择一吉日,领着我到照碧潭边上香、磕头、

刘国贤,文县人,甘肃省作协会员,著有散文集《春满故园》。

烧纸祭水神,泼洒粮浆水饭送了鬼。她解下头上长长的黑丝帕,一圈圈套在右手上,将丝帕的一端甩向照碧潭中。黑丝帕如同一条跃出的黑蛇,一头扎在旋涡里打转,一会儿便扭成了"麻花"。母亲使劲拉动那根沉沉的黑丝帕,仿佛是在用它拖着我的身体、魂魄。她口里喊着:"幺娃回来,幺娃回来……"按照母亲的吩咐,我答应着:"回来了,回来了……"看着这般汹涌澎湃的洪水,我全身发软,胆战心寒,真懊悔,那噩梦般的错误,差点要了我的命。

母亲将这条二丈长的旧丝帕缝缝补补,扎了十几年。她一直没有更换,因为这条旧丝帕在她心中有着非同寻常的纪念意义。只要这条黑丝帕在她身上,她觉得儿子就在她身边。

后来,我到县城读书,母亲送我到村口那棵大柳树下,久久不肯离去。那双熬得通红的眼睛噙满了泪花。她不停地用丝帕角擦拭着涌出的泪水,我看见,丝帕撩起的一角,白发已悄悄地爬上了她的鬓角。母亲久久地伫立在那棵大柳树下张望,直到我们消失在她的视线里。

在城里读书,一切都觉得新鲜。学校是新的,环境比农村好多了,文娱活动特别有趣好玩。在学校住惯了,就不想家了。前两学期每学期还能回家两三次,以后只能等放假后才能回家。母亲经常惦念着我,叫我考完期中考试后回家带些吃的,可我以课程紧张为由一再推脱。其实,母亲只是挂念我在学校的生活,她常常打听好本村要到城里来的人,早早烙好馍、煮好几块腊肉,给我捎来。

有一次正在进行班队活动,母亲找到我的班上来了。她扯开嗓门喊我的乳名,惹得全班同学哄堂大笑。我的脸红透了,我躲开无数双讥笑的眼睛,偷偷地从教室后门溜出,狠狠地向母亲使了眼色。她似乎意识到给儿子丢脸了,一声不吭,一动不动地站在楼廊角。母亲头上依然扎着那条旧丝帕,缝补的针线分明可见。看着母亲这副土装扮,我觉得在同学面前无地自容,急忙把母亲带回到我们住宿的集体宿舍,指着她的旧丝帕气愤地说,现在城里的老年人都戴线织帽,你还戴着那顶旧丝帕进城,黑丝帕真够土的……母亲一脸尴尬,像做错了事要弥补似的,将带来的家乡土特产摆了一桌子,让我们同室的舍友享用了好几天。母亲在同乡小梅的宿舍住了一晚,第二天洗完我的床单、被褥后就回家了。中午放学,当我回到宿舍,看到宿舍被打扫得干干净净,母亲不见了,我直向车站奔去。那时母亲已经走了很久,我朝故乡的方向望去,一股莫名的愧疚涌上心头,泪水溢满了眼眶。

放假后,我从城里的商店买了二丈黑丝帕带回家。母亲在村口的柳树下早早地等候着我的归来,这次见到母亲,她不再扎那条黑丝帕了,换上了一顶崭新的线织帽。我拿出新买的丝帕给母亲,她高兴地收下,但她再也没有戴丝帕,而是戴着那顶线织帽。

后来,我参加了工作,出差时,从省城的一家商场买了二丈真丝丝帕孝敬母亲。我极力说服母亲,扎丝帕比戴线织帽暖和、好看。可她总是说:"线织帽戴习惯了,缠丝帕不方便,也不习惯了……"她责怪我花那么多钱买一条丝帕,不值得。母亲细致地叠好丝帕,把它珍藏在箱子里,向我嘱托:"等我老了,把那条旧丝帕和新丝帕一同扎在我的头上,在另外的世界也感到暖和。"她说的"老了",就是去世了以后的意思。母亲的话让我的心受到撞击,泪水悄然滑落……

我的母亲

刘祖和

　　2010年3月18日，我的母亲走完了她92年的人生之路，安详地闭上了眼睛。十几年来，她的博大母爱和对这片土地的热爱，始终留在儿女心中，成为我们无法忘怀的记忆。

　　我的母亲王玉兰1919年5月出生在甘肃省陇西县和平乡妙娥沟一个殷实的农民家庭。她自幼失去父母，16岁就嫁给比她年长十多岁的我父亲刘俊山，从此和我父亲患难与共，度过了旧社会的艰难岁月。1936年底，我的父亲在陇西县警察局谋到一份巡警的差事，不久就将我母亲接到县城，在县城新街租住临街的房子。房东看到夫妻二人勤劳善良、乐于助人，就同意让他们在租住房开设小旅店。家就这样在县城安顿了下来。

　　1947年4月，曾和我父亲在国民党部队一起当过兵的他的三舅倾海山找到父亲，坦言自己已是共产党地下组织成员，受组织委派到陇西县城建立联络站。舅甥一拍即合，"刘家店"就此成了陇右地下党活动的"红窝子"。我听母亲回忆，　那时候，他们夫妇上有老，下有小，生活很困难。陇右地下党工委负责人高健军、陈致中、万良才等同志常常来到"刘家店"活动。夫妻俩往往是睡半夜、起鸡叫，像对待亲人一样迎来送往，总是设法让他们吃饱住好，精心帮他们藏匿枪支等物件，保障这些"客人"的安全。据《中共陇西党史资料》2003年第7期《记陇右地下斗争中的刘家店》一文记载："只要有'党的人'来，王玉兰的工作颇有章法，她总是先在门前撒一些秕谷子唤来鸡群，放起了'鸡哨'，接着就是烧炕、做饭，再就抱着孩子在门口放哨。有时工委负责人来接头或开会，王玉兰就索性跪在门口簸粮食，做针线活儿，以观察周围动静，

刘祖和，1950年生于甘肃陇西，先后毕业于上海同济大学工业与民用建筑专业、重庆建工学院建筑管理工程专业和西安建筑科技大学建筑与土木工程专业，工程硕士，高级工程师。中共党员。曾任甘肃省国有企业监事会主席。

即使冰天雪地，她常常一跪就是几个小时。""1948年1月，陇渭工委领导游击队进行了著名的'安远反霸'斗争。事后敌人出动大批军警清剿，疯狂进行批捕。被捕的郭子忠变节降敌，倾海山等共产党员先后落入魔掌。刘俊山夫妇得知后想方设法营救，冒着风险送吃送喝、探视。不幸的是，倾海山被杀害，刘俊山、王玉兰夫妇也遭皮肉之苦，家中被洗劫一空。对于这一切，夫妇二人早有思想准备，他（她）们不但无怨无悔，而且进一步认清了国民党反动派的凶恶本质，更加坚定地投入家乡的人民解放事业。在黎明前的黑暗中，'刘家店'这个'窝子'更红更亮，坚如磐石，直到最后完成使命。"

可以说，我们的母亲年纪尚轻就经历了革命斗争严酷的考验，为新中国成立作出了自己的贡献。

解放初期，母亲王玉兰又作为青年妇女积极分子，夫妇二人一起积极参加"镇反"、"土地改革"、"合作社"、"大炼钢铁"等运动，自觉投身于社会主义革命和建设事业。

正是新中国建立前后的这些人生经历，奠定了母亲王玉兰热爱祖国、拥护共产党、关心时政、鼓励后代进步的思想基础，也让她骄傲了一辈子。

母亲勤劳本分、天生乐观。我们年幼时，家中生活条件艰苦，母亲成天劳作。但无论白天多么辛苦，晚上常常一边为我们缝补衣衫，一边讲述看过、听过的戏文和故事，使我们的生活充满欢乐，也让我们从小受到优秀传统文化熏陶。

母亲仁慈善良、乐于助人。遇到乡里乡亲有困难，无论家里多么穷困，她都要想方设法帮助别人，因此在乡亲们中间受到广泛尊重，我们的邻居和同学都亲切地称她"刘家婶"、"刘妈妈"。记得她每次回陇西老家，都会遍访山乡亲友，看到困难情形，就慷慨解囊，给予扶助，回到兰州时已身无分文。她对我说："你们孝敬我的钱，我都帮了乡亲了，这是应当的。"

母亲主意正，有远见，意志坚强。我们的父亲于1960年因伤病早逝，家中生活非常窘困。母亲坚持送子女读书，即使自己天天吃杂粮黑面，甚至吃糠咽菜。我们几个孩子的小学，大都是跟随母亲挖野菜、吃杂粮上完的，中学基本上是在穿着补丁衣、顿顿清汤饭的坚持中完成学业的。我们在高等学府的学习，也都是在母亲的坚守和国家助学金的帮助下毕业的。一个孤弱的妇女，一个没有进过一天学校、只读过识字班的妇女，竟然拉扯四个子女都完成了学业，这不能不说是母亲伟大的功绩！我们为有这样的母亲而骄傲。母亲也因为两个哥哥、一个姐姐和我的成长进步而倍感欣慰。直到暮年，她还时时

1993年5月我从非洲援建归来陪同年届74岁的母亲登上北京八达岭长城。

关注孙儿、重孙学业的进步。

记得1993年，我在非洲工作两年多回来，母亲和我爱人去北京接我。我们陪她登上了八达岭长城。游人看到已经74岁高龄的母亲在长城上兴致勃勃、神采飞扬，不禁伸出大拇指夸赞："老太太，您真行!"

母亲的一生，经历过许多生活的艰辛和病魔的侵扰，但她始终像孩子一样怀着希望。她从来就坚信生活的艰辛是可以克服的，身体的疾病是可以治愈的。她一直把年轻一代的学有所成看作是自己的成功，把子女们工作的成绩看作是对社会应尽的责任。她时时告诫我们，要懂得回报、造福桑梓。正是这些信念，鼓舞着她一次次战胜了艰难和疾患。

我是母亲的小儿子，父亲去世时我还不到10岁。对我来说，无论从陇西到兰州读小学上中学，还是远赴上海上大学，母亲既当娘又当爹，直到我成家立业。在我七十多年的人生道路上，母亲与我共同生活、陪伴长达六十年。我深深地感到：母亲赐予我的不仅仅是生命，还有心灵的纯洁、秉性的善良、信念的坚守。这些，是我终其一生享用不尽的人生财富。

最后，我将大哥刘祖信在母亲一百周年诞辰时所做的一首诗抄录如下：

瑞鹤仙·永恒的怀念

怀乡回故里，重登仁寿山，思绪万千。

遥望北山川，渭水畔，是双亲的故园。

王家崖边，童年苦，风雪玉兰。

解放前，新街小店，地下党联络站。

铭记，峥嵘岁月，柔弱双肩，撑起蓝天。

善良坚强，育儿孙，德耀陇原。

天地间，伟大母爱温暖，永恒精神家园。

树家风，流芳百世，代代相传。

忆母亲

刘举科

　　我母亲名叫胡蕊莲,庄浪县水洛乡胡家沟人,生于农历一九二四年十月十八日,属鼠,仙逝于农历二〇一六年腊月二十七日凌晨零时五十分,享年93岁。母亲出身于名闻乡里的胡老爷家,从小受到女红、礼仪方面的良好家教,1943年19岁时嫁到庄浪县吾村"善人家",即我们刘家。当时父亲尚在庄浪县紫荆高级小学上学,慈母深明大理,支持父亲读书。之后50年间,无论父亲在庄浪县城经商,或在小学教书,或回家务农,母亲大半生与先父相濡以沫,同甘共苦。陪伴父亲传承祖业,相夫教子,侍奉老人,不嫌家贫,不慕荣华。先父患有胃溃疡,饮食不和,就会犯病呕吐,疼痛难忍。20世纪六七十年代,农村生活非常困难,一家人常常吃糠咽菜。为使先父减轻胃疼之苦,母亲想方设法,专为先父精心制作一碗细粮面条,或在火盆上熬一碗米汤,再打一颗鸡蛋。要知道,那是当时最有营养、最好吃的美味了。慈母看着儿女们馋得直流口水,内心感受可想而知,她只能满含泪水委屈一帮儿女们了。

　　母亲嫁到刘家时,家中上有祖父,又有婆婆,祖孙三代。母亲身兼孙媳、儿媳两重身份。祖父、婆婆两代人均笃信佛教,家中佛堂常年供养。母亲置身如此家庭氛围之中,耳濡目染,也开始虔心向佛,积德行善。慈母将心中虔诚礼佛之心愿,付诸眼前生活之实践,真像敬佛一样敬奉孝顺婆婆、伺候祖父。儿等记得,尽管那时生活困难,母亲总要想方设法每天给曾祖父、祖母烙馍馍、泡热茶,让儿等给太爷爷、奶奶端去。儿等年幼,不懂规矩,有时端馍馍只用一只手,曾祖父当即教育我等:"孝敬长辈老人要双手捧上,躬身敬心,礼仪要牢记。"慈母亦告诫儿等,要记住曾祖父之教诲。母亲侍奉老人,直至祖

刘举科,1956年生,中共党员,教授。1978年毕业于西北师大体育系,1986年华中师大研究生课程班结业。历任灵台县副县长、省政府参事,兰州城市学院副院长。教育部高教自学考指导委教育委委员。被国家教委授予"全国高校优秀青年教师"荣誉称号。

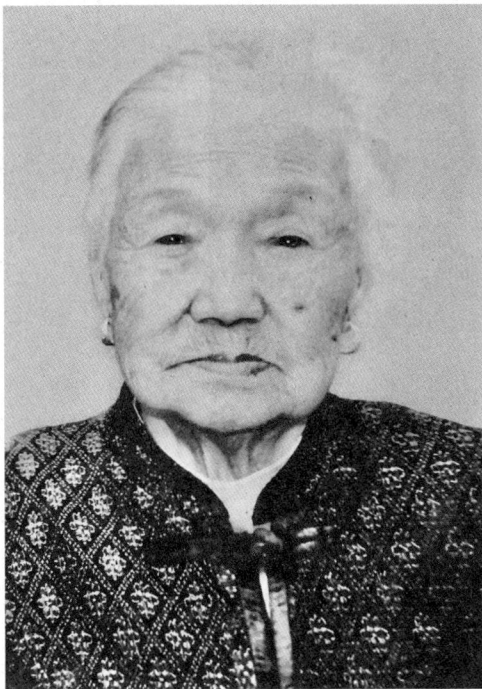

父92岁高寿仙逝，母亲时年36岁；婆婆84岁逝世，母亲时年64岁。时至今日，儿等给长辈端饭递茶，不敢一只手捧上。此乃曾祖父、慈母之教导，儿等岂敢忘之！

20世纪五六十年代，正值生活困难时期。一家十几口人吃了上顿没下顿，常常连馍糊儿都吃不上。母亲扛起全家生活之重担，精打细算，东挪西借，艰辛受遍。受委屈时背着人抹泪，有痛苦则独自吞咽；抚养儿女，受尽千般苦，遍尝人生辛酸。记得每逢过年，母亲总是及早准备材料，为儿女缝制

母亲胡蕊莲

新衣新鞋。她手拉牙咬，纳鞋底，做新鞋，双手皲裂。到大姐吉玲、二妹跟玲稍大些后，就能帮助母亲操持家务了。那时大哥刘文科在县一中读书，念到初中时因生活困难而辍学，后协助父母为生计奔波。二哥刘武科不吃莜面，老五运兴不爱喝馍糊儿，母亲就为他们另备饭食，烙一个野菜杂粮坨坨便是一餐。三哥刘自科长于干农活。我排行老四，从小读书。每到开学之前，母亲便在煤油灯下为我缝补衣服、准备书包，好让儿子即便是补丁衣服也穿得干干净净去上学。此情此景，几十年后挥之不去，宛在目前。

记得在以阶级斗争为纲的年代，因家庭成分偏高，又因父亲曾经在庄浪县紫荆高小读书时集体加入过国民党三青团，后又干过一段保干事工作，被当作国民党残渣余孽揪斗，备受屈辱，使我们幼小的心灵遭受创伤。

慈母不会识文断字，而是非轻重却了然于心。她秉承"修善尽孝"、"耕读传家"之刘门家训，非常看重家风家教、子女教育。她要求每一个男孩要"孝悌谨信，爱众学文"，读书识字，多学本事，好学上进，明白事理；教导每一个女儿都要掌握厨艺女红，并毅然打破农村重男轻女之陋习，送三女收花、四女收玲上学读书。慈母自己不识字，深知没文化之苦，故而十分尊崇文化，敬重老

我和母亲

师。记得每年春天，家里菜园子长出新韭菜，慈母总是要先割一些，让我带给学校老师尝鲜。每当在院子里看到有字之纸，决不让人踩在脚下，一定捡起来妥善收藏，或焚烧净埋。敬惜字纸于佛教中乃是善举，所谓惜字得福，轻践之则消福。母亲一生修行敬佛，"惜字得福"或许正是从礼佛中得来的。

我上初中时就开始在学校住校，在县一中高中毕业后就到县二中任教，大学毕业后又在省城高校任教。总感觉自己像是一个漂泊在外的游子，不能在父母膝前尽孝，亏欠父母养育之恩太多，无以为报。每逢春节暑假，我都要携妻带子回家看望母亲(父亲已先于母亲于农历二〇〇一年六月二十一日逝世)。到后来，"苦日子过完了，妈妈却老了，好日子开始了，妈妈却走了，这就是我苦命的妈妈""母爱如天，我的天塌下来了，母爱如海，我的海快要枯竭了"。自母亲走了之后，我仿佛失去了人生的目标。心绪茫茫，学校放了假，不知该往何处?

回想慈母的一生，是艰苦卓绝的一生，勤奋劳作的一生。她老人家一生秉持孝善为本，乐善好施。母亲之于我曾祖父、祖母，可谓是名副其实的孝媳;之于父亲，则是名副其实之贤妻;之于我等儿女，则是名副其实之慈母。

慈母一生的积善敬佛、孝敬老人之举，带来的是家门兴旺，无价财富!"积善之家，必有余庆"，于今我刘家瓜瓞绵绵，人才辈出。子孙中有十二人考上了大学，是村子里大学生最多的人家。值得告慰慈母者，曾孙女刘岚以608的高分考入北京对外经济贸易大学。"三世积德元气淳厚，百年树人翰墨芳香"。子孙毕业奉献社会、报效国家者中有任甘肃省政府参事、大学校长、教授,中小学教师;有政府公务人员,有经商兴办实业者,还有农耕不辍者,更有享受国务院政府特殊津贴者。子孙后世农、学、政、商并举,各有建树,助贫扶弱,传承善心,光显家门。

母亲仙逝后,著名红学专家、厦门工学院国学院院长王人恩教授曾为母亲撰写《祭母文》,赞颂母亲是"孝媳、贤妻、慈母、典范"。兰州城市学院院长、孔子第73世孙孔庆浩教授前往鞠躬悼唁。感谢王人恩、孔庆浩等教授、朋友的抬爱。

慈母离开我们于今已近六载光阴。母逝六年,儿思六载!六年间,慈母在世时之音容笑貌时时浮现于儿等之眼前,不时进入儿等之梦中。儿等深知慈母在天之灵仍然惦念一大堆儿孙的平安成长,儿等于人世上焉能不深切思念慈母一生之大恩?

古人有言:人生七十古来稀。慈母享年九十有三,超古人二十三年矣,可以安心九泉矣!羊有跪乳之恩,鸦有反哺之义,今当慈母仙逝已近六年,儿等泣血以告慰慈母在天之灵。慈母魂而有知,当鉴儿等之心意!

呜呼,父母在,人生尚有来处,父母去,人生只剩归途!

母亲教我读书做人

刘晓文

和绝大多数母亲一样,我的母亲也勤苦耐劳,持家有方。不一样的是,她对子女有一套独特的教育方法。非常庆幸,母亲的这种教育方法,使我成为一个有独立性格的人。

我的母亲在民国时期从北京汇文中学毕业。毕业后应邀在内蒙古萨拉齐中学任教。从我记事起,母亲对我的教育方式是放养。她不像现在的许多妈妈,总是跟在孩子旁边,张着羽翼护着,这也不许,那也不准。我的母亲则不然。内蒙古地区讲话:只要不害人(就是不淘气,不做坏事,不欺负别人),就可以随便玩儿。所以我小的时候可不像个小女孩,可淘啦,敢爬墙,敢上树,稍大点就学会了踩高跷、游泳,尤其喜欢做手工,许多活计无师自通。从小就没有怕过什么事情。所以成年以后,经常一个人国内、国外游,出入自如,平安无虞。所到之处,无可畏惧者。现在想来,是母亲很懂得不要从小压抑孩子的天性,让她无拘无束地自由成长。因此才养成了我特立独行的个性。

但也不是一味地放纵,在做人的礼节上,母亲却是极其严格,一丝不苟。父亲在民国时期的燕京大学读书,毕业后任包头地方法院法官,是傅作义将军的部下,家里不时会有一些客人到访、吃饭。我小时候放学回家,家里坐几位客人,我就得鞠几个躬,不可以敷衍。

听我哥哥说,母亲从来不允许小孩子在大人说话时在一旁吵闹玩耍,更不允许上桌子和大人一起吃饭。我们就在另外一间屋子里自己吃饭,这是家里铁定的规矩。

我依稀记得小时候的一件事情:不知道我想要什么,母亲没有答应,我就开始哭闹。母亲把我拉到里屋,关上门,任我在里边哭闹也不理睬。过了好

刘晓文,女,1946年出生于内蒙古五原县,大学中文系本科毕业,高级讲师。

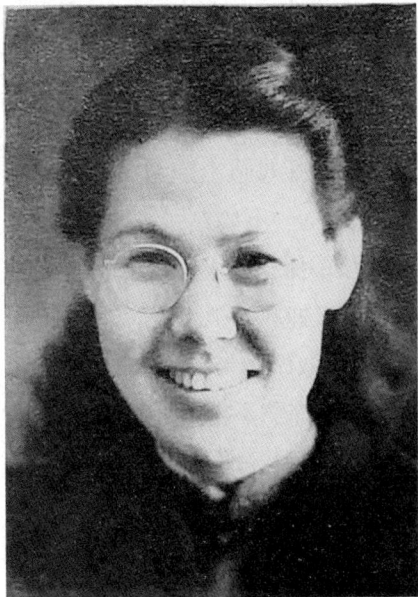
20世纪40年代的母亲

长时间，我哭累了，终于不哭了，但还在抽泣，母亲推门进来，问："还哭吗？"我一边抽泣一边摇头。母亲走过来拉着我的手，一边为我擦眼泪，一边告诉我不可以任性。从那以后我就知道，我不可以有无理的要求，更不可以撒泼取闹。现在想起来，那是一种博弈，如果我撒泼成功，尝到甜头，以后还会用这种办法任性胡闹，以达到自己的目的，那后来做人就注定要失败，就会为此付出代价。所幸的是，母亲坚持住了，她没有心软而屈从于我。所以，我们兄弟姊妹五个，一辈子虽然都没有大富大贵，但每个人都根据自己的心性诚实劳动，辛勤付出，活得坦坦荡荡。

稍长，和母亲一起在街上行走，母亲挽着我的胳膊，和我说话时从来不大声，而是耳语般小声交谈。还告诉我，看见什么事情，不要大惊小怪地用手指，咋咋呼呼地喊叫，就像什么都没见过。说着就用手轻轻捏了我一下，小声说："往那边看。"她扬起下颌，用眼神指向一个方向。母亲就这样告知了我街头发生的一件事情。这件事虽然很细小，但母亲告知了我作女孩子的教养。

20世纪50年代中期，刚刚中专毕业的姐姐留校任教，把我们全家接到了天津。小学阶段，母亲引导我看了许多反映抗日战争、抗美援朝战争的连环画。识字渐多一点的时候，教我阅读传记小说《卓雅和舒拉的故事》《钢铁是怎样炼成的》等等，这些作品为我的初长成提供了正能量。此外还有格林童话和安徒生的作品等，为我打开了认识世界的窗口。

1958年，我上小学时，学校组织夏令营。报名的一共只有十二个人，其中就有我。母亲和姐姐商量为我提供了活动经费。这是我第一次参加大型社会活动，非常快乐，非常长见识，成为我儿时难以忘怀的记忆。

20世纪50年代末60年代初，国家经济困难时期，我利用业余时间到宁园图书馆服务，给读者借阅图书，修理图书，整理书架，母亲也不时让我借书回家给她看。她看得最多的是俄国大作家托尔斯泰的作品，一部作品她常常反复看，也不嫌腻。在母亲的影响下，我涉猎了不少中外名著。那段时间的知识积累，为我后来的教师职业奠定了厚实的基础。

那时，我们的家属院和宁园只有一箭之遥。母亲经常领着我去礼堂看电影。有时候距离放映还有一段时间，母亲看着那些在过道上跑跑跳跳的孩子们，告诫我：记住，在公共场合不要乱跑，坐在座位上，不要左顾右盼，东张西望。也不要把腿叉开坐，也不要抖腿，抖脚，女孩子那样很不雅观。到了别人家里，坐在椅子上不要坐满，只做一半。女孩子四脚八叉地坐着，没个样子。另外，说话不要和别人抢话头，要学会忍让。这些做派用当下调侃的话说，叫淑女相。当时我有些漫不经心，因为从小这些"不许""不能"的话，我听得太多了。日后想起母亲的一条条训诫，真觉得受用终生。那一段时间，我们还一起观看了话剧《雷雨》《骆驼祥子》和歌剧《茶花女》《蝴蝶夫人》等。这些艺术作品，成为我们茶余饭后聊天的主要内容。有时看完电影回来，一路走，一路讨论主人公的命运，时而感慨，时而叹息。和母亲依偎着，聊着，心里倍觉温馨惬意。

1965年，我考上了大学。临行时母亲简短地嘱咐我三句话：好好学习；听组织的话；不要搞恋爱。后两条我都做到了。但是第一条，由于众所周知的原因，被搁置数年，后来，一旦有机会，我就创造条件充实自己。因为我明白，那是母亲最重要的叮嘱，也是我的立身之本。上学期间和分配工作以后，和母亲在一起的时间少了，但每到寒暑假，聚在一起，就继续着我们的话题。我和母亲一起读书聊天的情景，成为我一生中难以忘怀的幸福片段。

母亲在世的时候，有几年住在呼和浩特市大哥那里，到了寒暑假，我就去看母亲。冬天睡在温暖的火炕上，早晨经常赖床不起，直到睡梦中隐隐约约闻到咖啡的香味儿，听到母亲呢喃的读书声，我才醒来。每每看到母亲坐在桌旁，手捧着《安娜·卡列尼娜》在看着，小声念着，身旁的桌子上放着一只白茶缸，香味儿就是从那里散发出来的。每天做完家里的卫生，洗完脸，这便是母亲最享受的时刻了。她读书是要诵读出声的，我总是假装没睡醒，闻着牛奶咖啡的香味儿，听着母亲小声诵读着托尔斯泰描写的俄罗斯田园风光，感到无比的舒适和温馨，真想就这样几个小时躺着不动。我起床的时候，母亲便放下书，给我热牛奶。

喝完奶，我端起书来，看母亲诵读到的地方。这时候母亲又开始整理炉火，钩织窗帘，或者洗衣服。现在轮着我来读了，不过不再是像母亲那样小声

1976年，我和母亲在呼和浩特

诵读，而是朗读，声情并茂地读给母亲听。她一边轻轻地干着活儿，一边听着，有时若有所思，停下手里的活儿，看上去十分享受。

就这样，和母亲一起读过托尔斯泰的名作《安娜·卡列尼娜》、《复活》等，经常在一起讨论。那是我青年时期最幸福的一段时光。如今，母亲已经过世很久了。不管多好的牛奶，喝在嘴里再也找不到当年那种味道了。但每当咖啡的香味儿开始在屋子里弥漫的时候，母亲呢喃的读书声仿佛又萦绕在我的耳畔，母亲劳碌的身影仿佛又出现在我的身边……

1979年冬，母亲因车祸住院。我赶到呼和浩特，在收拾母亲的物品时，发现了母亲学习英语的笔记本。她曾经对我提过一个建议，每天早晨六点半，要听中央台的一个英语教学广播。那天，她就是听完早晨的广播，去街上买东西，被人撞倒的。看着这个笔记本，我不禁泪如雨下……

成为植物人几个月后，母亲就去世了。我硬生生地把对母亲的思念藏在心底，把全部的精力都放在辅导学生上，那年全国高考时，我和另一位老师辅导的语文科目在全县考了第一名。我想，这应该是对母亲的告慰了。

回首过往，无论儿时、少时、青年时期，还是我成年以后，和母亲一起读书的时光。抑或是她絮絮叨叨地有关站姿、坐态、吃饭、喝水等社交礼仪，有关如何行事做人的训诫……母亲点点滴滴的影响，塑造了我的人格。使我无论受到怎样的委屈，都不曾违心地说话、做事，扭曲自己；使我成为一个值得信赖的正直真诚的人，学生们喜爱的教师，朋友们乐与为伍的知性优雅的女性。

母亲三周年祭

刘满才

　　三年前的农历三月十三日,是一个令人悲痛的日子,我的母亲走完了九十五个春秋的旅程,撒手人寰,和我们永别了。清明将至,也是慈母谢世三周年的祭奠之日,谨撰此文以寄托我们的哀思。

　　我的母亲董荣,是陕西省扶风县法门镇人氏,农历一九一六年正月初二出生。1929年陕西关中发生大洪灾,家人随外公逃荒要饭来到陇东宁县东庄村。母亲从小饱受生活之苦,备尝人间辛酸。她一生含辛茹苦,勤俭持家,任劳任怨,自强不息。父亲英年早逝,母亲以微弱之躯撑起了家中的天,我们从懂事的时候起,就记得母亲是一个闲不住的人。白天地里干活,夜晚纺线织布,忙了家里忙外头,一年四季不歇闲。寒风中,她在刺骨的涝池水中挖泥和蓝花草为自织的老布上浆染色,晚上又在暗弱的油灯下彻夜为儿女缝衣做鞋,年复一年,日复一日。为了培养我们,她东挪西凑,筹借学费,使我们得以学业有成。深沟里留下她挖野菜的足迹,庄稼地里流下了她辛勤劳作的汗水,院内院外可见她忙碌不停的身影。老人家为了我们付出的艰辛,我们牢记在心,永世难忘。我的母亲,她淑慧贤良,天赋聪颖,性情耿直,公道处事,豁达明理,待人和气,睦处闾邻,乐善好施,受到人们的尊敬和爱戴。多少年来在和邻里相处中,总是以诚相待,与人为善,从未发生过是非之争,每遇亲友上门总是笑脸相迎,慈颜以待,亲友遇到困难,她总是在可能的情况下,给予最大的帮助和关怀。这种嘉言懿行在邻里村舍有口皆碑。

　　我的母亲,她是一位意志坚强,对生活充满信心的人。在爷爷奶奶面前,她承欢膝下,侍奉病榻之前,嘘寒问暖,端屎接尿,恪守了做媳妇的责任和义

刘满才,1961年出生于庆阳宁县。从军30年,上校军衔。首都师范大学哲学研究生。甘肃省文联原副巡视员、省书法家协会原副主席。出版有《慈母颂——刘满才书法作品选集(一)》和《新中国书法家系列——刘满才书法作品选集(二)》等专集。

我的母亲董荣

务；她在妯娌之间，互相帮助，互相体谅，互相支持，为儿子的媳妇们作出了榜样。我的母亲，她是生活的强者，虽然瘦弱单薄，又是小尖脚，但以她微弱身躯肩负起了家庭生活的重担。13年前母亲得了一场大病，失去了生活自理的能力，但她仍以坚强的生命力，将美好的生命延长，把亲情和快乐延长，把我们儿女们对她的尽孝道的时间延长。她坐在坑上看着我们欢心的微笑，让我们铭记在心，终生难忘。

生命诚可贵，慈母最为尊。她以血肉之躯孕育了我们，以香甜的乳汁哺育了我们，以无限的厚爱抚养了我们，以朴素而明哲的情怀教诲和感召了我们，她把我们九个儿女培育成人，每人都有一个温馨的家庭和如意的事业，情深似海，恩重如山，没齿难忘。如今欣逢盛世，她苦尽甜来，四世同堂，当享晚年幸福，母亲却离开了我们。

九十五载春秋轮回，三万多天日月交替。时光流逝，岁月如烟，但永远磨灭不了记忆。我们永远忘不了她那勤劳淳朴、诚实做人的崇高品德，忘不了她那勤俭持家、淑惠贤良、乐于助人的高尚情怀，忘不了她那心地善良、和蔼可亲的音容笑貌……

清明节气杏花天，
诗酒清祭母三年。
千天十季愁不堪，
念慈思故泣容颜。

2014年清明节于兰州槐香书屋

忆母亲

汤海南

　　我的母亲方竹英,1907年8月出生在湖南省一个偏远的小山村,1987年9月去世,享年81岁。母亲虽然已离开我三十多年了,但她那慈祥的面容和瘦小的身影仍时常浮现在我的眼前。

　　母亲姐弟共五个,她排行第四。听母亲讲,姥爷家是个几世同堂的大家族,兄弟四人,上上下下二十多口人一起过日子。旧社会重男轻女,姥爷家女儿多,受到家族的歧视和排挤。姥爷性格刚强,忍受不了这窝囊气,也不愿让自己的子女遭受委屈,就独立门户自己过。白手起家,孩子多,生活十分艰难,不得已把二女儿(我的二姨)送给人家当童养媳,唯一的小弟因参加革命,年纪轻轻就被国民党杀害。

　　贫困的家庭生活、苦难的成长环境造就了母亲吃苦耐劳、坚忍不拔的坚强性格,也造就了母亲淳朴善良、仁爱助人的优秀品质。

　　母亲19岁与父亲结婚,他们是姑舅亲,是现在我国《婚姻法》禁止的近亲结婚。二人从小认识,彼此熟悉,算是两小无猜。婚后两人互敬互爱,同甘共苦,相依相伴六十多年,从未吵过架、红过脸,被誉为"夫妻楷模"。方圆几里的青年人结婚,都愿意请我父母去牵拜,以求百年好合,夫妻恩爱。

　　母亲共生育了十三个子女,只养活了我们三个。大哥是头胎,生于1927年,往后的18年里,母亲先后生了十个儿女,却都没有养育成人。直到日本鬼子投降那年,生了我姐姐,1950年最后生了我。一个女人生了那么多的孩子,又一个个的夭折,她经历的不仅仅是"十月怀胎"之苦,还有不断失去骨肉的伤心。

　　母亲具有江南女子的气质,心灵手巧,聪慧能干,家里田间都是一把好

汤海南,退休前任天津市纪委正局级纪律检查员、行政监察专员、天津市滨海新区纪工委书记。

手。记得父亲常常在我面前夸赞母亲，自从嫁到汤家，孝敬公婆，相夫教子，任劳任怨，上上下下、左邻右舍的关系都处理得十分融洽。从我记事起，就看到母亲一天到晚没有闲的时候，白天忙农活，晚上还要在煤油灯下纺线做针线活儿。父亲爱在灯下读书，他读过几年私塾。母亲特别喜欢听父亲念书，虽然她不识字，但是记忆力不错，听几遍就能记住，如《三字经》《弟子规》都会背诵，常引用其中的名句来教我做人做事。

1949年新中国建立后，生活发生了翻天覆地的变化。母亲投身农村各个时期的社会主义建设，热心助人，人缘极好。每当农闲或年节时节，我家里总是聚满了村民，母亲总是把家里仅有的一点好吃的拿出来让大家品尝，大家谈天说地，欢声笑语，活脱脱的一个"村民之家"。母亲还能熟练地背诵毛主席的"老三篇"。1970年，已过了花甲之年的母亲，还被岳阳地区评为"活学活用毛泽东思想积极分子"，出席了岳阳地区首届烈军属活学活用毛泽东思想积极分子代表大会，并登台发言，获得一本《毛泽东选集》合订本，她送给了我，我把它作为母亲留下的最珍贵的礼物，至今珍藏。

母亲特别疼爱儿女，但绝不溺爱，很重视孩子的教育。三个儿女都是共产党员，在农村也算是有点"出息"。大哥曾是公安民警，因"反右"受到牵连，被下放到农村，一直担任大队党支部书记。姐姐担任婆家所在大队的妇女主任几十年，只有我跳出了农门。我出生的时候，恰逢海南岛刚刚解放，因此起名叫海南。我八九岁时，农村吃大食堂，每人定量供应。每顿饭，母亲总是从她那份中拨一些给我，我吃饱了，母亲却饿着。大食堂解散后，又遇上三年困难时期，农村饥荒严重，只能靠"瓜菜代"充饥。母亲每次做饭时都把萝卜干或红薯叶放在米的上面不搅拌，待盛饭时，她把米饭给我吃，她和父亲吃糠咽菜。有时还会用一个小瓦罐在灶里给我煨饭，使我并未尝到挨饿之苦。再后来，粮食几乎断绝了，母亲总是领着我到山上挖野菜，剥树皮。我吃过很多野菜，吃过榆树皮，也尝过观音土，至今我还认识很多野菜。

母亲对我的教育是开放式的，没有过多的约束，做对的，她鼓励表扬我，做错了，她告诫批评我，从没有打骂过我。这就造就了我敢闯敢干的性格。上学后，母亲嘱咐我要好好读书，长大才有出息，我听父母的话，学习成绩一直很好。小学升初中时，全校只有两个学生考进了县一中，我是其中之一，母亲十分欣慰。我上初中二时，父亲患腿疼病，半年多不能下田劳动，大哥早已结婚另过，姐姐也出嫁，家里缺劳力，经济拮据，我向母亲提出退学，帮家里干活儿,被严词拒绝,她说就是去要饭,也要供我读书。我决心要考上高中,但天不遂人愿,1966年初中毕业那年,发生了"文化大革命",我失去了上高中的机会,回到农村务农。

1967年底,解放军原总后勤部到家乡征兵,我报名应征入伍。母亲当时年已六旬,不愿让我远离,但我态度坚决,母亲没阻拦。1968年3月14日,是我第一次离开家乡,远离父母。走的那天,要到公社集中,我们村距公社有12里山路,全靠步行,母亲执意送我。她拉着我的手一直送到公社,始终面带笑容,没有掉一滴眼泪,让我安心出发。后来听嫂子讲,接新兵的车一走,母亲再也控制不住,一下子瘫倒在地,泪流满面,是我堂兄和乡亲们用滑竿把母亲抬回家的。有一段时间,母亲精神恍惚,总是东张西望,仿佛在寻找着什么,有时去菜园里摘菜,会在地头呆呆地坐上好久。现在我也年过古稀,每当想起母亲送我当兵那一幕,就禁不住泪湿眼眶。

当兵三年,部队同意我回家探望父母,我立即写信告诉家里。母亲得知,估摸着我快到家了,天天爬上屋后的小山,盼我归来。当穿着军装的儿子站在母亲面前的那一刻,她目不转睛地看着我,紧紧拉着我的手,泪水在眼中打转。离家多年回到家里,我陪着母亲干这干那,与她有说不完的话。母亲很享受这种时刻,她一直视我为骄傲。

到部队后,我努力上进,第一年就入了党,三年后又提了干,1974年又被部队推荐上了大学,实现了父母期望我上大学的梦想。这些都让没有见过大世面的母亲感到欣慰和满足。

因为常年在外工作,对家里我只能尽力给予经济上的支持。当兵时津贴每月只有几元钱,我尽量节省,回家时总是买很多她爱吃的食物,而这些食物,大多数她都送给了亲朋好友、左邻右舍。1971年提干后有了工资,坚持每月给她寄10元钱,1977年结婚后,每月寄20元,逢父母生日和过年节再多寄一些。按农村当时的生活水平,使他们衣食无忧。

1987年,是我人生中最不幸、最痛苦的一年,那年五月,身体一向健康的父亲突发脑出血去世,我急忙赶回家奔丧。办完丧事,我怕母亲孤独难过,特意请假在家陪伴。母亲跟我说,她没事儿,催我回去工作。可就在八月末,一天我正在上班,突然接到大哥的电报,说母亲病危,让我回去见一面。我赶回家,走进母亲房间,只见她静静地躺在床上,面无血色,没有任何反应。我拉着母亲的手大声地呼唤,奇迹发生了,她慢慢地睁开眼睛,认出了我。见到心爱的小儿子，就像打了强心剂，她的精神状态一天天好起来，病情也开始好转，能起床缓缓行动，每顿也能吃一小碗饭。我精心侍奉她十一天，见母亲并无大碍，加上假期已到，只好返回单位，没想到，在我走的第二天上午，还未上火车，母亲就走了。当时正值秋收，大哥大嫂侄儿们都去忙田里的活儿，直到中午喊她吃饭时才发现，母亲早已驾鹤西去。我每每想到母亲走时身边无人，就心中悲伤。母亲的离去，留给我的是尽孝无门的抱憾。

我和父亲母亲

金无足赤，人无完人，但在我的眼里，母亲不管是为人女，为人妻，为人母，她都做得尽善尽美。母亲走了，我相信，在那遥远的天国，她依然在默默地关注着我们，护佑着我们。

母亲，儿子永远怀念您！

三月的阳光

安晨光

　　三月的阳光是明媚的,温暖的,照在人的身上暖洋洋的。母亲的爱,如三月的阳光,永远是那么温柔、暖和、贴心。

　　我的母亲叫刘毓芬,出生在旧社会一个农民家庭。她很小的时候就被缠了足,也没有上过学,受过任何形式的文化教育。长大成家后,她一心相夫教子,是真正的贤妻良母。母亲先后生过十三个孩子,但由于过去缺医少药,医疗条件十分落后,有七个孩子还在襁褓之中就先后夭折,仅存活了我们姐弟六人。这些孩子的夭折,对我的母亲是莫大的打击,也使我母亲对我们更加的疼爱,倾注全力,用她羸弱的身体,把我们姐弟一个个抚养成人。

　　我在姐弟中排行老四,上面有两个姐姐,一个兄长,下面有两个弟弟。我和大姐相差14岁,和大哥相差11岁,和二姐也相差将近10岁。但和我的三弟只差1岁,和小弟弟差5岁。大姐、大哥、二姐三个人年龄接近。我和两个弟弟年龄相差不大。也就是说,我们小的三人几乎一起成长。

　　我小时候体质比较弱,10岁以前几乎每年都要生一两次病。有一次,大约是三岁左右时,我感冒了,发高烧,嘴里胡言乱语,脸上烧得发青,浑身发抖,情势十分严重。母亲被吓坏了,把我紧紧地搂在怀里,一动不动地抱了一天一夜。我发烧时,感觉浑身发冷,就大声地又哭又闹。母亲就抱紧我,用她的身体温暖着我,用她温柔的目光注视着我。在母亲温暖的怀抱中,我逐渐地安静了,慢慢地睡着了。我的父亲是个医生,在他的精心调理和母亲的细心照顾下,我很快脱离病魔,恢复了健康。从那以后,我每次生病,都缠着要我母亲抱我。只有母亲的温暖,才给我抵御疾病的力量,才使我一步一步走向健壮。

安晨光,1947年2月生于甘谷县。中共党员。1969年9月从甘肃农业大学果树蔬菜专业毕业,曾任省人大常委会办公厅副主任、副秘书长兼研究室主任。甘肃省第十、十一届人大常委会委员。

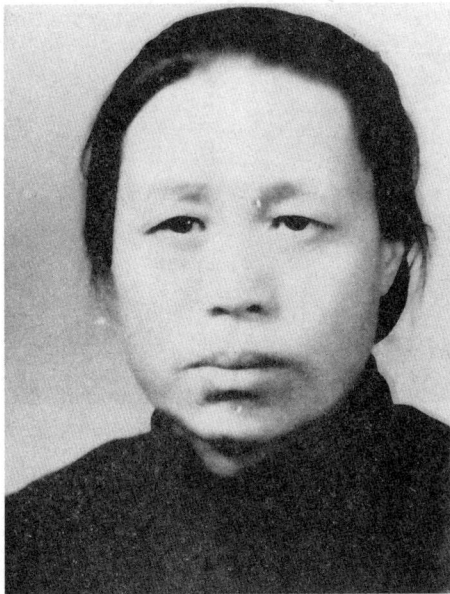

母亲刘毓芬

母亲是一个贤惠善良的女性。她操持家务，顾家理家，把家庭打理得井井有条。父亲以前自己开个诊所，行医诊断，治病救人。1949年后，他参加了工作，到县医院当了一名医生。为了发展全县的医疗事业，他先后数次被调到乡下从事医疗工作，在甘谷县的几个乡镇如礼辛、大石、盘安、新兴等地建起了卫生院。父亲经常在乡下工作，家中只有我母亲管理家务。她每天要教育孩子，洗衣做饭，忙得不亦乐乎。母亲尽管小脚体弱，却精力充沛，整天忙出忙进，手中不闲，把家里整理得干干净净，把我们弟兄几个收拾得整整齐齐，精精神神。

我记忆犹新的一件事，是在三年生活困难时期，当时供应的粮食不够吃，家家生活都很紧张。我们家也经常是有上顿没下顿。母亲看到乡下的一个熟人在养奶羊，挤的羊奶，很多人都嫌膻，卖不出去。母亲就和他商量，每天给我们家送上三四斤。母亲把羊奶烧开，撒上一把苞谷面，做成羊奶苞谷面糊糊，给我们每人一碗，有营养，又顶饥。就这样，母亲用她的办法带着我们全家平安地度过了生活困难时期。

母亲不识字，没文化。但她对自己的孩子却寄托着无限的希望。她盼着每个孩子都能接受大学教育，都能有一个光明的前途。在她和父亲的努力和督促下，大哥和两个姐姐都先后上了医学院，成为救死扶伤的白衣天使，并在治病救人的道路上做出了优异的成绩。对我们小的弟兄三人，父母同样寄予厚望，希望我们能像哥哥姐姐一样，当一名医务工作者，或学习其他专业，当一名有益于社会的工作人员。我自小学习还算不错，但高考却很不理想，没有考上理工科或医学院校，被甘肃农业大学录取，考上了我因被一篇小说所迷的理想化的园艺专业。接到通知后，我一度情绪不好，不想去上这个学。母亲发现我的这个想法后，劝我说，学农同样是一门技艺，同样也能成就大业。她还请来了一位在政府部门工作的亲戚，给我讲了农业的重要性，讲了发展农业的远景和前途，解开了我的思想疙瘩。我愉快地进了农大的校门。

由于"文革"的影响，我的两个弟弟都失去了上大学的机会。母亲经常鼓励他们，不

我们结婚时与父母合影

放弃任何机会，不管自学，还是其他方式，只要学到知识，掌握一门本事，都会成功。后来，我这两个弟弟，一个进工厂当了工人，因他的文化底子较高，被抽到学校当了一名教师。在教学岗位上，他边工作，边自修电大功课，成为一名优秀的人民教师。另一个小弟弟参了军，后来转业进了工厂，成为一名干部。在工作中，他不忘父母的教诲，坚持自学，取得了大学文凭，工作学习双双进步，又调进到省直机关，经过自己的奋斗和努力，当上了厅级干部。

我们弟兄姊妹先后成家有了孩子后，母亲都不同程度地照看过。我结婚后，还在徽县永宁公社工作。生下老大时，我调到天水地区团委工作。当时，我爱人在兰州省中医院做护士工作，非常忙，经常要值夜班。夫妻分居两地，我爱人一人带个孩子，非常难。母亲主动提出，让我爱人把孩子送到甘谷去，由她负责照看。爷爷奶奶带孙子，那真叫细致贴心。晚上搂着睡，吃饭一口一口地喂。我的女儿小时很调皮，吃饭时只顾玩，不好好吃。爷爷抱着哄着，奶奶就瞅机会给喂上一口。两位老人给我们把大女儿带到快三岁，才送到兰州。我的第二个孩子出生后，母亲又赶到兰州，帮我们照看了几个月。

有一件事情，我至今铭记在心里。那是1981年3月的一天，我跟随时任省长李登瀛同志带领的省政府工作组，赴天水地区检查指导工作。那天下午，我们到了甘谷，一下车，就看现场，听汇报。吃过晚饭接着又开会，一直忙到晚上十点多。大家都休息后，我才抽空回到家里。那时，我父亲已去世好几年了，家中就我母亲一人，很孤单。她听到我来甘谷的消息后，就一直等我。看到我后，她高兴得很，拉着我的手，问这问那。当听到我们第二天一大清早就要赶赴陇西，当晚还有许多事情要做时，她放开我的手，说，那我就不

留你了,你赶紧回去,把公家的事情干好。她还说,我一人在家很好,你放心。你把公事做好,让我放心,就是对我最大的关心。在她的督促下,我依依不舍地离开了家。第二天大清早,我们一行吃过早饭后,离开了甘谷县委驻地,乘车西行。路过县城大十字路口时,要经过我的家门口,我一动不动地盯着那边。啊!路边上,蒙蒙细雨中,我的母亲拄着拐杖,站在街边,看着我们的车子经过。我赶忙向她挥手。她可能也看见我了,也向我挥起了手。车子很快,一晃而过。我转过头,久久地看着后面,直到车子出了西城门。

车子西行,我的心情久久不能平静。我一直在想,我的母亲可能一夜都没有睡觉,她就想在我临离开县城时,还要来看我一下。母亲的心呀,永远想的是自己的孩子。车在奔驰着,渐渐地雨停了,太阳从云雾中照射出来。阳光照进车内,照在我们每个人的身上,也照在我的心房。三月的阳光,真是温暖。母亲的心,真是无微不至!

草原母亲的"最炫风"

那有布

岁月如歌,思念似酒。

"父亲的草原,母亲的河,漂泊的孩子从不相忘……"每当思念母亲的时候,我心里就会响起这支歌。母亲节到了,思念之情尤为强烈,渐渐化成了一种感恩。我从未曾像样地给母亲过过一次节日,不是我不想,是母亲不让。她不想因为她而浪费子女们的精力,更不想我们因为她而铺张浪费。

母爱是质朴的,她总是心清如水,原汁原味;母爱是执着的,她总是掏心吐哺,从不打折。

祁连山下的大草原深处,是我美丽的家乡,父母、姐、我、一对孪生兄弟,我们六口之家其乐融融。我的母亲是一位典型的牧民,她性格沉静,朴实忠厚,不擅言语。小时候家境贫寒,母亲为了我们起早贪黑,不辞辛劳,鼓励我们与人为善,经常帮助邻居家的老人收牛粪、挑水。母亲常说:"做人不管穷与富,身板必须要挺直。"不要求我们大富大贵,但要努力、向上,在任何时候都要挺直了腰板。母亲的这种教导带动了一家人,让我们从来不自卑,一个个努力,勤劳,自强不息。我后来考取了甘肃中医学院,如今在舟曲县政府工作。一个弟弟考上甘肃民族师范学院,现在玛曲县公安局工作。虽然姐姐和另外一个弟弟务农,但是生活也是幸福美满的。

对于母亲来讲,在我的成长经历中,最令她自豪的就是我入了党。小时候,母亲也会讲起他们小时候艰苦的日子,最后还不忘一句:"没有共产党,哪来我们今天的好日子啊。"如今,我到了县政府工作,成为一名国家公务人员。每次回家,母亲都会告诉我,"要与人为善,好好工作"。话很实在,也很

那有布,1980年12月生,男,藏族,中共党员,2000年被共青团中央委员会授予"全国优秀共青团员"、"中国百名优秀青年志愿者"称号,2019年被甘南州政府授予"民政系统先进个人"称号,现任兰州新区舟曲慈善社会福利院党支部书记、院长。

有力度。母亲就是这样"懂感恩、勤作为"的一个人。

我小的时候，如果村里的哪个邻居帮助母亲干活或者给予了其他帮助，母亲一定会牢记在心，会加倍地予以回报。母亲常常教导我们："人无完人，对于别人的缺点要容忍，但是一定要记住别人的好，而且要回报。"她的这种善良，成就了下一代的宽容。

在我们那片草原上，邻居都羡慕我家的温馨气氛。我们家是农村中极少见的没有矛盾纠纷的家庭。在我们兄弟姊妹4个家庭中，也如母

我和母亲

亲所愿，形成了相助相扶、至亲至爱的浓厚氛围。要问怎么做到的，还是因为受母亲的影响。这一点，我父亲最有话语权。母亲对待父亲的家人，就如同自己的亲兄弟姐妹一样，这一点让父亲很是感动，也促使父亲对母亲的家人尽心尽力，所以说到底，是母亲用她让人信服的行动维护了两个大家庭的团结。

母亲的这种担当，对我的影响非常深。如今我也有了自己的家庭，对待我爱人的家人，也像母亲一样，是发自内心的相互爱护。无论大小，不分男女，在我们这个大家庭中，每一个人对待家人都是"善呵护、至心爱"。

家风是一种传承，它寄托着上一代人对晚辈的厚望。我非常庆幸、非常骄傲能有这样一位母亲。

我的母亲

孙在峰

老实说，我的母亲当年确实是倔拗如驴，且极造作无理的。

五岁那年，我家单另又修了一栋大木楼。秋后，房墙还没干透，母亲便摇腾着父亲搬进了新家。

自搬到新家后，母亲便严重地警告我们，以后不准再到旧宅去了，见了祖父祖母，不准看，也不准打招呼，谁胆敢不听她的话，就剥了皮蒙鼓，抽了筋拉二胡。

我家门前上去一个低坎便是村中大路，路上一坎上是一条大水渠。水渠上搭着一块巨大的石板，这是邻居家的过路石桥，平常也是大人们洗衣服、娃娃们坐在上面洗脚戏水的好去处。

那天母亲在大石板上洗衣服，我坐在她旁边把脚浸到水里戏耍。远远地就看见祖父祖母背着背篼从那边过来了。见母亲低着头，我便偷偷伸长脖子痴痴地看着他们憨笑。祖父看见了我，也和蔼地冲我笑。看看他们走到近前了，谁知母亲却突然丢下衣服，无端地甩起一巴掌，啪的一下重重地扇在了我的正脸上，顿时，我眼冒金星，鼻血迸流，嘴唇瞬间肿胀起来。母亲似发了疯一样，一把又勾住我的脖子，将我连身带头按到水渠边沿，用另一只手往我脸上泼着水，一边冲洗我脸上的鲜血，一边用恶毒的语言指骂呵斥我。鼻血瞬间染红了水渠的水，在我窒息的呜咽声和哭喊声里，祖父祖母悲哀不已，为防母亲再做出杀鸡儆猴的文章来，他们赶紧低头加快了步伐，匆匆地从我的眼前消失……

那时候，农村人的日常生活基本都是成天在田野阡陌间及山林中往来奔忙，而我母亲大多的时间却在家里务弄花花草草，宽敞的两个大院子，满满的

孙在峰，生于1982年，甘肃省舟曲县南峪乡枣园村人，乡村教师。爱好写作、堪舆、书法、赏石等。

我的母亲

都是一丛丛高个头的大丽花和一簇簇矮个子的眯春花。长满荒草的菜园子除了几棵栽下不久的苹果树，就是稀零零的几根红葱。

母亲喜欢卧床，但她有个毛病，一旦躺下来鼻孔就堵塞不通气了。她抑或是从当中医大夫的外公那里得知了葱能通鼻窍的秘密，每每那时候她便要指使我去掐一根葱苗来，然后还指教我把葱苗给她卷成蜗牛壳那样的小卷卷，以便于她躺在炕上很方便地就将葱卷儿塞进嘴里面嚼！

母亲许是心血来潮了，那年她居然喂了一只老母鸡。那母鸡却也不争气，它吃食的时候在家里，下蛋的时候便不知道下在了何处。后来这母鸡不知道被谁家的公鸡拐了去，干脆连食都不回来吃了，于是，我一放学回来，母亲便打发我到全村子去找鸡，可是再也没有找到。在多半月后的一个阳光正好的中午，那老母鸡居然骄傲地率领着一群叽叽喳喳的小鸡昂首阔步地回来了。母亲一看，顿时喜笑颜开，龇着她的两排白牙嘿嘿嘿地笑了一下午。

从那以后，我除了给她掐葱苗，卷葱苗卷卷儿，又多了一个工作，那便是在院里院外去放鸡。

有一次真倒霉，我刚掐好葱苗，走到炕边把卷好的葱苗卷儿递到母亲手里，就听到老母鸡惊恐的呱嗒声和激烈的搏斗声，等我冲出去时，看见一只小鸡已经被外来的一只大黑猫给叼走了。老母鸡伤心地呱呱直叫，母亲随后跑出来，瞅着溜走的大黑猫，恨得咬牙切齿。也不知母亲到底是怎么想的，她突然转身朝我的脸上又狠狠地甩了一个重巴掌，顿时，我又是眼冒金星，鼻血迸流，嘴唇肿起。

哎！我的母亲啊！就是这么不讲理。

母亲有个大烦恼，那可与我的父亲脱不开干系。父亲长相英俊，大高个子，说话幽默，多才多艺，为人正直。再加上那时候我们的家境还行，父亲又是那个年代稀有的吃"皇粮"的人，手头多少是宽裕一点，亲朋好友谁家有个困难什么的，他都能慷慨解囊，不管在单位还是在家里，周围的人都乐于和父亲交往。不知道从什么时候起，母亲便日日夜夜地担心起父亲来。她倒不担心父亲给别人借钱，担心父亲一不小心被哪个狐狸精抢了去。她常常明访暗查，捕风捉影，自我折磨，后来，她居然无缘无故地和邻里所有长相稍微标致一点的妇女都不说话了。

我开始上学后，父亲也调到了距家近一点的一个中学教书了，最起码一两周还可以回家一次。那段时间，父亲在家时，她便安心，父亲一出门，她就开始闹心。慢慢的，她一定是实在压不住内心的憋闷了，便在家里和父亲无端地闹起别扭来，后来，她的闹腾越来越出格。

农村总有一些见缝插针的坏蛋和搬弄是非的搅屎棍。那一次，母亲不知从哪里听信了别有用心的人的恶意造谣和教唆，她老早出门，愣是步行赶到父亲教书的学校，趁着师生正上早操的时候，躺倒在操场上满地打滚，胡言乱语，撒泼哭闹起来。那时候的父亲年轻有为，由于工作能力强，人缘又好，领导很赏识，在进步的节骨眼上，被母亲这么一闹，父亲自觉在那师生加起来将近上千人的众人面前丢了人，从此心灰意冷，主动放弃了上进的机会……

母亲抑或是认为她的所作所为是奏效了的，所以从那以后便愈发的花样百出，甚至玩起了各种失踪。后来干脆走到娘家一去不回。

一月、两月、三月……一年后，有人劝说父亲去把母亲接回来。父亲也许是真累了，他连抬头的力气都没有了，只是淡淡地说："等着！等我置办了八抬大轿去抬她……"

自那以后，在每一个夜深人静的梦醒时分，在每一场绵绵的阴雨过后，在每一年繁花似锦的阳春里，在每一个落叶飘零的深秋，我的心仿佛总被一根冰冷的丝绳紧勒着，使劲拉扯着，隐隐作痛。

那年我才九岁，大妹七岁，小妹五岁。我们在正需要娘的时候无辜地成了单亲，父亲在正需要贤内助的时候成了单身。

一年、两年、三年……十年！这十年间，我们兄妹仨是心怀着对母亲无比的憎恨一路长大的。我们是那样的孤独，又是那样的坚强和独立。

记得在我整个的学习生涯中，我什么都没曾怕过，就怕语文老师让我们写关于母爱的作文。每每那时候，我便慌了手脚。

我十九岁那年，祖父给我留下临终的嘱托。嘱咐我成家后一定要把母亲接回来，给她好好地养老送终……我低头不语，但我知道，那一刻是祖父在我心里种下了一颗善良的种子。

一年后我如愿考上了工作。那年寒假,想想快要过年了,真如祖父感慨的那样,我这个没有了母亲的养育照样长大的孩子,却莫名其妙地想起了我的母亲。

十多年来的憎恨是那么决绝地克制了我的思念,让我貌似早已把母亲从我心底里狠狠地抹去,但想起母亲的那一刻,我却惊奇地感觉到心底一股暖流缓缓升起。

那天下午,我贪婪地享受着这股暖流的温情,居然梦游似的迈开双脚朝着南花河对面的那条高路走去。那高路是一条建在土崖上的古老栈道,栈道下的悬崖上是我们的先民为了躲避战乱而挖成的地道的封口。路面上铺着无数块被数百年的岁月打磨得光亮的大石板,道路里头的墙角总是坐着几个晒太阳的老人。

由于从这儿上去便是母亲的娘家,自从母亲抛弃我们回了娘家后,这条原本最富历史考究的古栈道便成了我最避讳的地方了。如今时隔多年,当我不由自主地踏上去的时候,我发现我慌乱的双脚是那样地沉如铸铁,我的心突突地跳着,短短几十米的栈道,走起来却是那么的漫长!

啊……这几十米的栈道又为什么这么短,短得让我还没有做好足够的心理准备,就那么快地走到了外公外婆家的大门口。大门敞开着,所幸周围并没有人,我站在门口却进不敢进,走又不甘心走,最后还是鼓足勇气一咬牙走进去了。可我一个二十岁的生龙活虎的大小伙子竟紧张得浑身瑟瑟发抖。凭着儿时留下的隐约记忆,朝着楼梯下的那间昏暗的房间走去,门虚掩着,屋里似是有声响。我犹豫了一下,最后轻轻地咯吱一声推开了门,里面一个低矮的长凳上坐着一个衣衫褴褛蓬头垢面的疯女人。她面色苍白,目光呆痴,坐在那咕嘟咕嘟地自言自语着。

啊!这便是我的母亲。我的母亲本来是个长相漂亮的女子,可是,多年以后,我这个曾扬言要活出志气的母亲,竟把自己活成了一个疯子。我的声音颤抖着,艰难地挤出了一声压抑了很久的呼唤:"娘……"

母亲的身体猛然像触电了一般颤抖了一下,猛地抬头看看我,蹒跚起身,凄迷的眼里闪起了一丝光……

寸草难报三春晖

杜世润

母亲已经去世九年了。回想母亲的一生,感觉她是那么平凡,对孩子们来说却堪称伟大。

我的家乡在白银市靖远县一个偏僻的村庄,自然环境恶劣,生存条件差。母亲是一名普通的农家妇女,父亲常年工作在外,她一人操持家务。她没有文化,却用无私的母爱把我们兄妹七人抚养成人。

一九五八年,村村吃大食堂。父亲当时在社里当保管,引洮工程上马时,丢了部分生产用具,被错误认定为是贪污,因此断了我们家大人的口粮。在饥饿威胁一家人时,母亲做出了一个艰难的决定,她带着我们兄妹几人,到一个偏僻的山谷躲饥荒。我后来才体会到,母亲的这个决定是何等的睿智。这里远离世事纷扰,堪称野菜王国。虽然窑洞容身,但经母亲打理,窑里干净凉爽,有家的味道。我们在山野间嬉戏,寻找野果子解馋,为童年平添多少乐趣。母亲则备受煎熬。由于营养不良,遗尿几成孩子的通病。母亲在昏暗的油灯下缝缝补补,摸到哪个尿了,就移到自己这边来。我们兄妹睡下去就是满满一炕,母亲只能蜷曲在湿处。直到度过困难时期,为了念书方便,才依依不舍地离开山谷。

凭工分吃饭的岁月,多挣多得。我们家劳力少,被称为"软食口"多的家庭,还需要父亲用微薄的工资补交粮款。半大小脚的母亲,挣扎着背起超过自己体重的重物,在羊肠小道上蹒跚而行,换取我们的吃穿用度。

孩子们如同山间的鸟雀,翅膀一硬,就要飞离巢穴。惭愧的是,飞离得偏偏不是时候。联产承包了,我们兄妹几个工作的工作,参军的参军,念书的念书,唯独留下母亲忙完田里忙屋里,艰难支撑,苦苦守候。母亲逝世后,我们兄妹重回故里。没有了母亲,偌大的山塬越发空旷苍茫。我在自己劳作过的

杜世润,白银市平川区人大原主任、区慈善协会会长。

我的母亲

土地上踱步,仿佛看到母亲背着庄稼从田埂上走过来……

20世纪70年代初,我入伍参军,成为一名基建工程兵战士。工程兵承担国家的大型基本建设项目。我提起大锤,抱起风钻,战斗在最前沿。相对于从小跟着母亲从事的重体力劳动,这点苦算不了什么。

常言说:父母是人生第一任老师。以我的体会,应该说终身才对。父亲从事金融工作,严谨正直,恬淡宽厚。母亲一生和善仁慈,把妯娌、邻里之间的关系处理得可谓尽善尽美。那些年,家乡在外工作的人并不多,亲戚邻里有事,总希望得到关照。不少人就央求母亲,再通过母亲转达给父亲和我们兄弟。母亲说,谁都有头痛脑热,免不了三灾八难,能帮就帮一把。我们兄弟成家后,陆续在县城买了房,但是母亲却执意要住在三弟家。因三弟手臂有残疾,家在农村,自然难些。

我转业后调到县直机关,工作千头万绪,得益于母亲的言传身教,不管在哪个工作岗位,我总是自警,一碗水端平,没有出过任何纰漏和差错。回顾自己的从政历程,面对复杂的局面时,往往从真诚朴素的观念出发,常常收到意想不到的效果。这也得益于母亲本真的处世信念。退休后,难辞组织的再三托付,从事慈善工作。每当慰问高龄老人时,触景生情,我总想起自己的母亲。母亲晚年,儿女们争相奉养,儿孙绕膝,应属舒心。最后两年患病期间,两位妹妹昼夜相伴,服侍得无微不至。在操劳一辈子后,母亲享年八旬,含笑而逝。

如果说有什么遗憾,就是旅游热兴起后,母亲已入晚境,由于晕车,未能多走走看看。坐火车虽然好一些,也仅限于周边地区。有一个假期,我同家属扶着母亲、岳母上了火车。车上拥挤,连过道都挤得水泄不通。有两位青年朋友见状,起身让座,才得以摆脱窘境。我外出的机会多,看到拐杖,就给父亲买上一根,给母亲也只能带点小吃之类。相较于母亲贴心巴肝的疼爱,这实在微不足道。

母亲对儿女的疼爱，真是难以尽述。我参军要走了，母亲强颜欢笑，背地里不知道流了多少泪水。当班长时，荣立三等功，公社很重视，组织师生敲锣打鼓地报喜上门。这本来是好事，但有些人揣度我可能出了事故才获得奖励。这话传到母亲耳朵里，她寝食难安，日夜哭泣，直至哭出了毛病，使一只眼睛看不见了。我力主治疗，所幸手术成功，我的不安才得以减少。

今天写下的这些文字，母亲是永远看不到了。"世界上最疼我的那个人走了"。母亲去世已逾九载，按乡俗，"九年纸"要举办祭祀，谁料想遇到新冠疫情。取消活动的当天，我彻夜无眠。母亲离开我们已经多年了，但她勤劳朴实、忠厚善良的精神永远留在我们心中。

母亲的眼泪

杜保录

　　我出生在一个家境贫穷却人丁兴旺的大家庭中，父亲这一辈兄妹三人，父母亲生了我们九个人，我是家中老九。我出生时母亲快五十岁了，是母亲生的最后一个孩子。母亲怀我时，由于孩子太多，基本上年年辛苦，年年没有什么积蓄，日子过得紧紧巴巴，粗茶淡饭只能维持生命，谈不上有什么营养，这直接的后果是我出生时体质太弱，营养不良，连头发都没几根。

　　据当时接生婆黑娃婆婆讲，母亲生我时还在地里干活，大概也就是四五点钟的样子，感觉快生了才赶回家的，一袋烟的工夫，就把我生在东房的土炕上。土炕上铺着一张用麻袋片补了边边的席子，一床旧被子。据母亲讲，邻居们一看我的样子，都说根本就存活不了，快扔了算了。母亲一狠心，就把已经没有生命体征的我扔到离家不远的小沟里。就在我快要成为野狗食的时候，母亲心中阵阵不安，又回到扔我的地方。一条大野狗被母亲的脚步声惊跑了。当时我发出了一声"嗯啊"，母亲流着泪水把我抱回了家。父亲说："你疯了，抱个死娃娃来做啥？"母亲生气地说："都听了你们日弄人的话，老九活着呢！"在全家人惊奇不已的眼神中，我又被放到了土炕上，瞪大眼睛看着满屋子的人。母亲没有奶水，就喂我吃熟面、馍馍渣子、搅团、拌汤等杂七杂八的东西，我一天天长大了。

　　我清楚地记得，一到了秋天收白菜的时候，母亲就专门交代给我一件事，就是把地里所有的白菜根用铲子一个个完整地挖出来，用背篼背回家。母亲和孩子们一起用小刀把白菜根一个个削干净，煮熟了当饭吃。至今我还十分回味那煮得绵绵的白菜根。每年收割了麦子后，父母就带我们去拾麦穗，还

杜保录，1972年8月出生，甘肃省武山县人。省委党校研究生学历，中共党员。现任兰州市司法局四级调研员、兰州市律师行业党委专职副书记。出版个人作品集《永远的湿地》。2018年被表彰为"全省法制工作先进个人"。

给我们讲"打牛千鞭，不见粟米一颗"的道理。

就在这样艰苦的生活环境中，我还是一天天长大了。无论是在学校、部队，还是转业的地方，凡是看到浪费粮食的情况，我就很生气，吃不完的食物就打包带回家。

87岁时的母亲

有一年我探亲回去，母亲又说起我差点没命的事，说要不是她觉得心里老是不踏实又去看一眼，要不是我在关键时刻喊了一声，要不是她的大脚板声音大，要不是那狗的动作慢，我就真的成狗的食了。我和母亲开玩笑说："你差点把一个副团长给报销了。"母亲笑得气都岔了，歇了老半天才接着说："也是你龟子命大，当时你就是不出气，大家都以为你不行了。你是大难不死，必有后福，估计你还成大事呢。"

我上小学三年级时，家中缴不起几元钱的学费，无力供我上学了，但是要强的母亲发誓要让所有的孩子尽可能地多读点书，就和父亲商量了一晚上，最终决定把家中仅有的三十斤小麦种子粜了。父亲背着小麦种子，我跟在后头。一路上，父子俩谁也没有说话，但想法都是今天无论如何，得想办法换到钱，把学费交了。下了青土沟坡，在离县城不远的河边上，我和父亲遇到了一个条形脸、瘦高个的中年男子，他低声说："粜粮食？"父亲说："本来留下的种子，小儿子上学没学费了，什么办法都想完了，干没治了，你救急一下吧，算是帮我们一家人的忙?!"话中带着央求的成分。只见中年男子把头一昂，顺手抓了一把麦子，又用右手三个指头熟练地抓了几粒麦子用牙齿咬了咬，说："粮食干着呢，我全要了，价格嘛，差不多点就行。"父亲和我暗自高兴学费马上有了着落的时候，不料过秤的时候粮食少了四斤。我在旁边看到了全过程，只见他从袖子里摸出一杆小秤，飞快地称了麦种，小声说，除皮二十六斤。我给父亲说："他的秤杆不合适，咱不卖了。"父亲说："算了，明天就要开学了，顾不了那么多了，远山的金子顶不上当时的铜，你念书要紧!"

我从父亲手中接过钱，感觉手中的毛票是如此的沉重。它不是毛票，是一家

母亲与家人

人的麦种，是播撒一家人希望的太阳，是敲开求学之路的金钥匙。我们回到家中，将一叠毛票交给母亲时，母亲流着泪，拉着我的手说："我的娃，你们先人手上就是捣牛后沟子的苦命人家，你大你妈没本事，你前面的哥哥姐姐多少都念了点书，但是家道不好，都没有念成书。你要好好念书！你窑里二大不是经常讲，书中有黄金哩，有没有黄金我看不到，可你要不蒸馒头争口气！只是让这么大的娃娃吃苞谷面和洋芋上学，我们当父母的也是没治了。宁可挣死牛，不能翻了车！"

母亲说到这里流泪了，我生平第一次看到一个母亲为了儿子上学几块钱的学费流泪。这一幕，在我心里打下了深深的烙印，让我深深地感知了当时人们的真实生活状况。从此，我暗暗发誓，一定要当个好学生，好好读书，永远记住几元钱学费的故事，不为别人，就为了自己的母亲不再流泪。

伟大的母亲

杨秉璋

我的母亲是一位伟大的母亲。

她的人格比山峰高大,她的胸怀比海洋宽阔。她是一本永远读不完的大书,她是一座永远看不尽的远山。她像太阳一样,永远照耀在我的心中。

母亲去世已经十周年了。追思之情一直伴随着我的思绪和生活。她的形象、她的言语、她的教诲时常在我的脑海中出现,让我百感交集。她给了我生命,她哺育我成人。她教会我如何做人,她用一生的艰辛扶助我成才、成家、立业。她的一生就是为了我,为了我们家。母亲的一生,是那么的平静、平凡,一切都是再平常不过的,自自在在。

母亲名叫宋线花,生于民国十一年(1922年9月20日),属狗。2008年11月20日去世,享年87岁。她大高个,身高近1.7米。四方脸盘,额头宽阔,浓眉大眼,鼻梁端直,嘴唇微厚,耳朵硕大厚实。满头薄薄的银发,总是梳得齐整,洗得光润。慈眉善目的脸上,永远露着微笑。她肩膀宽厚,腰板直挺,胳膊修长,双手肥厚,像有永远使不完的劲。她两腿刚健颀长,虽是一双缠过的小脚,但走起路来刚劲有力。母亲一辈子身体结实健壮,除有偏头疼的毛病外,一生没有患过什么大病,也很少吃药。她的穿着打扮基本是青蓝两色,上身是接近膝盖的大襟长衫,下身是青蓝裤子,常年扎着裤腿。到了80岁后,外面时常套一件绛紫色长马甲,挂一根龙头小拐杖,身态平和自然。母亲一生养育了我和两个姐姐。两个姐姐如今都已四世同堂,日子都过得平安幸福。母亲的在天之灵看到儿女们今天的日子,她应该是欣慰的。

母亲的一生是伟大的一生。她遗留的精神财富,是儿孙们取之不尽用之不竭的力量源泉。

杨秉璋,平凉市政协原副主席,平凉市慈善协会会长。

敦厚忠诚的一生

作者与家人

母亲一生为人厚道，无限忠诚，心似明镜，不善言语，永远是那样沉稳敦厚。她出身寒门，家境贫寒，姊妹较多，生活困顿。当时，我爷爷奶奶看到家里人力单薄，托亲戚熟人多方打听，找到家住盘安乡杨宋家村宋家草垭队我后来的外公外婆，提出将我母亲定为童养媳。双方商量同意后，于1940年将时年仅15岁的母亲接到家里与我父亲共同生活。自然成婚，经营家庭，生儿育女。

　　一家人团结和睦，齐心协力，精心务农，兼做山货编织和土特产商贸，日子过得顺风顺水，殷实富裕。谁料天有不测风云，在母亲40岁时，父亲撒手人寰，撇下了正值壮年的母亲。雪上加霜，时隔不到三年爷爷去世，丢下了风烛残年的奶奶。面对家庭顶天立地的父子俩的相继离世，母亲没有在打击中倒下，相反，她却从天塌地陷的家庭灾难中走出来，振作精神，以超乎常人的毅力和意志，坚强地担负起赡养年近七旬的婆婆和抚养年幼无知的我姊妹三人的沉重担子。母亲克服着常人难以想象的精神压力和生活压力，默不作声、无怨无悔、埋头操持着一家老小的生活和一家子的光阴。她经常告诫我，老祖宗的家业不能败，这个家不能散敞，我要拉扯你长大成人成才，掌好这个家。她以无限的忠诚，坚强的毅力和过人的勇气，昂首挺胸，撑起了这个家庭的一片天。在20世纪60年代的生活困难时期，她千方百计想方设法，没有让爷爷奶奶挨饿受冻。她里里外外辛勤劳作，视公婆为生身之亲，竭尽孝道之礼，她善始善终，让二位老人安度晚年，为二位老人养老送终。母亲自踏进这个家门，生活了72年，她以无限的忠诚对待家族，对待家庭，对待家人，把一生的心血和汗水以至自己的生命，无私无畏地奉献给了我们杨家。

坚如磐石的一生

母亲的内心世界非常坚强。贤惠善良中不失原则,温顺沉稳中渗透着坚毅,认准的事情,咬定青山不放松,百牛拉车头不回,永不放弃。

我自三岁起就是母亲一手抚养的。父亲去世后,她毅然暗下决心,一定要把我抚养成人、成才,传承好祖业,为早逝的父亲一个圆满交代。她抱定这个信条,走着一人独撑一个家庭的艰辛道路。六岁送我进学校,一口气供我读完小学上初中,上完初中又到庄浪一中读高中。在这短暂而又艰辛漫长的十多年里,她起鸡叫睡半夜,忙完地里的农活,就一头扎在家务里。瞅空儿还要语重心长地教导我好好学习,自找前程。她省吃俭用,想尽一切办法,让我吃好穿好,不要受别人的歧视和欺负,让我健康成长。母亲用自己坚定的意志和顽强的毅力,用自己起早贪黑的劳作和不怕困难的决心,为我长大成人,顺利完成学业,走上工作岗位,铺就了一条平坦的大道。母爱是最伟大的,没有母亲就没有我的一切。

辛勤劳动的一生

母亲的一生是辛勤劳动的一生。她热爱劳动,视劳动为天职,视劳动为光荣,视劳动为幸福,以辛勤劳动的一生换来了一家的殷实光阴,换来了一家老小的快乐生活,赢得了人们的尊重和爱戴。在人民公社时期,社员们都为多挣工分多分口粮而奔波。母亲虽是小脚,但样样农活都走在前头,而且老老实实干活,踏踏实实过日子,从不计较自己的得失。村里的同辈婶娘都乐于跟她一块干活。在大规模的农田基本建设时期,母亲一直早起晚归,劳作在工地上,从不耽误一天的活,分配的任务样样完成,年年评出勤是全勤,还经常被选为先进。20世纪80年代,农村实行包产到户以后,家里的自留地加承包地共有十多亩,母亲以她坚韧的力量和辛勤耕作,粮食连年丰收,除满足家里的吃穿用度外,还一直接济我大姐家的生活。母亲一生坚持不懈地付出和劳动,创造了家庭的财富,创造了健康的人生,创造了幸福的生活。

无私奉献的一生

母亲心底无私,她的一生永远在为他人着想,为他人奉献。步入老年后,从1980年就随我在平凉生活。这二十多年里，家庭经济条件逐步好转，但她时时、处处、事事为儿女着想，勤俭持家，无私奉献。我和妻子上班后，她把家务料理得井然有序。为了节约，每天晚上微开着水龙头滴水，到天亮接满了一桶水，但水表上反映不出来。损大家利小家。母亲就是这样从一分一厘的细小处，节省着一家的开支。洗菜洗衣服的水舍不得倒掉，贮存起来冲厕所，还经常到菜市场捡菜叶回来切碎喂鸡下蛋。所有这些，一点一滴，铭刻在心，我永难忘怀。我的女儿出生后，她又全身心抚养孙子，从刚满

作者的母亲

月开始一直陪伴到上大学。女儿喜欢吃烧烤的洋芋，老母亲就每天在火炉底座的火灰中烧洋芋，给孙女吃。有几次我下班回来，一看女儿满嘴黑灰，问原委，奶奶孙子总是笑而不答。我儿子出生后，她已72岁了，更是视孙儿为掌上明珠。三个月后就领到老家，一个人抚养到三岁多，才回我身边。到平凉后，疼爱孙子变本加厉。孙子出门玩耍，她不离手地牵着，生怕走失或跌倒。一次，母亲拖着孙子在市政府门口三角花坛往回走，过马路时不小心被一辆出租车撞倒，孩子胳膊轻微骨折，吓得母亲乱了方子，不知道咋办。等我赶到跟前时，母亲颤颤巍巍，泪流满面，一副懊悔不迭心疼孙子的样子。孩子送到医院仅三天就出院。从此母亲领孙子出门，双手紧紧拉着，从不丢手，生怕再有磕磕碰碰的闪失。

　　母亲前半生历尽千辛万苦，拉扯我姊妹三人成家立业。后半生近三十年又一心一意养育两个孙子成人。母亲深恩，山高水长。

不听话的母亲

苏木素

给母亲几次没有打通电话和视频,急忙登录远程视频监控,发现老家的大铁门敞开,看来她是没有走远,肯定又是到地里忙活去了。

母亲一个人独居在老家的四合院里。三年前父亲刚离世时,我们接她到兰州来一起住,可不到一周她就嚷嚷着要回去。这里的高楼轩窗、小区花园、男女老少,对一个近七十年没离开过老家的老人来说,都是陌生的。小区也有一些老头老太,但不同的习性,特别是各地不同的方言,邻居之间的漠然,使她似乎找不到一个可以打几句招呼的人。而老家呢,出门敞亮,闲了还可以到六婶七姨家去转转。母亲说,这整天把人圈在楼上巴掌大的地方,身上哪儿都感觉不舒服,人还是接点地气好。

可是我知道,她一回老家,哪有闲的时候呢。母亲要强了大半辈子,不是拾掇这儿就是锄挖那儿,要不是腰疼病复发难忍,她是万不肯歇息的。而这腰疼病也是几十年前因我来到这个世上而起。

当年母亲因一帧照片上的一身绿军装衬托着一张年轻俊朗的脸而情有独钟,嫁入贫寒的苏家。那时父亲在军营服役,一年很少能回家。我出生在寒冬腊月,那天天冷,风大,雪厚。平日里对母亲疼爱有加的奶奶已撒手远去,父亲又远在军营,临产的母亲蜷缩在一盘只有半边竹席的土炕上,真是天地不应,孤苦无助。多亏心善的刘妈妈听到消息跑来帮助接生,并把自家的柴火拿来,才得以让那个寒窑中的母子稍得温暖。农村讲究产妇月子里不能见生人不能吹冷风,刘妈妈每晚把柴火趁夜深无人拿一点过来,放在不远的磨窑中,妈妈再去取回来。就是这样,有几次柴火也被人偷走,可他们明明知

苏木素,中国人民大学在职研究生。中国西部研究与发展促进会公共网络建设委员会主任。创建"苏木素书咖"文化品牌,编辑出版《甘肃十二青年诗人丛书(全十二册)》,组织主办兰州本土文化名家读书沙龙、新作分享等六十余场。

道这是窑洞里那对母子的救命柴啊。每次想到一个从小被宠着的大小姐、一个还在月子里的病弱身子,在那个阴沉的夜晚,踩着厚厚的雪,深深浅浅摸摸索索去漆黑的磨窑取柴火的母亲空手而归时的凄凉,我的泪水便止不住漫开来。天亮了,蜷坐在冰冷的土炕上用体温给我取暖的母亲又下地去干活。母子相依,度过一个个无助的日夜,却从此给她留下了陪伴一生的月子病。

母亲的手巧是村庄中有名的。前多年村里好些女孩的嫁妆中都有母亲亲手绣织的鞋垫、枕头。我也是衬着母亲纳的鞋垫,一步步走出了家乡。去年回家,她拿出针线包袱,取出几双鞋垫,说,就剩这了,都拿去吧,现在眼花再绣不了啦。

母亲是村里少有的读过书的女人。当初村学本来要聘请她当小学老师的,但因为我和家庭的拖累而终未能成。她对念书这件事很上心,多年来只要是孩子学习的事,她都是全力支持。上次回家聊起时,弟弟还笑说,那时母亲最偏爱你,干活的事就是我的,挨打的也总是我。母亲老说的一句话就是:"谁让你不好好学习?"即使现在回老家我有时干点活,母亲也总是说,你能干个啥,快歇着去,这活我两下就干了。

有一段时间,我的生活被我折腾成了一团乱麻,我也变得沉默易怒,回家了跟父母也说不了几句话。好多次,晚上我睡下或早晨还没醒来,母亲或父亲悄悄走进来,坐在我的床头。我装做没醒来,他们也不说话,轻轻地叹口气就转出门。史铁生曾经写过:"母亲知道有些事不宜问,便犹犹豫豫地想问而终于不敢问,因为她自己心里也没有答案……她知道得给我一点儿独处的时间,得有这样一段过程。她只是不知道这过程得要多久和这过程的尽头究竟是什么。"母亲的心思大概也是如此。

我被娇纵过了头。初二有一天,中午我在学校有活动没回家,母亲早晨做了我最爱吃的洋芋筋筋和水洗酿皮,怕凉了不好吃,就用饭盒包严实,骑自行车给我送来。因为赶得急,还穿着平时在家做农活时的衣裳。她来时我正在和同学聊天,一看到母亲,便喝问,你来干啥?把饭盒抢过来,扭头就进了教室,并狠狠地关了门。母亲在那迟疑着站了一会儿,只好离开了。同学说,刚好像看到你妈在抹眼泪。多少年了,我都无法想象,母亲是如何一步一步推着自行车离开学校,离开这个嫌弃她的儿子回到家的。

说起洋芋,是我母子俩的最爱。每次回老家,第一顿饭一定是洋芋系列——洋芋筋筋、洋芋卜拉、洋芋疙瘩,等等。母亲做的洋芋筋筋,我经常戏称是天下第一美味,吃了几十年也不嫌腻的。但现在这洋芋系列却成了她生活中的一个问题。母亲一个人在家,她不吃肉,也不爱吃蔬菜,买的菜到最后总是腐烂扔掉,整天是洋芋这洋芋那,这顿蒸,下顿热,再顿炒。去年肠胃不好到医院检查,说是营养跟不上,要多吃蔬菜,可她坚持不到一周,又回到了从前。

母亲回过视频电话的时候,我正盯着桌上的一个老马镫。这是我年前从乡下农家收的。上面放着一个油桃,这几天来,我每天看着它水分一点点失掉,鲜嫩的表皮一点点紧缩。

我的母亲何会琴与孙子

视频中,母亲躺在床上。这几个小时不见音信,果不出我所料,早晨她出去走路时,看到风把菜地里盖的塑料薄膜吹掉了,她又重新整理覆盖了几个小时,腰疼得不行了,进来吃了点饭刚躺下。问吃了什么,又是洋芋。唉,你怎么不听话啊,你种的那点菜,累得腰疼,花的吃药的钱,咱能买多少菜啊。她说,这账咋能这样算啊,腰疼是老病了,歇会儿就好了,自己种的菜没有农药,新鲜,味道好,到时候给你们捎些。

躺在床上更显苍老的母亲,怕我担心,笑容依然留在她的脸上,像极了我眼前这枚正在枯萎的油桃。这张十里八乡的美人脸,眼看着为我们兄弟们一点点水分散失,满布皱纹。是啊,这账咋能这样算呢,这一世的母子情又怎么算得清呢?

追思母亲：
她的善良与智慧将与世长存

苏如春

一

明天是母亲节，是母亲去世后的第一个母亲节，也是母亲去世的第三个七期、为母亲祭奠和法事圆通的日子。凝视着母亲的灵位，思念如潮水般涌上心头。

母亲完成神圣的使命，于2018年农历三月初八酉时寿终，走完了90年的人生之路。她一生都喜欢数字"八"，家里办大事喜事总喜欢挑带八的日子，最后她离开人世间，也选择了初八这一天，这一天是很多高僧大德选择圆寂的吉日。从离开之日算起，三七的这一天正好是农历三月二十八日，也是法事圆通、治丧结束的日子。母亲仿佛听到了冥冥之中的启示，在生命的最后时刻选择了两个良辰吉日，一个良辰吉日为她自己离开，另一个良辰吉日留给后人治丧。

母亲走在了人间最好的季节，再早一点，正值寒冬腊月，正月、二月为年头月，宜喜不宜丧，再晚一点，则遇骄阳酷暑。不早不晚，不多不少，母亲刚好选在了春暖花开的时候离开，她将在另一个世界永远享受春天的美好时光。这21天来，我放下一切公务活动，一心在老家为母亲守灵。庭院独坐之际，凭风追忆往事，50年来与母亲相处的点点滴滴，一一涌上心头。我总感觉，母亲选在春天离开，选择两个良辰吉日，这并不是一种巧合，而是来自她90年人生的修炼和沉淀，来自她对自己命运的洞悉与掌控，来自她不滞于物、来去自由的崇高境界。

还记得三月初四在湛江市内住院时，医生最后让我们征求母亲的意见。那时候氧气呼吸管还插在鼻腔里，她不能说话，我强忍着悲痛问她，如果选择回家，就眨一下眼睛，如果继续住院，就不眨眼睛。大家都知道回家意味着什

苏如春，广东省湛江人，华邦控股集团创始人、董事长。

么。母亲眨眼的那一刻,现场的空气就像凝固了一样,只有她显得从容淡定!从回到家开始,母亲就像预感到死神走近,开始有条不紊地安排后事。她等到所有的后人都赶回来,该见的人都见了,在三月初八前一天自己先后四次排空了身体内的余物,干干净净地离开这个世界。母亲走得体面而优雅,就像她走过一生的路一样。人生的最高境界之一,就是能够看破生死,来去自由,母亲的离世或许正在接近这样的境界!

再往前追溯,早在年前,母亲就频繁找我谈话,交代后事。那时候她身体还健康,看不出什么毛病,我坚持说,现在医疗技术发达,妈您要活到100岁。现在回想起来,妈妈是多么睿智,面对生离死别是多么豁达,真正达到了"知天命"的境界,具有"从心所欲不逾矩"的风范和修为。

母亲一生虔诚事佛,乐善好施,选择在春天离开,也得到了她应有的福报。早在三年前,我就为母亲看好了一块墓地。那时姐姐对我讲,母亲身体健康,不必考虑墓地的事情,这个事情就先放下了。赶巧的是,我们不考虑这件事之后,这块地方就迅速长满了树木,真是草木葱茏的好地、福地。今年清明节,本来长好的树木又被周边的扫墓人烧毁,成为可用的墓地,恰好为母亲提供了理想的安葬之所。这几年树木就像为母亲保护这块土地一样,不让别人侵占,等到母亲大限将至就为母亲腾挪出来,这是母亲的福报,也是她留给后人的祥瑞和祝福。

母亲在晚年,展现出她对自己命运的洞悉与掌控,这就像她走过90年跌宕起伏的人生道路一样,在命运的惊涛骇浪之中,以坚强的意志力牢牢掌控着她自己和我们家庭的命运之舟。

二

母亲本是大家闺秀,生于地主之家,养于深宅之中。她的父亲和叔叔都是雷州的大地主,双双从当时的中山大学毕业,回到雷州后成为达官显宦。母亲的老家邦塘村距离雷州城中心大约十里,是远近闻名的秀才村,在清朝先后有100余人取得功名。书香门第的家境,深厚文化的熏陶,让母亲自幼就熟读四书五经,接受圣人教诲,培养了她的坚强与大气、善良与智慧、见识和格局,对她的一生都产生了深远影响。

从当时的情况来看,母亲出身望族,家境优渥,人生一片光明。但是命运的指针在她年轻时就开始逆转,她的父亲和叔叔在土改中被枪毙,屋漏偏逢连阴雨,母亲恰好又嫁给了地主的儿子,成分黑上加黑,偏偏地主仔不安分,抛妻弃子出海外逃，从此杳无音信。母亲从大户家庭的"小公主"，跌落到社会的最底层，无依无靠，衣食无着，只能在县城靠给别人家缝衣服勉强度日。

后来，好心人介绍母亲给父亲认识，父亲当时是小学校长，是雷州小有名气的知识分子。母亲的人生似乎迎来了转机，嫁给出身好又有一官半职的小学校长，不求荣华富贵，但求稳定平安，过个其乐融融的小日子。命运再次跟她开了一个玩笑，父亲在"反右运动"中被错误地划为右派，一直到改革开放之后才获得平反，整整20年。谁料想结婚没有带来好生活，反而成了"右派婆"，母亲的人生道路似乎走进了绝望的深渊。

母亲并没有向命运低头，并没有对悲惨的人生际遇逆来顺受，她以百折不挠的坚强意志，在绝望的铁壁上凿出了希望的光亮。

母亲究竟有多坚强？1959年，饥荒蔓延，父亲当时还在徐闻的农教场改造，母亲担心父亲身体出问题，她拿出了家里所有的积蓄买了车票，还有一斤小青鱼、一块肥猪肉，决定带着姐姐去找父亲。她并不知道农教场在哪里，下了车问了路又摸了10千米山路才到，到了劳教场才知道父亲被转移到20千米外的分场劳动。母亲听到后简直蒙了，但她最终没有放弃，100多千米都走过来了，还在乎多走20千米吗？就是这样一种不抛弃、不放弃、永不低头的劲头，让母亲带领我们跨过这么多沟沟坎坎。

母亲的坚强还体现在她什么苦都能吃，什么考验都能经受住，什么重担都能扛起来。父亲后来退职回家，一家人得以团聚，姐姐和我接连诞生，一群孩子，两个大人，一家人如何养活成为问题，加上父亲的身体已经在劳教场受到摧残，生计问题更是雪上加霜。

母亲没有被重担压垮，她一边照顾家庭、操持家务，一边与父亲分担外面的农活。当时分到自留地之后，家里也开始种起了萝卜。种萝卜要勤浇水，可水要从低洼的沟渠往坡上挑，路途远，一路爬坡特别辛苦。母亲对家里人说："不给鸡喂谷又要鸡下蛋，怎么可能呢？萝卜是鸡，水是谷，一定要保证萝卜地里有充足的水。"每天，他们都要比别人多浇三四倍的水，必然要多爬三四倍的坡路。母亲任劳任怨，没有一刻闲暇，她没有因为出身比别人好而贪图享受，面对坎坷的命运，她选择了用坚强去坚持，用坚韧去忍耐。悲惨的命运没有打倒她，反而塑造了她坚强、勤奋的品格。

正是凭借这份打不倒的坚强与执着，母亲走过了长达几十年的人生低谷，带领我们全家走出了命运的"U"型反转。母亲用她的真实经历告诉我们，真正的坚强，就是从没有路的地方走出路来，就是在最为绝望的时候仍然坚持信念，就是在与命运的抗争中书写新的命运。

三

母亲坚强不屈，因此她从不怨天尤人，这也许是受到儒家自强不息思想的影响。这也让她无论遇到什么样的境况，都能够迅速适应现实，并且通过学习掌握新本领，战胜新的困难和挑战。

母亲在年少时饱读诗书，也从父辈那里学习了很多为人处世的道理，

母亲在老家亲手种的花梨树，经常回去锄草

她也许从未想到自己长大后会生活在农村，还需要下地干活。确实，对于各种农活，母亲都是一个新手。她从小并没有接触，长大了也在城里没有人教，但是母亲没有气馁，她坚持在干中学，在学中干，展现出强大的学习能力。

父亲知道母亲的出身，曾满心负疚，让母亲不要到队里做工，专门在家里料理家务。母亲却反驳道："世上有什么工是生定给谁做的呀？不会就学，没有什么学不会的。"母亲态度坚决，父亲想拦也拦不住，但是这个学习是一个多么严酷的过程！首先要过日晒关，雷州半岛的阳光，比烈火还要烤人。母亲从来没在阳光曝晒下劳动过，到生产队劳动一天回来，全身的皮肤晒得红彤彤的，针扎一般难受。她不断往手臂浇凉水，越浇越发烫。父亲坚持不让她去，母亲固执地说："万事开头难，开头这一关我一定要过去！"

就这样连续几天下来，母亲的皮肤由红变黑，整个人发生了脱胎换骨的变化。她学会了做农活，之前那个出身大户人家的"小公主"彻底成长为一位坚强的母亲。

母亲学得有多好？在当时，蒲草编织是最主要的副业，虽然赚钱归集体，但可以换工分，一张草席还有5分钱的现金补贴。细水长流，积少成多，母亲决定学习编草席。一张草席看起来很简单，但是要把零零散散的蒲草编成草席，头绪繁多，劳神费力。蒲草制品又分凉席、帆席、草袋、草篮、草帽等等，多长多宽需要多少步，都要计算得很准确。母亲通过认真观察掌握其中要领之

后，白天在队里干活，空余时间不是缝衣服，就是编草席。其实哪里有空余时间？生产劳动之外家务特别繁重，做饭、喂猪、洗衣、带孩子，空余时间都是母亲从休息里面挤出的时间。

每天早上天还没亮，母亲就爬起来做饭，为了让父亲和我们多睡一会，她总是轻手轻脚，尽量不弄出一点声音。饭做好了，她就赶紧在门前的平地上铺好垫席，抱出蒲草开始编织。善于学习加上敢于吃苦，母亲迅速掌握了编草席的技术，她不仅动手飞快，还能别出心裁地编织出各种图案，令村里人赞叹不已。母亲的学习能力和适应能力，让她迅速成长为农户家庭的行家里手，她增添了数不清的新本领，我们家在困境中也藉此获得了更多托举。

"天行健，君子以自强不息；地势坤，君子以厚德载物"。没有人生下来就有一条确定的人生轨迹，也没有人生下来什么都会，人必须要保持学习和适应的能力。母亲自强不息，厚德载物，在适应环境的过程中不断学习，并由此让自己生长出更多的可能性，得以适应命运的变化无常。这些年来，我经营的企业从基础设施建设逐步扩展到养老与康复医疗、保险金融等多个领域，凭借的就是母亲用她的人生经历教给我的学习和适应能力。

四

接踵而至的困难没有打倒母亲，还因为她有着博大的胸怀。也许是出身书香门第的原因，从小就受到传统智慧的熏陶，母亲看问题从不局限于一时一地，而是有着长远眼光，宏大格局。常听到人们说，母亲是个战略家，她治理家庭的思路高度清晰，深谋远虑。

有一件事令全村人佩服。那楠村的水田都在南渡河边上，南渡河发大水，村里的稻田就要受淹，农家就受损失，可是我们家很少遇到这样的灾难，村里人百思不得其解。母亲是根据广播的信息分析，在气象台发布台风警报后就立即把稻谷收回来。这其实需要长远的眼光，不患得患失，很多人会抱着侥幸心理，想让稻谷再多长几天。母亲则认为宁可早收减少一点收成，也不能被全淹颗粒无收，因此果断作出决定。其实，稻谷种得好，背后不仅是农业技术，也是一种看问题的格局。

在子女上学的问题上，母亲也表现出了难能可贵的长远眼光。在当时的农村，"丫头片子，头发长长要嫁郎，读什么书！"是随时可以听到的话。母亲却不这样认为，她常对人说："古人说，养不教，父之过。不只是父之过，父母都有过啊！"不管是男是女，反正都要上学，能读多高就读多高。她和父亲商量好,孩子放学回家由他来检查作业,凡是不完成作业或者作业做得不好,就要受到严厉批评。一旦发现父亲的纵容庇护,她就亲自出马与我们谈话,作业做不好就得重做,重做还不好就不能吃饭。

母亲常说,"不识字,蠢过猪","一个字胜过一块田"。要知道,当时家庭物质生活这么困难,糊口已是不易,还要供孩子上学,这真是比登天还难,但是我们姐弟六人没有一个辍学,母亲在背后付出了多少艰辛?幸好有母亲在教育上的坚持,几位姐姐都上了学,现在都过上了体面的生活。教育的投资不能当即兑现,需要等到孩子成人后才能体现出来,母亲在教育问题上目光远、格局大,惠及了我们姐弟六人的一生。尤其是在我的教育和发展问题上,母亲作为"战略家"的大格局得到更充分的体现。我上初一时,父亲已经得到平反,恢复了待遇和工作,但那时父亲已经接近60岁,心有余而力不足。在当时的条件下,还有接班制的存在,而能够吃上财政饭,是多少人梦寐以求的理想。母亲这时已经为我的人生做出了远景规划,她先是让父亲提前办理退休,把接班的名额让出来,这样一来,我就能够尽快顶替父亲的编制,能够吃上财政饭,一辈子不说大富大贵,至少有一个保障,于是,我从初一就开始回家做了一名小学教师。拿到编制之后,母亲又促使我上教师进修班、考读师范,补足我学历低、学资浅的短板。在那样一个讲究身份和编制的时代,母亲的思路是先获得编制,再补足知识,现在回想起来,母亲为我的人生规划真是用心良苦,着眼长远。

雷州人自古讲究"生崽,做屋,娶媳妇"的人生三部曲。我是家里最小的孩子,也是家里唯一的男孩。从我出生开始,母亲就开始在谋划做屋的事情,尽管那时候家徒四壁。在我6岁的时候,母亲向全家人宣布:从现在开始,准备做屋! 真的是全家人勒紧裤腰带,把能省的全部省下来,就是为了给我做屋,希望我将来成家立业有个稳定的根基。在1976年我8岁的时候,真的把屋做起来了,为了省钱,我9岁才有鞋子穿。在家里治丧这段时间,我经常在母亲悉心为我做的这个屋里转悠,看着母亲为我打的柜子,为我置办的米缸,我的眼睛就会不自觉地湿润,母爱深似海,母亲为我的人生考虑得多么长远!

哲人说,"我们生活在泥沼之中,但是有人依然仰望星空"。母亲就是仰望星空的那一个人,她有这样的胸襟、视野和格局。不患得患失,不斤斤计较,不在乎一时一地的得失,不只要考虑今天,还要考虑明天和后天,要用一种博大的心胸和格局进行长远谋划。母亲的格局对我产生了潜移默化的影响，这让我在创业过程中，总是能够跳出小恩小惠的局限，在大格局下进行长远思考，看得更长远，想得更全面。

五

如今，亲朋好友记取最多的，应该是母亲的善良与博爱，平时母亲最喜欢对我们姐弟说一句话："积善之家必有余庆。"儒家讲"入则孝，出则悌，谨而信，泛爱众而亲仁"。母亲从来都是己立立人，己达达人，她总是能够与人为善，舍己从人，与她接触的人都能感受到她的善意与爱心。

父亲在与母亲结婚之前，曾有过两次短暂的婚姻，两位前妻都年纪轻轻就去世了。家里的大姐就是父亲的前妻所生，并非母亲亲生，但是母亲待她视如己出，从无隔阂，我们姐弟六人一视同仁，并承恩泽。大姐因此也对母亲如同亲生母亲一般。

母亲总是能够推己及人，即便是在最为艰苦的年代，自己食不果腹仍然没有忘记帮助亲戚，救助乡邻。母亲的家族中道衰落，她的亲弟弟一直郁郁不得志，母亲从来没有忘记贴补舅舅家。自己家有一口，就给舅舅匀半口。为了舅舅的婚事，母亲愁得夜里睡不安生，最后想尽各种办法，在舅舅40多岁时，为舅舅娶了一房媳妇，心里的一块石头总算落地。母亲的关爱并未就此结束，舅舅成家后她仍不忘贴补，直到舅舅的两个儿子长大成人，母亲还让我帮助他们做屋。

"孔怀兄弟，同气连枝"，毕竟是同胞姐弟，母亲对另外两个兄弟的关爱，则更显示出她的包容与博爱。一位是父亲第一位亡故的妻子苏何氏在双坡村的弟弟，另一位是父亲第二位亡妻苏陈氏在宅仔村的弟弟，这种关系极少人能处理好，不少人彼此甚至成了冤家，但母亲不仅主动上门认亲，以大姐的身份相待，而且凡有好东西总不忘带给他们，逢年过节更是探访问安。母亲的善良也赢得了回响。我记得我在上初中时，双坡村的舅舅来赶集，总会在口袋里揣着几块饼、几块糖果或者带着一节甘蔗去学校看望我，让我倍感温暖。母亲言传身教，让我懂得善良与爱心的无上价值。

母亲还把博爱扩展到家族范围之外，为村里村外更多人提供帮助。父亲退职回家，组织上给了100元的安家费，母亲用这笔钱买了一个缝衣车，从此开始了她为村里人提供的无偿缝衣服务。"乡里乡亲别提什么钱了，拿来做就是看得起我了。"母亲总是这样回答拿衣服来缝的乡亲。全村人的新衣服，没有一件不连缀着母亲亲手缝的针线，村里人身上的破衣服，大部分贴着母亲亲手打的补丁。除了感谢的好话，母亲不接受别人任何的报酬。我们心疼母亲太累，她却教导我们心胸要放开阔一点,"乐于助人自己会收获快乐"。

直到母亲已届耄耋之年,她仍然不忘扶危济困,帮助他人。她在老家的柜子里,放着几十个1.25升的雪碧饮料空瓶子和健力宝空瓶子。我回家清理她的遗物时,一直想不明白这些空瓶子的用处,后来听姐姐们讲才知道,母亲常会请人从榨油厂买回有机散装花生油,把瓶子都装满后,送给那些家计困难的人。由此我才想到一个细节,孩子有一次在广州跟我说,奶奶这次回老家从广州带了两个雪碧的空瓶子回去,原来母亲是为了多装几瓶花生油帮助更多的人!如今看着柜子里的空瓶子,物是人非,令人感慨万千,母亲已经走了,但是她留下的爱心还在,她传递的慈悲与大爱将与世长存。这些空瓶子装着母亲满满的爱心。

母亲的善良、慈悲与大爱,很早就在我心里埋下了爱的种子。无论是在学校教书,还是后来创办企业,我都把能够帮助更多人当作价值追求。我做企业一直坚持义利合一、义先于利的价值观,坚持为社会解决实际问题,切实提升民生福祉,这也是我们企业不断发展壮大的奥秘之一。母亲的善良、慈悲与大爱,也已经融入我的血脉之中。

六

母亲坚强不屈,善于学习,乐于助人,很大程度上是由于母亲是一个有大格局、大智慧的人。小聪明不等于大智慧,有知识也未必就有智慧。母亲没有上过一天大学,但也许是她小时候受到文化熏陶和父辈影响的缘故,她很有慧根,悟性非常高,胸怀非常大,让她在平凡的生活中展现出非凡的智慧。

母亲不仅懂得以退为进、舍就是得的道理,而且能够把这些大智慧运用到生活中。在我们家最困难的时候,父亲错划为右派,让一家人无论是物质上还是精神上都抬不起头来。母亲那时候为全村人免费缝补衣服,在繁重的劳动之余甘心为村里人无私奉献。如果只是算小账,这似乎是得不偿失,但是母亲的付出正在逐渐获得更大的回报:母亲和左邻右舍的伯母婶娘们的距离拉近了,我们家得到了更多友善。

在那样一个年代,四类分子的家属是受到歧视的,但母亲的无私付出逐渐化解了周围的敌意。村里人不仅不嫌弃她,还主动来找她谈心,家里有什么好吃的,也会与她分享。我们家里有什么需要帮忙的,比如瓦面漏雨需要修补,门板坏了需要钉牢之类,村里人都会主动帮忙出主意或者找工匠,真心实意地帮助家里解决困难。在当时的环境下,我们这个家庭,既顶着"右派"的帽子,家里又是女孩多,男丁少,属于真正的弱势群体,但母亲通过无偿帮助别人，为我们家化解了歧视与敌意，赢得了尊重与友善。舍就是得，守弱为强，这正是母亲的大智慧。

老子说，"天下之至柔驰骋天下之至刚"，"夫唯不争，故天下莫能与之争"。母亲未必懂得这些深奥的辩证哲学，但她用自己的语言，表达着同样深刻的智慧和道理。我从创业以来，企业规模不断发展壮大，每次回家母亲都会找我谈话，向我传递她的智慧。

她告诉我："不要与人争高低，有时候高未必就是好，低未必就是不好；得就是失，失就是得；少即是多，慢即是快。"这是要告诉我，不要在乎一时

苏如春和母亲

一地的得失，不要局限于方寸之地，要胸怀宽广，放眼长远，从更大层面、更长远的眼光来看待得失利弊。她告诉我："不要树敌，别人骂你你就听，别人打你你就走。"这是要告诉我，为人处世不要任侠使气，争强好胜，多栽花，不栽刺，把自己的朋友圈搞得大大的，把自己的人搞得多多的。正所谓"得道多助"。她告诉我："你对别人怎么样，别人就会对你怎么样。"这是要告诉我，世界上没有无缘无故的爱，要赢得别人的帮助和善意，首先要伸出手去帮助别人。有太多的教诲，让我终身都受益匪浅，而且年龄越是增长，阅历越是丰富，越是能感受到母亲的教诲里面饱含的智慧。具体的知识都是会过期的，唯有大智慧将随着时间推移而更加熠熠生辉。我庆幸我有这样一位母亲，能够把大智慧传递给我。

智慧之心，总是能够给人带来心灵的震撼和精神的启示。有一件事，我一直想不明白，我有个姐姐的儿子，到了青春叛逆期，形成了很多坏毛病，甚至一度从学校辍学。姐姐无计可施，只能干着急。母亲一直记挂着这个叛逆的外孙，一天，特地把他叫到自己的房间，与他进行单独的交流。我们不知道母亲跟他说了什么，从房间出来后，外甥掩面痛哭，幡然悔悟。从此之后，重新回到正道上，开始全新的生活。我不知道母亲跟他讲了什么，也许是母亲一辈子跌宕起伏而又坚强不屈打动了他，抑或是母亲的人生感悟给了他精神的启迪。总之，智慧可以穿透人与人之间的隔阂，用一盏灯点燃另一盏灯，用

一颗心启示另一颗心。

母亲的智慧还体现在她达天道，知天命，能够做到与时偕行，不滞于物。年前她就已经预感到生命的终结，在很早的时候就不断向我托付后事。她跟我说，她已经年届90，如今儿孙都有着落，再往后走，会挡我的路。我当时并不理解她的意思，这几天我日夜供奉她的灵位，才恍然大悟：整个家庭对外的事情一直是母亲在主持，她在的时候，无论她多老，我多大，我都有一种依靠的感觉。她走了，对家里的事情我就必须站到前台了，在这个问题上我再也不能当"小孩"了！母亲看得长远，见人所未见，见物于未萌，这也是一种大智慧。

在每个人的生命旅途中，都会遇到很多聪明人，但他们可能并不智慧；还会遇到很多精于算计的人，但他们也许缺少大格局，大视野。我的父母亲没有给我留下很多物质财富，但是母亲留给我的是比物质财富更有价值的精神财富。母亲传递给我的智慧，不仅可以帮助我们创造更多物质财富，还能引导我们过上一种更加幸福的生活。

七

母亲供奉在家里老宅的厅堂，21天来我朝夕供奉，每次都黯然神伤。在这个厅堂，我们苏家的列祖列宗都是从这里走的。母亲在医院坚决要回家，就是要留住最后一口气断在这里，与列祖列宗在一起。家庭，构成了一个紧密的命运共同体，母亲是中流砥柱。

回想这些年来，我们家能够从最绝望的谷底走出来，就是因为我们是一个息息相关的命运共同体。在这个命运共同体之中，父母亲正是两个不可或缺的中流砥柱。他们一辈子患难与共，不离不弃，谱写了催人泪下的爱情故事，家庭奋斗故事。父亲和母亲经人介绍时，人生已历经坎坷，父亲有两次婚史，身边还有个女儿，母亲家道中落，还被地主家公子抛弃，他们虽然已经情投意合，但问对方的第一个问题都是："我这种情况你嫌不嫌弃？" 双方回答都一样："不嫌弃！"三个字斩钉截铁。

就这样，两个历经坎坷的人结合在了一起，开始了他们一辈子不离不弃的爱情故事。父亲在他们结婚后不久就被错划为右派，被送到农教场改造，留下母亲孤儿寡母独自生活。母亲年轻时面容姣好，正值青春年华，不少人劝她可以改嫁，但母亲经常讲，我是儒家子女，要尊儒家礼仪。这大概是父辈的遗传，变成她行为的准则。儒家重诚信，一诺千金，她既然对父亲有过"不嫌弃"的承诺，就坚决不后悔。她与父亲分别时虽然没有山盟海誓，但她在心里已经决心克服千难万险，也要把子女抚养成人，等待丈夫归来。

父母是最好的老师，他们不离不弃，从一而终，艰难险阻不可改其志，贫病交加不能移其心，他们用行动教育了我们，向我们传递着受益终身的爱情观、家庭观。由于父亲和母亲的坚定厮守，我们家也就凝聚成了不可分割的整体。

我们家庭不仅有父母誓死不渝的爱情、深情，还有父母和姐弟之间血浓于水的亲情。母亲对我们姐弟的爱，不是溺爱，不是宠爱，是一种融合了舐犊情深与严厉管教于一体的大爱。母亲读过《三字经》，深深懂得"勤有功，戏无益"的道理。她担心我们姐弟由于贪玩而耽误学业，耽误家务，对我们都严加管教。我们家离学校非常近，在家里就能听到学校的铃声，母亲一定要我们听到铃声才去上学，其他时间必须待在家里做功课，做家务。我记得我小时候有一次放学后没按时回家，跟小伙伴一起去捉鱼了，我捉了很多鱼，高高兴兴提着竹筐里的鱼回家，母亲从屋里出来，二话不说连框带鱼掷到屋外的巷子！那时候家里穷，母亲不是不心疼鱼，而是要通过掷掉鱼告诉我，不要玩物丧志，耽误正业！我还记得某个夏天的一个传统节日，与母亲回村里祭拜神，我穿着比较随意，穿着圆领的短袖T恤就去了，母亲看见后，一定要求我回去换成带领的衣服。她语重心长地说，圆领的衣服那是睡衣，正规场合必须要穿有领的衣服才算是对别人的尊重，祭拜神更应该讲究等等。我赶紧回家换成了带领的长袖衬衣，从此永远记得在正式场合穿带领衣服的礼节。母亲的爱是成长的蛋白质和维生素，滋润着我们成长成才。

在母亲的感染下，我们姐弟之间也是相濡以沫，从小就互相帮扶。小时候家里缺吃少穿，母亲总是自己挨饿，把口粮留给我们姐弟。等到稍微宽裕之后，母亲和姐姐们吃番薯，把米饭留给我和年迈多病的父亲吃。番薯干没有大米好吃、有营养，姐姐们就提出来番薯干全由她们来吃，把大米省下来给我吃。于是就将一把大米用蚊帐布包起来，放到锅里和番薯干一起煮，番薯干熟了，蚊帐布包着的小饭团也熟了，还吸收了番薯干的甜味。母亲和姐姐们就让我吃带着番薯甜味的米饭，她们自己吃番薯干也吃得津津有味。说实话，后来我离开老家去外面创业，不知道吃过多少地方的米饭和特色小吃，但回过头来还是觉得那时带着番薯甜味的米饭最好吃。这米饭里面有母爱的味道，有母亲和姐姐对我的无私关爱，有我们一家人的相濡以沫和患难与共。

"不论时代发生多大变化，不论生活格局发生多大变化，我们都要重视家庭建设，注重家庭，注重家教，注重家风，发扬光大中华民族传统家庭美德"。

父母亲历经生活磨难而能长相厮守,母亲坚强不屈的品格、胸怀宽大的格局、行善积德的修炼、乐善好施的品格、达乎天道的智慧,以及我们一家人和衷共济一起经历风雨终见彩虹,这些都已经沉淀为我们家的家风。母亲虽然已经驾鹤西去,但是她留下的家风家教是我们一家人的精神财富。

对母亲最好的纪念,就是成为母亲的样子。我们要把母亲留下的家风家教传承下去,世世不止,代代不息,以告慰她的在天之灵,发扬光大,惠及他人。

八

小时候母亲找人算命,说她只能活63岁,需要有贵人拉着她才能渡过劫难。我每天晚上都拉着母亲的手,有一个晚上半夜醒来,又拉着母亲的手,不由得悲从中来,号啕大哭。母亲不理解为什么,问我为什么哭。我说,我拉着妈妈的手,妈妈就能渡过劫难,就能长寿,活得比63岁更长。母亲叹口气说你这个傻孩子,快好好睡觉,妈妈会好好的。后来,母亲不仅活过了63岁,还一直看着她的儿子在事业上不断攀升,把她的善良、智慧和品格运用到事业发展之中,但最终,母亲还是走了。

母亲身体衰老之后,每次上楼下楼,只要我在,我都要背着她。我跟她说,小时候您背着我,长大了我来背着您。母亲走的那一刻,我就在她身边,寸步不离。她走之时,我左手臂放平在她的脖子底下,右手一直紧紧将她的手攥在手心,母亲在我身边,仪容安详如同熟睡。妈妈啊,我生下来的时候,是您抱着我,您走的时候,请让我牵着您离开。母子一场,半个世纪的恩情,我永远铭记在心。我知道,母亲并没有离我们而去,而是以另一种方式继续活着,在另一个世界给予我们爱、智慧与力量,永远陪伴在我们左右。

敬爱的母亲,您一生敬畏神灵、虔诚事佛、襟怀坦荡、恩泽四方,把崇德向善转化为日常生活的修炼,为后人积累起深仁厚泽,我们对您永远心怀感恩。

敬爱的母亲,您的勤劳与坚强、大气与善良、好学与智慧,已经沉淀为我们全家的精神品格,我们将以您为楷模,传承您的家风和遗训,让我们家更加兴隆。

敬爱的母亲,您一路走好,您的音容笑貌永存在我们心中,我不怕一个人走过未来的道路,因为您一直都与我们同在。

"呜呼吾母,母终未死,躯壳虽殒,灵则万古"。

2018年5月12日

活着的思念只属于母亲

苏锐钧

18年前,仲夏的一个清晨,我的母亲在毫无征兆的情况下,平静地在家中走了。前一天夜里,隔着客厅在另一间卧室里睡着的我,丝毫没有想到第二天母亲就与我永别了。闻讯赶来的四姐和我在悲痛中替母亲穿好了老衣,似乎时间就凝固在了这一天:2004年8月16日。

母亲去世一周年时,曾想提笔写点什么,表达一下内心的哀思,但最终一个字也没写成,因为我觉得自己不配。

我是母亲唯一的儿子,上面有四个姐姐,可想而知,在我身上寄托了多少爱多少情。在我不满10岁时,父亲因病撒手而去,我就成了母亲全部的生命支撑。长大后,才从母亲只言片语的叙述中,知道她熬过了多少艰难的日子。

母亲大字不识一个,从小带着我生活在两个姐姐家中,但她是一个十分要强的女人,在我上小学后,她就走出家门,为了生计开始找一些自食其力的活干。她背过沥青,在火车南站用架子车拉运麻袋,还挖过管道。这些原本是男人们干的活,却都为了一个家,由她扛了起来。母亲后来身体一直很硬朗,和她中年干过又脏又累的力气活有很大关系。后来在街道的帮助下,她在一家集体被服厂当了缝纫工,算是有了比较稳定的工作。

1968年10月,上山下乡,原本可以享受不下乡政策的我,却热情地写了一封血书,跑到市革委会院子里,坚决要求下乡,母亲无可奈何,终究含泪送这个独生子下乡了。谁知没过几天,一篇《我们也有两双手,不在城里吃闲饭》的文章,把母亲也吹到了离市区最远的一个昌马公社,美其名曰"锻炼"。那年底,已经下乡的我冒着零下20℃的严寒,乘长途车到昌马公社看望了母亲。

苏锐钧,男,蒙古族。1950年9月生。1968年10月下乡,1969年2月参加工作。曾出版过《西部咀嚼歌》《今夜有阳光》《双坟坡悲歌》等诗集。作品先后在《诗刊》《人民日报》《光明日报》《新民晚报》等报刊发表。

母亲是一个乐观豁达的人，对生活中的各种磨难总能坦然面对，从容处置。对生死，对命运，她从不迷信。像天下所有母亲一样，她把所有的爱都给了儿子。1979年底，她盼来了第一个孙子，因夫妻分居两地，我无法照顾妻儿，母亲替我分忧解愁，只身前往铁岭，在生活完全不适应的辽北平原，熬过了冰天雪地的冬天，又熬过了酷

母亲和我

热难挡的夏天。20世纪80年代初，组织上解决了我们分居两地的困难，一家人才生活到了一起，母亲也过上了比较安定的日子。

母亲晚年赶上了改革开放给每一个家庭带来的变化。作为一个从旧中国过来的老人，她对新社会的回报就是全力支持儿女们的工作，而自己则任劳任怨，尽所能地操持着还不富裕的五口之家。她跟我在兰州生活了25年，只有一次因左眼的白内障手术住了几天医院，平时有病全靠吃点常用药就挺过去了。她做一日三餐，省吃俭用，帮我先后带大两个孩子。逢年过节还从微薄的积蓄中给孙子孙女一份压岁钱。有一年春节，我让已经四五岁的儿子给她跪下磕头拜年，她笑着拉起小孙子说："不兴这一套了，快起来！"母亲80岁时，我和四姐张罗着给她办了一桌寿宴，家孙外孙聚了一桌，那大概是她一辈子最开心的一天了。

母亲的辛劳，母亲的付出，生前我几乎很少想过，相反，却常因一些琐事冲她发火，埋怨她管得太多，说得太多。直到那一天，她突然一句话也没有留下就走了，我才明白自己已经失去了这世界上最珍贵的东西。我内疚了很长时间，觉得对不起母亲的实在太多，别说养育之恩，仅在兰州的二十多年，她从未给我添一丝负担，还帮我做了数不清的活，这让我惭愧难安。以至于一年后的忌日，我想写点什么倾诉一下，都无法摆脱压在心底的那份自责。

有的人一辈子都很难活明白，特别是当儿作女的，等到明白时一切都晚了，而我大概就是其中的一个。现在母亲的照片一直摆在我的卧室，我也一直都是在母亲晚年睡了十几年的床上送走每一天，我为她再也做不了什么，唯一能坚持的就是在曾残留过她体温的木床上，睡到能和她在天堂相见的那一天。我相信思念也是有生命的，而活着的思念只属于母亲，只属于懂得感恩的人。

2022年10月22日

那个疼我的母亲没走远

李 述

我的母亲是养母。

我的母亲是安徽亳州一个小酒坊主的女儿，二十世纪五十年代和父亲一起来到兰州。我内心其实一直拒绝写回忆母亲的文章，我觉得写出来已经不是母亲的本来面目了。随着年龄的增长，母亲常在我梦里出现，我们说话、拉家常，琐碎、平淡，一如母亲生前。七年前，母亲在梦里告诉我，说家里的房子塌了，让我回去看看。梦里醒来，我纳闷，家里庆阳路的房子早卖了，何况城里的楼房怎么会塌呢？但第二天，同样的梦境又重复了一遍，我有点心慌，采访路上一直心神不宁，便把梦境告诉了同事小廖。廖说，去坟上看看吧，许是坟上有什么事。第二天，我去了母亲位于大沙坪八公里的墓地。到了墓地，我方知那天是母亲的忌日，擦拭着墓碑，我明白是母亲想我了，母亲一直割舍不下。我这个女儿耗尽了母亲一生的心血，母亲依然心心念念，即使天人永隔，母亲依然惦记着我。母亲走了三年了，却一直放心不下她的女儿， 那一刻，我忽然就信了世上有神灵，信了有无法触摸却真实存在于亲人之间的神秘联系。

我是18岁才知道自己的养女身份的。小时候的我，算是个乖巧的女孩子，不上学的时候，基本足不出屋。我有很多小人书，我会静静地看书。母亲会在身边做针线，母亲的女工活儿在大厂家属院都是有名的，她纳的鞋底、做的棉袄都特别好看。那时候的甘肃省汽修二厂（现在的排洪沟汽配城）有2000多工人，专修苏联嘎斯车，我就在这里长大。院里小孩很多，但母亲、父亲不让我出去玩。那时院里有个石灰窑，孩子们在放学后都会去捡煤核，我也想去，但母亲不让，母亲说，好好看书去。小时候，我有点怕母亲，便不去

李述，女，1962年出生，多年供职于兰州电视台，任部主任、制片人，作品获过中国电视奖，现为某民营医院行政院长。

了。一晃,连滚带爬(这是父亲的话,因为那时候不是学工就是学农,英语就是学"毛主席万岁")上了高中。有天我回家告诉母亲,我们班有人戴手表。母亲问几个人,我告诉两人,一个是甘肃日报社画家的儿子,一个的爸爸是厂长。母亲没吱声。周天,母亲告诉我,今天带你去买手表。我惊了,买什么手表,咱家哪来的钱? 当时我的父亲只是汽修二厂食堂的一名厨师(当时叫大师傅),工资只有56元。母亲说有钱,她从床底下拽出一只箱子,手伸到箱子底摸出一双新棉鞋,从棉鞋里摸出一个手绢,打开手绢,拿出一沓钱,多是一块两块的。母亲数了一会,说走吧,买表去。当时哥哥一摔门出去了,门摔得很响,还甩下一句话:"哪里的鬼把哪里的人害去。"我明显感觉到哥哥不高兴。哥哥当时没下乡插队,在干临时工,每月15元钱。多年后我才知道,因为我,母亲和父亲冷落了自己的亲生儿子。当时哥哥要学吹笛子,父母都没有同意,说买这买那太费钱。这也成了哥哥的心结,哥哥到死(早逝)都没跟父亲和好,觉得家里太偏心,对他不好,有没有他无所谓。记得那天买表时,服务员一直盯着我看,说这么小的孩子戴什么表,一块宝石花80元呢,是我3个月的工资哩。母亲笑笑说:别人有的,我们家珍珍也要有。从此我是我们班第三个戴手表的学生。那块上海牌宝石花表,至今我还留着。1979年我参加高考,数学拖了后腿,我很失望,随口说,要是我在知识分子家就好了,有人辅导。当时在我们家的邵灵先生一听(甘肃著名画家,"文革"被下放到工厂,被批斗、被劳动改造。父亲常在值夜班时多给他打点饭,当时他的妻子在秦安乡下,所以他常来我家串门,和父母聊天),脸色大变,说,知识分子怎么了? 你在知识分子家里就是个累赘! 你爸你妈为你把什么都搭上了,你还不知足。我看父亲当时手里拿着条毛巾绞来绞去,脸色都变了。母亲大声制止邵灵,老邵,你胡说什么呢! 母亲的声音颤抖得厉害。邵灵异常平静,说,嫂子,孩子总要知道的,告诉她吧。母亲放声大哭,我在不知所措中知道了自己的身世……

我是不足百天被抱到这个家的。我的生父是军医,陕西人。母亲是苏联专家的翻译,南京人。父亲已婚,母亲是大姑娘。他们是怎样认识又怎样有了我,父亲因为这事要被军队开除,母亲怎样承担下责任,被南京的家族逐出家门,我又是怎样被养父母收养的,以及八二年我回陕西生父的家等等,不在这里多说了。这些对我不重要,感觉都像别人的故事。这些年,我脑子里只有一个父母:那就是养父、养母。我也只有一个家。

我被抱到这个家时,一脸苦相,营养不良。当时这个家还有一个男孩,12

母亲给了我全部的爱

岁,就是哥哥。邵灵先生说,自从你来到这个家,父母就再也顾不上你哥哥。婴儿抱来时,邻居们都说这孩子活不了,太瘦,皮包骨头,用手一捏,额头上的皮松松垮垮,眼睛也耷拉着,特别难看。母亲先抱着我照了张百天照,然后四处求人买米粉、白糖。父亲一下班就到皋兰山脚下的一家人家去买羊奶(买不到牛奶),可我一喝奶子就拉肚子,所以我小时候是吃米粉长大的。直到现在,我都不爱喝牛奶,大概是那时候养成的习惯吧。

几个月后,我就变样了,又白又胖,还特别爱笑。母亲又四处托人,给我上户口。邵灵先生说,为了给你上户口,你父亲给派出所所长家打了几百块煤砖。我上小学的时候,这位所长还来家里过,人很好,很和气。我记得他还给我家里带了一小布袋花生。他是河南人,只有一个儿子跟着他在城里,老婆和其他孩子都在乡下。母亲晚年常说,老陈(指所长)是好人,要不是他,你报不上户口,不要忘了人家。(后来看电视剧"人世间",我特别喜欢里面的警察局长小龚叔叔,他执法有温度,偏心穷人,骨子里是个好人。这些年不知怎么了,文艺作品里领导形象要么好得跟神一样,要么就贪得黑心烂肠子,跟我们生活里的人相去甚远)。这是题外话了。

从邵灵先生嘴里,我知道了我过百天那日,母亲给参加宴请的左邻右舍每家做了一双鞋。在吃饭的时候她告诉大家,珍珍就是我的亲生女儿,我不希望以后听闲话,今天在这里先谢谢大家! 这也就是我长到18岁才知晓身世的原因,大概也是母亲不让我小时候捡煤核、怕小孩说漏嘴的用心吧。我小时候,穿的衣服、吃的东西都是院子里最好的,我记得上小学,夏天我每天都有三分钱买冰棍,好多同学都羡慕我。有天我女儿翻照片,指着我小时候的照片说,你不是六二年生的吗,那时不是三年困难时期吗,你咋穿得这么好,看不出一点困难的样子? 我说,是的,小时候好多人不知道我是工人家的孩子,爷爷奶奶对我太好了,爷爷一下班就背着我去火车站买油条。我上小学三年级就有两双小皮鞋。童年给我留下的印象,就是妈妈给我买的好看的衣服和爸爸下班回来从口袋里掏出炒好的香喷喷的南瓜子。我在母亲滋养下,变得爱笑,看我小时候的照片,多是笑的。我听邵灵先生说,母亲在家属院是很有威望的。母亲为人特别大方,谁家有事找到母亲,母亲都会帮忙。邵灵所言不虚,我家隔壁住的老刘家跟我们家一直走得很近,老刘没有妻子,拉着三女一男四个娃。老大桃林出嫁时家里没有像样的嫁妆,甚至做不起两床被子。记得那天晚上,老刘坐

母亲拉着我走上人生路

在我家矮凳上不停地抽着旱烟,父亲也抽着烟,两人都没话。母亲在旁边纳着鞋底,屋子里只有线绳穿过鞋底的刺刺声。半天,母亲说,回去吧,别担心,我合计合计,不会让咱们太丢人,我有办法。老刘走后,父亲问有什么办法。母亲说,姥爷不是寄来的有棉花和粗布吗,明天你把棉花弹两个网套(棉被内胆),存的买自行车的钱先拿出点,我去买两个苏州被面,粗布做被里,这不是两床被子就有了吗!另外,我再买几尺红布,给咱家的毯子缝个花边。两床新被子一条毯子,这嫁妆差啥?父亲半天没吱声。母亲又说,志才(父亲的名字),想开点,老刘遇到难处了,没法子,咱存那点钱也富不了,帮帮他吧。父亲说:"那条毯子多好看,还是全毛的,咱都不舍得盖,你说给人就给人了。"在我家,拿大主意的都是母亲,父亲说说也就完了,最终还是听母亲的。母亲忙活了好几天,桃林出嫁那天,我们都去送亲,母亲丝毫没提被子和毯子的事,并叮嘱我们也不许告诉别人,母亲说要给老刘留脸面。二十世纪八十年代末,桃林随丈夫移居澳大利亚,临走特意来看母亲,买了好多东西,还给母亲织了一条羊毛围巾。当时,桃林已经是陕西农大的讲师了。桃林说,李妈妈,忘不了那时您对我的好。站在旁边的我,被这话深深触动。

母亲是一个极有主张的人。她上有一姐二兄,下有一弟一妹,居中的母亲虽天资聪明却没被姥爷允许上学,只让姥姥教她女工。一天,姥爷让母亲

去药材行叫姐夫回家（母亲大姐嫁了药材行伙计），被药材行老板娘看上，要把一个小伙计说给母亲。母亲的姐夫极力反对，因为这个小伙计是孤儿，6岁到药材行当学徒，无亲无故，从给老板抱孩子、倒尿盆做起，一直干到厨房的小伙计。母亲的姐夫说，秀兰（母亲名字）嫁给那个穷鬼就完了，这事千万不成！姥爷、姥姥被说得动摇了，但母亲非嫁不可。这个小伙计后来就成了我的父亲。母亲告诉我，结婚当天晚上，客人走后，母亲一看，床上的被子也没了，方知都是找人借的，屋里只有姥爷陪嫁的碗、勺和一把菜刀。母亲没有后悔，从此白天做针线，帮老板娘带孩子，晚上陪父亲说话，还允许父亲有空就去听书，所以不认字的父亲说起《岳飞传》《水浒》来一套一套的，应该就是那时听书听来的。

老板、老板娘都对父亲母亲极好，经常接济父母，逢年过节还会给赏钱，主仆关系特别融洽。我家有一对黄花梨圆凳，明式风格，端庄典雅，稳重秀逸，母亲说是解放前夕，老板全家走台湾，临行前，卖了全部家具。父亲买了一个洗澡木盆、一个洗脚桶、一对圆几，总共用了几元钱。这些东西，全是黄花梨木做的，母亲用了一辈子。澡盆和洗脚桶坏了，黄花梨圆凳完好无损。我结婚后，母亲送给了我先生，至今还在我家"。

母亲没读过书，却明白很多事理。"文革"中，工厂派别很多，母亲不让父亲参加任何派别。当时的党委书记曾是毛主席的警卫员，姓王，人特别好。三年困难时期，他看到厂里锻工车间孙姓工人家里孩子多，粮不够吃，便拿自己的粮本让他去买些粮。那个年代，有些夫妻都是分开吃的，饿肚子的家庭居多，王书记的家也没多富裕。有次，厂里的食堂管理员给王书记的家里送了一条羊腿。这位书记问，工人家有没有？当得知工人家没有时，当即让拿了回去。王书记让孙姓工人买些白面，孙没好意思买白面，买了苞谷面。"文革"时，王书记被斗，孙姓工人上台，揪着王书记的头发说，你这个走资派，自己吃白面，让我们工人吃杂粮。说完，对着书记踹了两脚，王书记当即被踹倒在台上……汽修二厂的老人说，从此，厂里再没有谁拿自己的粮本让别人买粮了。王书记被打倒，下放到食堂养猪。王书记年轻时打仗受过伤，腰里留着颗子弹，干不成重活，但造反派不管。养猪是个力气活，父亲便经常帮助王书记干活。母亲悄悄给王书记做了件棉马甲，让父亲没人时给他。母亲对父亲说，别在人落难时踩人家，老天有眼哩。后王书记平反复出，还做了一段时间的兰州市交通局局长。

　　母亲自始至终都是个小人物,是个家庭妇女,但母亲有不少朋友。我能走上记者之路,也是邵灵先生介绍我认识了当时甘肃很有名的诗人李老乡。他在我年轻的时候,指导我读了很多书。在我成长的路上,有很多人帮我,他们总对我说,你妈了不起,你妈对你太好了,不帮你,感觉对不起你妈。中年后,我才明白,母亲不仅养大了我,还让我一辈子享受着她的恩惠。我常想,这辈子有幸当母亲的女儿,许是上天的眷顾。近年,我在梦中梦见母亲的频率越来越高。我知道,那是母亲在某个地方等我,怕我走散。母亲不知道,自从有了母亲,我就记住了回家的路……

草原女儿的那条马鞭

李小玲

我现在居住在海边。

云层总是像山峰一样叠压着,又像海浪一样推涌着,云层之上是无限苍穹,星移斗转。我常常仰望天空,我的心脏连接到那天苍苍海茫茫的远方,努力聆听来自宇宙的浑厚的召唤,那仿佛是我母亲的歌声。

多想再捧起母亲的脸,去看她眼中的蓝天大地,那里面装着无尽的牵挂……

母亲出生于内蒙古萨拉齐一个胡姓名门望族。我曾在地图上一寸一寸寻找这个地方,萨拉齐位于包头市土默特右旗,是旗政府所在地,这个名不见经传的地方,对我有莫名的吸引力。

我祖父偌大的家中,只有两个女儿。祖父一心想将女儿呵护成一朵小花,但母亲并不愿当一枝娇嫩的花朵。她要骑上骏马,追逐草原盘桓的鹰。马鸣啾啾,马蹄踏踏,马鞭清脆,她要展翅高飞。

她坚决不肯缠上裹脚布,把天足缠裹成畸形的三寸金莲。她穿着我祖母缝制的漂亮的靴子,书包里装着马鞭,进了寄宿女校。

很多年后的一个夏天,我参加女儿学校的文艺表演,坐在台下,听着聒噪的蝉鸣。阳光一道道从高高的杨树的缝隙中洒下来,斑斑点点。我忽然想起母亲说过的她的读书时光。那时候,少女们穿着天青色布衫,黑色布裙,编着整齐的发辫,朗声唱"茅屋三椽,老梅一树,树底迷藏捉;高枝啼鸟,小川游鱼,曾把闲情托。"我想,那是母亲这一生中最开怀的时光。

土改之后,因为祖父家庭成分的缘故,母亲不得不终止学业。没有书可读,老家也回不去了,她只能投靠已出嫁的姐姐。命运席卷着她,不知走向何方。她毫无准备,却也毫无畏惧。

李小玲,女,甘肃省兰州市生物制品研究所职工,已退休。

告别学校的前一夜，女生们打包好了行李，女舍的床铺光溜溜的，母亲和衣而眠。深夜，母亲被远处的声音惊醒，睡眼蒙眬，瞧见一轮素白的圆月挂在窗棂。

露从今夜白，月是故乡明。

母亲的故乡，应该是从那一刻就成了她生命中渐行渐远的影子。

远处的声音还在继续，是狼嚎，一声接着一声，衬得月色格外凄清。母亲握着她的马鞭，满眼苍茫。

再后来，母亲认识了父亲。爱情使世界天高地阔。居家操持的几年反而让母亲出落得更加水灵。那是女性

我的父亲母亲

的含苞待放，是欲语还休的美。母亲和父亲之间不是现如今爱情的样子，但千百年来爱情的样子又何曾变过？不过是初相遇的窈窕淑女，好逑君子。如果说母亲人生中第一次的正确选择是不要裹脚要读书，那她第二次的正确选择就是嫁给了父亲。在后来的日复一日中，两情相悦，如切如磋，如琢如磨。

少女成了少妇，命运的河水还在推她前行，她毫无准备，却也无所畏惧。

母亲的马鞭上，草汁还没有褪色；当年马背上的傲然，还没有卸下；月圆之夜的狼嚎还没有忘却……曾经的少女发辫，猝不及防被剪到齐耳，母亲的体温中已透出乳香，匆匆的，匆匆的。

我来了之后，妹妹们一个接一个出生了。

母亲在，日子总是齐齐整整的。

三年自然灾害。冬天的巴彦淖尔市雪虐风号，掩盖了一切生机。母亲把火炉烧旺，全家人熬一锅稀稀的疙瘩汤，碎碎的几粒葱花都被母亲放置得均匀妥帖。先顾着父亲和我们姊妹吃饱，最后母亲只是蹭几口锅底的汤，饿得头晕，便叫我去打酒。几分钱灌得半瓶酒，母亲像是得了好东西，坐在炕沿一口口抿着喝，眼睛里氤氲着水汽，教我念："晚来天欲雪，能饮一杯无？"

春天还是来了。当嫩芽顶破冻土，我们举家搬迁到额济纳旗。母亲把行囊整理得服服帖帖，带着我们姊妹，在长途客车上颠簸两天。同行的是一批刚毕业的大学生，他们一路欢歌笑语，拉响手风琴，唱着"我们年轻人，有颗火

热的心……"母亲也高声和唱,意气风发。春风吹进车厢,仿佛吹来母亲故乡的青草汁的味道,还略带土腥气。母亲的行李里静静地躺着那条马鞭,母亲的脸上流淌着生机和蓬勃。

夏夜的额济纳,有着最寂静最浩瀚的星空。母亲安顿好家,星空下的一盏橘红的灯,是胡杨深处的灯塔。窗户上被母亲贴上了一帧帧窗花,连成猪八戒娶媳妇的故事。我们姊妹一个一个看过去,指着闹着,小小的屋子堆满了欢声笑语。

那时候我们住在银行家属院,我的母亲成了大院儿里的"服装设计师"。阿姨们看我们姊妹穿得漂亮可爱,于是都来请教,让母亲帮忙设计缝制衣服。我们家从早到晚总是热热闹闹的。母亲和阿姨们商量着布料的配色和衣服的款式,在我们小孩子身上丈量比画着。桌上铺着蓝方格桌布,玻璃瓶中插着路边不知名的小花,白色的,粉色的,黄色的。厂汉圐圙,母亲的故乡气息,一直都被她带着,万里相随,就像是那条随身的马鞭。

秋天的额济纳是一颗熟透的果子,沉甸甸的,黄澄澄的。父亲去牧场出差,带回几只黄羊。我的瘦弱的母亲,将短发别在耳后,整整齐齐。她独自一人将那些黄羊劈分切割,垒成整整齐齐的一块一块。她挥刀时纤细的身影,被月光放大成了一株大漠胡杨。

一年一年,岁月卷席着母亲一路向前,她毫无准备,却也毫不畏惧。我们一次次随着父亲工作的变动而搬迁,一次次在不同的地方安放同样的家。后来我有了自己的家,我在案板上切碎葱花,在锅里炖煮羊肉,在水龙头下冲洗碗筷,在晾衣绳上搭满衣服……都会想起我的母亲。

又是隆冬,十年浩劫。那几年的额济纳,是我走过的最坚硬的土地,是我不敢再窥探的刺目扎心的幽光。父亲被关牛棚之后,我们姊妹也不得不终止了学业。命运的安排啊,总是莫测,我们重复着母亲的命运,还在万里路上行。母亲也会哭了,像个孩子似的,有时候是默默拭泪,有时候是呜呜哭出声。那时候的我是不知所措的,不知道如何安慰我的母亲。我不懂她面临着可能失去家庭顶梁柱的危机,内心是多么的焦灼和恐惧。母亲还是会细心烧好饭菜,然后我提着手电送给被圈禁的父亲。我现在耳边还总是会响起自己一个人在凛凛冬夜跑过桥洞时的哒哒的脚步声。当我喘着气跨进家门,看到母亲的时候,我咚咚跳着的心才会慢慢平复。

母亲的饭菜和我的探望,支撑着父亲的牛棚岁月,而在那段日子里,我和母亲,也成了彼此的支柱。

那时的母亲格外脆弱,但是家,还是井然有序的,干干净净的。我们姊妹不能上学了,母亲一有空,便给我们讲历史故事。从史前的燧人氏伏羲氏,讲到春秋时期的百家争鸣,我们跟着母亲走过隋唐五代的繁荣,领略辽宋夏金元的金戈铁马,听明朝王守仁的龙场悟道,跟随母亲诵读清朝纳兰性德的"我是人间惆怅客,知君何事泪纵横,断肠声里忆平生"……

岁月裹挟我的母亲,没有后路,只能向前。她毫无准备,已经有了恐惧。那年月,她会痛哭失声,会恐惧不安,会感激涕零,会默然不语。我们一直互相陪伴。那年月,夜晚的额济纳河畔,也会传来我们的歌声:"美丽的哈瓦那,那里有我的家,明媚的阳光照新屋,门前开红花……"

后来我分配到兰州工作,离开了自己的母亲。

我真正长大,就是在离开母亲那一刻,而我开始读懂人生,却是在我埋葬了母亲那一刻。

我的母亲像是天下所有的母亲,她竭尽全力学习着如何成为母亲,然后又恪尽职守维护着属于母亲这个词的尊严。她是她父母想要呵护的厂汉圐圙的小花,她是我父亲一辈子携手的爱人,她是我的母亲。在我叫一声"妈妈"之后,她回应,她微笑。无论在天边,在海角,她都牵挂。

如今我住在海边,我还是会在海潮声中梦到母亲。我退休之后,她身体还好,我接她到北京小住。她还是爱喝酒。我细细剁碎葱花,整整齐齐摆一盘肉,娘俩对坐,我举杯轻碰母亲的酒杯,人生之幸福,到此也就真的足够了。

后来为母亲收拾遗物,有她读过的书,写过的字,但是我没有找到那条马鞭。我想让我母亲挥着马鞭,重归她的厂汉圐圙,在风中疾驰,马鸣啾啾,马蹄踏踏,马鞭清脆。

我想还她自由,让她驰骋。

我想下辈子还做她的女儿。

母亲给我"无价宝"

李建印

马上就到母亲的生日了,阴历二月二十二日,我记得清楚。要是她老人家健在,今年应该94岁了,但不幸的是,母亲已经离开我们26年了。母亲已经离开如此之久,她老人家的音容笑貌依然十分清晰,历历往事恍如昨日。哪怕是一件寻常物件,一句简短话语,于我而言,都是母亲的馈赠,如同无价之宝。

第一条洗脸毛巾

1974年9月,第二次进大队工作已经大半年的我,突然接到去公社帮助工作的电话通知。对于一个因为上中农成分,连县办高中都不被推荐,只能在公社临时开办的高中班完成学业的农家子弟,一个对未来有无限憧憬、一直渴望走出农村奔向社会大舞台的年轻人来说,当时的我,心里别提有多高兴了。

忙完大队事情后,夕阳尚在天边,我一路小跑回到家,向母亲报告了这一喜讯。母亲真是喜出望外,先天性高度近视达两千多度的眼睛,仿佛一下子明亮了起来。没等爷爷和父亲干活回来,母亲就开始为我准备出门的行李。

当时家里日子过得特别紧巴。十多口人一天能不能吃饱两顿饭,都会经常难住年近八旬的爷爷,难倒从年初一干到年三十的父亲,难坏操持家务的母亲。高中毕业后,我和爷爷一起睡土炕,天寒时顶多铺个褥子,算是御寒的办法;天热时只能睡在芦苇席上,连褥子都铺不上,更别说床单了。从小一直都没有用过枕头,有时用块砖头当枕头。现在要去公社工作了,总得有点略微像样的行头。平时用的被子已经来不及拆洗,母亲只能给拍打拍打凑合着

李建印,陕西省澄城县人,1957年4月生,1976年初入伍。历任师参谋长、副师长、师长,原兰州军区装备部副部长、原兰州军区副参谋长、原兰州军区党委常委、装备部长,少将军衔。中国科学院大学博士。荣立三等功四次,多次被评为优秀党员、先进个人、学雷锋标兵。

用。为了给我找床单，母亲翻箱倒柜，好不容易找了块两米长、一米多宽的自家织的粗布，这样，既可以让外人看着顺眼，更重要的是可以遮住用旧棉花套子填充、早已破旧不堪的那床褥子。当时农村人没有刷牙的习惯，顶多用凉水漱漱口而已，牙具也只能到了公社后去附近的供销社买。喝水杯子用一个不知家里啥时留下的带盖玻璃瓶代替。

天抹黑，一家人就都回到了家。劳累了一天的爷爷、父亲和姐姐、嫂子、小妹以及正上小学的三弟，得知我要到公社帮助工作的消息，都特别为我高兴。大人们喝着用竹皮壳暖瓶里倒出来的热水，小孩子们啃着从瓷盆里拿出来的凉馍馍。高兴之余，爷爷便开始交代我到外边工作的注意事项：尊重领导、工作积极、要有眼色，等等。父亲一直没说话，沉思良久，他说："我们没本事帮你找招工出路，你倒靠自己奋斗找到了一条出路，自己的路自己作主吧。"唯有母亲有说不完的话，嘱咐我要把公家的事儿当事儿干，注意管住自己的坏脾气，该让人处要让人，注意日常收拾利索，像个干部的样子，等等。

说着说着就到半夜了，爷爷说，明天还要干活，早点休息吧。母亲突然想起还没有给我准备洗脸毛巾，就到东边爷爷和我住的窑洞，打开了我亲爷爷病故后留下的木柜子，取出一个她平时很少打开的印染布包袱。

说起亲爷爷，这里有必要特别交代一下，我的亲爷爷1927年在天津做生意时就病逝了。亲爷爷病逝后，他的亲弟弟，也就是现在一起生活的爷爷，把我父亲抚养成人，后来与我们一起生活。

这个包袱是母亲1946年结婚时娘家陪送给她的贵重物品，里面存有她结婚时穿过的中式裙子等。母亲来回翻腾好几次，才从里面取出一块白毛巾，准备给我洗脸用。老家那时基本上是全家共用一条毛巾，没有个人有单独毛巾。这要去公社工作了，不得不给我单独准备一条洗脸毛巾，我才有了人生第一条个人专用毛巾。

这是一条看起来普普通通的毛巾，它的来历却不同寻常。平时，我们只是偶尔见母亲拿出毛巾来看看，根本舍不得用。它的来历，我们从小就知道，这是她的哥哥，我的四舅王百龄送给母亲的结婚礼物，而且是四舅在山西抗日作战中的战利品。

四舅王百龄毕业于同州（即现今大荔县）师范学校，在当时当地属于文化人。抗日战争爆发前，他在国民党的县政府工作，日寇侵占山西后，他受地下共产党人的鼓励，与他人组织附近村庄的一百多个热血青年，东渡黄河到山西运城南部山区参加抗战。一次战斗中,他们被敌人围在一座破庙里,大多数战友都英勇牺牲了,舅舅负伤昏迷,被压在战友身下,才得以幸存,后辗转回到家乡。1949年后,四舅舍去自己家产,留下尚未出嫁的女儿,又一次东渡黄河,落脚于临猗县靳家营村。后来当过村干部,至今,表姐家中仍保留着当时舅舅的工作笔记。20世纪60年代初,也就是三年困难时期,病魔和贫穷夺去了他的生命。

我对四舅没有多少印象,但他送给我母亲的这件战利品,我印象却特别深刻,知道它特别珍贵和难得。这不是一条普通的毛巾,而是一条经过枪林弹雨、炮火硝烟洗礼的战利品,是四舅在前线英勇杀敌的见证。多少次,母亲讲起他哥哥上阵杀敌的事迹时,都特别骄傲和自豪。这次我要到公社工作,母亲把这条珍藏了三十多年的毛巾转赠于我,意义非同一般。这条毛巾,是舅舅等热血男儿誓死保卫国家的见证,是母亲对我即将奔赴新工作岗位的支持。记得我每每用它洗脸擦脸时,都会告诫和激励自己。

如今,四十多年过去了,我也从当年的一名公社干部,成长为一位共和国将军。当年走出公社的我,又走进了西北军营。42年的戎马生涯,我由一名新兵,由一名坦克驾驶员,到共和国将军,由一名青葱少年,到年逾花甲,无论何时何地,这条毛巾一直鼓舞和鞭策着我。

最后一次叮嘱

1995年,我正担任某坦克团团长,肩负着带领团队打翻身仗的重任。中心任务得推进,管理教育不能松,翻修营房得加快,关键是正在热火朝天地备战军区组织的建制坦克连比武竞赛。我那时大多数时间都泡在基层,蹲在连队。有时还要到200千米外即将参加比武的坦克连检查指导。就在此时,家中接连发来电报,告知母亲病危。我一推再推,直到又来一封"病危旦夕"电报,我不得不与爱人回老家看望。我对家人早有交代,我事情多、担子重,不到关键时刻不要告知我。现在接二连三的电报,说明母亲病情出现了重大变故。

母亲是7年前确诊为癌症的。由于农村医疗条件较差及家庭生活不宽裕,本该早早发现的病情,直到发生休克,才到县医院检查,到西安肿瘤医院复查确诊。我爱人当时在县城工作,她只能利用自己仅有的探亲假期,到西安伺候婆婆。经过近一年的治疗后,母亲病情大为好转,不仅生活能够自理,还能料理部分家务。然而,贫困的家庭生活,短缺的经济来源,紧张而繁重的

我的母亲王春花

劳作,照顾半身不遂的父亲,操持弟弟婚事,特别是在家里箍窑洞时起早贪黑,母亲又给累倒了,旧病复发。送到县医院时,医院已不再收治。

我和爱人坐了三十多个小时的火车和七个小时的汽车,才回到久别的家中。看见睡在土炕上的母亲,不由得潸然泪下。此时母亲已经不能起身,也无法看清我们的面容。听见我与爱人回家的消息,她只能从我们的声音中得到些许高兴与满足,得到一点点心灵的慰藉。当听到我与爱人以及在外工作的孙子们全都回来时,老人家似乎已经知道,自己的日子不多了。老人家流下了苦涩的泪水,发出了无奈的叹息声。看到母亲这个样子,看到她原本消瘦的身体现在只剩下不到七十斤,我的心仿佛被重物狠狠地砸着,痛感顿时遍布全身。既为自己这么多年在外工作,没有尽到人子之责而深感惭愧与不安,也为母亲辛劳一生却未能享过半天清福而抱怨天道不公。

那年已经是我出门的第22个年头了,看着病中的母亲,我在想,这还是每次把我送出大门和村外,每次都给我交代注意事项的母亲吗? 还是那个早起晚睡,为了全家十几口人操持吃喝的母亲吗? 还是那个为了生活,不得不以两千多度的近视眼与人打交道,到距家乡几十里以外的地方贩点核桃、换钱补贴家用的母亲吗? 还是那个在县城里卖东西,因为视力原因以至于连我到跟前都看不出来,还问我"要多少核桃"的母亲吗? 还是那个思维特别清晰,知晓乡规习俗,村人有事就问,经常给东家想办法,西家出主意,村人戏称"半个工作组"的母亲吗? 还是那个遇事有主见,家庭一年到头的收入支出随口即报,地里产粮和生产队分配,每次磨面品种数量全在心中的母亲吗? 还是那个每年大年三十晚上,报账目可以精准到斤两、分毫不差的母亲吗……我越想越难受,越想越觉得对不起可敬可佩的母亲,越想越觉得心里堵得慌,默默地流下了眼泪……

母亲的病情发展得很快，肿瘤昨天可能还是一个核桃大，今天就长成了一个馒头那么大。我们一边伺候母亲，一边请县医院的专家来家中诊断病情，同时请中医来号脉诊断。实际上就是想了解母亲的身体到底还能撑多久。

第三天晚上，我们兄弟姐妹加上三妯娌共九人，来到母亲身边，与她老人家说说话，想听听她对我们最后的叮嘱与教导。快到夜里十一点时，母亲提出要给我们说几句话，大家便集中精力听她对后事作交代，听她对自己这一生的回顾；听她告诫我们一定

母亲和我们一家人

要把"家诚传福"的祖训传承下去，各个小家庭要相互照顾与支持。而后，她让我小妹从木柜中取东西，分别交给我们。既有她为尚未结婚的孙子、孙女及外孙、外孙女准备的结婚礼物，也有为她大孙子家即将出生的小孩准备的婴儿用品；既有她从集市上买来的婴儿衣服，也有自己用那一点微弱视力做成的尿布等。我们兄弟姐妹六人，每人一块银圆，这是她的娘家人当年给她的结婚礼物。我爱人和三弟媳妇一人一个银手镯，是母亲结婚时所戴之物。同时，她告诉我嫂子，因为28年前她订婚时给过她一副银手镯，这回就不再给她了。然后，她还告诉我妹妹，在哪个位置取出来现金与存折，先给我哥400元钱，作为我哥家建房她未能帮忙和他家人的贴补。孙子辈，不论是家孙还是外孙，每人100元，算作她给晚辈们的结婚礼金。剩下一点钱，她特地告诉大家，要我拿上留给我的儿子，是她给孙子的结婚礼物，也算她因为当时在老家照顾我父亲，没有给我们看小孩的补偿。

本以为母亲已经把后事交代完了，但她坚持让妹妹继续从包袱中找东西，并告知：就在第四层放着。按照母亲清晰而精准的指点，妹妹果然找到了一些东西。看见这些物品，妹妹非常心酸，不愿意往外取。依照老家风俗，人入殓时脸上要盖块红布，嘴里要含块铜钱，腿上绑根红绳。母亲要妹妹取的，就是她早就为自己准备好的这几样东西。母亲说："我怕自己一咽气，你们全乱了。找不到这些东西，把事情搞乱了，让旁人笑话。人家会说这老婆子一

169

辈子清楚,为什么老了没把事情办好。你们是刚刚理事,办不好,人家会说你们连这点事情都办不好。"这种时候,母亲想的还是我们,交代的是怎样把事情办妥帖,示范的是万事预则立。

那天晚上的时光感觉过得特别快。大家准备换班休息时,母亲突然叫住我,说:"建印,公家的事重要,你是团长,团里出了事,上级要找你。要把公家的事当回事,把自己管好,不要占公家便宜。你说部队正准备比武,你明天就回去吧!我死了有你哥他们管。和人打交道,你以为是平手,就是沾光了,你感到吃亏了,别人才可能感觉是平的!"那一夜,我一眼未眨,一是要照顾母亲——因为病痛,她每躺三四分钟就得被扶起来坐一会儿,二是母亲的话一直在我胸中激荡,即使我爱人与姐姐换下我,同样难以入睡。

第二天早上,我告别了母亲,要回部队去了。因为比武官兵在等待着我,团里任务在催促着我。母亲心里知道这是她与我最后的诀别,但她一句话也没有讲,只是背过身去,看不见也不愿再让我看见她因病变形的脸庞,更不愿让我看见她老泪纵横。我也深深明白,头天晚上母亲的话就是给我此生的最后一声叮嘱。后来我爱人告诉我,我走后母亲放声大哭,家人谁也劝不住。

忠孝难以两全,尽了忠就不可能尽孝。这是她老人家一贯的教导。

带着母亲最后的叮嘱,我回到了部队,来到了比武现场。经过官兵们的共同努力,我们团的坦克三连夺得了原兰州军区建制坦克连比武总分第一,九个单项中的五个第一,成为名副其实的"西北坦克第一连"。连队荣立集体二等功,中央电视台新闻频道也专门予以宣传报道。

几十年过去了,我已步入65岁了。母亲对我的教导,仍时时在我耳边萦绕:公家的事重要,把公家的事当回事;把自己管住,不要占公家便宜……

数十年来,我始终在为母亲给我的这些无价之宝而自豪和奋斗着。

九旬老人喜获国家勋章

李明远

    中华人民共和国成立70周年之际，省上开展走访新中国成立前参加工作的老同志的活动。甘肃省草原技术推广总站走访慰问了我的母亲续存宜。

    母亲生于1930年，1949年9月参加工作，1989年退休，在新中国的教育、畜牧业岗位上工作了四十余年。同事们评价，她是一位朴实、低调、善良的老人，具有那个年代老同志共有的敬业、勤勉、智慧品格。

    每年慰问期来临前，她都在家提前作准备。来慰问的人和她聊天，感觉她的讲述有思想有内容，感受到热情和爽朗，感觉不到暮气。这一次，当郑重接受党中央、国务院、中央军委联合为解放前参加革命工作的老同志颁发的证书和勋章时，母亲十分快乐，说："太高兴了，太幸福了，感谢生活在这个好时代。感谢国家记得我、社会记得我、单位记得我。"

    在农牧厅家属院老住宅楼里，母亲用当教师时练就的一口标准的普通话，讲述了抗日战争年代奔波流离的生活经历。她出生不久，抗日战争爆发。为了躲避战乱，从山西老家逃难到陕西武功，后辗转来到甘肃。1944年母亲14岁时，她父亲（国民党抗日后方医院上校军医）因救治病伤劳累过度去世。她在家排行老大，下面三个弟弟由她母亲变卖家产和打工抚养。1946年，她考入西北农学院职业技术园艺学院，1948年随西北农学院毕业的父亲（甘肃省畜牧界知名畜牧专家）来到甘肃，先后在永昌县、天祝岔口驿、永登县从事小学幼教工作。颁发纪念勋章的那日，母亲自豪地说："当年有文化的女同志很少，我除过完成八小时以内的教学任务外，每天还要工作五六个小时。中午到妇女识字班教文化课，晚上教群众唱歌。那时从延安传承过来的歌曲如《解放区的天是明朗的天》等等，我识谱，教大家唱。刚开始人少，后面

李明远，山西太原人，1968年插队，1970年进建材企业，1979年恢复高考上大学，1990年调省老龄委工作。曾在省建材局、省民政厅从事人事和调研工作。

学习的人越来越多。本来是给群众教的,结果机关单位的人也跑去学,大教室内外都挤得满满的,感觉既辛苦又充实,特别开心。有一次,因连续超负荷工作,太累,前一天晚上教歌教得太晚,第二天头晕得不行,就让上高中的大弟弟(后为原兰州军

我的母亲

区一局大校)顶替自己去教。"她说1953年离开永昌县之前,自己一直是原县人大代表,后来到永登县,先在岔口驿小学教学,后来调到县幼儿园当园长,又当选了永登县人大代表,还当了县政协委员。她认为组织对自己一直很好。"文化大革命"中,由于自己当过几年旧社会学校教师,被发配到县"五七"干校锻炼改造,子女也受到牵连。1982年,随着我父亲平反、恢复职务,工作单位变迁,她调到草原总站工作。

那时候,单位在科研之余,文体活动很活跃,大的庆祝活动以及国庆元旦等重要节日,都要举办联欢会。母亲作为老同志的代表,积极参与。五十多岁的时候,她还能有模有样地唱一段京剧或者老歌。前几年"三八节"联欢,已经80高龄的母亲,居然为大家唱了一首《青藏高原》。那么高的腔调,她一口气唱上去了,令大家惊叹不已。大家知道,《重振河山待后生》是她的保留曲目。她把京韵大鼓唱得十分地道,高亢的流行歌曲居然也唱得那么溜。其实,功夫不是一朝一夕的,母亲的能唱在于经常锻炼。绘画剪纸,她也有几下子。单位几十个"60后"结婚时的喜字,全是她剪的,大的小的,红彤彤的。

母亲任教多年,在当地桃李满城,各行各业都有她的学生。有考上京城、省城大学,成为行业业务权威的,有毕业返乡教书的,有经营成功者,还有当县长书记的。对子女也一样,树人先树德。1965年,中苏边界发生摩擦,我大哥正上高中,母亲动员他说,国有难,男儿当扛枪保家卫国,大哥参军,在新疆乌苏、塔城戍边参战。二哥刚进工厂,在石灰车间工作,工作环境差。母亲就教导他,艰苦环境锻炼人,只有干好,才有前途。两个哥哥后来都成长为省属、市属国有大企业的掌门人。弟弟两次插队,先后五年,母亲积极支持,认为插队经历造就人。弟弟抽调到企业后被选送上大学深造,如今是省电力系

统高级工程师。国家恢复高考后,我考上大学,此前工作了近十年,这时突然没工资了。母亲说,学好知识,才有能力搞好事业,报效祖国。家里供你上学,你不要顾虑。四年大学,父母随时补贴我,使我完成了学业,增长了知识,学会了技能。

母亲1982年到畜牧系统,89年退休,在草原站工作的时间不算长,但她对单位很有感情。初在资料室工作,以前没接触过草原业务,管理资料有压力。有一次,因为一个资料名字数据,翻资料找了整整两天。

对获得勋章,母亲一再表达了对祖国、对单位、对组织的感恩之情。她说:"今天,组织给我证书和勋章。单位系统内获得新中国成立七十年纪念章的人少而又少,这是我的光荣。感谢党、感谢国家还记得我。看到周围很多老人,做的贡献更大更多,我感觉自己很幸运。党和政府给我颁发证书纪念章,单位专门多次慰问我。咱们的党和国家太好了,我的晚年太荣幸太满意了。"

回忆我的母亲

李荫喜

　　我的母亲是个勤劳贤惠的农村妇女。地里的播种、锄草、收割、打碾,家里的洗衣、做饭、带孩子,样样都得干,一天到晚没有消停过。她还要挤时间学习新东西。刚解放时,农村里有很多活动,她都积极参加。她不识字,当村里办起扫盲班,她每晚都要去学文化,并把新学的字记到纸上,白天有空就念,有不会的还问我们小学生,日积月累,她成了粗识字的人。母亲好学,手也巧。她会绣花,剪窗花,做衣服,孩子们的衣裳都是她剪她做的。袜底、枕头芯、肚兜子,她都会做,还绣花。她存了好多花样子,邻里的姑娘、媳妇们都来向她讨教。每年过春节,她就剪窗花。在窗户上贴上红红的棱形窗花,四角贴上角花,农家小屋里一下亮堂了。

　　母亲是个勤俭持家的能手。从我记事起,家里的日子就过得不宽裕。最早我们住的房子在村子中间,解放初搬到了村子边上新发展的一片地方,叫魏家地,新盖了八九间房子,和祖父、伯父十几口人一起过。后来,和伯父分家,我们一家住到了院子外面的两间土窑里。分家后,母亲就成了家里的主心骨,一家人的穿衣吃饭都得她操心。那时正是人民公社,队里一年就分那么一些口粮,她就从长计划,精打细算,让一家人的日子过得去。最困难的1960年,父亲去了引洮工程和兴隆山水库,母亲带着我们兄妹四个渡难关。生产队里没有可分的粮食,家里一个旧木柜有半柜苞谷,最多也就是百十来斤。母亲就把苞谷芯子砸碎,和上一碗包谷,在石磨上磨,然后煮成糊糊喝。后来苞谷芯子吃完了,就把糜衣子煮熟晒干,和上一碗苞谷,在石磨上磨,磨好后煮成糊糊喝。就那百十来斤苞谷,掺加上其他的代食品,使我们度过了

李荫喜,1943年12月生于榆中县。1967年9月甘肃农业大学毕业,分配至甘肃日报社,先后任编辑、记者,《甘肃农民报》副总编、总编。后任《甘肃日报》副总编、甘肃日报社副社长,2004年4月退休。

难熬的冬天。母亲不知推着磨子转过多少圈,流过多少汗,犯过多少难肠呀。

母亲为子女们操尽了心。那些年家境不好,几年才能做一件新衣裳。她总想办法剪裁得合身,破了也要补得很得体,使我们在学校不要太寒酸。家里日子过得紧,她总要想尽办法让子女们个个去上学。她说自己吃了没文化的苦,再苦再难也不能让子女们再受耽搁。1960年,我没有再去榆中县一中上学,1961年春天,学校的老师来家里动员我继续上高中。在那么困难的情况下,父母还是让我去。从家里到县上有15里路,由于没有住宿吃饭的条件,就早去晚归地跑,一天来回30里路,早上天麻麻亮就得动身。母亲每天得早早起来,想办法弄上些吃的,让我吃过后再去上学。为了我上高中,母亲犯了很多难心。1963年7月,高中毕业后我考上甘肃农业大学,总算没辜负父母的心血。

1966年初夏,"文化大革命"开始了,全国成千上万的红卫兵们坐着免费火车到各地去串联。有些地方组织长征队,徒步重走红军长征路。我们学校的二十多个同学组织了一个"甘农大红卫兵长征队",计划从学校所在的地方武威黄羊镇出发,一直走到北京去,要走三千多里路。我在出发前给家写了一封信,算了一下,大约在12月初从我们村子经过。原本是给家里报个平安,让父母不要操心,但实际上让家里更担心了。那时村里没有电话,我们出发后天天走路,连信也没办法通了。那天经过我们村子时,没想到我母亲就在村子的路口等着我们。看到母亲,我们的队伍都停下了。

"妈,你怎么在这里等啊?"

"寒冬腊月的,要走那么多路,我不放心哪。"

"那你怎么知道我们今天要经过啊?"

"按你信里说的时间,我估摸着就在这几天,我在这里等了好几天了。"

听到妈好几天就在这里等我,心里真不是个滋味。同学们听了,也都激动得不得了,七嘴八舌地说开了。我们的队长拉着我妈妈的手说:"大妈,你放心吧,我们都是年轻人,走点路算什么啊。你看,我们已走了一个多月了,不是很精神吗?"看到我们一个个都背着行李卷,打着裹腿,打着红卫长征队的红旗,蛮像那么回事,母亲放心多了。她拉着我们要到家里歇一会,队长说我们要走的路还很长,不能耽搁。母亲把拿的一些馍馍交给我,让一路上多注意,依依不舍地告别了。我们已经走了好远了,母亲还在那里远远地望着我们,这一幕,至今仍刻在我的心里。

母亲一直生活在乡下,平时身体还好,年岁渐渐大了,一到冬天就出现咳嗽的毛病。每到冬天,我就买些治气管炎、治咳嗽哮喘的药,带回家里去。在城里工作的姨姨、妹妹也打听这方面的药,有了就给带回去,但效果都不是太好。母亲的病情时好时坏,除不了根,但冬天一过又好了。1998年上半年,我把父母接到兰州的家里。那年分了个三居室的房子,能住得下。那时母亲快80了,父亲80过了。庄稼人,一辈子

我的母亲牛桂花

苦下的,身子还算硬朗,就到处去走走转转,有时到我妹妹那里住些日子。有一次妹妹说,她家跟前的大夫听了母亲的肺部,杂音很大,到医院检查了一次,肺部有阴影,心脏也不太好,是慢性肺心病,开了些药。那年冬天,父母又都回到了农村老家。天气寒冷,母亲的咳喘病很重,村里的医生给她输液、打针、吃药,都不见效果,但她坚决不肯到外面去治疗,怕"缓"到外面。

母亲病重时,我请假去看护了一个礼拜。那天,单位有急事,我回去了,就在那天晚上,母亲走了。那是1999年2月1日,农历十二月十六日。按农历虚岁算,她享年80。母亲就这样走了,我心里难过,悲伤,总感到把母亲没照顾好,没有尽到子女的孝道。

母亲走了,我的心头一直留下一个排解不了遗憾:我对母亲冬天常犯的咳喘病重视不够,没有采取果断的措施彻底治疗,转成了肺心病。如果让她在医院里住院治疗一段时间,也可能多活些日子。

母亲虽然离开了我们,但她的音容笑貌常出现在眼前。她拉扯我们的日子历历在目。她生前的言传身教,深深地影响着我们。我们的成长,我们取得的一切成绩,都渗透着她的亲切关怀,蕴含着她无私的爱。

母亲的爱,我会永远记在心里。

思念慈母

李家祯

母亲名叫刘月桂,原籍甘肃省静宁县李店乡,生于一九二五年寒冬腊月,病故于二〇二一年腊月,享年近百岁。

母亲出生三年后,其母病故,她父亲成天忙于农活和生计,很少关心女儿,不久有了继母主持家务。在那个重男轻女的社会里,女孩子从来都是被人歧视的弱者,尤其是没有了亲娘的女孩。好在她唯一的哥哥还常常关心照顾她,时常带给她一点食物。

母亲的幼年和少年时期,挨饿受冻是常态。年龄稍长,白天帮助干家务和农活,晚上在柴草棚里过夜。到了严寒的冬天,只有寄宿在同院住的二叔家,和善良的二娘挤在一张土炕上。炕上仅有一张破席,基本上没有铺盖,都是穿着破旧的衣服入睡的。李店乡在1949年前,粮食秸秆全当了做饭的燃料,乡下人没有其他可燃物取暖,也不知道世界上还有煤、电、煤油等。

1949年前,当地男孩子到上学年龄时上不了学,只有下地劳动;女孩要受人世间最残忍的"造脚",即裹扎成所谓的"三寸金莲"。将骨软肉嫩的双脚用数尺长、一寸多宽的自织白棉布条反复裹扎,使之逐渐变形,随后几年间不能正常走路。特别是每过一段时间,要将粘有血肉的布条解开来,重新扎裹一次,每次都是疼痛钻心。我母亲出嫁时,依然裹着双脚。1949年后,国家号召解放妇女,禁止裹脚、提倡放脚时,母亲已是近三十岁的成年人了,脚被裹成畸形,已经放不大了。最终双脚只有十来厘米长,像一对粽子。脚指甲严重变形,没法剪除。走路、生活终生不便。

"人民公社化"以后,母亲每天要参加生产队的劳动。新问题来了,由于她的脚太小,站立不稳,没办法在庄稼地里正常干农活。大脚的青年女人站立

李家祯,生于1946年,静宁县李店乡人。原甘肃省林产公司职工。现任兰州凡人善举慈善协会顾问及兰州市慈善总会理事、省慈善总会会员等。自2001年5月以来先后被省、市、区政府部门颁予二十多种先进荣誉称号。

着干活,挣的是全工分。苦了她们几个小脚妇女,干活慢,效率低。她们只好找些破旧布片和麻鞋底,帮扎在双膝盖上,跪在土地上,一步一步往前挪,同样是除杂草、收庄稼,只能挣到别人一半工分,秋后分到的粮食及烧柴也就比别人少。1957年我父亲去世,我们兄妹四人还很小,只靠母亲"跪"着挣的一点点工分,分一点粮食和柴火等,艰难地度过了几年的贫穷生活。

90岁高龄的母亲

母亲作为一家之主,白天要参加劳动,分到的一点粮食要自己担到家里,淘洗晾干,又自己推着石磨磨面,做饭;分的烧柴等杂物也要自己担到自家的柴房里。前半夜还得给我们兄妹四人缝衣做鞋。其中的难心艰苦,唯有她自己知道。那时候农村没有煤油和电灯,人们只有点着小清油灯照明。母亲就在清油灯下干活儿。在解放前和解放初,大山中的贫穷农户基本都是这样生活的。

就这样过了好多年,到了1960年前后,全国遭遇三年困难时期,农民生活极度困难。我们村,特别是我们工分少的人家,生活就更为艰难。不得已,在兰州某小工厂工作的爷爷在自己全家严重缺吃的情况下,将我们母子接到了兰州。当时全国人民吃粮有严格的定量标准,成年人和干部每月只供应二十八斤粮食、清油三两、肉票二两,鸡蛋每年只有春节时每人卖给半斤。人们基本没有副食品可吃。所有日用品都凭购物本,连做饭用的烧煤等也凭证票购买。我们一家人初到兰州,没有粮户关系和各种票证,只好经常到黑市上高价购些粮票,到国有粮店买些米面,度过了极为艰难的一年。后来,爷爷想办法各处托人,将我们的户粮等关系从老家迁到了兰州。这样就有了基本的食物。我母亲又想办法到街道办的再生棉纺线厂工作,每月有二十来元的收入,工余再给别人做些针线活,当保姆,摆地摊等,挣点钱以补家用。

在母亲的辛勤操劳下,我们终于长大成人了,各自成了小家,她自己却患上了"肺心病"等多种疾病,身体一年不如一年,年年都要住几次医院。最后卧床不起,三年后离开了我们。

母亲在极为艰苦的条件下对几个孩子的养育之恩,我们将永远缅怀,永世铭记!

多想请妈妈等我陪陪她

李正强

说到母亲，我有一肚子的话想说而没处说。过去几十年的往事，一幕幕涌上心头。

我的妈妈是个命苦人。她是姊妹中最小的一个，民国十八年（1929）年才7岁就失去了父母。她时常一边抹泪一边给我诉说悲惨的童年。那一年是个大灾年，不仅庄稼颗粒无收，而且伤寒病蔓延，整个村子的人几乎都染疫，姥爷姥姥就是这么死的。早先人死了还有活人来抬埋，到后来只剩下为数不多的几个老弱病残者，能把死者拖到村口已经非常不易，更无力抬上山挖坑掩埋了。死人随地躺着，任凭苍蝇叮，野狼吃，残骸四散，恐怖笼罩着空荡荡的村庄。我的舅舅在外地拉长工，不到过年回不了家，只有我妈妈和我的舅母在家相依为命艰难度日。后来舅母也得了伤寒，妈妈陪她度过了最后的时光。好在妈妈自己没染上瘟疫。她还遇到过饿狼，却没被吃掉。说起这些，妈妈总是说，没娘娃，天照顾，不然就没有我了。

我记事时大约三四岁。不知道为什么，那时候我整天被锁在一个小屋子里，只能从门缝透进的光线里判断白天黑夜。爸爸在乡公所上班，很少回来，来了就走。妈妈在生产队劳动，早出晚归，两头不见太阳。黑天半夜时分，妈妈收工回来了，给我做吃的喝的，清倒便盆，还要给我缝补衣裳。我在迷迷糊糊中被叫醒，又很快在迷迷糊糊中入梦。一觉醒来，妈妈早走了。待她再回来，我问她干啥去了？她说"大炼钢铁，背矿石去了"。后来才知道，那时，人人如此，家家如此。

我记得，那时候家里有个瓦罐，两只耳环可以穿绳子，夏天拔麦子时往地

李正强，榆中人，1954年12月生，中共党员。曾任兰州广播电台台长，主编、合编有《中国广播电视总汇》《兰州市志·广播电视志》《兰州国土资源》《兰山报晓第一声》《声音的见证》《舌战风云》《风云再起》《收音机的故事》《放步集》等。

头抬一罐水,解全家人的渴。后来让哥哥不小心摔成了两瓣,一只耳环也没了。妈妈就用绳子把破瓦罐捆扎起来,用自制的油泥糊住了裂缝,成了盛面、泡菜的容器。在食不果腹的日子里,妈

我们家的全家照

妈把挖来的苦苦菜煮熟,泡在罐子里。我们饥饿难耐的时候,捞出来用手捏成团,当饭吃,救了命啊。记得家里没有主食,只有为数不多的一点洋芋,由二哥按人头分配。当时我最小,也分得同样的洋芋,狼吞虎咽吃完后,又接过妈妈还没舍得吃的那一份……现在想起来,我只想哭。可怜的妈妈,饿着肚子,不知是怎么下地劳作的!

妈妈是个很有怜悯心的人,经常为别人伤心。听说谁家遭遇不幸了,她就悄悄抹泪,听说哪个孩子没妈妈了,她就一遍又一遍地念叨:"没娘娃命苦啊,求老天爷照顾照顾。"记得60年代初,我们全家人饿肚子,不时有外地要饭的人上门,妈妈总要把我们仅有的一点吃的分给他们一些。我们饿了就埋怨妈妈,她总是说:"都是可怜人,我咋能看着把人家饿死?"

妈妈是个很记恩的人,也是个知恩图报的人。我们村有个邻居老人,我妈让我们叫她五太太(曾祖母的意思)。老人家心地善良,乐善好施,受人尊敬,我妈也很感激她。每当逢年过节,或是我家杀猪的时候,我妈就让我给老人家端碗吃的过去。听妈妈说,我们家最早养的鸡,就是五太太给的。我们家以前没有石磨,没有罗儿,磨面筛面都借她们的;过年蒸馍没有笼屉,也借她们的。如此善良厚道的老者,在我心中简直就是一尊神。

妈妈经常讲,如果没有共产党,就没有妇女和穷人的今天。

别看妈妈不识字,她说过的话有时候还蛮有深意的。当初我理解得不深,后来自己经历了生活的磕磕绊绊,才悟出那些话都是富含人生哲理的。譬如说,为了鼓励我们不要怕困难,她总说"眼睛是怕怕,手才是嚓嚓","不怕慢,就怕站(停顿)"。意思是看着难,动手干就不难,只要坚持,就能成功。还

我的母亲马温香

有"人勤地不懒","人哄地皮子,地哄肚皮子","只有穷人,没有穷地","没本事了笑话别人的,有本事了干好自己的"。她总是教导我要善待他人,包括要原谅和宽待对我们不友好的人。"他人不仁,我们能义","好脚不踩一抔臭狗屎","天底下没有走不出的路","路不平整,人要修呢"。

我们家姊妹多,劳动力少,上不起学,大哥没读一天书,三哥、姐姐没读完小学就辍学种地了。轮到我,刚升到三年级,"文化大革命"就开始了,教学活动时断时续。好多同学回家种地了,我爸也让我回来劳动挣工分。我不敢违背爸爸的意志,偷偷给在兰州读大学的二哥写信求助。妈妈是坚决支持我读书的,加上二哥来信劝说,爸爸终于同意让我继续去读书。读完初中,要考高中了,我又赶上苛刻的高中招生条件:五个同学中只能有一个先被学校和大队联合推荐,再参加选拔考试,最后由高中学校择优录取。学校推荐我,大队却不同意,理由是我们家已经有一个孩子考入大学。在学校革委会主任和大队革委会主任大吵一场以后,我被勉强纳入推荐之列,结果,在三个公社的考生中,我以总分第一名被录取。我的初中班主任张光耀老师步行五六里路,来到我们生产队的地头,亲自通知了我。他告诉大人,这个娃考得很好,一定让去上,不然可惜了。可是我爸却犯难了,关键时刻,我妈一句话起了决定性作用:"还是叫去吧,添他一个娃娃,也多挣不了几分工。"尽管高中毕业时全国停止高考,未能圆我大学梦,但我从后来的工作实践中体会到,好多基础知识都是那时候学的。

最后一次见妈妈是1993年初冬时节。那时的妈妈已经从积劳成疾转为病入膏肓。以往我回家大部分是在过年的时候,妈妈总想方设法地做我爱吃的饭菜,荞面油饼、荞粉凉面、烙炒血面,炖上我最喜欢的猪蹄。这次见到的妈妈,她已经很难下地了,肺气肿、肺心病使她坐不住,躺不下,大口呼吸仍然缺氧。我给她擦背时才发现，由于常年不得不趴着，她的脊椎已经严重变形。我预感到妈妈在世的日子不长了。在我离开她的那个黎明，她轻声对我说："你是公家的人，公家的事要上心。忙了就不要来，写个信，告诉我你们好着，我就放心了。"说好让她不要下地，她也答应在窗户上看着我离开，可当我匆匆走出家门走过门前小坡时，猛一回头，却看见她已经站在大门口的榆树旁，两手抱着树干盯着我，稀疏的白发在晨风中飘荡……那时候我正受命编纂《兰州市志》第63卷《广播电视志》，心想完成初稿就休公休假，一定好好陪陪她。可是还没等计划实现，妈妈就永远和我们阴阳两隔了。

如今我已近古稀之年。回顾10年的学生生活和40年的工作生涯，妈妈始终是点亮我前程的一盏灯，是她的言传身教成就了我。我学习努力，工作勤奋，获奖颇多，应该算是比较成功的。可是作为儿子，我得到的太多，尽孝太少，心存无法弥补的缺憾，永远难以原谅我自己！

2022年4月27日

普通的人，宽厚的心
——纪念母亲辞世十周年

肖印儒

2023年2月3日，是母亲辞世十年的祭日，酷爱写作的我，想写一篇文章来纪念她。也许有人会说，平凡的农村妇女有何可写？然而伟大出于平凡，这正是我挥笔成文的动力。

2013年2月3日凌晨，陪伴我长达半个世纪的母亲寿终正寝，溘然长逝，享年八十有三。

一切来得如此突然，却又在意料之中。母亲健在时经常对我说，你兄弟只有一个人，势单力薄，我和你父亲的后事，要早准备。80岁过后，她知道黄昏已至，经常笑谈后事，视死如归。

母亲一生非常迷信。她常说，人活着要积德行善，死后天会下雨落泪，老天必然显灵。她对此深信不疑，我听后一笑了之。她辞世于早春二月，正是陇东高原最缺雨的季节，然而隆重祭奠之日，忽然春雨淅沥，少顷即止。母亲的预言令我惊讶！

母亲名叫梁秀英，自婚后生活在老家，长达五十多年。她跟上婆婆学会了纺线织布，使用木制的纺车和织布机得心应手。她将棉花织成布料，又去涝池里利用污泥着色，整个工艺流程样样精通。1958年，全村人吃公共食堂，她的厨艺人人知晓，蒸煮切擀，样样绝活。以后包村领导及各类工作组的餐饮定点就在我家。母亲用烟熏火燎的辛苦赚来的利润就是粮食。这点粮食使全家度过了粮食极度短缺的困难年代。

那时候没有农业机械，各种农活主要靠人力和畜力，牲畜的重要性不言而喻。记得大约是1973年，为了挽救五头骨瘦如柴的牲畜，生产队长狄长生

肖印儒，生于1965年，甘肃省庆阳市宁县人。毕业于中国人民解放军军事经济学院，就职于中国工商银行庆阳分行，酷爱文史、书法、写作。代表作品有《庆阳赋》《西北颂》《庆阳好》《武汉战疫记》《庆阳唢呐艺术》等。

对父母勤劳认真且善待生灵的特点很了解,他硬要把这五头牲畜的饲养任务交给母亲。起初母亲感到怯场,不肯答应,后来受命。从此她白天割草,晚上铡草,深夜拌草,精心饲养,把五头原本骨瘦如柴的牲畜养得膘肥体壮,投入到了耕种打碾的生产第一线,为全村的农业生产立了功劳。她多次被村里评为模范饲养员,受到表彰奖励。她从此多年担任饲养员,直到生产队解散为止。

母亲懂得滴水之恩当涌泉相报。34岁那年,她生育了第三个女儿,还是没有儿子。村里有位妇女告知母亲,她有家传秘方,经中药调理,可生男孩。母亲获此秘方,一年后我就出生了。父母喜出望外,将那位妇女请做我的干妈。

这位干妈也是村里妇女中的大能人,跟上丈夫略通医道,尤其是学会了接生、拔罐、刮痧、针灸等疗法。母亲天资聪颖,心灵手巧,成了干妈的得意门生,学会了上述医道。从此她和干妈成为村里的民间医师,专治小儿百病,尤其是用拔罐治疗小儿肺炎,已成为一绝。

据说母亲当年获此秘方时,干妈开玩笑说,生下儿子,你可得杀鸡谢我。父母当然爽快答应。可当年生活艰难,并未及时兑现。我8岁那年,父母手头略显宽余,决定兑现承诺,且将杀鸡提升为杀羊——那是当年农村人最隆重的谢礼!父母请了我的干妈,并请来她的好友作陪,品酒吃肉,其乐融融。

我小学毕业时,母亲给我准备好了几盒牡丹牌香烟,让我给老师每人送一盒。我觉得老师教我是他的职业,不必如此。但母亲却不这么认为。她认为老师辛苦教我,得到额外酬谢是理所当然,也体现了家长的心意和对老师的尊重。

1985年高考,我被军校录取。勤俭持家大半生的父母决定杀羊谢恩师。父母平时节衣缩食,但表达谢意时毫不吝啬。这年的杀羊谢师宴,父母重点结识了我的班主任魏老师,从此经常惦记,托我问候。

母亲也乐于助人。那个缺吃少穿的年代,更是缺医少药的年代。母亲是一位非常能干的女人,她目不识丁,全靠脑子记忆,学会了拔罐、刮痧等医术,掌握了一些民间偏方。当年婴幼儿成活率极低,中途夭折者比比皆是,母亲凭其自学成才的医术救活了不少儿童。

母亲也是村里小有名气的接生婆。生活困难的年代,农村能有几个育龄妇女进医院分娩?母亲凭借自学成才的医术搞接生,不分亲疏,有求必应,风雨无阻。她接生的小孩不计其数。

母亲更是个热心肠的人，除了治病和接生，还喜欢当媒婆。在包办婚姻为主的年代，她成全了不少婚姻。她期盼别人早生贵子，日子红红火火。她常说人生在世只要成全三次婚姻，死后见了阎王就不必下跪。她又说，宁拆十座庙，不毁一桩婚，这个信念促使她一生爱管闲事，热心媒妁。

母亲一向同情穷人。生产队时期，粮食奇缺，村里三天两头来乞丐。母亲在粮食紧缺的艰难时期，对乞丐却出手大方，毫不吝啬。特别在冬季，她不但招呼乞丐进门取暖，还让其吃上热饭，乞丐们往往感动得热泪盈眶。

1961年，父亲购买了解放后全村第一辆自行车。1965年，父母投入巨大的人力物力，打成了解放后全村第一口人工水井。1968年，父母买回了全村第一台缝纫机，加上原来就有的石磨子，单这四大件，使家境在村里遥遥领先。六七十年代，我家成了村民的供水站、磨面厂、应急站，更是服装加工厂。母亲凭其心灵手巧，很快学会了布料裁剪、服装加工，手艺娴熟，闻名遐迩。她经常利用雨天为村民制作服装，甚至到深更半夜，在昏黄的油灯下，窑洞里缝纫机总是砰砰作响。

母亲经常将物品借给他人支撑门面，甚至用其促成婚姻。

母亲对我说，别人求咱们，这是好事。如果咱们求别人，说明咱家落后了。

那时候的农村，过年能杀一头肥猪就是富裕人家。在我的记忆里，父母杀了年猪，先给几家重要亲戚送，其余的挂在窑洞里，以便儿女四季食用，招待客人。在那个年代，农民家里要经常吃肉，那是非常不容易的。

农业合作社时，正值父母的青壮年时期。当时的劳动报酬就是记工分。和父母年龄差不多的那几代农民，硬是凭人力畜力，年年为国家交公粮，支援国家经济建设。70年代的农业学大寨运动热火朝天。春、夏、秋三季，农民们种粮食。寒冬腊月，人们身着单薄的棉衣，皮肤皲裂，迎着凛冽的寒风兴修梯田，为子孙后代修好了旱涝保收的良田。

1980年农村实行土地承包经营，父母喜出望外。几亩薄地的经营自主权，调动了他们的积极性。他们兴奋不已，日夜筹划。然而50多岁的父母毕竟体力已经不支，责任田里的致富梦化为了泡影。后来商品经济发展起来了，年轻人们干得热火朝天，那一代老农民只能望富兴叹，属于他们的时代，结束了。

1985年高考，我以优异的成绩被中国人民解放军军事经济学院录取，父母从儿子身上看到了新的希望。

母亲(后排左二)和家人

　　1999年,我转业到工行庆阳分行,妻子任教庆阳二中,实现了家庭团圆。我与父母朝夕相处,使其老有所养,病有所医。和土地打了一辈子交道的父母本色不改,简朴如故。母亲始终关注着家乡的天气预报和农业消息,惦记着乡下亲友。得知乡下亲友进城办事,她必然叮嘱我将其接回家里,亲自下厨做饭,与其彻夜长聊。这是她与远方家乡联系的唯一一条若断若续的线路。

　　母亲辞世后,安葬于老家农村。墓地周围松柏作伴,山水为邻,她又回到了家乡,回到了她亲爱的黄土地上。

慈母赋

吴辰旭

巨擘大匠，孰人无母？即使圣人，亦由母出。老子《道德经》曰："一生二，二生三，三生万物。"一乃慈母，二乃儿女，三乃众物皆然，即万物者，皆母生如。

夫母为人之根，家之柱，德之垠，业之础！无母则无天下，亦无旷史之昧殊！无母则无世界，亦无绮繁之今古！

呜呼，母所以慈者，盖天性所赋；母所以劳者，盖人性所主；母所以勤者，盖天责所勠；母所以慧者，盖心知所吐；母所以容者，盖佛性所笃；母所以柔者，盖至爱所主；母所以勇者，敢以命护犊！夫母即佛身，三界无殊；情天恨海，依母揭蘖；乡愁之半，以母为纛；归根牵念，倚母尤酷。

嗟乎哉，人生之初，系以母定祸福耳。失怙虽天倾，有母犹可护；三餐嚼菜根，清汤亦香馥。倘使幼失持，地裂哀无助！父恩大于天，天塌犹可补；一旦母遽殁，万念皆成土！家聚因母在，母去成散兔。呜呼，母德高于天，母恩巨难数！

夫以孝治天下，天理足堪慕。仲由百里扛米，自当国之重任；陆绩小犹怀橘，及长钧柄可布；虽富可敌国，范蠡孝母如初；虽贵为国君，郯子谋乳不负。天道茫茫，孝道同幕！

念慈母之远逝兮，犹忆儿时之吐哺。子欲孝而亲不在兮，此人生之大痛楚！能嘉慰先母在天之灵者，乃业成而清俭不腐；能安先母之殷殷牵系者，乃后昆之正道击鼓。国强家始安，家风乃国础。家国同一体，列强安可辱！

大哉吾母，圣哉吾母！美哉吾母，醇哉吾母！孝母犹敬天，祭母莫罔顾。

吴辰旭，1940年出生于甘肃临洮。西北师大中文系本科毕业，《甘肃日报》社原高级记者。曾任甘肃省优专家暨国家津贴获得者七人评议组成员，现任甘肃省杂文研究会名誉会长，有12卷《吴辰旭文集》行世，《小西湖赋》《琴瑟赋》等十几通碑镌竣。

天下罪愆虽万千不止,唯虐母罪不可恕!人类美德虽族各迥异,唯敬母如出同署!天地虽广袤,喻母恩则小;日月虽煌煌,譬母恩则雾。

2022年壬寅大暑大疫之日应命敬撰于兰州五泉堂

我的母亲

吴丽丽

　　母亲今早起来又处于半昏迷状态,她看到我推开门,迷迷糊糊认出了我,叮嘱我多穿点,就又意识不清地昏睡了过去。我找了常备的药,叮嘱父亲给母亲喂下,慌忙吃了几口馒头,开始了一天的忙碌。疫情之下,什么都显得慌乱和无规律。

　　母亲曾经回忆起自己的童年,她是姥姥与姥爷的最后一个子女,她出生后姥爷就因病去世。四个孩子的姥姥因子女过多生活无以为继嫁给了后面的这位姥爷,生育了两个子女。由于姥姥儿女众多,在母亲四五岁的时候,遇到了三年大饥荒,姥姥、姥爷带着子女逃难到河南,不得已把我的母亲暂养在河南一户人家,换取了一些粮食得以活命。母亲说,她的印象中,河南那家的老太太裹着个小脚,天天拿棍子打她让她拾柴火,她的脸上、屁股上有那个老太太用火钳子烫的两个深深的窝,我在给母亲搓澡的时候母亲还指给我看,我想在她得重病很多东西都淡忘连老家大门都认不出的情况下,还能想起来这些,可见当时遭受了多大的折磨。母亲还说,那家有个小男孩给她老偷着给玉米面馍馍吃,母亲说那是她一辈子吃过的最好吃的东西。母亲还说,姥姥把她留下的时候,给她说过:"娃娃,你待着,我一定会回来接你。"母亲说,她就一直守在河南那家人的大门口,那里有个大石头,她天天坐在那儿等姥姥。母亲说,有一天她在猪圈旁边睡,姥姥不知道徒步多长时间,偷偷到了河南那家人院子里,看到了睡在猪圈里的母亲,大哭一场后,连夜偷偷带着母亲跑回老家。母亲说,那是她一辈子见过的最大的月亮,她也记不清走了多远,跑了多久,就记得姥姥领着她睡过特别大的马车,还睡过窑洞,也听到过狼嚎的声音,但是旁边有姥姥,她并不觉得害怕。也不知道当时的姥姥是怎样坚

吴丽丽,女,1979年生,甘肃清水人,民革党员,博士,甘肃农业大学信息科学技术学院副教授,甘肃省青年联合会委员,硕士生导师,研究方向为农业信息化与数据挖掘。

强的一个女人，带着一个四五岁的孩子徒步从河南走回到了清水老家。等姥姥回到家，河南那家人已经到老家来兴师问罪，姥姥细数了母亲受的磨难，给众人看了母亲身上的脓疮，在生产队的调和下，此事才作罢，母亲回到了姥姥身边。回忆这些的时候，母亲将对姥姥的眷恋缓缓道来，让人潸然落泪。小舅舅和小姨都上学了，我的大舅大姨们成了家里的主要劳动力，我姥姥在姥爷跟前争取到了让母亲上学的资格。母亲说，那是她最开心的事，她没有笔，

我的母亲

就捡个白石头在地上练字，母亲的字写得极其好看。家里面的亲戚中，只有母亲是高中文凭，当时人多，物质极其贫乏，是很难得的事情。高中毕业后，母亲以自己一手漂亮的蜡刻字，谋得在教育局打字刻蜡版的工作。一个月为数不多的工资，悉数上交给了姥爷，母亲说，她特别感恩姥爷对她上学的支持。

儿女一大到了谈婚论嫁的时候，母亲因工作关系结识了父亲，然而婚事遭到了姥姥的强烈反对，因为父亲腿有残疾。父亲高三之前都是篮球队的高手，个子高挑，样貌不凡，只因去山里帮家里砍柴拉柴火，架子车翻倒后砸到了右腿膝盖骨，粉碎性骨折，在当时的医疗条件下，只能去掉破碎的膝盖骨，父亲的右腿用了一根长长的钢针固定，导致右腿终生无法蜷曲，已经验兵通过准备当兵的父亲，因为这次变故，改变了他一生的命运，也让他的后半生充满了艰辛。姥姥担心母亲嫁过去，父亲的身体根本无法进行重体力劳动，母亲跟着受累。为了阻止婚事，姥姥以死相逼，母亲愣是在没人送亲的情况下，嫁给了我的父亲。患难之交的父母亲，在我们跟前做了执子之手与子偕老的典范，母亲多次住院，父亲总是拖着病腿前前后后照料，我提出替换一下父亲，父亲说："你们照顾我不放心。"

我小的时候，父母对我宠爱有加，因为家里只有我一个独生女，可是事情总是这么凑巧。母亲说我刚八个月的时候，一脚踩空从炕上摔了下来，右胳

膊粉碎性骨折,当时情况很严重,大夫说要么截肢要么只能把胳膊用一根钢针引直,以后再无法弯曲,这个对我父母来说无异于灭顶之灾。我父亲听到后,跪在地上求医生保住我的胳膊,他说:"我已经这样右腿残疾了,我的孩子太小了,不能再这样啊!"当时的主治医生说,他现在还有个办法,县医院有个从北京协和医院下放到疗养院的一个骨科大夫,医术很厉害,找他看有没有好办法,不然就耽误了我的病情。妈妈为了救治我,到当时的教育局局长跟前跪着求情,希望局长出面能帮帮我们,因为这位大夫的夫人在我们县上的小学当民办教师。局长叔叔是个好人,想方设法联系上了这位大夫的夫人,答应了大夫要求将他夫人转正的请求,也叮嘱大夫一定要医治好我的胳膊。母亲回忆起,当时为了大夫夫人的工作,这位大夫特别卖力。他自己联系几位同时下放的医生,用他们自己的药品,做了九个小时的手术,才让我的胳膊得以保留正常伸曲的功能,虽然功能受限只能弯曲到九十度左右。母亲说,我当时只会叫妈妈,由于失血过多,再加上疼痛,我哭了三天三夜,她抱了我三天三夜,父亲陪了我三天三夜。后面进入长久的康复期,要经常拉筋,我的父母亲就在我的眼泪和他们的眼泪中,慢慢给我做康复,直到胳膊痊愈。正是因为有如此的坎坷过程,我备受宠爱。直到我八岁时,计划生育有新政策,因父亲腿有残疾,才多给了一个生育指标,我才有了小我八岁的弟弟。由于父亲也是被寄养到吴家的暖怀长子,非亲生,我们家族本姓雍,因为我亲奶奶是地主成分被打成黑五类,所以父亲改姓吴,父亲一成婚,立刻就被另立门户了。母亲说,当时家里几乎没有粮食,关键时刻,还是姥姥拿了一袋玉米面,才让父亲母亲等到了下个月发的工资。微薄的收入,父母亲一致的目标是盖新房,一砖一瓦都需要钱,父亲虽有残疾,但我隐约记得每天晚上父亲下班后总要去新院子里打胡墼(土砖),母亲在一旁拼命帮忙,我在一边玩耍。母亲说,新房上梁的那天下着大雨,房梁刚架好,不知什么缘故突然倒塌,给父亲帮忙的发小和我的大伯被砸在了房梁下,需赶紧急救。当时父亲和母亲在院里的水潭里抱头痛哭,父亲大哭喊道:"老天爷你为什么这么这样对我。"母亲回忆的时候泣不成声,我也在旁边默默落泪,我无法想象当时是怎样的艰难,但我更懂得了父母的苦衷。第二次盖房上梁,没有人召集,生产队里的所有人都默默来到了我们家的新院子里,大家齐心协力把房梁架好,没有吃饭就回家了,那个队长对父亲说:"你是个苦难人。"还对母亲说:"你跟着受罪了。"多么朴实的乡亲,所以至今,不管乡亲谁家有红白事,父亲不管在哪里,总会第一时间去搭个人情,父亲说咱得记得恩情。但是,我小时候印象中的母亲,对于我的学习是极其严苛的,学习成绩更不能丝毫马虎,班级的第一名必须是我的。有一次,我考了班级第二名,回家后就被一顿毒打,母亲操着笤帚疙瘩,把我的屁股打得通红,她一边数落着我是如何不好好学习有这么大的退步,一方面声泪俱下地说不好好学习以后不会有好出路。对于我来说,心里充满了愤恨、委屈和不甘,愣是不求饶不顶嘴任凭母亲责骂,当时就想什么时候才能上大学离开这个让人"讨厌"的母亲。现在想来,是母亲当时的境遇,让她觉得唯有读书是唯一的出路,所以拼了命地想让我有个好前程,而她的教育方式只是简单粗暴而已,但是当时的我,哪里能想到这些,只是满脑子对母亲充满了怨气。当然,除了学习必须保持全班第一年级前五之外,其他方面,我的母亲跟其他母亲一样,充满着母性伟大的光辉。她会逢人夸我中考的时候考了全县第一名而不顾及别人的感受,她会冒着大雨赶回家,然后拿着雨伞和雨鞋在学校门口等我,从未让我淋湿过,也会尽自己最大的可能给我们最好的生活条件。

日子就在细水长流中度过,母亲和父亲相继转正成为小学老师,每日尽职尽责上班,工作兢兢业业,小院子被父亲打理得井井有条,花园里有蔬菜,院子里有苹果树和梨树,葡萄架下有发紫的葡萄,我们经常在小院子里乘凉,我会在院子里拉着小提琴弹一曲好听的乐曲,引来邻居的不少赞叹,我也如母亲所愿,考上了理想的大学,毕业找到了大学的工作,成为一名光荣的大学教师。第一次发工资,由于有假期,一次发了两个月工资1400元,我攥着汗津津的1000元交给了我的母亲,母亲激动得热泪盈眶。我热爱我的工作,我和先生也因为共同的兴趣爱好走到了一起,第一次带他回家见父母,母亲拿出了1000元,她哽咽着对我先生说:"这是我给你的见面礼,意义非凡,这是我女儿给我的第一个月工资,我一直保存到现在,两年多了没有舍得用,今天给你,你一定要对我的女儿好,我的娃娃以前我打得多,希望她好好学习走正道,现在我后悔得很,你以后多疼些。"母亲的心啊,无私而宽容,平凡而伟大。她其实教给了我最好的东西,认真做事,严谨待人,宽厚为家,辛勤为生。

2015年,我还是像往常一般,在暑假回家看望父母。母亲怯怯地对我说:"我可能有病了,你陪我去看看。"谁曾想,县医院一检查,大夫立刻拉我进里间说赶紧往兰州送,我就觉得事情不好了,但心里还存着一丝希望。等到我把父母领到省妇幼检查后,大夫立刻就安排了手术。父亲担心得落泪,还是子女的我，一夜之间感觉长大了。在父亲人生地不熟的兰州，我张罗着一切，没再让父亲操心，他已然很受打击，因为感觉好日子才刚刚开始。记得第二天需要血，前一天去血站拿单子，没有办法的我，愣是被血站要求抽了300毫升血后才得到了用血审批。当时回到医院，妈妈就看着我说我的娃娃脸色怎么这么差，我没敢告诉她怕她心疼，也顾不上疼惜自己，因为第二天妈妈就要上手术。在经过将近十个小时的手术后，母亲被确诊为子宫内膜癌，被推进了重症监护室。父亲一直在医院守护，我来回忙乎着各种事务，我的先生在背后张罗着各种杂事。几天后，病情还是被母亲知晓了。如何给她做思想工作成了个大难题，母亲说，那一晚她在医院的走廊里哭了很久，父亲也在旁边小声啜泣，第二天，母亲擦干眼泪告诉我，她要积极治疗，因为她有一双好儿女，她的儿子还没有结婚呢，她不坚持能行吗？母亲的坚强，是常人无法想象的，八次化疗，每隔21天的一次循环，大把头发的脱落，化疗反应引起的呕吐，从头顶疼到脚趾的骨头痛，整整十个月，期间经历了腿部血栓无法走路，推着轮椅也得坚持，赖药性的折磨……现在回忆起来，都无法想象我们父母儿女几人是怎样度过的，只记得我像个陀螺一样忙得团团转，经常擦干眼泪面带微笑哄着父母开心，早上五点多就起床拉着母亲去省妇幼打升白针，遭受过很多次护士或者大夫的白眼还得赔着笑脸期盼人家抽空打针或就诊，然后赶着时间再回去上课。到了该住院的时候，麻利地收拾着被褥、证件，陪父母奔波于各种检测的地方，母亲有一次因为护士对我的训斥，难过地说："我的娃娃也是我的宝贝，为了我让人家这样训斥。"经过一段时间的治疗，母亲的病情得到了控制，各项指标恢复正常。进入漫长的康复期，母亲慢慢学着走路，慢慢下地，就如婴童般。她没了往日的大嗓门，对我也开始唯唯诺诺，我突然意识到，母亲老了，她唯恐给我们增加负担，她老为自己生病让我来回奔波而愧疚，老在别人跟前说拉了我的后腿，可是她不知道，母亲的健康就是我最大的心愿。第二年过年，趁着父母亲身体状态还好，我带着他们去了一次北京，见到了久违的毛主席和天安门，爬长城的时候，我得来回两趟，第一趟把腿脚不便的父亲搀上去，第二趟把大病初愈的母亲搀上去，虽如此但无比开心，冻得瑟瑟发抖还精气十足。虽然母亲已经全然忘记了这些，因为她的病落下了后遗症，脑神经受到损伤，近几年更加严重。母亲会在突然之间意识丧失，缓一天才能回过神来，就诊了很多医院的神经内科，也只能维持。大把的药物，延缓不了母亲的病情，她现在已经认不出老家的大门，认不出她曾经和父亲一砖一瓦盖的老院，也记不清我们家在哪个单元儿层。但她还天天记得叮嘱我多穿衣，认真工作，好好照顾家庭。

前年，在我41岁的时候，喜得二胎小棉袄。我的母亲虽带病，依然任劳任怨替我承担起了照顾女儿的任务。有父母在我身边，我能尽孝做一碗饭给他们吃，就觉得很幸福。然而，2022年6月27日的早晨，等我睡醒后才发现胸口疼了近五个小时的父亲。父亲当时已经脸色苍白，说不出话，我立刻送父亲急诊。大夫验血后没等我反应过来已经把父亲推进了手术室，并埋怨错过了黄金两小时，大夫神情凝重，让我做最坏的思想准备并让我通知所有的家人尽快赶过来。当时手术室外面只有我一个人，颤颤巍巍地签了字，我的天塌了。父亲急性大面积心梗，大夫下了病危通知书，手术很成功，放了一个心脏支架和iabp泵，下手术后的父亲血压和血氧急剧下降，各种急救药物难以维持生命被推进了重症监护室继续抢救。下午大夫找我谈话，说情况很恶劣，但还有一线希望，我恳求大夫尽一切可能救救父亲，两个小时后，ecmo被用在了父亲身上，在ecmo、iabp泵和呼吸机的支持下父亲的生命体征艰难得以维系。母亲现在不能受刺激，容易引发癫痫，她埋怨我不告诉父亲的病情甚至对我大发雷霆，我只能哄着她说父亲只是小病在医院修养一下，各种巨大的救治风险和压力像一堵墙一样压着我，每次大夫与我谈话，都让我处在崩溃的边缘，每每都会控制不住自己的情绪，坐在ICU门口的椅子上号啕大哭或悄悄流泪。我和弟弟轮班在ICU外守候，每次大夫都说他们会尽力，有希望又好像没有希望，我在知网上搜索着各种文献，我知道了ecmo撤机的成功率只有30%。两天后我第一次进到ICU见到了父亲，各种管子插满身体，血液在体外通过人工心肺膜ecmo循环，一个医生三个护士日夜守在机器旁边，我天天祷告上苍。六天后，父亲ecmo成功撤机，我喜极而泣，可大夫说，万里长征我只走了一小步，后面的风险很大。三天后，iabp泵撤机。两天后，撤下呼吸机。父亲受的疼痛无法形容，好好的一口牙齿不知道什么时候生生掉了一颗，我没有问也没敢问大夫，估计是抢救的时候掉的。在此期间，我在重症监护室门口与其他病人一起，感同身受。那位小女孩的爸爸，因为双胞胎妹妹脑死亡而掩面低声哭泣。师大那个治疗十几天没有一滴尿的河南研究生不得不转院治疗，妈妈一直在流眼泪。骑电动车的大哥撞到了电线杆做了接骨手术但血压无法维持，没办法截了肢，血栓进入脑袋得了脑梗，到现在还没有好转……我以为机子撤掉后爸爸会快速好转，然而满身管子浑身压烂，昏迷不醒，期间室颤发作,病情不断反复,天天都在刀尖儿上求生存。7月12日,终于转入普通病房,父亲意识清醒地叫了我一声,总算有了好转的迹象。兰州的疫情突然暴发,妈妈和老公照看一岁多的小宝,我来照顾目前仍病重身子都不能翻的父亲。第一次离开我的小宝贝,找妈妈的娃娃打来视频哭喊着又让我情绪崩溃。我相信,父亲会好起来的,一定要熬过去。谁承想,转入普通病房仅四天,父亲又因为肺部感染加重,再次被转入重症监护室。父亲情绪低落,我只能背着他们偷偷哭泣,在父亲面前擦干眼泪想尽办法安慰。7月16日,在重症监护室里,父亲又做了支气管镜手术,肺部灌洗,送西安连夜化验。又是七天ICU的治疗,肺部感染得以控制,陆陆续续拔了胃管,拔了尿管,开始流食。7月23日,再次转入普通病房。父亲精神好了很多,身上多处压烂,手脚因多日被捆绑磨出深深的血沟,后脑勺也被磨破,后背多处压疮,身上各种插仪器的伤口才拆线,父亲坚强地挺了过来。二十来天滴水未进瘦得脱相,我陪在父亲身边,慢慢护理着。父亲慢慢开始有意识和知觉,慢慢能翻身,慢慢能下地,慢慢开始能吃饭,慢慢能迈出第一步,其中的疼痛,心里的煎熬,只有经历过才能知道。住院整整42天,我扶着颤颤巍巍的父亲回到了家,母亲抱着我的小孩子远远的老泪纵横,我也难过得不知该怎样表达。后来父亲又进过一次医院,因为心脏衰竭,但是他和母亲一样,仍然乐观坚强。不堪回首所经历的一切。写这些文字时我的手在颤抖,生活在教我慢慢变坚强,非常感谢付出全力的医护人员,无以言表,唯有感谢。谢谢关心我的亲朋好友师长,我深爱着我的家人。于心凄凄泪水涟涟,企盼我的父母早日脱离病痛折磨,能多陪我们几年,享受儿女子孙绕膝的幸福。

现在的我们,生活能如此安宁和幸福,少不了父母对我们的教育和指引。尤其是母亲对父亲的关切和温暖,母亲对我的严格和疼爱,母亲对自己父母的孝道,母亲对自己兄弟姐妹的扶持,母亲对自己公婆的孝顺与善心。这些都潜移默化地影响着我们姐弟二人,让我拥有了幸福的爱人,可亲可敬的公婆,一对可人的儿女。母亲现在有时犯糊涂,父亲身体也不好,我经常在工作和他们俩身上打转,再加上小妮儿才一岁多,忙得团团转。母亲于心不忍,经常说:"她现在受点病痛折磨没事,只要儿女好就行。"我何尝不是这样的想法呢,可是我更爱您啊,我最亲爱的"妈妈"!

怀念母亲

吴定川

20世纪50年代初期,我家住在兰州市城关区黄河北杜家台。记得那时候,在不远的黄河边上,我和我的姐姐、哥哥提着粗布兜走来走去,认真挑选鹅扁的或片状的鹅卵石,带回院子里。母亲用橡皮圈把石头圈在里面,用铁手锤把石头砸成几牙,变成碎石,等专门收购碎石的人来。碎石用作兰州修铁路的道砟石,收购用升子量,一升两角钱。我们姐弟三人来回忙于选鹅卵石,母亲在院子里专门砸。有一天,母亲在砸石时,一块碎石直溅脑门,血流满面。我吓坏了,多亏邻里帮助急救,才止了血。头上的伤口刚包扎好,母亲就坚持继续砸石。她显得十分平静,用力时没有表现出一丝儿的痛苦。

母亲张兰海

母亲对生活报着十足的信心。

夜深人静,每每见到母亲在窗前煤油灯下的身影,臂膀来回晃动。她在纳鞋底。捻的细麻绳子穿拉鞋底的声音似乎在撕扯血肉,手上的皱口张着血嘴,指头上缠着胶布,其疼痛自知。为了如期交货和能接到更多的活,母亲几乎每天

吴定川,甘肃省榆中县青城人,生于1952年。中国美术家协会会员,中华诗词学会会员,兰州诗词学会副会长。国画作品见于《人民日报》等报刊,著有《中国近现代名家画集·吴定川》《生命缘·吴定川题十二生肖诗选集》等多种个人专集。

我和母亲张兰海

都坚持到将近天明。从大人的交谈中，我清楚地听到，纳一双鞋底最多能挣一元钱。

家里的生活费，我们姐弟的学费书费，都用的是母亲纳鞋底换来的钱。

三年困难时期，我们姐弟三人都在上小学。放学了，我总是连蹦带跳最先回家，一进门，我们的饭，碗对碗地扣着，放在火桌边上。母亲规定了我们姐弟三人谁有谁的碗，谁有谁的量。吃得不太饱，也知道只能如此。母亲手里忙着做针线，两眼看着我们吃饭，少言寡语。我很少见母亲吃饭，我也没问过母亲是否已经吃过饭了。有一个夜晚，我从梦中惊醒，发现父亲和母亲对着坐在炕边放的小铁锅边，在吃什么。我偏着脖子一看，热气腾腾，却全是水煮的菜和菜疙瘩。小小的我似乎明白了为什么如此。

有一次放学，几个同学说要去捡碳渣子。我也想给家里有所帮助，和同学们一起去了。在灰堆边等呀等，眼见天色已晚，倒炉渣的车终于来了。炉渣被水浇过，还在冒热气，大家抢着拨来拨去捡碳渣子。我好不容易拣了一些，兜在兜襟里高高兴兴回家来。一进门，由于未按时回家，受到了母亲的严厉批评。母亲看到捡回来的炭渣子，并没有夸奖，而是严肃地说，家里的油盐柴米，是大人的事。你是学生，任务是学习！一是放学必须按时回家，二是按时完成作业。家里生活再困难，也不需要你们操心。我虽觉有些委屈，也不敢妄言。

1991年暮春，岁月静好，我竟然没有发现母亲已病入膏肓。家住六楼，她几个月没下楼，脸色苍白，饮食下降，说是有些感冒，但她每天还是坚持给我们做饭。我请诊所的医生看了几次，不见好转。我预感不祥，背她下楼，直奔兰医一院。一路上听她念念叨叨，心疼儿子背她。到医院挂了专家门诊，排队等医生，我心如火烧。一位年老的女专家诊断后，确定为心源性贫血。我要求住院，可医院病床已满。托了位认识的医生，总算是可以住院，但加床只

197

能在过道。我白天黑夜守护着母亲,治疗几天未见效果。查床时,一位姓李的年轻医生质疑诊断结果,他安排作钡餐透视。此时母亲已无法站立,我和二姐两人扶着母亲做了透视检查。二姐曾是二院的护士,对医院的情况比较了解。第二天,病症重新确定,二姐拿着透视检查表,眼圈红了,好像刚哭过。她把表递给了我,CA两个字母,我不懂是什么意思,但已意识到母亲的病非常重了。说是胃癌晚期,我蒙了。我狂奔到张掖路新华书店二楼医学专柜,查看了所有胃癌资料和医案,下楼时腿都软了。我悔恨自己的无知。我曾看了不少中医书籍,就是没看胃癌方面的书。其实,病情预兆早就有了,万万没想到病灶在胃窦!平时无疼痛现象,我竟然没有一点点察觉,现已把病拖到了晚期,只能吃一点流食。我悔恨啊!是我之责啊。母亲原来一直多病,得过肺气肿,多少年来主要是气管不好,老咳嗽。我很注意她的呼吸系统,近几年似乎好了,却没想到这回问题出在胃上。

我在医院楼上楼下跑来跑去,求医生救救母亲。专家会诊,认为手术治疗,胃肠吻合,鉴于身体状况和癌症转移,成功的可能性几乎没有。医生主张不手术。母亲的生命已进入倒计时。我当晚一夜未合眼。为让母亲的生命多维持一段时间,我私下通过医生购买了白蛋白,给母亲补充营养。几次到兰州血库联系血液,连续输血一个星期,母亲精神好了一些。其实,她胃里的动脉血管已破裂,当时的医疗技术根本无法补救,输多少血漏多少血。医生劝再不要输了。在万般无奈的情况下,我把母亲接回了家。

在母亲住院期间,单位上分房子,我分到了三室一厅的大套。虽然是一楼,这在当时已经是人们非常羡慕的了。我扶着母亲看了新分房子的每一间,她露出了笑容,从此便卧床不起。

1991年12月29日夜,天降大雪。母亲向一片洁白、晶莹透亮的世界里悄然走去,她永远地走了!大山寂静,只是一个个六角形白花在漫天飘动。

母逝矣,魂归大地;子哀哉,报恨终天!

母亲，女儿永远怀念你

吴卓芳

一年一清明，一岁一相思。

2022年清明，原本计划好了要前往老家祭祀，可没想到3月又是一波疫情，依旧未能如愿。眼下疫情的警报又一次在金城拉响，我们又一次宅在家里。

望着楼下排队等待做核酸的人们，望着人群里的男男女女、老老少少，我亲爱的母亲你又在哪里啊？你知道吗，自你走后，发生了多少事情？

宅在家，翻开了家里的影集，母亲和父亲的一张合影映入眼帘。照片上，母亲和蔼慈祥地微笑着，身旁的父亲也面带微笑，两人都笑得那么自然，安详之情溢满画面。那是母亲刚刚从兰大二院做完阑尾手术出院后，和父亲在兰州黄河铁桥的留影。照片上的母亲，丝毫看不出大病初愈之状，这就是我坚强的母亲。

我是穿着母亲做的衣服吃着母亲做的饭长大的。"文革"前，我家一直是邻居特别羡慕的。我穿的衣服比起同龄的人，一是干净，二是总有新的，吃的也比邻居家的好。记得那时，放学的第一件事，就是赶紧回家，回家就有母亲做的好吃的。单位大院里，有些家里孩子和大人还分餐吃。给大人做精细些，孩子们则总是一天两顿浆水面。而我们家，母亲总变着法儿给我们做好吃的。每人每月供应两斤的肉票显然是不够的，每周末，母亲就给我们买些猪蹄，先将猪蹄用火烧得干干净净，放到锅里，慢火煨炖一夜，第二天再用卤汤卤煮得红红的，一人一个，吃了又解馋又耐饿。记得有一天天刚刚亮，母亲就从冷库里买回了羊架子，炒上满满一大盆臊子，然后将煮了羊架子的骨头

吴卓芳，女，甘肃临洮人，中共党员，律师，高级经济师；中国政法大学民商法学硕士研究生。中国散文家协会会员，中国乡土作家协会理事，甘肃省作家协会会员。著有《新编经济法》《市场经济法律知识读本》等专著，长篇小说《三生石》、诗集《洮河涓涓》、散文集《生命的流程》曾获各种奖。

汤放入，用面在簸箕上搓成马蛇子（搓鱼儿），再调上几勺臊子，在炉子里慢慢地煨炖着；一边在炉膛旁的小矮凳上做着针线，一边等着上班的父亲和上学的孩子们都到了，就正式开锅，再撒上些母亲自己种的芫荽，满屋飘着香喷喷的饭味，直到今天，犹感回味无穷。

我结婚了，母亲给我做了两件绸缎棉袄。过了两年，我嫌放着碍事，就又带回去了。母亲说，孩子，留着吧，以后我的手会变得越来越粗糙，拿针引线会挂丝的，这种绸缎活就再也做不了了。

我的母亲父亲

母亲走后，我突然觉得家里冰冷了许多，从此，这个世界上再也听不到有人亲切地唤着我们的乳名，做好了饭，耐着性子一遍遍地喊着贪玩的孩子吃饭的声音了。

再也没有一边做针线，一边陪着我们做作业的人了；再也没有为了家人过上好日子，起早贪黑种菜养鸡给家人改善生活的人了；再也没有在孩子们开学时，给孩子们备书包、包书皮的人了；再也没有当孩子们一个个长大工作后，母亲又重返工作岗位，去给孩子们筹钱买这买那了；再也没有人听你絮絮叨叨地说长道短了。

现在我们的日子都好了，但含辛茹苦将我们养大的母亲，你又在哪里呢？

我的思绪又回到了这张照片。这是母亲和父亲准备来白银看望我，可是母亲的阑尾炎突然发作了。大夫说要动手术，他俩连在兰州的哥哥也没有通知，就动了手术，一出院就来到了白银。我看母亲脸色不好，问起来，才知道她做了手术，非常心痛。兰州白银相隔咫尺，可母亲怕耽误或影响我们的工作，谁都不让告诉。我常常想，我要不好好工作，最对不起的人就是我的父母。

母亲是我们大家的守护神。多年过去，那亲切而熟悉的身影早已不再出现，我的内心时时涌出一股难以抑制的悲痛。常常回忆起过去那每一个明媚的早晨，每一个夕阳如血的傍晚……

多少年来，我每听见乡音就驻足。我知道那不是你，但我依旧一次次地赶上去看那是不是你。

看见每一朵菊花，就想起你，想起满园盛开的秋菊，那秋菊在月光下犹如一个个小精灵闪闪发光。

看到黄灿灿的苞米上市了，就想起你，想起你围着院墙周边点的"小金黄"。当小金黄熟了的时候，你一次次地打电话让孙子们来尝。

走进商场，看到那件衣服你能穿，就上前比画着询问着，但拿到手里，突然发现不用了。

出差回来，每一次都先拿起电话报平安，可电话那边永远是忙音，我知道，这个电话永远没人接了……

看着电视里的主持人海霞风采依旧，可电视机前再也没有母亲这位多年忠实的粉丝了。

你爱听的李娜的《青藏高原》，仍然回响在祖国大地，但我已经很久没和你一起聆听这首歌了。

多少年来，我每去一座公园都在寻你，临洮的紫薇公园、白银的金鱼公园、合作的当直沟公园……却再也找不到你戴着草帽在林荫下、在花丛旁的笑脸。

每一个黄昏，我都盼你，盼你归来，但夜幕低垂，华灯初上，大路空寂……

我在飘雪的季节里想你，看到你美丽的睫毛上沾着晶莹剔透的雪花，但飞舞的雪花迷茫了我的双眼……

我在格桑花盛开的草原上想你，却再也没有了你和我一起躺在绿草如茵的草地上吃你给我们准备的丰盛的野餐的时刻……

我在感冒发烧的时候想你，想起你在星光下背着我赶往医院。

我在你逝去的每一个夜晚都想你，努力地在我半睡半醒中拉着你进入我的梦境……

母亲啊，你走得太久太久了，真的太久太久了……女儿永远怀念你！

我的军人母亲

何 英

我的母亲今年已经91岁了,她曾经是一名军人。1951年从四川音乐学院被征兵入伍来到大西北,也是四川省中江县的第一位女兵。每当回忆起这段光荣的经历,母亲都会自豪地说,收到应征入伍通知书及发军装的那天,中江县、区、乡、村各级领导以及十里八乡的亲戚朋友纷纷赶到家里,为我披红挂彩,敲锣打鼓放鞭炮,前来欢送一位女兵入伍。家里的大门口挂上"光荣军属"牌匾,我感到无比荣耀,给整个家族增添了光彩。四川省中江县县志上还有我的名字呢。往事像演电影一样历历在目……

我的母亲年轻时英姿飒爽,是一位多才多艺的文艺兵。随着岁月的流逝,母亲已成为耄耋老人,但骨子里与生俱来的军人气质一直在。现如今,她每天还坚持锻炼身体,虽然步伐缓慢,但腰板依然挺直,军人的风度依稀可见。

特别让我感到欣慰的是,母亲的记忆力与反应能力与她的同龄人反差特别大,说起小时候外婆经常传授的家风、家规,她依然记忆清晰,津津乐道。母亲说,外婆是一个大家闺秀,虽然没有多少文化,但是他的父辈对他的教育是非常严苛的,女孩子必须站有站相、坐有坐相、吃饭有吃相、家里来客人要懂规矩等等。母亲把这些优良的传统传授复制给了我们兄弟姊妹,不但影响了我的一生,也影响到我的下一代。

我出生在兰州小西湖陆军总院。由于爸妈所在的部队流动性较大,经常换防,为了不影响爸妈的事业,他们决定把我送回四川,寄养在外婆家。直到上学年龄,我才回到爸妈身边。记得在外婆家的那几年,外婆教会我背诵《三字经》《弟子规》。虽然我不明白它的含义,但是那些句子已经深深扎根在了我的脑海中。随着我渐渐长大,我从点点滴滴观察,从母亲的身上看到了外婆的影子。

何英,女,祖籍山西省河曲县,1958年12月生于兰州,中共党员,大专学历,兰州中医白癜风医院院长。兰州市慈善总会理事,甘肃省老科协护理分会副会长。

我的母亲父亲

　　印象最深的是，每当寒冬、春节来临，妈妈为我们兄弟姐妹缝制新衣，添加衣被。月亮弯弯，星星闪烁，妈妈总在昏暗的灯光下，一针一线为我们缝制新棉袄新棉裤，那情景，今生永难忘怀。

　　记得小时候一次吃饭时，我一不小心把一粒米掉在地上，被妈妈发现，她会让我立马捡起来，还叮咛我下回要注意，一定要珍惜农民伯伯种的每一粒粮食。母亲的要求，让我们这些在城市里长大的孩子明白了"谁知盘中餐，粒粒皆辛苦"的含义。我特别喜欢母亲既严肃又温柔慈祥的样子。

　　在计划经济时期，物资匮乏，生活必备品都凭票供应，包括购买粮食、油、猪肉、布等等。我们家有兄弟姊妹7个，家庭生活不宽裕。如果计划不好，到月底就会断粮，母亲总是精打细算。母亲从小就培养我们自立，让我们学会吃苦，学会做家务，并且分工明确，要求我们相互配合，做饭、洗碗、整理家务、买菜、买面、买煤，每周轮换一次，培养我们勤俭持家的良好习惯。在光阴的流逝中，她看着我们慢慢长大。虽然日子过得很拮据，但是，我们弟兄姊妹都感到很幸福很快乐。

　　我的记忆中，最困难的时期就是"文化大革命"时期。那时我在上小学，突然有一天，爸爸被戴着红袖章的一群人带走了，很长时间没有回家。后来听妈妈说，我的父亲祖籍山西省河曲县，他是家中的独子，15岁那年，日本鬼子进村扫荡抓壮丁，奶奶害怕爸爸被抓走，让爸爸从后村跑出村外，并叮嘱爸爸去找当时的地下党员二伯父。爸爸从此参军，走上了革命道路，成为一名抗日战士。这一别，几十年都没有回过家乡。

　　"文革"期间，给我父亲定的罪名是"叛徒特务，死不悔改的走资派"。爸爸被军管后，家庭的重担全部落在母亲身上。母亲咬牙坚持每天给父亲送饭，又要工作，还要照顾我们兄弟姊妹七个。母亲每天五点多起床，为我们做早饭，每天晚上忙到深夜，总是在灯下缝缝补补，纳鞋底。我经常半夜醒来时，发现母亲在昏暗的灯光下忙着……我心疼，在被窝里流眼泪，只恨自己无能。

在那个特殊年代，母亲背负着丈夫是"叛徒特务，死不悔改的走资派，"的政治压力，历经艰难困苦，承受了常人难以承受的屈辱坎坷，含辛茹苦地抚养7个子女吃饭、穿衣和上学。母亲唯一的信念，就是要抚养儿女长大成人，希望自己的7个子女将来能有出息。

由于受到爸爸的政治历史问题的影响与牵连，我们兄弟姊妹都被戴上了黑五类子女的帽子，初中毕业分配工作时，没人敢用。

记得父亲的战友到甘肃来征兵，告诉我妈妈，虽然你的孩子符合征兵入伍的条件，但因为父亲的政治历史问题没有结论，感到非常的惋惜。

当时唯一的出路，只有响应毛主席的号召，"上山下乡，接受贫下中农的再教育"。我是第一个到学校报名要求上山下乡的，回家后我把想法告诉了母亲。母亲坚定地支持我的行动，并且语重心长地告诉我：孩子，安心去吧，相信你一定会在农村这个广阔的天地大有作为的，因为你是革命军人的后代！相信你一定不会辜负革命军人这四个沉甸甸的大字，保持革命军人家庭的本色与品质，和贫下中农都能打成一片……

1973年11月的一天，接到知青办通知，第二天到指定地点集合下乡。那天夜里，我的心情久久不能平静。我实在是睡不着，阳台上有一丝亮光，让我感到很好奇，从被窝里爬起来去观望，我看见了那个熟悉的背影——那是母亲，在为我连夜缝制一件小碎花的棉马甲。一股热流涌入鼻腔，眼泪打湿了枕巾。鸡叫了，天亮了，我睁开眼睛，看见我的母亲两只眼睛熬得像小兔子的眼睛，布满了红血丝。看着母亲，泪水再次夺眶而出……

两年多的农村生活，离不开父母的教诲与关爱。特别是母亲，会经常写信鼓励我要和贫下中农打成一片，叮嘱我，年轻人一定要不怕苦不怕累，脏活累活抢着干。你是党组织培养的一个年轻的共产党员，是知识青年点的点长，要肩负起你的责任与使命，要带好这个团队，管理好这个团队。对于妈妈每天无时无刻地关心与鼓励，我心存感恩，立志竭尽全力，以实际行动回报母亲的养育之恩。

两年插队生活，我加入了共产主义青年团，光荣地成为一名中国共产党党员，曾被评为"优秀知青"，参加知青代表大会，并且多次被邀请到很多学校，为小学、初中、高中的同学们分享我在农村接受贫下中农再教育的感受，同时也为我今后的人生道路打下了良好的基础。

是母亲让我学会了坚强、责任、担当。我一定要把母亲那股不畏艰难、坚韧不屈的精神承接过来！

几年之后，父亲终于得到了平反，还了老父亲清白，恢复了原职。我们兄妹几个黑五类子女的帽子终于被摘掉了。从此家境才慢慢有所好转。

参加工作后，我坚持几十年如一日，义务照顾着一位马来西亚归国华侨（她终身未婚），照顾老人的饮食起居，帮他购物、理发、剪指甲、洗澡、陪护。年复一年，日复一日。我的儿子从小学一年级开始坚持给老人送饭，直到上研究生。曾经有一次，我让儿子给老人送饭时，儿子不解地问我："妈妈，你为什么一直这样照顾这位老人，你们院长为什么不管呢？"我告诉孩子，因为我身兼工会干部和女工主任。这是一位孤寡老人，我有责任有义务来照顾她。如果我不照顾，总得要有人来照顾，要有人付出呀，我就是要做这个心甘情愿、无怨无悔照顾老人的职工。我们院长的工作很忙，没时间来照顾老人，我愿意替院长分忧解难。我还告诉孩子，希望他以后也要学会助人为乐，尽己所能帮助需要帮助的人。帮助别人，快乐自己。直到我和儿子为这位74岁的孤寡老人送终。二十多年的情感，不是亲人，胜似亲人。此事已经传为佳话。儿子感慨地说："妈妈，我下辈子还做您的儿子，我感到非常的荣幸与骄傲。我身边的很多同学都羡慕我有这样善良的妈妈。妈妈真好，既温暖又幸福。"

儿子果真受到了我的言传身教的影响。我儿子的一位同学在国外工作成家后，许多年都没有回来探望母亲，他把母亲托付给我儿子照顾。儿子这一照顾，就是10多年。逢年过节去探望老人，家中有事或老人生病时，他都会第一时间去照顾。平时会打电话嘘寒问暖。儿子对我说，妈妈，我既然承诺了同学的事情，我就必须做到，并且还要做好。记得儿子结婚当天，我见到了这位老人，她含着激动的泪水拉着我的手说，你养了一个好儿子啊，无微不至地照顾我，比我的亲儿子还亲，我一定要认他做我的干儿子……

2018年"母亲节"前夕，我有幸参加了兰州市城关区主办的感恩母亲共话真情主题活动——"最美母亲故事会"演讲比赛，荣获二等奖。在演讲比赛中，我重点围绕母亲这个话题，分享我从小到大母亲对我的影响，以及我是如何教育孩子的，受到了大家的一致好评，得到了主办方领导的认可。我的想法是，通过演讲比赛这种形式，让更多的年轻人受益，感恩生命，感恩母亲，发

母亲老了，军人风度依旧

扬中华传统文化的美德。

如今，母亲真的老了，她满头银白色的头发，脸上刻下了一道道印记，老眼昏花，行走缓慢。只有看到我们时，她老人家那双浑浊的双眼才会发出光亮。每次想到插队前那夜她的背影，我心里永远是那样的心酸。我的母亲一生勤劳节俭，把全部的心血，都奉献给了我们这个多子女的大家庭。她一身正气，做人做事讲原则，正直大方，勤劳简朴，敦亲睦邻，经常接济帮助生活困难的亲戚朋友。她所做的点点滴滴，让我难以忘怀。原本青春美丽的她，为这个家庭耗尽了青春年华，岁月在她的脸上刻满了皱纹，可母亲依然保持着整洁的习惯。虽然91岁了，但她每天依然穿戴得十分得体。母亲经常对我们说：孩子们，你们一定要为人正直、善良，要学会感恩，感恩父母，感恩天地，孝敬老人，感恩曾经帮助过你的人，善待身边的每一个事物。

真是岁月如流水啊，转眼间，我也快奔70岁了，还能享受到母亲每年春节为我们兄弟姊妹发的红包。每当收到红包的那一刻，我都激动得热泪盈眶。我感到我是世界上最幸福的女儿，让我真正体会到了，娘在哪里，家就在哪里。我非常珍惜和母亲在一起生活的每一天，细心地照顾她，给她讲述身边发生的有趣故事，逗她开心，陪她聊天儿，呵护她，生怕她受到一点委屈。不论是母亲的生日，还是母亲节、重阳节，兄弟姊妹都要回家，团聚在母亲身边，让母亲享受到四世同堂的快乐与幸福。母亲养我们小，我们陪伴母亲老，这是天经地义的，这是中华民族的传统美德。相信我们兄弟姊妹在这个"革命军人"家庭的熏陶下，一定会把这种传统美德代代相传。

可怜天下父母心，养儿方知报娘恩。在这个世界上，为我们付出最多的，就是母亲。愿天下所有为人子女者都怀着一颗孝心，愿天下所有为人父母者都健康平安。在母亲节来临之际，真诚地祝愿天下所有的母亲们母亲节快乐！

2022年4月22日

亲爱的妈妈，我拿什么奉献给您

何 妮

明天就是母亲节了，
在我的文字海洋里，
有献给英雄、志愿者的，
有献给白衣天使、残疾人的，
也有献给各类公益慈善活动的，
唯独没有献给母亲的诗，
没有献给母亲的浪花，
哪怕只是一朵。

明天就是母亲节了，
妈妈，亲爱的妈妈！
在我的手机相册里，
您的相片，
被淹没在海量的公益活动画面里。

我拿什么奉献给您，
才能回报您的养育之恩？

妈妈，
自从第三轮疫情发生以来，

何妮，笔名心静沉香，女，祖籍四川绵阳。中国散文学会会员，供职于兰州市残联，兰州市慈善总会监事会监事。参与策划、组织、举办了三百多场大型公益活动以及三十多场全国性的大型文学论坛、采风、联谊等公益文化活动。

我与下沉干部们坚守在疫情防控一线，
值守滩尖子社区各卡口点，
这轮疫情让我看到，社区工作人员
比我们辛苦得多，他们事无巨细，
有时，他们还是白衣天使，参与核酸检测，

两个月来，我们没有双休日节假日，
这种坚守与坚持，
算不算女儿对母亲的一种回报？

妈妈，
太过于浓烈的爱，
我往往不会表达，
女儿愚钝，
写不出一首像样的诗歌献给您。
写不出您从青丝到白发的沧桑，
刻画不出您脸上皱纹的深意，
只能将沉甸甸的爱与思念，
深埋在心底。

妈妈，面对您，
所有的文字都太苍白无力！
您的爱比海深比天高，
今生今世无以为报！

人说"父母在，不远游"，
我却远离父母千里万里。
妈妈，
请宽恕女儿的不孝。

有妈就有家，

无论我漂泊异乡多远，
永远都是您的心头肉，
永远都是您手心里的宝，
永远都是您攥在手里永不断线的风筝。

这个世界，
能包容我任性与固执的，
只有妈妈您！
能包容我倔强与坏脾气的，
也只有您！

妈妈，
您是我风里来雨里去的坚强后盾，
您是我跨越沟沟坎坎的强大动力，
您是我战胜磨难的勇气与能量，
您是我疲惫不堪之后，
最温暖的港湾。

这个世界，
不计回报的爱，只有母爱！
能包容一切的情，也只有母爱！

我不能陪伴在您的身边，
您从不抱怨，从不指责，
只有默默的爱与牵挂。
默默祈愿我一切安好！

妈妈，
为了回报您的爱，
我要努力成为爱的化身，
努力提升爱的能力，

努力转化爱，
努力传播爱！
努力播撒爱的种子，
还世界以脉脉温情。

亲爱的妈妈，
在微信视频里，
我从你慈爱的目光中，
看到了您的默认，
默认了我，
不同于兄弟姐妹的回报方式！

母亲节到了，
全国疫情防控还未完全结束，
我不能回到您身边，
只有一颗初心献给您。

我要对您说：
妈妈，我爱您！

2022年5月7日写于母亲节前夜

啊！母亲

何 鄂

一年一度的母亲节到了。

母亲！这是人世间一个最为亲切的称谓。

母亲！她意味着平凡：孕育、哺育、呵护。

她意味着伟大：繁衍、启蒙、培养。

她意味着善良：慈爱、关怀、抚慰。

她意味着港湾：倾听、包容、依靠。

任何赞美的词汇，母亲都配得上拥有。

我们都爱自己的母亲。她给我们生命，看着我们成长；她从不要求回报，只有默默的付出；等我们长大了，又做了母亲，她却老了，永远地离我们而去。一代一代，就这样更替着、转换着……生生不息。

我们更热爱我们的民族，因为我们是中国人。中华民族具有悠久的历史，五千年灿烂文明从黄河发源，从未间断。纵观历史长河和近百年的中国奋斗史，是世世代代中华儿女、志士仁人谱写了波澜壮阔的华彩篇章。如同朵朵浪花，留下了数不尽感人肺腑、可歌可泣的故事。

所以我说，我们有一个共同的母亲——中华。

我们有一个共同的名字——中华儿女。

一生中，无数次地被历史长河中那些平凡而伟大的母亲感动着。让我们在2022年的母亲节重温她们的事迹，记住她们的名字，感恩她们为民族自强自立而付出的大爱大义。她们的德与行，是激励我们努力前行的精神动力。

在中国古代，有四位众人皆知的贤德之母：距今2370年前，有战国"孟母

何鄂，女，笔名岩石，上海金山人，擅长雕塑。现任全国城市雕塑艺委会委员，中国雕塑学会常务理事，甘肃省美术家协会副主席，甘肃何鄂雕塑院院长，甘肃省舞台美术研究会名誉会长。

三迁""子不学，断机杼"的故事。是她培养了儒家亚圣孟子。他主张仁善，倡导"仁政"与"民本思想"，是最早提出"民贵君轻"思想的圣贤。

在东晋，有陶侃母亲"截发筵宾""封坛退鲊"的故事。陶母培养儿子陶侃成为一代名将，廉洁做官。

北宋时，欧阳修的母亲"画荻教子"。她培养了"一代文宗"欧阳修。

南宋时期"岳母刺字"的故事世代相传。岳母培养出了抗金名将岳飞，一生精忠报国，留下了千古绝唱《满江红》。

何鄂

在近百年历史中，当中华民族到了最危险的时候，遭受日寇侵略时，无数英雄母亲挺身而出。抗日英雄赵一曼，挎双枪，骑白马，驰骋沙场奋勇杀敌，使敌人闻风丧胆。她被捕后，敌人用尽了各种酷刑，摧残她的身体，她严正斥敌："你们消灭不了共产党人的信仰。"她在给宁儿留下的诀别信中六次呼唤"我的孩子"，令人痛心泪目。作为母亲，她深爱自己的孩子，为了保卫家园，英雄的母亲挺起了脊梁，用生命献出了大爱。

在晋察冀边区，有位"子弟兵的母亲"共产党员戎冠秀，是抗日支前拥军的劳动模范。她带领全村妇女缝军衣、做军鞋、垦荒种粮、种棉花、救护伤员，夜以继日，无怨无悔。她送三个儿子参军杀敌，最小的三儿子牺牲在战场上。她成为为新中国成立做出突出贡献的100位英雄模范人物之一。

邓玉芳，抗战女英雄，被称为英雄母亲，丈夫和七个儿子，有六个为国捐躯。她最小的儿子，7岁时因日寇大扫荡，乡亲们躲避在山洞中，邓玉芳为防止孩子因病痛啼哭被敌人发现，忍痛用棉花塞进孩子嘴里，幼小的儿子不幸死在了母亲怀中。

彭湃烈士的母亲名叫周凤。毛主席称赞她是"彭湃同志的好母亲"。她先后失去了儿子彭湃和儿媳蔡春萍，又送几个孙子参加抗日游击战争。孙子彭士禄，4岁时失去了父亲，成了孤儿，还两次被国民党抓进监狱。后来他立志继承父亲遗愿，一心报效祖国，成为中国核动力功勋英雄。

被誉为"东江游击队之母"的李淑桓，把七个子女送到抗日队伍之中，47岁英勇就义。就在她牺牲的第二天，他的四儿郭显也在战斗中牺牲。

在建党百年的历史上，有太多的女性党员为国捐躯，其中有两位代表人物：向警予是中国共产党成立时唯一一位女创始人，与蔡和森结婚时手里拿着《资本论》，说明他们有着共同的理想和追求。从法国回国后，她在上海领导了一万五千多名丝厂女工罢工，七千多名烟厂工人大罢工，开启了中国的妇女解放运动。后因叛徒出卖，于1928年5月1日英勇就义，时年33岁。

何宝珍是刘少奇的妻子，共产党员，三个孩子的母亲。她参加了长沙、上海、广州、武汉等地的工农运动。"四一二"之后被捕，又被叛徒出卖，1933年在雨花台英勇就义，临刑前，她怒斥敌人："革命者是杀不尽的。"她和刘少奇的三个子女，后来均成为祖国建设的栋梁之材，一个核化学专家，一个导弹专家，一个教育家。

还有一位母亲，送儿子远渡重洋留学，学成归国报效祖国，她就是杰出的科学家钱学森的母亲章兰娟。她学识渊博，深明大义，儿子钱学森出国留学时，她将"老子""庄子"典籍放进孩子的行李，告诉儿子"好男儿志在四方，你要有勇气去闯世界，你得肩负着国家民族大义"。她为钱学森吟诵《爱莲说》，将莲花绣在手帕上。她培育了一位赤胆忠心、报效祖国的航天之父、导弹之父——钱学森。

在建设中国特色社会主义进程中，涌现了许多英雄模范的母亲：在新疆冬古拉玛山口的边境线上，遍布着刻有"中国"两个字的石头。谁能想象得到，这是一位维吾尔族妇女爱国之心的见证。她叫布茹玛汗·毛勒朵，正是她，发现界碑向中国方面移动了25厘米，发现了牧民不时越境放牧。为此，她从19岁开始，50年不间断在海拔4290米的边境线上走动，走过了二十多万千米山路，在十万多块大大小小的石头上刻上"中国"二字。她的五个儿女都是护边员。她把边防战士都视作自己的孩子，暴风雪里，她把小战士的双脚揣在自己怀里暖着，风雪之夜，她和儿子走十几小时山路，给困在半山腰的战士送去干粮……新中国成立70周年纪念时，习近平总书记给她颁发了国家荣誉勋章。

2021年建党百年纪念，七一勋章的获得者张桂梅，教育扶贫20年。她创办的华坪女高中，13年中有1800多名学生考上了大学。当我们得知她是一名骨瘤、血管瘤的患者，伴有23种病痛时，怎能不为她的大爱所感动？！

我们欣喜地看到，在航天、海洋领域，出现了"八〇后"优秀科技工作者：

刚返回地球的"八〇后"航天女英雄王亚平,是神舟十三号第一位出太空舱行走的女性。她是中国首位太空教师,2013年为全球网友上课,世界上有6000万名学子观看了这次活动。她有一个可爱的女儿,称她"摘星星的妈妈"。若不是她讲述空间站每90分钟绕地球一周,一天能看到16次太阳升起,我们怎能知道太空有无尽的奥秘啊!

另一位"八〇后",是一心为"海洋强国"奋斗的上海女科学家彭艳。她十年磨一剑,攻克智能运载科学与工程,当选为欧洲自然科学院院士。她曾在怀孕六个月时带着婆婆,穿上羽绒服外加军大衣,坚持要亲自参加海试。

还有"中国计算机之母"夏培肃,生命不息,奋斗不止,为推动中国计算机科学进入世界前列做出了巨大贡献。因她全身心扑在中国第一台自行研制的通用电子数字计算机"107"上,没时间管孩子,大儿子不幸掉进家中后院下水道夭折,令她痛心,深深自责……

还有中科院院士、女科学家黄荷凤,她是创造新生命的"科学家妈妈"。她创建了生殖新技术,提高了试管婴儿安全性,阻断了遗传出生的缺陷。

等等……

我真想一直这样写下去,想让更多的人知道在我中华大地,有无数闪光的灵魂。她们无私地献身祖国母亲,她们都是彪炳史册的中华儿女。

对祖国的情,像山一样巍峨。

对民族的爱,像水一样柔软。

我们都是中华儿女,我怀着对她们的敬仰,学习她们的精神,以她们为榜样,希望能做一个对国家有用的人。我是一名党培养的文艺工作者,我用雕塑《黄河母亲》寄托和抒发了自己对民族、对祖国的无限深情。我从五千年灿烂文明中感悟到老祖宗留下的千千万万遗产,遗产上写满了密码,就是"创造"两个字。我终于明白我们的使命,就是在这个伟大时代谱写壮丽诗篇。我愿将一生都用在创造上,力求为"文化强国"创造出具有时代精神的好作品。

我能够奉献给时代的,唯有雕塑!

我能够奉献给人民的,唯有雕塑!

2022年4月20日

祭母杂咏

何光第

"祖宗虽远,祭祀不可不诚"。母逝十年,祭祀未断。寸心犹在,春晖难报。谨以诗词,聊表思念。

含泪送别母亲(七首)

(一)

忍将倏去鹤云乡,留得空庭倍感伤。

节俭千秋传美德,勤劳一世著荣光。

悲声哽咽谢亲友,哀雨潸然拜萱堂。

同沐春晖何以报,深渐游子寸心长。

(二)菩萨蛮(二阕)

恨无妙手留春住,忍看驾鹤西归去。饮泣忆萱堂,含悲欲断肠。

凄风吹别梦,苦雨催人痛。待到醒来时,心存无限思。

哀音一片伤心处,人生不遇总相遇。离恨化成悲,愁多无语休。

此情天作纸,欲写断肠字。心共杜鹃啼,泪流日已西。

(三)浣溪沙(二阕)

毕竟人生别亦难,苦辛一世老来残。泉台此去盼相安。

游子曾经沐母爱,逢时寸草忆慈颜。不禁泪雨催心肝。

望断泉台去不还,忍将离恨付宵寒。人生如梦有无间。

自愧春晖恩未报,长存遗愿化平安。留春不住独凭栏。

(四)鹧鸪天(二阕)

冷雨凄风伴哀音,呼天抢地难解醒。人间多少伤心泪,世上最难母子

何光第,1945年4月生于甘肃陇西,曾任甘肃省人大常委会副秘书长兼办公厅主任。2008年退休。出版有《吟梅轩诗词》四集。现为中华诗词学会会员,甘肃省书法家协会会员。

情。夜未寐,露华清,思亲不见梦相惊。从今冷暖谁来念,杜宇犹闻泣血声。

撒手西归泪不干,牵肠挂肚别离难。年来伤病共侍奉,相忆母恩重似山。斯世苦,永难安,何时重见梦中还。捧得遗像灯前看,一片伤心凄雨寒。

2012年6月10日

蝶恋花　梦怀母亲

辛苦一生留不住,哀痛如烟,闰月西归去。无奈人间伤别路,思亲唯种坟头树。

缥缈音容偏隔阻,梦里俨然,难见成终古。长夜萧萧浑不语,阴山泪洒无寻处。

2012年7月26日

母亲百天祭(二阕)

(一)南乡子

渭水起寒流,遥望空山万木秋。霜叶萧然洒满地,低头,却恨分离泪不收。

人去似灯休,落尽繁花小院幽。明月照人孤影在,殷忧,一处相思万斛愁。

(二)浣溪沙

雨洒江天泪乍收,思亲犹自忆从头。艰辛历尽与谁俦?

驾鹤西归人已去,路遥声杳庭空留。寂寥孤苦不胜愁。

2012年9月14日

母亲一周年祭(二阕)

(一)青玉案

春风又绿渭河岸,人已去,无心看。有道哀情终不散。那堪此日,焚香烧纸,浊酒樽罍奠。

空庭独自愁难断,寂寞谁来嘘冷暖。天上人间重隔远。一年别后,几曾梦见,和泪自相咽。

(二)清平乐

哀声如咽,黉夜望残月。犹忆去年兹时节,竟是慈亲长别。

一生历尽艰难,心为儿女宵肝。欲问归期何日,更祈来世平安。

2013年5月28日

女冠子　母亲二周年祭作

四月十九,正是前年今日,别慈亲。忍泪端详看,含情忆苦辛。

我们一家人
（前排中为我
的母亲）

应知肠寸断，空有梦中真。冷暖谁来问，望星辰。

2014年5月17日

母亲三周年祭感作(二阕)

(一)青玉案

三年日夜思亲路，黯云起，难消去。放眼南山愁尽诉，莫惊魂梦，浑然所见，疑是仙游处。

朦胧泪眼看春暮，常记慈恩心中住。何待归期来几度，空庭犹看，坟头星月，挂在青青树。

(二)蝶恋花

转眼三年长祭奠，泪眼蒙眬，忍顾慈亲面。红烛黄纸灯满院，抚今追昔情无限。

又起思量悲聚散，依旧空庭，此处难相见。长恨人生愁苦短，重泉阻隔肝肠断。

2015年6月5日

菩萨蛮 母亲四周年祭作

人生自古谁无死，恍如浩荡东流水。西望拜泉台，南飞竟不回。

满山新绿住,祭祀登高处。思念使人愁,老泪洒坟头。

2016 年 5 月 25 日

鹧鸪天　母亲节暨先慈五周年祭夜思

天下母亲堪最伟,劬劳无怨向天飞。春晖谁道寸心报,衾夜轻声梦里归。

初夏雨,暮霏霏,难眠转侧望空帏。思亲不见凄风紧,又惹离愁泪湿衣。

2017 年 5 月 14 日

母亲六周年祭(二首)

(一)

初暑炎炎祭六年,清风飒飒满云天。

相思无尽离愁苦,华发有穷别泪怜。

一世艰辛今自忆,几曾简朴昔谁传。

青山依旧夕阳晚,独向高堂望月圆。

(二)鹧鸪天

有道世间娘最亲,养儿育女甚艰辛。一生付出不求报,只盼回家看看频。

羔跪乳,鸟哺雏,春晖未报问天伦。如今几许感恩重,应效先贤孝道人。

2018 年 6 月 2 日

母亲七周年祭有怀(二首)

(一)

世外茫茫过七年,人间万事转凄然。

伤心最是娘离去,孤影无家独自怜。

(二)

世上何为重,当遵是母亲。

艰辛养我大,钟爱育心频。

寸草怜天意,春晖照夕辰。

今来无所报,唯有念先人。

2019 年 5 月 23 日

母亲节有怀并祭家慈逝世八周年

佳节望黄河,思亲独自过。

持家一世苦,负己几曾多。

梦绕空庭渺,魂牵寂寞磨。

报恩相隔远,含泪一支歌。

2020 年 5 月 10 日

阮郎归　母亲九周年祭有思

人生难忘是家乡,思飞又梦娘。似曾灯下夜缝裳,更怀淡饭香。

情未尽,意犹长,阴阳两隔伤。空怀养育报恩藏,何时陪侍傍?

2021 年 5 月 30 日

母亲十周年祭有怀

夜深对月思无涯,晨起孤身沐早霞。

十载难亲慈母面,百年易见紫萱花。

眼中不尽离前泪,心底犹存别后家。

寂寞谁来关冷暖,萧然唯奠一杯茶。

2022 年 5 月 19 日

祭母诗笺

宋寿海

（一）

我娘遗骨寄壶山，
明月松风泪竹斑。
从此青丘添一念，
哀思长系在其间。

2017 年母亲节

（二）

一从脐带系凡胎，
人世谁纾百事哀？
上帝仁慈忙不过，
爱心特遣母亲来。

2018 年母亲节

（三）

菩萨蛮

深情人过母亲节，我娘与我松花隔。泪眼苦哀思，我娘知不知？

宋寿海，1946 年 10 月生，福建莆田人，毕业于西安交通大学动力机械系，曾任甘肃省科协党组成员、副主席，现退休。

一从生死别,家就归成客。不见唤儿声,迎眸木主惊。

注:木主,即木主牌。

2019 年母亲节

（四）

野草娘言难割尽,

仍然磨利镰刀刃。

我娘已殁草犹青,

爬满坟头成佐证。

2020 年母亲节

（五）

叩首烧香又拜神,

先行孝道莫迷津。

谁知福报跟前觅,

佛是家中父母亲。

2021 年母亲节

（六）

母亲逝世十四周年祭

谷雨送春归,

悲心失翠微。

徒然存寸草,

何处报清晖?

2022 年谷雨

我的巾帼母亲

宋坤英

　　俺娘名叫刘庆霄,是华北平原著名的药都安国的一个农户的女儿。她有北方女子的个头,皮肤白皙,明亮的大眼睛,头发黑黑的,还有点自来卷。在我心目中,娘最漂亮。别人常逗我,你长得像谁? 我总骄傲地说:"像娘呗!"

　　俺娘做姑娘时的风采可以想见,其实我的父亲也很英俊。从成亲的那一天起,俺娘就逐渐担负起了操持一个大家庭的重担,相夫教子,侍奉公婆,任劳任怨。父亲是小学教员,大伯是校长。工作之余,兄弟二人下地干活,是庄稼地里的一把好手,日子过得平静而有序。

　　燕赵自古多慷慨悲歌之士。1937年7月7日,发生卢沟桥事变,中国人的生活被日寇的炮火击破,抗日战争爆发。华北迅速沦陷。占领平津的日本鬼子强令大伯教学生学日语,作为小学校长,大伯宁死不从! 万恶的鬼子竟然当着父亲的面,用刺刀挑死了大伯。父亲强忍悲愤,咬碎了牙齿,擦干了眼泪,1938年秋天决然投奔抗日队伍,拿起了钢枪大刀,要为国家、为亲人报仇!

　　我娘深明大义,她对父亲说:"家里有我,你放心去吧!"她自愿担负起抚养烈士遗孤之责。

　　抗战期间,华北沦陷区的人民从来没有停止过抵抗。多少个日日夜夜,他们出生入死,端鬼子的炮楼,打埋伏消灭伪军,铲除汉奸,宣传抗日道理,团结爱国的民众,壮大革命的队伍。父亲是让敌人头疼的区队长,我娘是义务通信员、情报员,又是伤员的护理员,还是战友们的炊事员……

　　娘说,一次,在大扫荡中,二狗子带着鬼子,扑到我家来抓抗日人员,正在家里开会的他们闻讯,刚刚隐藏好,敌人就闯进来了。地道口的入口就在我

宋坤英,女,1968年8月起为内蒙古额济纳旗巴彦陶来国有农场农工,1972年8月调到贵州省六盘水市六枝矿务局二中任教师,1984年起在贵州省安顺供电局教育科、科技档案室工作,任馆员,直至2003年底退休。

家的炕中央，机智的母亲把大炕桌压在上面，从从容容端茶倒水。敌人搜查未果，就坐在炕桌旁大吃大喝，一直胡闹到深夜。母亲的那份镇定、机智、勇敢，让我钦佩了一生。

鬼子终于投降了，抗战胜利了。父亲他们又投身于解放战争。寒冬腊月，他们利用大沙河的结冰期，在冰上给解放军送粮食，参加了解放天津的战役。我娘则组织村里的妇女，做军鞋，织布，做棉衣。我那时很小，娘把我放在大棉裤裤裆里，用她的体温温暖着我。我听着"吱吱"的纺车声，睡得可香了！娘说："妮子真乖，都知道给娘帮忙了呀！"娘在夸我呢。

新中国成立后，父亲一直在煤炭系统做技术管理工作，娘带我们也进了天津城。城里比农村大，热闹、繁华，玩的地方也多，我觉得什么都新鲜。有一次跟小朋友玩"过家家"，胶皮"小鸭子"一捏还会叫，我可喜欢了。游戏结束，各回各家，我把它拿回家想再玩玩。母亲看到后说："别人的东西不能据为己有，要做个诚实、不贪小便宜的孩子。"我知道错了，马上还给了小朋友。回来后，母亲摸摸我的头，笑了。几十年过去了，此事恍若昨日，铭记在心。

和平年代，上班的上班，上学的上学，一家人其乐融融。母亲是闲不住的。她志愿加入居委会，为大家服务。抗洪时，她组织群众巡逻；平日调解邻里的矛盾，带头参加扫盲班学文化……院里老老少少都愿意跟她说心里话，她是大家喜欢、爱戴的"宋奶奶"。

我的哥哥、姐姐比我优秀。大哥哈尔滨军事工程学院毕业，二哥西安军事电讯工程学院毕业，姐姐北京广播学院毕业，我支边。在邻里的眼中，我们都是有出息的孩子，都说我娘教育得好，孩子们上进，团结，爱帮助人。

1965年，父亲响应"备战、备荒、为人民"的号召，奔赴贵州，担任六枝矿务局的领导工作。一年后，"文化大革命"开始了，在那个颠倒黑白的年代，我父亲被扣上了"走资派""叛徒"的帽子，蹲"牛棚"了。没有独自出过远门的母亲，安排好家事，连夜乘车三天四夜来到父亲的工作地。造反派不让她跟父亲见面，她就死等，就住在外面守候，在精神上支持丈夫。她找到矿务局领导当面交涉："老宋他响应党的号召，抛下家庭来参加建设，跟工人一起下矿井，同吃同住，有这样的走资派吗？再说了，叛徒的帽子是扣不到他头上的，我可以证明，抗战时，他出生入死，不怕抛头颅洒热血，用行动证明了他入党时的誓言'我不怕死、赶走小日本、永不叛党！'"母亲配合组织调查，证实了父亲由"堡垒户"掩护逃过鬼子搜捕的过程（堡垒户是靠近党组织、支持抗日、值得信任的农户）。

我的母亲刘庆霄

经过党组织的审查,我父亲终于获得平反。

　　1968年8月1日,高中二年级时,我响应党"知识青年上山下乡"的号召,奔赴内蒙古巴彦淖尔市额济纳旗插队落户。在出发的前一天晚上,妈妈戴着老花镜,给我赶缝一件贴身的小棉袄。天津的三伏天,可是个"大蒸笼",看着母亲不时擦汗的手,我油然想起那首古诗:"慈母手中线,游子身上衣。临行密密缝,意恐迟迟归。谁言寸草心,报得三春晖。"眼泪模糊了我的双眼。后来的岁月里,我虽然有各种材质的衣服,毛的、皮的、丝的……可我最珍惜的,还是娘亲手做的那件"贴心小棉袄",我要永远珍藏它,珍爱到永远。

　　1972年8月1日,我离开额济纳旗,来到贵州六枝特区。在额济纳旗的四年,恰似读完大学。在广阔的大地上,我学会了不少农活,种菜、开荒、割麦子……结识蒙古族老乡,给蒙、汉族学生上课,领略着大漠的苍茫和人生的甘苦。

　　在矿二中任教十年,我已是两个孩子的母亲。自觉知识不够用,想多读点书,于是报考了师专。接到录取通知之时,正是母亲患癌症之日,我很犹豫。娘说:"去吧!大儿子由奶奶带,二儿子我给你带。"第一学期寒假,娘病重,父亲办好了离休手续,我送他们回天津。一年后,接到家信,是慈母离世的噩耗。娘带着对我们的依依不舍,对生活的眷恋,走了。为了不影响我学习,她临终也没有告诉我,我没有见到她最后一面,不断涌出的泪水冲不掉我终生的遗憾。

我爱额济纳的胡杨。千年不死的胡杨木,象征着男人的粗犷、顽强,像父亲,我更爱戈壁滩上的红柳,在少雨无水的干燥沙地上,它活得异常顽强,红的杆,红的枝,红的小花,别有一种风姿,像女人,像我的娘!

娘! 您是养育我的沃土,是我心中永远的暖阳!

我的亲娘,我想您一定会听到我的心声的。

妈妈，你的辛劳是我的牵挂

宋树祥

大雨滂沱。

家，陇南山乡三合头农家小院静静地享受着雨水的亲吻。

正房的台子上妈妈坐在小椅子上打盹。只有这样的天气，妈妈才有暇打个盹！蓝色的帽子遮不住斑白的花发，遮不住岁月的凄厉，遮不住衰老的无情。并不宽大的衣服因妈妈的瘦小而显宽大。面对妈妈我的心一阵酸楚！

妈妈的童年是在刀尖般的岁月中度过的。由于外祖父对家庭的不负责，要强的外婆带着三个孩子借房另居。作为老大却还是孩子的妈妈担起看护弟妹的任务。姨姨未满周岁，外婆在其腰间拴一系腰，将另一头绑在炕柱上，让年仅六岁的妈妈陪护妹妹看管弟弟。妈妈在炕上头方不盈尺的窗口眺望远处的田野，眺望通往田野的小路，寻找外婆归来的身影，留下了迎风流泪的终身眼疾。世艰家难，另起炉灶的生活困窘异常。妈常说起因泼洗锅水时将家中唯一做饭的砂锅打破而挨了外婆几天的骂。贫穷让妈妈过早地品尝了生活的苦涩，饥饿给妈妈的童年刻下太深的记忆，粮食在妈妈的心中占据着特殊的地位，土地与妈妈的一生有着别样的情结！

妈妈家境虽然困窘，但外婆却是富有远见的女丈夫，她不仅供舅舅上学，还供妈妈上学。妈妈成了当时十里八村唯一的女子读书人。由于知识开阔了眼界，妈妈又成了同龄人中为数不多的女党员。在建党百年时，获得了光荣在党50年纪念章。

走过苦难岁月的妈妈偶尔会自豪地说：从我有本事起，除了六〇年被人家把家里的粮搜光把我们娘俩差点饿死外，就再没缺过吃。

是的，六〇年，在家乡人的记忆中过于深刻：五十多户的村庄五十多条生

宋树祥，甘肃文县人，从事文秘武装工作，爱好书法写作。

命殒于无食。我刚出生月余，就步入了这个灾难的年月。外婆、妈妈、舅舅、姨姨喝从食堂打来的清汤，将碗底的稠汁汇在一起喂我。感谢那至真至纯的亲情，没有外婆一家就没有我的今天！

六〇年后允许私人开荒地，妈妈便在能种儿窝庄稼的地方到处挖地。从此家中的日子不再青黄不接，且仅两三年的积累，家里的粮已有修新房的实力。

父亲是孤儿，住在土改给的两间厢房中，还一院住着两家，且房小难容大灶，杀猪榨菜都要借用于邻居。为此，在1964年我家便抓紧修房。

修新房的日子是妈妈既劳心又劳力的日子，又是妈妈最富信心和最感快乐充实的日子。爸爸是一个参加过抗美援朝和解放战争的公社领导，他严谨敬业，把修房中本该他操的那份心，担的那份担，全都撂给了妈妈。25岁的妈妈每天清晨三四点起床一直要忙到第二天凌晨一两点才能休息。有时因帮工人多，又没大点的锅灶，妈一小锅一小锅地蒸馍，常常通宵达旦。妈不仅要做十多人或二十多人的饭菜，还要趁做中午饭的前后时间帮工打墙。若去林中抬木头中午不用做饭，妈便急急地去山上背柴。小小村子就有五六户人修房，我家又无人还工，所以找十几个人，妈妈几乎要跑遍全村。时过多年，妈妈还深情地告诉我们，要永远记住在那段艰难岁月给我们雪中送炭的任守英、任守祖等乡亲的大恩大德。修房期间妈妈还要到二十多里外的河坝里磨面榨油。人多磨紧，总是抹黑赶路。二十多里的崎岖路上孤独的妈妈不知多少次穿越风雨和恐惧！平常的土木房舍凝聚着妈妈太多的心血和汗水，也凝聚着外婆一家的无私帮助。家，因为付出而温馨！

妈妈精于计划又勤于躬行。生产队时一个人挣着两个人的工分。在不影响正常出工的情况下，用早晚时间给队里的牛割两背青草或抠树叶积肥折合成一天的工分。责任制后，不仅精心责任田，且占了大片山地。我和妹工作后家里的劳力奇缺，妈又不肯荒芜一块地，使得妈妈和妻子成了村里最苦的人。我和妹常劝少种点，可妈常有理，以她"火棍长了不烧手"的口头禅，阐述丰年防灾年，有时防无时的哲理。她还深情地给我说，你两个孩子上学，就你一个人的工资，我还做得动，不添斤了添两哩！再说孩子的书念得一般，万一考不上学校，你又无权无钱给孩子们找工作，我不把地守住，他们将来咋办？妈妈的话让我感触颇多，为了妈妈少一份操心劳累，我多想是一位权贵或富翁，然而时也、运也、命也，方正的我为时势所不容。其实天生一人必有一禄，只是妈妈太尽责、太看重了！

妈最看不惯浪费。因吃饭洒饭和取面洒面甚至生火多划几根火柴,不知挨过妈多少回说。不论是在地里还是在路上,妈只要发现有遗洒的粮食,再忙都会俯下身子去捡。家中的窗台上,桌子上到处都有妈妈从兜里掏出的杂粮。有一次逢场,我与妈同回。路上这一颗那一颗的桃核引起了她的注意。妈从背包中腾出塑料袋,便边走边捡。我劝了妈一句,妈却说一斤桃仁7元钱哩,我顺便捡上这把谁的啥坏了! 蜿蜒山路,妈为每一颗桃核屈就俯仰。我心不忍,便接过塑料袋来捡,妈眼很亮,不时地提示,这儿有颗,那儿也有一颗!

白手起家的妈妈知道一切都来之不易,所以对啥都很看重。到桥头赶场妈舍不得两元钱买碗面吃。买衣服也是找便宜的。我和妹回家给她买点吃的或穿的,她总是怪我们花闲钱,还定要问清买的价格。当然,我们不敢说实话。妈妈七十多还在赶场粜粮卖洋芋。有相识者说我和妹妹,你妈那么大年龄了,耳朵和腿都不灵便,你们给老人点钱,别让再赶场了! 可妈妈哪里肯听,当我们劝他时,他总是当着妻子的面说:"她靠不住!"是啊,在妈妈眼里我们都还是孩子,而且是让妈妈不放心的没出息的孩子!

妈虽然很节省,可该花的钱一点也不吝啬,如我和妹妹上学的花费,家中两座房子买木料的开支。妈心地善良,同情贫弱。我家有个小药铺和小卖部,前几年有一位武都过来的要饭老人,每到我家要了吃的还要药,妈总是将感冒药或腹泻药在小瓶中装好,而后一遍遍地叮嘱剂量,生怕好心害了人家!

60年代,爸工作的公社条件差,每年都有几个编生活的人到我家。妈总是在爸的授意下,把家中也不宽余的粮或面,三升两升地接济给人家。有次,一位村民带着两个十岁上下的男孩到家,晚上因吃多了妈给他们煮的腊肉而腹泻,将稀屎拉在院里。早晨其父很难为情,妈宽厚地说:"娃们嘛,好的,好的!"打扫了垃圾又给找了止泻的药。这,在人的一生中也算一件印象深刻的事,当年的小男孩如果良心未泯,或发达,或落寞,都当记得艰难岁月里桥头任家山那难堪却又难忘的情义之夜!

妈妈捡药时常给贫苦的老人少钱或免费。村里大槐树家比较困难,妈在算累计的欠账时将二十多元一分未收。那是可以买三根大松檩子的钱。如果这些是明施,那么妈妈还有不为人知的暗舍。村里的五阿婆、房背后老太、背家婆等这些老人挖点野药,捡点粮食总爱让妈妈捎到场上去卖,她们夸妈妈会讲价,其实妈妈当了垫肉的厨师。一次,背家婆拿来一斤多色暗味淡的山椒子和两斤多挖得残头断尾的野党参让妈妈代卖,晚上,背家婆来取钱,妈

母亲（前）和我们一家

又按当时的市场价付给了。背家婆欢喜地连连夸妈妈。她走后，妻子问妈妈究竟卖了多少钱，妈说哪里有卖相，根本无人搭价，我才求了个熟人让人家随便给了几元钱给处理了。妻子有些埋怨道："妈，这么远给她背去卖了就不错了，卖多少给她多少！你垫钱她又不知道，你落得谁的好？"我虽未言语，但默认说得有理。妈却动情又嗔怪道："这些娃们哟，造孽人嘛！何处不积功，何处不行善！"这话沉沉的，让我和妻子都无言以对。它深扎在我的心里，我想也深扎在妻子的心里。现几位老人都已作古，她们至死也不知道妈妈会讲价的秘密。

岁月无情，曾经的大道小路间，平田坡地里，远去了妈妈年轻朝气的身影，留下了妈妈依旧的信念，依旧的要强，却不再依旧的强壮健康！妈妈对土地的热爱让我们难以理解，她是真正的只讲耕耘，不讲收获的人。走进黄土地，妈妈就走进了充实坦然，就走进了惬意畅快。面对妈妈对土地的深情挚爱，我们的劝说只能惹她不快，甚至招来她的指责。我们唯有在紧耕紧种时，回家以助，唯有在远离妈妈的风天雨天默默祈祷！

久而久之，我们以为风雨中磨炼的妈妈是铁打的，习以为常了妈妈的所作所为！然而，岁月的无情，再能耐的人也无法抗拒疾病与衰老。妈妈病倒了，她坚持年龄大了不去治疗。我们好说歹说，才将妈送到兰州军医院治疗，可是妈妈回来后，依然不服老不认输，又上坡下地，终使病又复发！

妈妈，你的辛劳是我的牵挂！

诗词四首

张庆中

七律　戊戌清明念双亲

清明又至意惶惶，纸币楠香寄痛肠。
愧怍卅年缺养奉，伤心四载远坟冈。
欲托尺素达泉下，仅持银杯向东墙。
为把慈容铭眼底，常将旧照细端详。

七律　写在母亲忌日

慈母归天已五秋，每逢此日泪蒙眸。
常思少小棉衣暖，更念成年米粥稠。
命舛无依多坎坷，时艰运阻少平畴。
儿孙欲养亲不待，总让哀思久哽喉。

五律　母亲节随记

天国母亲好，羞言儿狃恩。
布衣千线线，白发一根根。
节俭过寒岁，勤劳勉子孙。
遐思飞梓里，念念似平存。

临江仙·沉吟母亲节

母爱虽成往事，心中犹忆慈容。那年三月米缸空。越山翻岭去，负重背如弓。慈母生平难述，勤劳节俭心聪。务农缝补尽精通。平凡无诰位，邻口树碑丰。

张庆中，甘肃省文县尚德镇人，退休教师。文县阴平诗社理事，陇南诗词学会会员，甘肃韵文学会常务理事。在多地纸刊网刊发表格律诗词千余首。

我 的 母 亲

张全有

每年农历六月十七日是母亲的生日。自母亲过60岁生日那年开始,每年的这一天,我们当儿女的都要从四面八方赶回老家,团聚在父母周围,欢欢喜喜给母亲过生日。

今年是母亲80周岁,姊妹六个原本商议给她老人家好好过个80大寿,可因疫情再起,我们只好取消打算。为弥补遗憾,母亲生日那天一大早,我与儿子一起给她老人家打电话,在线上为她祝寿。到了夜深人静时分,我又想起母亲养育我们的一幕幕。

母亲名叫王秀兰,身高1.6米,上身长,下身短,裹过足,但不是小脚,走起路来还算稳当。她没念过书,为人善良、质朴、勤劳、节俭、倔强。

20世纪六七十年代,北方的深山区,农民苦到无以复加,生计难到无以言表。在我的印象中,母亲总是忙,不论是到生产队干活,还是包产到户后到责任田干活,也不管是三伏酷暑,还是寒冬腊月。天天睡半夜,日日起鸡叫。围绕三尺锅台,挥汗烈日麦场。或缝补破旧衣衫,或在磨坊推磨罗面。奔走于山坡沟壑间,母亲经常是边走路边吃馍,边干活边擦汗。真如《诗经》所谓:"哀哀父母,生我劬劳。"

那时候生活真是困难哪。我们穿着政府救济的黄军衣,住着破窑房,吃着救济粮。救济粮以红薯片为主,以玉米为辅。红薯片煮着吃,也磨成红薯粉吃。早上煮一锅,上学背一包,中午晚上接着吃,吃得口苦胃酸,到了见不得的份上。我们孩子总盼着啥时候能吃上一顿白面饭,一碗没有酸菜的饭。只有到了逢年过节时,母亲才想尽办法让我们吃上一顿臊子面。

过了年,孩子们掐着指头推算盼望的,就是二月二吃煮扁豆,三月三麦扇

张全有,中共党员,通渭县人。1986年6月毕业于西北师范大学历史系,曾任定西市委宣传部常务副部长、一级调研员。在国家级和省级报刊发表五十多篇文章,出版专著四部。

馍，四月八吃蜂蜜，五月五绑花线，六月六吃甜醅，七月十二辣椒茄儿，八月十五核桃梨儿，九月九吃平货，腊月八吃腊八粥……母亲很善于持家，在许多农民家庭吃不饱的岁月里，我家人居然没有挨过饿！因为是长子的缘故，母亲特别照顾我，总是让我早吃一时，多吃一份。母亲和姐姐是同一天的生日，即便是她们过生日的这一天，我都比姐姐吃得早、吃得多、吃得饱！

说到穿衣，那时候好不容易做一件新衣裳，母亲总是自己设计款式，一针一线缝制。她似乎有最大化利用衣裳的理念，让我们新三年，旧三年，缝缝补补又三年，老大穿完老二穿，老二穿完老三穿。即便是补衣裳，她对补丁也很有讲究，力求补丁的大小款式及色调与原衣裳相匹配。好些庄间老人都表扬过母亲为我补的补丁很巧妙。她经常说，人靠衣装马靠鞍，衣裳不求有多好，但要干净整洁。一年四季，我们夏秋有单衣夹衣，春冬棉衣棉裤，从来没有破衣烂衫的时候。她总是把我们收拾得干净利落，从来没有让我们当儿女的在庄间的娃娃中短精神、抬不起头。让我至今骄傲自己有个聪慧能干的母亲。

记得十二岁那年的一天，我放学回家后，在大客房地上捡粮食里的小土块，母亲在院子里用簸箕簸粮食中的细土和柴草。我看见院子里有几只麻雀，便顺手拾起一根粗棍，用力甩出门去打麻雀。不巧，棍没有打上麻雀，反而打在母亲的额头上。我听见母亲"哎呀！"一声，赶快冲向她，只见她疼得眼泪流出来了。过了几分钟，她问我为啥要打，我说打麻雀失手了。她说不要紧，疼得慢，忍得住，没有责备我一个字。

我上小学一年级时，庄间有个比我大两三岁的同学，因家中困难吃不饱，常逼我给他每天带五六颗洋芋。我怕他，常偷偷把家里的煮洋芋装入书包藏起来。后来母亲发现家里煮的洋芋少得很快，问我，我如实回答后，她也没责怪我。现在我问起她为啥当时既没责怪又没制止我，她笑着说，你小，他大，我担心他打你！

那时候，在偏僻农村，能够坚持供给孩子上学的农户大概不到十分之一。我父亲是生产队长，他带人修梯田、建水坝、修田路，还敢为人先，建水磨、钢磨、建村学。母亲理解父亲的用心，她愿意带头送孩子上村学，可是掏不起学费呀。为了凑够学费，她出东家门，进西家院，到处借钱。母亲懂得"三代不读书不如人"的道理，她决心做到再苦不能叫孩子干活不念书，再穷不能叫孩子中断学业！我们姊妹六人依次到了学龄期，不分男女，一律送进

我们这家人(前排左为我的母亲)

校门。

记得我和姐姐上的初中和高中,离家有十多华里,必须住校。每周周末要回学校时,我俩背着好多馍馍和面条。我俩一周吃的馍馍和面条,是母亲连夜准备的啊!深夜,我睡得迷迷糊糊,睁眼看时,见微弱的灯光下,母亲还在擀面、烙馍。

我们姊妹六人还算争气,没有让母亲失望。一个上了大学本科,两个上了中专、中师,一个高中毕业,两个初中毕业,改写了我们家族从来没有读书人的历史。

在母亲的操劳下,我们终于长大成人了,各自成家了。母亲的慈爱又延续到了孙子辈身上。我粗略算了一下,经她一把尿一把屎拉扯大的儿女、孙子、重孙三代,足有三十余人。对社会来说,这也许微不足道,但对我们一家人来说,母爱高于天,母恩深似海。

我的母亲

张自斌

人近古稀最多梦。最近在梦中常见到已故的亲人，暗自流泪。

我的母亲于农历一九二六年正月初三生于水川金锋，幼年就失去了父亲，由母亲拉扯长大。少女时代的母亲俊俏热情，邻居家的大事小事，她都主动去帮忙。

嫁给父亲以后，母亲起早贪黑，边干农活挣工分，边操持家务，挑水做饭、做醋腌菜、喂猪养鸡、拉车磨面、做鞋缝衣、填炕取暖等等。后来渐渐儿女多了，一大家子人吃饭，家中的活较多，她没有办法再去生产队劳动挣工分了，就把全部精力放在家务上。我们小时候都上学念书，大一些了，有时为了挣工分，都要去生产队劳动。放学后还要放羊、拔猪草等。家里的活基本上就由母亲一个人承担了。

母亲为了补贴家用，不知疲倦地捻线。我家原房子有四间，一间上房，两边是耳房，中间上房有三间，织布机较大，就占了东边一间，中间相当于客厅，西边是大炕。母亲常坐在大炕上捻线。我们家织布的线，都是由母亲亲手捻的。母亲心灵手巧，捻线确是一绝。20世纪五六十年代生产队分棉花，把分来的棉花弹好，用手搓成一个个像蜡烛一样的棒棒，再在捻线车上捻成细线。捻线过程是需要技术的，技术差一点就捻不均匀，无法织布。在捻线的过程中，一手摇纷车，一手拿棉棒，互相配合才能行。捻线车在转，绕线筒也转，用手拿着棉棒牵拉，就可捻出又细又匀的棉线来。母亲是一有时间就捻，一直要捻到装满几个筐篮，估计有几百个线筒。捻好后由父亲浆制，织成本布，卖钱换粮、换洋芋贴补家用；有一部分父亲染成蓝色，做衣服。多年前，我

张自斌，1952年生，榆中青城人，毕业于西北师大生物系，《采集研制生物标本为中学生素质教育服务》获甘肃省第三届基础教育教学科研优秀成果一等奖。《兰州西北中学植物》获全市首届中小学校本教材评选活动一等奖等。

我的母亲

们穿的棉衣单衣都是母亲用本布缝的，刚穿的新衣是蓝色，穿一段时间以后，由于阳光的照射，颜色变成紫色。穿破了，母亲补上布丁继续穿。母亲爱干净，所以儿女们随她，虽然穿的是粗布衣，但都非常爱惜，穿得干干净净。

母亲的饭菜手艺相当好，过去我们一大家的饭都是母亲一人做的。我们的厨房比耳房小一些，有大锅灶，主要做面条，过年蒸馍、煮肉等；小锅灶在后面，主要炒菜、烧开水等。旁边是土炉子，用玉米芯、柴点着，加上煤炭，每天早上给父亲烧茶喝。厨房倚着窗放一个果木大案板，灶边有一个风箱。母亲就在这个厨房里，给我们年复一年地做饭。以后有了火圈子，因冬天特别冷，就把火圈子放到上房做饭，也可取暖。20世纪80年代以后有了洋炉子、烤箱，母亲做饭就方便一些了。我记得母亲在厨房做饭，怕的是刮倒风，灶火的烟从烟洞出不去，全倒灌到厨房，烟熏火燎，乌烟瘴气，这顿饭就非常难做。

母亲切长面的手艺特别好，粗细均匀。逢年过节，村里就有很多人请她去切面。她做的长面筋道，特别是臊子汤调得好，非常香。再配几碟小菜，如腌辣椒、咸韭菜、胡萝卜丝、洋姜等。每年过年，大年初一母亲起得最早，一切做好了才叫我们吃饭。母亲做的凉面也特别好吃。夏天亲戚来我家，母亲就忙忙碌碌做凉面。母亲做的凉面擀得薄，干湿掌握得好，用筷子挑起来看着透亮。调上韭菜炒鸡蛋、醋、油泼辣子、芥末油，特别好吃。

母亲做的甜醅子也是一绝。每年过端午时，她提前把攸麦粒表面上的皮绒毛弄干净，用水冲洗，在锅里煮到一定时间，捞出，晾到案板上，温度低到一定程度后，再放进瓷盆，拌上曲子搅匀，盖好，放到炕上被子下面捂着。甜醅子好了，那个好吃！母亲会做的各种面食有几十种，如油胡卷、油饼、花馍、甜馍馍等等。她总是想方设法在饮食上变花样，让子女吃好。

每顿饭，母亲都先让父亲和孩子们吃饱，然后她才吃。有时饭不够了，她

母亲和家人

就饿肚子。我记得以前白面馒头和黑面馒头都蒸，白面馒头让儿女们吃，黑面馒头不好吃，主要是母亲吃了。

以前家里没有驴，碾米、磨面都是母亲用人力拉或者推的。记得一次母亲在建亭码头庄子弓着腰拉碾子碾米，很吃力的样子。当时我还小，帮不上什么忙。以后借别人家的驴磨过面，再到后面有了电磨，就方便多了。

冬天，母亲怕儿女受冻，每天大清早就起来填炕。我们睡得香香甜甜的时候，总被那"咣当咣当"填炕的声音惊醒。那会儿没有烤箱、洋炉子，有了火圈子，煤炭很少，主要烧的是炉渣。炉渣煤做一顿饭就败了，房间很快就凉了。母亲不管多累多冷，傍晚蹲到炕洞前，一个炕洞一个炕洞地放麦衣草，为了耐烧，有时还掺杂一些尘土，使热度保持得长一些。以后从白银拉来的炉灰多了些，填炕时加些炉灰，热炕维持的时间长一些。每年深秋树叶掉落的时候，母亲在月光下到我们的房后扫树叶，扫完树叶后天就亮了，来叫我们上学。几次我看上学还早，就帮母亲背树叶。

母亲心灵手巧，会剪窗花。有时窗口留几个孔贴上玻璃，母亲剪成各种形状，如石榴，贴在窗户玻璃上，很美观。母亲精心绣出五颜六色的荷包、针夹子，一排排挂在房间炕上的墙上，非常好看。

以前我们穿的衣服、鞋都是母亲一针一线缝的。纳鞋底很费劲，一家人十几二十双鞋,全都是母亲一针一线哧哧哧地纳出来的。母亲有时还在鞋帮、枕头上绣花,花有梅花、牡丹、石榴、桃花、海棠等。

母亲一生爱整洁。她把房间、院子都收拾得干干净净,把被子叠得整整齐齐。家务事都安排得井井有条。

母亲非常关心儿女上学念书。母亲每天早上都按时叫我们起床,当时没有钟表,但我们几乎就没有迟到过。1972年我和二弟都在青城街上念高中,母亲每个星期都要提前给我们准备好干面条、咸菜、白面、苞谷面,还有柴火、煤块,背到学校烧火做饭。那时没有自行车,每周星期天都得背。由于母亲的精心照料,在最困难时期,我们都没有挨饿,儿女们都能吃饱肚子,身体个个健康。

母亲一生为了养育我们姊妹八个孩子操碎了心,吃尽了苦,以至于晚年体弱多病,她患有多种慢性病,腿疼、血压高、血糖高。子女们都关心母亲,想办法给她看病。母亲病情稳定,生活自理,还能帮着做饭,帮助照料孙子孙女。母亲在去世前的晚上(二〇〇七年腊月初五),还自己做了面条,吃完饭以后还坐在巷口和邻居们喧关。据说回到家后,在院子里摔倒,就再也没有醒来。

我在兰州听到噩耗传来,无比悲痛。我前两天还给母亲打过电话,母亲说她一切都好,身体还可以。她说胰岛素快完了。我说胰岛素我已买好了,我们马上就放假了,给你带回来,还有提前买好的荞面。没想到母亲突然离世,一切都没有用上。

母亲没上过学,不懂得大道理,但受到张家旺族的熏陶,深知如何做人做事。母亲是我们晚辈的楷模。母亲身后枝叶繁茂,六个家孙从不同大学毕业,外孙十三个,遍及教育、公安、铁路、科研、水利、消防、企业、农资等行业,个个工作努力,为国家添砖加瓦,为家族争光。今天回想起来,这都是父母的功劳,感谢父母的养育之恩! 没有父母就没有我们今天的一切。

母恩似海

张臣刚

亲爱的妈妈，丙申二〇一六年六月二十一日十四时二十分，您安详平静地走了，永远离开了我们！

今晨，您的子孙和亲人们在您的灵前跪拜叩首，表达我们对您的深切怀念和敬仰之情。您的儿再给您说几句话。

象山巍巍，渭水泱泱。翼城儿女，生息此方。乙丑二月，初十兆祥。大王村庄，吾母诞降。虽属民家，康健吉祥。长至成人，嫁于他乡。此地名曰，豹子坪庄。从此迎来，新的担当。侍奉公婆，相偕夫郎。含辛茹苦，育子成长。兄长出生，少奶缺粮。四处求援，总算有望。年少之际，遇上灾荒。辍学在家，耕耘农桑。

母亲和家人

吾幼之时，身缠病恙。时轻时重，几于夭亡。年年岁岁，求医杨庄。慈母陪护，风雨难挡。过沟爬坡，背负肩扛。上学时期，精调饭汤。母食糠菜，留儿细粮。常念及此，热泪盈眶。大弟幼时，极为端庄。唯其不幸，身软脑伤。

张臣刚，1948年5月出生于甘肃省甘谷县。历任甘肃省军区参谋长、副司令员，甘肃省国防动员委员会秘书长、副主任等职。少将军衔。现为中国将军书画院理事、甘肃书法家协会会员。

四世同堂
2012年8月19日

用药欠当,酿成祸殃。二十春秋,父母惆怅。受尽磨难,最终惜殇。二弟走运,遇好时光。生活好转,家境向上。求学务农,各样顺当。终获公干,享受国粮。吾之小妹,唯一女郎。成年之后,远嫁异乡。中年丧夫,悲伤一场。

自幼艰辛,还算吉祥。儿女双全,孝顺欢畅。吾辈兄妹,途坎路长。父母呵护,苦心抚养。慈竹有影,萱花留香。

集祖德荫,唯吾多享。衔至将军,事业辉煌。回首母爱,情意绵长。恩深似海,终生难忘。撰文彰示,世代敬仰。诚耿叩首,呈母雅赏。

2016年7月31日于龙王嘴下,2022年8月6日修改。

母　亲

张改琴

　　母亲今年九十华诞。无情的岁月，让她银发苍苍，虽皱纹爬满额头，但她精气神不减，面色红润，眼睛依然有神，身板硬朗，思维清晰，遇到开心的事情，笑声还是那么爽朗。每逢家中有客，仍然谈笑风生，还带点幽默。

　　母亲是外祖父母的独生女，年幼时备受父母宠爱，养成了勤谨好学、吃苦耐劳的习惯。她是我一生的依靠，一生的骄傲，一生的榜样。特别是现在，有母亲在，我仍觉年轻；有母亲在，我的生活充满幸福；有母亲在，便有了责任和义务，丝毫不敢懈怠。

　　90岁的母亲思维缜密，思路清晰，豁达乐观，精神矍铄，现在仍然沉浸在勤于农、敏于学、痴迷于针工的乐趣里。

　　母亲的刺绣可称童子功。自幼喜欢识字画画的她，可以说是无师自通的民间画手。她的刺绣底稿都是自己亲手描绘，也常为乡邻亲戚描绘枕头、鞋垫上的花样，这在我的家乡方圆数十里，都是很有名气的。母亲能描花绘鸟，自然就成了我的启蒙老师，我幼时学习画画就是受了母亲的浸染与引导。记得小时候，每到睡觉时，我总要母亲为我画画。母亲边做针线，边给我画鸡、羊、牛等，不知不觉中，培养了我的学画兴趣。

　　母亲的刺绣属于陇绣，多是民间的日常用品。绣制的品类非常广泛，单就婴儿鞋一类，就有虎头鞋、猪头鞋、青蛙鞋、猫头鞋等。枕头类也是各种各样，有老人用的耳枕，有婚嫁的喜枕，有孩子用的虎头枕和猫头枕，还有青蛙枕。至于肚兜、鞋垫、针扎、烟袋，更是种类繁多，色泽各异，姿态万千。母亲一

张改琴，女，中共党员。1948年9月出生于庆城县，现任甘肃改琴书法教育奖励基金会名誉理事长、中国美协会员。曾任甘肃省文联副主席（驻会）、全国政协委员、政协甘肃省委员会常委、教科文委员会副主任、甘肃省书协主席、中国书法家协会副主席，获"敦煌文艺奖"、甘肃省"突出贡献奖"和甘肃省"优秀专家"、"全国三八红旗手"称号。

我的母亲

生绣得最多的还是端午节时戴的香包。端午节是民间最重要的节日,这一天大人小孩儿都要佩戴香包避邪驱瘟,所以也是母亲制绣香包最繁忙的时节。母亲常以朱砂、雄黄、香草为料,外包以丝绸帛布,再以五色丝线弦扣成索,做各种形状,结串成佩,花花绿绿戴在身上,玲珑夺目。母亲手巧,她可以做无名指肚大小的香包,我幼时常戴在头上作为饰品,非常好看。也做五毒簸箕,挂在胸前肩背避邪消灾。此外,十二生肖,吉祥娃娃,五颜六色,精美无比。

做香包讲究色彩和针法,母亲在这方面算行家里手。她在色彩用线上非常讲究,总要将颜色搭配得非常精美。母亲配线时,先抽出一根来,放在布面上,在已画好的图案上比来画去,总要做到自己满意才行,绝不将就。在用针上,根据所绣香包形状,参针、滚针、斜滚针、顶针、套针、拨针等针法交叉使用,总要将绣品做到平、齐、光、匀、顺和细密。这样做出来的绣品件件可人,人人喜爱。

母亲可称民间艺人。她做的图样大多依据她的想象而画,我替她画的,大多不入她的法眼。母亲自己的画稿有写实也有艺术夸张,随心所欲,无拘无束;有些生活中常见的东西随手就做,不用画稿。如她给圆枕上绣的麦穗,就是想着绣出来的,惟妙惟肖,非常逼真。

母亲的绣品带有浓厚的庆阳民间色彩,精美憨厚,巧拙结合,每一件都是母亲内心生活的自然流露。可惜母亲的作品有些赠人,有些已遗失,现在留存下来的许多已不是她的珍品了。

母亲是位勤劳刚强的人,90岁高龄了,她自己能做的绝不依靠别人。我家从90年代开始就用保姆帮忙料理家务,自从母亲住到我家,她就坚持不用保姆。我说:"不用保姆谁做家务?"母亲回答很干脆:"你做,你能做,为啥要用别人?"刚开始我还有点勉强,过了一段时间,我认为母亲说得对,我确实还能做动,特别是我的母亲,我侍奉她是人道、是天理。在我还能动的时候,这是我人生最大、最重要的事情,母亲衣着的冷暖、每顿饭菜的软硬只有我知道,我的母亲我侍奉,我踏实,我安心。

母亲90岁高龄,身体还硬朗,还能为我分担一些家务。不让她做,她极不高兴。慢慢地,我也接受了她体谅我忙碌、替我分担家务劳动的用心。

母亲不愿意吃买的馍馍,坚持自己家里蒸。相对讲,蒸馍还是麻烦。每遇到要蒸馍的那天早晨,母亲说"今天蒸馍",便开始用自己一生最熟悉的方式起面。不

我和父母

知听哪位邻居说牛奶蒸的馒头好吃,母亲便用牛奶起面,牛奶蒸馍真的是又白又暄又筋道。母亲不无夸耀地说,自己蒸的馍就是好吃。

往锅里搭馍、炒菜是我或老伴的事,天然气灶一般不让母亲动,但是母亲不服老,每天早早将中午要熬的小米粥放在火上,将馍热到笼里。我只需做菜,就可以很快吃到可口的饭菜了。

母亲能做各种面食,扯面、揪面片、拉条子、臊子面等等,下午四点就开始和面,醒面到五六点钟,我只需下到锅里、做好菜就是。

母亲是闲不住的人。我家住一楼,楼前有一个小园,可以种花种菜,我们每年很少务作,只要地绿就行。母亲到来后,这块地我们就无权务作了。我们做,她不放心,说是做不好。母亲自己翻土,自己种菜。每到夏秋季节,辣子、黄瓜、豆角、茄子、韭菜、葱,样样不缺,既可口又环保。除此之外,母亲还种了黄花菜。每到夏季采摘时节,她总是亲手操作。她不相信我们,因为黄花菜的采摘是有技巧的,摘得迟一点,第二天就开花,不能晒干成菜了,摘得早一点,又浪费了菜的生长期。母亲的菜园是她的骄傲和成就,里面样样都有。每天从我家园子前经过的人,都夸奖这家菜种得好。母亲则笑呵呵地说,不好不好,满心欢悦地割点韭菜,摘点豆角,送给大家尝尝。

母亲也很好学。母亲一生由于条件所限,没有上过学。1958年曾参加过几次扫盲识字班,其他大部分时间只在父亲指导下识了些字,由于长期不用,早已忘了。进入老年后,她反而更好学了,每晚看电视时,电视若有字幕,她

总要问,这是啥字?那是啥字?就这样天天问着学着,晚饭后还要在桌子上写一会儿字。现在,她已能认识好多字了,就连电视播音员的名字她都能记住,有的还会写。

母亲虽然没上过学,一辈子务农为生,但她活得通澈清亮。她有她的为人之道、生存之道,她常挂在嘴边的话就是:人一辈子做事儿,要心到才能手到,不管扎花绣朵,还是居家过日子,都是一样,先要心到。她还常说,人一辈子做事要有恒心,没有恒心的人,啥事都做不成。纵观母亲的一生正是这样,做事认真,精益求精,总要自己上眼满意,从不敷衍了事。

母亲到我这里几年时间了,只感冒过一次,吃了一天药就好了。她注重养生,每天坚持晒太阳,吃水果,晚间还做一遍早年学的健身操。饮食起居,一应自理。

有母亲真好,有人疼着有人念着。我要出门时,不管是近游还是远差,或者偶尔在外吃顿饭,母亲必嘱咐在外小心,过马路看清再走,早点回来。偶尔晚回来一次,我让她先睡,我自带钥匙自己开门,但是当走进院子,远远就能看见房间的灯光,母亲必定等我回来才睡。不管出差还是临时应酬,十点钟以后,电话那头准能传来母亲浓浓的牵挂。临睡前,母亲必不忘再嘱咐一遍,门锁好了没有?窗户关严了没有?总把我当孩子一般对待。知道的人,都说你哪辈子修来的福,都70岁的人了,还有母亲如弱子般的呵护。

母爱是无私的,90岁的老母亲都天天劳作,天天上进,我更没有丝毫理由去懒散歇息。我愿母亲寿比金石,健康永驻,快乐长随。

母恩如海

张忠健

　　我的母亲傅春芳生于1925年10月11日,逝世于2013年4月17日,享年88岁。母亲离我而去已经9年。每每念及母亲对子女倾注的爱、对家庭付出的辛劳、忍受的委屈以及我的不敬不孝,便触目伤神,难以自持,泪水滚落衣襟,打湿被枕。只有此时,我才体会到黎巴嫩诗人纪伯伦在一首诗中表达的深意:"在悲伤时,她是慰藉;在沮丧时,她是希望;在软弱时,她是力量,她是同情、怜悯、慈爱、宽宥的源泉。谁要失去了母亲,就失去了他的头所依托的胸膛,失去了为他祝福的手,失去了保护他的眼睛。"

　　母亲祖籍山东菏泽鄄城,这是我去陕西渭南参加舅舅傅永龄葬礼时,在他的墓碑上得知的。据母亲讲,她小时候老家发大水,她和我的大姨妈以及舅舅跟着我的祖父母一路逃难到祖母在陕西渭南的娘家,定居在了那里。史料记载,这场发生于1935年7月10日的黄河大决口,淹没农田845万亩,灾民百余万口,死者无数,成为中国近代史上有名的天灾人祸。黄河此次决口之处,正是母亲老家鄄城董庄。我母亲一家首当其冲成为最早的受害者,也是最早逃离的人群。

　　从鄄城到渭南,近700公里。一行五人一边乞讨,一边西行,达数月之久。逃难途中,人多、拥挤,年幼的母亲一度与家人失散。真不知道她一个人是如何度过这孤独、惊恐和绝望的时光的。所幸后来失而复见,全家悲欣交集之余,对她更是百倍呵护。这段难忘的逃难经历,给母亲带来了极大的精神创伤,也磨炼了母亲在困难面前不怕事的坚强性格。她常说,她是吃百家饭过来的人。如果没有沿途善良百姓的施舍和帮助,就没有她的今天。她要我们子

张忠健,1953年10月生。曾任甘肃省老龄委办公室专职副主任。甘肃省书法家协会会员、省诗词协会会员。现任甘肃省慈善总会副会长兼秘书长,甘肃省慈善总会华邦大慈教育基金管委会执行主任。

女任何时候都要同情弱者,善待穷人,更不得浪费粮食。凡遇到上门乞讨者,即使在全家面有菜色、食难果腹的困难时期,母亲也从没有让乞讨者空过手,哪怕一捧面一把米。

听老家姨妈、舅舅讲,母亲小名叫祖芳,自小聪明伶俐,不仅吃苦耐劳,而且心灵手巧,剪纸、绣花、织布、纺线、针线、农活,皆是能手。结婚后,她又随教书的父亲学文化,并参加解放初期的扫盲运动,竟也认了不少字。自此之后,读书认字成了她一生的追求和热爱。花甲之年,她仍保持着看书看报的习惯,尤其喜欢看《兰州晚报》及小人书连环画,不时向儿孙们请教不认识的字。

她年轻时还喜欢唱歌。星期天坐在炕头,一边做针线活,一边和父亲合唱"延安大生产"歌。那一幕给我留下了永久的记忆,她哼唱最多的是那个时代流行的红色歌曲。当听到毛主席去世的消息时,我看到她老人家一边擦眼泪,一边哽咽地说:"我们的大救星没有了……"她对人民领袖充满了真挚的感情。

母亲与父亲结婚后分居两地,多年没有小孩,直到她29岁时才生下我,之后数年间又接着生育了我的三个弟弟,一个妹妹。生下我之后,她便放弃了兰州被服厂的正式工作,全身心操持家务。老了,有次她还对子女们开玩笑说,是我把他的金饭碗弄丢了。我也开玩笑地回敬她:"您的一个金饭碗,换不换四个桌子腿和一个桌子面?"她马上心领神会,回答道:"十个金饭碗,我也不换你们五个宝贝疙瘩。"逗得子女们哈哈大笑。

20世纪五六十年代,全家七口人靠父亲每月70多元的工资生活,日子过得十分艰难。加之陕西舅舅、舅母婚后不育,想要姐姐的一个孩子抚养,母亲只好勉强同意,将二弟过继给了舅舅。这件事成为母亲长久的揪心之痛。多年后,舅舅有了自己的子女,在母亲的苦劝下,父亲想方设法将16岁的二弟接了回来,办了城市户口,全家团圆,这才实现了母亲多年的夙愿。

在我儿时的记忆里,母亲从来没有休息过,始终在干活,如同为佣,无有终期。那个时代,兰州七里河区闲置的土地不少,母亲在自家门口开了很大一块地,种甜菜、萝卜等蔬菜和向日葵。每天清晨,她以瘦弱的身体挑水浇地。她养的兔子又肥又大,特别是长毛大白兔,雪团般的可爱。养的鸡给母亲增添了捡拾菜叶的辛劳。

为了减轻一点父亲的负担,她将两个弟妹交给我在家照料,自己外出上班打零工,甚至在货场干最苦最累的装卸工作。每晚拖着疲惫的身子回来,还得给全家生火做饭，换洗我扔在地上的弟妹的屎尿布。

后来她当居委会副主任多年，走家入户，帮助辖区百姓解决困难、调处纠纷，一天到晚忙个不停，但家里的事情一

我的母亲傅春芳

样都没有耽搁。我们小时候的冬装夏衣、单棉布鞋，都是母亲一手缝制的。在父母的艰辛努力下，我们几个子女虽说吃得不好，但也能基本吃饱，似乎没有人们常说的困难时期饿肚子的记忆。

母亲由于有小时候逃难丢失的经历，对子女管教格外严格，从不让我们擅自出门，不让与外界接触，尤其担心我和大弟在黄河里游泳，为此我们兄弟俩没少挨母亲的痛打。我们小的时候，她教导我们要"尊重师长、孝敬老人"，"坐有坐相，站有站相"，"一支筷子容易断，十支筷子折不断"。我们上学了，她常讲"只要功夫深，铁棒也能磨成针"。子女们工作后，她又教导我们要"老老实实做人，踏踏实实做事"，"吃亏是福，莫贪便宜"。我初中毕业分配到工厂当工人不久，一位同时入厂的同学将一件当时流行的半新夹克衫送给我穿。对于从小穿母亲缝制衣服长大的我，这件夹克衫的吸引力很大，周末穿回家显摆。母亲问明情况后，严厉呵责我不要占别人的便宜，让我返厂后立即还回去。

母亲不仅教我做人的道理，还教我生活的技能。小到端茶倒水、递剪送刀，大到缝补衣被、做饭炒菜。我现在能做不少面食，都是母亲所教。母亲点滴的教育和坚韧的精神，汇成涓涓暖流，滋润着我的心田，成为我安身立命的基石和克服困难、艰苦奋斗的不竭动力。

母亲虽没有多少文化，但精明能干，善于持家理财，收入支出心中有数，吃穿用度井井有条。她了解每个子女、儿媳的优势和擅长，子女儿媳也都知道自己在父母家中应承担的责任和事务。看病治疗、做饭洗碗、清洗衣物、水电维修、买液化气、对外联系、走亲访友等等，都各有分工，随叫随到。

母亲看到子女们一个个成家立业，近二十口人、四世同堂的大家庭充满

母亲傅春芳(中)与三个
儿媳妇及女儿、孙女
2006年5月4日

欢乐,她心里特别满足。在含饴弄孙、颐养天年的岁月里,她多了锻炼身体和打麻将两个爱好。不论寒暑,每天天不亮就出门,到黄河边散步锻炼两三个小时,有时还和年轻人跳一段健身舞。弟妹们为了孝敬父母,每周至少一天到父母家中团聚,陪父母打麻将。母亲乐此不疲,一上桌就大半天。这种健康快乐幸福的生活,一直持续到母亲临终前十天摔了一跤之后方才终止。

老人家去世前一年,在身体很好的情况下,她似乎已有预感,便开始料理身后事,将子女儿媳孝敬她老人家的戒指、耳环、绸缎衣料、礼品、饰件等悉数退给本人,说她老了用不着了,让我们留个念想,令我们唏嘘不已。

母亲离世的时候,我已进入花甲之年。天塌之时,才深深体会到,与母亲对我的大海般的慈爱相比,作为长子的我回报不足万一,亏欠甚多。父母的离世,对我的心灵触动很大,造成的负罪感很深。无法弥补的遗恨,折磨得我喘不过气来。我在醒悟中深深忏悔,从内心中发出"如可赎兮,人百其身"的悲鸣。我常提醒亲友们,趁母亲尚在之时赶紧尽人子之孝,否则就来不及了。

父母在,人生尚有来处;父母去,人生只剩归途。愿天下的子女永远珍惜母爱。

2022年清明

母亲给父亲过生日

张学峰

　　小时候的事，有的真能让你记上一辈子。

　　20世纪60年代初，我6岁多的时候，有天晚上母亲忽然心血来潮，要给父亲过一个生日。

　　第二天一大早，母亲就站在我和二哥的炕头，叫我二哥放学后抓紧时间回家。我那时候还没有上学，她让我玩耍时不要跑得太远，早些回来吃饭。

　　平时二哥上学，父母亲总叮咛，到学校要好好学习，听老师话，不懂就问老师。今天母亲怎么了？我和我二哥没有弄明白。二哥背上书包上学去了，我穿上衣服，干脆不出去了，就在家里等着。

　　父亲起床后早早下地去了。他背着耕地的犁，赶着牛，到袁家山上耕地。可能也打算耕完就抓紧时间回家。

　　现在的人也许不明白，过个生日有什么稀奇，用得着这么郑重其事吗？

　　这里面有个特殊背景。

　　我母亲名叫段桂叶，是从相邻的一个镇上嫁到父亲家里来的。母亲的家所在地属于平原，一眼望不到边，原大，土地肥沃，人们的生活比较富裕。据说那里的人家一般都不愿意把姑娘嫁到小川道里来。40年代初，我爷爷赶一头毛驴，从陕西靖边驮盐，回到老家贩卖，赚钱养家。时间长了，他认识了另外一个"盐贩子"，一来二去熟悉了，就给儿女定了亲。那个"盐贩子"后来就成了我的外爷。过了几年，那头驴死了，我爷爷的生意做不成了，就回到家里，开始租种别人的地，养活一家人。由于天旱、雨涝，租来的地打下的粮食还不够给地主家交租子。我爷爷就通过在地主家拉长工顶债、养家。爷爷年

张学峰，中共党员，高级政工师。发表通讯、论文等80多篇，曾获甘肃省社会科学三等奖、全国散文征文三等奖、优秀奖、铜奖。在《中国邮政报》《中国乡村》《飞天》《北方作家》等报纸、杂志发表各类文学作品540多篇，甘肃省作协会员。

龄越来越大,干不动活了,父亲就顶替着干。直到1949年解放,爷爷和父亲两个人轮换着拉长工,也还没有把欠下地主的债还清。母亲就是在这么一个家境下,于解放前的几年嫁到我们家里来的。

我们家那地方山高坡陡,山洼多,川地少。人们普遍都住在半山上,出门不是下坡就是爬山。经常上半年旱,下半年涝,多年收成不好。村民们祖祖辈辈就靠很少的川地、山洼地,还有一部分沟滩地过日子。解放前,人们食不果腹,衣不蔽体,村村都有人冻饿而死。解放后,农民有了自己的土地,日子过得好多了。可是,碰到连年的自然灾害,仍然苦不堪言,所以,母亲自从嫁到我们家,就没有过过什么好日子。

这样的穷日子,哪里还想得起给人过什么生日?

那天晚上,父母亲使用的油灯里没有煤油了,就早早睡觉了。睡下以后说话,父亲忽然想起来第二天就是他的生日。这时候,母亲灵机一动,"临时动议",要为父亲过生日。

母亲和父亲结婚十多年了。他们不但共同走过了解放前的苦日子,现在又经过了三年自然灾害。虽然谈不上刻骨铭心的爱恋,但是,养育了几个儿女。特别是,父亲因为当时相邻公社出现政治事件受到牵连,当了多少年的生产大队文书被撤职了,全家人生活困难,政治上压抑,父亲抬不起头来。

母亲就是在这么一种处境下,决定要给父亲过一个快乐的生日。这是她作为妻子为丈夫、为这个家做的一次重要决策了。听得母亲计划做几个菜,好好地擀一案面,做一顿臊子面,让家里人美餐一顿,我当时就流口水了。母亲说,日子过得再紧巴,咱们也要过这个生日!

对父亲来说,过一次生日,是他多少年不曾奢望的。他觉得家里穷,都怪自己没有本事,让母亲受苦受累,让子女们艰难度日。他说,过吧,起码可以消除一些晦气,让娃娃们高高兴兴地吃上一顿好饭。

母亲从瓦缸里把仅有的一点白面舀出来,用水调好,擀成面。又搜腾半天,找来了仅有的一点黄花菜、干番瓜条、洋芋、萝卜。母亲叹了口气,找到的材料只够做一顿不宽裕的臊子面,炒几个菜的想法是没法实现了。

母亲将这些少得可怜的菜一一捡好,洗净,用菜刀切成小丁。家里没有肉,没有肉的臊子面也是臊子面呀!她想起来了,前天和昨天,鸡新下了两个蛋。她让我去鸡窝捡回来,准备做鸡蛋臊子面。这也算是家里的上等佳肴了。大前天刚好把鸡下的蛋拿到公社里去卖了,换回了食盐等日用品,要不然,鸡蛋还可以多加几个。

　　母亲把切好的菜一样一样地分别装进碗里,把两个鸡蛋打好,放在锅边,盐、花椒面等一一摆放在锅台上。她弯下腰,在锅底下的灶腔里点火、烧锅。

　　火点着了,要往锅里倒油炒菜了。这时候母亲才想起来,家里一点清油都没有了,没有油怎么炒菜呀,怎么办,到邻居家去借吗? 不,这一年跟邻居家什么都借过了,实在不好意思再去借了。再说,万一借不上——那年月家家都困难啊——怎么从别人家门里走出来呢?

　　她忽然想起前几年的一次经历:那一年,我大舅要到另外一个公社出差,途经我们家,临时到家里来吃个中午饭,也看望我母亲。那天家里也没有清油了,母亲急中生智,把装过油的油罐倒扣在锅里,在锅底下烧火,锅烧热了,油罐内壁也热了,内壁上粘的油就流下来了。这样对付着给我大舅炒了一盘鸡蛋。这回,她又如法炮制,把当年但凡装过清油的罐子、瓶子全部找来,依次扣在锅里,让我在锅底下加上火烧锅。

　　我在烧火,母亲在一边使劲儿控油罐,看是否有油流下来,没有就再换一个扣上。这样轮流了几次,直到第三个,才发现罐口底下有5分钱硬币那么大的一摊深褐色的液体。尽管油少得可怜,可那总是清油。有了这些油,母亲觉得为我父亲过生日的事就变得很圆满了。

　　母亲把油控进锅里,把鸡蛋和各种菜丁依次分别倒入锅中,用铲子不停地翻炒着。她想,菜炒好以后,她要把面切得细细的,等我父亲一进门,她就把热腾腾的鸡蛋臊子面端上炕头,让父亲美美地吃上一碗长寿面。

　　做臊子面,这是我们老家女人们的看家本领。臊子面好吃不好吃,除面要擀好切细外,关键就是要把臊子汤勾好,而母亲是这个村里少有的臊子面能手。

　　水倒进锅里,母亲坐在灶前,我继续拉风箱烧火。

　　这时候,母亲发现火怎么烧不旺了? 不一会,柴怎么也烧不着了。她着急,刚才火还那么旺,怎么一会儿就成这样了? 她细细观察,把锅底下的灰烬拨来拨去,发现里面的灰烬变成黑色的了,接着,火直接熄灭了。这时她才意识到,锅底漏水了——生铁锅裂缝了。

　　可家里就这一口锅呀,怎么办? 母亲迅速把锅中半生不熟的菜舀出来,看到锅底上有两条裂缝。她用面粉和上水搓成小面棒,用手指把面棒摁进锅的缝隙,让我在灶腔里重新点上火。她把菜重新倒入锅内,趴在灶前观察漏

我和母亲

情。她满以为锅像上次一样被补好了,臊子面的汤很快就会重新做好。可是这次不仅水一下子又漏下来了,锅底上还能看到一块拳头大的亮光——一块锅底掉了,半生不熟的菜掉进了灶腔里,灶腔里的火被第二次浇灭了。这回母亲真着急了。

母亲用灰棍从灶腔里拨来拨去,找到了那片生铁锅底。她拿出来反反正正、仔仔细细地查看了一阵,用水洗干净。她想把那块锅底重新补在锅上,再把缝隙用面糊糊上,凑合着把这顿臊子面做熟了。可是,那块锅底不是放不进锅底上的缺口,就是从缺口处又掉进灶腔。

经过几次折腾,母亲终于气馁,那块掉了的锅底的旁边,又有一块锅底掉进了锅腔,而且比拳头还大,铁锅的漏洞更大了。这口用了很多年的铁锅,已经快磨通了,彻底不能用了。这顿臊子面是肯定做不成了。母亲的脸抽得很紧,我看着她的牙都"咯咯咯"地相互敲打着。

她坐在灶前,呆若木鸡。她再也想不出什么办法,能够为我父亲做一顿好饭,过一个愉快的生日了。

我看着她那痛苦的样子,上去拉了拉她的手,想缓解一下她的心情,可是,一点用也没有,她没有心情理我。

过了很长一段时间,母亲有气无力地从灶前站起。她看着大大的一案板面,看看锅里半生不熟的、仅剩的几粒菜,无精打采地走出了窑洞,站在了院子里。

我们家这个院子,其实称不上是个院子,因为没有院墙,就是三孔几欲垮塌的窑洞。前面一片面积不大的平地,然后就是几年前搞引水灌溉修建的穿院而过的水渠。当时修建水渠时在院子的东西两边各留了一条不到两米宽的土桥。我们家多少年就靠着这两条土桥出出进进。

母亲向前走了走,默默地站在那条水渠边,泪水像珍珠一样滚落了下来……

今天是丈夫的生日。她一大早就告诉过他们,要让丈夫和孩子们早早回来吃一顿好饭的,可是……

她走过那个不到两米宽的土桥,两眼无精打采地向前看去。前面不远处就是我二哥即将放学回家的路,也许她已经看到了我二哥红扑扑的脸和渴望的眼神。她又将头摆向了另外一方,哦,那是下山的路,是我父亲耕完地要回家的路……

我站在一旁静静地看着母亲,不知道如何是好。

她的两条腿僵硬地继续往前走了走,站到了最边处。前面就是当年修建水渠时翻倒的土,那时已经变成了长长的坡。长长的坡上长着各种各样的草和大小不同的树。她从上看到下,又从下看到上……

母亲哭了,哭得极其伤心,哭声镶进了我幼小的心灵。半个多世纪过去了,母亲去世也十多年了,那一幕我至今记忆犹新,没齿难忘!

贫穷,给我们带来了怎样的经历,怎样的记忆! 那个时候的母亲,心底里承受了多么强烈的冲击啊!

难忘的"瓜皮碗"

张富奎

　　20世纪60年代末的一天,刚满10岁的我跟母亲去姥姥家。这是我第一次去姥姥家,我们家在川区,离姥姥家有一百华里的山路。要去姥姥家,出门就得爬很陡很高的山。天刚蒙蒙亮,母亲就拉着我出发了,大约花了两个多小时,才爬到了我家门前陡石屲的山顶。

　　母亲拽着我爬山,我都不敢回头看。等到了山顶,我又渴又累,母亲不得已,将背着看姥姥的小西瓜碰开,一分两半,给我解渴。我吃完了半拉瓜,还想吃,母亲摸摸我的头,不让我再吃了。我是爷爷惯大的,家里只要有的,只要我要,没人不给。母亲说:"留一点给过路口渴的人吧,你不要尽想着自己。"我老大的不情愿,但还是依了母亲。在母亲的催促下,我找了个路边靠阴面的土坎,拔了点草藤,放在弄平的土上面,然后口朝下放好没吃完的两个瓜皮碗。我和母亲继续赶路,大约过了两小时,我又渴得不行了,在这前没庄子后没店的地方,哪里有水喝? 我正闹着喝水,在路旁靠阴面的地方发现了一只瓜皮碗。我急忙过去,拿起瓜皮碗就要吃,母亲拉住我,把手上的土拍了拍,用手掐了点瓜瓤,让我解渴。我想多吃点,母亲又让我把瓜皮碗放回了原处,这回我懂了,两人继续赶路。就这样,我和母亲走了两天,才到姥姥家。一路上遇到了七八次瓜皮碗,有的里面已没有瓜瓤了,被太阳晒得都没样子了,但还是静静地放着。我每见一个瓜皮碗,就心生感动。我们中华民族,有很多很多人像我母亲一样,大字不识一个,但他们有帮助别人的传统美德,通过这种民俗代代相传。

　　一进姥姥家门,母亲、姥姥和我都哭了。姥姥蹲下身子,看看我走肿的双

张富奎,生于1958年8月,榆中县青城镇人,中共党员,甘肃省工业和信息化委员会原巡视员(正厅级),现任甘肃省延安精神研究会副会长。创作有《家在青城》《心在青城》《梦在青城》诗书画乐集,著有电影文学剧本《闯王悲歌》《青城风云》。

腿,怪母亲让我一个小孩子家走这样远的路。第一次见了我这个外孙,她是很高兴的。这次我去姥姥家,母亲是不是有意锻炼我,我不得而知。母亲生前我也没问此事,但它影响了我一生。在后来的生活工作中,眼前常常浮现出瓜皮碗。假如我是一部越野车,瓜皮碗就像一个装满油的油箱给我动力,带我走过了半个世纪的路程,使我懂得了什么叫关爱。

我的母亲

今天的孩子永远也不会有这个经历,永远也难理解过去的我。瓜皮碗成了我终生的记忆。不经苦难,难懂幸福,孩子品格的形成,父母是最好的老师。

母亲如山

张露菲

一

我的母亲名叫孙惠贞,生于农历一九二六年十月十三,今年已96岁高龄,仍精神矍铄,身体康健。2022年3月,我76岁生日时,她送给我一本她创作的习画集和诗文集。这一幅幅墨香馥郁的画卷,一篇篇流淌着悲欢离合与内心情感的诗文,令我动容。

母亲出生于冀东昌黎县绕弯村的一个孙氏大户人家。我的外祖父曾在黑龙江省佳木斯市大兴公司任高级职员、总经理。外祖母也是大家闺秀,母亲是他们的长女,19岁时嫁到了我们张家。

张家在当地也算是殷实之家了。我的祖父长期从事盐政,俸禄极丰。日本鬼子侵占华北后,他供职的单位被日军接管。他毅然舍弃高官厚禄,解甲归田。他说,当了亡国奴,不能再干亡国事。此后,他利用自己在乡亲中的威望和我家的条件,多有义举。他经常为八路军做事,在我家秘密收藏八路军伤病员,经常收留一些从东北流浪到关内无家可归的孩子。我的母亲先后就生活在这样的两个家庭中。

二

母亲从小离家在外读书,1942年考入当时很有名气的河北省立昌黎女子师范学校就学(以下简称昌师)。读书期间,她结识了一位同窗好友,也就是我的二姑。二姑的家乡是河北省抚宁县留守营镇,离母亲家只有几十里之遥。每逢寒暑假,母亲与二姑经常来往,并在对方家居住。祖父、祖母十分喜欢这个姑娘,我想母亲嫁给父亲就缘于此吧。母亲毕业后,在19岁那年与父亲结了婚,从此就跟随父亲过上了颠沛流离的生活。

张露菲,1946年2月生于河北省抚宁县,长期从事党务工作,天津市局级干部,曾被授予天津市模范政治工作者和全国优秀思想政治工作者称号。2007年退休。

1945年8月日本鬼子投降,后来蒋介石发动内战。冀东一带是国民党军与八路军进行拉锯战的地带,战乱不休,民不聊生。父亲1944年从天津铁路学院电信专业毕业,先后在山海关、昌黎、唐山、天津等几个地区电务段工作,流动性很大。据母亲回忆,在1951年定居天津之前,母亲带着我,随父亲沿着京山线搬过十四次家。期间经受了战乱的动荡、洪灾断粮的艰难、父亲工作不安宁的煎熬、寄人篱下的苦涩和女儿病痛的折磨(我儿时体弱多病)。试想,一个从大户人家出来的柔弱女子,承受着这种巨大的压力,是何

年轻时的母亲

等的艰难。但她多次拒绝了外祖母让她回娘家居住的要求,义无反顾地跟随着父亲,同甘苦,共患难,无怨无悔。

新中国诞生了,父母也获得了新生。那时父亲已就职于天津铁路局电务段,母亲于1951年考入了天津铁路中心医院(现天津第四中心医院),从此过上了安定的生活。他们捧着赤诚的心,满腔热情地投身于社会主义建设。父亲与母亲先后于1952年、1956年加入中国共产党。父亲以他聪明的头脑、精湛的技术、出众的才干、高度的责任心和诚挚宽厚的为人,很快赢得了组织的信任和群众的爱戴,先后担任稽查主任、工会主席和副段长,被评为天津铁路局首届优秀工作者,并多次获得各级先进奖。母亲也以她的聪慧、好学、认真、刻苦和勤勉,工作上成绩斐然,多次被评为各级先进工作者。夫妻俩可谓比翼双飞。期间小弟小妹相继出生,祖父母也迁居到天津与我们共同生活,全家充满了欢乐,对未来充满了憧憬。

谁也料想不到,1957年,一场灾难降临我家。我的父亲,一个喜爱各种体育运动,被同事们称为"老铁"的人,6月2日还与母亲同去天津北火车站迎接从北京返津的我,6月14日竟因病高烧不退,住进了医院。我清楚地记得,那天他肩上背着印有先进工作者奖的白色脸盆和紫色暖壶,就像要去参加一场篮球比赛一样,此去就再也没有回家。父亲患的是肺癌,病故于12月11日。

那年父亲30岁,母亲31岁,我11岁,小弟4岁,小妹仅2岁。

我清楚地记得,那天深夜,我与小弟正在熟睡,突然被急促的叫门声惊醒,开门一看,只见母亲的脸苍白得几乎没有血色。她双眼木然地看着我们,声音沙哑,但语气仍像平日一样平缓地说:"去看看爸爸,他已经去世了。"那时我已能理解死亡意味着什么,看着母亲那样镇定,我哪里会想到,就在几个小时前,父亲咽下最后一口气时,祖母与母亲抱在一起悲恸欲绝,想随父而去。就在她们要诀别于世时,她们看到了父亲仍睁着的眼睛和没有合拢的嘴。那是一双挂念着双亲、眷恋着妻小的眼睛啊!那张嘴里有许多话要说而说不出了啊!他看着她们,仿佛在说:"我去了,你们一定要把三个孩子抚养成人啊!"这像一股强大的电流,把婆媳俩击醒了。祖母对母亲说:"从现在起,谁也不许哭了,挺起腰板,一定把孩子们培养成人,不能让这个家散了。"

后来知道了当时的情景,我才理解了母亲为什么那样镇定。那种镇定里充满着母亲对父亲的承诺!写到这里,我要向母亲跪拜而泣。

父亲去世后,我没有见过母亲流泪,她也从没有向我们提过父亲。祖母怕母亲孤寂,曾多次让我与母亲同睡一室。母亲没同意,每晚屋门紧闭,我猜想,母亲一定会在深夜掩被而泣,一定有许多心里话在向父亲诉说。听我二姑讲,在我父亲去世后的很长一段时间里,母亲每天都要给父亲写一封信,然后烧掉。我想,那一定是母亲在向父亲泣诉着她的思念,惦记着父亲在九泉之下的冷暖,向他讲述父亲难以割舍的双亲及三个儿女的情况。

父亲去世后,下葬到我的老家。第三年的清明节,母亲仅带小弟去祭扫,留有诗文,从此就再也没回去过。我想母亲一定是不愿踏上那曾经给过她温暖快乐、令她触景生情的土地,一定不忍面对那黄土之下日夜思念但永不能相见的亲人。

母亲年轻时十分俊美,苗条的中等身材,白皙的皮肤,弯弯的蛾眉,温柔的双眼透着聪慧。20世纪50年代初,中国的城市妇女盛行穿旗袍,衣着颜色也比较开放,那些多彩的旗袍穿在母亲身上,是那样的婀娜俏丽。小时候,我常为有一个漂亮妈妈而自豪。父亲去世后,追求母亲的男人很多,也有不少的热心人给母亲介绍对象,但母亲都没有动过心。用母亲的话讲,连一闪念都没有过。母亲对我说过,再也找不到像你爸爸那样集德、才、貌于一身的人了。她把对父亲的爱全部倾注到了双亲和儿女身上。

后来我成了家,有了孩子,方知过日子多么不容易。想想母亲几十年支撑这个家,没有男人的日子是多么艰辛。如果母亲另组家庭,我们的一生可能就要改写了。我们都长大成才后,母亲那饱经沧桑的脸上才绽放出慰藉的笑容。那是母亲对父亲的承诺得以实现的宽慰。

医学上讲,"悲伤肺"。父亲去世后,母亲就患上了无传染性肺结核,这个病折磨了母亲十几年,可见父亲的去世对她的打击是何等的巨大,母亲为之悲怆一生。

在我的记忆中,母亲直至退休前,每年的除夕基本上都是在医院值班中度过的。"每逢佳节倍思亲",我想,在那万家灯火、家家团聚的时刻,母亲心中的苦楚无人倾诉,只有靠工作来冲淡一些吧。每逢清明节,母亲都要在亡人照片前摆上供品,寄托她的哀思。三十年后的清明节,母亲给我们姐儿仨写了一篇《示儿》的文章,把她对父亲的怀念及对儿女的期望抒发得淋漓尽致。

三

母亲不仅生养了我,还给了我第二次、第三次生命。我出生在战乱年代,生活动荡,幼时体弱多病。一岁那年,患麻疹合并肺炎、喉炎、心衰,已奄奄一息,没有生望了。那时正值解放昌黎的战事,炮火连天,尸体遍地,家家柴门紧闭,足不出户,郎中也不敢应诊。母亲不顾家人的劝阻,怀里抱着我,冒着阵阵的枪声,越过横七竖八的尸体,发疯似的奔跑,硬是砸开了董大夫(我外曾祖父的同窗好友)的家门,跪求大夫救救她的女儿。也许真有上帝,我竟奇迹般地活下来了。这种病即使在现在,死亡率也极高。我想是母亲的爱心深深感动了苍天,不忍心将我带走。如果不是母亲舍命相救,我恐怕早就夭折了。

1974年,我患宫外孕,当时被某医院误诊为急性胃肠炎,输液观察。母亲赶到医院,因对诊断有疑问,向医生询问,遭到冷遇,母亲情急之下想到了在该院进修的她的同事何大夫,通过她请来内外科主任会诊,确诊为宫外孕,急施手术。宫外孕是一种十分危险的妇科病,24小时内如医治不及时,极易死亡。我当时血色素只有2克,失血3000毫升,已处于休克状态。如果没有母亲对我病情的细心观察,没有何大夫的帮助,我也早就命断黄泉了。是母亲又一次把我从死神手里夺了回来。

小妹出生后,母亲要上班,把她放在本院的托儿所。她发现该所卫生环境条件较差,又把小妹送到了离单位二站地的一家条件好但价格高出很多的托儿所。在一年多的时间里,母亲每天利用中午休息时间跑着去喂奶,边喂奶边啃着窝头或馒头,没有吃过一口菜,喝过一口水。就在小妹离开母亲单位托儿所不久，所内流行开传染病，和她同室的十一个幼儿患上了小儿麻痹症，造成终身残疾，如果没有母亲，小妹的人生就要改写。

小弟25岁那年，一天夜里突发高烧，医院诊断为感冒。母亲细心观察，对诊断有怀疑，坚持住院，请专家会诊，会诊结果是患了腮腺炎。如果不是诊断治疗得当，很可能合并脑炎，极可能呆傻，也就没有聪明过人的小弟了。

母亲对我们是充满理性的爱，这种爱影响了我们的一生。父亲去世后，全家经济陷入困境，家中六口人，只靠母亲60多元的工资和姑、姨、舅的资助来维持。每月发工资，母亲只留2元，其余全部交给祖母料理。几十年上下班，无论烈日炎炎、狂风暴雨，还是数九寒冬，她都坚持步行三站多地，没乘过一次公交车。她患有肺结核，需要营养，但多年几乎没吃过鸡蛋，没喝过牛奶、豆浆。她上班穿医生服，下班穿铁路制服，没有置过几件新衣裳。她靠钢铁般的意志，苦苦支撑着这个家。

她高度重视儿女的教育。我初中毕业后，她不顾一些人让我早上班早帮家的劝告，坚持让我上高中。在母亲的执意坚持下，我才得以考上当时享有盛名的重点学校——天津铁路一中（现为扶轮中学），为我以后的发展奠定了良好的基础。

母亲曾对我说，只要你们能上学，能上多高，妈就供多高，就是砸锅卖铁，也要让你们接受最好的教育！正是母亲这种宽广的视野，才使我们姐儿仨都上了大学，不仅免遭缺少文凭之苦，也为各自的前程铺平了道路。

母亲从小就教育我们要分清美与丑、善与恶，讲诚实、重情义，关爱他人、宽厚待人。有几件事我至今记忆犹新。我上小学时，一位同学家境十分困难，经常吃不饱。父亲在世时，家里条件好，我每月都要给她送一些粮食，父亲去世后，我看家里困难，就不准备接济她了，但母亲说，咱家再难，也比她家强些，每人紧一口，就能帮她们一下，就这样，我一直坚持帮她到小学毕业。

上小学时，我学习成绩优异，每个学期都被评为优秀生。可在四年级一

我与80岁的母亲合影

学期,因头部受伤,病休一段,有两门没考好,没评上优秀生。我怕家长责备,就自己买了一打铅笔,说是得的奖品。母亲得知后,首先肯定了我的上进心,然后指出,做人要有自尊,但一定要诚实,否则就得不到别人的尊重,最终失去自尊。这些话,我至今还记着,并且作为教育后代的家训。

有一年,外祖母来我家居住,临走时母亲买了一些铅笔送给小舅,外祖母清点时发现少了一根,母亲得知是小妹喜欢,偷着留下的。从没打过孩子的母亲,生平第一次打了小妹,并教育她,做人一定要诚实。

粉碎“四人帮”后,高考恢复,小妹以优异的成绩考取了天津外国语学院。成绩单已发到单位,她连喜糖都请同事了,但最后录取单位说,年龄超过一年,当时有人出主意,找关系更改下户口年龄,但被母亲拒绝了。她考虑,学历诚然重要,政治生命更重要(小妹正值入党预备期)。小妹听从了母亲的话,进入业余大学学习日语,成绩优异。后来,因她工作积极,政治上进步很快,先后在天津中医药大学所属医院担任团委书记、外事办主任,后又以A分成绩考取了教育部公费留学生,赴日深造,30多岁就担任了天津中医一附院副院长,又破格晋升为教授。

小弟幼时十分顽皮,惹人生气的事很多。母亲对这个唯一的男孩从不娇惯,发现错误,立即严加审问。他如说实话,就对他讲道理,如发现他撒谎,就让他伸出小手,拍打。有一年母亲带小弟去外祖母家,途经一片菜地,他顺手拔了一个大萝卜,母亲马上教育他,别人的东西,哪怕人不知,也不能动,小弟后来品德高尚,很重要的原因是母亲的教育。

母亲教育我们要饮水思源,不能忘记是党、团组织和亲人们的关怀、教育和帮助,才使我们成长成才的。她对我讲,父亲去世后,我的小学班主任倪速强老师在全班发起爱心活动,并给我以母亲般的关怀;讲我高三的班主任杨之修老师如何从我的学业和家庭情况考虑,积极向校方推荐,保送我上了师范院校(当时国家每月给师范类院校学生补贴15元);讲唐山大地震时,父亲已去世近20年,而他生前的单位把救灾物资送到的第一家却是我家;讲姑、姨、舅如何帮助我们度过困难时期,等等。这些都铭记在我们心里,使我们从小就懂得感恩,认认真真做事,老老实实做人,不辜负党、团组织、老师和亲人。

我们有了儿女,母亲的爱便向后辈身上延伸。我的女儿从小体质不好,几次大病均被医院误诊。一次是中毒性痢疾,一次是急性肝炎,都是被母亲诊断治愈的。小弟之女一出生就没母奶,整夜啼哭,为了让弟媳休息好,母亲和小妹整夜轮流哄抱婴儿。为了让孙女从小受到好的教育，从4岁起，母亲就把她接到身边抚养（弟媳当时在外地工作）。怕坐车染上病菌，母亲每天抱着孙女步行几里地，送到幼儿园，下班再如法接回来。

母亲很重视幼儿教育。我家院内有棵香椿树，每到生叶季节，母亲都要采下来与邻居家分享。侄女5岁那年，一个春日，母亲与她一份一份地分，母亲发现她把老叶子都给了别人，把嫩的留给了自家，就给她讲故事，启发她要关爱别人，屈己待人。从侄女学前的少年宫学习，一直到上大学，母亲倾注了很多心血，使之健康成长。

小妹在日本进修时，她女儿才5岁，母亲承担起了对外孙女照料、教育的重担，这担子一挑就是十几年。我常问母亲累不累，她总是微笑着说，你们需要我，说明我活着有价值，能为儿女做点事，是我最大的快乐。

四

如今的人们，兄弟姊妹之间、亲戚之间，感情已经很淡漠了，常见的是斤斤计较、锱铢必较，缺的是真诚的亲情，很少看到哪个家庭像母亲与其弟、妹，与婆母家的大姑子、小姑子之间的关系那么和睦，感情那样深厚。

父亲去世后，为了挽救这个濒临破碎的家庭，为了使我们幼小的心灵不再受创伤，我的姑、姨、舅们都尽其所能帮助我家。大舅每月都把三分之一的工资拿出来资助我们，长达26年。二姨、三姨在自己生活负担很重的情况下，节衣缩食，分单双月轮流给母亲寄钱。我的三个姑姑担负起赡养、照顾晚年多病的双亲的重任，不让母亲分心。正是这种血浓于水的亲情，慰藉了母亲，使她坚强地活下来，克服重重困难，撑起了残缺的家。也正是这种患难之情，使她们的心永远很贴近，从不生隙。

母亲也以大姐的风范，倾心爱护着她的弟弟妹妹们。我的小姨父，29岁那年因公伤死亡，抛下4岁和2岁的一双儿女，还有老母。当时小姨在家乡教学，收入极微。母亲看到了自己悲痛的一幕的重演，为了保全这个家，为了使小姨能到秦皇岛（姨父工作所在地）顶替工作，为了孩子们进城，母亲利用下夜班的时间，在天津、秦皇岛、唐山、昌黎之间奔波了十余次。时值唐山大地震后，一切尚未恢复，交通中断，道路坎坷不平，又值暑热天，渴无水，饥无食，母亲四处奔波，到处哀求别人。母亲的真情感动了办事的人们，在好心人的帮助下，小姨全家终于定居秦皇岛，小姨也有了理想的工作，孩子们都长大成才。

我的二姨在唐山大地震中遇难，给母亲沉重的打击。她把对妹妹的感情全部倾注在二姨的两个孩子身上。大表弟在天津结婚，母亲为其操办了婚礼。他的孩子出生后，母亲为其雇了保姆，并承担了部分佣金。三姨家住保定，她的女儿在天津上大学，母亲经常照顾她，并为她介绍了如意的对象，筹办了婚礼。特别是对大舅，母亲更是时刻惦念关怀，他有病，哪怕是小病，她都坐立不安。到现在，中央电视台播报全国气象时，她还要看看秦皇岛的天气，因为那里有她永远牵挂的大弟啊！

母亲对我的姑姑们也是一往情深。我的二姑父在"文革"中被打成走资派，家被抄，无处居住。大姑家居住的学校被"火烧"，也无法居住了。当时大姑家有三口人、二姑家有三口人，两家人都挤住在我家20平方米的平房里，床上、地上、桌子上都挤满了也住不下，只好把家具都挪到院子里，母亲睡在仅有一尺宽的条案上。一下子增加了好几口人，吃、喝都有极大的困难，母亲没有半点怨言，想尽办法筹措费用，细心照料她们两家人，生怕她们本已受创的心灵再添悲伤，帮她们度过了最困难的时期。

母亲的爱表里如一。她善待任何人，别人找她办的事，她总是千方百计办好，别人有了困难，哪怕自己再困难也要帮助。她的一个同事患癌症，临终前把她的两个孩子的婚姻、工作大事托付给母亲，她不顾自己患有胆囊炎，拖着病体东奔西跑，最终兑现了承诺。

1976年毛主席逝世后，单位要求每人都写一篇纪念文章，母亲科内一同事写错一字，被视为严重的政治问题而遭追查，母亲冒着政治风险把责任承担了下来（母亲当时兼任科党支部书记），后又为其写了检查材料，这在当时需要多大的勇气！

母亲的胸怀是博大的，她宽容善待任何人，包括曾伤害过她的人。几十年了，我从没听她在背后说谁的不好，而总是听到赞美别人的话。母亲的善良、宽厚和才干，深得同事们的尊重。几十年过去了，她与很多同事还保持密切的联系，有什么心里话，拿不准的事，还都来向她们的"大姐"倾诉、讨教。

五

如果说对儿女的爱是每个母亲的天性的话，那么在事业上几十年如一日的持续努力，却不是每个女性都能做到的。很多女性一成家，就把重心转移到了家庭上，而我的母亲却两相兼顾，几乎达到了无可挑剔的境地。

1951年，母亲以优异成绩考入天津铁路医院，一开始被分到五官科病房做护理工作，她实现了做白衣天使的理想。从此，她把全部的心思倾注到她心爱的事业上。母亲勤奋好学，博得了组织上的信任和器重，不断给她深造的机会。她先后在天津铁路卫校、医师专科班、南京铁道医学院、"西学中"培训班脱产半脱产学习。学习期间，母亲克服了重重困难。她上铁路卫校时，小弟还在哺乳期，母亲是含着眼泪、硬着心肠夺门而出的。上医师专科班时，父亲去世不久，母亲的泪水还未干，是心里淌着血读完的。在南京铁道医学院上学时，祖父病瘫在床，弟、妹尚小，她是在家中十分困难的情况下读完的。母亲凭着对党的感激之情和坚强的毅力学习，成绩优异。在南京铁道医学院毕业成绩全是5分（全班只有两名），这为她以后事业的发展奠定了坚实的基础。

1965年医学院毕业后，母亲被分配到儿科病房工作。她一心想为儿科事业做出贡献，但当时一个接一个的突然性工作不断到来：参加铁路沿线医疗队、抗旱医疗队、备战拉练医疗队，接着"文革"十年。母亲无论在什么样的环境条件下，都恪守一名医生的职业道德，一丝不苟地对待每名患者。在河北省三河市抗旱医疗队时，母亲接诊了一个麻疹合并肺炎的病危女婴，当时婴儿已心衰，当地医院已放弃，母亲几天几夜守护着病孩，在母亲的精心治疗和同事们共同努力下，女婴起死回生。后来这个女婴改名为党生，并送给母亲一张母女合影照片。

"文革"中的一天，轮到母亲值夜班，忽然接到院方通知，该夜某造反派要血洗医院，尽量别值班。祖母跪求母亲，不要去冒险，但为了患儿，母亲还是镇定地上了班。为了患儿的安全，母亲果断决定，不能出院仍需治疗的患儿，由值班护士分别带回自家，按要求服药、注射，病房中只留下母亲和一名护士及一个不能离开氧气的患儿。这天夜里，造反派果真冲进了医院，恰在这时，来了一个高烧不退、哪个医院也不收的患儿，造反派拿着大刀就站在母亲身后，但她镇静地一丝不乱地给患儿看了病，感动得患儿家长下跪致谢，连造反派也对母亲有了友好的态度。

"文革"初的1967年，母亲被调到内科病房。当时病人极多，走道穿堂都住满了病人，那时资深的科主任、医生都"靠边站"了，母亲等医生每人要分管三十多位病人，母亲经常早六点就上班，24小时连轴干。那时医院要求医生要做"多面手"，赶上24小时值班，母亲还要兼顾儿科、传染病房的工作，经常在几个科的病房奔忙。这样长期超负荷的工作，使母亲身体受到了严重损伤。

1976年唐山大地震那天，母亲正休班在家，一得到地震的消息，她马上奔向医院,参加抢救伤员工作。第二天传来二姨在地震中遇难的噩耗,母亲昏了过去。苏醒后,她忍着巨大的悲痛又返回一线。那时病人多,又逢连雨天,病房都设在临时搭起的棚子中,母亲患了痢疾,腹泻达两个月,医院开了病假条,母亲一天都没离岗,病没得到及时治疗,从此落下了病根。

随着年龄的增长,母亲的身体越来越虚弱。1987年实施了胆摘除手术,61岁那年,她提出退休要求,脱下白大褂、交上听诊器时,一向刚强的母亲落泪了。这是她为之奋斗了一生,被她视为生命的岗位啊!

母亲退休后一度精神状态不好,经常一个人发呆。我深知,母亲是个离不开工作的人,就与我爱人商量,能不能跟他所在的天津师范大学领导商量一下,让母亲到师大幼儿园做保健医,校领导欣然同意了。得知这消息,母亲高兴得像个孩子,立即走上了新的岗位,一干就是6年。这6年,她风雨无阻,总是第一个到园。她建立了一系列幼儿保健制度,制定了传染病防治措施,定期给老师讲课,定期给孩子体检,并坚持每周一次到伙房了解饮食卫生营养情况。在大家的共同努力下,该园获得了天津河西区幼儿保健先进单位称号,母亲的敬业精神深得园领导、老师和家长们的嘉许。

六

母亲打算在幼儿保健事业上再干几年,这时她的同窗好友劝她不要再那么劳累工作了,到老年大学修身养性。那时小妹家也需要有人照顾,就这样,母亲离开了她喜爱的工作,走进了老年大学,开始学古典文学,76岁时又学习山水画。在零基础上,她每天习画不止。有时为了画好一笔一彩,她要跑好远的路去同学家求教。经过几年的不懈努力,一幅幅生动的画从母亲的笔下跃然而出。母亲最喜爱画梅花。梅是四君子之首,梅的品格恰似母亲的品格。画画之余,她又以78岁高龄参加了老年大学钢琴班,向乐器之王挑战。没有任何基础,她硬是记谱背谱,掌握了基本旋律,在班中保持了中等水平。上了老年大学后,母亲的性格变得开朗了,经常以画会友,以琴交友,经常去参观各种画展、花展和观看话剧等。她好像又焕发了青春生气,脸上经常有笑容。96岁高龄时仍思维敏捷,皮肤仍然白皙红润,走路还是那样稳健。从母亲的身上,我看到一个人不能没有精神追求,精神上乐趣多了,身体也会焕发活力。

母亲如山,满目青翠,令我仰慕至今。

让母亲安享晚年

张得珍

母亲的晚年,无忧无虑,安详平和。自从父亲2003年9月辞世之后,年近70岁的母亲开始了一个人的晚年生活。如今,她已进入了鲐背之年,在儿女和孙辈的精心照顾下,享受着天伦之乐。

俗话说,穷家难舍,故土难离。母亲从小就生活在偏僻的农村,对养育了自己的山水田园眷恋不舍。我们兄弟俩都在外地工作,父亲去世之后,为了便于照顾,想把她接到城里一起生活,但母亲不同意。她舍不得离开同父亲一起生活过的黄土高坡,舍不得她和父亲栽种和管护了几十年的那些杏树、桃树、枣树,更舍不得离开左邻右舍的乡亲们。经我们反复做思想工作,母亲同意先和姐姐、姐夫一起生活,等父亲三年纸烧后再和我们一起生活。

2006年秋后,母亲到兰州我家住了一段时间,因有眩晕症不能乘坐电梯,随后住我弟弟家,虽然避免了电梯的困扰,但弟弟家在六楼,母亲腿疼,上下楼梯比较吃力,这对每天要到楼下院子里走走路,晒晒太阳的母亲而言,多有不便。母亲住在弟弟家的三年时间里,我每周都要去看望陪伴她。由于出行不便,周围没有熟人,母亲在生活、语言上都不习惯,因此变得心事重重,沉默寡言。2010年春节过后,她对我说:"想老家了,不知道家里几个窑洞好着吗,那些果树没有人修剪就不结果子了。"稍停了一会儿又勉强地说,"你们忙,不一定专门去送,我坐长途客车到站有人接就行⋯⋯唉,听你们的安排。"她知道我与弟弟分别在白银和兰州两地工作,她回去老家生活,只能靠我姐姐姐夫照顾,会给我们增加负担。为了使母亲的心情舒畅,安度晚年,翌年3月,就按照她的意愿将她专程送回老家。母亲平时坐车有晕车的习惯,这次回家,

张得珍,1958年出生,1976年参加工作,毕业于中国人民武装警察部队廊坊学院,大学学历。曾当选甘肃省第十一届人民代表大会代表,政协甘肃省第十届、第十一届委员会委员。在《中国统一战线》等报刊发表文章二十余篇,著有《统一战线知识读本》等。

约40千米,将近六个小时的车程,她没有任何不适,车一到老家山梁,她便要下车站在路边看看,望见眼前的山山水水,沟沟岔岔,显得格外高兴和激动,她说:"老家的空气多么新鲜,闻起来都有花草的土香味。"到家后,姐姐准备了吃的,她说:"馒头好吃,油饼好吃,连喝的水都是甜的。"邻里听闻母亲回来了,纷纷前来看望,屋子里一下子热闹起来,互相嘘寒问暖,坐在一起话家常,耳畔乡音浓浓,母亲喜笑颜开,毫无在城里那种拘束、郁结之感。家乡的味道藏在记忆里,故乡是母亲永远无法割舍的根。

母亲一生艰苦朴素,勤俭持家。无论在农村老家还是住在城里,食物都是随买随吃,连一片菜叶都舍不得丢,她对粮食和蔬菜的节约甚至到了"苛刻"的程度,比如,有时饭盛得多了一点吃不完,她反复嘱咐,非要放到下一顿热热再吃,我们说要倒掉,吃剩饭对身体不好,她却坚决不让,她总是说:"我从来没有闹过肚子,肠胃好着呢,每顿不要吃太饱、太凉就没有什么问题。"我怕惹母亲生气,以后就随着她。从2013年开始,母亲多数时间由我大外甥和外甥媳妇照顾,一起生活的还有两个外重孙,享受着天伦之乐的同时,母亲依旧操心着生活中的琐事,时常督促外重孙要按时上学,惦记着给上学的孩子留饭没有,热不热,但在粮食节约问题上,一向和蔼的母亲却不讲一点情面。有时候我们把择菜后剩余的黄菜叶装到垃圾袋准备丢掉,她看见了,一定要掏出来重新拣一遍;有时候吃剩一点干馍馍,她也要放碗里倒点开水泡一泡吃掉;桌子上掉点米饭粒她都要捡起来吃了;有时遇到过期食品,我们想扔掉,可她偷偷地用塑料袋装好,让外甥捎回老家,用来喂猪、喂鸡。她说:"我们是从困难时期过来的人,粮食一点都不能糟蹋啊,糟蹋粮食要遭罪呢,生活再宽裕也不能浪费,该省的一定要省。""家里有粮心里不慌,不知积攒必受苦难"是母亲的口头禅。

逢年过节,我们给她买新衣服,拿到她眼前,她总是说:"柜子里七八件都闲放着,我不串亲戚,不出远门,穿新衣服干啥?够穿就行了,多了就是浪费,把钱存上给娃娃读书上学用。"买的新衣服放几年她也不穿。母亲经常要求我们无论在家里吃饭或到外面吃饭都不准浪费,碗里的饭要吃得干干净净。勤俭持家不仅是我们中华民族的传统美德,更是我们家无言的家风,母亲的一言一行,点点滴滴,像人生的教科书,潜移默化中熏陶感染着我们后辈。

"贤母使子贤也。"韩婴《韩诗外传》中如是说。

母亲淳朴善良,为人宽厚热心,与邻里乡亲相处和睦,对各家亲戚和邻居

我的母亲

的为人都了如指掌。谁家几代人了，祖上爷爷奶奶辈是什么属相，多大岁数，有什么文化，有什么手艺，祖先是从哪里搬来的，她都记得清清楚楚。我的舅舅、舅母、姑姑、姑父、姨姨、姨父及本家族的长辈们快到生日时，她都会提前提醒我们，一定要去为长辈庆生、送上祝福。母亲虽然没念过一天书，不识一个字，但她非常通达人情世故。亲戚朋友来了，必须烧上热茶，端上水果和馍馍，让客人吃一点；远路来的客人，一定要做饭给他们吃；年长的老人来，走的时候还要给带点土特产，遇到小孩子也要给他们装几个水果糖，母亲的善行已经成了一种生活方式。

由于母亲在村子里人缘好，经常会有亲戚和邻居来串门，不仅有说有笑，有时还会相互送一些小吃。有一位陈姓姨娘，和母亲住前后院，一墙之隔，姨娘做上凉粉，煮上羊肉，便端一碗从窗子上敲一敲送给母亲；母亲烙上洋芋摊饼，蒸上荞面馍馍，也从窗子上递过去给姨娘。古人讲："远亲不如近邻。"这种友善而亲切的生活往来，使生活更加幸福。

母亲是一个心胸宽广、豁达开朗的人，她常常跟我们讲，胃不好都是吃出来的，气出来的，吃饭半饱就行了，肚量要大点，不要为那些"鸡毛蒜皮"的事情生气，这些话听起来简单朴实，但道理深刻，都是她在生活中悟出来的智慧。母亲从来不说别人的不好，也不会计较别人说的话，我在生活工作中遇到不如意的事，总能想起母亲的谆谆教导，以热情饱满的精神状态对待生活、对待周围的人。

母亲总是坚强乐观。面对每一次病痛，都决不妥协，而是选择用乐观的态度去面对。随着母亲年纪越来越大，高血压、膝关节骨质增生、陈旧性气管炎等疾病时常发作。家里备了各种药物，她都坚持按时服用。母亲很要强，不到起不来的时候，她是绝对不会住院，但病情严重时，她也会听子女的话，及时接受治疗。2016年的一天，晚饭后她和外重孙女看电视，突然血压升高，浑身发抖，不省人事，重孙女一把抱住太奶奶，立即拨打了120电话叫来救护车，将其送往县医院治疗，我连夜从兰州赶回彭阳看望。经过医护人员三个小时的抢救，脑出血得到了控制，母亲脱离了生命危险。出院后她问花了多少钱，担心花费多了拖累子女，我说："国家对高龄老人住院治病基本免费，个人出很少一部分。"她惊讶地感叹："国家政策这么好！"

2020年大年初十，母亲因受寒感冒，十分严重，高烧不降，咳嗽半个小时喘不过气。此时，武汉新冠疫情暴发，医院不敢随意接收病人，经过医生多个环节检测，确定母亲为流行性感冒，才顺利入院治疗。我和大外甥封闭式整整陪了十天，看到母亲有时咳嗽得喘不过气来，我们的心里也十分着急，生病的母亲吃饭不能自理，只能一点一点喂给她吃。经过医生尽心竭力地精准救治，以及我们的精心护理，母亲的病情得到了有效控制。出院后经过一段时间的药物和饮食调理，几十年的咳喘顽疾奇迹般地治好了。2020年冬月至2022年底，新冠病毒在全球传播，偏僻的农村山区也没有躲过它的袭击。为了防止母亲感染，家中坚持封闭防疫近四个月，但最终未能防住，全家除了母亲都不幸感染。这是母亲晚年最大的福气，"积善之家必有余庆"，也算是上苍对母亲的一种恩赐吧！

世间母爱似海深，持家育儿费尽心。母亲的晚年，总想有多些和子女们相处的时间，但又怕影响子女的工作，每周我会给母亲打一两次视频电话，询问她的身体状况，吃得香不香，睡得好不好，还缺什么，她总是笑容满面，爽快而高兴地说："我好着呢，什么都不缺，外孙和外孙媳妇照顾得体贴周到，按时把饭做好端来，洗头洗脚，一切都好着呢！你们安心工作，吃好穿暖，保护好身体。"每逢母亲生日及重大节日，我都必须回家看望和陪伴。2018年我退休后，时间宽松一些，一年至少回去五六趟，每次最少要陪老母亲十天半月。因为我还在慈善部门担任职务，无法长期陪伴母亲，母亲听到后说："积德行善的事要多做，我不能拖累你的工作。"每次离开的时候，老母亲总依依不舍地拉着我的手，她右腿骨质增生，行走不太方便，即使拄着拐杖，也一定要坚持送我们到大门外，看着我们顺利坐上车，她才能够安心。母亲对孩子的爱都藏在心里，虽不善言辞，但无时无刻不在记挂着我们。

母亲虽然不曾读过书，但却深知"知识改变命运"，学到的知识将伴随孩子的一生，是他们的宝贵财富，故经常督促晚辈好好学习，不要荒废学业。她对自己的孙子孙女、重孙也都特别关心，经常询问学习、身体和生活情况，也常给兰州的孙子孙女们捎家乡的燕面柔柔、洋芋馍馍和油饼。每年全家都会聚在一起过年，三十晚上有磕头的风俗，我们先给老母亲磕头，轮到小辈磕头时，她都会一个不落地给压岁钱，同时还要给孩子们叮嘱几句："你们要好好读书，小时候识不上字，念不好书，长大了就会吃苦。"亲戚家的孩子结婚前或考上大学之后来看望她，她一定要送一份"见面礼"，表示祝福。

母亲的晚年，虽然没有鸟鱼花草，也不懂琴棋书画，但她作息规律，怡然自得，每天晚上九点钟上床休息，早上六点半起床，早餐时，熬两杯红茶，一边吃馍馍喝茶，一边给家里人聊一些生活常识，粗细粮要搭配，不偏食，晚饭少食等等，这种时候她的心情格外开朗，母亲心里从不装不愉快的事，因年事已高自己不能做饭，饭只要热、软、烂，无论外孙媳妇做什么饭，她都欣然接受，从不挑剔，还会常常伸出大拇指，表扬饭做得好，始终以饱满的精神状态安享晚年。

我的母亲，就是这样一位平凡而伟大的农村妇女，她的人生哲学简单、质朴，却潜移默化地影响着我们，犹如细雨，育人无声。于我，更是一生受益无穷：一个美满的家庭不必鲜衣美食，也无需金玉满堂，若能拥有一个正直、善良、勤劳、乐观的母亲，便是最大的福气。

愿母亲福如东海长流水，寿比南山不老松！

神一般的母亲

陈学士

2013年1月23日凌晨，母亲突然走了，走得很安静，没有留下只言片语。

春节，本是一个欢乐祥和的节日，但那一年的春节却让我们经历了从欢乐到悲痛的两极突变。当时是凌晨两点多，前几个小时还在谈笑的母亲突然不能言语，三点四十分左右便停止了心跳。母亲的去世毫无征兆，让我们不知所措。

母亲也许是太累了。我们家里平时客人就多，这年春节前搬了新房，正月初一就有很多人来贺乔迁，又是家人欢聚的日子，加上亲戚朋友，家里尤其人多。母亲又善言谈，热情好客，不管来人是谁，认识不认识都主动搭话，这可能与我父亲搞地下工作有关。母亲年轻时，由于父亲搞党的地下工作，家里经常有人来，母亲要承担接待工作，养成了善言谈和热情好客的习惯。2013年，母亲76岁，身子骨已大不如从前了。　正月初一家人团聚又是亲朋纷至，母亲高兴，不停地递茶倒水，备菜下饭，忙前忙后。这么大年纪陪了一整天客人，到晚上十二点多送走我的一个表姐才洗漱休息，不一会就出现了不正常的表现。当急救医生赶到时，母亲已经停止了呼吸。医生说，可能是由于劳累引发心源性心脏病而猝然辞世的。

母亲出生在黄河岸边的水乡之地，个子不高，但长得端庄秀气，从小识得一些汉字，是一个知书达理之人。又学得一手缝衣绣花的针线活，手艺还真不错，十里八乡，识者称善。母亲虽然出生在环境优美、衣食略给的水乡之地，但却嫁给大山里一个居无定所、行无恒业的人——我的父亲。大概是因为母亲看准了父亲英俊干练的缘故吧。

陈学士，甘肃榆中人。中国书法家协会会员，甘肃省直机关书画家协会理事。出版有《陈学士书法作品集》及多册绘画摄影集。编著（合作）有《税务报刊文章评析》《新闻写作》等书籍。中央电视台等媒体对其书画成就做了专题推介。

当时父亲做党的地下工作，母亲非常支持父亲，经常随父亲东奔西走。父亲因内部人员叛变而被捕坐牢，母亲就想尽一切办法托人找关系，营救父亲脱险。此后，母亲就和父亲一起生活在大山深处的窑洞里，日出而作，日落而息。

新中国成立后，父亲和组织上取得了联系并被安排在农村基层工作。这个时期各项事业百废待兴，父亲工作很忙，所有的家务全都落在母亲一个人肩上。那时母亲已生育一女一儿两个孩子。因父亲忙，我的大姐姐因得重病治疗不及时而夭亡。后来又有了我和四个姐妹。一大家人的吃穿住行大部分都由母亲一个人来操持，劳心劳力可想而知。1959年，我的父亲在反右运动中被划定为极右分子，再次离职回家。虽然父母终于可以在一起生活，但父亲也因此变得郁郁寡欢。尽管一年多后父亲的问题得到了甄别，组织上再度安排他出来工作，但为了减轻母亲的负担，父亲谢绝了组织上的任用，从此一直生活在榆中北山的山沟里。

母亲从相对优裕的川区嫁入十年九旱的大山深处，跟着父亲节衣缩食，但她素来吃苦耐劳，很快适应了艰难的环境。在父亲顺境时，她把家里安排得井然有序；在父亲逆境时，她料理家庭生计也从不气馁。母亲善良热情，遇事刚强果敢有谋，给孩子们撑起了一片蓝天，而且一撑就是许多年！

在三年自然灾害时期，母亲周密谋划，合理调节衣食，使我们姊妹不仅都能活下来，还能依次上学读书。每一顿饭，母亲都根据我们姊妹们的性别年龄分等吃饭，她却从不先吃。记得有一次吃晚饭，我发现母亲把饭都给了我们，她却偷偷在啃食榆树皮，年纪尚小的我不是非常理解，但晶莹的眼泪却不由自主地第一次为母亲悄然流下。母亲的爱是无私的，她精心地呵护着自己的每一个孩子。三年中母亲饿得瘦成一把骨头，而我们儿女们却都活蹦乱跳的，享受着比别人家孩子更多的快乐。

在那么困难的条件下，母亲和父亲不但养活了我们六个妹妹，还同时抚养了一男一女两个侄孙。我的堂哥、嫂子在灾年因病去世，留下两个十多岁的小孩，年幼无依，生活没有着落，母亲便和父亲商量将他们从外村接到我们家，承担起了抚养的责任。考虑到孩子寄人篱下的心理，父母对他们格外照顾，生怕给他们留下被歧视的不良感受，在面临抉择时，宁可苛责我们姊妹们，也要偏向他们一点。而且常常叮嘱我们不可对他们说不中听的话。就是这样，两个小孩在大灾之年得以生存下来。两个孩子长大后，在母亲的关照下都顺利成家立业,女的找到了好婆家,男的娶上了善良的媳妇。他们现在都儿孙满堂,生活得很幸福。

我的父亲去世早,在我还是单身一人时,母亲就跟我南漂北移,辗转东西,我们母子虽然生活拮据,但日子过得很开心。母亲在我身边,不仅给我做饭,还关心我的政治生活。母亲常讲我父亲的故事,教我堂堂正正做人,不占不贪为政。一次我的一位学生在春节前给我送来了一些家乡的土特产,我当时不在单位,下乡检查安排群众过年的生活,母亲不认识来人,坚决谢绝学生送来的东西。这个学生解释,没有陈老师当时在那样的年代严格要求我们学习,我就不会在后来考上学,今天我已经当了老师了(实际上他已经

我的母亲

是一个小学的校长),所以来看看陈老师。母亲还是不肯收下东西,最后这个学生哭了,母亲才收下东西并问清了名字和东西的价格。我下乡回来母亲告诉我这一切,我说明了这个学生和我的关系后,母亲才放心了。但母亲语重心长地讲,干公家的事,要清清白白,不拿人家任何东西,要做到人穷志不短。虽然有时可能被误解,但自己心里清白,终会被理解的,也不会吃大亏。因为出身农村,乡邻亲戚、同学故旧很多,有时候难免往来走动,有所馈赠。母亲又跟我谈话,说大家都不容易,种点粮榨点油都是生活的紧要物品,不要随便就收了。即便是难以推却,也应该巧妙地给他一点钱,不要白占人家的便宜。如有困难找你帮忙,在不犯错误的情况下能帮就帮一下,不要六亲不认。我深以为愧,也深以为然,多年的公务生涯,我从没忘记过母亲的教诲。也正是母亲给我的底线,成了我既能清白做事又能尽量助人而光荣退休。

母亲是一个很大度的人,一个能吃亏而不计较的人。她有她朴素的人生智慧。有次她跟我聊起的一件事:早年的一天,家里有些肉,母亲认真做好装在一个盆子里,不料被人偷走了,吃完还把盆子丢在我家大门口。面对如此

欺人举动,母亲一声不响地捡回盆子洗好后,又做了好吃的,装在这个盆子里送给偷肉吃的这家人,解决了别人来家里偷吃东西的问题。这件事被村里的人知道后传为佳话。母亲的豁达胸襟和处理事情的方法,一般妇女很难做到。

母亲有很多绝活。在我们那偏僻的小山村,母亲是接生婆,先后由她接生的小孩就有上百个,且都很健康。记得有一天夜里,家里突然闯进来了一个拉驴的人,一进大门就喊道:"陈奶奶,了不得了,我们家女人生了一天一夜小孩都没生出来,产妇都快不行了!"原来是距离我们村有五里地的村里出现了产妇难产的情况,危急之下想起了母亲。母亲二话没说收拾行装骑上毛驴就匆匆走了。由于她及时赶到,小孩得以顺利出生,又保住了大人的性命。我们也从心底升起了自豪感:母亲好攒劲! 母亲俨然是一位医生,不但可以帮助接生,还能为小孩治病。谁家小孩出现头疼脑热,只要请她到场一扎针、一艾灸,一搓擦就好了。当时的农村缺医少药,一旦小孩得病找不到医生就麻烦了,母亲因此成了我们村子小孩们的福星。

因为善良,人缘很好,许多人都乐意到我们家来串门。在天阴下雨、刮风下雪的日子里,我们家里最热闹。女人多得大炕挤不下,大家一起做针线,这个请教衣服怎么剪,那个请教菊花怎么画;这个请教凉面如何做好吃,那个请教酸菜怎么腌不会坏……凡是农村妇女遇到的家务活,母亲都一一教给他们方法。

母亲能用简单的食材做出好吃的饭菜。我们姊妹们常常吃着母亲擀的凉面或麻麸角角,穿着母亲缝的好看的衣服,打心底里觉得开心。我小的时候母亲给我做了一件花护肚,满村子的人都夸好看。被人夸时,我虽然有点害羞,但是内心很快乐,充满了自豪。

母亲也是我学字的启蒙老师。小时候,家里有个铜盘,大约四十厘米大小。母亲在里面装上薄薄的一层细土,她在上端写一个字,让我在下面照着写。写满一盘后,母亲问"学会了没?",当我说学会了时,母亲便把盘一摇,又变成了平整的土面。母亲让我再写给她看,我每次写对,母亲都会好好地表扬一下。就这样,我小小年纪就学会了几百个字,上学后两次跳级,一直都是三好学生。

母亲还教会我很多画画的基础知识。我很小的时候,母亲就给我们在枕头上、鞋上、衣服前襟上绣花。绣花的时候,她先在枕头和衣服上画好画,再一针一线地绣出来,看上去真的很漂亮。那种彩线绣成的花和蝴蝶、蜜蜂等,让我从小就喜欢上了画画。母亲也经常给我讲花怎么画,鸟怎么画,传授了不少绘画知识,虽然不是专业层面的技巧,这些让人喜闻乐见的民间艺术却让我对画画产生了浓厚的兴趣。幼时母亲让我帮她"剪

母亲与家人

花样",也就是把罩子灯开大,把原有花样拓在几张白纸上放在灯罩顶端熏,然后把熏黑的地方剪出,一朵朵花儿就展现在眼前。这些"作品"让我有一种很大的成就感!时至今日,当我拿起画笔作画时,母亲教给我的"梅不挑尖、菊不压顶、三笔破凤眼"等口诀仍会浮现在脑海里。

当母亲去世的消息传到村里时,好多她接生的男女都站在家门口接陈奶奶回家安葬,护送母亲的灵车到村里的路上,高呼"陈老太太归土平安——"灵堂设好后,这些由母亲亲手接生来到这个世界的男男女女都来磕头,一个个流着泪哭道:"是陈老太太把我们安全地接到这个世界上,我们来送陈老太太一程……"

我的母亲出生在旧社会,所以裹得一双三寸小脚,走起路来咯里咯噔的,好像支不住身子一般。拄个拐棍还东摇西摆的,看上去弱不禁风。但她在我心中的形象却一直坚毅伟岸,好似一尊无所不能的神!

母亲晚年,我因工作忙,陪得太少。母亲突然走了,我感觉欠母亲的很多,真是"子欲养而亲不待"呀!母亲给了我生命,我面对母亲的生命倏然而逝却无能为力……

母爱无限大

林伯智

岁月如同麻布,经常以皱褶面世。

从我记事起,我的母亲就像一台不知疲倦的机器,不分昼夜地运转,日复一日地在海和家之间忙碌着。1968年出生在福建平潭海岛的我,困难之至。记得我穿的鞋子是她亲手缝制的,家里的蚊帐是她亲手用旧麻布制的,我们家的枕套、被套、鞋垫上面都有母亲绣的图案,或花草,或飞禽,或走兽。可是,当时的我完全没有体谅母亲的辛苦,每天最期待的就是玩到饿的时候,看着家里的炊烟袅袅升起,然后听到母亲呼唤我的乳名,叫我回家吃饭。

小时候,米饭是留给爷爷吃的,所以我到现在喜欢面食超过米饭。小小的我总是盼着快快过年,因为过年有荤菜吃,好的年景还有新衣穿,但母亲却始终穿着那件旧式蓝衫,只是补丁一年比一年多。那时候,家里穷,饭菜油水不多。每次吃饭,母亲总是把好一点的饭菜留给我们。她似乎没有多少食欲,我从来没有见过她对哪一种食品有特别的欲望。她总是默默地先让五个孩子们享用,剩下的,她随便吃一点。青黄不接时,晚餐就是喝点粥,不够分配,母亲自己就喝点大麦糊糊。我常听母亲说:"要是天天有饭吃,就是没有菜,我也能吃两碗。"直到现在,每当想起母亲背对着我们喝糊糊的背影,我的心就会痛,我的泪就会流。

在我的学生时代,母亲总是将大人舍不得穿的新衣服或布料,改一改先让我穿,总是说:"智儿愿意念书,在外面要体面,我们在家里没关系。"我找母亲要学费,她总是想方设法筹措。我永远忘不了,1983年我高一(考到县一中)的那个暑假,母亲为了我的学费,出去又回来,回来又出去,转来转去焦急不安。我收拾行李时,惊喜地看到母亲放在我衣服上的八元钱。那时,常有

林伯智,1968年生于福建平潭,1986–1990年就读厦门大学财经学院,1990–1994年就读日本早稻田大学,2012年至今任华厦眼科医院集团股份有限公司副总裁。

人劝我母亲："别让智上学了，早点回来讨海成家才是正事。"而母亲认定，唯有让儿子上学，才能走出海岛，才能彻底改变命运。所以，无论有多大的困难，母亲都始终如一地支持我上学。我知道母亲的艰难，总是告诫自己："一定要用功读书，将来考上大学，一定要让母亲过上好日子，以此来回报母亲无怨无悔的付出。"

1986年，我终于考上厦门大学。当我把这一消息告诉母亲时，我不知母亲那一刻在想什么，她说的第一句话就是要去祖宗面前谢恩，要告慰祖宗："智儿上大学了！"

因为我不停地升学，我的母亲也就不得不眼睁睁地看着我离开她，而且越来越远，越来越远……我十八岁以后，回家的时间仅仅是节假日或寒暑假。所谓想家，其实就是渴望母亲给我筹集的学费，回家吃顿饱饭……所以，在我的心中，故乡在慢慢地缩小，而母亲的身影却在不断放大！

大学毕业后，我告诉母亲：要去日本留学。母亲的神情是复杂的，既有欣慰，也有失落，传统的"父母在，不远行"的思想，企盼儿子不要离开她，而母爱又使她觉得不应阻碍儿子的前程。母亲的失落只有我才感觉得到。我知道，母亲是希望儿子留在故乡的，我是长子长孙，家族又是族长家族。从我1990年到日本留学后，母亲经常因挂念儿子而偷偷落泪，特别是在她患病的时候，一有人提起我，母亲说话就会哽咽。这是我后来听小婶子说才知道的。

我离家离得断然决然，在日本完成学业后又留在日本工作，两三年只有在春节才回来一次。堪可欣慰的是，母亲生我时才17岁，所以在20世纪90年代她还年轻，海岛也发展起来了，生活环境得到很大改善，同时我的工作也很顺利，收入很高。1996年，我借在日本结婚后生子的理由，把母亲从海岛接到日本东京，才得以一起生活了5年多。我以为故人、故乡可以暂时从母亲的脑海里淡出，专事休养。其实不然，母亲就像一本故乡的活字典，昨天说三妹的身体，今天说五弟的夫妻关系。晚上看电视都看中央台四套海外版。有从故乡到日本来的人，母亲便会急迫地打听村子里的情况。听到一切安好时，脸上会露出欣慰的笑容；听到村里有人生病或去世时，母亲的情绪就会非常低落，好几天都无法从失落的心情里走出来。

母亲在日本住了五年多。这期间，我的两个弟弟也先后到了日本。由于生活习惯不同，她最终还是返回故乡了。那之后，每当得到我们要回乡探亲的消息时，母亲的心情就会变得开朗起来，精神也比平日好了许多，整天兴奋

家人合影

地念叨:智儿、勇儿还有几天几天就要回来过春节了。我们一回到母亲身边,母亲的一切行动就会以我们为中心。看着忙前忙后的母亲,看着满屋子乱窜叫嚷着的侄儿侄女,一家子人很开心。我在母亲身边坐下来,她总是拉着我的手,重复地说:智儿,你是大儿子,按我们家族传统,你老了要回来接你爸爸的族长位置的。我没有什么要求,只是希望你多回来看看。所以我每次探亲,都会谢绝一切同学朋友聚会,就是想在母亲身边多待上一点时间,多给自己一些尽孝的机会,来弥补距离的缺憾。

每当过完春节,要离开故乡去日本的那天,天还没亮,我总会听到一个不太清晰的声音,睁眼一看,母亲在为我准备我最喜欢的土产。看到母亲的样子,我真的好难过,作为她的儿子,我什么时候能做到像母亲这样关心她呢?临行时,母亲更是依依不舍,眼里含着泪花,一句话也说不出来。我理解母亲的心情,在母亲面前,我佯装坚强,但转身离开的一刹那,我的泪水便如流水……

一晃在日本工作二十一年,我混得起起落落,不尽人意。2012年我辞掉在日本的工作,回到中国,干上了我自己喜欢的事业。每年多回去几趟看望她,时常电话视频联系。生活好过了,她也跳起了广场舞。

祭母文

林贵增

吾母在上，受儿叩拜！仙逝半百，不孝伤怀。

与父连理，互敬互爱。母贤持家，父亦多才。林门大户，农桑积财。祖事勤俭，哥仨星伴。父辈排行，老六名赞。生子亦六，三女三男。前四夭折，末枝独爱。吾姊为住，绵延血脉。天命匪测，突降病灾。康复犹患，家长里短。

父步歧途，入伍作茧，自缚离家，作伥伪满。离去两月，母生儿胎。生前七天，有梦入怀：七把斧子，倚立院外。敬告祖父，亦未嗔怪。出生乳名，祖赐福来。吾辈名讳，曰贵消灾。堂亲哥仨，一兴增来。长兄求学，次兄勤快。惟吾受宠，祖疼母爱。

鸡鸣即起，大户饭菜，妯娌轮班，母不懈怠。板凳为床，儿伴锅台。及长放猪，暮归耍乖，放下鞭子，缠母吃奶。

社会巨变，家庭自拆。祖逝厦倾，家道崩衰。与姊随母，自立门户。薄田自耕，收成若无。乞讨夜归，月下母哭。无可奈何，姊投曲户。

父亲归来，远房伯叔，知父中隐，堂长指路。与母扣门，父莫能助，另有爱巢，携妇将雏。姊丈知难，迎母寄住。亦兄亦师，吾姊吾母。更有义姊，待我师徒。亦教亦养，学成岁足。

不忘党恩，助学补助。钢校苦读，毕业北赴。母随子命，命在殊途。

北国风光，青春意气。组织信任，刻苦努力。独当一面，五好树旗。更值添丁，母爱升级。

惊雷忽震，红潮乍起。万里山河，红黑混极。父罪当羁，祸及母仪。为避儿险，母愿回籍，收拾行囊，忍辱待期；幸遇张君，一语和气，知母蒙冤，罪父早

林贵增，男，满族。辽宁省岫岩满族自治县人。中共党员。曾任甘肃省节能总公司总经理、甘肃省节能技术服务中心（现甘肃省节能监察中心）正县级调研员。现为甘肃省高级工程师协会名誉理事长，高级工程师。中国科学技术协会会员。

母亲孙淑娴60大寿与
长孙大海合影

弃。一瞬解放,欣喜若狂。烧火做饭,填补饥肠。

随儿西来,颠簸塞疆。风起云涌,举国动荡,红潮滥觞,自残萧墙。因公出差,北国南疆;一夜血腥,钢城自戕。母急中风,姊来奉娘,又添儿丁,母病渐康。

运动深入,斗批改忙。下班开会,寒夜未央。为儿担惊,出门张望,踏冰拄拐,摔倒卧床。瘫痪年余,病入膏肓。一九六九,戊申除夕,母亲归天,儿痛断肠。六十有六,享年流芳。呜呼哀哉,母去子伤。

半个世纪,杳隔阴阳。拊膺呼号,欲见无缘。幽冥永诀,悔恨绵绵。戈壁衰草,金城故关。儿迁赴任,黄河岸边;携妻将子,阖家团圆。每念过往,泣血涟涟:去日苦多,母盼儿健,知儿胃寒,饭菜保暖,怜儿熬夜,奉公行端,催儿午休,行神饱满…一旦撒手,西去不返;不孝负罪,何对苍天? 忽闻祖籍,天堂陵园,祖伯叔辈,松柏安然。母葬华林,父魂孤悬,生前恩爱,何计离怨? 侄孙至孝,慎终追远。

吾携儿孙,移灵祖园,辗转归宗,了母前愿。不孝孽儿,略赎罪衍。

母有灵兮,姗姗此鉴。伏惟尚飨,呜呼哀前!

祭母亲

罗愚频

其一　母亲往生百日祭

霜侵雨打屋如窠,磨难早催白发多。
犹记负囊千尺泪,从兹问讯九天河。
阶州笑采草花籽,故里默求弥佛陀。
梵乐经秋音不断,梦频起坐泪滂沱。

其二　岳母仙逝三周年祭

三载徽音梦里寻,坟前跪拜泪沾襟。
韶华梦付三更月,霜鬓犹牵四世心。
泉下亲人毋罣碍,人间子弟尽佳音。
绵绵细雨丝无尽,袅袅青烟绕旧林。

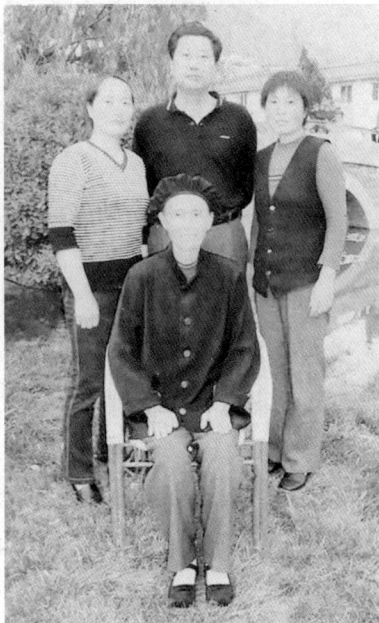

我的母亲(前)与家人

罗愚频,文县贾昌人,中华诗词学会会员。诗词作品散见《中华诗词》《甘肃文苑》《甘肃诗词》《甘肃文史》《诗刊·子曰》《中国诗词》等。

永不忘却的爱恨恩仇

——慈母王兰美十三周年祭

周建广

提起笔来，我就觉得，有必要首先告诉读者朋友们，这个题目，本是我母亲的一句誓言，也是一种心愿，最后成为她的遗愿。

母亲不可忘却的爱恨恩仇，就是儿孙们不可忘却的爱恨恩仇，由我来将这些爱恨情仇写出来，传下去，理所当然。

说心里话，我该向慈母表示深深的歉意，她走了已经整整十三个年头了，而我尽管早就拟了初稿，却一直未能完稿，多谢甘肃慈善总会给了这个宝贵的机会，使我能够实现慈母的遗愿。

我的母亲姓王，小名黄毛，大名兰美。1924年秋天，一个电闪雷鸣的夜晚，她出生在江南胜境茅山脚下的高淳县大青山老叔村一户耕织人家。父亲王家烈，母亲秦惠珍，大哥王道成，二哥王道功。一家五口起早贪黑，耕田织布，勤俭持家，虽不富裕，却也能吃饱肚子。

母亲多次说过，她虽然生不逢时，命好苦，苦得伤透了心，但是，正因为苦，她拥有了永不忘却的爱恨情仇。1931年"九一八事变"震惊中外，日本鬼子迅速占领了中国东北，1932年1月28日，日本鬼子又占领了上海，从此，江南鱼米之乡到处是水深火热。母亲说过，在那个不堪回首的年代，江南的老百姓对日本鬼子恨之入骨，明里暗里都想着跟他们拼死拼活。

1938年，陈毅、粟裕率领新四军开创了茅山抗日根据地，江南的老百姓终于见到了太阳，都真心真意跟着共产党打鬼子。小伙子大姑娘们踊跃参加新四军，少年儿童们也扛起了红缨枪。

周建广，1953年秋生于江苏句容市，1974年底到大西北服役，后任原兰州军区政治部编研室副主任、大校。上海市、甘肃省作家协会会员，发表各类文章一千余篇，出版各类著作四十七部，共两千余万字。诗书画作品先后荣获上海世博会等全国诗书画大赛一、二、三等奖。

　　1935年，母亲11岁，亭亭玉立。是年盛夏，一个昏暗的早晨，母亲像往常一样，早早起来，为全家做早饭，先到池塘提水，没想到，几个在对面水塘洗菜淘米的日本鬼子炊事兵发现了她，立即大喊着"花姑娘！花姑娘！"像恶狼一样扑过来。母亲撒腿就跑，但没跑多远就跑不动了，眼看快要被鬼子兵追上，看到塘埂上有一片茂盛的杨柳树，她急中生智，立即藏入其中，两脚踩在水塘里，用杨柳树枝遮住全身。

　　几个鬼子兵追了过来，突然间找不见她了，叽里咕噜地咒骂，此时，远处日军兵营中传来军号声，他们才悻悻而去。母亲躲在树丛中看了又看，确信鬼子们背着炊具和食物都走远了，方才悄悄爬上塘埂，跑回家中。

　　一进家门，父亲和母亲就明白了怎么回事，急切地说："小黄毛，马上出去躲起来，鬼子肯定还会来的。"一家人来不及准备什么，拿些值钱点的东西，慌忙逃出村来，也不知向何处去为好，只能先到大青山中躲一躲。

　　他们刚刚出了村，一队鬼子兵就进了村，到处搜查，挨家挨户地查找，还威胁村民们说："马上交出花姑娘，花姑娘杀死了皇军，必须要偿命。"

　　村民们都说，一个小姑娘绝对不会杀人，鬼子们恼羞成怒，当即放火烧毁了村子。

　　鬼子们对根据地和游击区展开扫荡，茅山地区的百姓们被迫逃难。非常糟糕的是，在逃难当中，11岁的小黄毛与父母走散了，跟随着逃难的人流，跌跌撞撞地到了南京。

　　当时，小黄毛压根不知道，鬼子正在蓄谋制造南京大屠杀，已抓捕了一些难民，建起了集中营。她同样在劫难逃，被抓进了集中营，与一位中年女子一起关在一个小小的牢房里。

　　母亲多次回忆说这是她平生第一次看到女人被糟践成这样。看着那女人浑身是血，衣服破烂，小黄毛猜想是被鬼子兵毒打所致，为她包扎，给她找水喝，还把自己的外衣脱下给她遮体。那女子除了点头表示感谢之外，什么也没说。

　　当天深夜，那女子又被押出去了，快天亮的时候，才被送回来，浑身血迹斑斑，奄奄一息。

　　小黄毛弄不懂这是为什么，她担心这位女子死去。"小娘！小娘！"她不停地呼唤着。

　　那小娘还是不吱声，连呻吟也没有。小黄毛摸摸她的鼻子，还在出气，连

母亲（前排中）和我们一家人

忙找水给她喝。牢房里哪里有水呀，牢门反锁，又不能出去找水。急切之下，小黄毛顾不了那么多，张开嘴给她喂唾液。没喂几口，她的唾液也没有了。急得她大声呼唤："娘娘！妈妈！小娘！你不能死啊！"

就这样坚持了两个小时之后，那小娘终于苏醒过来了，发现自己躺在小黄毛的怀中。良久，她叫小黄毛为她缝好胸前的衣服。小黄毛猜想，这是鬼子将她的衣服撕烂了。她想办法为她把胸前衣服碎片缝起来，使她能够维护女人的尊严。

凶险的日子持续了三天。第四天，天才麻麻亮，鬼子兵又来了。这回换了人，是个少佐。他没有叫小黄毛回避，而是让她在一旁看着。鬼子对那小娘拳打脚踢，小娘始终只说两句话："我是良民，随着难民逃难来到南京的。"

少佐转而来审问小黄毛。

"你的，小孩！死啦死啦的！"少佐抽出军刀，凶神恶煞。拳打脚踢，小黄毛不吭声。

母亲回忆说："当时，像是一下长大了，有了主见，有了胆量。其实是小娘给我树立了榜样，给了我胆子和力量。当那少佐气急败坏，举起军刀再次问我时，我不慌不忙地说：'我和小娘就是在逃难路上碰到的，我不晓得她的名字，她也不晓得我的名字。我叫她小娘，是按照我们家乡的风俗习惯叫的。'"

站在一旁一直没有说话的男翻译官跨上前来，阴森森地问："那你为什么给她缝衣服？"

小黄毛机巧地回答："我也是女孩子呀，不能看着小娘被撕破了衣服啊！"

少佐同翻译官耳语几句，大概是相信了小黄毛的话，转过身去，朝小娘咆哮道："你的，新四军的干活，拉出去枪毙！"

小娘被拖出了牢房。小黄毛不顾一切地冲上去，紧紧抱住了她的双腿，大声哭叫起来："娘娘！小娘娘！我们还要去逃难要饭呢！"

小黄毛转而揪住少佐，问道："凭什么抓走我小娘？她不是新四军。我是的,你们把我抓走吧,要不,你就把我一起抓走吧!"

少佐恼怒至极,抽出军刀欲砍小黄毛,被翻译官挡住了,悄声说:"少佐,她真的太小啦,不像是在说假话,饶了她吧,大佐那里还等着我们呢!"

小黄毛和小娘,又被关进了那间阴森恐怖的牢房。俗话说,患难见真情,小黄毛与小娘之间的感情亲近了,开始以母女相称。小娘特意把针线包送给了小黄毛。有一次小黄毛实在憋不住,问道:"小娘,你是茅山来的?"

小娘假装不高兴地说:"你看小娘像吗?"

小黄毛迟疑一下,咬咬嘴唇,点点头,说:"像,也不像。要不的话,鬼子早把你枪毙啦。"

小娘笑了,抚摸着小黄毛的头说:"女儿呀,小娘是从茅山来的呀,你不也是从茅山来的嘛!"

小黄毛心中还是犯嘀咕,但是,她不能再问什么,心想着,由自己慢慢琢磨,也许能想出个所以然来。反正,她就觉得这位小娘非同常人,脸上一点粉黛都没有,皮肤也不细嫩,甚至可以说是粗糙。瞧她被折磨得死去活来,就是没有一句求饶的话,好像钢筋铁骨一般,真令人敬佩!她良民证上面的名字叫女蛙,这名字好逗,她一定是好人。

少佐和翻译官再没有来提审她们,娘儿俩也得到了暂时的平静,小娘的伤也慢慢愈合了。

四十多天后的一个早晨,小娘早早起来,收拾得利利索索,同小黄毛告别。她说,小娘是有生意必须做,今早上老板来保我了,我就先出去了,过几天,有人会来看你的。

小黄毛眼里闪着泪花,说:"小娘出去了,别忘了女儿啊!"

小娘走了,小黄毛怅然若失,竟然忘了说再见。从早到晚,她一直扒在牢门的小窗上,望着,望着,仿佛小娘还在门口散步。

过了几天,果然有个穿着青布长衫的中年男子来到牢房,将小黄毛保了出来,带着她来到大街上,塞给她一块大洋,叫她赶紧回家,然后,消失在人群之中。

小黄毛攥着那一块大洋,朝着那男子的背影深深地鞠了一躬。

小黄毛本可以搭车或乘船回到老叔村,但她真的舍不得花掉这块大洋,一个觉得来之不易,再一个是想着拿回家去孝敬父母,于是,她决心还是随着难民逃回家去。

她哪里想到，经历了大屠杀的南京，逃难也难上难。出南京城门的时候，一块大洋就被鬼子的岗哨搜走了。

一路上，逃难的人们风餐露宿。小黄毛跟着颠沛流离，走进了句容县东边的九板桥村。她又饿又累，头晕眼花，一下倒在老庙门口，不省人事。

也不知过了多久，她听见了人们的呼唤声："姑娘，你醒醒！"

她用力睁开了眼睛，发现自己躺在一张花板床上，眼前守着好几个人，有男有女。她猛地坐起来，一边下床一边问："我这是在哪儿呀？我要回家！"

一位身穿马褂的中年男子拱拱手说："小姑娘，你醒了就好了，这里是好人家，你现在很安全，不用怕。我叫周年生。"

小黄毛谢过周家救命之恩，接着就要回家。

一个中年妇女将她扶到床上坐好，自我介绍说："我是这家的妈妈，叫秦百花。告诉我，你家在哪儿？我们保证送你回去。但是，这段时间外面太乱了，你在我们家歇歇脚，养好身子再回！"

小黄毛眨巴着两眼想了好一会儿，答应了，但坚持说不能白吃白住，自己什么都能做，就给周家打工吧，不要工钱。

两个身高马大的小伙子朝她伸出大拇指，说她懂事。

周年生告诉她，这是他的两个儿子，腰板直的是老二周玉道，腰躬着的是老大，叫周玉山。

日子过得飞快，转眼半个月过去了，周年生带着两个儿子和小黄毛，来到了小黄毛的老家老叔村，一问方才知道，王家全去了上海。没有人知道他们的下落。

小黄毛没有哭，在周家人的劝说下，返回周家湾，嫁给了周玉道。在拜堂成亲的时候，小黄毛重新使用她的大名王兰美。

王兰美在周家倍受呵护，先后为周家生下五男三女。前三个子女生于1949年前，因为生活困难，无钱治病，都夭折了。后五个子女生于新中国，依次为长姐周秋珍，二弟周小龙，三妹周冬英，四弟周冬宝，五弟周八宝。

母亲说，她在周家是幸福的，恩恩爱爱，和和睦睦。但是，她一直没有给子女们说出自己给小娘的承诺，而是作为她的机密，深深地藏在她的心底，总想着有朝一日再见到小娘，向她当面倾诉。

1964年，身为大队书记的周玉道蒙冤，英年早逝。王兰美不得不接受残酷的现实，拒绝改嫁，勇敢地挑起了家庭重担，含辛茹苦将五个孩子抚养成人,兑现了给丈夫的承诺。

不幸的是,七年后,五子周八宝被人推入水塘溺死,王兰美身心受到极大摧残。

王兰美始终没有忘记给小娘的诺言,她仍然暗暗想着,啥时候能见到小娘。

遗憾的是,王兰美过于平凡,社会活动面太小太少,即使倾尽毕生心力,也没有找到小娘,没有打听到她所敬爱的小娘的任何消息,或许,她已献身革命,魂归山河?

眼看着自己渐渐老去,王兰美决意把与小娘的约定和与丈夫的约定合二为一,倾尽心力,抚养儿女,为儿女创造好的前程。她将长女周秋珍嫁给一位老兵班长;供两个儿子上学,周小龙初中毕业当了兵,成为解放军大校,周冬宝师专毕业,成为县中学教导主任,周冬英嫁给一位生产能手,成为村妇女主任。

母亲说,她平生最为得意的就是子孙满堂,家孙都是大学生,还是海归。外孙们都是小老板,发了家,致了富,拥有了农家小院和城市户口。

2011年春天,母亲临走前,把她深藏于心底的秘密和盘托出,全部讲给了一直陪伴在她身边的小女儿周冬英。

现在,母亲的这段经历终于被她的儿子写出来了。九泉之下,她如果见到小娘,就可以欣慰地对小娘说:"小黄毛的誓言已经实现了。"

2022年7月27日三稿于上海浦东大道金茂花园

我的妈妈

房 忠

我的妈妈今年已经80岁了。在别人眼中,她就是一位普普通通的农村老人。而对我来说,她就是我生命的保护神。我的生命是妈妈从死亡线上战胜一切磨难争取来的。我十个月大的时候,妈妈就因长期操劳和营养不良而一病不起,实在无法照顾年幼的孩子,妈妈忍着牵肠挂肚之痛,用羊皮袄裹住我,让爸爸步行几十里山路,将我送到了外公家寄养。妈妈从此开始了漫长的治病路。那时候家中一贫如洗,仅靠着外公的接济勉强度日。没钱看病,一年多后妈妈的病情还很重,但她还是坚持将我接回了家,亲自照顾。

记得小时候的一个春节,妈妈为了让我和别人家孩子一样穿上新衣服,拖着有病的身子,用她一直舍不得穿的嫁妆给我改制了一件新年服。她用家里仅有的两元钱置办年货,一元钱和别人合买一串鞭炮,一元钱买对联和窗户纸,还杀了家中的一只母鸡过年。这是我有生以来过得最幸福、最难忘的一个年。

我小学一年级的时候得了伤寒病,一年多卧床不起,大小便都无法自理。妈妈没日没夜地侍候着我。为了给我寻找消炎药,她翻山越岭几十里;为了给我做一碗白面片,她东家求油,西家借面。只要听到哪个生产队杀羊、杀猪,妈妈就守一天,只为要一点肉为我补补身子。在妈妈的精心照顾下,一年后,我能下床活动了。那天妈妈哭了,是难过地哭,也是开心地哭。

妈妈上过生产队的夜校,略微认识些字。每天晚上,在昏暗的油灯下,她教我写字,给我讲王祥卧冰、丁兰刻木的故事。

这么多年来,妈妈始终如一地帮助周围困难的乡亲。她的善良深深影响了我,让我从小就养成尊老、孝老、爱老、帮助别人的好习惯。

房忠,1964年出生于甘肃平川,高级工程师,甘肃省慈善总会兼职副会长,甘肃省工商联副主席,甘肃省民办教育协会会长,甘肃忠恒集团董事长。

我和母亲

　　人来到这个世间第一个会说的词就是"妈妈"。这个词是世间最美的字眼。在妈妈像守护神一样地呵护下,才有了我如今的一切。她是我坚强的后盾,是我停泊的港湾。她使我即使经历过岁月的熬煎,依然保持心灵的澄澈。她使我明白人要懂得感恩,广结善缘。这也是多年来我做人的根本。我将用我所有的财富去回报社会,用这种大爱的方式回报我的妈妈,为她老人家和天下所有老人减少病痛,增福添寿。也希望我的妈妈和天下所有老人都健康长寿。

　　愿儿女动情,善待天下所有的母亲!

怀念母亲

屈东森

时光如梭,转眼间老母亲离开我们已经三年了。虽然每年清明节、中元节、下元节都会回去祭拜,但也难以平复我们的思念之情,老人家的音容笑貌总是浮现在眼前。

我母亲解玉春,农历一九二八年正月十三日出生在河南省汝南县一个贫民家中。我姥爷去世早,哥哥解锷又参军在外驻防。她和两个弟弟从小与我姥姥相依为命,靠姥姥做针线活、摆地摊为生,日子过得很艰苦。解放后,在人民政府照顾和大舅帮助下,家

我的母亲

里生活好起来了,母亲姊妹三个也上了学。1952年,志愿军在抗美援朝战争中不断取得胜利,喜报频传,全国人民都为之扬眉吐气。当时,我母亲是汝南县城的一名小学教师,天天给学生讲《谁是最可爱的人》,教唱《志愿军战歌》,自己心中也非常崇敬、热爱志愿军英雄。

我父亲屈金芳,是安徽省临泉县铜城镇罗庄人,出生于1923年春。父亲于1950年底参加中国人民志愿军,担任通信班长。为了保证通信畅通,他常常冒着敌人的炮火,外出架线、接线,多次负伤不下火线,坚持完成任务。在一次攻坚战中,他所在的部队突遇敌机轰炸。他扑在收发报机上,机器保住了,和上级的通信未受影响,拿下了敌人的阵地。但他自己却被弹片炸成了

屈东森,男,安徽临泉县人,农历一九六四年十二月二十六日生,1993年到湖南创业。现任湖南十八洞东森农业公司董事长、湖南水目木农业发展公司董事长、《屈风》杂志社社长。

血人,颈部、腰部、腿上多处受伤,人也昏死过去。因为伤情太严重,经战地医院急救后,又紧急送回国内的沈阳陆军总院救治。一年多以后,父亲终于可以下病床活动了。由于脊椎受损严重,走路直不起腰,必须拄着拐杖。沈阳陆军总院评定父亲为一等甲级残废军人。父亲认为朝鲜前线正在打仗,更需要钱,自己决不给国家增加负担,便坚持要求降为二等甲级残废军人。为了让父亲更快地康复,1952年春,父亲被转送到汝南后方医院疗养。当时全国正在轰轰烈烈地开展学习最可爱的人的活动。父亲这位英雄理所当然地被选进了志愿军英模报告团,到处宣讲他们在冰天雪地的朝鲜战场英勇打击美国鬼子的英雄故事以及他自己不怕流血牺牲、奋勇抗敌的经历。那时,我母亲除了教学外,还参加了当地政府组织的"志愿军英模慰问团",经常去部队驻地及后方医院慰问演出,自然也多次聆听了我父亲的战斗故事,对他充满了敬意。

当时,为了让志愿军英雄特别是残疾军人出院后的生活有保障,除了国家发予津贴外,地方政府还动员一些女青年与他们组成家庭,以照料这些英雄。组织上介绍给我母亲的便是我父亲。我母亲也知道我父亲身体严重伤残,行动不便,但她认为能嫁给英雄,和英雄生活一辈子,是她的光荣,因而,不假思索就答应了。和她谈话的校长给她说,这是终身大事,先不着急回答。让她考虑考虑,也征求征求家里的意见。母亲高高兴兴地告诉了姥姥,满以为姥姥一定支持她。谁曾想,姥姥却叹了一口气,给她说,你年轻,又是教师,啥样的人家找不上啊,为啥要找残废呢?将来的日子长着呢,你咋过呀?母亲说,正因为他为国家为大家打美国鬼子残废了,我才要嫁给他,去照顾他。人家保家卫国连死都不怕,我生活中有点困难算什么……在母亲的坚持下,她和我父亲结了婚。一时间,"英雄教师结良缘"成了当地广为传扬的佳话。

婚后母亲来到父亲的家乡临泉县铜城镇罗庄村。为了更好地照顾父亲,母亲没有接受政府的安排到镇上当老师,而是留在村子里,和父亲一起参加农业生产。农村生活不像小说里写的,小河流水青纱帐,田间地头欢歌响。那年头讲的是"努力生产,支援前线""苦干实干拼命干,社会主义早实现!"对于母亲一个麦苗韭菜分不清的城里人来说,庄稼活样样都得从头学。母亲是个要强的人,为掌握播种、锄草、割麦、扬场等技术性强的农活,她没少磕磕碰碰,流汗流血,也没少偷着抹眼泪,但是在人前总是一副坚强乐观的样子,无论干什么，从不落人后头。母亲爱干净，虽然家里穷，农村条件也有限，但我们姐弟三人上学，她总是把我们收拾得干干净净，和城里的小学生没什么两样。她说，人精神了，就能把事干好。

母亲最重视我们姐弟的学习。我是家中唯一的男孩，平日里父母对我疼爱有加，可一旦我逃学逃课，母亲照样一顿揍，为的是让我不能荒废学习。家里农活缺劳力，两个姐姐年纪大一点就不想上学了，想到生产队参加劳动挣工分，帮衬家里。母亲坚决不同意，她说，大人再苦再累也一定要让孩子们上学。没有学费，就靠三个舅舅接济。就这样，我们姐弟三人都顺利读完了中学，为我们后来的事业奠定了坚实的基础。

母亲一生与人为善，助人为乐。无论早先在乡里，还是后来到了城里，只要左邻右舍有事情忙不过来，母亲总是主动去帮忙。有时逢着星期天，还带着我们姐弟给人帮忙。谁家经济困难，只要家里还有，她总是送个五块十块的救个急。邻里们都说："谁家有事儿，没有解奶奶不帮的。""解奶奶真是个大善人哪！"

随着我国改革开放的深入，城乡发展日新月异，我于1993年来到长沙打拼。通过几年的艰苦奋斗，事业上小有成就。由于没有时间打理家务，四个未成年子女的上学、日常生活就成了问题。这时父母年岁也大了，我不忍心让父母再操劳，然而，我母亲却说，你们放心去干事业，孩子们就交给我。就这样，七老八十的老母亲既要操心年老体衰多病的荣军丈夫，又要照顾年幼的孙子孙女。她既做饭、洗衣服、打扫卫生，又监督孩子们学习、做作业。孩子们有个头疼脑热，也是由她带着看病抓药。1998年3月我父亲病逝后，我母亲更是把全部精力用在了孩子们身上。在她的细心照顾下，四个孩子全部完成了大学学业。小儿子更出众，正在攻读博士研究生。几个孩子经常跟我们说，他们一辈子也忘不了奶奶的恩情。

是啊，孩子们忘不了奶奶的恩情，我们做子女的又怎么会忘记父母的大恩大德呢?！母亲享年92岁。按说算是高寿了，可是，我们多么希望父母永远健康地活着啊！忙完工作，能去喊一声妈妈，问一声安好，这该有多好啊！子欲养，亲不在，思之怆然，每每泪奔！

润物细无声

孟爱萍

　　我的母亲是一位普通的农村妇女，出生于新中国诞生那年，今年73岁了。她的头发已经花白，身躯佝偻，面部布满皱纹，但在我心目中，母亲依然是无所不能，坚强如山。

　　母亲小时候，家里有姊妹三个。那个年代生活虽然很艰苦，但人们却有一股迎难而上的精神。无法想象，在20世纪那个饥荒年代，在那么偏僻的小村子里，作为一个不起眼的家庭的女孩子，母亲居然也上学到了五年级！虽然没有渊博的学识，但她却教会我们太多做人的道理与不服输的精神。因为渴望上学、渴望知识，母亲教我们姊妹三个懂得了知识的重要性，因而发奋学习，个个学业有成。

　　依稀记得我小时候，母亲是村里起得最早的。每天天没亮，她就去地里，看小麦有没有出穗，玉米有没有被风吹倒，菜地里是不是缺水了，麻子、大豆长势是否还好，然后就在地里锄草、施肥、浇水。每天顶着烈日干活，从来都不说苦。村子里婶婶伯伯们一起乘凉、串门、聊天时，母亲总是在自家地里忙活，照料着她的庄稼。所以，我家的庄稼永远是村里长势最好的，每年的收成总是高于平均亩产量。

　　家里虽然很简陋，但总是被母亲打理得干净整洁。母亲每天都是很晚才睡，为我们姊妹三个缝补衣裳、纳鞋底做鞋子。好多个凌晨，我迷迷糊糊睁开眼，总看见母亲还在忙碌。当时还小不懂事，大一点后才知道母亲的辛苦，开始主动做些力所能及的事。母亲总是让我们去好好学习，就怕耽误了学业。

　　为了让家里的日子过得好一点，父母就一起去养路队找活干。筛石头、

孟爱萍，女，1979年生于甘肃省民勤县，2003年毕业于兰州商学院（现兰州财经大学）艺术设计专业，目前西北师范大学在职研究生在读，现任华厦眼科医院集团兰州华厦眼科医院副总经理。

拉沙子、拉水泥、铺沥青,这些男人们干的重活,母亲都是从早干到晚。就这样累死累活的,一天能挣一块多钱。记得有一天,母亲给我两块钱,让我去买菜,走到菜市场我才发现钱丢了,当时我都蒙了。我明白那钱来得有多么不易。因为心中愧疚,也怕母亲责怪,我好久不敢回家。母亲见我迟迟未归,焦急,出来寻找。我就在家门口,不敢进去。出乎意料的是,母亲只是安抚我,并未多说什么。

后来母亲慢慢上了年纪,重活干不动了。当时家里地少,收入也少,为了补贴家用,她就去汽车站门口卖水果。夏天顶着烈日,冬天冒着严寒,她每天拿点馍馍,就着开水当午饭。再后来,汽车站不允许摆摊了,母亲就在市场上卖顶棚纸。北方的冬天,寒风刺骨,有时候还大雪纷飞。不管刮风、下雪,母亲都是天不亮就起床,装上顶棚纸,拉着几百斤的架子车,在寒风中走半个多小时的路赶到市场。因为去晚了,好地段就会被别人占去了。每天到市场的时候,母亲的口罩都冻得粘到了脸上,眼睫毛上都是冰碴子,眼睛都眨不动。从天不亮一直守到天黑,她才拉着架子车回家。由于长期在户外经受风寒、拉车,母亲的腿部患上了风湿性关节炎,膝关节磨损,关节畸形,走路疼痛难忍。母亲总是贴块膏药坚持着,回家照样洗衣做饭,照顾几个孩子,晚上睡一觉,天亮后依然出门。到现在,母亲的腿走一会就得歇一会,走多了就无法弯曲,上台阶、走楼梯都特别困难。现在想想这些,我的心都在流泪。母亲是吃了多少苦,才养大我们几个孩子的呀!

老家冬天太冷,那会儿我们三个孩子手脚都有冻疮。母亲为我们做棉手套、棉鞋,还要照顾我们的手不沾水。尤其是我,从小得上了百日咳,父母冒着风雪多次步行一个多小时带我去医院。我手上的冻疮特别严重,从小学到高中,每年从入冬开始,母亲就试用各种偏方,洗、敷、抹我的手和脚,但冻疮还是会溃烂。母亲每天给我的双手抹上药膏,用纱布包扎好,再让我戴上厚实的棉手套才去上学。每天回家后,因为冻疮溃烂流脓,纱布总是粘在伤口上取不下来。母亲拿温开水将纱布蘸湿,小心翼翼地一点点拆下来,生怕弄疼我,然后抹上药膏,再拿干净纱布包扎好。就这样,整整十几年,冬天从未间断过。直到我上了大学,天气比老家暖和很多,冻疮才很少犯了。

就因为父母不怕吃苦,想办法挣点收入,感觉我们家的日子总比别人家过得好一点。记得20世纪80年代末,我们家就买了彩电,90年代就装上了电话,房子修得宽敞明亮。每到大年三十的晚上,母亲总能给我们三个穿上新衣服、新鞋子,我们都乐得合不拢嘴。母亲看着我们开心,满脸都是幸福。

母亲总是尽量照顾着家里的每个人。每次吃饭的时候,总把好吃的留给孩子们,她总是最后一个吃饭,还说:"你们吃,我不饿。"一直到现在,我们回家看望她的时候,她还是如此,生怕她的孩子们吃不饱。

母亲是村里少有的热心人。哪家有困难,母亲总主动去帮忙;哪家老人孩子没人照料,母亲总是做好饭端过去照顾;哪家有婚丧嫁娶,母亲总是忙前忙后。母亲的热心善良,深深地影响了我们姊妹几个。

我的母亲肖秀兰

青春年少时的我们,并不太在意母亲在细节中蕴藏的爱意。直到我们也为人父母时,才逐渐体会到了父母的良苦用心。

现如今,母亲已年过古稀。生活条件好了,但她还是每天忙忙碌碌,总想方设法做点自己力所能及的事。我们心疼母亲,想把她接到身边照顾,但大城市的生活环境老人家不习惯,总是住几天就着急回去。几十年的风湿性关节炎,使母亲始终不敢多走路。我们想给母亲的膝盖做手术治疗,母亲怕给我们添麻烦,也担心术后行动更不方便,拖累儿女,一直不愿做手术。我们也就顺着母亲,只能节假日多回去陪陪她。

有一种幸福,叫父母健在。母亲犹如大海里的一滴水,在茫茫人海中渺小到无法找到,但在儿女心目中,母亲就是我们的天、我们的避风港、我们的暖阳、我们的领航员。

我在心里时时提醒自己,珍惜这宝贵的时光,善待自己的爹娘,让她好好享受晚年生活,让我们好好享受母亲陪伴的温馨。对儿女来说,这是何其珍贵的幸福。

因为,妈妈在,家就在!

岁月的皱纹

胡兆明

母亲是世界上最伟大的爱的化身。从十月怀胎到把子女抚养成人，母亲付出了多少辛苦，经受了多少风风雨雨！透过母亲的丝丝白发和她额头上深深浅浅的皱纹，我看到岁月在她身上留下的缕缕痕迹。那里面有多少黄昏时的守候与惦念，艰难时刻的坚韧和热望，遭遇变故时刻骨铭心的伤痛！

母亲离开我们已多年了。想起母亲那一步一步行走的孤独的背影，我多想偎在她的身边，告诉她，在没有她的岁月里，这个世界上发生了多少事情；还想告诉她，虽然我也已霜染双鬓，但我永远都是她的孩子。

据母亲说，她小的时候，是在继母的打骂下度过的。她结婚时盖的被子，三天后就破了洞，日子之窘迫可见一斑。

母亲带着哥哥和我到兰州定居时，兰州刚刚解放。那时的父辈多是以事业为重，把家都交给了妻子。母亲承担了繁重的家务，除了为八口之家的一日三餐操劳，做鞋、缝衣服以及洗洗涮涮之外，还得照料我的弟弟妹妹，督促我们上学。她早起晚睡，整日忙碌，硬是用那双瘦弱的手把一个多口之家操持得井井有条。

三年困难时期，弟弟妹妹都因营养不良而浮肿。弟弟每天放学回家，因无食物填饱肚皮，便背靠厨房门扇，用小屁股把门一下一下碰得咚咚响。母亲说，那时她心里真不是滋味。母亲带着我和哥哥在院子里面开出几小块地，种了甜菜、小麦等，收获的数量虽小，但对饥肠辘辘的我们来说，也是一点补贴。记得母亲用设法买来的豆腐渣掺上杂粮做的窝窝头，是那么好吃！家里尽管如此困难，但母亲从未抠过孩子的学费和买书钱。

在我的记忆中，母亲从未打骂过我们，甚至连高声训斥都没有过，但她对

胡兆明，甘肃省老龄工作委员会办公室综合处原处长。

子女的要求又很严格。首先容不得子女沾染一点不良习气。有一次，早已成了家、当了厂办主任的四弟回家来，母亲给他洗衣服时，在他的口袋中发现了一点烟丝。她怀疑四弟偷着抽烟，立即刨根问底，直到弄清是四弟接待来厂的客人，将烟盒装在自己口袋里掉下烟丝时，这才放心，并再三叮嘱，千万不要抽烟。尽管父亲有四十年的抽烟史，但我们兄弟中没有一个人沾染上抽烟的习惯。

我的母亲

记得我们上小学时，每天回家，母亲总要问我们作业做得怎么样，老师讲的课听懂了没。望着母亲疲惫的面容，我们都有一个共同的心愿，就是一定要好好学习，不辜负母亲的期望。我们每个人都在上学期间拿过"三好学生"、"优秀团员"等奖状。母亲常挂在嘴边的一句话是："人家挣了多少钱，我不稀罕，听谁家的娃娃学习好，我就羡慕。我总希望孩子能超过父母。"

为了这个家，母亲累出了一身病。每次发病，她从不呻吟一声，唯恐流露出一点痛苦，让子女们牵心。甚至病危住院，直至去世，也是如此。这一点，令在医院工作的我的妻子感动不已。我有时因头痛脑热哼哼时，她都会举出母亲的例子来教育我。

罗曼·罗兰曾说："母亲是一种巨大的火焰。" 一位哲人说过："和睦的家庭空气是世上的一种花朵，没有东西比它更适宜把一家人的天性培养得坚强、正直。"

我的两个妈妈

胡野萍

　　我一出生,就比多数人多了一倍的爱和幸福,因为我有两个妈妈。

　　两个妈妈,一个开朗活泼,一个温柔贤淑;一个教会我独立,一个教会我善良;一个是我的生母,另一个是从小把我抚养到12岁的养母。养母是我的姨妈。

　　我出生时,妈妈在天津工作,姨妈和姥姥在北京。姥姥执意要留我在身边,所以出生不久我就来到姨妈家。姨父姨妈待我如亲生女儿。他们生有一儿两女,家中我年龄最小,故得到了所有人的宠爱。姨妈性情温柔,与人说话从来都是柔声细语,从未见她对任何人有过责怪。只有一次发生在我身上。

　　我自小体弱多病,药罐子伴随我成长,喝药如喝水一样简单。记得六七岁有一次,发烧去看中医,姨妈用自行车驮我回家,路上被人撞倒。我手中拿的草药飞出,洒了一地。姨妈顾不上身体被撞破流血,扑向洒落在地上的药。情急之下她对我说,你怎么不拿好药? 当时,撞倒我们的人手足无措,站在一旁。姨妈将地上的药捡起,对撞她的人没有一句责怪,就让对方离开了。

　　夜深了,我喝完汤药沉沉睡去,睡梦中好像听到耳边有人在轻声抽泣,睁眼一看,姨妈伏在床榻边擦泪。见我醒来,她拍拍我说:"把你吵醒了,快睡。"我问姨妈为什么哭泣,她的眼泪还是止不住地流,许久才说:"我下午不该说你,都是姨妈的错。你生病,我没有照顾好你,还责怪你。"我的眼泪也止不住地流出。我这个善良的母亲,手上缠着纱布,想到的却是别人。

　　就这样,姨妈一直照顾我到12岁。记得12岁那年,我要离开姨妈家,回到我父母家生活。虽只是一个东城区与崇文区的距离,但终究不能再朝夕相处了,那种离别的伤感对于12岁的小姑娘而言,还真是生命无法承受之痛。

　　那天姨妈在房间默默地收拾我的衣物,表情平静而淡然。我在旁边一直

胡野萍,女,中华慈善总会项目部副部长,甘肃省慈善总会大慈助学基金管委会副主任。

抹眼泪，直到离开，姨妈始终一言不发。那一刻，我内心有种不由自主地失落。走下楼才发现忘拿了一本书，返家去拿，却发现姨妈趴在床上大声哭泣。那是我第一次也是唯一一次看到姨妈痛哭。这一幕一直定格在我内心深处。自此我学会了悲伤留给自己，快乐施予他人。

我的父亲母亲

　　回到父母家，和我的生母开始朝夕相处，从此又开启了我另一段人生旅途。姨妈家家教极严。姨父饱读诗书，家中非常讲究长幼有序、母慈子孝，长兄长姐承担责任。我是在这样的家庭中受呵护长大的。妈妈家则是一派民主作风，家庭成员平等、独立，各有主见，妈妈和姐姐的关系有如闺蜜。记得有一次，我和姐姐因一块巧克力发生争抢，从动嘴升级到动手。当时我们面前放着爸爸准备下锅的面条，这就成了我们动手的武器，从开始愤怒的互掷，最后竟变成我们嬉笑的游戏。正在我们哈哈大笑之时，父亲愤怒的声音响起："你们怎么可以这样浪费粮食！"这是我第一次也是最后一次听见父亲这样大声斥责。姨妈家是严父慈母，妈妈家则正相反，是严母慈父。父亲这样讲话，可见当时生气至极。打闹的结果，就是妈妈责令我们写完检查后才可吃晚饭。姐姐从小骄傲倔强，回到自己房中闭门不出。我在自己房间痛定思痛，洋洋洒洒写了三页纸的检查，从内心深处给自己做了一次彻底赎罪。结果，我在念检查，爸爸妈妈已笑得前仰后合。前不久去美国探亲，时隔三十年，妈妈提起这份检查，依旧笑容满面，直呼后悔不知放于何处。

　　现在两个妈妈天各一方，但两个妈妈的爱在我身上紧密相连。写到此，不禁双眼湿润，心中响起一首歌："总是向你索取，却不曾说谢谢你，直到长大以后，才懂得你不容易。每次离开总是装做轻松的样子，微笑着说回去吧，转身泪湿眼底。多想和从前一样，牵你温暖手掌，可是你不在我身旁，托清风捎去安康。时光时光慢些吧，不要再让你变老了，我愿用我一切，换你岁月长留。"

　　我亲爱的妈妈，那个令你们牵肠挂肚的孩子早已长大。她将承载着你们的爱，将你们的善良、坚强、阳光、智慧，代代相传。

怀念母亲

郝宗维

时近七月底,天气晴朗,白天艳阳高照,夜间繁星闪烁,而我们的心头,却是乌云翻滚,夜不能寐,2016年7月26日,家中的老母亲早晨突然晕倒,说不出话,吃不下饭,身体状况急转直下,输液无效,终于千呼万唤,不再答应,于8月1日晚逝世。丧失亲人的痛苦和悲伤,如丝如缕,缠绕折磨着我们。西峡口的天空没下雨,我们的心头有阴雨,西峡口的地面草绿花红,映在眼里却是愁绿惨红。

我的母亲名叫金汝英,生于1928年6月14日,是甘肃省榆中县青城乡青城村人。1950年1月8日出嫁,在青城乡瓦窑村生活。魏家父亲中年病逝后,母亲从1961年9月24日中秋节开始,改嫁到白银市西峡口村郝家生活。她没读过书,不识字,却很有见识。一位普通的农家妇女,却维系着一个大家庭的事务。日复一日,年复一年,干农活、种庄稼、做饭菜、缝衣服、管家务、顾子女,看孙子、理食宿,行动勤快,言语善辩,做事明理,待人和善。

在父母亲的操劳中,我们子女逐个长大,立业成家。父母的五个子女郝相保、魏兰月、魏其和、郝宗维、郝宗义,以及孙子女,各有一片小天地,重孙子也在大学读书。截至目前,母系亲缘关系的已有四十多人,四世同堂,家族兴旺,其乐融融。

每个子女的成就,都饱含着母亲的辛苦。母亲的言传身教,潜移默化,使子女们养成了谦虚谨慎、敬业奉献、勤劳做事、节俭生活的良好习惯。对于几

郝宗维,1963年9月出生,甘肃省白银市人。经济管理专业研究生,中共党员。曾兼任省可持续发展研究会会长、《可持续发展研究》主编。参与编辑《甘肃七十年建设改革发展纪事》,并先后任《甘肃历史学术研究论丛》主编、《甘肃抗日战争志》副主编。个人著作有《郝宗维诗歌集》《秋叶杂集》《人大工作文集》《党建工作文诗集》《历史类文集》《志鉴类文诗集》等。

个孩子来说，母亲就是
自己的温馨世界。

1998 年 11 月，郝家
父亲年老逝世，母亲已
年至七旬。

耄耋之年的母亲与
子女心连心。每一个子
女的行动，都牵动着母
亲的神经。看到子女生
活得好，母亲就放心，就
高兴；听见子女遇到挫

我的父亲母亲

折和困难，母亲就愁得吃不下饭，睡不着觉。母亲的担心，让我们这些已为人
父母的子女，感动得心酸语咽。母亲八十多岁时说过："我是一根草绳，拢着
你们弟兄。"

母亲是我们的精神依赖，是维系大家庭的力量。

母亲一生身子骨硬朗，没有得过大病，没有住过医院，没有做过手术，没
有拖累子女。在颐养天年的时期，耳聪目明，头脑清楚，身体健康，生活自理，
还能干一些家务活，自我消遣是缝制小布袋。

在最后的日子里，母亲瘦骨嶙峋，侧卧不动，沉默无语，表现出的是淡定、
宁静。身子清爽干净，最终得以善终。留给子女们的是擦不干的眼泪，说不
尽的追悔与怀念。

母亲的养育之恩，一生也难以报答；有心孝母，无力回天。

群山巍巍，沟岔纵横，是母亲长眠的大床；黄河滔滔，水坝成桥，有母亲发
出的回声。

愿敬爱的母亲永远安息！

母亲,我心目中最明亮的那颗星

赵元蓂

岁月悠悠,往事如烟。2019年夏天,我到临夏州故地重游,搜寻到了几十年来那些母亲生活中的往事,尘封记忆的大门一下子被打开了……

我的母亲出生在甘肃临夏一个很有名望的家庭里,祖辈历代有人任朝廷官员。外祖父还曾长时间担任临夏师范学校的校长,所以治家皆以《朱子家训》为立身之要,集儒家做人处世方法来教育自己的子女,教育出了像母亲这样品格高尚的优秀女儿。

1949年前,外祖父长年累月行善,接济当地的穷人。听到谁家有病有灾,生儿育女没钱,外祖父就接济他们。每年冬季在自己家的大门道中安上一口大锅,煮粥发放;再做上十几套粗布棉衣棉裤,看到街上的流浪汉就给发上一套。这些事传到省上,省长特命省里做了一个大匾,上面用金色大字写着"大德仁寿"四个大字,敲锣打鼓地送来,挂在外祖父家的大门门楣上。

母亲小学上到六年级便不上了,因为大家闺秀过了十二三岁便不再让出门了,开始学习女子做人的规矩。读《女儿经》,学刺绣,做针线活。母亲画得一手好画,尤以花卉为主。因为要绣花,首先要将画画出来,她和小姐妹们也常常比谁的手巧。母亲说,她们晚上站在门背后,用绣花针穿丝线,看谁能在黑暗中穿起来,谁就取胜,她常常取胜。她还参加过青海省绣花比赛,荣获了全省第二名。

十六七岁了,到谈婚论嫁的时候了。有一天,母亲偶尔在大门口送人出门,恰好碰到父亲有事路过。父亲一眼就看上了这个皮肤白净、眉清目秀、面目善良的姑娘。经多方打听,知道了母亲的爷爷和自己的爷爷曾经一起读过

赵元蓂,女,汉族,生于1949年,青海西宁市人,中共党员。兰州商校毕业。1970年6月到安西县商业局工作,1980年调白银有色金属公司工作。1987年就读于甘肃广播电视大学。1998年4月退休。

书,爷爷家派人来求婚。母亲家原本是不同意的,因为父亲家在青海一个边远的小县城里(我爷爷被派到那里当县长),两家距离太远,交通又不方便,乘马车翻山越岭要走好几天,路上时不时还要遇上土匪,但母亲家碍于两家老人曾经是老同学的面子,不好断然拒绝。两老人想合合婚,结果一合婚都是上上婚,儿女的婚姻大事就这样定了。

结婚的日子到了,我外祖母千叮咛、万嘱咐自己的女儿,到婆家要孝敬公婆、善待家人,还说"贤妇令夫贵,恶妇令夫败"。结婚那天,外祖母远送自己的女儿,母女俩恋恋不舍,眼泪汪汪,直到对方完全消失在自己的视野中……

母亲在娘家养成了贤惠善良的好品格,在婆家学会了吃苦耐劳,忍辱负重。母亲收养了两个女儿,视如己出。大姐是在路边捡到的,她流落街头,蓬头垢面,母亲看到这个十二三岁的小姑娘在寒冷的天气里坐在路边冷得瑟瑟发抖,就把她带回了家中。二姐是父亲的同事买回来的小姑娘,因父亲同事的妻子突然病逝,他自己的生意也不行了,就把二姐带到我们家,对我父母说:"你两人都很善良,这个小姑娘命挺苦的,就送给你们,你们愿意将她当女儿就当女儿,不愿意当女儿就当佣人。希望你们将来帮她找一个好婆家。"母亲对这两个姐姐非常好,吃东西和对待自己亲生的孩子一样。这两个姐姐也非常懂事,跟我母亲亲得不得了。妯娌们嫉妒,常常给奶奶胡乱告状。为了她俩,母亲也受了不少奶奶的气,母亲全力护着她俩。

在母亲的培养下,大姐学会了许多生活技能,后来嫁给了在兰州某厂工作的一位职工。她自己工作非常努力,当上了该厂附属厂的厂长,后来她还成了省上的劳模,到北京去参加劳模会。二姐嫁给了一个小学校长,成为一个十里八村都出名的善良、能干的家庭主妇。

我的父亲因病于1951年去世。由于种种原因,他没给母亲留下一文钱。临终前父亲流着泪告诉母亲,将四个孩子中的两个送给他的亲戚。母亲哭着说:"我死也不把孩子送人,就是饿死,我也要和孩子们在一起。"母亲办完了父亲的丧事,擦干了眼泪,毅然决然地带着三个孩子(大哥在兰州上学)离开了那个令她无比悲伤和痛苦的地方。我们搭乘乡亲送完父亲灵柩的马车,投奔西宁的小叔叔家。

冬季的青海,风雪交加,寒风凛冽。马车夫要急着赶回家去准备过年,不断扬鞭催马。山路坑坑洼洼,马车爬山下沟,老马终于拉不动了,死活不走了。马车夫只好让我们三个孩子留在车上,大人下车,母亲只有步行,跟着车翻山越岭。

幼小的我不愿意离开母亲，闭着眼睛哭嚎。母亲不忍心，只好抱着我走山路，实在抱不动了，就将我放在马车里，她扶着马车边走。她抱着我时，怕我的双脚总悬在外面冻坏，就将我的棉鞋脱掉，把一双冰冷的双脚放在她的肚子上取暖。我睁大双眼凝视着她那冻得发白发青的脸庞和双睫毛上挂满了白色小冰棒的眼睛。现在每次想起来，

1970年，我与母亲在兰州家中

我都恨死了自己。

从老家到西宁的这两三天路程中，我们遇到了两件惊险事。第一件是母亲在自己抄近道过山崖时，脚下一滑，差点摔下了悬崖。她迅速用手扶住了崖边，小心翼翼地慢慢爬上来，回头一看，山崖下什么也看不清楚。她说，在她快要滑下去的一刹那间，仿佛有人用双手托住了她的双脚。她心有余悸地告诉车夫和哥哥姐姐说，也许是上天在保佑她，也许是父亲的灵魂在帮助她。

第二件事更奇。距西宁还有一段路程时，马车夫的家到了，他赶着马车回家了。我们娘四个需要找个地方住下，次日再走。夜幕降临，呼啸的西北风直往脖子里钻。冻得浑身打战的我们，在荒无人烟的乡间小路上行走着。远处的村舍有几点亮光怯生生地闪烁着，我们借着那微弱的灯光，发现前面小路旁的水渠冰面上有一个黑影在移动，走近一看，像是一条大黑狗在冰上啃咬着冰块，发出喀啦啦喀啦啦的响声。母亲抱起了我，告诉哥哥姐姐别怕，向她靠拢。我们走得更近了，母亲小声地说，天哪，原来是一匹狼！她定了定神，让哥哥姐姐拉紧她的衣襟，说千万别出声，又对我说，你千万别哭别叫，你一哭，狼看到你嘴里有血色，就会跑过来的。我将头紧紧地贴在母亲的脸颊上，一声不吭。大灰狼拖着长长的尾巴在冰面上低头绕圈子，好像在寻找着什么。

这时候如果向后退，就是一片漆黑的小山丘和旷野，不是被冻死，就是被

狼吃掉，向前走，若不被这只狼吃掉，就能走到小村庄上，母亲想，反正没有退路，那就硬着头皮向前走，听天由命。母亲悄声说："孩子们别怕，有我在，你们什么都别怕！"喀啦啦、喀啦啦的声音更近了，真让人头发直立，毛骨悚然。我们离狼更近了，走过离狼只有五六米的地方，奇怪的是，这只饿狼头也没抬一下，仍在原地绕圈子。终于，离狼越来越远了，母亲长长地出了一口气。

来到了客栈的房间里，母亲软软地倒坐在土炕上，自言自语地说道："人有善愿，天必佑之，真是善有善报呀！我不曾做过一件恶事，连狼也不伤害我的孩子们。"

经过几天的艰苦跋涉，我们终于到达了西宁小叔叔的家，突然间像到了天堂里一样。那美丽的院落和那漂亮的精致雕刻的二层楼，以及屋内的高档家具……我们终于安全了，可以摊开手脚睡一个舒心觉了。

小叔叔没有子女。他不仅收留了我们一家，还答应供我们上学，母亲满怀感恩之心。小叔叔工作单位远，大约一周回来一次。定居之后，母亲除了天天帮别人干活挣点小钱贴补家用外，就是照顾我那不上班、不干活的小婶娘。

母亲紧锁着的双眉刚刚展开一点，谁料，祸从天降。永远忘不了1954年那个寒冷的春节前夕。小叔叔在青海畜牧厅工作，上级让他们几个人去西藏，给解放军战士送战马吃的药，回来的路上，在冰天雪地中遭遇车祸，不幸遇难。小婶娘悲痛欲绝，寻死觅活。母亲守在小婶娘身边，安慰她照顾她，竭尽全力料理全部家务。两年后，政府帮婶娘找到了适合她的工作，小婶娘的脸上终于露出了久违的笑容。母亲决定离开小婶娘，回到兰州自己的家，和自己几年不在一起的大儿子团聚。

母亲凭着只要有一口气就决不让这个家倒的信念，带着我们三个来到了兰州。母亲托人给她找活干，包括带孩子、洗衣服、干家务，只要能挣点钱养活自己的儿女，什么活都干。她告诉我们，只要她在，天就不会塌下来！她打起十二万分的精神，心里只有一个信念，就是无论多难，都要把孩子拉扯大。

我家对门的女人常常打骂她的孩子，但是孩子们都越来越不听她的话，经常做些不应该做的事。母亲听她诉苦，劝她道："不要对孩子要求过高，不要给他们太大的压力。人人都盼儿女出人头地，而我们都是平民百姓。天底下成名成家的人多，还是平民百姓多？我们只要尽力把孩子教育成品德好，积极向上的人，就行了。你说对吗？"

三个孩子终于都长大了。大哥上山下乡还没回来，学费等费用的增加，使我们的生活越来越困难。那时候还没有电灯，都用煤油灯照明，有一天家里的煤油灯没油了，哥哥姐姐还要做作业，母亲搓着手背，低头不语，走来走去。突然，她抬起了头，笑着对我们说：孩子们，我给你们讲个故事。从前有个叫匡衡的人，非常爱读书，可是家里很穷，他白天打工干活，夜晚在墙上凿开一个小洞，借邻居老太太纺线的灯光读书，后来成为一个大学问家。讲完故事，她用一个小小的碟子倒了一点清油，用棉花搓了个小捻子，一头放在碟子中的油里，另一头搭在碟子边上，用火柴点亮。油灯亮了，孩子们的心也豁亮了。

母亲找不到活干的时候，家里穷到连煤球也买不起。冬天到了，天刮起阵阵朔风，寒冷刺骨。由于烧的是自己打的含土量大的煤砖，屋里冷，母亲就给我们讲苏武牧羊的故事："苏武在北海边牧羊十九年，离别家乡，渴了饮雪，饥了吞毡，最后回到了自己的家乡。等你们长大了，好日子也会来的，好日子快了。"

那时候，我们那里家家户户都在自己家的屋檐下搭棚安灶做饭。我们住的街道上有一处很大的蔬菜批发市场，由于市场管理不严，各种蔬菜乱堆乱放，院子里有一个姓徐的老太，家境并不困难，却经常去偷菜。她看到我家没什么菜吃，有一天她对我母亲说："你家没什么菜吃，你怎么不叫你儿子到蔬菜市场'拿'些菜回来？小孩子去'拿'菜，别人又不容易发现。"母亲淡淡一笑，说："这种事我家干不来。"徐老太悻悻离去。等她走后，母亲把我们叫到屋里，说："她干她的，我们管不了。人要活得有骨气，宁可饿死，也不能干那种龌龊事。穷要穷得干净。为人莫做亏心事，半夜敲门心不惊。"

母亲的手很巧。给大孩子做衣服时，她买双面都有斜纹的布，等大孩子穿完了，把旧衣服翻个面，改给小孩子穿。有时候大孩子把衣服穿得太旧了，她就花几分钱买一包染料，把拆掉的旧衣服染一染，再改给小的穿。

有一次，家中没有布票了，母亲用两元多钱买了三条棉线织成的枣红色的大方围巾，给姐姐做了一件棉袄罩衣。买了三寸黑平布，剪一剪，缝一缝，盘了几个蝴蝶扣，缝到衣服上，煞是好看。又翻箱倒柜找出了父亲从前穿过的一条旧毛料裤子，翻了翻面，给姐姐改做了一条裤子。枣红色的衣服配上黑色的裤子，穿到学校里，许多女同学都很羡慕。

在母亲的言传身教之下，我的哥哥姐姐都学会了在困难面前不低头。哥哥小小年纪就撑起了家里的半边天，什么苦力都干，买煤面子和打煤砖，放假打零工，帮人搬东西等。房屋漏雨时，小小年纪的他和母亲、姐姐一道和泥巴，爬到高高的房顶上，补修房顶，补修墙壁。大哥还买了一把小提琴，在不顺心的时候，还拉一拉琴，放松一下心情。

生活再苦再难，也没有打倒我们一家人。

我的外祖父是民主人士。解放前夕，他任甘肃省永靖县的县长，西北野战军王震将军请我外祖父陪他去青海西宁拜访开明绅士马辅臣，请马辅臣出马作策反瓦解国民党军的工作。在马辅臣的劝说下，马步芳的部分将领消除种种顾虑投诚了解放军，对解放青海进军新疆起到了一定的作用。解放后，人民政府让外祖父担任了临夏市政协第一副主席，拿高工资，享受国家特殊津贴。我们的生活那样苦，但是母亲从未向自己的父母亲透露过。每次通信，她都对父母亲说，过得好着呢。她对我们说："我的父母养了我十七八年，从没享过我的福，我从没孝敬过他们，怎能向他们诉苦，要他们帮助呢？"直到有一年，外祖父到北京去开会时，顺便将外祖母带到了我们家。外祖母看到了我们生活的状况，看到她久别了的女儿那张憔悴的脸，老人家老泪纵横，说："我不知道你生活得这么苦，没想到我自己的女儿过这样的生活。你为什么不对我们说？"外祖母回了临夏老家后，舅舅便每月定时给我们寄些钱，我们的日子才好过了一些。

母亲心灵手巧，过年过节时，邻居们都纷纷过来，要母亲帮助指导她们做西北人喜欢吃的各种面食。母亲还喜欢做些工艺品：如把鸡蛋敲个小洞，倒出蛋清来，小洞里放进半根火柴，绑上小绳子，在蛋皮上画上画，涂上颜色，当装饰品，小孩子们好喜欢哟。她还用小碎布做成小荷包，做的"小松鼠吃西瓜"太可爱了。她用各种线勾的小金鱼栩栩如生，见到的人都爱不释手，赞不绝口。

母亲待人一向很宽厚。在生活如此困难的情况下，有一年我三婶来兰州办事，母亲尽力招待她，还买了两块方格子花布，给三婶的两个女儿各做了一件非常漂亮的衣服。起先我以为是给我和姐姐做的，高兴极了，当我知道她是为二位堂姐做的时，我很不高兴地问母亲，她们的母亲那样对待你，为什么还要给她们做？母亲说："过去的就让它过去吧！都好几年没见面了，这是我一个做婶子的对侄女们的一点心意。她们在农村，父亲又去世了。"

母亲80岁留影

母亲还用朱子家训上的话开导我："见穷苦亲邻，须加温恤。何况她们是你的堂姐呢。"

在母亲的言传身教下，儿女们都努力学习，努力做好自己应做的事。大哥在农村期间，白天在田间劳动，晚上收工后，自己做饭吃，吃完晚饭，翻越一架山，赶去给夜校的农民上课。深夜回到住地，在煤油灯下把盏苦读，虽然他没上过大学，但是在科学院招工时，他还是以优异的成绩考进了中国科学院兰州化学物理研究所，后来成了工程师，担任了国家的一项重要的科研项目的负责人。二哥动手能力特别强，在单位是技术革新能手，棋琴书画、烹调、木工、水暖、电器维修样样在行，是工程师。我和姐姐均为单位业务骨干。看到这些，母亲脸上有了欣慰的笑容。

母亲渐渐年纪大了，仍然给别人看孩子，帮居委会做些力所能及的事，如记个财务流水账，把自己家的书全部拿到居委会图书馆让街道居民借看，积极搞街道卫生工作等。

我的丈夫是上海支边青年，退休后我们举家迁到了上海。2000年我回兰州去看母亲。有一天，母亲拉着我的手，叫着我的小名，说："我为生了你们几个听话的孩子感到欣慰，我感谢你们对我的关心和孝顺。"天呀！我们实在是惭愧。想起来，我对母亲做得太少了。母亲实在太善良了！

母亲曾对我说过："我死后，你们要把我埋在兰州高一点的山上，让我看着你们。我要和你们在一起，看着我的儿女们。"

2004年11月8日，母亲永远地离开了我们。她走完了自己的一生，享年90周岁。

很多人来吊唁母亲。这时候母亲的养女大姐和大姐夫都已去世，他们的儿女来祭拜外祖母。二姐有严重的心脏病，路途遥远不能前来，二姐让她的儿子和女婿带来了她一盘录音带。放录音时只听到她断断续续如泣如诉的哽咽声。她慢慢讲述着这个养母对她的恩情,哭诉着她思念母亲的话语。她嘱咐我们将她的录音放到母亲的墓前,放给母亲听。所有听到二姐录音的人,都黯然泪下。这是一个养女对养母的何等的情感!

传说地上去世一个人,天上就多一颗星,其实并无此事,但我深深怀念着我的母亲,就在心中把它当真了。在晴朗的夜晚,我常常举头凝视苍穹,去寻找我心目中最明亮的那颗星。我问母亲:"您在天国生活得好吗?您在天国找到了您日思夜想的父母了吗?母亲,如果有来生,我还愿意做您的儿女!"天空没有回音,只有那颗我认定的最亮的星星,不停地眨着她的眼睛。

比河流宽阔的是什么?是大江。比大江宽阔的是什么?是大海。比大海宽阔的是什么?是母亲的胸怀。我默默地祈祷天下所有的儿女们,请善待你们的父母吧!

母亲与土地

赵君平

　　故乡在北方,春天来得晚。春分节气一到,春才懵懵懂懂地醒过来。

　　土地心里有杆秤。收成的多少,就是你付出的汗水的总和,不必抱怨,自己就是一切的因果。

　　母亲最懂这个理儿,她喜欢给土地做伴。茶余饭后,她最爱做的事情就是和土地聊天。有时候,她们谈论的是一簇阳光葱,或者一把带露水的菠菜;有时候,她们谈论的是向阳坡地的苜蓿,或者田埂上的小蒜苗;她们聊得最多的是刚出土的荠菜,或者肥肥大大的蒲公英。

　　母亲回家的时候,土地就把这些春鲜送给她,有时候还赠予她一些地软,或者三两枝桃花。母亲常把土地赠予她的礼物毫无保留地送给我。我的生活里,也有了来自春天的问候。

　　我以诗歌赠母亲,写下《香脆的春天》:"荠菜,苜蓿,蒲公英/这都是新鲜的内容/它们带着母亲裂口的疼/和手指的温暖/走向我/我把春天的山坡/盛放于盘中/细细咀嚼/春天那么脆/一嚼就碎了"

　　母亲也把洋芋、玉米种子,把白菜、胡萝卜、豆角的种子交给土地,不让土地的心里荒芜,四季都有绿色。她与土地互不辜负。

　　人世间却远不是这样的单纯和美好。每当努力被辜负,或无辜做了别人的靶子,我于心碎之余就想回家看看。看到母亲任劳任怨地守护着土地,看到土地多少年如一日地付出,我的心就会瞬间安静下来,对这个世界不再怨恨。

　　慢慢地,再去看母亲,就感觉她有了土地的秉性,温婉含蓄,土味十足。人到中年,我最喜欢做的事情,就是和母亲一起,把脚印印满家乡的山

赵君平,女,八〇后,陇南市西和县姜席镇上胡村人,中国散文家协会会员,中国民间文艺家协会会员,甘肃省作家协会会员。文字散见于《中华散文精粹》《中国散文家》《华夏散文》《飞天》《甘肃日报》《开拓文学》《天水文学》等报刊。

梁沟渠,把歌声和欢笑种在春天的土地上。

野草莓

好长时间没去看母亲,好想吃母亲做的"手擀面"。周末了,回去看看吧。

熟悉的屋子里弥漫着一股甜香,吸吸鼻子,是野草莓的独特香味。那种甜香无法用语言形容,嗅着它,心里有种说不出的舒畅和熨帖。

我的母亲

母亲见到我,脸上显出难得一见的笑容:"我昨天去摘的草莓,都快放坏了,想晒下,又太少了。"她从柜子里端出一碗草莓。红白相间的野草莓,因为放置了一天,不再鲜艳润泽,香味却愈发浓烈。

我知道,这些野草莓已经等我很久了,就像母亲埋在心里不肯轻易流露的思念。我懂母亲的心思,就像母亲熟悉我的指纹有几个簸箕几个斗一样。

母亲摘了草莓等女儿回来,可她从不肯对女儿提出任何要求,哪怕是来看看她这么一点小小的要求。母亲的心就像一块海绵,把痛苦忧愁全吸纳进去。每次打电话问母亲,有什么需要的买了带给她,她总说:"我什么都不需要,你不要记挂我,好好工作,照顾好你的大人和娃娃!"她总认为女儿忙,她把女儿那些琐碎的忙碌看得比什么都重要。

想到母亲又为我去摘草莓,心里有些酸楚。摘草莓的通常是小孩子或年轻媳妇。五月,草莓成熟的季节,山林里,荒地上,草坡中,处处都有摘草莓的妇女和孩子。喊几声山歌,扯开嗓子"噢——"一声,山谷回荡,让人好不开心!可母亲已不再年轻了,很久没去过山里了。好在野草莓随处可见,到处都有。

小时候,我摘了草莓,母亲总取一碗让我给同村的老人送去,给左邻右舍送去,她自己倒舍不得吃。母亲从来乐于与人分享,母亲的菜园子里栽种着各种菜蔬,她种的菜也是人人有份。

野草莓是朴素的,有着坚韧的生命力。不管土地如何贫瘠,它依然会开出洁白的花,结出香甜的果。它幼时青涩,成熟后只有红白两种颜色。红的光鲜,白的甘甜,可它脆弱,容易腐烂变质,但母亲知道怎样让摘下来的野草

赵君平全家福

莓保持味道。2001年，大一那个暑假，我带了些学生做家教没有回家，野草莓成熟的时候，我不在家。母亲想着我没吃上草莓，就在劳动间隙辛辛苦苦摘了野草莓来，晾干，味道全浓缩在里面。同乡的同学回校的时候带来了一包东西，是母亲捎来的"草莓干"。省城的舍友吃了一口大叫："好酸！"我拿了一颗慢慢地嚼着，嚼到眼睛发潮，鼻子发酸。这酸酸甜甜的草莓味，不就是母爱的味道吗？

不识字的母亲习惯以这样细腻的方式来表达亲情。父亲六月去赶场的日子，母亲就带着我一起摘了野草莓，晒成草莓干，留给父亲。

顶针，母亲一生的戒指

看电视剧《恰同学少年》，一个细节很令我感动。少年毛润之在外出求学回来时带给母亲一份礼物——顶针。顶针也许是农村妇女最美丽的"戒指"了。

母亲是一个灵巧的女人，她少女时代就绣得一手好花。我小时候的衣帽鞋袜全是母亲一针一线缝就的。扣线绣的"虎头帽"，精巧绝伦的"猫儿头手笼"，绣花的"护襟"，用碎布片拼凑成的莲花瓣样的小马甲，底面扎了花的毛底鞋……母亲在布片上绣的花，用别人的话说"好像吹上去的一样"。母亲用她的巧手将我打扮得漂漂亮亮，让年少的我十分骄傲。

母亲做的毛底鞋厚实，耐穿又耐看。晚上，母亲在灯下做针线，我做作业。鞋底很厚，母亲就把针在头发上一"逼"，扎进鞋底，用顶针用力一顶，针尖穿透了鞋底，再用"夹针"一夹，针就抽了出来。那粗而光滑的麻绳簌簌有声,仿佛在穿越那一段艰难的时光。她抽线的动作是那么娴熟,就好像打理自己的小日子,有条不紊。她把那些艰难苦辛的日子过得像针眼一样细密,像鞋底一样厚实。

我真的很佩服母亲,几块布片经她的巧手一剪裁,便成了得体的衣服,五谷杂粮在她手里变成了美味佳肴。她让我们这个并不富裕的四口之家过得踏实,有一种别样的幸福。

当我不再穿母亲缝制的衣服时,我也到了该出嫁的年龄。出嫁时的大红缎被是母亲亲手缝制的,陪嫁的皮箱是母亲从十里外的集镇背回来的。她又开始做鞋,为我作"陪方",方口的、圆口的布鞋,样子还是一样朴实、一样耐看。那鞋子里密密地缝着母亲的心事,那些密密的针脚藏着不舍,藏着心酸。针有时穿不透坚硬的东西,这时候顶针就去顶那根针,支援它,用力,再用力,让它不要中途退下来。

顶真上密集的针孔,是金属的伤口,它以提前预备的伤,承受更多的伤。当命运的针线无数次穿过来,母亲的心,该留下多少密集的针眼?

母亲不做针线活的时候,手上还是戴着那枚顶针。那是母亲小巧而又粗糙的手上最生动的点缀,是伴随母亲一生的戒指。

为了母亲的微笑

赵德祥

岁月不居，怀思山积。眨眼间，母亲逝世已十一年了，总想写一点缅怀追忆的文字，寄托哀思，但每当拿起笔来，便泪流满面，母亲的音容笑貌立即浮现在我的眼前，逝去的事情仿佛发生在昨天。

母亲一生饱经忧患，经历了人生的三大苦难：少年丧父，中年丧夫，老年丧子。

母亲生在农家，13岁时，便失去了父亲，和外祖母相依为命。她从小心灵手巧，娴熟女红，针线茶饭，无一不精。被爷爷奶奶看中，17岁就与父亲结婚，夫妻恩爱，孝敬公婆，育有六男四女。虽世态动荡，生活艰难，但人丁兴旺，四代同堂，天伦亦乐。

可天有不测风云，人有旦夕祸福。农历一九七四年五月十五日，父亲挖洋芋时被锄头挖伤了左脚大拇指，感染了破伤风，因当时医疗条件太差，经抢救无效，撒手人寰。我们的家庭顿时犹如天塌了一般。父亲去世时年仅46岁，那一年母亲才44岁。这时的母亲，上有两位老人需伺候，下有十个儿女要抚养，我最小的妹妹才两岁多。中年孀居，忍受丧夫之痛的同时，迫在眉睫的现实是，全家十三口人吃饭穿衣的生活重担，全压在了她一个人的肩上。母亲来不及擦干悲痛的眼泪，就要撑起赵家的屋脊。

坚强的母亲，含泪忍悲，不惧艰辛，承担起了天大的重担。她默然起早摸黑，熬更守夜，白天顶着"四类分子"家属的压力，打浆磨面，洗刷补丁，夜晚偷偷地给供销社串辣子、打麻绳、剁辣酱、打竹帘子，挣一点小工钱。当时干这些活路，被视为"资本主义的尾巴"，只能偷偷摸摸地干。母亲只为了能挣点购买食盐的钱，只为能给儿女挣点学费。

母亲每天要在膝盖上搓大约五斤麻绳，膝盖被搓得又红又肿。她只得在

赵德祥，中国摄影家协会会员，甘肃摄影家协会会员。

膝盖上衬一个鞋底,这就是她的劳动保护。母亲串辣椒、剁辣酱,双手沾满了胶布,被辣子浸烂的双手钻心地疼,但是她不能休息,因为全家人要吃饭。我帮妈妈把搓好的麻绳用抹布捋直,便于通过验收。这在当年还给母亲算成了资本主义的尾巴,强制执行300元的天价罚款。交不出钱,就要把我母亲抓走,为此我家门面房被抵押,顶罚款十年之久。

母亲积劳成疾,仍经常带着病纳鞋底,做童鞋,以此换山上人的一点点粮食。母亲的针线很好,她做的鞋很秀气。母亲带着十三四岁的我"跑生活",背着辣酱和童鞋翻山越岭,走遍了桥头乡的各个村庄。用辣子、辣酱换洋芋,用大米换苞谷,无异于讨要养家,吃尽了人间的苦头,看尽了人间的脸势。

当时一斤大米可换两斤半苞谷。我们自己舍不得吃大米,只求多换点粗粮活命,全家十多口人只求能有果腹之粮。有一次,母亲在张家湾的牛圈沟刨洋芋(就是把已经挖过的洋芋地里漏掉的洋芋再找出来),她让我把她两天刨的洋芋用马驮到张家湾。在过一条峡沟时,峡沟里照不到阳光,冰层很厚,马蹄打滑,四蹄趴在了冰层上起不来了。我使尽气力,也把马抱不起来。那个地方路很狭窄,后面来了几个人帮我把洋芋卸掉,才把马抱起来。母亲知道后,抱着我大哭一场。

那个年代,在人民公社体制下,我们所处的生产队,劳动一年所分得的粮食,只够全家勉强维持一个季度。父亲在世时,劳动一天挣10分工,价值是当时购一张邮票的8分钱。全家十三口人,除赖以存活外,还要供我们十个子女上学,其艰辛和困苦,令人难以想象……

母亲一生有正气,不畏强势。在以"阶级斗争为纲"的年代,父亲因莫须有的罪名受到冲击,遭非法关押。母亲前去评理要人,看管人一看是个农村妇女,就用上了刺刀的枪对着我的母亲,想把她吓走,但他万没有想到的是,我母亲竟然朝着刺刀扑上去,刺刀尖距我母亲胸口不到一厘米。母亲无所畏惧的气势,令这个看管人目瞪口呆,母亲硬是拼着命,把父亲领回了家。

我与母亲相依为命,共同度过了母亲一生中身心最为艰难的时期(这也许是母亲一生最牵挂我的主要原因)。这也是我们做儿女的成人后最不堪的回忆,最难以报答父母之恩的刻骨记忆,这也成为鞭策我们做儿女的克难前进的强大动力。

母亲聪慧,处事颇具远见。她没有上过学,但"耕读传家"是她铁心不改的信念。当时,农村上学念书的人很少,困难家庭的男孩都无力上学,更不要说供女孩子了,可是母亲坚持让我们十个兄弟姐妹全部上学,期望我们学有文化,长大能有出息。

20世纪70年代初,由于生活所迫,街坊邻居有人建议说:"叫娃们劳动吧,你们家人口多,参加劳动的人少,在生产队也受气。娃们念几天书就行了……"

母亲却说:"不行,只要我还有一口气,就要让娃们念书。他们有本事上到哪里,我就要把娃们供到哪里……"

就这样,我们家兄弟姊妹十个都在念书。我们家在同一学校念书

我的母亲

的人,最多的时候就有六个。为缴一年上学的学费,父母亲经常要东家借,西家凑。尤其母亲,为支撑我们上学不知吃了多少苦,受了多少熬煎,费了多少心思,看了多少人的脸势(脸色)。我们所能看到的只是父母艰辛的表象,他们内心受的煎熬,只有二老自己知道。

光阴荏苒,岁月如梭。在母亲含辛茹苦地教养下,十个子女和孙辈中,出了十二个大学生、三个研究生、八个党员,而且十个子女都在国家单位工作,都在各自的单位干得很出色。

我的大哥赵吉祥,12岁便跟乡村老中医学医,先后跟过五六位当地有名的老中医。大哥24岁时被招工到洮河林业局,由于他有从事中医十多年的经验,被分配到洮河林业局职工医院当医生。后来大哥调回到陇南文县,曾先后在尖山乡医院、临江区中心医院当院长。凭着三十多年的中西医临床经验,解除了无数父老乡亲的病痛,挽救了许多生命垂危的病人,享有良好的医德和口碑。

大姐赵凤蓉,秉承母亲聪明伶俐、吃苦耐劳、重视亲情、尊老爱幼的优秀品质,在家中最困难的时候,帮助母亲共同挑起生活的重担。为了兄弟姐妹,为了家庭,她也操碎了心,吃尽了苦头,后来从成县师范毕业后,她曾先后在文县三中、城关一小任教,为减轻母亲的负担,先后把小妹和五弟带在身边,

供养其念书和考学。大姐经历过苦难生活，分外珍惜来之不易的教书育人工作。她把自己的学生当亲人，连年被评为优秀教师，在教育同行中赢得良好口碑。

长期的劳累、操心，特别是经历长期艰难困苦的生活熬煎和政治上的多重压力，使母亲渐显心力交瘁。她患有高血压、心脏病等多种老年疾病。我二哥赵庆祥多年来经常带母亲到处求医看病，给母亲搓背、洗脚，修剪脚指甲。母亲有烤木炭火的习惯，二哥给母亲买高价木炭、烧柴等生活用品。在兄弟姐妹的工作调动、和睦相处等大小事情上，二哥为母亲分忧解愁，分担责任，使她老人家在世时能享受到儿女们的温暖和孝道。

二哥赵庆祥后来被推选为文县慈善协会会长。他牢记母亲教诲，听党的话，推行"善举济世，慈善为人"的理念，全身心投入慈善事业，发动社会各界爱心人士一道，通过各种渠道筹资和筹集各类物资，共计1680余万元。开展大病救助、敬老助残、帮教助学、助推扶贫、抢险救灾等工作，使全县3600多人次受益，赢得了当地政府和社会的称赞。2016年，文县慈善协会被省残联、共青团甘肃省委评为"全省志愿助残阳光团队"，会长赵庆祥2018年被评为"全省慈善先进工作者"。2021年，被全国慈善总会评选为"优秀慈善工作者"，母

2012年春节合影

亲的善良和美德，在他的子女身上得以延续。

母亲一生勤劳节俭。我难以忘怀的是，我们工作后，每当过年时给母亲一点钱，她老人家总是说："我不希望你们给我钱，给我买啥子东西，我只希望人们都说我的儿女干得好，有出息，我就笑了……"

母亲在世时，敦亲睦邻，善待乡亲，常周济生活困难的人。她经常教导我们说："你们一定要记住，不管啥时候，做人一定要多做好事，努力做个好人，帮助别人就是帮助自己，好人终有好报。"母亲处事公道在理，在当地享有很高的威望，经常调解邻里乡亲之间的矛盾，乡政府还为她老人家颁发过一个"优秀调解员"的奖状。"德高望重"是乡亲们对母亲的最高评价。

母亲晚年逢改革开放盛世，儿女成人，家境裕如，孙儿绕膝，四代同堂，总算过上了舒心的日子。谁知天降奇祸，我最小的弟弟年仅30出头就猝死。母亲痛失小儿，揪心拔肝之痛，使她老人家差一点丧命。大病一场之后，她又一次站起来，抚养小儿子留下的孙儿孙女。母亲的伤痛还没有痊愈，大女儿患病，全家人竭尽全力救治无效身亡。大姐病故的时候刚刚六十岁。白发人接连送黑发人，这对年迈多病的母亲，是多么残酷的打击！她再也承受不起这样的打击了。大姐逝世后不久，母亲便一病不起，常年医药不断，三年后的2012年10月31日，庚辰年农历九月十七溘然长逝，享年八十有三。

今天，我们对着母亲的遗像，暗暗发誓：为了母亲的微笑，我们兄弟姊妹一定要教育后代，永远做对社会有益的好人，为人正直，勤政廉洁，继承母亲那正直、善良、公道、坚强、责任、担当、慈悲的好品德，把母亲那不畏艰难、坚韧不屈的精神代代相传！让父母双亲大人在九泉之下永远微笑！

2022年4月于清明节

母亲的故事

秋　实

　　母亲离开我们快十五年了。每想起母亲,总是泪流满面,总有一种自责和负罪感,觉得自己没有尽到孝心。

　　我的母亲是个农村妇女。生于1913年,卒于2005年,享年92岁。在八十多岁以前,她很少生病,眼明耳聪,能穿针引线纳鞋垫,还能烧水、煮饭、喂猪、养鸡、打扫卫生。只是牙齿掉了不少,吃东西有些困难。她没上过一天学,但明事理、识时务,人情味儿十足。一生诚实、善良、勤劳、节俭、热情、好客、厚道、大方,深受大家的尊敬。

　　母亲经历了民国和新中国两个时代。小时候,外公去世得早,家境特别贫穷,家里兄弟姐妹五人,全靠外婆一人支撑。母亲在姊妹中排行老二,十五六岁离家,给人帮工干活,自己养活自己,能给点工钱(粮食),就补贴家里。不到二十岁就经人介绍与父亲结了婚。旧社会找对象,讲求"门当户对",一个穷人家的女孩,不可能也不敢高攀富人家的公子,成家之后的生活依旧是贫困交加。

　　父亲所谓的家,还不及现在山农的号棚,两间茅草房,又矮又黑又潮湿。家里除了锅碗瓢盆、锄头犁钯之外,别无所有。仅有的几亩薄田,从山头到山脚,分布在十九个地方,而且坡陡土薄、地块窄小,加上肥料缺乏,任你如何务作,庄稼始终没别人的好。一年的收成除了留足第二年的种子和饲料,难以维持半年的生活。每年到了农历三四月间,就进入饥荒时期,野菜野果便成了一日三餐的主食。解放以后,衣、食、住、行条件虽有所改善,但仍无法摆脱贫困。

　　父亲人直性子烈,脾气不好,动不动就发火,有时还动手打人。母亲常以"忍耐成家"来克制自己,总是忍着、让着,尽量不争不吵。父亲只干些外面的

秋实,本名侯世山,陇南市人,中共党员,爱好摄影和写作。已有数百首(篇)作品在十多家纸媒和网络平台上发表。

重活，家里的所有事情，诸如柴米油盐、吃穿花用、人情开销等等，全靠母亲操心料理。母亲是家里的顶梁柱。

灾荒年月，母亲起早贪黑，打野菜、摘野果、卖柴草、做长工、打短工来养活全家。平时有点好吃的，她总是省给儿女、丈夫和客人；攒些钱，买点土布，她总是先考虑儿女和丈夫，很少考虑自己。她穿的衣服老是补丁摞补丁，但洗得干干净净。有事出远门或走亲戚，她就借一套别人的衣服穿，回来洗干净叠整齐，再还给人家。母亲常说："这叫有借有还，再借不难。人，一定要有诚信，诚信是做人的根本。"

母亲年轻时泼辣、能干。开荒种地，她不比男人差；她背的东西，有的男人背不起。料理家务，她更是一把好手，煮饭、裁剪、缝衣、绣花，样样难不住她。家里虽然很穷，却打扫得干干净净，收拾得有条有理，没一点脏乱差的感觉。每天她总比别人早起一个时辰，烧水煮饭，打扫卫生，喂养牲畜，安顿孩子，准备干粮；下午回来，又渴又饿又累，别人歇着，她还得生火煮饭；晚上别人睡了，她还在昏暗的灯下洗洗搓搓，缝缝补补，或为第二天做些准备。她一天的劳动量，远远超过了一个女人的承受能力。她的吃苦耐劳，是一般女人所不及的。村里人都夸她是个聪明能干的好女人。

有人说："穷汉惯娃娃，富汉惯骡马。"母亲平时非常疼爱儿女，却从不娇生惯养。她常对我们说："人穷志不能穷。不该吃的东西，再饿也不能吃；不属于自己的东西，眼不能热，手不能拿。"小时候我们姊妹三个都很听话，再好吃、再好看的东西，别人给，我们就是不肯接。村里人都夸我们"贵气，不像穷人家的孩子"。母亲常对我们讲，一个人体力有强有弱，但必须要有能吃苦、肯吃亏的精神。怕吃苦的人，吃一辈子苦；怕吃亏的人，吃一辈子亏。鸡肠小肚的人，一辈子成不了大事。

母亲热情好客。客人来家里，无论关系远近，她都是忙里忙外烧水煮饭，尽最大的能力招待客人。母亲对人无论贵贱都很有礼貌，一视同仁，该称呼什么就称呼什么。

母亲的一言一行，在我们儿女心中留下了很深的印象。有人说："母亲是人生第一位老师。"所谓的家庭教育，我觉得主要体现在母亲的思想品质。母亲的心胸眼界，决定孩子的品性，影响孩子的一生。

母亲一生命苦，年少丧父，十几岁离家帮人干活。成家后劳累奔波，养儿育女，总是走不出贫困。解放后分了土地、牲畜，生活有了信心。1951年，她到四川南坪藏区打工，挣些工钱，回来买了耕牛、马，添置了衣物、用具，又和父亲一起伐木头，背石头，打土墙，修了五间新楼房。当时买不起瓦，就盖些茅草。她满以为，日子会在夫妻俩齐心协力地打拼下一天天好起来。谁知祸从天降。1955年正月初五晚上，一场大火把整个家烧了个精光。看到灾后一片惨景，不少人流下同情的泪水，母亲更是哭得死去活来，几天不吃不喝，也不说话，像个木头人似的。那时我不足十岁，妹妹不足六岁，兄妹俩成天守在母亲身边，生怕有个意外。母亲哭，我们也跟着哭；母亲不吃不喝，我们也不吃不喝。左邻右舍、亲朋好友反复劝说母亲："你这样下去不是个办法，光哭不能解决问题，要振作精神，坚强起来。只要人在，失去了的东西，今后还会有的。你要保重身体，多为孩子着想。"

受灾后的一月之内，乡政府派人送来了救济粮款；亲朋好友、左邻右舍，几乎全村所有的人家，有送米面粮食的，有送被褥衣服的，有送种子饲料的，有送灶具农具的，有送饭请吃的……春耕生产一开始，很多人放下自己的农活，赶上自己的牛，先帮我们耕地下种。母亲这才有了些生活的希望。但往后如何生活，她思绪万千，心里一片茫然，没有一点信心。她把半生所发生的一切都归结为"命运"。从那时起，母亲对父亲的生辰八字产生了怀疑，开始记恨父亲。她一反常态，该忍该让的，不忍不让了。由不停吵闹发展到打架，感情上与父亲拉大了距离。每次吵闹打架，吓得我和妹妹不停地哭喊，我们幼小的心灵上有了阴影，忐忑不安。后来，父母开始分居，再后来，母亲带着妹妹偷偷出走，不知去向。1957年2月，临江法庭传唤父亲，法庭以"夫妻感情已经破裂"判了离婚。我被判给父亲抚养。

不久，经二舅母介绍，母亲与武都外纳乡麻地湾村一个叫张玉仁的独身男子成了家。继父虽然家境贫寒，但人品很好，成家后夫妻感情一直不错。后来又修了新房，家庭和睦，日子过得很平稳。

1958年，父亲进山林拾柴，被脚下的藤条绊倒，左大腿摔成骨折，丧失了劳动能力。1959年端午节，父亲不幸病逝。把父亲安葬后，四叔带着我去寻找母亲。母子相见，抱在一起大哭了一场。母亲见我骨瘦如柴，再也不让我离开她了。那时全国各地都在闹饥荒，有很多地方饿死了不少人。当时我还不满14岁。母亲想尽一切办法让我和妹妹填饱肚子，总算熬过了那几年。我到四十多里以外的外纳小学上学。1960年小学毕业后考入武都一中，直到1967年高中毕业。

母亲和我们一家人

后来妹妹长大成人，找了个上门女婿，一家人的日子逐年好转。1989年10月，79岁的继父去世了，我安葬了继父之后，就把母亲接到我跟前一起生活。后来又带到我工作的单位住了三年，直到1992年10月我调到县社机关以后，才把母亲送回老家去。每年春节前，我都要接母亲到我家里过年。母亲住在高山，不通公路，加上年岁大了，上山下河很不方便，80岁以后再也没法接她来家里过年了。每年只能带上些吃穿用的东西去看望一两次，以最大可能尽点儿子的孝心。

人到老年，少不了受罪。何况母亲住在山上，经济、生活、交通、照明条件都特别差。想起来，母亲一生吃的苦、受的罪实在太多了，享的福太少了。我为自己没能更多地尽到子女的孝心而深感后悔！

母亲在梦里

段金泉

　　母亲离世已有十多年了。这些年来,我也曾为她老人家写过一些零星的纪念文字,却没有独立成篇的像样文章。对一个从事写作的人而言,不能不说是一个遗憾。

　　翻看桌上的台历,无意间发现过两天就是我的生日。俗话说,儿女的生日是母亲的受难日。光阴似箭,当我的双脚迈进人生之秋,才真切地感悟到了岁月的无情。半个多世纪的历程虽然漫长,可仿佛又在转瞬之间。

　　有天晚上,我梦见了母亲。她站在老家大门口,大风吹乱了她花白的头发。我担心她老人家受凉,便扶她回到屋内,想给她找一顶遮风的帽子。这时梦醒了,不禁怅然若失。

　　母亲的一生,可谓与苦难相伴。

　　20世纪50年代末,她和父亲结婚后,一直与爷爷奶奶一起生活。当时,父亲被派往外地参与国家重点水利工程建设,一年半载也回不了一趟家。那时候农村的"共产风"刮得很猛烈,村里办起了集体大食堂,每人每天只有二三两粮食定量。可就是这点可怜的食物,母亲还要给两位老人留出一点。实在饿极了,她就煮点野菜、豆渣充饥。一次,她挖野菜时晕倒了,差点儿被一只饿狼吃掉。生产队长担心这样下去会闹出人命,便派她到乡上的水库工地劳动,每天的定量总算吃到了嘴里,让她活了下来。这是我记事后母亲讲给我的。

　　母亲孝敬老人的事,在村里有口皆碑。奶奶去世后,爷爷的一日三餐,一年四季的衣服,她都按时按节安排,从不马虎。小时候,我和爷爷住在上房。

段金泉,甘肃秦安人,大学文化。历任排长、政治指导员、处长、报社主编等职,高级职称,大校军衔。诗歌、散文作品曾获全军文艺新作品奖、原兰州军区昆仑文艺奖,入选《当代军旅诗选》《甘肃文学50年》等。

冬天，母亲总是将土炕烧得热热的，而她住在那间晒不到太阳的阴暗偏房里，冰凉的土炕上仅铺一片竹席。盖的也是一床薄被。那些漫长寒冷的冬夜，不知她是怎么熬过来的。现在想起来，那时的日子真是太苦了。

爷爷每天早起，都要煮罐罐茶喝。家里即使再困难，母亲总会给他准备一些纯面的干粮。而她和父亲吃糠咽菜已习以为常。每年春天，家家户户缺粮吃，全靠国家有限的返销粮度日。爷爷患病卧床那年，从春天到初秋，母亲除了时常换洗衣服被褥外，更是精打细算，想方设法变换花样，保证让爷爷每天都能吃上一顿可口的饭菜。巧妇难为无米之炊，可以想象当时她有多难。

在人民公社"一大二公"的年代，为了能多挣点工分，她起早贪黑，参加生产队的集体劳动。春夏秋忙庄稼活，冬天还要修梯田，一年四季没有闲下来的时候。即便如此辛劳，家里每年还要欠生产队一些钱粮，有时连买食盐和点灯用的煤油的钱都拿不出来。为此，母亲每年都要喂十来只鸡，喂养一头猪，换点零钱贴补家用。一家人的衣服、鞋袜，都是由她亲手缝制，安排得妥妥帖帖。而她一件衣服经常"新三年，旧三年，缝缝补补又三年"，直到洗得褪了色，破得不能再缝补才退下。家里吃的面粉，也要靠母亲半夜起来在石磨上推碾。

经年累月，母亲就像一只不知疲倦的陀螺，不停地转动着。

我上学期间，由于村子距学校较远，中午不能回家吃饭，母亲每天都要早早起来，给我做一顿早饭。那时并不觉得这有多么不易。我结婚有了孩子后，条件那么方便，但要每天坚持做早点，几乎是不可能的。如果起床晚了，就让孩子在校门口的早餐摊点自己解决。想想母亲九年如一日给我做早饭，这需要多大的耐心和毅力。那时，我们班不少同伴，吃不上早饭是常有的事。

我小时候体质较弱，经常感冒发烧，母亲跟着担惊受怕。印象最深的是上中学时，我腿上长出一个小包块。大队卫生室的一位赤脚医生胆子大，认为是个小脓疮，自作主张划拉了一刀，才发现事情没那么简单，他有些束手无策，赶紧让人把我送到公社卫生院治疗。卫生院的医生也不知如何处理，输液消炎后便打发回家。母亲请来村里的赤脚医生，每天给我注射青霉素消炎。两个多月过去，伤口仍不见愈合。有人预测，将来我肯定会变成一个瘸子，母亲听后暗自流泪。后来，邻村一位老中医到我们村的山坡上挖草药。

母亲听闻后，请他到家里为我诊治。老中医看后，给了几小包自制的中草药粉，说每天敷于伤口处，保证十天伤口愈合。说来奇怪，老中医的偏方真是神奇,不到十天伤口果然愈合,而且没留下任何后遗症,母亲终于长长地出了口气。

母亲患病时正值壮年。有一次,她在麦田里锄草时突发头痛,当场晕倒。那时家里没有条件送医治疗,只能卧床休息。实在撑不住的时候,才找乡村医生开些中草药,或者吃几粒去痛片缓解一下疼痛。当时我在遥远的边关服役,而南部边境战事正紧,同年入伍的同乡战友有人上了前线。那年夏天,第一次回家探亲时,邻居告诉

我和母亲

我,每当天上有飞机飞过,母亲就会跑到不远处的一座山头上,向远方张望。那些日子,家里没有接到我的来信,母亲怀疑我瞒着她到前方打仗去了,担心万一有个三长两短咋办?听了邻居的这些话,我心里十分难过,唉,可怜的母亲!

因为是外出途中顺道回家,我在家仅停留了三天时间。此后几年,部队工作训练繁忙,我很少探亲。直到调到军区机关工作后,我才将母亲接到一家大医院做了全面检查。遗憾的是,依然没有找出真正的病因。医生只开了些缓解病痛的药物,也没什么效果。母亲在城里住了不到一月,就想回家。田地里有忙不完的农活,家里的一日三餐,还有养鸡、喂猪这些家务活计,都离不开她的操持。只要还能行动,她就不会停下劳作的脚步。

我的工作相对稳定后,在省城结婚成家,母亲绽开了笑脸,但她的身体状况越来越差了。这期间,我多处求医问药,还从电视广告上看到一些对症的药物,邮购让母亲服用,可是没什么效果。经人介绍,我认识了一位有名的医学专家,请他为母亲做了一次全面检查,终于查清了病因,住院治疗两月余。遗憾的是,这种病只能用药物维持治疗,没有根治的办法。此后近十年间,母亲一直与各种药物相伴。我也过着提心吊胆的日子,就怕有什么意外情况发生。

我最不愿面对的残酷现实最终还是降临了。那年春天,一个阳光灿烂的午后,没有任何征兆,母亲平静地走完了她的一生。那天,我正在参加一个重要会议,会场内手机信号被屏蔽,直到临下班才获知这一消息。天色渐晚,回家的长途客车已经停发。情急之下,我给开小货车的表弟打了个电话,请他

送我回家。表弟二话没说，当即收车和我一起往回赶。一路颠簸，回家已是深夜。此时的母亲，已躺在早已为她准备好的柏木棺椁里，面容安详，犹如熟睡一般。

天亮后，按照家乡的习俗，风水先生为母亲选好了墓地，就在家门口对面的半山腰处。那天夜里，下了一场通透的春雨。这场春雨，或许是上苍为母亲而落的泪水吧。次日晨，迎着初升的朝阳，在绿油油的麦田一角，大家安葬了母亲。

母亲是怀着无限眷恋离开这个世界的。在与疾病抗争的十多年里，她忍受着病痛的折磨，内心始终还有一线生的希望。

送走母亲，家里一下子显得空空荡荡。人常说，母亲在，家就在，母亲走了，从此家里少了那份温馨。

母亲去世时年仅66岁。在老家农村，这样的年纪还不到颐养天年的时候，家里家外的大小事情都要靠她去操劳打理。前些年回老家，在路边看见田间劳作的都是一些白发老人，他们脸上写满了沧桑，可仍有一种气定神闲的淡然。在感慨乡村落寞的同时，心里又生出几分羡慕。我不由得想起了母亲，假如她也在这生机盎然的田野里劳作，该有多好！

昨夜梦里的母亲，音容笑貌依然鲜活而真切。让人欣慰的是，她的病竟然痊愈了。或许，这样的梦境会伴随我今后的生活。

母亲啊，我真是太想念您了！

母 爱

娄炳成

任何时候,我们听得最多的,总是母亲的唠叨。没完没了的唠叨,会让我们不耐烦,恨不得将耳朵堵住。终于有一天,母亲的唠叨戛然停止了,我们会觉得人生突然变冷了,就像在寒冷的冬天里没有了火炉,心也像断了线的风筝随风飘忽,再也没有了着落。

母亲的唠叨就像是剪不断的脐带,还在滋养着我们。如今我也变老了,最想听到的,是母亲的唠叨。可是母亲已经远去了,而我也开始了对儿女们的唠叨。

母亲的唠叨无法复制,一生只能感受一回。

遥想两千多年前,孟子少时,父亲早丧,母亲仇氏守节。居住之所近于墓地,孟子模仿丧葬情景,躄踊痛哭。孟母唠叨说:"此非所以处子也。"遂迁居集市旁。孟子又以贾人炫卖之事为游戏。孟母再唠叨说:"此又非所以处子也。"舍弃了集市,又搬到近于屠宰家畜的地方。孟子又学起了买卖屠杀之事。孟母又唠叨说:"是亦非所以处子矣。"继而迁于学宫之旁。每月初一日,官员入文庙,行跪拜礼,揖拱手礼,礼让进退。孟子见了,模仿学习,牢记于心。孟母高兴地唠叨说:"此真可以处子也。"遂定居于此,成就了一代亚圣。

岳飞也是早年丧父。在母亲的唠叨教育下,青年时便扬名乡里。他不受杨么的使者王佐之聘,其母恐日后还有不肖之徒前来勾引岳飞,倘一时失察受惑,做出不忠之事,英名就会毁于一旦。于是祷告上苍,然后一边唠叨,一边在岳飞脊背上用毛笔书写了"精忠报国"四个字,再用绣花针刺就,涂以醋墨,使其永不褪色,此举成就了一代抗金英雄,也让岳母刺字传为千古佳话,广泛流传于民间。

娄炳成,甘肃省陇南市人大常委会退休干部,甘肃省作家协会会员、民间文艺家协会会员,发表各类文学作品300万字以上。

据《宋史》记载,苏轼刚10岁时,父亲苏洵就游学四方,母亲在家中主持家务,教育子女。她对苏轼要求很严格,亲自教他读经史等书籍。一次,苏母教苏轼读《后汉书》时读到了《范滂传》。苏母为范滂母子不畏强暴、为了正义而视死如归的崇高精神深深感动,不禁放下书来,喟然叹息。年幼的苏轼也被深深感动,他问母亲:"如果我长大后跟范滂一样,不惜舍身就义,母亲会允许吗?"苏母肃然答道:"如果你能学范滂的样,难道我就不能做到像范滂的母亲一样吗?"苏轼从小在母亲的教育下成长,20岁时已经是博通经史,写起文章来下笔数千言毫不费力。考中进士后做过多年地方官,也曾在朝廷中任翰林学士,一身正气,不阿权贵。

三国时期的盂仁为监鱼池官,自己结网打鱼送给母亲,母亲却严厉地批评了他。西晋陶侃为县太守,凭借职权送公家鱼塘的腌鱼给母亲,母亲拒收,并写信批评他是给母亲增添忧愁。唐李畬为官,车夫将禄米送其家,不但禄米多给,而且李畬还不付车费,其母发现后予以批评,把多给的禄米退回,并亲付车费。唐朝中书令崔元纬之母告诫儿子说:"儿子在外做官,如听说生活贫困,是好消息,若听说生活奢侈,则是坏消息。做官的如凭借职权多吃多占,跟盗窃一样,做官不清白,愧对天地!"

宋朝王子文刚正不阿,遭陷害,被罢官。他的母亲年事已高,他怕母亲知道真相经受不了打击,故意说是自己辞掉了官职。母亲说:"你的事我全知道,不用瞒我。过去你父亲因刚正不阿受陷害,今天你又像你的父亲那样刚正不阿,我应为有这样一个好儿子而高兴,有什么忧愁的呢!"北宋刘安定被封为谏官,他不去上任,母亲问为什么?他说:"做谏官,就得要直言进谏,很容易闯祸,母亲年事已高,我怕母亲为我受累。"母亲却说:"谏官是天子之耳目,你当有捐身报国的决心,将来一旦因直谏遭流放,到哪里我都随你去!"

唐朝郑善果为官,每次断案,母亲都躲在帐后听着。如儿子执法公正,她就和儿子坐在一起进食,谈笑风生;如发现儿子断案不公,则终日不食,严厉批评教育儿子。唐朝李景让因部下有人违背他的意愿,遂将一人打死,其母得知,愤怒斥责儿子说:"你凭借职权滥用刑罚,妄杀无罪之人,太残暴了!"当即令人用木杖打李景让,以示惩戒。

春秋鲁国文伯为官,回家见其母织布,很不高兴,以为会让众人耻笑,其母教诲说:"民劳则思,思则善心生;逸则淫,淫则忘善,忘善则恶心生。沃土之民不才,淫也;瘠土之民向义,劳也。我之所以织布,是怕你忘记先人之业,怕你怠惰。"唐朝郑善果任江州刺史，其母仍旧昼夜纺线织布。郑善果不解，对母亲说："儿为三品官，所得俸禄不少，你何必这样自讨苦吃呢?"听儿子这样一说，母亲告诫他说："你已年纪不小，我以为你已懂得天下的义理了。听你这么说，看来你并不懂，你的俸禄不应独享，应周济穷困亲朋。纺线织布，这是我们妇人的本分，自你父亲殁世以后，我从不涂脂抹粉，生活俭朴，亲朋有凶吉事，全都资助。我庄园

我的父亲、母亲(前左)

的收入，也都周济穷困亲朋，你应当像我这样克己自励呀!"

齐宣王时，有个人被杀害，据人揭发检举，怀疑是某兄弟二人所为。兄弟二人争相承认是自己杀的，官吏不能判断，问其母，其母说："是小儿子杀的。"一般做母亲的都特别宠爱小儿子，这位母亲为什么要说是小儿子杀的呢? 官吏不解，问其母，其母说："小儿子是我亲生的，大儿子是丈夫前妻留下的，他父亲死时，嘱咐我要把大儿子照顾好，我既然已经答应了，就要信守诺言。如果杀了长子，救活了我亲生的儿子，这是以私义废公义，是背言忘信，欺骗死去的丈夫，那我还有脸见人吗!"继母的义举感动了齐宣王，宣布全都赦免不杀。从那以后，丈夫前妻之子倍加爱戴继母。

古今一理，儿女从生命的孕育到走向新的人生，每一步都浸透着母亲的心血，母亲把全部的爱给了孩子，并不期望回报。

母爱就像是一本厚重的书，里面写满无尽的关怀和呵护。母爱似春雨润物，悄无声息，萦绕心田。母爱如空气一样溢满所有的空隙，无色无味，无影无踪，因此我们常常在拥有时习以为常。在纷繁的红尘世界，因为有了一份母爱的存在，不管距离远近，无论喧嚣寂寞，我们的心始终是安然从容的，有所依傍的。

妈妈的热炕头

徐小英

　　每当想起小时候一家人围坐在妈妈的热炕头上吃饭、取暖、拉家常、招呼客人的情景，我心中便充满了无限的眷恋与温馨。小时候，全家八口人，只有五间土木结构的瓦房。这五间房中，北边一间是厨房，南边一间是厢房，中间三间为厅房。三间厅房中一盘土炕就占了整整一间屋子。土炕在妈妈的精心侍弄下，一年四季干净整洁，热热乎乎。厅房是一家人起居活动的主要场所，而土炕则是一家人的活动中心。尤其是每年进入冬季之后，一家人在家里的时间好像大部分都是在妈妈的热炕头上度过的。

　　妈妈的热炕头，犹如现在的沙发，每当来客人了，无论亲疏远近，妈妈总是忙不迭地铺褥子，请客人"上炕喝茶"。待客人盘腿坐稳后，妈妈便把铜制的"水烟瓶"刷洗干净，递给客人让其抽烟，给铮光明亮的铜火盆里添上几块木炭，再用铜火箸拨拨火，然后在火盆边沿烤上几块切成一指厚的苞谷面馍馍，再在蓝莹莹的火苗旁焖上一个一寸多高的砂制小茶罐。在安顿客人先抽烟、煮茶吃馍馍后，她就去厨房里给客人准备饭菜。

　　在去厨房做饭前，妈妈便把我们姊妹几个集中起来暂时安置在炕板子上或炕旮旯里。这时我们便会在客人抽水烟时发出水回旋的咕噜噜、咕噜噜有节拍的伴奏声中，静静地瞅着客人品尝着又苦又涩的浓茶，咀嚼着烤得黄而不焦的馍片，神情专注地听着客人赞赏茶的清香、馍片的香脆，听着似懂非懂的关于收成与生计类的家常话，同时也更焦急地巴望着妈妈把给客人做的臊子面端进来，平时我们是吃不上这样香的饭菜。

徐小英，女，甘肃西和人，甘肃省质量技术监督局退休干部，多年工作在西和、武都和兰州。甘肃省作家协会会员，出版作品集《情满家园》《我有一幢布满雕花的木屋》。有散文在《读者》发表。

妈妈的热炕头，到了夜晚，只要把铜火盆抬在地上，它就恢复本能，担负起了真正的使命。一个方方正正的热炕，每天晚上妈妈安顿我们都"登角子睡"，十几只脚都朝着热炕旮旯里伸，睡成扇子形。由于被子少而单薄，每个人的衣服脱下来都由妈妈一一盖在各自盖不着被子的地方，而妈妈则将她的衣服堵住窗子缝隙以防漏风。妈妈烧的炕四个角落都是热的，一家人睡在保持恒温的土炕上，将一天劳作带来的疲劳全然化解了。

我与母亲

妈妈的热炕头，还是我们全家人的餐厅。在父亲快下班、我们快放学时，妈妈便把埋在火盆灰里的火球刨出来，续上木炭，炕中央的火盆旁再搁上一个方形的小炕桌，摆上妈妈用包包菜根、萝卜等腌制的各种小菜。父亲回家后总是坐在小炕桌前，用一条小被子盖住双脚，我们则围着火盆坐在父亲的两旁。空空的火心，高高的火焰，热热的炕头，将我们冻麻木的双脚、双手和冻疼的脸蛋慢慢地暖热了。这时妈妈便给我们盛上一碗热乎乎的苞谷面糊糊，叫我们一面暖手，一面转动着碗慢慢吸着喝，稠糊糊喝急了会烫心的。再给我们端上一盆苞谷面疙瘩子。忙完这一切，妈妈才坐上炕来，给我们喝完了粥的碗里再盛上疙瘩子。每顿都是剩多少她就吃多少，但她从来都不说没吃饱的话。我们一家人挤在这个热炕上，围着火盆和炕桌，暖着、烤着、吃着、说着、笑着……把一天中干好的事、干错的事、要干的事、快乐的事、难肠的事以及每个人的种种见闻，都痛快淋漓地说出来。在这个炕上，大家无拘无束地夸着干好的事，笑着快乐的事，骂着干错的事，哭着冤枉的事，全家人乐在其中。至今想来，这个热炕头是如今难得的欢乐融洽的场所。

妈妈的热炕头，还是我们的俱乐部。我们姊妹多，妈妈要为大家一针一线做衣服、纳鞋底，每天做饭，还要喂猪、养鸡。有时忙不过来，无法照顾小弟妹，她就把我们在炕上"禁闭"起来，让弟弟妹妹们赤着脚丫子在热炕上玩耍。因为土炕高于地面八九十厘米,下不来,偶尔跌下炕,会摔得鼻青脸肿。妈妈把我们放在炕上后,便可以放心地去做饭、洗衣,我们也就可以毫无顾忌地在炕上折腾了。但每遇到姊妹们把窗户纸捅破,那就要挨妈妈一顿骂。特别是当我们"疯"得把炕跳塌时,那种恐怖的情景不亚于世界大战爆发:除跳塌炕的孩子要挨妈妈的一顿打以外,其余跟着跳的孩子也要接受训斥。有一次,弟弟在炕中间一跳将一块土坯踏成两截,塌陷下去了一个大窟窿。气得妈妈顺手拿起笤帚抛过来,打淌了弟弟的鼻血。妈妈急忙揪了些棉花塞住了弟弟流血的鼻孔,又责骂我们为啥不乖乖地坐在炕上!妈妈心疼地又把弟弟抱在怀里,一面擦脸上的鼻血,一面叮咛我们以后不要再在炕中间跳,并且及时在塌陷下去的地方垫上一块木板。晚上烧炕的时候,浓浓的乌烟便一股劲地从塌陷的地方朝上冒,全家人咳嗽不止,我们亲口尝到了自己种下的"苦果"。第二天,妈妈请匠人修补塌炕,并把我们继续"禁闭"起来。每经历一次类似的教训,我们也因此要规矩好些日子。

妈妈的热炕头,还是我们家的诊疗所。那时候,成天饥肠辘辘,每顿的菜汤少盐缺油,我们总要喝两三碗,肚子像个大锅底,又涨又疼。这时妈妈会让我们饭后趴在炕上暖一暖。暖着暖着,不大一会儿,放几个屁,撒一泡尿,热烘烘的土炕就把我们安慰舒坦了。我们感冒发烧时,妈妈就熬上一碗葱胡子汤,叫我们喝了捂上两条被子睡在热炕上,待从骨子里发出大汗时,妈妈照着穴位从头到脚给我们掐一遍,再在前胸后背噼噼啪啪敲打几巴掌,一时间便感到全身通活了,高烧退了,感冒好了。一家人很少去医院看病。再说老人们多年劳苦成疾,在炕上躺一会儿,照样下地干活,很少听说过风湿一类的疾病。

妈妈的热炕头,还是她的针线坊。我们一家人的衣服都是妈妈利用冬闲坐在热炕头上,一针一线缝制出来的。在热炕头上,小针线筐子总是伴随在妈妈的身旁,待她做完地下的活上炕后,手里总是不离针线。妈妈会用五彩缤纷的丝线给我们在衣服上、枕头上、书包上、布鞋上绣出一个个栩栩如生的花花世界。

妈妈的热炕头,还是我们温习功课做作业的书房。一张五六十厘米见方的小炕桌上,放着一盏用墨水瓶制作的煤油灯。我们几个孩子在那扑闪扑闪的微弱昏黄的灯光下,趴在只能每人放一个本子、一只小手的桌边写字,呼吸时鼻孔出的气,都会把灯盏吹灭。妈妈在旁边一边做针线,一边督促我们做作业。虽然她不识字,但她能看出来哪一个孩子做得认真,哪一个孩子敷衍

全家福

了事。对做得好的表扬,看见打盹的及时提醒。妈妈还经常给我们讲"头悬梁、锥刺股"一类的故事,以提高我们的学习兴趣。妈妈的热炕头,也是教育我们立身做人的课堂。在炕头上,妈妈细心地观察着我们每个人的一举一动,并及时纠正各种不良习惯。我们的所作所为都在妈妈锐利的视线之中。吃饭时,妈妈教给我们正确的姿势,再三告诫不能用筷子敲碗边,吃面条时不能发出"吸"声,不能吧嗒吧嗒咂嘴。走路时,从下炕的动作开始做起,要求我们走路要轻,脚步要正,头要抬起,腰要挺直,不能迈八字步。记得我小时候,走路时脚丫子有点向外撇,妈妈便在炕沿边放了一根竹棍,只要看见我脚后跟一对,就在炕沿上猛敲几下……硬是在妈妈不倦的纠正下,我改掉了八字步的毛病。我们姊妹几个,虽没成大器,但都没有什么坏毛病。细细一想,这都是妈妈在她的热炕头上对我们润物细无声般言传身教的结果。直到我上了大学和参加工作以后,每次回家时,妈妈就坐在热炕头上,睁大一双期盼的眼睛,从窗户里望着我回家来。一进屋,我的第一个动作就是"脱鞋上炕"。妈妈掀起早已暖热的被窝,将我的双腿捂在了被子下最热的地方,然后给我一块烤得黄黄的苞谷面馍馍,再递上一浓浓的罐罐茶。我亲昵地坐在妈妈的膝盖旁,妈妈便不停地把被子往我腿上盖,我也会不停地把被子往她身上拉。妈妈对女儿的疼爱,女儿对妈妈的依恋,就在这么一个被子角角一拉一盖中传递、交融着。我与妈妈紧挨着坐在热乎乎的炕头上,一缕暖流从脚跟直涌到头顶,让我感觉到这就是世界上最温馨的所在。多么美妙的童年时光,妈妈的热炕头给我留下了难忘而甜美的记忆。

每当和妈妈像客人一样面对面坐在沙发上时,就不由自主地回想起儿时一家人挤在热炕头上嬉笑打闹的情景,真是别有滋味在心头。

妈妈长年腿疼,导致膝关节变形,坐在沙发上后两只手一直搁在膝盖上,不停地摩挲。为了给妈妈治病,弟弟带着妈妈到西安找了不少名医,花了不少钱,但没见有什么明显的效果。我想,如果还有那个热炕头,妈妈坐在热乎乎的被窝里,向楼的身子、弯曲的双腿可能就会直起来;如果还有那个热炕头,妈妈盘腿一坐,盖上一条小棉被,就不会时时用双手捂着膝盖;如果还有那个热炕头,我们回家后围着妈妈坐在热炕上,一条被子你给我盖,我给他盖,就会在融入温暖亲情的氛围中,充分体味妈妈的慈爱、姊妹的关爱,尽情地享受天伦之乐;如果还有那个热炕头,我们回家后挤在一个热炕上,一家人就不会有坐沙发时那种客套和疏离的感觉,就没有那么远的距离。我多么留恋儿时一家人挤在那个腿都没处放的热炕头上嬉笑打闹的情景,多么向往坐在妈妈的热炕头,依偎在妈妈的臂弯里听故事、唱歌谣的片段。

热炕头啊,妈妈的热炕头!你记载着我童年的美好记忆,记载着妈妈对儿女的慈爱,记载着妈妈一生的劳苦与艰辛。你曾经给了我们童年时无限的欢乐与温暖,给了我们现代人无法享受的爱恋与亲情。在日新月异的新时代,不管什么样的现代化取爱设备,我总觉得远不如童年时代融入了家的温馨和妈妈慈爱的热炕头。我怀念那清贫年代的温馨,留恋凝聚着温暖和亲情的热炕头。

妈妈的热炕头,是让人留恋的热炕头。

记忆中的母亲

徐小山

　　省慈善总会发起"纪念我的母亲"征文活动。说起自己的母亲，人人都有说不尽的话语，我也想起了母亲的一些往事。

　　我的母亲名叫陈兰英，1931年6月22日出生在江苏省泰兴市城关芮堡村的一个农村家庭。她们兄弟姐妹一共五人，母亲排行老二。我见过一张母亲少女时代的照片。照片上，母亲中等个儿，身材细条，瓜子脸，扎着两个小辫子，两个亮晶晶的大眼睛闪动着灵气，有着南方姑娘的清秀。我小时候听母亲讲，她在上海徐汇区药水棉花厂上班的时候，经媒人介绍，认识了我的父亲徐春生，母亲和父亲结婚了，小日子过得蛮甜蜜。

　　1956年，他们响应国家支援大西北的号召，千里迢迢来到甘肃省兰州市七里河区建工局工作。那时候兰州的生活条件还很艰苦，但人们的心劲都很高，觉得生活有奔头。他们先后有了两个孩子，条件虽然清苦，但一家人在一起，日子还是蛮有滋味。不想遇上三年困难时期，为减轻地方负担，政府号召职工家属回老家生活。1962年元月，我母亲带着我的大哥徐九龙、二哥徐小龙，又回到了老家江苏泰兴务农，当年又生下了我。再后来，两个弟弟先后出生。

　　现在回想起来，我母亲一个年轻女人，带着我们五个小男孩，干完农活干家务，拉扯我们是怎样的不容易！我的父亲每年只有过年才从兰州回一趟老家。我从三岁多开始，就对母亲有了深刻的印象。

　　那时候我家住的是两间茅草房，山墙是麦草围起来的，没有像样的门，用木棍绑到一起支在四周当柱子用，外面下大雨，屋内下小雨，屋里连个像样的

徐小山，1962年12月20日生于江苏省泰兴市滨江镇大马庄村。2012年荣获全国敬老爱老助老主题教育组委会颁发的"全国孝亲敬老之星"。2017年荣获第一届江苏省全球苏商先进个人。2023年荣获全球苏商贡献人物。曾任甘肃省第十一届政协委员，现任甘肃省慈善总会副会长。

床都没有。记得我四岁那年的一个冬日,屋外刮着大风,把我家屋顶上的麦草刮到邻居家门口的地上了。小不点的我,跑去邻居家门口捡麦草。邻居家九岁的孩子看到我去她家门口拿麦草,就大声嚷嚷:"你不许拿我的麦草!"我说:"这是我家屋顶的麦草,被风刮到你家门口了。"那个大孩子根本不听我解释,边嚷嚷着边动手打了我。母亲听到外面的争吵,就赶忙跑出来问什么事,为什么要打架,话还没说完,邻居家大人就跑出来了,气势汹汹地指着我母亲的脸骂道:"你眼睛瞎了吗?你家孩子跑到我家门口拿麦草,还问为什么打架!"我母亲一句话也没说,就把我拉回家了。我当时觉得我们又没做错,为什么不能跟别人争论?委屈地哭了。母亲心疼地把我抱在怀里,一个劲儿地安抚,眼泪在她的眼眶中打转,滴到了我的头上。现在回想起来,当年母亲的做法是为了保护我们的无奈之举。父亲常年在外地工作,我家又都是小孩,就算别人冤枉了我们,她也无力为我们找回公道。

1972年腊月初八,我当时刚满10岁。中午一点钟左右,我从野外捡了两小筐烧火做饭用的草,回到门口时,就看到家门口围了很多村里的大人、小孩。母亲坐在地上,撕心裂肺地痛哭着。我问了别人才知道,我的父亲在兰州去世了。是我在兰州的大哥给家里发电报讲的,让母亲赶紧去兰州处理父亲的后事。我大哥是1971年组织上为了照顾困难职工家庭,将年满18岁的他招工到兰州,与父亲同在甘肃省建工局一公司上班。那时候家里就剩下我和14岁的二哥、6岁的四弟以及两岁的五弟。当时两个弟弟也跟着母亲号啕大哭,我蒙了很长时间才大声哭了起来。那年我的父亲才45岁,母亲也才41岁。我当时唯一的想法就是,父亲不在了,以后的生活该怎么过?!邻居们把我的母亲从地上扶起来,安慰了一番,就都离开了。

第二天,母亲和我的大舅、四舅一起坐着硬座火车,赶往兰州处理我父亲的后事。母亲临走前,专门给我和二哥交代,怎么把四弟、五弟带去学校上学,怎么样学会独立生活,自觉学习。在家里要注意安全,不能玩火,不能闯祸,不能和别的孩子打架,让别人欺负,因为你们以后没有爸爸了。母亲说着,泪如雨下。

从那天起,我似乎一下子长大了,变成了一个小大人。父亲不在了,我得像个男子汉,成为家里的顶梁柱,替母亲分担忧愁。母亲大约十天后从兰州返回江苏。回家后母亲变得寡言少语,常常暗自垂泪,性格变得急躁起来。那个年代,农村是靠挣工分吃饭的,挣到工分,年底才能分到粮食和草。我们家全是小孩，挣不到多少工分，能分到多少粮食和草？忍饥挨冻的日子在等着我们。她一个女人，心里的压力有多大啊？难怪她着急上火。自那以后，我们家一天只能吃两顿饭，尤其到了春天，总有断顿之忧。每年到春天，有劳动力的人家将冬天储存的坏了的山芋扔到垃圾堆里，母亲就捡回来用缸泡几天，等到那臭水全部泡出来了，然后用纱布包扎起来，把臭水挤掉，再在太阳下面晒干，碾碎了，烙成饼子给我们吃。那饼子的味道真的难以形容。这样的日子，我记得过了好多好多年。大约到了1980年，才慢慢有所改善。

1975年，二哥被二叔接去了新疆石河子，说是为了减轻我妈的负担。从那时候起，我就是家里的老大了。每天除了在学校上课以外，早上、中午、晚上，我都要去地里帮助母亲干农活。母亲特别疼爱我。我在学校每年都是三好学生，在生产队也能得劳动喜报，而我的弟弟不好好学习，经常捣蛋、调皮，给母亲惹是生非。

我记得，母亲特别开心的一次，是我初三年终统考取得了优秀成绩的时候。当时在整个口岸地区十几万学生中，我荣获了第四名的成绩。我的班主任给我戴着大红花，和很多师生一起敲锣打鼓送奖状到我家，那天母亲的一张脸笑成了一朵花。自从父亲去世之后，我从未见她这么开心过。她对老师说，谢谢老师，你们辛苦了！从那时候起，母亲就经常给我唠叨，不要骄傲，以后做事情要更加努力，将来要做一个对家里、对社会有用的人，要让大家看得起你，要给徐家争气！

那时候家里的口粮仍然很紧张，母亲每天都是先紧着让我们弟兄几个吃饱，自己最后才吃点剩余的饭。看着面容日渐憔悴、一天天老去的母亲，我心里暗自难受。当时总有人到我家来，劝说母亲改嫁，都说为了我们几个孩子吃饱穿暖，还是重新嫁个人合适。令我终生难忘的是，母亲给介绍对象的人说了这么一段话：我这辈子认了，死也不会重新嫁人，给我的儿子们找后爸。我要让我的儿子们将来懂得，做人要能经得起磨难，要有自强不息的精神，要做一个有道德又被别人尊重的人，要有遇到困难永不低头的风骨。

母亲就是这样一个坚强不屈、顶天立地的女人。

记忆中，母亲因为住宅地，多次与邻居发生矛盾，每当此时，她坚决不允许任何人欺负我们！只要一打架，母亲总是弯着腰，用双手抱住我们，不让别人伤害到我们。

我还有一个永远的记忆，那是1980年，我高考前一个月，身体一直有病，当时在考场上一直发高烧,勉强坚持做完试卷,就被老师和同学们抬到了家里。结果高考成绩不理想。高考结束后的第七天,我们村干部要换届,选举新的生产队长。当时有十七人争这个队长的位置,而我一个18岁的年轻人,竟以85%的选票当选了。我母亲那个时候的心情我心里明白,她为我没能考上大学而惋惜,又为我当选生产队长而欣慰。在母亲眼里,我还是个孩子。她跟我说,荒年饿不死手艺人,你不光要当好这个队长,还要学一门手艺。就这样,我去找服装学校的老师商量,说这个队长我要当,有时间我还要抽空来学习服装裁剪缝纫技术,老师也支持我。母亲告诫我,在生产队,做事要公正,一碗水要端平,要多向前辈干部学好的,不要做让别人看不起的事情。

当了两年队长,村里的乡亲对我这个娃娃队长很满意,上级领导也经常表扬我。我的裁剪技术也学得比较出色。那年又遇上了国家实行土地租赁承包制,土地承包到各家各户了,母亲就不让我再当生产队队长了,要我到兰州去搞服装经营,闯一番事业。我听了母亲的话,到大队申请辞去了队长职务,于1983年来到兰州,做起我的裁缝手艺来。

我在兰州的日子,母亲每个月都要请人写信给我,问长问短,嘘寒问暖,和大哥大嫂在兰州相处得怎么样。儿行千里母担忧,她总是有说不尽的担心和期盼。到1985年,母亲托舅舅及师傅给我找对象成亲。那时我已经在服装经营上有了些小成绩,没有给母亲丢脸。春节回家过年时,看到母亲脸上到处是纹路小沟,半头白发,满面沧桑,原本明亮的眼睛也变得疲倦无神,我心里难过。她用长满老茧的双手抓住我,含着眼泪说,儿子,赶快成家,把你的两个弟弟也带到兰州去,让弟弟们也学会一门吃好饭过好日子的手艺。我答应了母亲的重托,随后就带上两个弟弟跟我,学裁缝手艺。1985年5月1日,我成家了。我给母亲讲,您在家再待几年,我在兰州一稳定,就接您来兰州享福。儿子们成人了,有出息了,不会让你老人家失望的。您现在要好好照顾自己,不要再像以前那么吃苦了,该享点福了,我会每月寄钱给你。

1987年,母亲一定要我在老家为两个弟弟盖四间楼房,好让两个弟弟成家,那时母亲在村里感到自豪,见人就是一副开心快乐的样子。村里人伸出大拇指夸我母亲说,陈兰英,你终于熬到享福的时候了!你的儿子给你争气争面子了,你该到兰州享福去了。母亲当时还不同意跟我们来兰州,说,两个小儿子还没有成家,再给他们苦一苦,成家了再说。我们几个儿子不忍心看着母亲继续操劳,就又让舅舅劝说,托母亲的好朋友劝说,又过了两年,母亲

母亲和她的
五个儿子

才勉勉强强来到兰州，和我们几个儿子一块生活。

光阴似箭，一眨眼，母亲在兰州生活了14年。2014年冬天，母亲84岁时，得了三次脑梗，老年病常发。临终前，她还在嘱托我们，做人要善良，勤俭，诚实守信，不能犯法，要做一个让人尊重的人，要让后代养成自强自立的品德。所以我的公司名称就叫小山自立公司。

写到这里，我的眼睛湿了，眼泪多次掉在稿纸上。

我拿着母亲和我们兄弟五人的全家照，细细端详，久久回味着旧日的一切。我最亲爱最敬佩的母亲，我想告诉您，您的儿子们没有给你老人家丢人。我遵从了您的教导，一生都在努力奋斗，做最好的自己。我始终记得不吃苦中苦，哪能人上人的道理；在工作上遇到困难时要有不屈不挠的钉子精神；记住在自己最困难时帮过你的人，要知恩图报；事业上有了成绩时，要乐于帮助别人；人一辈子最大的成功不是财富有多少，功名有多大，而是"人过留名，雁过留声"，因品德高洁而留下一个好口碑。

母亲，儿子们永远怀念您。

春风化雨，母爱殷殷

郭 军

那支山歌，妈妈曾教给童年的我们
遥远的小山村是否还记得那个清瘦身影
一个人的学校
几个班级的小鸟都哪儿去了

黑板上看到最多的是白色粉笔
雪白的短袖和白皙的脸庞还是那样清晰
从拼音字母到方块字，一笔一画
你勾勒了多少美好希冀

在静静的一方山冈
小草野花在妈妈的怀抱中熟睡
春蚕到死，蜡炬成灰，一切都随时光远去
只有儿时那首你最爱唱的山歌还深藏记忆

无数鸟儿飞过母亲节的清晨
风儿轻轻吹过远方天空
儿要用真挚的歌喉把思念捎给你听
那支山歌，妈妈曾教给童年的我们——
白天牧羊在山冈上，有一位伙伴真漂亮

郭军，笔名南郭居士，陇南人。撰写数十篇诗词理论文章。著有《南郭词文》，合编《雪藻兰襟精华诗词》等四部文集。中国诗歌学会、中华诗词学会、中国金融作协、甘肃省作协会员，《陇南诗词》编审。

……大地上一切都静悄悄的

只有我在唱山歌。

这首唱给母亲的歌，在我心里回旋了很久很久。母亲很平凡，她把毕生的爱给了儿女，也给了生活在乡村里的孩子们。

母亲是一个多灾多难的人。小的磨难不必说了，据我所知，她一生就有四次死亡经历！前三次事件都是那么惊心动魄，最后一次，她真的去天国了。

母亲出生于1939年，名叫柏培兰，年轻时长得白皙又漂亮。高中毕业就嫁给父亲，之后就到一个叫穆家坪的大山村当代课教师。她同时还把五个儿女抓养大，其中的辛苦可想而知。那时她学校的学生最多时也就一二十人，一至五年级她全带，语文数学政治她全教，就和当时的电影《山村女教师》里的情形大同小异。多少年后，她教出的许多学生都长大成才，经常有人从四面八方来看望她。

在物质条件极度匮乏的六七十年代，我们家唯一的大件就是父亲送给母亲的手表。那时候谁家能置全"三转一响，一捏喔当"五大件，那就令人羡慕得不得了。这五大件是自行车、缝纫机、手表、收音机和照相机。父亲是在几十千米外的另一所乡村学校任教。那时候交通几乎全靠步行。他上课的时候一直是提着钟表看时间的。有一次父母和我进城，母亲看一堆人在抢购什么，跑上去凑热闹。不到几分钟，母亲失魂落魄地走来对父亲说："我的手表不见了！"她是遇见小偷了。父亲小声埋怨了母亲几句，但过了一些时日，他还是节衣缩食给母亲买了一块手表，而父亲在我十岁前一直没有手表。

母亲后来去天水师专进修，不得已做过一次人工流产。最小的两个孩子是一男一女的双胞胎，加上营养跟不上，母亲的奶水已经被吸干，只能托关系买炼乳喂养弟弟和妹妹。有一次母亲提着一个稀释过炼乳的方铁皮桶子（那是从供销社要来的），把桶子摇摇，感觉没有什么，想把剩余的杂质倒掉，没想到洒了一地炼乳。这够弟弟和妹妹吃两天了吧？那次母亲脸上惋惜遗憾的表情在我脑海中定了格，永远不会忘记。

弟弟妹妹比我小两岁，母亲讲课的时候就用一根长布带子把他俩系在一起，放在炕上。有一回母亲下课回屋，系他俩的绳子缠绕在一起，两个孩子连哭的劲都没有了。多危险！母亲强忍住了泪水。生活还得继续，教书和抚养子女都是她的使命，她得兼顾。

母亲带几个儿女忙不过来，父亲又不会做饭，她不放心让父亲带我们，有

我的母亲（左）和父亲

些年就把大姐寄养到外婆家，把二姐寄养到奶奶家，但仍然有双胞胎的弟弟妹妹和我需要她带。她一个人既要教学批改作业，还要做饭做家务，有时就会顾此失彼。我四五岁时，偶尔出去玩，就会到路边睡着。村民们把我送到母亲那里，有时候也会领到自己家里。那时候随便一个村里的妇女都会给我喂奶，好像是很自然的事情，因为天下母亲的心都是相通的。

母亲用一点一滴的行动教育我们应该做怎样的人。我们从她身上受到潜移默化的影响。

记得有一年，母亲在一个九年制的学校任初二的班主任。那时学校搞勤工俭学，母亲带领班上的学生去一个大山沟背木炭。母亲也背了一背篼炭。过一条河时，一个学生突然从简易木桥上掉进了河中。母亲毫不犹豫从桥上跳下去救学生。她俩都不会水，都在河中挣扎。幸好还有竹子编的背篼以及没有漂走的木炭把他们浮着，在向下漂了几百米后，她俩才被一个会水的男生拖上岸。那时已经是十一月的天气，河水冰冷刺骨，母亲又呛了许多水，抬回来后就住院了。从此母亲开始频繁生病，人也消瘦了，再也没有胖起来过。我陪母亲住过多少次医院，数也数不清了。这件事母亲从来没有给别人说过，因为她知道这是她应尽的责任。

母亲在四所学校任过教。在某校五年级任班主任时，属于毕业班，她讲课不拘一格，多半节课讲课本知识，剩余时间就给学生讲故事和课外知识。讲到精彩处，甚至有的老师也趴在窗外听她讲故事。那时候学校没有专职音乐教师。母亲唱歌不行，但她还是给学生教民歌或爱情歌曲。放学了，经常能听见娃娃们在田野里大声唱她教的"白天牧羊在山冈上，见一位伙伴真漂亮，她望着我来我望着她，一直望到上山冈……"当年毕业班统考，她带的班在全学区成绩排名第一，一个不落全部考上初中。这样的成绩在当地前无古人，被人称道了好几年。

我十一二岁时还没有一个固定的住所，几个孩子经常住学校的宿舍。母亲开始想有自己的房子了。有自己的房子,才算是一个完整的家啊。当时瓦房售价一间要一千元左右。家里人多,后来又把年迈的外婆也接来了,这样要买也得买四间,而四千元对家里来说是个天文数字。父母每月都是几十元工资,一家人吃过喝过也剩不了多少,有时还得资助双方的亲戚,帮助一些贫困学生买书或交学费。看来买房这条路是行不通的。后来父母想在二爷家的旧宅上新建一座房,为了省钱,决定只包工不包料,石头、木头、瓦都由自己买自己拉。有一次母亲和小姨父去拉木料,小姨父开手扶拖拉机,很晚了才往回走,拉了满满一车木椽。那晚大雨倾盆,雷电交加。母亲坐在木椽上面,拖拉机在颠簸泥泞的村路上左摇右晃地行走。突然,母亲掉下车,沉重的车轮从母亲腿上轧了过去……这是母亲第二次遇险,所幸伤得不太重。经过几年的努力,我们家的瓦房终于盖起了,我们有了一个完整的家。

母亲后来得了脑出血,她顽强地活了下来。病休后大半的时间就在这座房的土炕上度过。她还一直坚持做家务。几十年来,老家这座房成为我们儿女寻找温暖与爱的摇篮。

我们五个子女都在母亲的课堂学习过,和其他农村学生一样受过母亲的教导。母亲的爱在点点滴滴之中,如春雨一般润物细无声。许多看似寻常的事情,几十年如一日坚持下来便不寻常。母亲也从来没有要求过子女给他什么。我曾打算考到驾照后就领着父母去旅游。据我所知,母亲最远只去过天水及兰州妹妹家,便再没有出过陇南。然而子欲养而亲不待,母亲69岁就撒手人寰。这一切都成了泡影,留给儿子无尽的遗憾!

母亲下葬那天风和日丽,是一个难得的好天气,可当天晚上就风雪交加,寒冷刺骨。看来是母亲心疼我们,去世后怕冻着昼夜守灵堂的儿女们,仅停留了一天就安然上路了。

如今,儿子只能给您献上一首诗,以寄托无限的思念:

开遍天涯康乃馨,梦中朵朵送娘亲。

大恩唯此不言谢,血肉曾经是一身。

想起了妈妈

郭云山

　　"世上只有妈妈好,有妈的孩子像块宝……"每当我听到这熟悉的歌声,想起这辈子聚少离多的妈妈,就会心潮难平,热泪盈眶……

　　我的老家在浙江省义乌市大陈镇郭宅村。如今的义乌市是闻名世界的小商品城,小商品的海洋,购物者的天堂,除全国各地的人外,常年还有两万多外国人驻义乌采购小商品。义乌山清水秀,如今人民很富裕。我小的时候义乌也是很穷的。18岁那年我参军入伍,在部队服役21年后,转业到湖北省十堰市工作。妈妈一直在老家与弟弟一起生活,今年已89岁,虽然身体尚好,已不出远门,只有我回去看她了。

　　前不久,我回义乌老家看望妈妈,妈妈知道我最爱吃她包的粽子,可是如今她老了,已包不了粽子。在我到达义乌前,妈妈还是亲自上街定了嘉兴粽子。吃着可口的粽子,我真切感受到了妈妈的情意。听弟媳妇说,妈妈前几天还在打吊针呢,说我要回来了,她的病就好像好了许多,忙前忙后。你看,吃完饭我休息一会儿的时候,她又悄悄下楼房,跑出去买我爱吃的时尚水果去了……这就是妈妈呀,快90岁的妈妈还把我当小孩看呢。看着妈妈忙碌的身影,我想起了许多往事。

　　我生长在新中国的困难时期,那时候每人每天只供应三两米,其余的只能靠吃萝卜、红薯充饥。那时我正处于人小能吃饭的年龄,爸爸在外地镇政府工作,平时很少回家。我已有妹妹,可能妈妈"重男轻女"吧,也可能我性格比较倔,不喜欢吃的东西宁愿饿肚子也不吃,所以当时家中的大米几乎都被我一个人吃了,妈妈妹妹只能靠吃萝卜红薯过日子。我问妈妈为何不吃米饭呀? 妈妈说,红薯甜,我喜欢吃红薯。我还记得,有个晚上,我得了急性阑

郭云山,男,浙江省义乌市人,湖北省十堰市税务局退休公务员。《中国财经报》文学部特约作者。近年来在《中国财经报》《今日头条》《炎黄文学》《力军文苑》等发表了很多文学作品。

尾炎，爸爸赶不回来，一米五几的瘦弱妈妈硬是摸着黑，把我背到三里路外的镇卫生院。等我上手术台时，妈妈也累昏过去了……妈妈不但各方面关心我、呵护我，还非常注意教我如何做人做事。一次我和几个同学早上去上学，路过一片桃树林时，初升的太阳照在鲜红的大桃子上，非常诱人，经不起引诱，我们见四周无人，每人偷摘了几个桃子，晚上桃园的主人找上门来了，妈妈知

我的母亲

道后很生气，一方面自己向桃园主赔礼道歉，另一方面要我向桃园主当面认错。桃园主走后，余怒未消的妈妈再次训斥了我："知道吗，小偷针，大偷金……"唉，没想到一向慈祥的妈妈，在"大是大非"面前如此爱憎分明。

还有一次探亲，第二天我与妻子女儿就要回湖北了，晚上，妈妈拿出一个红包给我女儿，又给我妻子一个玉镯，而后，妈妈叫我出来一下，妈妈掏出一个红包，说这些年你们买房子钱紧张，过几天就是你爸生日了，这里有500元钱你送给他，让他高兴高兴。妈妈边说边抽出了红包中的钱，一数，咋只有400元了？妈妈好紧张，我说没事，我会加一点送给我爸爸的，后来发现是妈妈数错了，本来给我女儿装500元的红包，多装了100元，另一个红包自然就只有400元了，我后来凑足1000元，把红包送给了父亲。

晚上妻子、女儿睡一床，我独自睡在沙发床上。半夜三四点时，我感觉有什么水珠滴在我脸上，睁眼一看，是妈妈坐在我旁边，流眼泪呢。她说，我准备得好好的，应该给你500元，怎么变成400元了？就再给你拿100元过来。我正准备说明情况，妈妈却轻轻哭泣起来，妈妈一边摸着我的头一边说："山呀，不知道你什么时候再回来看我啊……"我也眼睛红红的，是啊，老人家不图我们为家做多大贡献，就希望我们能常回家看看。

回到湖北后，我发现送给爸爸的1000元生日红包，他并没有收，变成1200元，又静静地躺在我的行包中。红包啊红包，就如亲情，在亲人间不断流淌……

我亲爱的妈妈与我远隔千里。我的独生女14岁上军校，也一直在部队

服役。两个我最爱最亲的人，都生活在距我很远很远的地方。相聚一次，是那么不容易。相见时我的心就像小鸟一样，在蓝天白云中放飞，无比的快乐惬意。分离又总是那么难过，我感觉就好像从天上重重地摔在地上……一次次相聚，一次次分离，又一次次期待相聚……两年多前，我的父亲去世了，妈妈也明显变老，我暗暗下决心，在今后的岁月里，我要通过各种方式多陪陪妈妈……

幸福的时光总是过得很快，这次我又要坐火车回湖北了，侄子已开车过来送我，年老的妈妈过来帮我搬东西，一言不发。汽车终于要开动了，我喊了声："妈，你多保重！"妈妈没有回音，却捂着眼睛转过身去。汽车越开越远，妈妈的身影也越来越小，我忍不住流下了热泪……

祭母文

郭秉堂

吾母牛氏，名讳秀兰。戊寅年生，乙酉岁卒，寿六十七。及至今日，逝十五载。吾母一生，足为艰辛。生育六子，两男四女。嫡孙五人，三男二女；外孙十人，两女八男。

母籍会宁，平头青龙，万岔牛氏。外祖家贫，上门为婿，太平侯庄，落户姚氏，后因族欺，又返老家。母生万岔，家寒病弱，几丧夭折，出月稍缓，磨折渐长。一九四五，为避兵乱，家迁海原，海城之镇，涧沟堡户。吾母姊妹，三男四女，母排第二。少时家贫，温饱不济，无以读书，略稍醒事，就始放牧，疏于女红。十四即嫁，靖远复兴，李沟大川，与父成婚，牧羊为生，十五生育，先得三女，新政之初，始有基础。一九五八，合作建社，羊群充公，基业全失，牲驮孩童，肩挑家产，逐祖迁宁，八里苟川，散岔落户。新到生地，缺衣少吃，两眼土窑，大锅食堂，恰父引洮，独抚儿女，一子夭折，艰辛备至。大灶解散，以队核算，稍有好转，六十年代，又生三孩。公社集体，倍加辛劳，子女较多，衣食无着，饥寒度日。挨到包产，才得温饱，始有庄院；挨到儿大，才有衣穿，灶具得全。二〇〇二，随家迁靖，糜滩武川，未及安稳，二〇〇四，天旱迁牧，随父会宁。二〇〇五，卒于散岔。

吾母命苦，一生辛劳，数度迁徙，颠沛流离，待业稍殷，撒手而去。吾母因

母亲与儿孙

郭秉堂，生于1962年12月，会宁县人，毕业于中南林学院生态保护专业，正高级工程师，中共党员。现任甘肃省固体废物与化学品中心主任。获省部级科技奖六项、地厅级二十多项，公开发表专业论文三十多篇。

劳,疾病缠身,终至早逝。儿孝不到,惭悔之极。

吾母功德,述之颇多。今日祭之,不忍卒书。唯有三处:一则品德,二则持家,三则育儿。

吾母一生,首推仁厚。远近亲疏,全皆同口。亲房邻里,婆家戚属,娘家姻亲,均皆善待。生活虽困,儿女饥肠,亲戚临门,吃喝唯最。出嫁女儿,忧寒忧暖,操心备至。儿孙别家,拿这装那,叮嘱再三。孝敬双亲,和睦妯娌,沧桑岁月,从不滋事,宁可吃亏,不争一利。公婆在世,每有好吃,必先敬之;老亲临门,饭菜伺候,不难爷奶;婆媳之情,唯母为最,奶奶仙逝,伤心至极,每临祭之,哭必最后。

其次持家。吾母辛劳,公社为最。白天农活,早晚饭食,还有家养,更要缝补,常年无暇,辛苦无比。队里干活,从不惜力,拔麦赶趟,总在前茅,播种除草,收割打碾,种种农活,样样在前。养猪养鸡,饲草柴火,推磨做饭,事事周理。儿女穿戴,全凭自己,缝缝补补,起早贪黑,煤油灯下,一针一线,眼窝泪血。及至单干,地薄田陇,姐姐出嫁,我等读书,劳力单薄,苦心不减,又十多年。经年劳作,躬耕不辍,及至病弱,做饭烧炕,洗衣带孙,力所能及,仍劳不已。长年累月,劳逸无度,身体透支,灯枯油尽。

再次育儿。育吾姊妹,含辛茹苦,伤心历历。小时家贫,年少就嫁,不通生计,诸事学悟,儿女接连,抚养艰辛,苦难可想。解放初始,合作化期,人民公社,包产到户,数经运动,一路走来,六孩成人,实属不易。遗恨所在,家贫无学,钱数不识,常谓眼麻。及至吾辈,极重读书,苦供苦撑。初中上学,每晨早起,按时汤饭,无缺一日。高中每送,半夜即起,烙馍做饭,寸草春晖。养育之恩,山高水长,涌泉难报。

吾母慈善,疼孙有加,嫡孙外孙,个个倾心。外孙每临,必上其家,伺候数日。嫡孙更甚,喂饭穿衣,擦屎端尿,奶比娘亲。及至上学,吃喝用具,年复一日,孜孜不厌,言喻身教,激励上进。儿孙深感,唯有发奋,才得报之。

呜呼哀哉,吾母何在?十五年来,音容笑貌,长相依依!慈母远去,失之所依。梦里常萦,日月离离。会宁故里,靖远新家,身影常在。岁岁年年,相思不已!

吾敬吾母,敬之勤劳。质朴不华,默默耕耘。劳作不辍,终生节俭!

吾爱吾母,爱之贤德。虽不识丁,但明事理。厚德容人,善待亲友!

吾念吾母,念之清纯。心地善良,仁慈宽容。义重情笃,舐犊爱深!

吾叹吾母,叹之坚韧。性情温柔,与人为善。忍气吞声,苦度光阴!

吾哀吾母,哀之早逝。及至家殷,没多福享。天地悠悠,深恩何报!

吾哭吾母,哭之伤恸。感儿命苦,不及尽孝。撒手西去,悔之深痛!

吾悲吾母,悲之茫然。儿女长大,应享天伦。苍天不怜,夺我慈母!

吾祭吾母,祭之何忍?慈母仙逝,再无归处。百堆纸钱,不如一饭!

今日祭奠,还有相告:

天不假年,子孝不待。父亲大人,己亥年间,二月初六,放牧摔伤,逝于山野。生为羊来,死为羊去,因伤而亡,不能同茔,葬于武川,入土为安。南里葬母,北里葬父,遥相呼应,心灵犀通,守南驻北,魂安身息。乞请慈母,涵谅安泰!

天地沧桑,岁月无情。五叔六叔,二姑三妈,全皆去矣。庚子正月,两伯撒手,父之弟兄,俱皆往矣。父辈嫡亲,唯五六妈,三姑还在!舅家姊妹,大姨二姈,先后逝去,余皆安生!

世事茫茫,人生坎坷。二姐早亡,三姐失夫。大姐贲癌,亡于甲午,其夫次年!

再还告之:

嫡孙五人,学业尚可。长孙硕士,供职电网,仲孙军校,服役部队,叔孙在读,求学天津;两位孙女,硕士高职,上海福州,工作还可。仲孙已婚,招远孙媳。

外孙十人,七位成家,事业别样,生活殷好。景泰三孙,两硕一本,尚在攻读,学业趋好。

呜呼吾母,其躯虽死,灵则万古。归去来兮,精神永年!

今日祭奠,纸短情长,潸然泪下。言难表衷,唯挈大概。来日俱长,再容续言。

悲哉吾母,安息尚飨!

2020 年 3 月 21 日

梦中的母亲

高 功

　　时光三摇两晃，不觉中把我晃进老者的行列。风雨无情，岁月在度，对母亲的怀念始终不曾淡化。盼着在睡梦中与母亲相遇。我在想，我这张布满星斑、沟壑纵横的脸，母亲是否还认得？一别经年。母亲，我真的很想您。

　　1930年，我的母亲出生在辽宁海城一个雇农的家庭。姥爷走得早，留下姥姥和六个舅舅、三个姨姨在凄苦中挣扎求生。半年挨饿，半年乞讨。几个兄弟姐妹，有的远去北大荒谋生，有的夭折，有的被国民党军队抓了壮丁。1947年，家乡解放了，成立了农会，母亲被选作农会妇女委员。为了工作方便，土改工作队队长给母亲起了个大名，叫吴秀梅。更幸运的是，她与同为农会青年委员的父亲喜结连理，牵手一生。

　　母亲虽不识字，却深明大义，在党组织的培育下加入了中国共产党。她是村里妇女们的领头人，深得姐妹们的喜爱。1955年，父亲响应党的号召，离开家乡赴甘肃兰州，支援大西北建设。母亲大力支持父亲，独自带着我和哥哥在家乡艰难度日，无怨无悔。1957年，父亲将家接到兰州，一家人终于团圆了。1959年，又添了妹妹。美好的生活刚刚拉开序幕，偏又遭遇三年困难时期。母亲响应政府减轻城市经济压力的号召，辞去省保育院保育员的工作，毅然带着我们兄妹三人返乡务农，担起生活的艰辛。

　　记得家乡冬天的大雪时常会一夜封门。每当风雪夜，母亲便三更起身，独自在门外铲出一条雪道，我和哥哥上学从未迟到过。夜晚的煤油下是温馨的，火盆里埋着土豆、红薯，散发出一种焦香味。母亲盘腿坐在炕上，不停地缝缝补补。临睡了，不忘在我们鞋子中换填上玉米皮。玉米皮可以保暖护脚，我们可以在冰天雪地里撒丫子奔跑。成年后我回家探亲的时候，在蒙眬的睡意中也知道母亲悄然而至，帮我掖好身上的被子，再轻轻而退。假满要离开时，她

高功，1952年4月出生于辽宁省海城市，大专学历。1969年参加工作，2002年退休。

总不忘煮几颗鸡蛋,烙几个菜盒子,叮咛我路上注意安全,唠叨里装着满满的母爱。1964年国民经济好转后,我们才又回到兰州,与父亲相依在一起。

母亲是一个极勤快的人。在乡村里要挣工分,收工后又要打理自留地。春天她会带我们挖野菜,秋天会带我们上山采野果。榛子、山栗、松子、松蘑,为我们生活增添了多少乐趣!即使在城市里生活,她也闲不住,当清洁工去扫马路,早去晚归;去兰州卷烟厂打工,挣一点收入贴补家用。她把一分钱掰作两瓣花,从不忘给远在家乡的老人按月寄去孝敬钱。

母亲的俭朴令我自叹弗如。在我的记忆中,从不曾见到她浪费一粒米,也不晓得什么涂脂抹粉。邻里来往,从不欠人情,遇事也不轻易求人。在东北乡村生活的那些年,我们家可以说是家徒四壁,除去简陋的铺盖、锅碗瓢盆、生产工具、简单的两个大木箱,真说不出还有什么。来到城市,一家五口住在两间公房,四条木凳,几块大木板,两把椅子,一张桌子,就是全部的家具。母亲偶尔有瓶雪花膏,那还是父亲的心意。母亲常对我们说:“人不怕穷,就怕没志气。”这句简单而深邃的话,引导我踏过了七十年的沟沟坎坎,也护佑着我坦然无愧的人生。

母亲也是一个勇敢的人,从来不向困难低头。记得少年时在家乡,一天我和哥哥陪母亲去后山打柴,夕阳快下山了,我们准备回家,突然发现一头狼窥视着我们,并尾随而来。母亲让我和哥哥走在前,自己挥着镰刀断后。一直走到村前,狼无奈而退。那条下山的羊肠小道,深深刻在我的心里。母亲晚年与病魔缠斗,十多年里先与脑瘤、后与直肠癌苦苦较量,简直就是生命的奇迹。直到78岁时,终于没能挺过肠梗阻的突然袭击,术后刀口不愈,不幸告别了我们。

母亲的一生是平凡又使人敬仰的一生,是留给我的不朽的心玉。我心中亦有挥之不去的遗憾,青壮年时期不在父母身边,未能在母亲晚年侍奉于病床前,苦涩中体会到忠孝自古难两全。

今年是母亲离世后的第十五个年头。几次梦里相逢,醒后难释心中的思念,夕阳下倚栏望星空,不知道您是哪颗星。母亲,坎坷的人间路您已走过,我为有您这样的母亲感到荣幸。寂寞时,愿您入我梦中来;更愿有来世,再续母子情。

吟一曲《东风寒》,送给在天上的您。

梦里相依慈母前,莫笑儿心憨。忘了拭泪,有母抚慰,又会心欢。

窗前踟蹰月如镰,叹息母难还。天河星密,情流神醉,祈祷天安。

母爱深似海

高凤瑞

　　我的母亲离开我们已经三十多年了。随着岁月的流逝,我也步入了老年。每当听到孩子们呼唤妈妈的声音,总能勾起我对母亲深深的思念,总觉得母亲的音容笑貌在眼前晃动。

　　母亲生于1905年,逝世于1990年5月28日端午节,享年85岁。

　　我们家是蒙古族。母亲的蒙古名字是娜戈格斯尔(后来户口登记的是高包氏)。母亲不像现时的蒙古族姑娘能歌善舞,但也具备了蒙古族妇女慈爱善良、吃苦耐劳、坚忍不拔的品质。在我年幼时,母亲常对我讲,妈妈这一辈子经历了新旧社会两重天。过去的年月吃不饱,穿不暖,时不时还有"红胡子"(指土匪)来抢劫,杀人放火。你姥爷为了保护全家三十多口人,在住的土房周围垒起很高的土墙。姥爷还购买了洋炮(一种装黑火药和铁砂的猎枪),以防备"红胡子"、兵痞、流氓的抢劫骚扰。母亲还告诉我,大约是20世纪30年代,鄂尔多斯蒙古族人民已经开始农业种植和家畜放牧两种经营。她还没出嫁的时候,全家三十多口人的冬夏两季衣服鞋帽都由她缝制,常常做活做到深夜,又乏又累,为了提精神,就冲杯茶喝,在麻油灯下继续缝制。

　　大舅舅也给我讲述:"你妈妈在我们姐弟中是老大。为了让全家人能按时穿上冬夏两季衣裳,她起早贪黑地做针线活。老少三十多口人的衣服鞋帽,是非常大的工作量。由于过度劳累,她患了中耳炎,没能及时就医,形成了重度耳聋,几乎听不清楚对方说话。"大舅感慨:"你妈妈真是对娘家立下了汗马功劳。我们众多兄弟姐妹都得到了你妈妈的爱护和关照。"

　　年轻时的她,几乎没有胭脂水粉、好看的布料衣裳,更没有时间考虑自己的容颜身段。母亲常常对我们兄弟姐妹说,她有了自己的家后,既要生儿育女,又要缝衣做饭、洗衣扫屋、喂养鸡鸭鹅狗,想方设法把日子过好,让一家人

高凤瑞,蒙古族,退休干部。曾任呼和浩特市纪委副书记、审计局党组书记。

吃饱穿暖。天没有亮就先给大家准备好早饭，再下地干活。中午回来给老人孩子做饭，下午再去田里。而晚上，她还要洗涮打扫、操持各种家务到深夜。周而复始，日复一日。

我从未听到过母亲有一句抱怨。她总是寡言少语，忙碌个不停。以至于多年后我想起母亲，她的形象就是不停地干活。长大后的我明白了，无论是作女孩子的时候，还是嫁为人妻，她从没有娇养的时光，更没有自己享受点什么的念头。

我的母亲

最难忘的一幕是，当我的姥姥来到我家探望我们时，母亲领着我，给姥姥行蒙古族的跪拜礼。我看见母亲的脸上挂满了泪水。

后来，我的大堂兄阿布日勒图（汉名高凤阁）看见我父母年纪大了，干不动庄稼活了，就把我们家三口人和另一位双目失明的同宗远亲扎木苏叔叔接来供养。大哥高凤阁虽然没文化，但他心地善良。他听过民间艺人说书讲故事，对忠孝节义十分看重。他认为自己有责任、有义务把长辈和弟弟接来扶养。三姑妈腾出房让我们居住。大姐夫张国清一到农忙季节就帮助我们家春种秋收。二姐鲁给玛每年秋冬都回娘家来住一段时间。二姐心直口快，帮助妈妈缝衣做饭，把家里家外整治得井井有条。她还能和妈妈说话聊天，场面十分畅快融洽。我对此很惊奇。须知妈妈是重度耳聋，平时与人沟通很困难。也许是她俩心有灵犀一点通吧。

母亲累极了的时候，心情也会暗淡和惆怅。她有时候也叹息："太阳能照进我们家吗?!"看着母亲愁云密布的脸，我很是心疼母亲。我给母亲宽心说："等赶走了日本鬼子，打败了国民党，太阳一定会照进我们家的!"母亲耳聋，听不清楚我说的话，有些疑惑不解。旁边的我三姑母边说边比画，告诉母亲："赶走了坏人，天下就太平了。你儿子说，他一定会记住妈妈的话，好好读书，给妈妈争光，给这个家争光，让我们这个家像太阳照耀一样，亮亮堂堂。"母亲会意地点点头，笑了，脸上的愁云散去。

在那个动荡的年代,家庭负担很重,母亲依然存着一个心愿——积攒点钱来供我上学读书。母亲常说,读书才能长知识,长大才能有出息。那时候,家里的粮食不够吃,没有余钱。母亲只能卖鸡蛋攒钱。农村家家户户都养鸡,可鸡蛋又能卖多少钱呢?即便是这样,母亲依然一个一个地攒着鸡蛋,一分一角地攒着钱,直到攒够了我上学用的学费。

我参加工作的时候,是母亲这一生最高兴的时候。我至今都记得,母亲布满皱纹的脸笑成了一朵花。她眼里含着泪花,抱着我喃喃低语,既像是对我的祝福,又像是为我祈祷。

苏联的苏赫姆林斯基有句名言:"母亲的爱是永远不会枯竭的。母爱就是一首田园诗,幽远纯净、清澈淡雅。"

2022 年 5 月 24 日

绵绵的回忆，无尽的思念
——写给母亲的心语

高肃平

又是一年荷花开，又是一年近中元。人说，每逢佳节倍思亲，中元节，是思念逝去的亲人、为先人们送瓜果祈超度的节日。妈妈，我们最亲爱最慈祥最和善的老母亲，您一生喜爱荷花，爱它的清洁淡雅，正如您朴实无华却贵气大度的人生。我和弟弟、妹妹以及我们各自的家人——您的后人们一起追思、怀念您，向您献上一束心花，妈妈，您收到了吗？

忘不了2021年9月21日中秋节，妈妈您与我们在兰州亚欧商厦八楼一起过了您在这个世界上最后的一个"中秋团圆节"。记得那天您的精神状态格外的好，对在场的每一位亲人都点头微笑，嘴里不时地还念叨几句。虽然我们并没有听懂您说了什么，但我们都知道，那是您对自己的每一位孩子的祝福，是您对每一个儿孙的不舍和留恋。

真是万万没想到，中秋节刚过完的第七天，9月27日上午10时35分，我们最亲爱的妈妈没有留下任何话语，平静安详地离开了我们。妈妈，您带走了家人们对您的万般不舍，带走了儿女对您的无限眷恋，让我们做儿女的悲痛欲绝。

今天适逢中元节临近，我们把一腔的思念，一缕缕追忆，一片祈愿遥寄给远方再也不会回来的妈妈，愿妈妈在彼岸的极乐净土无灾无病，无忧无虑，无挂无碍，永远福寿康宁，快乐吉祥！

妈妈，这几天我一直都在看您往日的照片，看一张，流一次泪，不时去摸摸您坐过的凳子，瞅瞅您躺过的沙发，抚抚您睡过的床，总觉着您就在眼前，好像您过一会就会和我说话。

妈妈，我亲爱的老娘，您这一生吃了不少的苦，受了不少的罪。姥姥去世

高肃平，女，山西省朔州市人，汉族，1954年5月2日生，中共党员。甘肃省电视大学毕业。曾任团省委少年部副部长、统战部部长，省纪委派驻省质量技术监督局纪检组副组长，监察室主任。曾获全国优秀纪检监察工作者、优秀共产党员等荣誉称号。

早，为了生活，您从小就被安顿到我们高家做了童养媳。那时您和我爸都还太小，不能成亲，也不懂得什么是爱，但互相的关心、照顾却成就了日后的恩爱和谐。当时我爸才14岁，但已有一腔热血和报国之志。他果敢地参加了解放军，去了西北，离开了家也离开了您。这样，高家老老小小的生活就得您来照料。您吃尽了苦，受尽了累，辛苦照料着一家老少的生活，也在盼望着和我爸的团圆团聚。

终于等到我爸转业到了兰州，后来才和您正式成亲，虽说是包办婚姻，但你们却一辈子都恩恩爱爱，和睦安宁。几年后有了我，但您和父亲却分居两地，离多聚少。终于盼到了能长久团聚的日子，您抱着一岁大的我，拿着大包小袱，独自一人从遥远的山西老家来到亲切又陌生的兰州，在庙滩子李家湾租房居住。

家安稳了，生活也渐渐步入正轨，您高兴，您快乐，这毕竟是您和父亲自己的家呀。后来陆续有了弟弟妹妹，老爸和您的工资微薄，养家很艰难。您毅然辞去了正式工作，干起了即便是在20世纪50年代也属于最脏最累最苦的活计，就是为了能多挣几个钱来糊口养家，让孩子们的生活稍好一些。

在这段艰难的日子里，您修过马路。那时没有机械铺路设备，全靠人工将温度高达百摄氏度的沥青撒到石子路面上，再由人工用耙子拉平。脚底烫得钻心，汗流满面，可您从没叫过苦，说过累，您和男人们一样干活。还是为了讨生活，您后来干过修船，打过草帘子，挖过防空洞，这些都是极为繁重劳累的活计呀。

最让我难忘的是，您最后干的一份工作是在回收公司收废品，把回收来的废铜烂铁砸着分类，抱到几米高的台子上打包。那份活儿的脏和累，一般人是难以忍受的，您却不声不响地坚持了下来。我不知道您那时候是鼓足了多大的劲儿才坚持下来的。最让我敬重的是，您从没迟到早退过，即使有时候头疼脑热，您都是吃两片药坚持去上班。您说这是工作，不能因为自己请假而耽误公家的事。

您为了让我们姊妹们都有新鞋新衣穿，中午都是自己带饭到单位，匆匆吃完饭就利用午休时间纳鞋底，缝衣服，不让您的子女在外面被同学看不起。记不得有多少个夜晚，当我从梦中醒来，看见您依然在并不明亮的电灯下忙着为我们洗洗涮涮，缝缝补补，连连缀缀。我的心里充满着深深的愧疚和敬意。

那时我在念中学，刚刚学完那首著名的唐诗《游子吟》："慈母手中线，游子身上衣。临行密密缝，意恐迟迟归。谁言寸草心，报得三春晖？"从您劳碌的背影中，我猛然读懂了母亲的伟大，也下定决心将来要做像您一样坚韧、无私、善良的母亲。

我们一大家子(前排中为我的母亲落翠娥)

妈妈,您的形象就是这样一点一滴地影响着每一个儿女,成就了我们的品格,使我们家庭幸福和事业顺利。

那时候我们家离您的单位比较远,中间还隔着几道铁路线,路不好走。我始终记得,您早晚上下班都得把自行车扛着,过好几条铁道。冬天下雪,秋天落雨,您不知滑倒过多少次,摔过多少跤,但您不想让家人操心,从没告诉我们。

亲爱的妈妈,您就这么辛苦着、坚持着,一天天变老了。

退休后,您又为我们带孩子,还要做全家的饭,总是闲不住。每次吃饭,您总是让我们先端碗,总是说我们上班回来饿了累了,自己从来都没有吃过第一碗。看着您的儿孙们活蹦乱跳的样子,您是那么满足,那么幸福,那么慈祥。

我们也一天天上了岁数,有了相对轻松的时间,都找机会带您到全国很多地方去旅游,好几次还出国去看外面的世界。每次出去,您都主动去了解各地的风土人情,留下许多洒满欢笑的照片,回来讲给邻居和亲友们听。看着这些,作为您的儿女,我们也高兴也感到很幸福。作为子女,我们总算也都尽了一份绵薄的孝心。

再后来的几年,您的记忆力下降,到后来已经不认识我们了,但您心里很清楚的一点就是,走的时候尽量不要多拖累子女……妈妈,您离开我们的时候,走得那么安详,那么从容淡定,那么有尊严。您把无限的思念和无尽的回忆留给了我们。您的点点滴滴,永远长存在您的孩子们心中!

老妈,天堂该是一个温暖的世界,一个没有灾祸苦难的地方吧?愿我亲爱的妈妈,在美丽的天国吉祥!

2022年8月于兰州

我的小脚母亲

唐士诚

翻看《最后的金莲》，一旁的孙子凑过来问我："爷爷，什么是'三寸金莲'？"回答毕，就油然想起了母亲，心中泛起阵阵痛楚和深深的思念。

我的母亲王玉芝是最后一代小脚女人，她用一生谱写了一部让人心痛的血泪史。

1907年，我的母亲出生于甘肃临洮县红旗乡红旗村，三岁时就被迫缠了足。在世时，她回忆说，缠足的痛苦几乎贯穿了她的整个童年。一双骨脆肉嫩的小脚丫，用布条缠、勒、挤、压，活活扭成了畸形的"三寸金莲"；血脉偾胀，疼痛钻心，白天走不稳，夜晚不能眠，不知擦拭了多少次脓血，流了多少眼泪！直到快十岁时才可以走路，逐渐适应，但不能负重，从事农活和较重的家务时就蚀骨般的疼痛，真是"一双小脚，一缸眼泪"。

母亲姐弟三人，她排行老二。弟弟在村里私塾上学，每日农歇，母亲走百十步，偷偷趴在私塾墙头听里面读书。她说过，她很向往读书，但是当地女娃都不上学，私塾师父也只收男娃，因此，她跟那个时代大多数女子一样，一字不识。

后来，经人说媒，母亲嫁到东乡县唐汪镇照壁山村。1930年姐姐出生，1936年我出生。我的父亲从20世纪20年代就在兰州西稍门（也就是现在的解放门）做酒庄及杂货生意。母亲一边务农，一边拉扯姐姐和我。当时照壁山村土地贫瘠，收成甚少，一大家子没有吃过一顿饱饭。1937年我一岁的时候，父亲把我们三人接到了兰州。母亲回忆起在老家务农的艰苦经历，经常泪流满面。

唐士诚，汉族，1936年6月生于东乡县唐汪镇三合乡照壁山村。1961年毕业于兰州医学院医疗专业，1961年至2000年在甘肃省中医院工作。中共党员，主任医师。曾任甘肃省中医院副院长，2020年6月被中共甘肃省委直属机关工作委员会评为"优秀共产党员"。

记得1952年，我在兰州西北中学上初中，国家颁布政策进行土地改革。家族长辈找人通知父亲，说回去就可以分到几亩土地。在过去，土地是要用银子买的，土改时没有土地的回乡人家，可以不花一分钱得到几亩土地。这个政策一出，当时形成了兰州人回乡的浪潮，有十多家已经回去的分到了土地，高兴得不得了。我父亲听到消息后，决定全家回村分地务农，但我母亲坚决不从，她说那里土地贫瘠，辛苦一年收获的庄稼不够吃，儿女也上不了学。孩子们在兰州生活习惯了，跟着种地架子车拉不动，铁锨也

母亲张玉芝

拿不动，日子怎么过呀，坚决不回去！僵持了三四个月，村上土改已经结束，父亲回乡分地的梦想也就此破灭，但每当听到分到土地的乡亲们高兴的情形，父亲还是很后悔，母亲却反应平淡，一点儿不羡慕。后来，那些回乡分地的人，大多因为在城市生活惯了，农村生活不适应，特别是他们的孩子，和当地的孩子话说不到一起，乡音听不懂，三四年后都放弃土地陆续回到兰州。

回想解放初家乡土地改革时，我们若跟随父母回家务农，还能否上小学、初中、高中？更不要想考上大学了！

1953年，我以高分考入兰州一中，1956年考入兰州医学院医疗系本科。1961年我大学毕业时，是村上唯一的一个大学生。这都要感谢我母亲当时有先见之明，坚持不回乡，坚持留在兰州，供我上学。这一步，改变了我的命运，否则我现在在干什么，命运如何，都不得而知。

1954年，因城市马路拓建，我家从文化宫搬迁至华林坪半山腰，重新建房。当时山上无水无电，地基又多是坟滩，加上土质疏松，需要用石灰粉打地基。母亲筛石灰，没有口罩，粉尘刺激，就是在那时，母亲患上了尘肺病。因为医疗条件差，也没钱看病，最后发展成肺气肿、肺心病。母亲每日咳嗽，不能平卧。为了节省开支供我上学，让我结婚，即使病情已经非常严重，母亲还是硬扛了过来。

我的小脚母亲（右二）

记得母亲总在华林山到龚家湾一带挖野菜，吃饭时总说自己还不饿，而这些野菜其实就是她的饭食。

新中国初期，按照公私合营的政策，父亲转去大众市场民百大楼工作，每月40多元工资，负担一家四口人的吃穿用度。我上初中、高中时，交不起伙食费，中午都回家吃饭。学校距家大约有四五站的距离。每天我到家时，母亲早已将饭菜摆在桌上等候，吃完就立即返校。几年间，母亲没有一次影响我吃饭上学。到我结婚后，粮食定量每人每月28斤，不够吃，母亲总是让我们先吃饱，而她每天饿着肚子，操持一大家子的生活起居和一日三餐。她瘦小的身躯风里来雨里去，挨饿受冻，从不给我们说一句苦、一句累。再后来，我们生育了五个子女，都是母亲帮我们一个个带大，直到上小学。

大学毕业后，我被分配到甘肃省中医院。工作第一年工资54.08元，第二年66.80元，一直到工作17年之后才调资。期间家庭人口多，除去日常开支，就所剩无几了。我是那个时候的"月光族"。当时无力孝敬母亲，没给母亲额外买一顿好吃的，没给母亲买一件合身的新衣服，也没给母亲买过一条黑手帕，更没给母亲买过一双小脚能穿的鞋。这一切没能做到的事，给我留下了终身遗憾。

1972年，母亲积劳成疾，肺心病救治无效逝世，享年72岁。

后来工资上调，工作环境改变，我们的生活逐渐好转一些，但母亲早已离我而去，再好的生活，母亲也享受不到了。每当逢年过节，我看到餐桌上七碟八碗叠放的佳肴，心中就很难受。回想母亲在世时，餐桌上放的总是粗茶淡饭，我此时吃下的虽是美味佳肴，但无滋无味，味如嚼蜡。每当看到子孙们大手大脚、脱套换套，衣物几个柜子都放不下，就又想起母亲在世时穿不暖、吃不饱的情景，我心酸楚。所以，我常教导子孙，"一粥一饭，当思来之不易；半丝半缕，恒念物力维艰"，要像我母亲一样勤俭持家，要明白"子欲养而亲不待"的道理，再忙也要常回家看看，否则悔恨终身。

如今,母亲离世已50年了,每想起母亲,依旧是一番回首一番泪。恨我在她在世时,未能尽到儿子的责任。她是最平凡的母亲,最普通的农村妇女。她把毕生的精力默默奉献给了我们,不求回报,不讨恩情。她苦了一辈子,用最朴实的言行诠释了至简至纯至真,至善至美至诚。

常会想起,小时候患病时母亲在寒冬腊月半夜起来照顾我的样子;常会想起,每当我外出时,母亲在门口盼望我回家的眼神;常会想起,我最爱吃的那道菜,母亲的味道;常会想起,现在条件好了,有抽水马桶,母亲再也不用蹲着费力了……

回想这八十六个春秋,是母亲给了我生命,让我来到这人世间;是母亲给了我聪明的大脑,让我事业蓬勃;是母亲的默默付出,无微不至的关怀,让我茁壮成长。在我人生的关键期,是母亲的指导决策和执着争取,让我的人生越走越辉煌。

母亲,我想念您!不管岁月如何流逝,世事如何变迁,我都会永远地想您、爱您、记着您!您的教诲、您的温暖都会永存于我的心间。

黄花菜

唐秀宁

从我记事起,黄花菜就是我家院落里独有的一道风景,春来发芽,夏秋开花,初冬时节凋萎。然而,大年都还没过完的时候,黄花菜的幼芽忽然一夜之间从根部探出头来,嫩嫩的像鸡雏们的黄嘴牙儿。

不知不觉间,一丛丛的黄花菜渐长渐高,叶片由黄绿转向深绿。再高点的时候它就弯弯地向后垂落下来,像硕大的绿色的毽子。花枝从叶片间凸显,鹿角样地生着花蕾。随着气温逐渐升高,黄花菜的花枝一口气长得高出叶片很多,一夜之间,只是我睡了个懒觉的功夫,便有数朵金色的花儿在晨风中开放,戴露含香。

母亲总是早起,总是趁着黄花菜尚未完全开放,仅裂开一点小嘴的时候便将它摘了下来。母亲说,等花儿开大的时候,难免会有飞虫或者蚂蚁钻进花心,咬坏花蕊,这样就只能任其开到萎谢,不能当作菜看了。

我其实并不爱吃黄花菜,我喜欢的是它黄澄澄的花儿,花冠细长,像金子打制的漏斗。可是在我们家能看到完全盛开的黄花菜的机会真是很少。母亲是何其的勤快,在我的记忆中,她总是早起的第一个。当我们还在被窝里做梦,母亲已经从两里外的凉水泉挑回一担水来,清凌凌的凉水倒进水缸,母亲便开始打扫屋里屋外的卫生。土地板夯实紧致,笤帚掠去表面的一层浮土,留下淡淡的划痕,像构成指纹的细线,院子需长长的扫把来打扫。之后母亲便盛水洗脸,用过的洗脸水再洗抹布,抹去柜子及炕桌上的尘土,最后将几近发黑的半盆水用手撩拨着洒到地上,地面显得潮湿而干净,空气中弥漫开若有若无的土腥味。这时候的我们,无论做着怎样的好梦,竟无一例外地被搅扰了,母亲喊我们起床随她一起去采摘黄花菜。

唐秀宁,女,甘肃省作协会员。出版有散文集《田园之外》《燕语似知》《近芳集》及小说集《叮当》四部作品。现供职于甘肃省成县文化馆。

我与母亲

　　提篮、竹笼以及麦场上用的簸箕，都是我们盛装黄花菜的工具。一支支含苞待放的花蕾静静伫立在微微的晨风中，昨夜所承的露珠儿晶莹闪亮，经我们的手一碰触，无声地碎掉，倏然而落，带着一丝亮黄的颜色。

　　采摘的过程中，我极力注意有没有全盛的一朵，但总是失望的，母亲的勤快扼制了花儿们的尽情开放。我曾经因此在心里埋怨过她，觉得她是只顾着一些实惠的东西，根本不知道欣赏一朵花开的美好。好像母亲并不察觉我的怨怼，因此也从未解释过后来我终于明白的道理，那就是在生计维艰的时候，实惠的确更重要。

　　蒸黄花菜的时候，我便是烧火丫头。大铁锅里倒进去半桶水，竹甑板隔水置于锅中，鲜嫩的黄花菜搁在其上，高到冒尖，锅盖怎么也盖不上。母亲吩咐我赶快点火烧锅，先一年的旧麦秸保存地又干又脆，团上一团，只消一根火柴便腾然火起，塞进灶膛，忙忙地再团一团，一刻不停地续上。也就十多分钟的样子，锅里的水滋滋作响，热气蒸腾，眼见得竹甑板上鲜嫩的黄花菜萎蔫下去，不再是高高冒尖的样子，于是将锅盖上，继续蒸上半小时左右直到熟透。

　　蒸熟的黄花菜飘出甜中带香的味道，拈一根尝尝，还真甜。在晾晒黄花菜的过程中，我看出母亲对美的简单要求。她让我们用右手把每一根蒸熟的黄花菜从花冠上拿起，左手从花瓣的根部轻轻捋到尖上，使每一根菜都笔直，然后摆放在竹席上，摆放的间距不过半厘米，两根菜不得粘连。一阵忙乎后，大大的竹席上便整整齐齐铺满了笔直的黄花菜，花头朝着一个方向，像严阵以待的士兵队列。

天气绝好的时候，只需正午的两三个小时，一席子的黄花菜便晒到脆干，颗颗似针，针针如金。这时母亲便不要我们插手，自己亲手把它们轻轻地从竹席上剥离，扎成一小捆一小捆，用油纸包严，置于通风处储藏起来。遇到阴雨天，黄花菜一样要采摘，亦要蒸熟，只是晾晒成了大问题，只能晾不能晒。席子放在屋子正中靠门口的地方，尽量让通风。母亲不止一次地到廊檐下看天气，希望云开雾散，天光放晴，但也总是失望的。看着黄亮的笔直摆放的黄花菜慢慢变成褐色，甚至黑褐色，一夜之后，淡淡的霉点就泛上来。倘若天气忽然放晴，赶紧弄到阳光下补晒，到天晚的时候也能晒干，只是成色大减，不再是金针，倒像生了锈的铁针。母亲把这样的干菜另外包起来，留着冬季里自家吃。也有一连几天遇雨，那就只能看着霉变坏掉。

制作金针菜的活儿一直要干到暑假里，日复一日，对我来说，实在单调乏味。母亲大概是为了防止我们消极罢工，一天，她用面粉、鸡蛋、和水搅拌出一盆面糊，又让我从摘回来的黄花菜中挑拣出一大捧长而且大的花儿，一根根在面糊中蘸过，油锅里一炸，竟然是极好吃的面花。

母亲的黄花菜开到最后，油纸包裹的金针已然很有些分量。母亲拣一个晴好的日子，把所有晒干的黄花菜在烈日下再暴晒一天，认真地称出斤两，然后重新包起。直到腊月的时候，家里养的大肥猪被杀掉，硕大的猪头因为拔毛困难，只好背到城里卖掉。同时要卖出去的还有我们金针一样的黄花菜。进城的前一晚上，父亲从油纸包里把黄花菜分出来一些，包成小包，准备正月里作为拜年的礼物送人，其余的由母亲再称一下，约莫有近三十斤，母亲说，看今年能不能卖到三块钱一斤，可以收入一百块呢，去年是两块多卖了的。

第二天，父亲将猪头和黄花菜放进背篓背上，送我和母亲进城。一直走到十字街，找一个背风且干净的地方，几张《中国少年报》往地上一铺，猪头放在左边，黄花菜放在右边。不消几分钟就有人前来问价，母亲告诉人家猪头是论只卖，黄花菜一斤三块。很多人蹲在我们的黄花菜跟前，用手翻动一根根的金针，甚至拈一根尝尝，啧啧地称赞，喜爱之情溢于言表，但却异口同声说太贵了。母亲理直气壮地说，是比往年贵了点，但你看看货的成色，值三块钱呢！

快到午饭的时候却还没有卖出去一根黄花菜，猪头也还纹丝不动地放在地上。我有点不耐烦了，肚子也在咕咕叫，可是我不敢向母亲要盘缠，母亲素来严厉，何况半日未曾发市，想必她已是满肚子火呢。

正没奈何的时候,父亲从别处转了来,说已将猪头许给了卖腊汁肉的一个人,二十五块钱,马上就给送过去。母亲似乎嫌卖得便宜了些,却也没有反对,任由父亲将猪头拿走了。父亲再回来时,劝母亲将黄花菜稍稍便宜点卖掉,并说别处的黄花菜才卖到两块六,这回母亲显出她的固执来,一再强调我们的黄花菜绝对比别家的好,没有卖出去那是还没有遇到识货的人。父亲不能说服她,便建议先吃午饭,可是母亲不肯挪地方,说先前看过尝过我们的黄花菜的人如果是真正的买主,那他在货比三家后一定会找回来的,可不能让人家找不到啊,于是父亲带我去体育场门口的大众食堂吃了一盘油炸元宵,喝了一碗鸡蛋醪糟汤,还给母亲买了一块厚厚的锅盔。

我和父亲回到摊位上时,母亲的黄花菜居然卖出去了一斤二两,居然是三块钱一斤卖的。母亲大受鼓舞,兴致勃勃地数落父亲,要是听你的便宜卖了,不是吃亏了?我看你还是别处看热闹去!父亲笑呵呵地把我交给母亲,真的又别处转去了。

那天收市的时候,黄花菜并没有卖完,大约卖掉三分之一的样子。母亲并不气馁,回去时,她很有信心地给父亲说,再赶三个集日,不信卖不完。路过一家布匹店,母亲给我扯了块大红灯芯绒,准备做过年的新衣。在杂货铺里,母亲又给我买了两朵粉色的头花,当即就戴在我的羊角辫上。我真是开心极了,想到暑假里不想干活时的情景,忽然觉得真不该埋怨母亲。

直到腊月二十七,母亲才将黄花菜卖完,从头到尾三块钱一斤,母亲到底坚持下来了。不过后来几次进城我都没有去,我对在集市上做买卖已经没有兴趣,并且我喜欢的东西也已经拥有了,我只在心里存了一点对母亲的佩服和感激。

那些年,日子萧条散淡,时光仿佛比如今要慢些,许多值得回味和记忆的物事有着容我细细咀嚼、慢慢领悟的时间。

后来,母亲家的老屋因为修建高速公路需要拆迁,那满院子的黄花菜一颗不留地被铲掉了。一个以速度肯定一切的时代来临,新的事物让我们应接不暇,也让我们来不及记忆,然而,那记忆中不能忘却的,母亲家的萱草花,却是要永久盛开在一颗充满了怀恋的心中。

妈，您的腿还疼吗

桑 艳

　　好想再叫一声妈妈，可您听不见了；好想问一声，腿还疼吗？您已无法回答；祈求您托一个梦，让我和您说说话……

　　爸妈养育了我们弟兄五个。小时候爸爸为挣点高工分经常外出，家里就妈妈和我们一起过生活，日子过得异常艰苦。那时候，生产队按全劳力、半劳力和非劳力分等级，每月分一次口粮。我们家只有两个全劳力，每次也就只能分到小麦、谷子、玉米或者高粱、糜子，共六十多斤，加工后也就四十多斤米面，一家七口人常常上顿不接下顿。为了能让孩子们多吃一口，妈妈常说胃胀不想吃，或者说喜欢吃野菜。妈妈经常教我们辨别野菜，挖回来做菜，或者直接和米面下锅，这样看起来饭能稠一些。有时也捡一些别人家不要的萝卜皮、白菜帮子、白菜根等煮一煮吃。没有油水，很难下咽，妈妈总是叹气。有时候就从舅舅等亲戚家借点粮食、借点油给我们吃。说是借，但从来没有还过，也没法还。

　　父母拼命地干活，希望多挣点工分。妈妈挣的工分总是全生产队妇女中最高的，爸爸也是男人中第一高工分，但分红时有些年份还是欠生产队里的钱。最好的一年分到了170多元，我们一家人他数数，你摸摸，过一段时间就从箱子里拿出来看看，十分宝贝稀罕。不管能不能分到红，妈妈总是想尽一切办法让我们夏天有单衣，冬天一身棉，哪怕是用城里亲戚的旧衣服改的。

　　妈妈没有姐妹，家务没人帮忙，她既要到生产队上工，回家又上锅抹灶，晚上还在油灯下缝纳浆补。有时候早上我都准备上学了，妈妈还在做针线活。那时的孩子不是都能上学，一方面家里养的羊、猪、鸡需要照料，另一方面几块钱的学费也是个问题。鸡蛋我们偶尔还能吃上，爸妈根本舍不得吃一颗，攒起来交到大队供销社，换些日用品和我们的学习用品，还要攒一些学费。妈妈虽

桑艳，女，甘肃省老年福利协会副会长，美尔敦集团有限公司总经理。

然目不识丁,但对我们的学习非常重视。我和弟弟们陆续开始上学,在没有完成作业的情况下,家务活很少让我们做。家里家外,她一个人大包大揽。

我上初中了,学校距家太远,需要一辆自行车,家里买不起,我为此差点儿辍学。妈妈把家里的三只羊卖了,又借了一些钱,还是买不起一辆自行车。她正准备到城里的寄卖所买一辆旧的,正好听说城里有家老人需要人照顾,一个月能给20元钱。妈妈向生产队请了病假,去照顾老人。一个月后,她推着一辆崭新的飞鸽牌自行车回来了。

上初中的我,开始羡慕别人家孩子的穿着打扮,这是女孩子的天性吧。妈妈就到城里的亲戚家,要他们不穿的衣服给我穿,总算没有伤到我的自尊。每天早晨鸡叫头遍,妈妈就悄悄地起来给我烙饼,我拿到学校中午吃。只怕弟弟们醒了也要吃,那会让妈妈十分为难的。我知道我的每顿饭都是从妈妈、弟弟的口中省出来的,心里很不是滋味。

那时候学校经常组织学工、学军、学农。我是劳动委员,这些方面我得处处带头,结果把学习给耽误了,成绩一直不是很好。我一度感到很迷茫,妈妈得知后说:"功夫不负有心人,现在开始下功夫,还来得及,妈妈相信你很快就能赶上。"记得一次与同学发生了冲突,本来主要原因不在我,但他学习很好,同学、老师大都向着他,我挨了班主任重重地批评。回到家给妈妈说了这事,妈妈说:"一次误会不要紧,今后再不要和同学发生矛盾了,在不影响学习的情况下,尽量多做班里的卫生,多帮助人,慢慢的,同学们就会对你好的。"在妈妈的鼓励教导下,后来,我以数学全班第一名、总分第十三名的好成绩顺利地考入了高中。

妈妈其实就是我远航的风帆,一本哲学的典籍。

那时候生产队按社员挣的工分多少分配口粮。记得有一回,天阴沉了几日,雨淅淅沥沥下个不停,其他社员都没有出工,只有妈妈一个人在棉花地里薅草。我去背草,看到妈妈起身的样子十分艰难。后来她经常说腰腿疼,去公社卫生院检查,说是风湿性关节炎。妈妈的腿疼病越来越严重,她一边吃药,一面坚持下地干活,一点一点地挣工分,养活我们。

后来,我长大了,有了一份体面的工作,心想该报答妈妈了,就把她接进城里住。可每次住不了几天,她就嚷嚷着让我把她送回乡里。她放心不下弟弟他们,怕他们吃不上饭;放心不下鸡啊羊的,怕它们没人喂。

她终于病倒了,是腰椎上出了问题,加上风湿性关节炎,腰以下基本不能

我和父亲母亲

动。住了一段时间的医院，大夫建议回家休息、调养。回到弟弟家一段时间后，舅舅想了个土办法，让在房梁上拴个绳子，系在妈妈的腋下，每天吊两个多小时。这个方法还真奏效，一个月后，妈妈能下地活动了，她又闲不住了，用拐杖支撑着病体，做一些零碎事。我再次把妈妈接到我家，住了几天。她说住楼上像坐牢一样，乡里可以随便走走，凉了晒太阳，热了可以到树下乘凉，想回乡里了。姨娘说："孝顺，孝顺，你得先顺着，随你妈的意。你们家再好，她不舒坦，那是闲的。"听了姨娘的建议，我又把妈妈送回了弟弟家。

2019年，妈妈走了。她把好日子留给我们，永远地走了。风里雨里，她尝尽了心酸，为这个家耗尽了毕生的精力，永远地走了。我好想问一声："妈——您在那边，腿还疼妈？"我心里千万遍地呼喊，却再也听不到妈妈的回应。

想念妈妈，想念她的音容笑貌。今年清明节，我为妈妈写了一首小诗，来寄托我的哀思。

清明节寄怀

珍馐耿菊夜星辰，尽落悲伤旧梦频。

悌孝昭彰扬梓里，家风淳朴诲儿身。

揽情遗恨千般怨，承爱修慈百代仁。

月洗寒碑无漠土，不堪旧物有余春。

致母亲

野　子

清晰记得她为数不多的几次喜悦

和一辈子的苦涩相比，那些喜悦都不值一提

却也撑起了她薄凉的小半生

第一次，应当是她生下你的时候

她的生命有了极为直白的延续

第二次是你学会了叫"妈"，多么神奇的际遇啊

这人间只有她和你成为母子

第三次是你的天赋略胜于她

学校里你成了一个优秀的小孩儿

后来是你离家多年以后，再一次回到那个路口

她颤抖的喜悦，竟覆盖了整个夏天的蝉鸣

无论天堂是否存在，你又一次把大地叩响

幻想去听见她的喜悦

她静静地躺在那里，没有表达

却在你二十五岁的生命里

开满了喜悦的花朵

野子，本名屈路凯，1995年生于甘肃文县。甘肃省作家协会会员。作品散见于《飞天》《中国诗歌》《散文诗》等刊物。曾获海南大学全国大学生四月诗会首届"四月诗人"奖、《中国汉诗》2018年度优秀青年诗人奖等奖项。

记忆中的几件小事

黄云霄

清明时节，因新冠疫情的防控要求，交通限行，我未能前往距离百十千米的老家，给已经离世172天的母亲点香捧土。像过去一样，再次食言于九泉之下的母亲，无法给她树碑立柱，唯有提笔凝思，落墨为念。

卖林檎

那时候我还小，还没有上小学。家里在爷爷手里就栽种有三棵大碗口粗的林檎树，分别在院子中央、大门口右侧和猪圈旁边，每年都是枝繁叶茂、果子累累。妈妈要把前天夜里采摘的红林檎，用担子挑到十五里外的首阳镇去卖，给家里换些柴米油盐酱醋的钱。受一位玩伴漂亮扑克牌的诱惑，我也渴望拥有一副属于自己的。那天天蒙蒙亮，我就起了床，首次自己穿好了衣服，硬缠着要跟妈妈一块去赶集，以便达到我难以启齿的目的。奶奶考虑到我年龄太小，走不动路，就不让我去。妈妈听我说"能走动，我想给妈妈做个伴"，还以为我长大懂事了，便痛快地答应了。在集市上把两筐红林檎卖完之后，妈妈揣着换来的12元钱，准备带我回家。我终于对妈妈说实话了，我要她给我买一副1元钱的扑克牌。妈妈很为难，因为家里奶奶还等着钱要用。她哄着我说："好孩子不玩扑克牌，我们回家吧！"可我还是坚持要买，犯浑不走。妈妈无奈，只能装作扔下我在前面走，我悄悄地跟在后面。妈妈停下来等我时，我就猛然钻进路边的玉米地。这样重复多次后，还是被妈妈逮了个正着，把我抱了怀里。当我抬头看见妈妈在骄阳照射下，额头的汗珠和脸上的微笑时，才终止了这种无礼的胡闹。

黄云霄，现任甘肃省肿瘤医院患者维权办主任、中国卫生法学会会员、甘肃省抗癌协会大肠癌专委会委员。

要妈背

　　某年初冬的某个日子。早已翻耕过的田野里空旷无物，妈妈带我到十里路外的二姑家送东西，回来的路上，我俩沿着捷径翻山越岭，在田野堤埂上走。妈妈说，这样能省不少路，可以赶在天黑之前回家做饭。走了不到二里路时，我走不动了，不想再走了，要妈妈背我。妈妈蹲下去，让胖墩墩的我爬到她背上。妈妈一路疾走，汗水顺着脖子往下流。七八里的路程，我硬是被她背到了家。她的上衣被汗水湿透了，天也很黑了。她擦擦汗水，微笑地看着我，说，我们到家了。

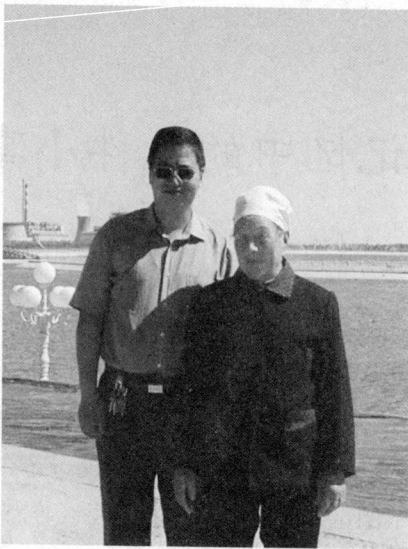

我和母亲

藏行李

　　那年那月，我已在外地参加工作。妈妈因脚背溃疡久治不愈，被大哥接到了我所在的医院诊疗。那时单位刚分给我一套两居室的小屋，很简陋，除两张简易的单人床外，没有什么家具。那天应该是冬至，天很冷，我下班回到陋室，一面给床上躺着的妈妈扎针输液，一面抓紧点火做饭。妈妈许是看我又上班又做家务，心里不落忍，病情刚见缓解，就坚持要跟着前来看望她的弟弟回老家。我想不通她要走的原因，想让她彻底治好脚再走，就把她收拾好的行李藏了起来。其实那算是什么行李？就是她把我不穿的裤子给自己改成来了换洗裤子而已。妈妈最终还是随弟弟一块回去了。我很是生气，但妈妈还是微笑着，没有解释什么。直到后来有一次她才告诉我说，怕给我增加不必要的经济负担。

　　此生此世，虽然母亲和我注定不会再相见，但我却坚信：心与心的呼唤，肯定能超越生与死。母亲一直还在我心目中的"家"里等我，虽然无法再说话了，但母子的心意永远相通。母亲并非真的离开了我们，她只是在另一个世界开启了新的旅程。

离不开土地的母亲

黄胜强

每年秋末,当大地被寒风掠去了生机的时候,母亲就像霜杀过的树木一样,没了精神。她咳嗽、腰疼,动不动就浑身打战,而一到春天,当地皮上冒出一层绿色的时候,母亲就又神奇地恢复了精气神。她脚踩着冰雪融化后松软的田地,呼吸着树梢嫩芽上吐出来的新鲜空气,腰板挺得直直的,眼睛亮亮的,连咳嗽吐痰这个老毛病也似乎不见踪影了。看到母亲在地里又是浇水又是施肥,在太阳底下间苗时晃动的身影,我们兄妹就长长吁出一口气——母亲又一次远离了死亡,春天让她再度焕发了新的生机。

我的母亲巩效梅,农历一九四四年七月初五诞生在甘谷县六峰镇巩家庄的一个农民家里。懂八字的人说,我母亲是典型的土命,她的命中已土未土,都是田园之土。甲木正官是她的事业,秋月金旺水旺,只能在田园之中收获金水。母亲出生时,家境还算富裕。到了读书的年龄,外公不幸去世,家里没了顶梁柱,母亲只得辍学,从此一头扎到庄稼地里,一辈子和土地结下了不解之缘。

所有的农活,母亲都会干,还都是一把好手。二牛抬杠犁地时,她能在后面扶犁,犁的地垄笔直笔直的,深浅一致。撒种和扬场是技术活,许多农民都干不好,她却能挥洒自如。母亲手快,割起麦子来,能落别人一截子。间起苗来,她又快又准,一个人干两三个人的活。母亲种的蔬菜,总是胜别人一筹。母亲种的粮食,总是比别人多收获几成。母亲养的鸡,比别家的鸡下蛋多;母亲养的猪,比别人家的大还肥。

那时候母亲天天下地挣工分,从不敢有丝毫懈怠。夏天麦子下来了要打

黄胜强,1965年5月生,甘肃省甘谷县人,中共党员,兰大中文系毕业,高级编辑。先后担任西部商报副总编辑、每日甘肃网总编辑、甘肃新媒体集团总经理,现为甘肃日报报业集团班子成员、首席风控官。主编出版《互联网规范实用手册》等。现受聘为西北民大、兰州财大兼职教授、校外硕导。

母亲七十五寿诞时的全家福

场,妇女们对面站成两排,连枷此起彼落。三伏天气热汗横流,但谁也不敢分神。母亲带着我最小的弟弟去上工,心里担心刚会爬行还在吃奶的小儿子乱动,但挥动连枷时看都没空看一眼。等歇工找见儿子时,小儿子在太阳下晒得浑身通红,嘴里还抓了一把土在吃。母亲赶忙用指头伸进弟弟嘴里掏土。弟弟在哭,母亲心疼,也在哭,由着泪水在汗液和灰尘结了一层痂的脸上冲开了一道渠。饿极了的弟弟吃着奶水不哭了,母亲心里的苦不打一处来。

　　一年三百六十五天,母亲没有一天能休息。好不容易到了冬天,土地被冰封起来,她白天参加生产队的平田整地挣工分,晚上在煤油灯下做麻鞋、纺线,换几个钱补贴家用。母亲在地里刨了一辈子食,但改革开放之前,庄稼人总是摆脱不了饿肚子。高粱面、玉米面或谷子面甚至糜子面不够吃,还得吃返销粮,甚至吃糠咽菜。

　　直到1981年,党的十一届三中全会召开,我们家八口人,承包了四亩多地。有了土地,母亲就像变了一个人。哪块地里种什么,什么时候种,她安排得井井有条。缺粮缺怕了的她,种了三亩多的小麦。春天小麦返青后,母亲给地里施完肥,就开始整天蹲在地里除草,不让一颗杂草与庄稼争水争肥。割完麦,她就在自家院子里打场扬场,晾晒麦子,忙得饭都顾不上吃。当瘦小的她把二十几袋百十斤重的小麦口袋一一抱到小房炕上时,她才说了一句:"以后家里有白面吃了。"满足感溢于言表。

我的母亲

小麦收完，她又在地里种上了谷子和黄豆。给谷子间苗松土时，往往是三伏天气，一年中最热的时候。母亲总是天麻麻亮就要叫醒正在假期的儿女们一块下地干活。我们两三个人干的活，还不如母亲一个人干得多。两个小的弟弟妹妹在地里挪不动脚步，母亲还是坚持让我们体验农民的辛苦。一块地干不完，哪怕饿得饥肠咕咕，她也带头蹲在烈日下坚持劳作，直到干完。通过劳动，我们对李绅诗中说的"锄禾日当午，汗滴禾下土，谁知盘中餐，粒粒皆辛苦"有了切身的感受，也让我们养成了干事必须干完的良好习惯。

改革开放几十年，中国农村发生了天翻地覆的变化。土地再也不是农民的命根子，庄稼已拴不住农民的心。家里的地，要么让政府征用，盖了楼房建了工厂；要么租给别人，成了果园、苗圃；村里所剩不多的土地，满山遍野，不再是小麦金黄、玉米吐穗，而是能变钱的花椒树。

没钱的日子，伴了母亲大半辈子。她节俭惯了，从来不会说她想吃点啥穿点啥。上县城吃一碗凉粉，对她来说都是一种奢侈。离县城十里路，她为了省1块钱的车费，就一步一步走着去。她出门在外，一瓶水都舍不得买。买个什么东西，她都要磨个价。子女们给她的钱，她舍不得花，就东藏西藏，有时塞到什么地方就找不见了。

长年的劳作，让母亲患上了咳嗽吐痰的老毛病，找了多少大夫，吃了多少药，也无法根除。看到母亲住在全村条件最差的土坯房里，一到冬天烧起炕来，柴草又脏又烟，炕头的烟和炉子里的烟，熏得她咳嗽吐痰喘不过来气，夜夜不能安睡。2016年，我们兄妹痛下决心，在给小弟弟划的一块宅基地里修起了一栋宽敞明亮的二层楼。母亲的担心又来了，她觉得住这样的房子太花钱。请人来抽取化粪池的费用，一车得80元。烧锅炉取暖，一个冬天得四五吨煤。去年入冬，煤炭大涨价，母亲舍不得花钱买煤，也不顾父亲反对，直接卷起铺盖,搬回到老院子居住了。她系上头巾,抱起柴火又烧起了炕。在冰冷的厨房里,她给自己做饭,做一顿吃三顿。一番折腾下来,她又生病了。

剩下的一点土地租出去了,母亲过上了和城里人一样的生活,每天花钱买花卷馒头和面条,甚至蔬菜。为了少花钱,她便在老家院子里种了各种各样的蔬菜,把最后一点对土地的热情,全投入到菜地里头去。每次我们回老家,车后备厢里会被母亲塞满了菜。哪个儿子爱吃韭菜,哪个女儿爱吃辣椒,哪个孙子爱吃香菜,她都记得很清楚。一把蔬菜,表达了她对儿孙们的全部牵挂。

前不久我们兄妹回了趟家,明显感到年迈的父母亲耳背眼花,和他们说话越来越费劲了。明年,我们的母亲就要过八十大寿了。父母在,家就在。正像爷爷说的:"人吃黄土一辈子,黄土吃人只一次。"吃了一辈子黄土的母亲,总有一天会被黄土淹没。想到这些,儿女们就万分恐惧,生怕有着高血压病的母亲因为不注意饮食不按时吃药,会有什么头疼脑热,一病不起但庆幸的是,母亲就像长在黄土地上一簇不起眼的草,有冬天的枯黄,也有春天的返青,夏日的繁茂。一些身体上的小毛病,她总能顺利地扛过来,回到土地上继续劳作。春天撒下的每一粒种子,都回报给她累累果实。辣椒、茄子、西红柿、豆角、番瓜,甚至花椒树,都在按她的意思快乐地成长,带给她无限的希望。母亲说,她这一辈子没亏过土地,土地也没亏过她。作为一辈子在土里刨食吃的农民,劳动已成了她的第一需要,土地成了她终身的归宿。她从来只考虑别人,从不考虑自己,就像土地一样,只会奉献,从不求回报。

我们兄妹只有一个愿望,就是母亲能像大地一样长久、安详,陪伴着每个子女的人生旅程,直到永远!

2022年6月于兰州

纪念远行的先慈

曹　刚

我亲爱的慈母离开我们已经近20年了。她生前的很多事情依然历历在目。

母亲朱桂兰,20世纪30年代出生于陕西省汉中市汉王公社马家庙生产大队朱家湾生产队。据母亲生前所讲,在她少年时,有一年春节,她的母亲带她去汉中市里游玩,一位和她们母女在旅社同住一室的宝鸡妇人见她聪明可爱,就反复对她母亲说,她很喜欢这个小女孩,因为她自己不能生育,所以希望能把这女孩送给她收养。先慈的母亲架不住对方的软缠硬磨,最终把她送给了那位妇人。那位妇人把她领回宝鸡市,不久就把她送进戏班子学艺,自此她便入梨园,主攻青衣。她所在的戏班子一直在宝鸡市周边的陇县及毗邻的甘肃平凉、灵台等地的县城和乡村演出。一直到解放前夕,她才定居在甘肃省平凉市的灵台县。解放后,政府登记各类人员就业时,因为她属于艺人,便让她进入新成立的灵台县秦剧团工作。

因为她少年即学艺,从未上过学,基本上一生文盲。据先慈后来所讲及我少年时所见,无论在灵台县秦剧团,还是在她曾经工作过的平凉地区新陇剧团,因为她不识字,每当剧团排演新剧目时,剧团领导都指定一名识字的年轻人,给她诵读剧本中所要饰演的角色的台词和唱段的文字。因为天性聪慧且记忆力强,大部分情况下,别人给她诵读一两遍,她便可以基本记下。她拿着剧本记、背诵、练习,整天揣摩。她根据别人诵读时所记下的音节、语气,便可把原文认个八九不离十。无论在剧团院子里还是在排练场,遇见她没记住又不认识的句子,就随时问识字的人,在最短的时间里把台词和唱段文字全都背

曹刚,1956年12月生于灵台县城关镇,1976年进入兰州大学历史系学习,先后任省直机关团委书记、省直机关党校校长、省直工委计算机网络中心主任、省直机关精神文明建设指导委员会办公室主任。2017年1月退休。

下来。在我的记忆里，从未听说因为母亲没有记住台词和唱腔文字而影响排练和演出。最终，她成为平凉、灵台周边颇有些名气的秦腔女艺人。

我和母亲

我少年时期就常常听父辈们讲起，几十年来，母亲一直忠诚于她所热爱的戏曲演艺事业。无论是作为艺徒，还是作为普通的文艺工作者，及至成为有较高知名度的演员，她从来都是兢兢业业，认真对待每一场演出，热忱对待每一位热爱她的观众。我当年在灵台县东关小学和灵台一中的"毛泽东思想宣传队"走村串乡到农村宣传演出，在当地农户家吃饭时，农户家人问我，你是县城谁家的娃娃，你妈叫啥？我回答母亲是县剧团的朱桂兰。农户家人说，哦，知道，看过你妈演戏，演得好得很！

在家庭生活中，她又是一位慈母和严师。在我上小学、中学时，她经常教育我，要好好学习，长大最好能当一名工程师。她所说的"工程师"指建筑工程师。后来我考入当时的甘肃省陇剧团学员队工作，1975年从学员队毕业后又工作了两年，1976年10月，一个偶然的机会，我报名进入兰州大学历史系学习。

我们成年之后，母亲仍时时不忘告诫我们：要老老实实做人，认认真真做事，要我们培养、教育好自己的子女。

如今回想起来，这一切都还历历在目。母亲逝去已近20年了，作为长子，每次回想起来，我心中仍有无尽的思念。

我的母亲

曹玉成

今年元月，又轮到我侍候母亲了。

我们姊妹六人轮流照顾母亲，每家每年两个月。父亲86岁那年（2016年3月6日）因肺心病驾鹤西归。如今91岁的老母亲仍健在，是我们儿女最大的快慰。母亲哄着小时候的我们入睡，现在我同母亲在一个床上睡觉，照顾母亲。每当夜深人静时，看着母亲在熟睡，满脸的皱褶、花白的头发、深陷的眼窝、不规则的呼吸——妈妈真的是老了，老得让人心疼。每天起床喊两声妈妈，听她应声，这是我一天最大的快乐。

一

恍惚中，我的思绪回到了童年，看见一个忙碌瘦小的身影，那是母亲在干活，在灯下缝制棉衣，在做饭、洗衣……

我出生在陇西县文峰镇。因为有火车站，这里是一个热闹的小镇。机务段、工务段、车务段……辉煌时职工达5万多人，加上家属子女近15万多人。父亲于1952年2月1日首批从黑龙江省牡丹江机务段来到大西北，筹备陇西机务段。记得父亲讲过，他乘坐的火车一路上走走停停，因陇海线还没有开通，近一个月才到达目的地。陇西机务段筹备处当时只有8名员工。条件非常简陋，周边荒凉，没有围墙，周围的狼非常多。一节火车守车是大家的公寓，晚上单独一人不敢出入。1953年，父亲结了婚，租住在附近的村民家。1955年铁路职工多了，才盖了铁路公房。

我们小的时候，每年冬天都要回老家过年。铁路家属及子女每年都有一张探亲免票，由妈妈带领我们回唐山迁安县老家。1963年寒假，一家人坐了

曹玉成，1957年3月生，中共党员，河北省迁安人，研究生，工程师。2017年3月退休。在《调查与研究》杂志发表《关于加快敦煌动漫文化产业发展的思考》等论文；在《中国信息》《人民之声》《兰州日报》发表《兰州利用黄河水建成魅力的山水之城之我见》等多篇文章。

三天两夜的火车才到达北京车站。我当时5岁多,姐姐7岁,大妹2岁。妈妈用背带背着不到半岁的小妹。妈妈领着四个孩子,还带着两大提包当地产品,一路上不知要操多少心。到北京后妈妈要走访亲戚,让姐姐看护行李,我看护大妹。我睡着了,妈妈回来后,大妹找不到了。妈妈背着小妹跑遍了候车室,也没有找到。妈妈急得满头汗珠,把我训斥了一通。后来妈妈提起此事就很后悔。她说,5岁多的孩子懂什么,我干吗要责备孩子?最后还是有好心人在电梯口见到小女孩哭,把她交到值班室,通过广播才找到大妹。

到达北京车站,免票要改签,当天白天不能到滦县小车站,只有后半夜登车,早上六点才能到达。登车时天还没亮,冬天特别冷,冻得我们直喊,妈妈,冷!下车后还要走20多千米才能到老家赵店子村。

每年我们最快乐的日子,就是回老家过年。可是每次回老家,母亲不知要付出多少辛苦劳累。现在想起来,羸弱的母亲是多么坚强呀!

二

那时候父亲每月的工资只有66.4元钱,还要给爷爷奶奶寄10元钱,逢年过节要给姥爷寄10元钱。孩子们长大了,一个一个陆续上学,又是长身体的时候,特别能吃,生活非常拮据。1965年,母亲决定到家属副业队干活,每月25元工资。母亲在拉沙组(给火车头供应车轮防滑沙),拉着装满沙子的架子车从拉沙场到原料使用场,往返8千米。要完成每天的拉沙量,得跑五十多千米。母亲身体单薄,个子又小,开头没有人愿意同母亲搭档。时间长了,看到母亲憨厚又能吃苦,大家才喜欢同母亲接触。

早晨7点半,我用背带背着小妹,同母亲一起出门。母亲用手绢包上一个玉米面窝窝头,一块自己腌制的咸菜头,算是早餐。我送小妹到机务段托儿所,下午放学,我再接小妹回家。中午十二点母亲回家给我们做饭,一点半又上班拉沙,到六点半母亲才能到家。因为拉重车,妈妈的手和胳膊红肿,经常在夜里疼醒。我看到父亲在给母亲轻轻地按摩。

为了减轻母亲的家务负担,父亲提出到艰苦又粉尘污染较重的火车头洗炉组工作。这样三班倒,白天休息时可以照顾家,还能每月多领价值8元钱的保健品。后来,父亲就是因为得了粉尘肺矽病而亡故。

1967年大弟出生。听说卸煤车能多开5元钱,母亲又改行干起了又脏又累的卸煤工作。卸煤也是三班倒。当班时从早上八点干到晚上六点。60吨的煤车,一人卸一节。一铁锹30多斤的煤,要一锹一锹卸下车,直到干完验收后,才能下班。大多数时候,是每班每人卸两节煤车。有一次下大雨,母亲没带雨具,冒雨干了五个多小时,回到家母亲浑身被淋透了,冷得哆嗦。

最难的还是冬天卸煤。煤车从石嘴山运到陇西,车上的煤堆已经冻硬了,得用镐头一点一点地啃。夏天两三个小时能卸完一车。冬天有时遇到车上浇了水,那就更难了,五六个小时还卸不完,卸两节煤车要延长四五个小时。父亲在家照顾我们吃完饭,还要去帮助母亲卸车。父亲值班的时候,母亲就得干到很晚,吃完饭还要给我们缝衣裳。

母亲卸煤时穿着黑油包的衣服,浑身被汗水湿透,回家路上又是寒风刺骨。母亲满脸的黑粉尘,只露出双眼和一口白牙,到家要洗漱半个多小时,才能休息吃饭。我看到妈妈的一双黑手洗净后露出多处裂口,渗出脓血。不知道她当年是怎样的疼痛。她在手上抹些蛤蜊油,就算是防护了。有一次,母亲卸煤时,为了提醒和救助在车下行走的人,被另外一节煤车上掉下来的煤块砸伤,大腿青紫,小腿被划破一大片皮,渗出了血。尽管这样,为了不扣钱,母亲还是一瘸一拐地去上班,半个多月没有休息一天。冬天再冷,她还是咬牙坚持。

1971年小弟出生,我们也长大了,有时星期天不上学,就去帮母亲卸煤车。小妹后期帮助母亲卸煤车最多。后来我们陇西铁路子弟学校赶上教育改革,缩短学制,小学改为5年制,初中、高中各2年。我1973年底高中毕业,1974年4月插队到农村锻炼(姐姐早我一年插队,大妹晚我三年)。这期间我们姊妹大拉小,让母亲有了一些依靠。

三

从1968年开始,母亲为了生活有些改善,在家中院子里养了一头猪和六七只鸡。头年买只小猪崽,养一年多也就120来斤重,春节杀掉,新买的小猪这时已经长大了,来年循环。1975年起,姐姐、我和大妹先后参加了工作,生活好起来了,母亲才辞了卸煤工作。

记得母亲从来没为自己做件新衣裳。每逢过年,母亲就把自己出嫁时的衣服拿出来穿几天,而后又是穿旧衣裳。父亲一辈子都穿着工作服,上班是油包工作服,下班是洗得发白的补丁摞补丁的旧工作服。春节前,母亲会连夜给我们赶制新棉衣和千针揲的手工新棉鞋。年三十晚上,我们盼着穿新衣服、新鞋,好到处显摆自己。

父母亲来到陇西30多年,没到过兰州五泉山、白塔山。回老家过北京站,也从没有去过天安门、故宫,更没有游过三山五岳。20多年没有看过一场电影。星期天休息，父母又是最忙的时候。母亲要蒸几天的馒头和玉米面的窝窝头，还要给我们准备下周的生活用品，到地头还要挖猪草，真是这个家庭的老黄牛。

家中没有什么值钱的东西。一套公房，大间

父亲、母亲（前排右二）和我们一家人

18平方米，半间套房9个平方米，都安置了床。4.5平方米的厨房被改为火炕。夏天在院子里搭个简易伙房。家中只有父母结婚时购置的一对木头箱子还算比较值钱，1957年买了一张折叠的饭桌，也是我们写作业的课桌，还有张两抽屉的桌子，这就是我们全部的家当。

细细回想，在我们的生活中，哪一天少了母亲的关爱？我们哭时，妈妈就来安慰，感到自己像一只弱鸡孤弱无助时，妈妈就张开宽广的翅膀，带给我们温暖和爱的气息。

四

2003年，我们把父母亲接到兰州七里河铁路润安小区居住，住上冬天有暖气、有洗手间的楼房。姊妹们轮流照顾、看望父母，陪他们到五泉山、白塔山等地游玩，浏览兰州黄河两岸的风景。

现今母亲已经无法自立行走了，没有人扶助很难迈步，大小便不能自理。每次上厕所，都要人扶。手指弯曲变形，不能自如使用。没有了牙齿，每天的饭食是半流食，由我们一口一口地喂着吃，水果也要打碎才能入口。没有了话语，坐着就要眯眼。看着母亲一天天度日艰难，我们非常着急。晚上九点热水洗个脚，抱到床边，扶她到护理垫上，穿上尿裤，盖上被子躺下，才算完成了一天侍候母亲的工作。儿媳妇也时常买一些水果、糕点或包饺子给她吃，买新衣服给她穿。

如今我已66岁了，有妈妈在，我还是骄傲的孩子。

妈妈,我爱您

纪念母亲一百周年诞辰(1923-2023)

梁建文

妈妈
从我记事时起
闪动在我脑海里的记忆
就始终是您忙碌的身影
您从未抱怨过生活艰辛
而是用您那双勤劳的手
与命运顽强抗争
国家困难年代
您背着不满周岁的弟弟
顶着烈日干活
把三寸小脚
踏进泥泞的庄稼地
为了全家人少挨饿
您在地里捡豆子、麦穗
利用农闲给别人家缝衣
为了儿女能穿上衣和鞋
您借着月光纺线纳鞋底
为了让儿女吃饱肚子
您常常以野菜充饥
生活的苦辣辛酸有十分

梁建文,陕西扶风人,生于1943年。1961年入伍,中共党员,大学本科,高级工程师,大校军衔。先后被总后军交部和军区评为"科技之星"、"专业技术尖子"和"先进个人"。

母亲杨桂芬与作者夫妇

您就饱尝了有九分九
啊,我最辛苦的妈妈

妈妈
您曾教诲我要刻苦读书
说这能改变贫穷和命运
为了我上学读书
您在我身上倾注了多少心血
上学的书包
是您在煤油灯下
一针一线地做成
为了过年能穿上新衣
您省吃俭用,缝缝补补
为了我上学不受饥饿
您把粗粮细作成馍馍
而您和弟妹却用糠菜充饥

我在学校取得好成绩时
您的微笑
就是一份最高奖励
啊,我最可敬的妈妈

妈妈
我第一次去省城离开您时
从您那削瘦怅惘的脸上
我看到
您在为我一个人的生活担忧
您的眼睛哭肿了
但没有一丁点阻止儿子的意思
含笑把儿子送上火车
一九六一年八月
当我拿着入伍通知书回家给您看时
真怕您不同意
谁知您和父亲高兴地说
去吧,好男儿不去当兵保国
还要做啥
当我踏上光荣的征程
远离故土亲人的时候
心情难以平静
啊,我最刚强的妈妈

妈妈
记得我第一次回家探亲
您说得知消息后高兴得一夜没睡
当我突然站在您面前的时候
您紧紧拉着我的手
一句话也说不出
第二天天还未亮

您就把煎好的荷包蛋
放在了我的面前
看着您憔悴的面容
我泪流满面
妈妈呀
在这年复一年的日子里
您经历了多少磨难
特别是父亲病故后
一家人的重担就压在您的双肩
我凝望着父亲的遗像
下决心要为国做奉献
用忠诚和生命
来报答您的养育之恩
啊,我最伟大的妈妈

妈妈
人都说生灵万物
母爱唯大
如今我们也为人父母
才知道
孩子就是母亲的牵挂
您为儿女遮风挡雨
为他们营造出一个温馨的家
妈在,家就在
不管你在哪儿
儿行千里母担忧
"常回家看看"
"多打个电话"
"多陪爸妈说会儿话"
啊,我时刻都在想念的妈妈

妈妈

您八十大寿时

四代人和亲朋好友

欢聚一堂，为您祝寿

您乐得嘴都合不拢

看着您幸福的笑容

子孙们心里咋能不高兴

啊，我最慈祥善良的妈妈

妈妈

每当回忆起这些往事

总觉得是那样的美好

那样的难以忘怀

妈妈，您的这一生

把爱和精力都给了儿女

把泪水和劳累留给自己

看着您那枯竹般的身影

我无法用笔墨倾诉对您的深情

只有用陪伴和责任来呵护您

在您风烛残年之际

献上儿女们的真情

用行动来回报您

我要由衷地对您老人家说一声

妈妈呀，我爱您

儿女们都爱您

母亲的晚年生活

梁国安

自从父亲去世之后,76岁的母亲便开始了孤独的晚年生活。在我们几个子女的精心照顾下,她又顽强地生活了16年又100天。

父亲去世后,我们兄妹商量着把母亲接到城里,同我们一起生活,但母亲不同意。她舍不得离开与父亲一起生活了几十年的家,舍不得她打理了几十年的那些梨树、枣树、杏树,舍不得小院里的花卉和蔬菜,更舍不得离开左邻右舍。我们反复劝说,母亲才同意每年冬天到兰州过,夏天仍回老家。

从2003年到2013年这10年间,每年国庆节前后,我就把母亲接到兰州,第二年春天再把她送回张掖,在小妹家住一两个月,五一前送回临泽老家,由大妹照看。我观察,她每次离开老家时总是依依不舍,每次回到老家则笑逐颜开。有一年春天,我由于腰疼行动不便,就对母亲说,今年不要回老家了,她停了一会儿,勉强地说:"听儿子的。"我看她一连几天都闷闷不乐。为了使母亲心情舒畅,待腰好之后,我仍送她回老家。在老家,她在院子里熟悉的小路上走来走去,看花看菜,同乡亲们嘘寒问暖,别有一种自在舒心,毫无在城里时的那种拘束感。

老家是母亲的故土,亲情是她灵魂的家园。在那里,她对各位亲戚朋友都了如指掌,谁是什么属相,多大岁数了,她记得清清楚楚。我的几个舅舅舅母、姨父、姨娘快到生日时,她都会提前提醒我,以各种形式表达祝福。她对自己的几个孙子、重孙特别关注,经常询问他们的学习、生活情况,叮咛他们,要珍惜时间,好好学习。每到春节,她都一个不落地的给压岁钱。亲戚们的孩子结婚前或之后来看望她,她一定要发一份"见面礼"。每次回老家,总有

梁国安,甘肃临泽人,1948年10月生。中央党校函授学院本科学历。先后当选为中共甘肃省第七、八、九、十、十一届代表大会代表,甘肃省第八、九、十、十一届人民代表大会代表。出版《丹书民政》《平凡的足迹》等著作。2016年至今任甘肃省慈善总会常务副会长。

全家福

些邻居来同她拉家常。她一个人在家无聊时，会拿个小凳子坐在门口，等待过路的邻居，见面说几句话。

为了使母亲的晚年生活过得充实愉快，我们兄妹几个尽量多安排些活动，动员她参加。2005年，我陪她去了西安，参观了西安古城墙、大雁塔、秦始皇兵马俑等景点。2006年秋天，我又陪她去北京，参观了天安门广场、天坛、颐和园。回来时，陪她坐了一次飞机，圆了我要陪父母坐飞机去北京的半个梦（因种种原因，父亲在世时没能坐飞机到北京去）。2007年，我又陪母亲去嘉峪关旅游。

母亲是个怕孤独、喜欢热闹的人。我妹妹和几个外甥总是找机会，约些亲戚朋友，同母亲一起聚餐，这是她最开心的时候。她吃不了多少饭菜，见到大家总是满脸笑容，有说不完的话，问不完的事。2019年五一节，外甥师秀萍在张掖定了一桌饭，约了十多个亲戚和家人，从养老中心接奶奶参加。饭吃到中途，师天杰的小孩拿了一个气球给她，她爱不释手，玩得十分开心。想不到，这竟是母亲生前同亲戚们的最后一次聚餐。

母亲过了大半辈子穷日子，养成了节俭的习惯。无论在农村老家还是住在城里，她对粮食的节约达到了苛刻的程度，有时令我们难以接受。比如，她中午碗里剩点饭菜，我们要倒掉，她坚决不让，要放到午休之后，在剩饭里加点开水吃掉。我几次劝她，这样吃剩饭对身体不好，她说："没事，我的胃好着呢。"我怕伤她的自尊心，以后也就顺其自然。家里吃剩的干馍或过期的食品，我们主张扔掉，可她用塑料袋装好，等回老家时带上，送给别人去喂鸡喂猪。她说："我们是从困难时期过来的人，粮食一点都不能糟蹋啊。"逢年过节，我们给她买件新衣服，她总是抱怨说："我前门不出，后门不迈，穿新衣服干啥？"有时新衣服放几年她也不穿。在家里用餐巾纸，她总是把一张纸撕成两半，一次用一半，有时用过的纸她装进口袋下次再用。我们多次劝她，现在生活条件好了，要讲究卫生，用完就要扔掉，她说："过去吃过的苦永远忘不掉，我已习惯了，改不掉了。"

母亲的晚年，是在与病魔的顽强斗争中度过的。随着年纪越来越大，高血压、肺心病、哮喘、子宫下垂、膝关节增生等病缠住了她。对于这些病痛，母亲很多时候都是自己默默承受，不愿向子女诉说。家里备了各种药物，她都坚持按时服用，不到起不来的时候，她是不会住院的。2010年5月，母亲在小妹家居住。有一天深夜，她心脏病突发，不省人事。妹夫李晓荣立即打120电话叫来救护车，请邻居帮助将母亲抬下楼，送进了市人民医院重症监护室。我连夜赶回张掖看望。经过医护人员三天的抢救，母亲才脱离了生命危险。这次住院二十多天，花费近两万元。出院后她问花了多少钱，我说三四千元。因为说得多了，她会有一种内疚感，觉得花了子女的钱。2015年冬季，母亲又因哮喘等病住进了医院，我们兄妹几个轮流看护。有一天夜间，医院护士打来电话，说母亲病情加重，让我们立即过去。我跑到医院，看到母亲已不省人事，血压两百多，心率180，满头大汗。大夫说是心衰，用了最好的药，半小时之后她逐渐苏醒了。看到她痛苦的表情，我们心里十分难过。

晚年的母亲既想和子女们多待在一起，又怕给我们增添麻烦。夏天，她住在农村，我每周给她打一两次电话，询问她的身体状况。她总是说："我好着呢，你们安心工作，要保护好身体。给几个娃娃说，不要惦记我。"每次我们回去看望她，她都会催着我们回去，去忙公家的事。

她在兰州过了十一个冬天。2014年，她说身体不好，不愿再来兰州了，我们只好让她住到张掖。有一次我楼下的几位老太太问我："梁奶今年再不回来了吗？"我问你们咋知道的？他们说，梁奶走前告诉我们："明年再不来了，自己年纪大了，万一死到兰州，害儿女啊。"我这才知道她不愿继续来兰州住的真正原因。

2017年7月之后，母亲病情加重，身体越来越弱。这是她生命中最后的日子。我们兄妹几家轮流在家里照顾她。入冬了,农村没有暖气,我们把她接到张掖。几个月照顾下来,我们确实非常疲惫了,就商量着把她送到张掖市甘州区养老中心待一段。刚开始,她不愿意去,后来我们给她做工作,去养老中心那里有专人照护,我们也轻松些,她同意了。

从2018年3月到养老中心之后,我们经常去看望她。特别是我的小妹梁秀兰和妹夫李晓荣,每隔一两天就去看望、陪伴。在养老中心医护人员的精心照顾下,母亲在这里又生活了一年多。2019年5月中旬,我从兰州到张掖陪伴老母亲,看到她吃的越来越少,身体越来越虚弱了。5月20日晚上11点多,她突然哼了一声。我马上起床过去,已叫不醒了。她脉搏非常微弱,手也逐渐凉了。我立即叫来医生,经检查,多项器官已衰竭。我们守护在她的身边,她的脸上毫无痛苦的表情,安详地走了。我看手表,已是5月21日0时8分。5月23日,我们在临泽县殡仪馆为母亲举行了隆重又简朴的追思仪式。

母亲的晚年既是孤独的,也是快乐的;既是艰难的,也是坚强的。她虽然离开了我们,但她慈祥的笑容会永远铭记在儿女心中。

怀念妈妈

梁新勇

　　妈妈离开我们已经十年了,但她那慈祥善良的面容仍不时在我梦中出现。

　　1935年,妈妈出生在武都城郊乡水子山村。家里兄妹四个,妈妈是老大,也是唯一的女儿。妈妈从小就受到爷爷奶奶严格家教的熏陶,一生都是吃苦在前,享受在后。

　　武都是一个山大沟深的地方。母亲家在高山上。那时候没有通车,每次进城,来去就是十多里崎岖山路。山上的生活也特别艰苦。因为家里困难,母亲上不起学,小小年纪就帮爷爷奶奶干活。每天早上五点就起床,上山种地,割草拾柴,回家喂猪。有时候把收获的土豆、酸菜等背下山卖掉,又去买一些食盐和醋等日用品,太阳落山时又匆忙上山回家。

　　1954年,母亲19岁,经人介绍,和父亲相识并结婚,终于从山上嫁到了城里。

　　父亲是位老实人,也是苦命人。七岁就给地主放牛羊、放驴,做长工,经常挨打,就是剩饭剩菜也不让他吃饱。有一年大年三十,天下着大雪,父亲一家因故被凶狠的地主赶出家门,全家人只好在寺庙暂住。一天一夜,全家人肚子饿得咕咕直叫。八岁的爸爸偷偷去地主家猪圈中,把猪吃剩的土豆皮抓了两把,拿回寺庙给全家人吃了,过了个"土豆皮"年。

　　母亲和父亲都是苦命人。穷人的孩子结合在一起就互相特别怜惜。母亲生了五个孩子,两个哥哥,两个姐姐,我是老五。全家七口人,全靠父亲微

梁新勇,1962年3月25日出生,中共党员,从过军,荣立三等功一次。陇南市卫计委综合监督执法局主任,陇南市慈善协会宣传部长,陇南市"慈善之光"救助队队长。10多个报刊的记者和通讯员。摄影作品曾多次获得省、市摄影奖,被甘肃现代摄影学会授予德艺双馨奖。现为中国摄影协会会员,甘肃省摄影协会会员,陇南市摄影协会副秘书长。

薄的工资支撑着生活。母亲为了添补家里生活，每年做两大缸酸菜，经常去医院做白大褂、床单、口罩。家里还养了好多鸡。

1968年，城里兴起一股"我们也有两只手，不在城市吃闲饭"的风潮。爸爸在单位带头报名，家属回农村务农，全家人迁到了农村。爸爸在城里上班。母亲是一位很要强女人，除了做好村里安排的农活，她还继续去医院做白大褂、床单、

我的父亲母亲

口罩，又喂了好多鸡、一头猪，还要务弄生产队给的一亩二分自留地。经妈妈细心照料，每年自留地的产品可卖几十元，贴补家里生活。那时农民的日子普遍都很苦，但在妈妈辛苦努力下，我们家的生活还可以，起码能吃饱，孩子还能上学。

后来政府调整政策，一部分下放到农村的城镇居民可以申请回城了。妈妈四处找有关领导，说明家里情况。终于，1975年，我们家又成了城市人。几年中，两个姐姐响应国家号召，先后去农村插队。大哥去西藏当兵。家里的日子慢慢好起来了。

记得我十岁时过"六一"儿童节，学校让穿白衬衣、蓝裤子服、白网鞋，要花十多元钱。十多元钱能买一百多斤白面粉。我就给妈妈说，我不参加了。可妈妈要强，她一定要我参加。妈妈说："别人家孩子有的，你也应该有。""六一"那天，我穿着妈妈买的衣物，准备参加体育场的表演，可细心的妈妈看我用绳子当裤腰带，又跑去商场，花一元七角钱买了一个新皮带，给我穿上，才满意地笑了。

妈妈不识字。可多年来她自己苦学文化，不认识的字就问人，后来可以读一些报刊，可以写信了。她时常教育我们，要尊老爱幼，对人要有礼貌，要有善良之心，尤其对农村人更应该尊重。

我们兄弟姐妹不管到哪里，都记得妈妈的话，努力为党和人民工作。全家七口人先后五人入党，三个儿子全部送入部队，由于工作努力，都立了三等

功多次嘉奖。大哥梁彦军退伍回来,安排在武都县车队,经常免费拉农民。一次,有一位老乡受了伤,他背上受伤人,送到医院治疗,并且交了医药费。当家属来医院感谢他时,他却悄悄离开了。大姐梁燕芸,插队时成为村里的赤脚医生。陇南山大沟深,近亲结婚的人多,全村几乎每一家都有一两个傻子。大姐为了给村人看病,买了好多医书,自学中西治病方法,采来的中药她先品尝,买来的针灸先从自己身上实验。她插队几年,救治了好多病人,名声越来越大,不但本村人来看病,其他乡村民也来找她看病。后来大姐分配到武都区县医院西药房、针灸室工作,她带了一批学徒。汶川5·12大地震时,第二次上午6点多,大姐正在给病人针灸,突然地震来了,人们都在往外跑。可大姐很镇定,她一个一个取下了病人身上的针,才扶病人走出针灸室。后来我问大姐,那么大的地震,大家都往外面跑,你为什么不跑?大姐说,病人身上正在针灸,如果我跑了,病人怎么办?病人着急起来,很容易成为偏瘫。二姐梁新兰在插队时,为了补贴家里生活,经常把分的白面拉回家,自己却吃粗粮。后来她被分配到汽修厂,又调到市疾控中心上班。她为人谦虚谨慎,努力钻研业务,得到同事们的好评。二哥梁新平退伍回来,分配在陇南市医院放射科。他努力学习放射技术,很快就从外行成为了内行。

我本人退伍回来以后,分配到卫计委综合监督执法局。我喜欢摄影,三十多年来,先后有3000多幅作品在国家、省、市报刊刊登展出。被共青团甘肃省委、甘肃新闻工作者协会授予"优秀青年宣传报道员";入选中国青年摄影家名录书中。我组织200多人成立了"慈善之光"慈善救助队,多年来慈善救助队深入九县区,利用企事业和爱心人士捐赠的衣物、电器、钱款,救助了一大批需要救助的人,被陇南市慈善协会授予"陇南最美慈善人",并接纳为宣传部长。

可就在子女们准备好好孝顺苦命的妈妈的时候,2012年,妈妈突然离我们而去。全家人万分痛心,仿佛天要塌了。妈妈给我们子女留下的"尊老爱幼、勤俭持家、以人为善"的家训,我们将永远一代代传承下去。

回忆我的母亲

韩乐声

我的母亲王琪秀，北京市人，1921年5月9日出生。她爷爷是京官，任职理藩院。她的父亲王士仁，京师大学堂（北京大学前身）测绘专业毕业，28岁任东北洮南府候补县丞，后历任梨树县、北镇县、林西县、承德县知事（县长）等。他著有《哲盟实剂》一书，这是我国第一部着重研究内蒙古通辽市经济和实业的史书。孤本现珍藏于北京大学图书馆，国家图书馆存有1987年重印版。此书虽已出版109年，仍有重要的研究价值。

母亲出生在官宦世家，书香门第，从小受到良好的教育。她性格温和，知书达理，心胸宽广，真诚热情，人品端正，待人接物礼貌周全。

母亲从北京女子中学毕业，北平解放后考入华北人民革命大学（中国人民大学前身）。1949年夫妻二人服从党的分配，从北京市分配到河南省南乐县从事教育工作。当年母亲穿着列宁服，端庄大方，神采飞扬，一时惊动了县城。南乐县地处冀鲁豫交界处，属三等小县，没有电灯，没有自来水，贫穷落后。当年从北京分配来17人，没出三年就陆续走了15人，最后就剩下我父母两人留在了南乐县。我曾经问过母亲，你大哥当时任高教部计划司司长，你们为什么不调走？母亲说："这里文化落后，穷苦的孩子需要我们。"

三年困难时期，她节衣缩食，把省出来的粮票帮助更困难的同事和群众。当时学校条件比较差，学生用的桌子是一条木板，中间和两头用砖垫起。凳子是学生从自己家拿来的小板凳、草编墩子。粉笔在黑板上写来擦去，母亲的肺部感染就是长期吸粉笔末造成的。

韩乐声，女，1952年生，河北财经学院毕业，现任嘉伦北京网梯科技发展有限公司财务总监。2018年11月22日，在杭州作为科技部项目验收专家组组长，对国家科技支撑计划项目进行了验收。

韩乐声夫妇为
母亲祝寿

　　母亲教学生拼音字母歌的声音至今还在我脑海里回荡。她把学校当成了自己的家。有的学生交不起学费,母亲多次用自己微薄的工资代付学生的学费。她对待学生像自己的孩子一样,学生的家长视母亲为亲人。她和当地的群众打成一片,走在大街上,老乡看见母亲都会热情地打招呼,一路走去,向母亲问好的声音不断。

　　母亲多次被评为高级教师楷模。她培育的学生遍布祖国大江南北,为国家培养了不少优秀人才,为南乐县的教育事业做出了自己的贡献。《南乐县城西街志》里记载了母亲的模范事迹,当地人民没有忘记母亲。

　　2017年,母亲获得教育部、人力资源和社会保障部授予的《乡村学校从教30年教师荣誉证书》。两颗大红印章赫然在目。母亲把证书拿在手里,抚摸着它,看了又看。她说:"这是我一生中最高的荣誉!"母亲把证书摆放在自己的床头柜上,不时拿出来看了又看。

　　母亲膝下有一男四女。母亲一生言传身教,教育儿女们要发奋读书,忠厚待人,不说谎话,甚至连饭桌上吃饭都要懂得如何放碗筷,如何讲规矩、知礼节。

　　"文革"中,我们的学业荒废了,但父母重教育的思想始终影响着我们,姊妹们后来都学业有成,有了自己喜爱的事业和美好的家庭。她80岁高龄时,孙女又考进了大学,后获得硕士学位。

　　我们小时候,生活条件很艰苦,但母亲总会想办法让孩子感受到生活的快乐。记得每年过"五一"、"十一"、元旦这些节日时,母亲会给我们每人发两颗煮熟的鸡蛋。每年夏秋,家里床下会放几个大西瓜,也总能吃到母亲从早市买来的杏、枣、甜瓜等新鲜时令水果。母亲做的香喷喷的红萝卜糟酥鱼至今香味犹存。她用白面和玉米面给我们做的"尕尕"特别好吃。

有了母亲的经心照料,在那个物质极为贫乏的年代,我们姊妹们个个都长得高挑健康,家里始终洋溢着欢乐幸福的气氛。特别是夏日的晚上,我家院子里常常笑语阵阵,歌声一片。

母亲多才多艺。她会打篮球,会弹钢琴,会说简单的日语和英语,毛笔字写得端庄秀丽。她会用缝纫机剁花。"剁花"是针剁、粘连、修剪等多种工艺并用的一种刺绣艺术。20世纪50年代末家里用的枕套,都是母亲在清一色的布上用紫红色丝线剁的英文字母Socialism is good(社会主义好),立体感很强,非常大气。喝豆汁时母亲会说:"我们小时候豆汁才一大枚(即一个铜钱)一碗!"母亲夸人时会风趣地说:"九毛加一毛——十毛(时髦)!"大家开心地大笑。

1963年,母亲省吃俭用花120元买了一台蜜蜂牌缝纫机,当时缝纫机还是稀罕物,这是我家当时最值钱的东西了。母亲用这个缝纫机给我们裁剪做衣服。学校的老师也常让我母亲帮忙用缝纫机做衣服,母亲虽然非常忙非常累,但从未拒绝过。我小学同学至今想起我的母亲还激动不已,说我母亲对她像对自己的孩子一样亲,讲母亲裁剪用缝纫机给他们做衣服的往事,一再说我母亲心地善良,脾气好,乐于助人,她们怀念这位好母亲,好老师。

在我记忆里,母亲一年四季都在忙,早上我们还在睡梦中,母亲就忙着去赶集买菜,我们还没有起床,母亲就已经买菜回来了。打扫卫生,然后就生炉子做早饭,照顾大家吃早点,之后就去上班,母亲每天忙碌着,夜晚批改作业、备课经常到深夜,从来没有见母亲坐下来休息过。后来,我们姊妹和弟弟五人继承了母亲勤奋、不怕吃苦、任劳任怨的优良传统。

母亲同情贫苦的人,虽然自己家并不富裕,但她经常周济、照顾比自己更困难的人,这种高尚的品德一直伴随了她一生,直到后来她到北京在我家居住时,有时候就把家里刚买来的瓜果蔬菜、食品小吃等,拿出来给小区的邻居一起分享。至今,北京的邻居还经常问起她,想念着她。母亲热忱待人的优良品德令人敬佩,让我终生难忘,成为鞭策我一生前行的动力和榜样。

1997年我们调到北京工作后,因北京是母亲的故乡,母亲对北京有着深厚的感情,每年我们都会接她来北京居住一段时间,少则三四个月,多则半年,在京的亲人常来看望母亲,母亲爱她的兄弟姐妹,我们也带母亲去看望大家。在北京住的日子,母亲是欢快的。

每年的重阳节,民政部、老龄办、中国老龄事业发展基金会举办"红叶风采全国老年文艺演唱会",在人民大会堂、西苑宾馆、政协礼堂举行中外友人联欢会时,都会邀请母亲去参加。她看到国家领导人、著名文艺表演艺术家、驻华大使和社会各界老年人代表,大开了眼界,很是高兴。母亲多次受邀到人民大会堂参加宴会,与各界人士座谈、合影、会餐、观看节目。她不卑不亢,谈吐高雅,展示了中国老年人应有的风采,一些外国大使也会对她竖起大拇指。

母亲以前眼不花,耳不聋,思维敏捷,头脑清晰,2016年因骨折,身体每况愈下。2018年7月24日(农历六月十二)上午11时9分,她永远离开了我们,享年98岁。母亲没有活过百岁,是我们做儿女的最大遗憾!

"谁言寸草心,报得三春晖。"母亲慈爱善良的音容笑貌,牢牢地记在我们心中。

母爱伴随我一生

葛桂花

母亲离开我们七年多了,她生前的很多事情依然历历在目。时光流逝,我对母亲的思念却越来越浓了。

我的母亲是一名普通的妇女,养育了五个女儿。父亲曾是一名监狱警察,1976年因病去世。当时我才12岁。父亲的单位每月发给母亲生活费25元,我们姐妹每个人每月18元生活费。母亲带着我们五个女儿开始了艰辛的生活。

母亲年纪轻轻就失去丈夫,她以柔弱之躯,承担起沉重的家庭重担,撑起了一个风雨飘摇的家。为了将我们姐妹五人拉扯长大,她含辛茹苦,历经艰难困苦,内心深

年轻时的母亲

处的苦痛常人是难以忍受的。母亲唯一的信念,就是无论生活多么艰难,也要让女儿们健康长大,完成学业,希望自己的五个女儿将来能有出息,都有好的工作。

我们失去父亲后,母亲情感非常脆弱,经常以泪洗面,絮絮叨叨地说她命苦,没有儿子……但她却是一个很要强的人,一个有责任感、有尊严的人。她虽然没有文化,却非常重视儿女的教育,对我们的要求是非常严苛的。除了照顾女儿们吃饭、穿衣和上学,她还教我们做人做事的道理:女孩子必须站有

葛桂花,中共党员,1964年7月出生,兰州新桥监狱警察,国家三级心理咨询师。从事监狱罪犯管理教育工作37年,曾任中国监狱协会理论研究骨干、甘肃省监狱协会新桥监狱分会副秘书长、兰州新桥监狱女犯监区副监区长、教育科副科长。

站相、坐有坐相、吃饭有吃相;做任何事都必须细心、认真,不能有点滴差错;家里来客人要有礼貌、懂规矩等等。她还训练、指点我们学会生活的各种技能,小到端茶倒水、干家务活,大到缝补衣被、担水、做饭、炒菜。

记得小时候在吃饭时,我不小心把米饭掉在地上,被妈妈发现,她就会让我立马捡起来,不许浪费一粒粮食。剩的饭菜,她从不倒掉。做饭、吃饭的时候,每棵菜、每一粒粮食都不许浪费,让我们从小就明白"谁知盘中餐,粒粒皆辛苦"的含义。穿衣都很节俭,缝缝补补,妹妹穿姐姐的旧衣服、旧鞋。母亲的要求,让我们更加懂得勤俭持家。

对别人托付的事情,她只要自己能做到的,总是做得认真细致,这一点我是完全继承了。

母亲的言传身教,对我们的一生都起到了至关重要的作用。她养育的五个女儿长大后,无论在学习、工作上,还是在生活能力、待人接物等诸多方面,在人面前都是很体面的。

每次回忆起母亲的点点滴滴,我的脑海里总浮现出她对我们严厉的言行。她给我们留下受用不尽的精神财富。

我总记得,当每年的六一儿童节、春节来临之前,母亲总在昏暗的灯光下,一针一线为我们姐妹缝制新衣服。到了冬天,缝新的棉袄新的棉裤,添加衣被。那情景到现在都记忆清晰。

年轻的时候,我们并不特别理解母亲,习惯于从自己的角度看待自己的母亲。那时候,没有父亲的我们,心里永远都渴望得到些父爱,而她永远是那么严厉。她经常哭泣,精神状况很差,躺着不起来,发起脾气来让我们害怕,总感觉她给我们的母爱太少。那时的我很少关注她内心的艰辛和她的良苦用心,觉得她为我们所做的一切都是理所当然,没能设身处地替她着想。年龄渐长,特别是自己做了母亲之后,我才常常想,一个弱女子,带着五个女儿,多么艰难!而她自强自立,立志把女儿们抚养成人、教育成才,数十年努力不懈,那又是怎样的坚韧!这时候再来回忆母亲的点点滴滴,才明白了母亲的良苦用心。

如今我体会到,母亲是一位扛得起责任、受得了清苦、守得住寂寞的女人。

母亲传给我的是一种精神,一种信念,是母亲让我学会了坚强、责任、担当。

母亲的言传身教,像春雨润物一样,使女儿们养成了谦虚谨慎、敬业奉献、勤劳做事、节俭生活的习惯。

五十多年来，正是这种精神伴我走过风风雨雨，帮我解决了一个又一个的困难，使我在人生的道路上健康成长。

多年之后，我非常庆幸、非常骄傲自己今生能有这样一位母亲。母亲一生对我们的教育，成为我们克服一切困难的不竭动力。

母亲虽然离开我们七年多了，但她的音容笑貌时常出现在眼前。如今，我们五个姐妹都有了自己和睦、幸福的家庭，子女学业有成。几个姐夫、妹夫都是监狱警察。生长在监狱警察世家的我和我的丈夫，女儿、女婿也继承了警察职业，一家三代都从事警察事业。五十多年的生活历练出一个自信、善良、成熟、有担当的我。母亲，您曾经的期盼和希望都已成为现实。

母亲和她的五个女儿

愿天下所有为人子女者都怀着一颗孝心，愿天下所有为人父母者都健康平安！

忆母亲

景　喆

　　春逝夏来,清风和煦。楼下窗外,一棵沙枣树,茂密的沙枣花开满枝头,花香绵绵,我不由想起母亲的味道,一丝丝,一缕缕,淡淡的,浓浓的,萦绕在心头。

　　建国初期,我的父母亲,同许多那个年代的年轻人一样,加入建设新中国的队伍中,从东北到大西北,到祖国最需要的地方去,一路向西,兰新铁路线当时正在建设中,到达兰州后,须改乘敞篷卡车,沿着栽有左公柳的大路,风尘仆仆,向西,出嘉峪关,玉门关,过茫茫戈壁,翻越天山冰达坂,到达了陌生之地新疆喀什,其中一路的辛苦,难以想象。

　　在喀什,百业待兴,虽然父亲的营房与居家只有一墙之隔,但平日里父亲大部分时间在单位备战值班,母亲除上班,还要撑起平日里的家务,照料我和弟弟。她白天上班,下了班,参加开会学习,"激情燃烧"的年代,在每个人的工作节奏里,周末的概念是模糊的。后来,我做了母亲,我时常感慨,我只带了一个孩子,平日里感觉就像一个陀螺,顾此失彼,而那个年代,每家都几个孩子,母亲们的辛苦和能干可想而知。

　　小时候,母亲白天上班,家里的活都是晚上做,每个夜晚,伴我入梦乡的,是那熟悉的踏缝纫机的声响,哒哒,哒哒。每个清晨当我睁开眼时,看到的都是母亲忙碌的背影,那永不停歇的哒哒声。母亲时隐时现的身影,似幻似真都深深嵌入我的记忆中。家里的母亲有做不完的事,上班工作,操持一家大小平日里的吃、穿、起居,占据了母亲大部分的时间。一旦弟弟、妹妹生病了,母亲彻夜不眠,白天黑夜连轴转。

　　跟着父亲频繁地换防,搬家,母亲不得以辞了工作,成了家庭主妇,这对

景喆,女,甘肃农业大学经贸学院教授,现已退休,甘肃农业大学老教授关爱团成员。

母亲是一个不小的坎，也成了母亲的一个心结。有一年，我们住在大山沟里，孤零零两排家属房，周围除了长着芨芨草的荒山，没有人烟，没有围墙，没有道路，父亲又常年在外，入冬，要准备冬天的煤和冬菜，要步行去很远的军人服务社买日用品，这些都落在母亲的肩上。大山里，每周一早晨，是我住校返校的日子，偌大的戈壁滩上，瑟瑟的寒气，薄雾，晨曦中，是母亲牵着我的手，蹒跚前行的背影。母亲做这些事时，任劳任怨。冬天吃水，要挑井

景喆母亲赵桂清女士

水，数九寒天，母亲和许多的留守阿姨，挑水都摔过跤。入夜时，山里能听见狼的呼号，屋外时不时，有野兽弄出的声响，母亲敢拿着家什和手电筒，大声呵斥，吓跑野兽。

后来，父亲转业到了地方，分配的住房小，家里人口多，住不开，母亲就领着子女拉砖，盖房子，在院子里栽树，种菜。遇到突发自然灾害，有大批旅客滞留车站时，母亲还会和许多居民组织起来，去做公益，烧水送水，送饭。直到晚年，她照顾生病的父亲，一刻都闲不下来。起大早干活，勤俭持家，"自己的事自己做"的习惯，伴随她终身，而她生命中，很少提及她受的苦和累，为子女，为这个家的付出及自己的委屈。

母亲的文化程度不高。她小时向往上学，但未能如愿，这成了她最大的遗憾，也成了她支持我们读书学习的动力。母亲爱学习，靠着识字班的底子，靠着一本裁剪书，居然学会了做衣服，成了裁缝，不但为我们，还为左邻右舍缝制衣服。

母亲是我读书识字的第一任老师。小时候，母亲教我认识宣传标语上的字，家里有一本早期的"育儿大全"书，是母亲的宝典，她给我们讲书中"神笔马良"的故事，教我们读儿歌。她会从家里有限的收入里，拿出钱，给我去买"三张纸"和"高玉宝"的小人书。

我的父亲在伊犁驻防时，我的母亲和院里其他的家属一道，留守在千里

之外的营区,种菜,养鸡,凭一双手和简陋的工具,硬是挖成了十来米深的"防空洞"。每年春节,是母亲最忙碌和辛苦的日子,大扫除和准备年货,使得母亲的双手常常浸泡在冰冷的水里,西北的冬天,天寒地冻,刺骨的寒冷。

我上大学后离开家,在外工作成家,和父母在一起的时间越来越少。印象中,父亲去世后,年迈的母亲愈发寡言少语,身上的各种病痛,让母亲变得羸弱,憔悴。她步履蹒跚,关节炎让她双腿变形,她的眼神不再清澈,变得馄饨,老年性黄斑病变,使她的视力越来越差,听力变差,使她的嗓门愈发变大,与她的交流愈发困难,她时常一个人沉默地坐着,坐在家门口,坐在街口旁,默默地注视着来往的行人,车流。她的思绪似乎飘向远方,牵挂远处的儿女,想念逝去的亲人,或许,她是盼望儿女们回家看看,但是,所有的这些,她都没有说,她的话语越来越少。那个有使不完的精力,那个能干,那个出口民间谚语,典故连连,乐观开朗的母亲渐渐消失了。她变得健忘,自言自语,电话里的她烦躁不安,说话撅人。她坐在电视机前昏昏欲睡,内心对孤独,充满恐惧。她对于自己日渐不支的精力、体力、能力,感到愤怒和无助,但是,我却全然不能理解母亲,却认为,母亲变得"不可理喻"。我们一厢情愿地以为,我们的父母,永远是精力充沛,明理,头脑清晰,善解人意,是我们的"天"。现在想来,我们的无知、浅薄和不可理喻,使我们留下了无法弥补的悔恨和遗憾。父母亲健在时,我出门在外,走得再远,我的心是踏实的,我的脚步是坚定的,但如今,父母都已离我们远去,我的心变得空空落落,无限寂寞。

回顾我的母亲的一生,她经历了她所处时代的所有重要时刻,抗日战争,解放战争,抗美援朝,三反五反,三年自然灾害,中印自卫反击战,"文化大革命",改革开放。在激情燃烧的岁月,她同千千万万个母亲一样,满怀希望,朝气蓬勃,奋勇争先,全身心投身于火热的工作和生活中,为共和国大厦添砖加瓦,任劳任怨,平凡而伟大。

"前人栽树后人乘凉","吃水不忘挖井人",今天,城乡巨变,每当我回想起父母亲这一辈人的人生时,心里百感交集,我从心底对他们充满了深深的敬意,我满怀自责和内疚。天下的父母们任劳任怨,忠于职守,努力工作,用他们的不懈努力、勇气及对子女的爱,在孩子们的心中树立起了丰碑,他们永远和我们在一起!

2022年10月完稿于兰州

让我揪心的母亲

程正明

我的母亲是高台人。外爷姓雷,是河西地区有名的皮匠,我母亲算是出生于一个殷实的匠人家庭。由于当地观念落后,我母亲没有念过书,不识字。据我父亲讲,他是去农村送信时, 在高台城东一个叫上坝桥的地方,看到我母亲在挖野菜。他就是那时看上我母亲的。母亲到我们程家后,勤劳能干,善待公婆。婚后数年中接连生了我和两个弟弟,深受我爷爷、奶奶的赞许。

父亲调到省城兰州后,正值天兰铁路在修建,母亲跟着父亲在天水、武山、兰州、天祝等地生活过几年,常常搬家。有一段时间家就在火车上, 住宿条件简陋,生活艰苦。

1955年,父亲调到永靖县刘家峡工作,生活稳定了,我们兄弟几人才陆续回到母亲身边。在爷爷、奶奶那儿散漫惯了,到了母亲身边,顿觉母亲管束非常严格,遇事毫不含糊。记得一天晚上,母亲问我大楷写了没有,我因没写,回答得吞吞吐吐,撒谎说写了。我刚睡下,母亲就开始检查作业。发现我的大楷都是老师圈过的,母亲发怒了,先是问我为何没写,接着又问为什么撒谎。她用父亲的皮鞋把我狠狠打了一顿,边打边说: "你自小就撒谎,长大怎么 做人?要你做一个老实人,为何不听大人的话?"由于打得很厉害,我身上青一块紫一块,第二天拖着腿上学,两三天后屁股还痛得不能坐板凳。这是小时候母亲唯一打我的一次,也是最狠的一次,但却深深地教育了我,并影响了我的一生:从今后再不说谎,永远做一个诚实的人。

程正明,1948年12月生,兰大夜大学汉语言文学专业本科毕业,省委党校研究生。1968年参加工作,1972年加入中国共产党。曾任临夏州委书记、省政府秘书长、省长助理、省人大农业与农村委员会主任委员,2012年2月退休。喜欢写作,在《甘肃日报》《中国改革报》《西部大开发》《人大研究》等报刊发表文章数十篇,出版了《甘肃农村问题研究》《情感的天平》《情感的礼赞》等著作。

我的父亲母亲

三年灾荒时期,父亲工资低,家中人口多,粮食不够吃,家里生活很困难。为减轻父亲负担,母亲承接工地上一些单身工人的被褥来洗,洗一床被子挣两毛钱。工人如果很困难,母亲就不要钱。由于母亲洗的被褥很干净,不误时,周围的工人都愿意让母亲洗。当时我们住的是刘家峡水电四局家属区,吃水是两排"干打雷"房子中间的公用水管供给,有时为了抢先打水,孩子们常常起哄、打架。母亲看见我们抢水,就严厉地批评我们,要我们让别人先打水,等没人打水时我们再打,还要我们帮助没有孩子的邻居家打水。

母亲常说,远亲不如近邻,帮人就是帮自己。那时家里八口人,六个孩子要吃要穿要上学,父母压力很大,母亲更是操碎了心。我多次看到母亲总是把干饭、稠饭让父亲和我们吃,自己吃稀的、喝面汤。有时大家吃完饭母亲却没饭了,母亲也不再做,我们问她,她说已经吃了。到后来我才懂得,母亲是忍着饿为我们省粮食。虽然自己的日子并不富裕,母亲还常常帮助困难的 邻居和工人家属,送马铃薯给他们,让我们把捡的柴火和煤渣分给他们。

那时我常听邻居和邮局的叔叔阿姨说母亲精明、能干、贤惠,说家里那么多孩子,个个穿得整整齐齐、干干净净,都能上学。由于当时年龄还小,只知道疼母亲,却不知道如何帮母亲。后来母亲去世了,这些事成了我回忆母亲时最揪心的地方。

1963年,我考入临夏州第一中学,上学前母亲为我缝缝补补,拿出自己积攒的几元钱,还塞给我节余下的十几斤粮票,千叮咛万嘱咐, 不放心我过早地在学校独立生活。每次放假回家,母亲都要给我做好吃的, 烙我最喜欢吃的油糊圈饼。临走时又总是把我送到刘家峡黄河南岸的山坡下,直到我爬上山坡看不见为止。

1964年3月,我寒假后返校,母亲挺着个大肚子照样把我送到了山坡下,拉着我的手一直不放开,眼睛里流露出难舍、不放心和无奈的目光。我眼中不由得充满了泪水。看我这样,母亲哭了,哭得很伤心。我不知道母亲这次送我为何这样。当我一步一回头地往山上爬时,看到母亲瘦小而浮肿的身体,眼泪顷刻奔涌而出,心如刀割。谁料到,这竟是我与母亲的最后诀别。4月16日,母亲因怕花钱,在家生孩子,难产去世了,享年三十六岁!我在学校接到家里电报,就像天塌了下来,泪水落到了正在抄写的墙报纸上,画好的图画被晕染得一片浑浊。

呜呼,我可怜的母亲!呜呼,让我揪心的母亲!我已是五十多岁的人了,每当回忆您省吃俭用、受苦受累、殚精竭虑地哺育我们成长的日子时,我总是满眼含泪,不能自已。这篇回忆文章是我一次次流着泪写出来的。

母亲啊!您短暂的人生给儿女们留下了宝贵的精神财富,我们一定把您的高尚品质和人生风范世世代代继承下去!

母亲给我传授了生活的本事

鲁 挺

　　母亲大人离开我们已经整整二十二年了。她的一生,虽然遭遇了许多灾难,但由于吃苦耐劳、刚强坚韧,因而长命高寿,享年90岁。我从小就跟着她一起生活,她身传言教,给予我许多做人的本事,使我终身受益。近年来我退休在家,茶余饭后回忆往昔时,不由联想到自己小时候跟着老母亲一起劳动生活的情景,好像昨天发生的一样,历历在目……

　　1941年9月15日,我出生在甘肃临夏一个官僚地主家庭里,从小就过着"衣来伸手,饭来张口"的寄生生活,无愁无忧。

　　1951年春天,父亲从青海省西宁市回甘肃临夏老家探亲时,因历史等问题被临夏地区公安局拘留立案审查,又因土地改革运动,家也被抄,全家人被扫地出门。政治及生活的双重压力,迫使母亲带领着我们兄弟姐妹迁移到临夏县北塬区大鲁家村老家落户谋生。

　　这种从城市到农村、从富裕到贫困、从依赖别人到自食其力的突如其来的巨大变迁,宛若晴天里一声霹雳,彻底把我从梦中惊醒了。虽然只有10岁,但我已经尝到了生活的酸甜苦辣,隐隐开始知道生活的艰难了。

　　初到农村,全家就借住在叔伯家的三间土房里,没有粮食,就全靠母亲给别人做针线活缝衣服换来面粉或洋芋充饥。另外,母亲会刺绣,在20世纪30年代,父亲在临洮县当县长时,母亲还被临洮女子师范聘请为专职教员,教过书。有好多将要出嫁的淑女,都来请求母亲给她们绣枕头等做嫁妆,这样还能换来一些粮食,解决了当时的燃眉之急。

　　那时候农村人都睡土炕。没有填炕和烧饭的燃料,母亲给我买了一个小背篓,天天跟着邻居家的小孩一起去拾马粪。由于思想压力大、紧张,也就顾不上臭和脏了,见粪就去捡,唯恐自己得不到,有时急着用双手去拾。新鲜而

鲁挺,甘肃农业大学教授。

潮湿的马粪经常浸透了衣服的后背，晒干了后发黄，也没有能力去洗，又穿上继续去干。每天早晨天不亮就外出，几乎跑遍村庄周边的所有马路去拾粪，常常空手而归。这件事对一个长期生活在城市里的官僚地主家庭出身的"小少爷"来说，无疑是一个严峻的挑战。当时姐姐、弟弟寄养在外公家，大哥、二哥已上中学，母亲不愿让他俩辍学荒废了学业。只有我在读小学四年级，暂时辍学，帮助母

我慈祥的母亲

亲干家务最合适。母亲给我耐心地讲道理做思想工作，我想通了，就爽快地承担了此项艰辛的差事。我干得不错，还赢得了村上众多乡亲们的好评。

年底土地改革时，我家被划为地主成分，母亲被确定为地主分子，并按家庭人头数分得土地14亩，真正落到农村当农民了。

1952年春天，备耕开始。常言道：庄稼一枝花，全靠肥当家。我家初到农村，家里不养牲畜及羊，没有肥源，母亲就向邻居家学习，承包了外公家的厕所作为肥源，借外公的钱买了一头小毛驴开始驮粪。彼时我牵着小毛驴在前边走，母亲跟在后面掌舵。想不到，此事在社会上产生了巨大的反响。在旧社会及解放初期，从来没有妇女进城驮粪的，加上母亲的特殊身份，引起人们的高度关注和议论，成为临夏市的一大新闻。人们纷纷议论："你们快来看，县太爷的太太及少爷赶着毛驴驮粪了！"每当我和母亲进城牵着毛驴驮粪走在大街上时，行人纷纷上前围观。我们只好低下头，想着三步并作两步快快出城，但觉得步子很沉重，总是迈不开，大街好长，好像永远也走不到尽头似的。在寒假里，母亲又安排大哥领着我跟随邻居大叔，每天趁夜深人静时，从十里外的农村越沟下山进城，背着竹笼去拾大粪(即人的大便)。于是，昔日我白天背着书包高高兴兴去上学的巷道，而今变成了我黑夜背着竹篓拾大粪的场所，真叫人难以置信。这种巨大的变化刺激着我幼小的心灵，终生难以忘怀。在母亲的谆谆教诲下，我们还是接受了，硬着头皮一直干到大哥开学为止。当时全村近百名小孩中，唯独我们兄弟两个干过，因而成为全村历史上的特例。

春季备耕除积肥外,还要在播种前整地。一般犁地都是强壮男劳力操作,没有妇女或小孩干的,但母亲实在没有办法,也不顾人们笑话,大着胆子自己驾着毛驴,让我协助去做。刚开始,就像初学骑自行车一样,母亲掌握不住重心,犁左右摇摆、东倒西歪,犁出的地弯弯曲曲,质量很差,成为全村人的笑柄,但它也开创了农村妇女耕地的先河。

其他农活如撒粪、耧种、扬场等等,都是母亲给别人缝衣服变工完成的。在整个务农过程中,众多乡亲可怜同情我们,给予帮助,使我家也顺利地种上庄稼,令人感激。这是因为旧社会我们不在农村,没有直接压迫和剥削他们,没有结下仇恨的缘故吧!

当时,全北塬地区还没有水利灌溉条件,全是旱地,靠天吃饭。那年风调雨顺,庄稼丰收了。我家收获的豆子、小麦、洋芋、糜子等,虽赶不上四周邻居们的,但也非常可观,因为地里增施了毛驴从城市里驮来的人粪尿及拾来的大粪,我家收获的豆子比别人的饱满,洋芋个头也大。我家生产的粮食当年吃不完,自给有余,我们开始过上自食其力的日子了。地主分子劳动改造成效显著,一分耕耘一分收获,问心无愧,深感欣慰。在以后的三年中,我一直协助母亲务农,有时农活不太忙时,母亲还让我到大鲁家小学(就在本村,离家很近)旁听文化课。因她懂得知识对子女们将来生活的重要性,还期望以后环境条件好转后,让我复学,像姐姐和大哥一样上大学,远走高飞。

1955年9月,姐姐和大哥考上大学了,分别赴兰州、北京去上学,我也以旁听生的名义考上临夏中学,开始走读上学了。这年,农村实现初级合作社,农民们开始集体劳动,因我家是地主成分,还不能加入,仍得单干。家里只有母亲一人,很忙,还需要我继续协助母亲务农,我的主要精力还是集中在家务劳动上,每天除上语文、外语、数理化外,其余课程请假都不上(当时中学校长是堂姐夫,蒙他关照),提早回家,帮助母亲干农活,晚上点着自制的煤油小灯做家庭作业。初中三年,我几乎是"半耕半读"过来的。直到1958年成立人民公社,因母亲劳动改造表现突出,被社员大会评审通过,摘掉了"地主分子"帽子,批准加入人民公社,成为社员,按劳取酬,土地也被公社收回。家里没有农活了,我算解放了。姐姐和大哥在大学公费上学,二哥临夏师范毕业已工作了,家里没有任何经济负担,我再也不必为母亲担心什么了。

1958年,我初中毕业。当时有一条规定,临夏州的初中毕业生不准外流,只允许上临夏师范或高中,我原准备考外地技校或中专、早日就业的理想彻底破灭了，只好勉强就地上高中。高中三年，又遭遇三年困难时期，农村普遍生活困难，学校对农村学生规定了优惠政策，只上主课，可以不参与其他活动，因此，我的高中三年，大部分时间也是在农村度过的。1952年～1961年，正是我一生中学习文化知识的黄金时段，但因要协助母亲务农，影响了基础文化知识的学习。回头看，这种经历不仅没有阻碍我以后的发展，反而使我早早了解了社会，懂得了生活，并培养了"不怕脏，不怕苦"、任劳任怨的精神，对以后的学习、工作及生活都有好处。

1961年10月，在大哥的关心下，我顺利地考进了"新疆军区兵团农学"(现新疆石河子大学前身)，实现了母亲一直希望我上学的愿望。我恋恋不舍地告别了生我养我的故乡，离开了慈祥和蔼的母亲，奔向远方，这才开始步入生活的正轨。

大学求学的四年中，由于刻苦学习，成绩良好，加上为人忠诚朴实，乐于助人，我被全班同学民主推选为班干部，毕业时被学校评选为优秀学生干部，分配工作时被优先安排到科研单位。大学毕业后的三十多年教学与科研工作中，我努力钻研，获得多项科技成果，成绩显著。从事三十多年扶贫助学、慈善公益活动，我充分发挥了解农村、熟悉农业、懂得农民加之自身专业优势，如鱼得水，干得有声有色，为救助农村留守儿童、助力脱贫攻坚等做出了有益贡献，曾获得"全国民族团结进步模范"、"全国各民主党派、工商联为社会主义两个文明建设先进个人"、"全国关心一下代工作先进个人(两届)"、"全国老有所为先进个人"、"全国敬老孝亲之星"、"全国敬老孝亲提名奖"、"全国振华科技扶贫奖"等殊荣。我负责组织引领的慈善助学老教授关爱团(亦称老教授服务团)，2021年12月被评为"全国教育系统关心下一代工作先进集体"。这些成绩的取得完全有赖于党的教育培养，也与少年时代在农村务农的10年经历以及母亲从小给我传承的生活本事密不可分，所得到的回报，值得永远珍惜、留念。

2022年4月15日

母亲的手

谢德彪

　　我的母亲离世多年了,可她做饭的模样,缝衣的姿势,好像电影镜头,时常在我记忆的银幕上回放。

　　母亲姓张,名桂香,共生了八个子女,一儿一女幼年夭亡。我上面有两个姐姐,生下我后,母亲又接连生了三个弟弟。俗话说:"儿多母苦。"当时,生产队实行集体统一派工制度。社员一天的工值记入劳动工分手册,成为"按劳分配"口粮的主要依据。两个聪明能干的姐姐比我大七八岁,家里刚指望作为主要劳力挣了几年工分,刚到18岁就出嫁了。父亲给队里赶马车,经常出门在外。养活四个儿子吃穿负担重,为多挣工分,母亲争前恐后干苦活,生怕家里分粮少,让子女们肚子吃不饱。

　　母亲幼年时右胯摔伤,没有及时治疗,加上封建社会女孩子从小强制裹小脚,裹伤的脚趾压在脚掌心,脚底板凹凸不平,走路有点儿跛。她除了背负重物腿脚不灵便外,干起薅草、锄地、割麦子、打土块等活手疾眼快。遇到包工活,挣的工分自然也就多。母亲做一手好饭。蒸馍、擀面、炒菜、调汤,样样拿手,常有机会派上用场,免去了由于腿脚不灵便,上地干活的劳顿之苦。"三年自然灾害"时期,兴办公共集体食堂。母亲抽到生产队的大食堂领班做饭,不仅发挥了自身长处,挣得高工分,也使家人多少占了"勺把上"的便宜。后来,队里请来木匠、铁匠、皮匠、泥瓦匠做手艺活,临时搭灶招待时,也少不了母亲主厨。

　　给下乡的干部管饭,是一个肥差,更是一种荣耀。不仅队里给派饭人家

谢德彪,笔名虎翼,甘肃张掖市甘州人,毕业于兰州大学中文系。退休前系《甘肃科技报》原总编辑,主任记者,甘肃省引大入秦工程原纪委书记。多年来发表新闻作品千余篇。出版散文集《大地传真》,主编《甘肃沙草产业》《千秋伟业》等书。多篇诗歌、散文作品在省内外报刊发表。

的工分多,年终决算时有粮油补贴,还能获得干部支付的现金和粮票,可谓一举多得。1964年冬天,"社教"(社会主义教育)运动工作组进驻队里。姓汪的工作组长带领5名组员,由队长安排到贫下中农家里吃派饭。轮到我家时,母亲变着花样做饭炒菜。吃过多轮派饭后,工作组员看到我家收拾得干净,母亲做的饭菜花样多味道好,都喜欢让我家管饭。以致后来有两位工作组员主动提出要求,固定在我家吃了三个多月的饭。有位胖乎乎姓王的女组员对我母亲特别信任。有一天,她去城里买了一块猪肉,偷偷拿来让母亲煮着解馋。肉熟后,母亲切了几片给我吃。那肉肥瘦相间,油腻细嫩,香味四溢,细嚼慢咽,浓郁的香味直渗骨髓。尽管时光过去几十年,可那两片肉的味道,永久保留在味蕾的记忆里。

在母亲的手里,各种面食花样百出。擀的灰碱面薄如纸页,切的细长匀称;搓的鸡肠子面滑溜筋道,几根就能盛一大碗;晒的粉皮薄巧整洁,似晶体般透亮。炸的油饼麻花油果子,蒸的花卷包子馒头,烙的月饼,摊的煎饼,包的饺子,皆形状美观,味道好吃。有时,家里来了亲戚朋友,赶急图快应急,母亲就炸紫苏面蛋子、做葱花油饼,或烹几碗粉皮面筋招待。亲戚朋友吃得高兴,放下碗筷少不了夸赞一番。

粉皮面筋是乡里人招待亲朋的快餐食品,但制作起来工序复杂。先将面粉和在清水里反复揉洗,分割出淀粉液体和面泥块,粉水倒入锅里搅成糊状,舀在大小盆里冷却,面泥擀成饼子烙熟,然后将粉块和烙饼切成条形薄片,匀称地摆放在马莲草上晾晒风干,一片片拣起,捋整齐,扎成捆,贮存备用。母亲想到用刀切粉片效率低、薄厚不匀,灵机一动,就在一块木板上锯出条形豁口,将马尾子穿进豁口两头的孔里绷紧,做成具有均等缝隙的拦粉板。粉块对准拦粉板豁口推过去,数十条粉片独自成形,既薄又匀称。小小拦粉板的制作使用,改进了切粉工艺和效率,成为各家效仿的样本。

母亲性情温和热情,做事耐心细致,有很高的威望。街坊邻居逢上婚丧嫁娶的事,都喜欢请她帮厨蒸馍,做家常饭菜招待亲朋和帮东的人。她常说:"和面不能偷懒,得用力反复揣,打出来的媳妇,揉到的面。"在蒸馍之前,她在松软的发面里掺入干面,施上适量碱水,双手紧握拳头,交叉在面团上揣压,将面团卷拢,不厌其烦用劲反复挤压揣揉,饧一会儿再揣揉光滑。揪一疙瘩发面用指头肚捻成蛋蛋,放在火旁烤熟,观看成色闻气味,判断面里的碱是否使得合适。经过几道细致工序,蒸出来的小花卷、鸭蛋子、桃娃子色泽白净松软不开裂,作为宴席的配用主食,为东家长了面子。她给人家帮厨干活,赢得了好人缘,也获得回报情分。每当我家有了犁地、收庄稼、码麦垛、起圈粪之类的苦力活,总能得到街坊邻里帮助,人家等于趁机还了人情。

母亲的针线活也很拿手。我童年时,各种物资短缺,缝衣服的布料凭票证供应。那时的"布票"分大人小孩发放,限量的"布票"根本不够用,再说也买不起新布料。母亲给父亲缝的新衣服穿破了,要么打上补丁再穿,要么拆翻缝补改制,让几个儿子依次轮流来穿。所谓"新三年,旧三年,缝缝补补又三年",是对这一状况的真实描述。父母只有对两个姐姐有意识地打扮得漂亮一点,尽量购布料缝制花衣裳。我是受宠的长子,为了上学穿得体面些,也能得到穿新衣服的优待。穿破的衣服实在不能再打补丁了,就拆洗干净,将旧布依形剪成大小不等块状,连缀缝成一大片,做棉夹袄给弟弟穿。剩下的边角碎布,用糨糊一层层拼接粘连,打成袼褙做鞋,真正做到了"物尽其用"。

制作布鞋工序繁杂,费时熬人。母亲一天到晚忙不消停,白天上地挣工分,回家赶紧做饭,夜晚的大部分时间用来做鞋。在昏暗的油灯下,她将麻皮用搓垞捻成细绳团,在层层相摞的袼褙上附一层白布面子,拿锥子使劲扎出针眼,用戴在指上的顶针顶着针脑,拉扯穿在针头的麻绳纳鞋底。伴随她的苦和累,一双双大小合适的新鞋穿到子女们的脚上。

母亲不仅心灵手巧,还善于学习积累针线活技能。各式鞋样子、枕头绣花图案、纽襻挽法、带襟衣裳模版等,留心收藏保存,以备不时之需。

街坊邻居都知道,母亲的针线活做得好,常有人家邀她缝制衣裳。去人家时,母亲经常领着我图热闹。特别是遇上姑娘做嫁妆、老人缝殓衣,用绸缎之类面料做棉衣时,事主家担心裁剪不当废了面料,就邀请母亲帮忙。母亲毫不推辞,宁可放下手头的活,也要立马赶过去。母亲常对我说:"娃,人家遇上难事,才张口求人。帮人做活,图个人情,谁家门上没个事?"母亲朴实的话语根植心中,成了我为人处事的座右铭。裁缝活做多了,熟能生巧,胸有成竹。裁剪衣服前髋,母亲仔细端详做衣人的形体,撑开手指丈量面料,拿出纸样子比画个大概,用粉笔或泥片在柔软的绸缎上轻轻划痕,顺着印迹横竖弯曲几剪子下去,衣样随即成形。母亲和帮工同伴几人协作,又说又笑,细线密针,在欢乐气氛中,成套合体新衣缝好了。

母亲的手指修长,做起面食和针线活来灵巧自如。她那双手一辈子未消停过,即使在晚年得了重病,也挣扎着干家务活。由于长期的劳作,久经风吹日晒的摧残，母亲的手指变得瘦削黝黑，指背上皱褶重叠着岁月的刻痕，手掌里布满了厚厚老茧，松树皮似的手背上青筋暴突，凸现的血管仿佛几条蠕动的蚯蚓趴伏在手背，弯曲变形的指骨节膨胀隆起，几个指头伸展时，仿佛并排站着的弯腰驼背老翁，参差不齐。自我长大懂事后，每当看到母亲那双闲不住的手日渐干瘦变形，感到揪心的难受。

父亲重病时，母亲精心服侍。实际上，她重病在身强忍疼痛，生怕吭声后分散了给父亲治病的心思，给子女们造成精神压力和经济负担。直到父亲的丧事办完，几个儿子看到她日渐消瘦，面色暗黄，才强制她去医院检查。检查结果让子女们惊诧，母亲的胆囊息肉已病变。医生责备到了这个地步才来看病，也太能忍受了。不等春节过完，我和姐弟商量，决定驾汽车拉母亲到省城治疗。在住院之前，我和妻儿3人陪母亲游览了东方红广场和中山桥，因为她是第一次来兰州。我怀着沉重心情，隐瞒实情，强颜欢笑与她合影留念。住院后，兰医一院专家为母亲主刀做手术。由于耽误了治疗时机，母亲术后十多天低烧不退。我和二弟只得绝望地背她登上火车，回到家里准备后事。在母亲弥留之际，我和姐弟们守护在她身边。看着她气息衰弱，上气不接下气地短促呼吸，我紧紧攥住母亲骨瘦如柴的冰凉大手，妄想拉住不让她离去。母亲眼里噙着泪水，不舍地闭上了眼睛。

母亲走了，想到再没机会给母亲孝敬，再也吃不上母亲擀的灰碱长面，再也穿不上母亲缝的千层布鞋。更让我痛心的是，父亲先一步离世，母亲健在时，逢年过节，我有探亲休假的理由，从千里之外赶到老家，围坐在热炕上，依偎母亲身边，忆童年的往事，吃想吃的饭菜，听絮叨的话语。如今老宅子依在，但没有了母亲，从此，大家庭散了，我成了没娘娃。想起这么多的纠结和不甘，鼻酸眼胀，心如刀绞，泫然泪下。

落叶纷纷思慈母

楼洪鑫

今年初冬，这座省会城市特别冷，冷得透筋渗骨。

黄昏的落日依旧绚丽，黄河水依旧泛着绸缎般的红波。徐徐而来的西北风，让我这个早早穿上羽绒服的壮汉，不住打战。风卷起落在地上的柳树叶，吹向河边，刮进河里，随波而去……我忽然泪蒙双眼，目送河中缓缓远去的树叶，幻成了母亲的脸庞。她的笑容还是那么慈祥，只是越来越远，越来越模糊。

母亲在大西北生活了整整65年。

母亲出生在一个美丽而古典的江南大镇。她姓赵，据说是南宋皇族的后裔，谈不上大家闺秀，但称得上小家碧玉。外公是清朝最后一批落第秀才，仕途无门，就走上了悬壶济世的道路。他看病不讲价，给多少都行，给什么都行。听母亲讲，病愈后的患者送来的土布和稻米，一直用到了五六十年代的困难时期，让家族人减轻了饥寒的程度。

20世纪50年代后期，母亲随父亲从上海支援西北建设来到兰州。我出生不到半年，她考上了铁路技校速成班，一年后便成了机车工厂唯一的女性牛头刨床操作工。因工作认真，技术精湛，从未出现报废加工机件，母亲多次被评为先进工作者，最辉煌的是被评为厂级劳模，获得了一块印有纪念字样的单人提花床单奖品。她珍惜无比，一直压在箱底舍不得用。直到1975年3月15日那天早上，要送我去河西走廊插队，才从箱子底下翻出来，郑重其事地送给了我，并讲了那块漂亮床单的光荣来历。可惜得很，我当时没深解母亲的意思，后来让我铺在火炕上给烤煳了，也就酥碎了。母亲这么珍贵的物品在我手上被毁掉，现在回想起来，万分懊悔。

母亲心地善良，同情心重。记得闹"文革"的那些年，每到冬末春初，从榆

楼洪鑫，笔名沙汉，曾任甘肃团省委青工部长。后半辈子从事环保工作，历任甘肃省环保局办公室主任、副局长。2006年调环保部区域派驻机构任职，2019年退休。

中北山跑到城里要饭的农民特别多。那些人每到家门口,母亲从不把吃剩的熟食给他们,每次都舀半小碗玉米面或小米之类的杂粮给他们。那时国家实行粮食定量定人供应制,家家都粮食紧张,而且杂粮的比例比较高,虽然由于老爹是锻工、母亲是刨工,都是重体力工种,供应粮食的定量比较高,但架不住正在长身体的我们兄弟三人的三张嘴,我家粮食也并不富余,所以我对母亲有些不解。她解释说,出来要饭,都是家中无粮,给块馍馍只能当时当人糊口,帮不了他们家里人的饥饱。

母亲爱笑。她对工友、邻居们一直很友善。我从没有见她和谁红过脸,待人总是笑脸相迎。近些年来,她似乎更爱笑了,以至于小区周围的小商小贩们及邻里们都叫她"爱笑奶奶"。后经本人观察,明白了原因,一是母亲生性慈善,笑相多;二是由于年老耳聋严重,听清听不清,只好多送笑脸。

母亲和善,但教育我们兄弟却从不心慈手软。记得我11岁那年的元旦前一天,对面工厂晚上要露天放映阿尔巴尼亚电影《地下游击队》,下午我便早早搬上砖头,用粉笔写上名字,到篮球场抢占了一块好位置,不料为此与邻居男孩发生争执,双方动手了。他流鼻血了,我第一次穿的崭新的军便装衣领被撕破了。回家吃晚饭时,衣领被母亲发现,我不敢如实交代,撒了谎,不料被母亲识破。她先是扯着我的耳朵到邻居家道了歉,而后再扯回家,一顿擀面杖侍候,我的屁股青了肿了,但我没哭没嚎,母亲自己却哭了……

母亲不厌其烦地教导我们要诚实,讲规矩,学习要努力,清白做人,认真做事,特别是对我们读书学习要求很严。上小学时,因为"文革",常常停课,母亲便把我们反锁在家中做算数,抄《老三篇》,背毛主席语录,这种囚禁式督学一举两得,既不让我们荒废学习,又能防止我们在外闹腾惹事。她曾多次给我说过,咱家没底没靠,要有出息,只有自己努力!这些话语至今仍回响在我心里。

母亲一生勤劳节俭,在工厂勤奋工作,在家勤俭持家。1961年,因国家调整产业,母亲曾短时间失业,为了与父亲一起支撑这个家庭,母亲在怀着二弟的情况下,给人挑水挣钱,一担水挣五分钱。由于母亲的勤俭,在那物资短缺时期,我们这个七口之家靠合起来一百来块的工资,生活并不曾捉襟见肘。那时候不仅粮食紧张,副食品更是极度缺乏,买啥都是凭票、凭购物证定量供应。母亲为了让我们在长身体的时候能吃饱,营养能跟上,经常去肉铺子排队买肉皮(此肉皮不必凭票证),回家后先刮下残留油脂,炼成油,备炒菜之

我的母亲赵品娟

用；再煮熟肉皮，剃毛切丁，和上黄豆或黑豆，加上腌雪里蕻，添点辣椒，焖烧成汤汁菜，用来拌拉条面或配馓饭，又美味又营养又顶饥。我们兄弟几人身板从小都比较健壮，与母亲的这一绝招关系很大。家中很多物品用了二三十年也舍不得丢掉，那口中号铝锅从我记事起，母亲就常常用来给我们做"一锅子面"，至今还没退役。

母亲在我眼中特别坚强，有点病痛，几乎不上医院，不吃药。近些年患上老年病，需看医生时，都是我和弟弟们连哄带蒙才去医院。直到生命的最后时刻，她坚持给病中的父亲做好午饭，下楼取回当天的《兰州晨报》，才倒在了家门里面！坚强了一辈子的母亲，也没有能冲破那句魔咒：七十三八十四，阎王不请自己去！她没有活过85岁生日，生命永远定格在了全城疫情刚刚降为低风险的那一天中午！

母亲一生和中国绝大部分母亲一样平淡无奇，如同眼前的柳树落叶，分不清这片是哪片，但在我眼里，她是那样的美丽，那样的不平凡。

母亲啊，如果有来生，我还要当您的儿子！

舟山，母亲的天堂

楼家骐

我母亲始终住在老家舟山。家住杭州的妹妹多次叫母亲到杭州去转转，都被她婉言谢绝了。我每次回乡探亲，总说兰州的好处，想带母亲来住一段时间。可母亲说："你那里就是金窝银窝，也不如我自己的草窝窝。"弟弟一家在浙江永康城里，离老家舟山五十里地。这几年，到了隆冬季节，年迈孤独的母亲才在弟弟的劝导下依依不舍地离开"老窝"，进城"猫冬"。一到开春，母亲就一天都不想在城里待下去了。

儿女们最清楚母亲的心思。她离不开与我父亲同甘共苦六十多年的山村，离不开亲手创建的家园，那里有太多她不能割舍的东西。弟弟一言道破："舟山是母亲的天堂。"这话说到了母亲的心坎上，她开心地笑了。的确，在母亲心中，世界上再没有比老家舟山更值得留恋的地方了。

舟山是一个山灵水秀的山村。村里那座最大的山就像一只船，所以山名、村名乃至乡名都叫舟山。我家的老屋就在舟山脚下。屋后有一片竹林，同山上的树林相得益彰。翠竹摇曳，绿树成荫，燕舞莺啼，泉水叮咚。那情那景，真似世外桃源。特别是夏天，那里是一个绝好的避暑胜地。

屋后那片曾经的果园，至今还常在我梦中隐现：枇杷树、樱桃树、大栗树、柚子树、桃树、梨树、橘树、茶树，还有在花草间翩翩起舞的蝴蝶。那是我孩提年代最喜欢的"五彩世界"、"绿色天堂"。

可到了1958年，舟山被"剃了光头"，山上的树木被砍倒，塞进了"大炼钢铁"的小高炉；果园成了"共产"，果树遭到践踏。母亲心中的"伊甸园"不复存在，只有山泉伴着母亲的泪水流淌……坚强的母亲，硬是一锄头一锄头把废

楼家骐，浙江省永康市人，1940年生。1987年任《民主协商报》总编，1997年任省政协副巡视员。曾获"甘肃省先进工作者""青年报刊先进工作者"称号，有多篇作品获全省和全国政协好新闻奖。2022年7月退休。

我们一家人（前排左为母亲）

弃的果园开垦成了菜园。那时我已在兰州工作，父亲在外教书，弟妹上学，农田和菜园全由母亲一人"承包"了。母亲肩上的担子是多么的沉重啊！母亲起早贪黑，在菜园里种上三月青、九头芥、雪里茶、西红柿、大白菜，还有苑菜、萝卜、辣椒、南瓜、黄瓜、丝瓜、苦瓜和葱蒜。菜园外边有几株 "劫后余生"的枇杷树和大栗树，园内有几株挺拔的棕榈树，像一个个战士，日夜守卫着菜园，又像一个个少男少女，各展英姿，为园子增添春色。除了种菜，母亲还喂猪养鸡，家里粮菜肉蛋都能自给。一次，山洪把园子冲了个"沟壑纵横"，母亲踩着泥浆，挖沟引水，垒石筑篱，重整园垄，补齐菜苗，使菜园恢复了原貌。

我每次回乡探亲，都要到老家屋后的菜园里转上多次，每次都流连忘返。欣赏着母亲用她长满老茧的双手创造出来的各种艺术品——西红柿、黄瓜、绿豆、青椒、白菜、茄子，满心喜悦。

我们兄弟姐妹都住在城市里，但母亲还是愿意住在乡下。她觉得那里安静、清新，一草一木都熟悉，但老家的老屋布满蛛丝，显得陈旧、冷清。自从父亲去世后，年逾八句、身衰体弱的母亲一个人住在那儿，怎能不令我们担心呢？我们要给她请保姆、装电话，或劝她到城里住，都被她一一拒绝了。母亲觉得在城里生活不自在，连找个聊天的人都没有，还是乡下好，特别是那座老屋，门上还留着父亲生前写的"回归自然养德行，安居山乡享天年"的楹联。那里珍藏着太多的回忆，那里有淳朴的民风和厚道的邻里，还有母亲爱看的许多书。

母亲自幼爱读书，她曾是我爷爷的学生。母亲一向对教书的父亲很尊重，更以嫁到"教书世家"而自豪。父母曾对我们说："从你爷爷的爷爷在清代办学堂开始，到如今你妹妹、侄儿、侄媳、侄女这一辈，教书这一'血脉'在我们楼家已是六代相传。"我想母亲之所以至老不离故土，是因为那里有我们家族深深的"文脉"之根。

13年前，88岁高龄的母亲去了天国。据说那里有更美的天堂，愿母亲之灵永驻天堂。

母亲用温柔和力量撑起我美好的生活

蒲陆梅

　　小时候在老家，我的母亲是大家的八娘，这是因为父辈有亲堂弟兄10个，我父亲排行第八。在这样的大家庭里，我和母亲独处的时间非常少，大多数时间是在祖母怀里撒娇，跟着姐姐哥哥们玩耍，看着这个被叫做八娘的人起早贪黑，默默劳作，我知道她是大家的八娘。我从八娘那里得到的特殊优待就是在我已经熟睡的夜晚，她会到我身边掖掖我的被角，夏天看看有无蚊虫叮咬，冬天试试热炕是否烧好。在我生日的时候八娘会做一顿臊子面，在我难得几次发烧的时候八娘会抱着我去看大夫，在大年三十的时候提前给我准备好从头到脚的新衣衫。所以在很长一段时间我最大的愿望就是盼着多过几次生日、多发几次烧和赶快过年。

　　八娘勤劳肯干，心灵手巧，深得家里老小的赞赏和尊重。我的童年应该是70年代初，正是经济特别紧张的时候，八娘硬是靠着自己的劳作和父亲从兰州每月寄来的十几元生活费，让家里的日子过得井井有条。我的祖父工作时曾任兰州实验学校校长，祖母也出身大户人家，生活上还是特别讲究，记忆中的祖父对我们非常严厉，经常穿得整整齐齐，很是令人敬畏。八娘平时对他们的孝敬十里八乡都在称赞。每到阴雨天，不能外出劳动，家里爱美的姐姐嫂嫂们都会聚到八娘的房子里，八娘就会给她们裁剪衣裳，画鞋样，有时还梳头画眉，家里充满了欢声笑语。我就这样懵懵懂懂过着自己快乐的童年。长大后想起来，我的这段时光就像画一样，那个绘画的人就是大家的八娘。

　　1978年，国家落实知识分子政策，我们的户口转到了兰州，哥哥由于超过年龄就和祖父母一起留在了天水老家，母亲带着姐姐、弟弟和当时10岁的我来到了父亲工作的地方，现在的西北师范大学。初来乍到，完全陌生的环境，我自己很是慌乱，我也观察到八娘也有一些小紧张。在兰州这个一家五口的

蒲陆梅，女，博士，甘肃农业大学理学院教授，博士生导师。甘肃省关工委"五老"关爱团成员。

小家里,我特别欣慰母亲就是我自己的母亲了。后来慢慢体会到,母亲的担子更重了,因为兰州只是个小家,大家还在老家。

不久,我们几个都开学了,姐姐上初中,我上小学四年级,弟弟准备上一年级。面对新的环境,我既兴奋又紧张,特别喜欢师大附小整齐的校舍,和蔼的老师和亲切的同学,可是没过几天,问题来了,我一口的天水话,和说普通话的同学交流产生了困难,母亲就和父亲商量,请了邻居家一个女孩带着我上下学,给我介绍学习环境,我跟着她学习普通话,母亲还鼓励我多和其他同学玩耍。晚上在家,母亲就和我们一起总结当天的学习成果,如何用普通话表达我们的意思,我们的方言用普通话怎么发音,有时候出现的笑话让我们笑得前仰后合。很快我就融入了班集体,老师和同学们也都接纳了我这位新同学,学期结束时,还取得了良好的学习成绩,父亲高兴地说:"没想到这放养过的娃娃还是可以接受正规教育的呀,你妈妈功劳不小嘞。"我和母亲心里甜蜜蜜的。多年以后,和母亲聊起这段往事时,她还能把我的好多小学同学记得清清楚楚。

第二年,父亲去南开大学学习去了,母亲担起了我们的全部。这是我第一次体会到生活比较艰难的一年。那年秋天,好像天天下雨,我们住的北二楼,在师大校园的最西面,小学在师大校园的最东面,姐姐上的师大附中更远,在十里店。那时候都没有雨伞,下雨上学都戴着草帽,可是我们家有一顶草帽又旧又黑,我们谁也不想戴它,有一次为此发生了争吵,母亲知道后劝我们道:"兄弟姊妹要互相让着,大的让小的,小的敬大的,这才是好孩子应该有的样子。你们看,周围邻居叔叔伯伯阿姨,都是大学教授,那么受人尊敬,谁还计较戴了个黑草帽啊!戴个白草帽就能把学习搞好吗?"自那以后,心里再有十分的不愿意,也没为此争吵过。雨季还是那么的长,我们的鞋也开始告急,学校一来回,全湿透,半天又干不了,看着地上摆的一双双湿漉漉的鞋子,我的心里一阵阵着急。但当大家完成作业进入梦乡时,我看到了母亲一个人拖着疲惫的身体坐在过道的火炉前给我们小心烘烤鞋子的身影,早晨一双双干干净净的鞋子已整整齐齐地摆在床前。那一刻,没有多说的,只有好好学习。周末的时候,母亲会叫我们给老家的祖父母和哥哥,还有远在天津的父亲写信,告诉他们我们这里很好,不要想念,但实际上,我也是在那一年才有了想念亲人的体会。母亲为了贴补家用,在师大服务公司找了一份工作,都是体力活,但她干得非常起劲,白天工作,晚上照顾我们的生活学习。为了解决我们的穿衣问题,母亲省吃俭用买了一台缝纫机,这在当时是很了不起的事情。父亲去天津前给我们定好了学习计划,除正常上学外,每天晚上必须七点半开始学习,九点半准时睡觉。每天晚上,母亲、姐姐、弟弟和我四个人在一间房子里,也就是只有一间房子的家里,安安静静看书做作业。在母亲的严格要求下,按时作息的习惯我至今一直保持着,虽然现在由于工作繁忙会加班加点,但在我心里永远有一个作息表。当我们的功课有不懂的问题时,她就会带着我们去请教邻居的伯伯叔叔和阿姨,他们可都是当年德高望重的大学教授啊。母亲虽然文化不高,但她非常敬重有文化的人,也经常这样教育我们,说我们生在了幸福的时代。她一有机会也会看书学习。当我们睡觉之后,母亲才开始了她的工作,裁裁剪剪,缝缝补补。我会听着清脆的剪刀裁布的声音、缝纫机嗡嗡转动的声音和丝丝走线的声音进入甜蜜的梦乡。之后,给祖父和父亲的中山装,给奶奶的大襟衫,给哥哥的青年装,给我和姐姐的花衣裳以及弟弟的各种衣服就会陆续做好,当时太佩服母亲,那又大又复杂的中山装是如何一针一线做起来的!我每次学校表演节目时要穿的白衬衣、蓝裤子、白球鞋,母亲都给我按时准备得妥妥当当,我每次都欣喜我的衬衣和球鞋是那么白,裤子是那么蓝,还有红领巾是那么鲜红!天越来越冷,邻居们都开始藏冬菜了,毫无经验的母亲在邻居们的指导下,硬是自己搬砖,自己和水泥,在我们家门口砌了一个菜窖,并且可以一半放煤球,一半放萝卜白菜和洋芋。现在想起来,母亲当时的压力不知有多大啊,三个孩子一冬天的菜,仓不好可怎么办啊?那时的冬天,不像现在,基本没什么菜可买。但我们从来没听到过母亲的抱怨,听到最多的却是他对老家祖父母及哥哥的担忧,那时交通通信都不方便,母亲经常打听天水的老乡,捎去钱、衣物和点心、茶叶,她自己在兰州却很少添置衣物和改善伙食。

等父亲从天津学成归来时,姐姐已顺利考上高中,我也以优秀的成绩考入初中。母亲带着三个孩子一年多的艰辛和劳累,邻居们都看在眼里,人人都在父亲面前夸赞我们,羡慕父亲妻子贤惠,孩子遵守纪律。每学期发的新书和新作业本,母亲都要我们包好封皮后让父亲给我们写上名字,一是夸赞父亲的字好看,二是鼓励我们向父亲学习,做个爱学习的学生。我们成了邻居们眼中的好孩子,我们一家幸福地生活着。

随着我们慢慢长大,我们的花销也越来越多。母亲和父亲有一个共识,只要我们几个读书需要的,都会尽量满足。可是,自从我上了初中,参加大型活动的机会就增加许多,记得有一次学校要参加全兰州市的体操比赛,要求每位学生要买一身运动衣,价格是18.5元,当时同学们就炸开锅了,说是太贵了,买不起,我也在心里嘀咕,母亲会不会同意呢。可当我把情况给母亲说明时,她没有面露难色,但当晚还是和父亲商量了好长时间。我也心里很矛盾,特别想买这套运动衣,因为这是当时最新的学生装扮,但又想到父亲的工资每月不到100元,这可是我们全家8个人的生活费呀,母亲会不会同意呢,我心底里还是特别想买。当母亲从父亲的房子里出来,还是给了我18.5元让我第二天交给老师,这在当年对我算是一笔巨款啊。看到我开心的样子,母亲也和我一起高兴了许久。后来我们体操比赛获奖,我们全家都非常高兴。母亲是如何把这一笔额外的花费补齐的,她从来没有给我提起过。我自己快乐地生活着,可母亲的心里有个永远的痛,哥哥和祖父母还在天水老家艰难地生活着,每年一放假,她就会提着大包小包,挤上那走个天水都需要12小时的绿皮火车,回去看望老家的亲人。

随着改革开放,我们的生活越来越好,姐姐、弟弟还有我都先后考上大学,哥哥也通过自学考试取得了本科文凭,成了一名乡村教师,有了工作,还可以继续照顾祖父母,母亲的一路辛劳终于有了回报。

哥哥姐姐都先后结婚成家了,在我结婚前的一些日子里,我们一起憧憬着未来的美好生活,有一天在闲聊的过程中,母亲半开玩笑地告诉我:"你姥姥以前给我说,别人家的姑娘和婆家闹矛盾就回来搬娘家,如果我的姑娘这么回来,我会立刻把她撵出去,我也会这样做的。"

结婚后,我才发现居家过日子还是一件比较难的事,不只有花前月下,还有柴米油盐,虽然有一段时间不适应,但还是在母亲的影响下,大事化小,小事化了,以和为贵,顺利过上了自己幸福的日子。后来公公婆婆也来和我们一起生活,刚开始包括孩子我们五口人住在农大小两室的房子里,我又是在事业刚刚起步的时候,每天还是比较繁忙,有时感觉不知所措。这时的母亲,经常提醒我要尊敬公婆。有时想在她面前吐槽一下他们,她都不允许,要我将心比心,理解他们的不容易,这时我才想起母亲之前给我说的话的用意。母亲还告诉我,和公婆一起生活的最大好处是会让我的孩子得到一份父母无法给予的,来自爷爷奶奶对孙子无私的爱和温暖。这话我信,我就是这样的受益人,每当我想起快乐童年,留在心底的就是祖父母的爱,是我一生宝贵的财富。十分有幸的是,我的公公婆婆是一对非常纯朴善良的老人,他们也能容忍我有时的任性，在我们一起生活的六年多时间里，几乎没有因为琐事红过脸，这也是我值得骄傲的一件事，其中离不了母亲给我的力量。

母亲（右）和姐姐（左）与我

母亲用她的温柔和力量，影响着她所有的孩子。我们兄弟姐妹四人，都事业有成，家庭和睦幸福。我出生在最好的年代，赶上了改革开放的好时候，一路走来，基本没有遇到坎坷，母亲一生的温柔和力量，是我幸福生活的源泉。

三年前，母亲永远离开了我们，我仿佛一下子成了一位失去了爱的孩子，赤裸裸地站在这个世界上。我的心痛得不敢用任何信息触碰，时刻要碎了的感觉。母亲的身影是那么强烈地刻在我的脑海里和心里。慢慢地，母亲用她一生的温柔积淀在我心里的力量渐渐萌发，使我再次坚强，重拾生活信心，我想这一定是她想看到的。

我在鲁挺教授的带领下加入省关工委"五老"关爱团，把我心中的爱和力量传给下一代，为祖国的花朵尽一份力量，不就是对母亲的爱最大的回报吗？愿如海的母爱，滋润更多的心田。愿我们的关爱之路硕果累累，鲜花盛开。

母爱清澈

雷 波

老家乡下有句俗话:"儿娃子长得像母亲,这辈子的命好。"小的时候,别人都说我长得像母亲,我为此感到很自豪。我的命运,与母亲息息相关。

母亲名叫杨文芳,是陕西紫阳县汉王城人。我外公杨三爷是汉王城有名的"水师"。除了中医接骨斗榫,他还有一个最拿手的活儿,就是用一碗水给人治病。

母亲在家里女孩子中排行老二。因为聪明好学,成绩优秀,初中毕业就被紫阳县中学保送上了安康师范。但上了不到一年,因为家里交不起学费,不得不辍学,被分配到县里从事商业工作。听大人们讲,我母亲年轻的时候不仅品学兼优,且能歌善舞。

在我不满两周岁的时候,正赶上三年自然灾害,政府动员部分国家工作人员返乡务农。当时在县农机厂当厂长的父亲,响应政府号召,主动向组织上提出了退职请求。母亲只好跟着父亲一起回到乡下老家双安。

我父母亲算是有文化的人。父亲自幼上私塾,读过四书五经,一手毛笔字遒劲有力,写公文材料也是一把好手。母亲虽说是从安康师范肄业,但在乡下的女人堆里,打着灯笼也找不到几个像她这样有文化的人。父母回乡下不久,就都被汉王城区文教组聘为了乡村教师。

母亲年轻的时候个头不高,瘦瘦弱弱,但看上去精神利落。后来,父亲觉得当乡村教师没有前途,经人举荐,改行去了五林公社卫生院当院长。因我爷爷是双安那一带方圆百余里知名的老中医,父亲跟爷爷学了一些中医知识。但父亲工作的地方离家三十多里山路,他一走,家里的重担就全部落在了母亲肩上。

雷波,陕西紫阳县人,1979年12月入伍。创作《黄河亲娘》等上千首作品。著有歌词歌集《手握家园》、长篇纪实文学《大爱无垠——提灯女神黎秀芳》、《葛宝丰院士集之"无言的丰碑"》、二十八集电视剧《天使》等。获中宣部"五个一工程奖"提名奖一项。

母亲虽然是一名乡村女教师,但我觉得她比一般的农村妇女还要辛苦。她白天给学生们上课,晚上要备课,批改作业。我们姊妹又多,一家人的吃喝拉撒、浆洗补连,样样都得靠她。此外,我们家还有几亩田地,每当播种和收割季节,父亲离家远顾不上,母亲就带着我们几个孩子务劳地里的庄稼,实在忙不过来了才请人帮忙。

母亲里里外外一把手,一年四季忙到头。她一个人默默地支撑着这个家。冬天,母亲总是坐在煤油灯下、地炉子旁边忙碌。她不仅每晚要批改两个班学生

我的母亲杨文芳

的作业,而且要赶在过年前给每个儿女缝制一套新衣裳,做一双新布鞋。过年了,兄弟姐妹都穿上漂亮的新衣裳和新布鞋,个个笑逐颜开,却不知这些是母亲花了一个冬天的心血,一针一线缝制而成的。至今,我的眼前经常浮现出母亲在煤油灯下一边挑着灯花一边纳着鞋底的情景。我躺在床上时,总是好奇地看着母亲被灯光映在墙上的影子,一会儿拉长一会儿缩小,仿佛在看一场"皮影戏"。一年又一年,墙上的影子依然如故,可母亲的腰身随着岁月流逝,佝偻成了山边的一弯月牙。

山里人生活艰苦的程度,山外的人根本无法想象。那时候山村没有通电,也没有加工粮食的机器。地里的庄稼收回来之后,全靠手工将原粮加工成为成品粮。谷子要用擂子擂成米,麦子要用磨子磨成面,黄豆要先磨成浆,再用毛边锅煮、卤水点、纱布过、木板压……凡是地里收回来的粮食,如水稻、小麦、玉米等,都要经过很多道工序才能吃到嘴里。我比弟弟妹妹们岁数大,经常陪着母亲推磨推到很晚才能休息。一开始因为个子小推不动,就用一根扁担绑在石磨上,像毛驴儿一样围着磨子转着圈儿推。后来个子长高了,劲儿也大了,学会用"丁"字形磨杆推磨。入夜,山里的月亮特别明亮,月华如水,照得山村透亮透亮的。家家户户推磨子发出的"吱扭吱扭"声,仿佛在演奏《山村小夜曲》。

在我记忆中,永远忘不掉的是生产队分粮食的事儿。分谷子、小麦等细

粮的时候，他们按工分高低分。因为我家劳动力少，得的工分也少，自然细粮分得少。人家都用背篓背、箩筐挑，我家就只能分一小袋子。分红薯、土豆之类的粗粮的时候，他们就按人口多少分。我家人口多，粗粮就分得多，每年分得的红薯能堆满半间教室。面对堆积如山的红薯，母亲带着我们姊妹几个，将推豆腐用的大木桶装满水，然后把红薯倒进去，用竹子兜兜使劲儿杵，把泥巴杵干净之后再切成片，用麻袋背到房顶上撒开了晒。陕南农村的房屋大都是用青石板盖的房顶，火辣辣的太阳晒在青石板上，温度很高，连晒带烤一两天，就把红薯片晒干了。晒红薯片的时候最怕的是突降暴雨。有时候刚刚背上房顶撒开，暴雨就来了。我们赶紧上房顶，把红薯片收拢到麻袋里背下来，等雨停了石板晾干了再背上房顶去晒。这种事儿，有时候一天要发生好几次。

晒干了的红薯片不容易发霉，放到第二年春上青黄不接的时候，外面那些因为缺粮揭不开锅的人就到我们家来赊红薯片吃。双方达成协议，到秋天稻子熟了的时候，5斤红薯片换1斤大米。我家每年要晒1000多斤红薯片，第二年秋天能换来200多斤大米。年年红薯换大米，粗粮变细粮，生产队的人看到我们家天天吃大米饭，心里头都有一种说不出的滋味。这不能不说是母亲的智慧，我们一家人把艰难困苦的岁月，活成了别人羡慕的样子。

我很少看见母亲生气或者抱怨什么。她每遇到难事，总是那样平和、从容，好像身边发生的一切事情都在她的预料之中。

我是孩子中的老大，上学比较早，就在母亲教书的学校上学。母亲走到哪里，就把我带到哪。那时候，乡村小学都是复式班，母亲教一年级时，我就跟着听一年级的课，教二年级时，我就听二年级的课。直到11岁上初中时，我才离开母亲到30里以外的林本中学住校读书，也开始慢慢学会生活自理。同学们每周都是从家里背着粮食到学校，然后轮流排班做饭。母亲怕我年龄小不会做饭，就把用红薯片换来的大米交到学校的老师灶上，这样我就跟着老师们一块儿吃饭。

上高中时，我被分到紫阳县中学读书，离家就更远了。那时候，乡村教师每月工资才二三十元，母亲每月给我10元钱的伙食费，这在70年代已经很不错了。我因为学习好，学校每月给我发放六七块钱的助学金。每逢周末回家时，我就将省下的钱买些面包、糕点、糖果之类的东西带回家。妈妈总是反复叮嘱：一人在外要吃好，长身体的时候需要营养，不要舍不得花钱。

高中毕业后，我报考安康汉剧团没被录取，两次参加高考也落榜了。无奈之下,只好参加生产队劳动。一开始,我只能拿到与妇女一样的工分,顶多记5分工。后来,我坚持干大人一样的活儿,比如挑大粪、抬石头、修梯田,终于挣到了10分工分。那些日子,每当我情绪低落的时候,母亲总是轻言细语地对我说:"人一辈子很长很远,不要以一时一地的成败论英雄。只要不懈地努力,就一定能够成功。"母亲的这句话对我鼓励很大,成为我一生中不懈奋斗的动力。后来,我被选拔进了教师队伍,也当上了一名乡村教师,而且就在母亲所在的农庄小学任教。农庄小学共有三名教师,我母亲任校长,所以被乡亲们称之为"母子学校"。1977年,在母亲的指导下,我带的五年级毕业班除一名学生因为超龄没被录取外,其他学生全部考上了初中,我也因此被调到五林公社工作,担任公社财政会计兼团委书记。

人们说"母子连心"。我在母亲的羽翼下成长,和母亲一起经历了艰难困苦的磨砺,也一起收获了进步的喜悦。

1979年底,母亲遇到了她人生中第二次转折。区文教组通知她参加县教育局组织的民办教师转正考试。她从担任民办教师到此时,已经过去了17个年头。这期间,若论资格和水平,她应该有多次机会可以转正。但是,都因各种各样的原因,转正的机会与她失之交臂。这次是县教育局文件要求民办教师转正,必须经过考试。一说考试,许多人望而却步。母亲对这次转正考试的机会既感到欣喜,又有些不安,心里像是"十五只吊桶打水——七上八下"。毕竟17个春秋的蹉跎岁月,她全身心地投入到教学和家庭之中,学业荒废的太久了。她害怕一时半会儿捡不起来。母亲征求我的意见,我对母亲说:"妈妈,这次机会您一定要抓住!我们都支持您。"母亲一边工作一边复习功课,全神贯注地投入到转正考试的准备之中。

凭着她扎实的学业基础和辛勤努力,终于顺利地通过了县教育局组织的转正考试,如愿以偿地从民办教师转为正式的公办教师。同时,我也荣幸地收到了县武装部的"入伍通知书"。我们家可谓是"双喜临门"。凑巧的是,在县武装部与部队进行新兵交接的时候,母亲也恰好在县里参加县教育局组织的先进教师表彰会。她平生第一次获得了全县教育系统"先进模范"称号。就这样,我入伍前和母亲在县城里相逢,共同沉浸在对未来美好生活的期待和向往之中。在临别的前夜,母亲专门设宴,请来亲朋好友为我送行。她千叮咛万嘱咐,一会儿怕我在外面钱不够花硬要塞给我钱,一会儿又要给我买这买那的。我以部队规定不允许新兵带任何东西为由,婉言谢绝了母亲的好意,并且暗自下定决心,要在部队干出个样子,为母亲争光!

一晃四十多年过去了。如今,母亲已是82岁的耄耋老人了,童颜鹤发,依旧笑靥如初。而我也年逾花甲,从部队光荣退休。回首这一生和母亲之间的点点滴滴,我不禁感慨万千!在这世界上,最爱护我们疼惜我们的,除了母亲没有别人。如果我们生病或遇到危险,毫不犹豫地希望代替我们承受的,一定是母亲。

我忘年之交的老师、《祁连歌声》杂志副主编、指挥家田丁生前对我说:"能把母性写透,就悟透了人生。"母性太博大了,我根本无法用文字来诠释她的内涵。我只能在记忆的碎片中捡拾那些美好的东西,在心灵的幕墙上不断地回放当年的影像,让我静静地感受母爱的伟大与清澈。

"父母在,人生尚有来处,父母去,人生只剩归途。""尊前慈母在,浪子不觉寒。"当我们老之将至,母亲还依然健在,这不能不说是天大的福报。但是,当我沉浸在"四世同堂"的天伦之乐中时,心中又蓦然升起一种忧患与危机感:"树欲静而风不止,子欲孝而亲不待。"

我耳畔常常萦绕着一句话,它无时不刻地提醒着我:乘母亲健在,常回家看看。在母亲身边的守护,才是最温暖的报答。

母爱清澈似水,我当涌泉相报。

2022年11月6日

母爱如水
——献给天下所有的母亲

雷金钟

> 无论你蹒跚学步
> 无论你能跑会飞
> 无论你是显赫还是卑微
> 无论你是贫穷还是富贵
> 你的双亲啊
> 都始终站在你的身后
>
> 父爱如山
> 母爱如水
>
> 母亲把所有的能量
> 浓缩成一汪羊水
> 承受了多少痛苦
> 才孕育出十月的花蕾
>
> 从母亲的身体滑落
> 你向世界敞开心扉
> ——我来了
> 我要在生活的大海中
> 翩翩起飞

雷金钟，当代诗人，中国作家协会青海分会会员，中央党校研究生，高级政工师。发表作品150万字，著有《抚摩昆仑》《草原·生命·雪》《青海民用航空志》等。诗歌作品散见于《中国文艺家》《中国诗歌网》《世界笔会》《中国民航报》《青海日报》《现代青年》等。

甘甜的乳汁
从母亲身上
流淌到你的心中
你徜徉在阳光下
享受母爱如水

如水的母爱啊
母爱如水

水看似缠绵柔弱
却能滴水穿石
听似悄无声息
却能开启智慧

水能灭火
也有火一样的热情
水无芳香
却能酿造甘醇
让人陶醉

水从不倨傲于高山
从高处流向低处
润泽世间万物
滋养草长莺飞

母爱如水
上善若水

怀念我的母亲

訾晓辉

拿起笔来,似有千斤重,千言万语表达不尽对母亲的思念。

我的母亲王桂芳生于1932年8月15日,1949年9月参加革命工作,曾被全国妇联授予"全国优秀妇女工作者",受到过康克清大姐的亲切接见。1987年退休,2006年9月24日晚23时20分,因突发心脏病医治无效,在兰州逝世。

母亲出生在甘南临潭(古称洮州)县城的一个书香之家。爷爷和父亲都是念书人。母亲受家风熏陶,知书达理,品学兼优,每门功课都是5分(5分制)。从县城小学毕业后,1949年9月11日,临潭县城新城镇解放的那一天,她在新城东门外迎接彭德怀解放大军的喜庆锣鼓声中,加入了革命队伍。接管学校从事了一段教师工作后,被组织上保送到兰州工农速成中学学习,后来考入兰州大学中文系,毕业后先后在临潭县人委文教科、甘南报社、临潭县广播站、县革委会政治部、县委报道组、县妇联、甘南州妇联工作。

母亲聪颖、漂亮、善良、坚强,是新中国成立前,甘南藏族自治州参加革命工作较早的一位优秀妇女干部。她一生政治立场坚定,有着坚定的共产主义信念和学识素养,为人正直,从政清廉,勤奋好学,团结同志,工作认真,会处理人与人之间的关系。她的品德受到同志们的尊敬和爱戴。党交给的工作,无论是作理论宣传也好,抓行政组织也好,起草文件报告也好,她都是全力以赴、尽职尽责。

母亲参加革命工作近四十年,威望很高,凡是共过事的同志都很尊重她。她的同事们都称母亲为"大姐"。与她在临潭县革委会政治部一起工作过的临夏州原州长、省委统战部副部长敏政、省财政厅原厅长张文启、省引大入秦指挥部办公室原主任王国平、甘肃民族师范学院纪委原书记赵培文、甘南州人大常委会原副主任刘登福,每次见我都要问候"大姐"好! 都要来看望。

訾晓辉,省人大办公厅老干部处原处长。

431

母亲关心爱护同志,热情指导带动年轻人一道工作。年轻人尊敬她,她们都把母亲引为长辈式的朋友。甘南州原副州长杨卓玛、甘南州妇联常委东智卓玛常说起母亲对她们的关心、帮助和培养,都很怀念她。

她生活朴素,与群众处处打成一片,尊重人、理解人、包容人。妇女干部、同事们心里有什么解不开的疙瘩,都愿意向她倾诉。她的处事准则是:若要公道,打个颠倒。即设身处地,换位思考。她胸怀坦荡,不计较个人得失。经过历次政治运动,没有一封诬告她的信,没有人贴过一张大字报,没有挨过批斗。

母亲行政24级,每月工资60多元拿了十几年。她精打细算,省吃俭用,从不乱开支一分钱,也没有让我们四个孩子饿着、冻着。工资发下来,她先把最要紧的面、柴火置办好,水不掏钱,其余分轻重缓急,生活安排得井井有条,从没有出现"青黄不接"的情况;左邻右舍有困难,她还借钱接济他们渡过难关。乡下亲戚来了,临走时还要给她们装上旧衣服,装上省下来的大米、食糖、碱面、水烟。过春节,每个孩子都有新衣服穿,还有较丰盛的年货,有蒸馍、炸馍、炕馍,还有萝卜粉条肉片烩菜火锅。母亲总是精心制作,过年成为那个时代我和弟妹们最盼望的日子。小日子过得红红火火。每当我们回到家里,一碗热饭、一碟咸菜、一句温柔的话语、一个亲切的眼神,都让我们感受到母爱和家的温馨。不管我们有啥难事,有母亲在就不难了。不论哪个儿女遭遇困难或病痛,他(她)那时一定就是母亲最牵挂的。母亲是全家的主心骨。

母亲常说:吃不穷,喝不穷,计划不周一世穷。每年的大年三十晚,母亲要么是县委团拜,要么值班,总是到晚上才能回来,一家人便翘首期盼。母亲踏雪归来,此时的年三十才真正开始了。

我和母亲既是母子,又是校友、报人。母亲20世纪50年代中期上兰州大学中文系,我于20世纪80年代中期入兰州大学新闻系;母亲60年代初在甘南报社任记者、编辑,我于20世纪80年代在甘南报社干记者、编辑工作长达10年之久。受母亲的熏陶和感染,我继承了母亲的新闻事业,作品《草原的女儿》《创业在阿尼玛卿雪山下》《水电侦察兵》《迷人的敦煌》等,分别被数家省级单位出版的报告文学、散文、通讯集收入;获省以上及全国各项好新闻奖10余次;曾连续两年被团省委、省记协评选为"全省优秀青年记者";至目前先后出版了六本散文集:《原上草》《拾穗集》《秋实集》《大地情怀》《晓月生辉》《秋色正浓》等。

我1984年11月加入中国共产党，省委党校研究生学历；2004年7月起，历任甘肃省古浪县政府副县长（正县级）、武威市文化旅游局副局长，省人大常委会研究室副调研员、调研员、法工委调研员；2012年11月任省人大常委会办公厅老干部处处长，现退休。

将"一粥一饭，当思来之不易；半丝半缕，恒念物力维艰"的家教训导我的，是我伟大的母亲；将"以诚待人，以德服人"的品格传承给我的，是我善良的母亲；将"谦虚谨慎，不骄不躁，艰苦奋斗"

我的母亲王桂芳

的作风潜移默化给我的，是我亲爱的母亲；在我的人生中，没有任何人能够替代我的母亲。

母亲写的字刚劲、有力、隽永、老辣，一般男同志都写不上。我从小注意习字，力求写漂亮，但底气不足，望尘莫及。母亲的公文材料写得非常好，是县上的"笔杆子"之一，工作报告洋洋几万字的"大材料"，在她的手下如同庖丁解牛，游刃有余。在如豆的煤油灯下，母亲写材料，儿子做作业；有时儿子一觉醒来，母亲还在"沙沙"地奋笔疾书，这情景永远留在儿子的记忆中。

母亲主要在州、县直机关部门从事"抄抄写写"的工作，原因是母亲在兰州工农速成中学和兰州大学中文系打下了扎实的文字功底。母亲戏谑地说：她一直在"吃老本"，千古文章一大套，看你会套不会套。母亲的作业本、笔记本，字迹整齐，一丝不苟。

母亲小时候读过的书有些她还能背诵，如朱自清的《匆匆》："燕子去了，有再来的时候；杨柳枯了，有再青的时候；桃花谢了，有再开的时候，但是，聪明的，你告诉我，我们的日子为什么一去不复返呢？"

孙中山的《总理遗言》："余致力国民革命，凡四十年，其目的在求中国之自由平等。积四十年之经验，深知欲达到此目的，必须唤起民众及联合世界

母亲与我们一家人

上以平等待我之民族,共同奋斗。"

母亲喜欢唱小时候的歌《松花江上》《解放区的天是明朗的天》《小麻雀》等。我的童年是听这些课文和歌曲长大的,这些成为儿子永恒的回忆。

母亲事业心强,群众观念强,善于联系群众,能够和群众打成一片,下乡多,开会多,经常背上我或牵上我的手行进在农村山间的羊肠小道,走村串户,嘘寒问暖,发动群众,组织群众,向群众传达党的方针政策,有时吃住在老乡家,就像住在亲戚家一样,一住就是几天。直到现在,我到临潭农村下乡,乡亲们只要知道是"妇联王主任的儿子",都要热情地请到家里吃顿饭。记得时常有农村老乡带上馍馍、新磨的面来家看望母亲,母亲和当地群众正是亲如一家的鱼水关系。

母亲经常下乡开会、写材料,还要做针线活,缝补洗浆。家里有一台没收处理的旧缝纫机,母亲购来《服装裁剪手册》等书籍,学会了裁剪和缝纫。一家大小的衣服大部分都是母亲做的。母亲不但操持家务,购面买柴火,还要辅导作业,抓儿女们的学习。我有时候贪玩,作业不认真,还要惹母亲生气,回想起来是多么的不懂事和幼稚啊!我小时候爱生虮子,母亲从未嫌过,在灯光下用指甲挤虮的场景像雕塑一般。

母亲虽然瘦弱,但很坚强,长期与病魔(胃病)作斗争,表现出惊人的毅力。退休以后,用走路散步和自己摸索出的一套保健操来战胜病魔,只要胃不疼就看书、看报、剪贴好文章,从不串门说长道短、发牢骚、打麻将,情趣高雅,风趣诙谐,自称是下坡的小豆,哪里稳当停哪里。

她的语言丰富而生动。你受了点挫折,她开导你:任何一个有作为的人,都是在不断地吃亏中成熟和成长起来的,从而变得更加聪慧和睿智。你失误了,她安慰你:人丑一世,鞋丑一双(意思是有些事像做错了一双鞋,是能够改正的）。劝你勤快：早起一步，松活一路。劝你学习：文章不写一句空。熟读古诗古文，一生受益无穷。对待报酬待遇：要知足常乐。劝父母对待小孩：若要小儿安，三分饥和寒。有时把家乡的"花儿"运用得恰到好处：乏是乏，老实话，乏者凉水咬不下。

我在农村插队当知青期间，母亲时常来信鼓励我。

晓辉儿：希你还是不要放松对功课的复习，目前应抓紧理科的复习，因为大学考试要过这一关。你要有毅力、有志气、有远大的理想，不要性急，耐心等待。只要你们健康成长，我吃点苦没有什么，做母亲的应该如此，不管有事无事，希你经常给我写信，以释悬念。棉衣、棉裤、大头鞋等过冬用品，下次给你带。

晓辉儿：要科学支配时间，不要疲劳战，形成事倍功半。要讲求效率，不要无休止地拼命，注意劳动与学习相结合，适当休息。

母亲传给我的是一种精神，一种信念，那就是人要有志气、有骨气、有奋斗！那就是自尊、自立，自强不息，永不言败，永不放弃！五十多年来，正是这种屡败屡战、百折不挠、愈挫愈勇的奋斗精神，伴我走过风风雨雨，带我迈过一个个坎坷挫折，使我永远忘却恐惧，永远不甘失败！

母爱似海

路向峰

在我人生的旅程中,母爱仿佛黑暗中的一盏灯,照亮了我前行的路;仿佛寒冬中的一盆火,温暖了我哆嗦的身子;仿佛迷茫中的一股劲,坚定了我奋进的决心。

记得在我十岁那年秋天的一个中午,我家刚吃过饭。我爷爷手里拎着一个装着东西的帆布包,领着一个看起来比他年龄还要大的老爷爷。老爷爷右手牵着一个穿着碎花红棉袄、蓝裤子、红色条绒布鞋、扎着两条辫子的小女孩来到我家。我仔细辨认了一下,就赶紧跑进屋向我母亲说:"我爷爷领着一个我不认识的老爷爷,还有一个和我差不多一样高的小女孩。"我母亲问我:"你确定从来没见过这人吗?"我回答:"从来没见过!"我母亲自言自语地说,那是谁呢? 说着便出门,仔细打量着朝自己走来的一老一小。她也不认识。母亲问爷爷:"爸,你来了? 这是?"我爷爷说:"这就是米换和她爸!"母亲听后先是一愣,随即两眼放光,微笑着说:"您就是咱们从没见过面的亲家?"那位老爷爷应道:"就是!"母亲接过我爷爷手中的帆布包,眼里闪着晶莹的泪花,目不转睛地看着小女孩,伸手拉住小女孩的手,让我爷爷和那位自称亲家的老爷爷先进屋,并对我说:"还不叫姨父和姐姐。"我在纳闷中便叫了声姨父、姐姐。

进了屋,母亲让他们坐下后,倒了水,又打开经常上锁的木箱,取出刚收获的葵花籽、核桃、水果和洋糖让他们吃。我父亲还特意杀了一只鸡,做了我们平时很少吃的纯麦白面千层饼和炒鸡蛋,招待他们。临走时,我母亲硬给小女孩塞了20元钱,还给他们装了家里仅有的好吃的物品。在我记忆里,父母亲从未一次给我们给过超过两角的零钱。

路向峰,甘肃镇原人,1968年10月出生。曾就读西安陆军学院,北京后勤指挥学院。曾任解放军第十医院政治处主任,现为兰州市林业局县级干部。五次荣立三等功。被21军表彰为学雷锋标兵,甘肃省政府表彰为双拥先进个人,原兰州军区"服务部队,保障打赢"百名标兵。

母亲朱桂兰

看到我父母亲这么热情大方地款待来客，我心里犯起了嘀咕。我从未听说过自己有个米换姐，也头一次听父母亲称呼来客"亲家"。

在送"亲家"和米换姐回去的那一刻，我再次看到母亲眼眶里打转的泪花。看着他们渐行渐远的背影，母亲仍然一动不动，像失了魂似的。父亲叫了两遍，母亲居然没听见。父亲让我赶紧叫我母亲回家，说他有事先回家了。

在回家的路上，母亲一句话也不说。我好奇，一连问了母亲诸多问题。"亲家"是啥亲戚？为啥让我叫那小女孩姐姐？她为啥叫米换？为啥要给她装那么多好东西？还给她那么多钱？母亲说："她是你的亲姐姐！我和你爸都亏欠她！"我说："怎么从来没听你们说起过？"母亲说，做人要守信用。我不解地望着母亲。母亲接着说："十多年前，我生你这个姐姐时，你奶奶正在生你小叔。那时，我和你父亲与你爷爷奶奶还未分家。你父亲是长子，家里主要靠你父亲操持。家里生活本来就紧张困难，一下添了两张嘴，生活更是窘迫。在这种情况下，身为家长的你爷爷就做主，把你这个姐姐送给了今天来家里的这人家。他们两口子未生育。给咱们家八斗小米（50千克），取名米换。那时你这个姐姐刚半岁。""当时，你爷爷不许我和你爸爸一同前往。你爷爷独自抱着哭得几乎断气的你姐姐出去，天黑回来时扛了八斗小米。看到你爷爷回来了，我们就急忙问，到底把娃娃送给什么地方谁家了？爷爷说他答应了人家保密的要求，永不主动上门认亲。"

母亲接着说："送你姐离家的那天，你父亲一声不吭，不停地抽着老旱

437

我的母亲朱桂兰(二排右)与家人

烟。我只有默默哭泣。我和你父亲当天没吃一口饭,一宿没合眼。心里纵有一万个舍不得、不情愿,又能如何?我和你父亲也曾想偷偷托亲戚打听,可又觉得这么做违背了你爷爷给人家的承诺。也因此,直到现在,我们都不知道你姐姐养父母姓啥,家在哪里。后来生了你妹妹,我怕你爷爷再做主把你妹妹送人,和你父亲再三商量,即使再苦再累,也不能让长辈难心,自己痛心,孩子伤心。我们只有自己另立门户,才能保住孩子。这才与你爷爷奶奶分了家。承诺分家不分心,一如既往地尽己之责。"

听完母亲的诉说,我随口说:"我爷爷也够偏心的,怎么不把我小叔送人?"一向温和的母亲,立刻变得严肃起来:"你再敢说这话,小心我打你的嘴。不许再提起你米换姐的事。"后来听我爷爷说,我米换姐的养父母年迈多病,而我米换姐还未长大成人,他主动找上门来认亲,是想着万一他老两口哪天走了,米换还要亲生父母来照应。原来如此。

母亲不让我再提起米换姐,或许是怕引起她自己伤心。让我费解的是,我的父母亲非但没有怨恨我爷爷把我姐姐送人,还对老人更加孝顺。宁愿自己少吃少穿,也要让老人吃饱穿暖。再苦再累,也要让我们小的们有吃有穿。

我爷爷的右腿有点残疾,行动不是很利索。我的父亲过早地扛起了全家生活的重担,积劳成疾,正值壮年便不能干体力活。即使坐着也常咳嗽不止,甚至连气都上不来。

每当我爷爷、奶奶,还有我父亲病重时,我母亲就心急火燎地去把医生叫到家里来看,或用架子车把他们拉着去看医生。我都记不清有多少次了。

1988年,我爷爷在正值收麦的三伏天去世,享年69岁。半年后,我父亲在三九天去世,才48岁。

爷爷和父亲走得突然,家里没有任何思想准备,连棺材都没有准备。奶奶本来眼睛就不好,哭泣使得双眼更看不清了,加之又是小脚,走路总是跌跌撞撞。面对这一切,母亲一边安慰照顾我的奶奶,一边带领我的叔父和我的哥哥,先后妥善安葬了爷爷和父亲。我直到次年从部队回家探亲时才得知这一切。我责怪哥哥为啥不发电报告诉我?哥哥说本来要去邮局发电报,被母亲拦住了。母亲怕影响我的心情和工作,对我哥说:"自古忠孝难两全。为国要尽忠,在家要尽孝。小家的事再大也没有国家的事大,必须顾大局。"包括后面我奶奶去世,我都没能回家见她最后一面。

父亲去世时,我两个叔父,加上我兄弟姊妹六人均未成家。我的母亲成了这个大家庭的主心骨。奶奶一不小心就摔倒,需要人照顾。大叔父已大龄而难成家,我弟妹们还要念书。一家老小急难愁盼的事,难以理出头绪。母亲并未因此境况而唉声叹气,抱怨命运的不公。她时常对我们讲:"人穷志不能短,要有精气神。"

春天,母亲带领我小叔和哥哥弟妹在田间播种,秋天又带领他们收获。还利用废弃的院子养殖家禽家畜,在边角荒地种植蔬菜。可以说,利用了可利用的一切资源,日子一年年好起来。每逢农忙季节,母亲就领着我们兄弟姊妹去给米换姐家帮忙。

岁月轮回中,母亲操心劳神地把我们一个一个拉扯大,看着我们都成了家。如今母亲年龄已近八十,仍常常教导叮嘱我们:要老实清白做人,踏实干净做事。

母亲，我无尽的思念

解 放

　　又是五月，又是母亲节。漫野争妍的鲜花，让我油然想起从小教我吟唱《五月的鲜花》的母亲。翻出她老人家的一些旧照、遗物，音容笑貌宛在眼前，勾起我无尽的缅怀和思念……

五月的鲜花

　　我的母亲戴清慧，河南省汝南县人，1919年2月8日生于一个贫农家庭。家贫，先后在福音堂小学和妇女工读学校读书，16岁时考入公费的许昌市护校。不久，抗日战争爆发，她怀着满腔的救国热情，和李忠信等几位进步同学参加了东北军106师救亡工作队。在豫南各地以演讲、歌舞、墙报、传单等形式，大力宣传抗日，鼓动民众参军救国。一次在给村民们表演《五月的鲜花》歌舞剧时，由于连日奔波，连场演出，身体十分虚弱，竟昏倒在台上。她被救醒后，依然挣扎着上台呐喊："乡亲们，东北、华北的同胞比我们苦多了，命不保夕！我们都要参军打日本，把沦陷的国土夺回来！把同胞们从水深火热中救出来！"在她们的感召下，当场有十多名青年报名参了军。

　　1938年8月，救亡工作队中的中共党员傅涛看到我母亲和李忠信等青年思想进步，抗日救国的意志很坚决，就秘密组织她们到延安上抗大。由于战乱，她们从河南许昌到陕西西安走了将近两个月。西安八路军办事处张主任热情接待了她们，把她们安置在后宰门附近的五岳旅社，每天组织她们到七贤庄的八办学习毛主席朱总司令的文章，演唱抗救歌曲。当时，她们唱得最

解放，陕西省韩城市人，1944年10月生，曾任《青年晚报》社、《新一代》杂志社副总编，《中国环境报》甘肃记者站站长，《甘肃调解》总编辑，中国卫生法学会常务理事兼副秘书长，上海政法学院、西北民族大学、甘肃政法大学兼职教授。曾荣获中国"3·15"荣誉奖章、"陕西英才"、"甘肃省先进离退休干部"。

多的就是《五月的鲜花》《延安颂》。就在准备赴延安的前一天，我母亲收到在东北军34师任少尉的丈夫解锷的来信，说他刚刚在开封杜良寨对日军阻击战中，右腿、左臂被枪弹打穿，负重伤，送到陕西兴平后方医院抢救，希望能见一面。接此噩耗，我母亲十分悲痛，便向八办张主任请假，前往兴平医院探望。按纪律要求，赴延安

我的母亲戴清慧、父亲解锷

人员前一天须集中住宿，以确保统一乘车启程。但张主任看我母亲悲伤焦急，又考虑到其丈夫是打鬼子受重伤的，不让见见面安慰安慰，于心不忍，再说，两人这一别，不知何时才能重逢，便同意去探视，并再三叮咛，一定要于第二天中午一点前归队，一点整和大家一起赴延安。

我母亲急忙搭车去了兴平。见到重伤在床、缠满绷带的丈夫后（我们都见过一张我父亲左臂吊着石膏托、右腿缠满绷带坐在病床上的照片。他脸上虽然泛着痛苦和疲惫，但一双眼睛却是异常的坚定沉稳、炯炯有神。只可惜，"文革"时怕受牵连、迫害，照片被焚毁了），我母亲泪如泉涌，两个人紧紧抱在一起，说了整整一个晚上的话。第二天天亮分手时，两个人除了千叮咛万嘱咐互道珍重外，还郑重相约：我好好学习，抗大毕业后一定到最前线去打鬼子；你好好养伤，康复后再上前线打鬼子。我们要和同胞们一起浴血抗战，把鬼子赶出去！

当我母亲急匆匆于11点多赶到西安八办时，竟然找不到赴延安的车队。一打问才知道，车队一大早就出发了。是因为近几天西府一带天降大雨，八办收到气象预报，渭河有大洪汛，怕被阻断了去延安的路，八办临时决定，提前于清晨发车，把青年们送往延安。错过了时机，我母亲只有满含着热泪，向着延安，一遍又一遍地唱着《五月的鲜花》……

巧的是，当年她们一起要去延安的李忠信，到延安后改名为李珍汝，上了抗大，走上了领导岗位。22年后，李珍汝竟然来到大西北，到我母亲所在的铁道部第一工程局兰州医院当了党委书记。老乡、老同学相见，自有倾诉不尽的话。母亲静静地听李书记满怀深情地讲述抗大学习、转战陕北、东渡黄河、

挺进太行等波澜壮阔的革命生涯……她们情不自禁地唱起当年的歌,唱起那首《五月的鲜花》。李书记唱出的是万丈豪情,而我母亲唱出的则是憧憬、向往,还有一丝淡淡的遗憾……

母亲晚年因病失忆后,许多事都不记得了,却能时不时地哼唱几句《五月的鲜花》……

后来,"文革"的烈火还曾考验过这对老同学。"文革"中,我母亲因为曾在东北军中当过宣传兵,特别是未去延安抗大,而被怀疑为临阵脱逃的逃兵,被关入牛棚,接受审查和批斗。母亲提供可证清白的证明人除了当时的八办刘主任外,就是已调往铁道部总医院任党委副书记的老同学李珍汝。可让她万万没想到的是,老抗大李珍汝也因为曾是东北军宣传兵而被污为混入抗大的特务,被造反派关入牛棚,责令其交代派遣任务、上下级、接头方式等。李珍汝提供的可证清白的人,除了当时的西安八办刘主任外,就是我母亲了。

两个需要互证清白的人,却都是失去了清白、自由的人,但她们都坚持住了做人的良知。无论造反派怎样呵斥、辱骂、推搡、罚站、不让吃饭睡觉、高强度电灯照射,她们都坚守原则,不胡说,不乱咬,只陈述事实,坚持自己是清白的,又为对方证明清白。一直熬到粉碎"四人帮",才最终否定了这些不实的污蔑和指控。

我们走在大路上

母亲在铁道部第一工程局兰州医院时是全科医生,调到兰州铁路局中心医院时,却分配她到保健科负责卫生防疫工作,但她丝毫不计较一线二线的区分,一如既往地把满腔热情投入到工作中去。她经常督促检查各科室做好卫生防疫,还身先士卒地带领大家打扫卫生。对一些藏污纳垢的隐蔽角落,她亲自用小铲子铲、小刷子刷,甚至用手擦、用手抠……把医院里里外外打扫得窗明几净、整洁卫生。来院就诊的患者无不连声赞叹!她不但受到兰州铁路局、兰州市的表扬,还为医院赢得了甘肃省、铁道部"爱国卫生先进单位"的奖旗。我清楚地记得,获奖归来的那天,母亲一进家门就高兴地说:"孩子们,妈妈得了两面大奖旗!"脸上满是辛劳后的喜悦。这让我们做子女的切身感受到了,事不分大小,认真去做,就会成功!

兰州铁路局是甘肃境内最大的国有企业,鼎盛时期横跨甘宁青三省区,职工家属达二十多万人。其最大的一个家属区是兰州铁路新村和段家庄片区，东起兰州火车站，西到五泉山，南达皋兰山麓，北至民主东路西路，方圆四五平方公里，居民达两三万人。有不少是一线铁路工人及家属，还有两个中学、五个小学、七八家幼儿园、托儿所。为了解决这些职工家属及时就医问题，让一线职工无后顾之忧，兰州铁路中心医院决定在段家庄老楼院设立医疗保健站。院党委几经商议，决定任命我母亲为站长，一是我母亲是全科医生，更重要的是她干啥都认真负责，靠得住。这副担子和责任可不轻！1963年元旦后，我母亲走马上任。新站一开始，只有我母亲一个医生及一个护士、一个药剂员兼收费员。

听说医院开到了家门口，开诊第一天，就来了百十号病人，有的还是用轮椅推来的，这下可把三个医务人员给忙坏了，一上午连口水都没喝，厕所都没时间去。我母亲对病人和蔼耐心，诊疗时还不断和病人谈心；给小孩子打针时，还给他们唱"小燕子，穿花衣……"一言一行都体现了医者仁心，病人的治愈率很高。这怕是应了那句老话，心宽半病除。

因为病人多，忙，她们连烧开水的时间都没有。病人要服药，婴儿要冲奶粉，我母亲就让年轻些的陪员到我家去提开水(我家就在保健站对面的段家庄老楼院西南角二楼)。那时的注射器、输液器是循环使用的。每天下午下班前，要把这些器械洗净后裹在消毒包里，放入高压锅中大火蒸煮一小时，以供第二天使用，但她们上班时都忙得要命，到下午下班，往往还有病人就诊，根本没时间在下班前消毒。为了不耽误第二天使用，也为了不让同事太劳累，我母亲就天天下班后带回家消毒。一般人家晚饭后，厨房就静悄悄的了，唯独我们家厨房常常传出高压锅的鸣叫声。

白天上班紧张些辛苦些，对于医生来说都是家常便饭。我母亲下班后的出诊出奇的多，常常是下班后，饭还没吃，就有人请我母亲出诊，甚至于晚上十点、十一点、十二点、凌晨一点、两点、三点……春夏秋冬，风霜雨雪，都有人来请我母亲出诊。有的是卧床不起的老人，有的是突发高烧的婴儿，还有上吐下泻的急性肠胃炎患者……他们为什么不去医院看急诊？一是远，二来还要挂号、等候……而我母亲却是任何时候都随请随到。

不管白天多么劳累，不论出诊途中风霜雨雪，深夜凌晨，深一脚浅一脚，我母亲都毫无怨色。她一见到病人，就像见到家人，立感浑身充满力量，满脸微笑地开始工作，轻声柔语地询问病情，轻手轻脚地量血压、测体温、打针……病人和家属见到我母亲，就放心了，坚信戴大夫来了，病就一定能好！那种信任,那种医患之亲,就融合在微笑、关爱之中。那时,整个铁路新村、段家庄没人不知道"戴大夫"的。即便是现在,这些地方的六十岁以上的人,一提起"戴大夫",差不多都会讲一段戴大夫的爱心故事……

起初夜晚出诊,都是病人家属来我家请我母亲出诊,医治完毕,再把我母亲送回家。后来,我母亲觉得病人家属送她回家后再自己回家,既辛苦又不安全,便改为出诊时让我们姊妹们陪她出诊,然后由我们陪她回家。这样大大方便了病人,却辛苦了我们姊妹。为了不太影响第二天上学,我们姊妹们就轮班陪母亲出诊。有时半夜睡得正香,突然响起敲门声和"戴大夫!戴大夫"的呼叫,那时真不想起床,可禁不住母亲的一再催促,尤其是她那双疲惫的眼睛中直射过来的殷殷期待的眼神,会让我睡意顿消,立马翻身起床,穿上衣服,拿起出诊箱、手电筒,和母亲一起向门外走去……

做儿女的,谁不心疼自己的母亲,又有谁不愿为母亲分担一些辛劳……就这样,我们姊妹们大的外出上学了,小的接上,风风雨雨,早早晚晚,坚持和母亲一起出诊,为她提箱,掌灯,撑伞……同受冷风热浪的侵袭,也共享病人康复后的欢乐!

常常也有陪母亲出诊路上困得要命,眼睛也睁不开,腿也迈不动;有时走到又背又黑的小巷中,心中害怕,腿也禁不住直打战……这时,母亲就会轻声而坚定地给我们唱"我们走在大路上,意气风发,斗志昂扬……"说也灵,和母亲一起唱起来,真的就不困了,也不害怕了,和母亲偎依着走回家。一直走到1970年因医院机构改革撤销了保健站,才中止了这夜夜的陪诊。

平凡人生的亮点

母亲的一生辛苦、繁忙却又平凡,但从她的遗物中,能看到一些她在全力以赴的辛劳中取得的成果和亮点。

西安市解放时,我母亲在西安市第三区(今莲湖区)卫生所工作,由于她认真负责、医术精湛,深受广大患者和群众喜爱。1950年夏先后被推选为西安市第三区各界人民代表会议协商委员会、西安市第三区民主妇女联合会代表。在任期间,她提出不少反映民生的提案,解决了一些市政管理、卫生防疫的问题,受到政府的重视和群众的称赞。她的遗物中就存有20世纪50年代初出席区人代会、区妇代会的通知及区政府提案办理情况的反馈信。

我从小就记得,不论在西安,还是在兰州,我母亲常常会带回一些奖状、证书，陕西省、甘肃省、铁路局、市、区和医院的都有，墙上挂不下，就放到书柜里……只可惜当时没有拍照，经多次搬家，大都遗失了。现仅有一幅乌鲁木齐铁路局医院兰州分院 1960 年 3 月颁发的奖状，一封兰州市城关区卫生防疫站寄来的

我们一家人

表扬信。之所以硕果仅存，是由于它们的颁发单位级别太低了，轮不到上墙入柜，就压箱底了。

我母亲病逝于 1996 年 1 月 25 日。1 月 27 日，兰州铁路中心医院为她举行了追悼会。会上，医院党委书记葛春芳代表医院致了悼词。其中写道："戴清慧同志一直从事护士、医生职业，长期在医院、保健站工作。她酷爱本职工作，技术精益求精，医德医风高尚，行医几十年，护理、医治过无数病人，使不少患者解除了疾病痛苦，转危为安，得到了患者及家属的称赞与好评，受到省、市、铁路局及医院的奖励。退休以后，还积极参加退协的各种活动。至今，老同志们谈起戴清慧同志时，对她那一丝不苟的工作态度，全心全意为患者服务的精神仍记忆犹新。戴清慧同志的逝世使我们失去了一位好同志。今天我们以十倍沉痛的心情悼念她，缅怀她的一生。在这永别之际，我们发自内心地告慰她：安息吧，戴清慧同志，我们永远怀念您！"这是组织对她的评价，也是她一生工作和品德的总结。

我的妈妈的微小人生

管卫中

人对人的误解是绝对的,而彼此的理解总是相对的。哪怕是母子之间,也是如此。

我的妈妈王青蓉今年91周岁了,退休之后,我把妈妈接到了身边。很多年,我都在为自己认为重要的事情忙碌,很少亲自侍奉,现在,我该把一部分心思转移到亲人身上了。

我察觉,与母亲朝夕相处并不是一件容易的事。她已经有越来越严重的老年痴呆症症状,说起旧日的亲戚、邻居,多半已经不记得了,甚至连吃没吃过饭、药都常常忘了,说话已经语无伦次,理解能力跟一个三四岁的孩子差不多,跟她说话比较困难,得拿出很大的耐心反复解释,但有一件小事情她却很清楚,她每天都跟还在老家的哥哥通一次电话。她俩每天说的话几乎完全一样,无非就是"我好着呢,你怎么样? 注意些。那儿天气怎么样?"有时候,明明哥哥刚打过电话,母亲却说,今天你大哥怎么没来电话? 我有点不解,既然没有任何新内容,有什么必要天天准时打电话? 我这样想,是因为多年写作养成的心理习惯,对于说重复的话有一种本能的抵触。母亲说:"就是互相听听声音呗。"

稍微细想,我似乎就有些明白了她们互相"听听声音"的意味。大约是1953年,父亲从临夏州《团结报》社调往州属康乐县政府工作,此时22岁的母亲怀孕了,留在临夏市娘家。那时候没有电话,仅靠通信联系。信走一个来回,需要半个多月时间。有很长一段时间,父亲那边忽然没有了音讯。那时

管卫中,1957年生于甘肃。曾任甘肃文化出版社总编辑,编审职称。中国作家协会会员,中国文艺评论家协会第一届理事,甘肃省文艺评论家协会副主席。著有文学论著《西部的象征》,《大中华二十世纪文学史·小说卷》《中国西部新文学史》(副主编、作者之一),历史散文集《民间笔记》《大山河》等。

候刚解放不久,社会秩序还很混乱,常常有民族地区的干部被土匪杀掉的消息。母亲有半年多接不到信,不知道究竟发生了什么事情,心里那个急呀。焦急熬煎之中,她早产了。孩子怀孕不到九个月,尚未发育成熟,但父母亲年轻没有经验,并未意识到会有什么隐患。到了孩子该学走路的时候,站不起来,再大一点,双腿无力,大人扶着,还是不能正常学走路,跌倒了自己翻不过身来。母亲后来一说起孩子小时候的情况就声音哽咽,说"娃孽障着"。他们意识到问题很严重,赶紧四处奔走寻医治疗。那时候的医疗水准极其低劣,孩子被庸医胡乱诊断为是小儿麻痹症,服用了很长一段时间的活络丸,没有作用。其实,现在想来,先天不足的孩子,后天是很难治愈的。

母亲1931年出生在临夏市一个银匠家庭,家道殷实,四世同堂。母亲是最小的女儿,自然备受父母疼爱。读完小学后,就进了卫生学校学习护理。少女时代的她一头天然卷的波浪头发,模样娟秀,又读过书,头脑聪慧,标准的女学生,小家碧玉。只是读书时有一回腿部受潮生了疮,疼痛不能行走。两个银匠舅舅认为女儿家总归是别人家的人,舍不得花钱治疗,她落下了一点残疾。卫校毕业后她当了护士。过了21岁,别人把《团结报》社的一位记者介绍给了母亲。这位记者是报社仅有的一位名校毕业的大学生,模样儒雅,举止斯文。他是河西走廊中部绿洲城市张掖市郊管家寨人,考入兰州大学附属中学读书,适逢抗战艰苦之时,响应"一寸山河一寸血,十万青年十万兵"的号召,由一名中学生参加国民党青年军,当了炮兵,因炮打得准而当了炮长。部队驻屯陕西安康练兵,随时准备听命奔赴抗日战场痛击日寇,马革裹尸。因技能和训练成绩出色,他曾受到过蒋经国的通令嘉奖,蒋氏曾亲自驾驶飞机带他们几个标兵飞往杭州观光。抗战胜利后脱去军装,进入西北大学外文系,学习英文、俄文,酷爱英文和写作。期间秘密参加新民主主义青年团(共青团前身)。毕业后分配到甘肃省团工委工作,旋又作为支援民族地区的文工队员来到临夏,任报社记者。他少年离家,身边没有一个亲人,能在工作地找到一位温婉聪慧的妻子,有一个自己的家,自然欢喜不尽,当即答应一辈子不嫌弃女孩子的腿部残疾。看这位喝过许多墨水的记者为人忠厚老实,又有那么高的文化,母亲自然喜欢又放心。他们租了一间小房子,结婚了。不用说,这位青年记者就是我的父亲。

这是一个多么美好的开始!

他们的第一个孩子竟是这样,如兜头一盆凉水,从头凉到脚。从此,这对

我的父亲、母亲和长子。1956年摄

青年夫妻的生活蒙上了一层厚重的阴影，心情再也无法轻松。

苦难还仅是开始，母亲带着病孩子搬到了父亲工作的康乐县，分到了一间暗黑的小屋子，算是安了家。我和两个妹妹在这间小屋里相继出生，一家六口人，仅靠父亲一人的微薄工资过活，日子越来越拮据。"三年困难"时期，甘肃省是重灾区，一家大小在母亲的操持下，居然没有挨饿的记忆。"文革"开始了，父亲因为抗战时参加过青年军以及出身地主家庭而被打成了"历史反革命"，和一伙"五类分子"一起被圈禁起来，不能回家了。母亲不得不独立扛起这个残破的家庭，拉扯四个孩子。她天性聪颖，缝纫机、裁剪缝制衣服、打毛衣，一学就会，接点活儿挣几毛钱；到招待所浆洗床单、被子，一洗一大堆，手都被搓破了；给工作的女人们带孩子，先后两个孩子都养得白白胖胖；把大孩子的旧衣服改为小衣服，给下面的孩子穿；做得一手好饭菜，能把苜蓿等廉价蔬菜做成很好吃的包子……父亲受难的那些年，孩子们居然从来没有过忍饥挨冻的时候。

一个银匠家的小女儿，一个娇弱的女学生，居然就把一切都扛起来了。

母亲最大的忧愁还是在生病的长子身上。同龄的孩子都上学了，没法上学的哥哥情绪低落，母亲教他识字、读书。十三四岁该长个子的时候，母亲请大夫采用肠线疗法刺激他的身体，哥哥的个子也蹿了起来。十八九岁的时候，同龄的孩子都工作了，母亲想尽办法也给哥哥找了一份临时工作。该娶媳妇了，母亲想办法找到一户乡下农民，把女儿嫁给了哥哥……父亲退休后，家搬到了临夏市。没有住房，租住别人的房子，几年内被迫数移其家，窘迫的情形让人难忘。母亲下了决心，想办法凑钱购买了一套住房，生活终于安定下来。这时候母亲已近60岁。

谁知没过几年，1992年，父亲遽然病逝，只活了67岁。父亲走了，工资停发了,一家五口人断了生活来源。拭去眼泪的母亲,又一次把担子扛了起来,她帮哥哥搞了一个小杂货铺,勉强可以过日子。艰难岁月中,她又亲手带大了哥哥的两个孩子,直到两个孩子都有了工作,成了家。

晚年的母亲与小女儿在一起时最开心

两辈人都成人了,而母亲老了。当年的天然卷发少女,变成了腰背佝偻、满脸皱纹、头发花白、絮絮叨叨的老太太。七八年前,她感觉腰疼难忍,到医院查出是癌转移,医生说要动手术。我们不想再让老人受刀剪之苦,决定不做手术,就照着扭伤贴点膏药哄哄她,谁知她竟然又活了七八年!至今健在。

这个人,真是孩子们的奇迹。有时候,她倚在被褥上读书、读报纸,忽然转头问我:"你哥哥今天怎么没来电话呢?他我的声音听一下呢。"我懂了。自打这个孩子出生,她整整陪了他六十五年!这是多么不容易的六十五年!忽然不在一起生活了,她心里怎么能放得下呢?她的脑子已经很混乱,唯有跟哥哥打电话这件事,她记得非常清楚。

一个母亲对孩子的心,究竟有多深呢?它好比一口深井,水很清澈,但你是看不见底的。

2022年4月21日于兰州雁滩陋室

青苹果

熊成林

多少年后，我依然清晰地记得一颗青苹果。

生命里，许多日子像捧在手里的沙子一样遗失不见了。过往的岁月，除了白发和皱纹，找不见痕迹。沿了青苹果的记忆，我找到了过往，穿过岁月的河流，找到母爱和温暖。觉得在人世上，我曾经像大多数人一样，也有一轮母爱的月亮点亮我幽暗的岁月。母爱如月光，始终看着我，温柔地照亮每一个前行的脚步。

记忆中，我五岁时，终日在饥饿里行走。冬天，背着背篓拾粪。走在旷野里，觉得雪可以把人融化。那些冬天的早晨，我和哥姐们穿行在村边的荒地里，拾牛粪、马粪。牛粪冻成一团，硬邦邦的就像一块黑褐色的石头，马粪却小巧好看，像一块又一块小小的黑褐色银子。牛马粪有草的气息，可以烧炕取暖，可以沤成肥料。

母亲总有病，印象中，母亲身材高挑，长发披肩，有一双大眼睛。她常年在家里喝药，我们背着粪回家时，她总是等在圈门口，一一接下我们的背篓，眼里满是疼爱。她觉得，自己不能干活，拖累了全家。对孩子而言，看见火塘里的火旺起来，看到母亲在家门口等待，这比什么都重要。

母亲是家里时时燃着的油灯。

后来，母亲病情加重，住到了铁坝乡医院。我去看母亲，从老家木头岭到铁坝要步行，接近两个小时。有一条河和路相伴，总听见淙淙淙的声音。路两边长着许许多多的树木，有松树、水白杨、山毛榉、白桦树。秋天的时候，路边的沟洼里，生长着许多野香蕉。深紫色的野香蕉张着裂开的口，吃在口里，糯软香甜。也有深红色的五味子，一串串挂在路边的高坎上。只要轻轻爬上

熊成林，文县天池镇人，甘肃省作协会员，现为文县梨坪初中校长。

坡，就能摘好多五味子。路边的石崖上，长着许多野韭菜，扯回家，就成了下饭的佳肴。可惜，当年的我总是忧心忡忡，我一直走在一条叫忧伤的路上，我一直担心，母亲离我们而去。

在医院里，母亲给我穿上新买的衣服，我觉得，母亲的手是温暖的，母亲的身上仿佛有无尽的温暖。我忘了行走的疲劳，觉得医院就是我的另一个家。在陪母亲住院的一段时间里，有时我和三哥到大河边去捉鱼。铁坝的河比木头岭的河大多了，站在河边，能清楚听到宏大的声音，仿佛天地间有一个男人在低沉地歌唱，你找不见声音的来源，声音却无处不在。我们在河边准备了背篓，一个人压背篓口，一个人在上游的水里踩，往往能捉到鱼。不过这些鱼细细的，比小拇指还细，捉半天，又放了，我们无非是捉快乐而已。

我总觉得，母亲会突然离开我们，所以很看重每一次和母亲相见。在铁坝的医院里，我看着面色蜡黄的母亲，身上插满输液管，好像那些液体总输不完。时间变成煎熬的一滴滴药液，一粒粒地滚动着。我常想，母亲好了，带着我们又到长满黄色菜花的地里拔草。地里，往往能拾到一窝又一窝色彩斑斓的鸟蛋。每一次，我紧紧拉着母亲的手，害怕手一松，母亲就没了。一个孩子，谁能看到他内心的脆弱和惶恐。多年后，心里的无助依然在。我也知道，世上的痛，一旦种在心里，一生都会发芽，一生都会长大，疼痛。在夜里，我常听到风拼命地吹着医院的门窗，那些破损的门窗，仿佛风的化身，"哐——哐——哐"地反复碰撞墙壁。我疑心，风里会伸出一双手，把母亲抓走。第二天，母亲依然活着，我依然提心吊胆地过着日子。

后来，记忆中是夏天，母亲抱着我到医院边的电影院看电影。那个电影院，也无非是个空旷的房子，里面除了放电影的机子和幕布外，没有桌椅板凳，空荡荡的。里边人多得数都数不过来，母亲紧紧搂着我，我随着人流波动。我仿佛又看见河流中的自己，随时有被洪水冲走的危险。影片演的是鸦片战争，屏幕上，一群又一群人反复冲杀。对电影，我有天然的距离感，毕竟，那是屏幕上展现的东西，再响的炮声，也炸不起屏幕外的一根鸡毛。懵懵懂懂中，母亲从兜里拿出一枚青苹果。这枚青苹果，透着少许的红色。小时候，我很少见到苹果，这个苹果，就成了我珍爱的玩具，我攥在手心里，仿佛握住的是整个世界。

这个苹果究竟是被我吃了，还是我珍藏后腐烂了，我记不起来了。不过电影院嘈杂的轰响声，母亲温暖的怀抱，我拿着的青苹果，在记忆里鲜活着。

也许,这是母亲留在世上的对我最真挚的叮咛。以后,在人世穿行,在离开母亲最孤独的日子里,我都咬牙挺过来了。我觉得,母亲永远在。她在看我活着、吃饭、睡觉,看我在山间行走,看我读书、活着、工作,看我忧伤或者高兴。我一直觉得,我生活和生命的意义,就是代替母亲继续在世上活着。我多活一天,我多快乐一天,我多经历尘世的风吹雨打,就是母亲在世上存活得更久远一些,看到的世界更广阔一些。若干年后,我真不知道,谁还会记得母亲,记得母爱在一个人心里无可替代的位置。

母亲终于没有熬过病痛的折磨。病就像一株不断长大的树,病根越埋越深,病树越长越大,最终,病痛将一个人淹埋。母亲疼痛的时候,我很少听到呻吟。也许,母亲觉得大声呻吟可能会吓着孩子,她可能把痛深深地咽下去。她不愿意孩子在呻吟的声音里加剧担心和痛苦。母亲走了,像一片树上掉下的叶子,像一片薄薄的纸。母亲去世的时候是秋天,那时,叶子都黄了,叶子落下的树上,透出青色的天。我的心也空旷起来,我的心像一枚秋天即将下落的叶子,不断变空,慢慢下坠。我觉得,谁在我心里狠狠地扯了一把。我看见无数个太阳在秋天破碎,我依然没有哭出声来,我依然噙着泪,在嘈杂的人群中想起母亲对我的点点滴滴。

隔了几天,我和兄弟们在母亲坟前栽了一株酸梨树。我们觉得,母亲一定会渴吧,酸梨熟了,她会采摘,在无数个白天或者夜晚,在我们看不见她的时候,在她也想我们的时候。坟地荒凉,只有鸟雀孤单的鸣叫。

童年的时候,我多么期望,那株酸梨树上能结出青苹果。让母亲也尝尝,儿子们栽种的树上长出那酸甜、爽口而又闪着清幽光芒的青苹果。

忆母亲

翟天明

母亲离我们而去已经三年了,往事历历在目。

我的母亲出生在甘肃岷县的一户富裕家庭。因为外公祖上几代人的艰辛努力,积聚了不少财富。外公家业庞大,有耕地、房产、林场、水磨多处,还有一座大戏院,是当时岷县首富之一。解放前数年,由于家族子弟中有吸食鸦片者,致使家道中落。由于外公对即将建立的新政府给过较大支持,对当地困难群众多有施舍,解放后划成分时被定为小土地出租。

我的母亲从小聪明伶俐,不论什么事情,都是一看就会,一学就通,但很可惜,由于家长受封建思想的影响,女孩子不让进学堂读书。

父亲于1949年参军,分到岷州地委,给首长当警卫员。是首长夫人介绍他与母亲相识的,而后成亲。我三岁那年,父亲调到西藏工委工作。在一次执行任务时后背中枪,摔下马背,经过手术取出了子弹,一片肺叶也被切除。由于身上的伤,无法继续原来的工作,遂转业到兰州工作。那时父亲收入很少,家里人口逐渐增多。母亲把外婆留给她的一些积蓄全部用来养家糊口,但这终究不能满足长久之用。为了减轻父亲的生活负担,母亲先后在修锁店、钢笔厂、剪刀厂、眼镜店当学徒。她的踏实肯干和心灵手巧得到了领导和同事们的赞扬。母亲除了每天起早贪黑的工作,还要操持家务,我们的鞋子、衣物都是母亲一针一线做出来的。1960年前后,国家处在困难时期,全家人的温饱已成问题。母亲宁可自己挨饿,也从来没有亏待过我们和父亲。对上门乞讨的人,母亲总是施舍粥饭,不让他们在门前空过,母亲从小吃过没文化的亏,所以要求我们必须认真学习,不可懈怠学业。在母亲的严格管教下,我们兄弟四人都继承了父母勤劳善良的性格,兄弟之间团结友爱,每个人都很

翟天明,男,汉族,生于1953年,甘肃宕昌人,1970年参加工作。省康复辅具技术中心退休职工。1996年被评为甘肃省劳动模范。

我的母亲

争气,对父母都非常孝敬。邻里之间经常夸赞我的母亲教子有方。

我的母亲一生经历了多次苦难,这些苦难对她的身心造成了极大的伤害,成为我们子女的锥心之痛。家里有了两个男孩之后,父母极盼望有个女儿。两个女儿的先后出生,给全家带来许多欢乐。不幸的是,两个妹妹在幼年时都因高烧相继夭折。连续失去骨肉,对母亲的打击不言而喻。她曾一度精神失常,经常发呆滞语。后来有了三弟和四弟,家庭的经济压力更大了。一次,在剪刀厂给剪刀抛光时,机械出现故障,剪刀飞出传输带,扎在了母亲的左脸颊,血流不止,手术后留下了严重的后遗症,头晕恶心,长期失眠,原有的精神疾病越发严重。接着,长期有病的父亲在1990年因心梗离开了我们。这真是雪上加霜,母亲病情更加严重了,极易冲动。

纵然是身心严重受损,但她还是不辞辛苦地操持家务,精心照顾着我们这个家庭,并将几个孙子孙女一个个带大。

我4岁那年,因为贪玩跑出去迷失了方向,找不到回家的路了。母亲一路哭着叫着我的名字,走了好多路,才找到我。我本以为会迎来母亲劈头盖脸的一通骂,可她什么都没说,只是抱着我一直哭。母亲的痛哭中,包含着多少痛楚、委屈和庆幸!我6岁那年冬天,母亲带着我回岷县外婆家,回来时为了节省8元钱,没有坐轿车,而是坐着带篷布的大卡车回家。卡车迎风奔驰,车上风很大,母亲怕冻着我,就把自己穿着的皮大衣脱下给我穿,而自己却冻感冒了。每当想起这一幕幕,我就百感交集,心酸落泪。

2015年8月,母亲患了脑梗。多种疾病的长期折磨,使她的身体每况愈下。我和弟弟们,还有我儿子及家人竭尽全力日夜守护,期盼老人家能够康复,可病魔还是夺走了她的生命。2020年1月26日,她永远离开了我们。

母亲的恩情重于泰山,我千言万语都不足以表达。母亲过去的音容笑貌,已变成我美好的回忆,愿母亲在天堂平安、吉祥。

慈祥的阿妈

德吉尼玛

  动笔写这篇文章的时候,耳边响起了仁钦卓玛演唱的歌曲《慈祥的母亲》:"哦,慈祥的母亲/是美人中的美人/哦,像那白度母/一样心地善良/她背水走过的小路/柳树轻轻摇晃/她挤奶走出羊圈/格桑花围着她静静开放/哦,慈祥的母亲。"

  我的家乡在甘南州卓尼县北部的一条小山沟,名叫"德吾囊",意思是冬窝子。我们一般把母亲都叫"阿妈",阿妈一生都在这个小山村生活。德吾囊的地理位置在汉藏结合部,是个半农半牧区,既有农业,也有牧业。生活在这里的藏族和汉族人口也是各一半。往南走,汉族人口越来越多,生产与生活方式也是汉族的方式,以农业为主,牧业少了。当地藏族人大多数也跟着说汉语,懂藏语的反而少了。从村子往东、北、南方向走,慢慢地农业越来越少了,从事牧业的藏族人多了,藏语是通行语言,多数人不会讲汉语。我们村藏族人口占大多数,百分之八十多一点。这个村是当地生产和生活方式的分界岭,也是汉藏两种语言交融的地方,每个人都必须会两种语言。汉语用于对外交流,藏语用于内部交流。我们村,农业生产靠天吃饭,牧业生产靠天养畜。当地有句谚语:"有女不嫁上傍山(指我们那个地方),农活牧活干不完。"

  阿妈的名字叫卓玛。我们这里的大多数女孩子都叫这个名字,卓玛的意思是"仙女"。她出生在邻近一个叫卡达纳的藏族村子。因为爱情的缘故,年轻的时候嫁到了"上傍山"。我们小的时候,家里孩子多,劳动力少,靠她一个人在生产队劳动挣工分,既干农业的活,又做牧业的事,里里外外一把手。父亲是生产队的一个小干部,每天都在忙村里的事,顾不上家里。在我们的印象里,家里所有的事情只有阿妈在操持。当农业与牧业的活计叠加的时候,

---

德吉尼玛,汉名曹世清,藏族,中共党员,就职于甘南州文化和旅游局,长期从事文化旅游工作。二级巡视员,中国少数民族作家学会会员。

母亲(前排中)和我们一家人

劳动量是双重的,也只有用一个"忙"字来表述了。

阿妈每天早上四点起床,给家里的几头牛挤完牛奶,把牛赶到山上吃草,她开始清理牛圈的牛粪。把牛粪背出大门外,做牛粪饼,用于生火取暖。忙完这些后开始打酥油。打酥油是一个技术活,动作要匀速,不能用劲过大,也不能用劲过少。用力过大,奶会从桶里溅出来,溅得一身一脸。有一次,我偷偷地打了几下,弄得到处都是,浪费了许多牛奶,自然也少不了挨几巴掌。如果用力过小,牛奶是无法分离出来的,出油率低。忙完后,她给全家人做早饭和收拾屋子。待我们吃完饭后,一个个出门后,她随便吃两口,就开始日复一日地农业生产了。一年四季在忙种田、拔草、割田、碾场、磨面等各种各样的农活。中午回家,忙着做一些简单的吃的,让我们吃,她自己拿块糌粑,就去山里挤牛奶,渴了喝口泉水。挤完奶匆匆回来后,又去生产队劳动。晚上去山里收牛,回家挤奶、喂牛、做饭、干家务,每天都在十二点以后才可以睡觉。有时候,还要给我们缝补衣服和洗衣。这样的日子天天如此,四季如此,年年如此。她每天都乐呵呵的,没有觉得累,好像没有时间生病。在我们眼中,阿妈是一台高速运转的机器,在带动着这个小家不停地运转。她常常说:"这世上没有累死的人,只要人努力,我们的日子一定会越来越好。"

我记得在上小学到初中的这一段时间里,阿妈特别忙。每天早早起床,为我准备上学前吃的饭,让我吃上热饭,在上学的路上暖和些。每次做好饭,她悄悄叫我起床吃饭,怕惊醒了睡梦中的弟弟妹妹,怕他们睡不好觉。年复一年,我顺利完成了小学、初中的学业,考入了高中。

高中是在离家37千米的县城,吃住在学校,自己做饭,阿妈负责每周送吃的和做饭生火的牛粪饼。那是一个冬天的早上,六点要上早操,同学打开宿舍的门,看见在大雪地里蹲着一个人,都被吓了一跳,我们大声叫喊,叫声惊醒了那个黑影。有同学说,这是谁家的人?我出去一看,是阿妈。我说:"阿妈,您怎么来了?""我看要下雪了,晚上就来给你送吃的和烧柴,怕你冻着。走了一夜,就在宿舍门前打了个盹。"我抱着阿妈,泪流满面,我们两个人的身子都在打战。"我没有什么本事,只希望你好好学习。"阿妈说。

在阿妈的鼓励下,我完成了学业,参加了工作。工作以后回家,看见忙碌的阿妈,不知道说什么,只是帮阿妈做一些农活、牧活和家里的重活。我知道,身后还有弟弟和妹妹,阿妈要继续她的日常生活。家里家外,农活、牧活家务活,一样都不能少。早上,她还是挤奶放牛,给上学的弟弟、妹妹做热面,还是四季干不完的农活与家务,还是每周到上学的地方去送吃的。盼着我们一个个长大成人,成家立业。

母亲的身体却一天不如一天,先是生胃病,后是犯风湿性关节炎。这都是她每天冷一顿热一顿、风里来雨里去干活留下的病症。犯病的时候,疼得把身体屈成一团,头上冒热汗,过一会好了,她还是继续那些必须干完的活。劝她去医院,她总说:"老毛病,过去了就好了。"她知道家里的经济条件,家务活也不允许她离开这个家。

一辈子忙碌的她,只有在我们回家看她的时候,她好像闲了些,陪着我们说话,手里仍在忙那些做不完的家务,给孩子们做好吃的。看着我们吃饭的样子,阿妈浑身都散发着幸福与自豪。我们每次回去上班的时候,她总是说:"回去了好好工作,国家的事不能耽误了。"还不忘给我们装上家里的酥油、青稞面和其他一些东西。她送儿女到公路边,搭上班车,目送班车消失,才回家里,继续忙碌的日子。

兄弟们都出门工作了,家里的生活越来越好,农活、牧活都没有了,家务活也明显减少,这时候,阿妈的身体却越来越差了,看病几乎成了她的主要事情,也成了我们全家人可以陪她的时间。只要身体允许,阿妈还是不终止她已经习惯了的"忙"节奏。我们劝她休息,她说:"人是活物,只要是动着,就是活着的人,不能变成你们的累赘。"

"她头顶堆满白雪/腰弯成一道山梁/她每天摇着经筒/一心为儿女们祈祷吉祥/哦,慈祥的母亲/哦,妈妈,慈祥的母亲。"

有一次,村里的一户人家发生火灾,她拄着拐杖去看望,把我们给她的几千元零钱都给了那个受灾的家庭,回来后怕我们心疼钱,她笑呵呵地说:"钱财是身外之物,生不能带来,死不能带去,捐给需要的人,就是最大的功德。我有你们在,就是最大的钱了,还留着它干什么呢?"阿妈对钱财看得很淡很淡,凡是别人有求于她的,她都尽量满足,宁可自己节俭一点。村子里的人都对她很好,评价她是一个"有慈悲心的好人"。阿妈用自己的言行影响着子女们,让我们也懂得了奉献的价值。

阿妈走了以后,我们再也没有感觉到家的温暖,仿佛失去了主心骨,回家也只是回老家。有阿妈的家,才是真正意义上的家。阿妈走了,心中的太阳也落了。

每当我想阿妈的时候,一首歌的旋律就在耳边响起,歌词从心里流淌出来:"哦,慈祥的母亲/我是你用生命写下的历史/你给我用阳光织成的翅膀/哦,无论我飞得再高再远/无论我走到天涯/身影总落在你的心上/哦,妈妈呀/哦,慈祥的母亲。"

2022 年 7 月 19 日

母亲吟

滕华芳

总是不敢回忆从前
总是不敢翻看相册
那里面满满当当存储着
您一生的辛苦与慈爱
我怕一打开
悲伤会排山倒海袭来
淹没我的灵魂

好想再吃一次
您自创的百吃不厌的胡萝卜辣酱
好想再吃一回
您亲手做的包子和饺子
好想再看一次
您巧手制作的塑料花和丝网花

好想再读一回
您写在草稿纸上的藏头诗
好想再听一次
您唱的"五星红旗迎风飘扬"
好想再听一回
您唠唠叨叨的嘱咐和细细碎碎的提醒

滕华芳,女,出生于甘肃榆中青城,酷爱文学和书法,在文学里徜徉,在书法中静心。

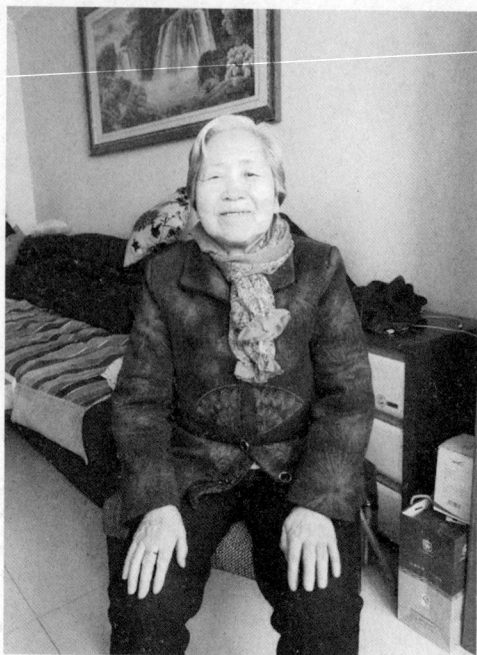

我的母亲

可是

您在哪里呢

……

母亲的白发

颜汝毅

不知道母亲的白发是什么时候开始长出的?

70年代,母亲是小学老师,一头黑发铮亮,发型就像电影里的江姐、刘胡兰、小花一样。那时候的集体是忙碌的、火热的,人们的生活都是快乐的,我的童年也是快乐的。

80年代,母亲依然是飒爽干练的一头黑发。在自家的承包地里,在集市的热闹喧嚣里,在夏日的蝉鸣鹊噪声里,在夏夜纺车的吱扭声里,在冬日缝纫机的嗒嗒声里,都有母亲的身影。那时候家家都只有土炕取暖,而我们家老房子的温度,比今天的暖气房更加舒适、温馨。

90年代,孩子们都长大了,走远了,家里只剩下母亲和父亲。除了升起的太阳,单薄的月亮,就是成群的鸡、兔和牛羊陪伴着她们,还有黄土地里锄不完的草、掰不完的枝杈、收割不完的庄稼,以及春播秋收的循环和忙碌。母亲生出了缕缕白发。

后来,母亲已是满头华发,儿女各在天涯。外面的世界越来越精彩,影视、电话、火车、汽车、小洋房……而母亲的脚步与身影,依然晃动在黄河岸边那个小小的家。头上丝丝缕缕的白发,就像秋天的树叶,蚕吐出的丝,那么光滑,优雅。

21世纪,时光快得像高铁,又像织染厂的飞梭。母亲的吱吱扭扭的纺车、织布机、缝纫机,早已不见了踪影,多已成了农村博物馆里的风景、岁月的牵挂。

2018年的五一长假,我陪母亲、父亲看万亩荷塘、天下粮仓。途经黄河堤边,一阵微风,我突然发现,母亲的头发就像河畔芦苇丛里土黄色的苇絮,在一丛丛新绿的芦苇中随风飘动。万顷河滩上,风光旖旎的郃川湿地尽收母亲

颜汝毅,陕西合阳人,兰州市作协会员,作品散见于《中国周刊》等报刊。

母亲行冬琴在陕西渭南湿地

眼底：有天鹅的翩翩身影，鸿雁的欢鸣，苍鹭的悠然，鸽子、斑鸠扑棱棱的翅展翅颠，燕子、麻雀的叽叽喳喳……母亲的一头白发在微风中更加耀眼，就像冬天北方大雪后的雾凇，用满树晶莹装点着茫茫原野。

我的心，就像芦苇荡里百灵鸟、杜鹃鸟的鸣啼，婉转起伏。

前几年，与父母同游川藏线。游览都江堰，过映秀，翻雪山，穿松潘草原，驻朗木寺，谒青海湖。一路走来，母亲的白发，像昆仑山上的雪一样圣洁，像扎曲、玛曲、白龙江的流水一样飘逸。

我知道，母亲只是璀璨的银河系里一颗最微小的星星，但她永远是儿女们心中最亮的那颗星，是今生今世彼此永远的牵挂！

母恩山高水长

薛建臣

傍晚,夕阳西下。母亲坐在三哥家门口的石磴上,静静地看着狗儿猫儿嬉闹,嘴角不时露出一丝微笑。

母亲已是91岁高龄了。她喜欢在农村老家生活,喜欢坐在门口和左邻右舍的老太太们拉拉家常,说说儿女们的事情。除过耳朵有些背,需要大声说话才能听见外,她的身体仍很硬朗。

她一辈子劳作惯了,永远闲不住,喜欢侍弄地,总想着去地里干点啥农活。她看到门前路旁的水泥地是空着的,就悄悄地弄来些土,倒在水泥地上铺成地,再围上砖块,撒下菜种子。或者一个人跑去捡纸箱子、空瓶子。我和三哥不让去,还把她捡的送了人,后来她就悄悄地把捡的东西放到二哥家的后院里,不让我们知道。农忙季节,她又提上袋子到地里拾麦穗,任凭怎么劝都不听。三哥在房后弄了块地,种点青菜和豆子,常常能看到母亲也在地里忙活。

1976年初夏,那年我刚刚16岁,父亲突遭意外,猝然长逝,家里的顶梁柱轰然倒塌。父亲是独子,没人帮衬。大哥已成家,分出去单过。家里还有年迈的奶奶、我们兄妹几人,妹妹尚小。在那个物资匮乏的年代,家里的状况着实让人忧心。母亲躺了两天后,坚强地爬了起来,用瘦小的身体撑起了这个家。她每天起早贪黑下田劳作,既照顾奶奶,又供我、三哥和妹妹上学。当时我想着多一个人干活就多一口饭吃,想辍学回家种地,缓解困境。母亲坚决不同意,坚持让我继续读书。奶奶是小脚,干不了重活,更下不了地,家里的苦活、累活全靠母亲。那时机械比较落后,收割庄稼全靠人力。收割小麦,母

薛建臣,陕西省韩城市人,1960年3月出生,1979年11月入伍。1986年3月至8月参加对越自卫反击防御战,荣立三等功五次。历任技术员、助理工程师、工程师、高级工程师,曾任室主任,长期担任总工程师。

亲可是一把好手，一人一天收割几亩麦子，令人咋舌！

母亲做事、干活向来是风风火火的。我们经常不知道她几点睡觉几点起来。早上我们起来，通常都是灶火烧旺，她却不在家。等我们收拾好，就看见她挽着裤脚拿着锄头从地里回来了，背上还背着一大捆柴火和青草，顾不上休息又开始做早饭。她很少让我们插手家里的农活，说有时间就多学习，有学问了去当个教书先生，就不用下地干活了。她觉得在村里当个教书先生就是出人头地的事。人口多，又都是长身体能吃的年纪，家里吃食总是短缺。那些年，她是什么收成好就种什么，干什么活挣的工分多就干什么。有些活男人干完都累得叫苦，但是我从没听到过母亲抱怨。辛苦劳作一天，晚上她还在灯下纳鞋底、织布、缝衣服。衣服磨破了，就打上补丁。很怀念母亲做的千层底布鞋，穿着舒服合脚。

兄弟姐妹多，生活拮据，粮食短缺，母亲就去外面采集各种代食品，不得已时去借口粮，来年有收成了再还上，经常是还完了就所剩无几了。记得有一次，母亲用苞谷面加上麦麸擀成面条，撒上丁点香油，硬是把颜色不怎么好看的面粉制作成可口的汤面条。我们几个吃得特别香。现在吃食种类那么多，却再也吃不出当年妈妈的那碗汤面条的味道了。她总把面条捞给我们，给自己盛的却看不到什么面条。她一边吃一边说，你们正长身体，多吃点，我吃了没什么用。在母亲的坚持下，我和三哥都读完了高中，是村里少有的高中生。有一天县上贴出征兵通知，当我忐忑地把报名参军的事情告诉母亲时，她低下头好一会儿，说当兵好，当兵有口饭吃，能靠自己娶媳妇。那会儿给哥几个娶媳妇的事，已经让母亲很是煎熬了。家里实在拿不出像样的彩礼。记得那天早上，新兵要出发，母亲不停抹着眼泪，絮叨着说，要给家里多写信，出门在外要争气，有空多看书，要给自己奔前程……她用家里不多的白面粉蒸了过年才能吃上的韩城花馍，烤了棋子馍，叫我带着路上吃。

直到现在，母亲还经常说："原来都是挨着饿过来的，现在条件好了，但是不能忘记过去的苦，不能忘本。"所谓"不忘本"，就是告诉我们，对粮食的感恩和敬畏不能变，要节约每一粒粮食。

母亲虽不识字，但是却克服种种困难，让子女们有学上有书读。在她的影响下，家里人都爱学习，求上进。几个哥哥的孩子也大多考上了大学，成为国家干部。

1979年入伍到部队后，我一直不忘母亲的嘱咐，想着一定要以优异的成绩回报母亲的恩情。1980年我以原兰州军区第一名的军考总成绩被原南京通信工程学院录取,自此开始了人生又一段征程。

1986年,我踊跃报名参加了对越自卫反击战。哥哥们都瞒着母亲不让她知道,怕她担心。后来听哥哥们说,镇上、大队都来家里慰问,她知道后说,当兵就是要去打仗,我支持他。但是听侄女们说,她私下曾悄悄地问,地方在哪里,危险不危险? 偶尔发出一声长叹……再后来,她买来了收音机,收听前线战事新闻。有一天县上来人说,去参

我的母亲

战的人员可以划一块宅基地,她一开始坚持不要,后来听说每人都有,她就问能不能划成自留地。在她心里,有地就能多打粮。

母亲待人温和谦让识大体,邻里谁家有困难,母亲都会帮一把。她常说,帮别人就是帮自己,等你遇到难处了,别人也会想着你。从小母亲就教育我们,要做一个诚实善良、胸怀坦荡有大格局的人。后来在领导岗位上,我能获得诸多的荣誉,都离不开母亲的谆谆教诲。受母亲的影响,我也尽自己的最大努力去帮助别人,得到周围群众的普遍认可。我在部队工作40多年,成为电子与通信领域的知名专家、学科带头人,享受国务院政府特殊津贴、军队优秀专业技术人才一类岗位津贴,多次被原兰州军区评为优秀科技工作者。诸多的荣誉背后,饱含着母亲的影响,是她坚韧不拔的品格熏陶着我。

我时常接母亲到城里来住,想让她享享清福,带她到处走一走转一转。但母亲总是执意不肯,觉得在城里没事干,太清闲。再三劝说,她往往住上个把月,就要求回家。

日暮烟雨,岁月沧桑。过往的生活累弯了母亲的腰,但也练就了硬朗的身骨,坚强的性格。年逾九旬的她像一棵苍老的树,依然活在黄土地上。

苏山脚下,潴水河畔。母亲,您布满皱纹的脸庞,写满了人间的风雨沧桑。

2022年10月完稿于西安

我的母亲

燕振国

20世纪60年代,我出生在陇东的一个小山村。那个年代,农民们挨饿是常态,甚至许多家庭由于养不活子女,将子女过继到陕西、山西等地的好人家。庆幸的是,我们兄妹八人在母亲的呵护下,平安地度过了童年、青少年时期。

今年母亲节,看到儿子为他母亲准备的礼物,我不由得想起了自己的母亲。屈指算来,母亲离开我们已有13年了。回首自己从乡村到都市,一路求学、从军、做医生、带研究生,这几十年的路程,每一步都离不开母亲的养育与支持。

几十年阅读人生,我真切地感受到,每一位子女的背后,都有一位直面生活艰辛、勇挑家庭重担、理解支持儿女、不求回报的母亲。她们的付出与坚守成就了无数子女的高光时刻。

我的母亲是个苦命人。她出生于解放前,童年、青年时期经历了中国最黑暗、最动荡的时期。没读过书,一辈子勤劳持家,半世清贫,半世忧愁。母亲将毕生心血和青春献给了我们兄妹八人。

由于我家子女众多,家里的口粮总是撑不到来年收获之时。春末及整个夏天,母亲只能靠挖野菜来维持生计。野菜吃多了,胃里会发酸,皮肤会发绿,人会发软,时间久了正常人也会生病。偶尔从邻居婶子家讨来一碗高粱杂面,掺在菜里吃,人才相对平安。

记得我8岁的那一年,麦子还没到开镰的季节,家里就没有吃的了。母亲领着我去邻居一位大爷家借粮食,还好,他没有拒绝,说,"我家的粮食也

燕振国,1965年3月生,甘肃庆阳人,中共党员。现任华厦眼科医院集团甘肃区域总院长、兰州华厦眼科医院院长,省慈善总会第四届理事会荣誉副会长,主任医师、教授、硕导,《中华眼科杂志》《国际眼科杂志》《中国眼耳鼻喉科杂志》编委。

不多了，我给你想办法弄点玉米，先救救急"。大爷带我们到了大队办公室，也不知道他从哪里弄到了30斤玉米，解了我家的燃眉之急。

借到粮食，母亲感激不尽，那一刻母亲面部表情的变化，深深地烙在了我的记忆中。每当回忆起儿时那个场景，我就泪流满面。母亲经常教导我们兄妹说，"饿时给一口，胜过饱时给一斗，得人点滴之恩，必应涌泉相报，人家对你的好一辈子不要忘记，并要找机会报答人家"。

听哥哥讲，60年代的那几个冬天，特别的难过，家里断顿了，

我的母亲

母亲顾不上寒冷，去村上挨家挨户讨点口粮，从村西到村东，讨来了玉米和高粱。回到家，她把没人看管的我放在磨盘顶上，和哥哥一起推石磨磨面，掺上秋天晒干的野菜，才算勉强熬过了整个冬天。

秋去冬来，万物休眠。母亲把旧棉絮做成棉衣给我们穿，把别人丢掉的旧衣服做成鞋子给我们穿，把别人丢弃的旧布条做成衣裳给我们穿。我们那时候最幸福的事，就是永远有穿不完的"新"棉衣、"新"鞋子、"新"衣裳……

从来没有听到母亲抱怨日子的艰辛、难熬。记忆里，母亲总是在想尽各种办法应对艰难而漫长的日子。母亲不止一次对我们说，等你们都长大了，有本事了，出息了，我们家就过上好日子了。你们要是考上大学就更好了。我们兄妹都有一种不好好学习就对不起母亲的默契。

80年代初，农村仍然物资匮乏。改变一个农村孩子命运的捷径，就是能考上大学，吃上国库粮。命运垂青，我没有辜负母亲的一片苦心和期望，考上了大学。收到大学录取通知书的那天，母亲仔细听我把通知书读了三遍。我看到母亲兴奋的脸庞上闪着晶莹的泪花——她的儿子终于"出息"了，苦日子

要熬出头了。1987年我大学毕业后,考取了研究生。1990年研究生毕业后,特招入伍,成为一名光荣的军医。在军队30年的时间,我从一名住院医师一步步成为主任医师、科主任、教授、硕导,发表学术论文百余篇,出版多部专著,培养研究生30余名,获得多项科技进步奖。退休后,怀着退伍不褪色的军人本色和情怀,创建自己的医院,继续为社会贡献自己的绵薄之力。

上天赐给我的陈老娘

魏 霞

　　我的陈老娘名叫陈立农,她不是我的亲生母亲。陈老娘大概一米五左右的个头,一双眼睛不大,但透着睿智和慈祥。别看她外表瘦小单薄,但内心却很强大。记忆中的陈老娘手脚麻利,做一手好茶饭、裁衣缝纫、种花、砌墙等无一不会。

　　陈老娘转眼八十多岁了,多种疾病折磨得她寝食难安,耳朵也背得听不清了。以前的好多事她都忘记了,唯独与我有关的事她记得特别清楚。她会把白发苍苍的头靠在我肩膀上回忆当初遇到我的往事:"那时,来打工的娃娃都有处住,就你没有。我想把你带到我家住,加油站老板不让带你来,说你要是贼娃子,把家里卷空跑了怎么办。我对老板说,我看她不是那样的人,如果真卷空了,我就当花钱买了个教训。现在算算,你到我家快三十年了。" 陈老娘的话,一下子把我拉到了三十年前。

　　我出生在一个贫穷而落后的小山村。也许因为我是个女孩的缘故吧,小时候在家里,我常常遭到家里人不辨缘由的斥责、谩骂、责打。这种长年累月的辱骂、责打,如同西北风卷着沙石和泥土,使我遍体鳞伤,让我的心如同埋在沙土之下一样感到窒息和绝望,有着无穷无尽的恐惧和悲凉。1992年夏天上高二那年,我实在承受不住了,算是逃生吧,我费尽周折来到了兰州这个繁华的城市,自己谋生。那时打工的加油站正在筹建中,我们一帮被招来的孩子在别的单位提前实习。在那一帮孩子中,唯独我无依无靠,没钱租房住,也没有亲戚家可以借住。没有住处,就面临着要重新回到那个没有生机、没有盼头、无比压抑的山村老家。我急需挣钱养活自己。正当我痛苦又绝望之

魏霞,女,1974年生于甘肃。一个被癌症眷顾的人,用狄兰托马斯在他的《羊齿山》一书中的话说:"时间赐我青春与死亡,我戴着镣铐依然像大海一样歌唱。"在苦痛如影随行的日子,用心体会生活,喜欢用文字记录生活中细小的真善美。

时,加油站女会计陈立农知道了我的情况,她找到我,让我到她家去住。这就是我后来的陈老娘。

那个中午,我就像树枝上跳跃的小鸟一样欢快,甚至感觉到阳光也是欢笑的。陈老娘带着我,教我坐哪路公交车,告诉我在哪里下车,到她家的路上有什么标志和特征……看着来来往往急驰的汽车,还有那些密密麻麻的楼房,以及一个又一个分不清东西南北的十字路口,我晕头转向。许多标志陈老娘让我记住,可有些我还是没记住。第二天我拿了行李来她家时,忘记了那些标志。我在她家附近走来走去,从早上走到下午。我身上只带了40块钱,不敢买一口吃的,连1块钱的矿泉水都没舍得买一瓶。脸上晒得起了一层红疹子,又渴又急,嘴唇起满了泡。天快黑了,我不知道该怎么办。这时,一位叔叔走到我跟前,他五十多岁的样子,身材高大、结实,慈眉善目,看着很和善。他说:"姑娘啊,我见你今天在这里转了一天了,你在找什么人吗?"我描述了一下情况,他说:"现在城市变化很大,许多路牌都改了,不好找。这里靠近火车站,坏人多,你一个小姑娘,人生地不熟的,要是遇上坏人怎么办?你还记得回家的路吗?要是记得,先回家吧。身上有钱没有?没有了这200块钱你拿上,买票回家。"说着,他把钱递了过来。我心里所有的悲伤在那位叔叔面前如同决堤的大坝,随着眼泪奔涌而出。我没有接叔叔给的钱,只是向他深深地鞠了一躬,道了声"谢谢"后,哭着转身就走。刚走几步,就听见身后有人喊:"姑娘,姑娘!"回过头,是刚才那位叔叔赶上来,往我怀里塞了两瓶矿泉水,说:"带上路上喝,你看你渴的,嘴都起泡了。"

我又回到了老家,第二天到加油站找到陈立农会计,跟着她到了她家。我把找不到她家的事说给她听,她抱紧我的胳膊,眼里闪过一丝歉意。

当时我在加油站负责收费。有一次,收错了一张支票,付支票的人找不到了,369元钱要不回来了,老板要辞退我。我身上确实没有钱赔付,我把这情况告诉了家人,以为家人会帮我,可他们不但没帮我,还当着众人的面把我狠狠羞辱了一顿,我心里残存的一点点亲情被彻底消除。那段日子是我过得最无助最黑暗的日子。我不能失去工作,我得靠自己活下去。没别的办法,我只好跟跟跄跄地来到陈老娘家,心里苦涩,把遇到的麻烦告诉了她。

陈老娘说:"不就几百块钱嘛,钱要不回来就算了,我把钱给你,你垫上了先上班。"陈老娘给了我500块钱。而我清楚地记得,那张支票的钱是369块钱,陈老娘显然是多给了钱,那500块钱在1992年再次燃起了我对生活的希望。

陈老娘的工作照

那些日子,我就住在陈老娘家。记得一个下午,我坐在家门口的沙发上挠腿,陈老娘看见,脸一沉,批评我说:"女孩子坐要有坐相,当着别人的面抓痒痒多难看,不礼貌,会让客人笑话。"我尴尬地正要放下裤脚,陈老娘又问了一句:"腿上出疹子了吗?"那是三月份,天气还不是太热,陈老娘想着不会有蚊子咬。我指着接近膝盖处两团鸡蛋大的湿疹给陈老娘看,陈老娘看到有一大片皮肤已经溃烂,流着黄色脓水,吓了一跳,问:"另一个腿上还有吗,多久了,你父母没给你看过吗?"我点点头,一边胆怯地

小声说:"从小就有,从黄豆大长到现在这么大了。"一边卷起另一支裤腿给陈老娘看,心里悲凉极了。我脑海里全是妈妈不分青红皂白、不问缘由就向我挥来的棍棒和巴掌,不容辩解的斥责和谩骂。腿上的湿疹和无法控制的流鼻血的病,妈妈也是知道的,只是她从来都不管。在陈老娘跟前我不敢说,怕陈老娘嫌弃我。非亲非故的我,仅因为陈老娘动了善心被带到家,不仅管吃管住,还不要一分钱的住宿费和伙食费,就已经是莫大的恩德了,总不能让陈老娘掏钱给我治病吧?时间还早,陈老娘从卧室的抽屉拿出两张50元钱装进衣兜里,说:"走,我带你去医院。"

我清晰地记得,去的是一家协和医院,医院是一排平房。看完了病,陈老娘掏出50块钱放下,拿上吃的药和一瓶抹的药,回到家,就让我把吃的药吃上,把抹的药抹上。哇!那药真好,仅两三天,那折磨我十多年的湿疹竟然消失了,往后的十多年里再没犯过。

生活有时候不会向着你努力的方向发展。仓促之时又出了错,导致我又一次无家可归,陈老娘又让我回到她家里,依旧把那间小卧室给了我。陈老娘很生气地责怪我:"我对你那么好,你结婚也不请我,怎么做人你都不会。你要是当时告诉我,我帮你了解一下,正好有熟悉他们的人,这样你也不至于过得这么糟糕。"我也觉得我错了,心里后悔、羞愧、难过,说不清楚是什么滋

味。我回避着陈老娘责怪的眼神,喃喃说道:"我当时身上仅有的200块钱,因为轻信被小偷偷了,一分钱都没有了,就在那时遇到了他……"

"那你为什么不来找我? 我对你说过,没钱了你来找我,我会帮你的。"

"我当时连打电话的钱都没有了。"

陈老娘沉吟良久,叹了口气说:"永远不要把恩情当爱情,越是在困境处,越是要清楚你的价值取向。你可以想办法来找我啊! 娃娃,我给你说过,你的工作上我帮不上忙,但经济上有困难你来找我,我一定会帮你,我的要求是,你不能因为遇到难处就走一个女孩子不该走的路。"

我一直把陈老娘的话当客气话,也一直想尽一切办法改变命运,不想总是求人,不想总是凄凄惨惨戚戚。可天有不测风云,我又一次身心备受打击,人生陷入绝境。那天,我再一次强忍家里的亲人给我的打击以及由此造成的强烈胸痛,去履行我给陈老娘答应的事——给她擦玻璃。一进客厅,陈老娘看了我一眼,大惊道:"天哪,你的脸色吓死人了,你病了,快上医院。"说着就拽着我往医院走。医院哪是当时的我能进得去的,我没钱治病啊,我执拗地退着步不去医院。为了不让陈老娘逼我去医院,我把遇到的事情告诉了她。陈老娘气坏了,说:"以后你不管遇到啥事就来找我。昨晚你走了我才想起,都没问你身上有没有钱。给! 拿着。"她塞给我200块钱:"你一定记着,以后没钱了就来找我,不要把自己逼上绝路。"

三十年来,我似乎成了陈老娘最大的牵挂。陈老娘不管在哪里,总是隔些日子就给我打个电话,叮咛我按时吃药,吃好穿暖。记得有天她病重住院,我去看她。一见我进来,本来躺在病床上的她猛地起身下床,捋捋花白的头发,一边拉起我往外走一边说:"马路对面市场上有一家饭店的菜非常好吃,我带你去吃。"我以为市场离医院很近,也就没多想,搀扶着她往外走,可是走了好长一段路才到马路边,过了马路又走了好长一段路才到市场口。那是夏天的中午,天很热,我自己都感觉热得窒息,不想走了,更不要说在病痛中的陈老娘。

市场那么长,一眼看不到头,我实在不想走了,可是,想着陈老娘可能想吃那家饭店的菜,就陪着她往市场里走。陈老娘毕竟老了,她记不起那家饭店的具体位置了,我们从东头走到西头,又返回来。陈老娘累了走不动了,就在身边最近的一家小店门口停下了脚步。陈老娘气喘吁吁地说:"我本来是要给你买那家饭店的菜吃的,可我实在记不起来那家饭店的名字和地方了,我特别难受，看见吃的就想吐，我不吃饭，我陪着你吃。"一听她的话，我瞬间被泪水淹没。那个中午，就像照片中的那样，我极力忍着一次又一次要涌出眼眶的泪低头吃饭，而面色蜡黄、憔悴不堪的陈老娘就坐在桌边满眼疼爱地看着我吃。

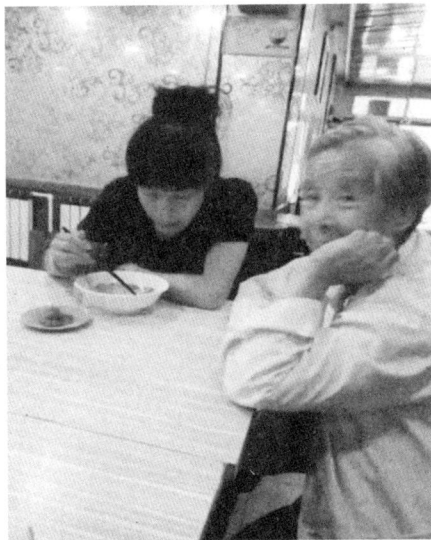

陈老娘给我买午饭吃

一晃几十年过去了，陈老娘从一个五十多岁的壮年女人变成了八十多岁的老太太，我从二十来岁奔到了四十多岁。陈老娘高血压、心脏病、脑血栓多种疾病集于一身。一场癌症彻底改变了我的命运，什么工作也不能做，身边又没亲人，举步艰难。面对生活的压力，我处于崩溃的边缘。绝望之时，陈老娘打电话叫我："来吧，我们俩相依为命。你没人照顾，我还是想让你来我身边，我们相互照顾。你的药费、生活费、吃住我给你全管上。"

我和我的陈老娘既是母女也是知己，从来都是无话不谈。有天，我对陈老娘说："老娘，以后没你了，我就再也没亲人了，我又孤苦无依了。"陈老娘答："孩子，不怕，我会把你安排好了再走。"

往事历历在目，犹如昨天。农村来的娃娃木讷，不会表达感情和谢意，我心里无数次地想对陈老娘说声谢谢，终是没有说出来。陈老娘对我有再生之恩，这份重如泰山的恩情我铭记不忘。我原本想给她养老，可是，我一病多年，自顾不暇，这一心愿终未能实现。

2019年，陈老娘去了天堂，她不需再受病痛的折磨了。如果陈老娘在天有灵，我想对她说："老娘啊，上天把您赐给我，不是亲娘，胜过亲娘，待我恩重如山！如果有来生，您再做一回我的老娘好吗？让我做您的女儿来照顾您！"

后　记

　　《母恩似海》一书是在省慈善总会的领导下，由省慈善总会华邦大慈教育基金发起征文并编辑完成的慈善助学及励志类图书。这也是该基金实施慈善教育活动的重要组成部分。甘肃省慈善总会华邦大慈教育基金于2019年3月经省慈善总会批准成立。在华邦慈善基金会的赞助和社会各界及爱心企业、爱心人士的大力支持下，在省慈善总会的领导下，联合台州慈善功德会、甘肃忠恒集团、华夏眼科医院、兰州天伦不孕症医院、甘肃小山自立工程建设有限公司等爱心企业，先后对甘肃省的会宁、平川、两当、文县、卓尼、临潭、临洮、渭源等十余县的中小学校实施支教助学活动，对近千名家庭困难的在校高中生给予现金扶助，支持他们完成学业，受到广大师生、家长及社会的普遍赞誉。《母恩似海》编辑委员会的绝大多数成员都是大慈教育助学活动的积极赞助者和参与者。

　　本书由省慈善总会会长、省人大常委会原副主任朱志良同志作序，由享誉海内外的著名书法家、中国书法家协会原副主席张改琴题写书名，共收录诗文136篇，印制5000册。多数图书将免费赠送给边远和民族地区的中小学校，其余部分向社会公开发行，其收入全部汇入省慈善总会指定的捐款账户，用于对困难家庭在校高中生的援助。

　　我们殷切希望，通过《母恩似海》的出版发行，进一步弘扬中华民族传统美德，激发中小学生及全社会孝亲敬老的积极性，使更多的爱心人士参与到慈善教育活动中来，为助力甘肃慈善教育事业做出新的更大的贡献。

《母恩似海》编辑委员会

2023年1月6日